# Landgericht

5. Auflage
© 2012 Jung und Jung, Salzburg und Wien
Alle Rechte vorbehalten
Druck: CPI Moravia Books, Pohorelice
ISBN 978-3-99027-024-0

# URSULA KRECHEL
# Landgericht

Roman

JUNG
UND
JUNG

Mitten durch den Schmerz, die Welt in einer so ungeheuren Unordnung zu erblicken, zuckte die innerliche Zufriedenheit empor, seine eigne Brust nunmehr in Ordnung zu sehen.
*Heinrich von Kleist, Michael Kohlhaas*

Er kam in sein Eigentum, aber die Seinen nahmen ihn nicht auf.
*Joh. 1, 11*

# Über dem See

Er war angekommen. Angekommen, aber wo. Der Bahnhof war ein Kopfbahnhof, die Perrons unspektakulär, ein Dutzend Gleise, aber dann betrat er die Bahnhofshalle. Es war ein großartiges Artefakt, eine Bahnhofskathedrale, von einem kassettierten Tonnengewölbe überspannt, durch die Fenster flutete ein blaues, fließend helles Licht, ein Licht wie neugeboren nach der langen Reise. Die hohen Wände waren mit dunklem Marmor verkleidet, „reichskanzleidunkel", so hätte er ironisch vor seiner Emigration diesen Farbton für sich genannt, jetzt fand er ihn nur herrschaftlich und vornehm, ja auch einschüchternd. Aber der Marmor war nicht einfach nur als Verkleidung auf die Wand gebracht worden, sondern ebenfalls abgesetzt, abgetreppt, so daß die Wände rhythmisch gegliedert waren. Der Fußboden blank, hinter den Schaltern ordentlich uniformierte Männer, die durch ein rundes Fensterchen blickten, davor Schlangen von Menschen, die gar nicht so schlecht gekleidet waren. (Wenn er bedachte, es handelte sich um Kriegsverlierer, um Geschlagene, trugen sie den Kopf erstaunlich hoch.) Er sah auch französisches Wachpersonal in den Nischen der Halle, das einen höflichen Blick hatte auf das Bahnhofstreiben. Die Männer trugen olivfarbene Uniformen und Waffen. Wie er mit einem Blick die vornehme Halle erfaßte, konnte er sich keinen Anlaß eines Eingreifens vorstellen, und dabei blieb es auch. Eine stille, mahnende, Gewißheit herbeizwingende Gegenwart.
Er spürte die beruhigende Zivilisiertheit, die Zeitlosigkeit dieser Bahnhofshalle, er sah die hohen Schwingtüren, sicher drei Meter hoch und ganz mit Messingblech verkleidet. Mit feiner Schreibschrift war das Wort „Drücken" in die Messingober-

fläche graviert worden, etwa in Brusthöhe. Kathedralentüren, Türen, die dem Reisenden alle Allüren nahmen, das Bahnhofswesen war wichtig und bedeutend, und der einzelne Reisende würde schon sicher und pünktlich an sein Ziel kommen. Kornitzers Ziel war so lange im Ungefähren geblieben, nicht einmal ein verschwommenes Sehnsuchtsziel dachte er sich aus, so daß er diesen Widerspruch überaus schmerzlich empfand. Seine transitorische Existenz war ihm Gewißheit geworden. Alles war erhaben und auf gediegene Weise erhebend in dieser Halle, er sah sich um, er sah seine Frau, der er seine Ankunftszeit mitgeteilt hatte, nicht. (Oder übersah er sie nach zehn Jahren?) Nein, Claire war nicht da. Zu seiner Überraschung sah er aber zahlreiche Tagestouristen, die mit geschulterten Skiern aus dem nahen Wintersportgebiet kamen, freudig aufgekratzt, mit gebräunten Gesichtern.

Er stieß eine der hohen Türen auf und war geblendet. Hier lag der See, der große blaue Spiegel, nur ein paar Schritte waren es zum Kai, sanftes Wasser schwappte heran, kein Kräuseln der Oberfläche. Natürlich hatte sich seine Ankunft verzögert, um gut zwei Stunden, aber dieses Verzögern kam ihm wie eine Überdehnung vor, die Freude, anzukommen und seine Frau wiederzusehen, war in eine unbestimmte Zeit verwiesen. Hier war der Leuchtturm, der aus dem Wasser aufragte, hier war der bayerische Löwe, der mit gelassener Herrschaftsgeste den Hafen bewachte, und dort waren die Berge, die fernen und gleichzeitig nahen Berge, eine Kulisse aus Weiß und Grau und Alpenrosa, ihr Geschiebe, ihre archaische Kraft, unverrückbar, unerhört schön. Da hörte er seinen Namen rufen.

Das Wiedersehen eines Mannes und einer Frau, die sich so lange nicht gesehen hatten, sich verloren glauben mußten. Das atemlose Erstarren, Sprachlosigkeit, die Augen, die den Blick des anderen suchen, sich festklammern am Blick, Augen, die groß werden, trinken, sich versenken und sich dann abwenden wie erleichtert, ermüdet von der Arbeit des Wiedererkennens, ja, du bist es, du bist es immer noch. Das ganze Gesicht, das sich in den Mantelkragen bohrt, sich dann aber wieder rasch hochreckt, die zitternde Erregung, die den anderen Augen, den zehn Jahre vermißten Augen, nicht standhält. Die hellen, wäßrigen Augen des Mannes hinter der Nickelbrille und die grünen Augen der Frau, die Pupillen haben einen dunklen Ring. Es sind die Augen, die das Wiedersehen inszenieren, aber die, die es aushalten müssen, die ihm standhalten müssen, sind veränderte, in die Jahre gekommene Menschen, etwa gleich groß, auf gleicher Augenhöhe. Sie lächeln, sie lächeln sich an, die Haut um die Augen faltet sich, kein Wimpernzucken, nichts, nichts, nur der Blick, der lang ausgehaltene Blick, die Pupillen sind starr. Dann löst sich eine Hand, ist es die Hand des Mannes oder die der Frau?, in jedem Fall ist es eine mutige Hand oder eher nur die Kuppe des rechten Mittelfingers, die Mut beweist und auch Instinkt und über den hohen Backenknochen des verloren geglaubten Ehepartners fährt. Ein vertrauter Finger, eine Nervenerregung, die von einer Gefühlsregung noch sorgsam geschieden ist. Es ist eher die empfindlich gespannte Haut über dem Backenknochen, die reagiert, die dem ganzen Körper „Alarm" meldet. Eine Vereinigung der Nervenzellen, nicht des Ehepaares, diese dauert sehr, sehr viel länger, es ist eine Empfindung, die das ganze Nervengeflecht durchrüttelt, ein „du bist's, ja, wirklich, du bist's". Das instinktive Wiederfinden der geliebten, der vertrauten Haut war ein Wunder, über das die Kornitzers später noch oft sprachen, später, später, miteinander, ihren Kindern konnten sie es nicht mitteilen. Nicht der „berührte" Körperteil (Mann oder Frau) sendete den Alarm in den ganzen Körper, es war der aktive „berührende", und nach einer halben Sekunde war nicht mehr festzustellen, wer berührt hatte und wer berührt worden war. Die noch einsame, knapp zehn Jahre lang den Ehepartner entbehrende Hand bewegte sich, zuckte, streichelte, ja umschlang und wollte nicht mehr loslassen.

Das war das Ankommen. Dieses Signal der Nervenzellen bereitete dem ganzen Menschen einen Weg. Einen Weg vom Bahnhof in der Bodensee-Stadt zum Gasthaus am Hafen, das Kornitzer kaum sah, in dem er seiner Frau gegenübersaß und eine Suppe löffelte, das Gepäck rund um ihn verstreut, gestapelt. Er sah seine Frau jetzt eher wie einen Umriß, sie war knochig geworden, die Schultern vom Frieren hochgereckt, er sah ihren großen Mund, den sie nun öffnete, um den einen oder anderen Löffel Suppe hineinzuschieben, er sah ihre Zähne, das goldene Tüpfelchen, das einen ihrer Eckzähne, auf den sie einmal gefallen war, ausflickte, er sah ihre Hände, die rauher und gröber geworden waren seit dem Abschied in Berlin. Seine eigenen Hände versteckte er im Schoß. Die Suppe hatte er rasch und sachlich hinuntergelöffelt. Er sah seine Frau an, Schicht für Schicht versuchte er das jetzige Bild, das Bild der Frau, die ihm gegenübersaß, mit dem Bild, das er sich gemacht hatte alle Jahre zwischendurch, in Übereinstimmung zu bringen. Es gelang nicht. Auch das Photo in seiner Brieftasche, das er so häufig angestarrt hatte, bis er glaubte, es auswendig zu können – wenn dies bei einem Bild überhaupt möglich war –, half ihm nicht. Claire war jetzt jemand, der Suppe löffelte und sich offenkundig nicht fürchtete, einem nahezu Fremden gegenüberzusitzen. Einen Augenblick dachte er: Was hat sie zu fürchten gelernt, daß sie sich jetzt nicht fürchtet? Er unterließ es zu fragen: Claire, wie ist es dir ergangen? Die Frage setzte eine größere Vertrautheit voraus, eine Frage, die Zeit zu einer langen, romanhaften Antwort brauchte, und vor allen Dingen Zuhörzeit, ein ruhiges, entspanntes: Erzähl doch mal. Und auch sie fragte nicht: Richard, wie ist es dir ergangen? Er hätte mit den Schultern zucken müssen, ein Rafftempo, ein schneller Vorlauf und ein langsamer Rücklauf und wo anfangen?, dann hatte seine Frau endlich ihren Suppenteller ausgekratzt und den Löffel klirrend (vielleicht zitterte sie?) auf das Porzellan gelegt und fragte: Wie viele Tage bist du gereist? Darauf war eine knappe Antwort möglich: Vierzehn auf dem Schiff und drei Tage von Hamburg an den Bodensee. Das schien ihr nicht übermäßig lang, sie machte nicht den Eindruck, als wolle sie ihn deshalb bedauern. Sie nahm ihn mit in ihr Dorf, das war eigentlich nicht vorgesehen. Die Hilfsorganisation, die ihm seine Reise bezahlt hatte, die ihn an den Bodensee transportiert hatte, hatte ihm ein Merkblatt mitgegeben, in dem es hieß, daß er sich sofort nach seiner Ankunft bei der entsprechenden Stelle an dem zukünftigen Wohnort zu melden hätte. Kornitzer sagte es Claire, aber davon wollte sie nichts wissen. Die Hilfsorganisation läuft nicht weg, da kannst du auch noch morgen hin. Kornitzers Gepäck sollte nachgeschickt werden mit einem Fuhrwerk, Claire hatte mit einem bäuerlich wirkenden Mann am Bahnhof verhandelt, in einer Stunde vielleicht solle er sie abholen, und so kam der Mann ins Gasthaus. Kornitzer und seine Frau halfen ihm, die Gepäckstücke aufzuladen. Sich gemeinsam zu bücken und zu recken, zu heben und zu schieben, das war die erste gemeinsame Handlung, die den Grund hatte, eine Privatheit herzustellen. Einen Vorhang, der sich vor das Paar schob, als es sich in Claires geblümtem Zimmerchen im Haus 6 eines Weilers mit dem Namen Bettnang zurückzog, in dem ihre einzigen geretteten Kostbarkeiten ein Plattenspieler und eine Schreibmaschine waren. Die Schreibmaschine glaubte er noch aus Berlin zu kennen, sie hieß „Erika", und ihre Hebelmechanik hatte unverdrossen den ganzen Krieg und die Evakuierung überstanden. Hut ab vor „Erika", und eine der ersten triumphierenden Bemerkungen, die Claire ihrem zurückgekehrten Mann gegenüber machte, war: Ich habe eine ganze Menge Farbbänder gehortet, Farbbänder waren angeblich nicht kriegswichtig, oder man hatte vergessen, sie als kriegswichtig zu erklären. Und sie nehmen sehr wenig Platz in einem Fluchtgepäck ein. Wir können also Anträge und Briefe schreiben, die eine gute Form haben. Darauf wußte er nichts zu sagen, er nickte nur, er sah, wie vorausschauend sie gehandelt hatte. Er hatte auch überlegt, was er mitbringen sollte von der langen Reise. Kaffee? Tabak? Süßigkeiten? Südfrüchte? Dokumente seiner Tätigkeit? Aber die Bestimmungen änderten sich fast jeden Tag, was heute erlaubt war, war aus politischen oder hygienischen Gründen (oder aus praktischen Gründen, die sich hinter ideologischen oder ganz unerfindlichen Gründen verbargen, aus Gründen der Zoll-Erfassung vielleicht) plötzlich verboten. Niemand wußte es. Was sprach gegen ein Säckchen Zucker? Was sprach gegen die noch vor einem Monat erlaubte Menge von Parfum und Tabak? Man stand wie ein Idiot da, und vielleicht war genau das der Sinn der sich dauernd widersprechenden Maßnahmen.

Hier ist der Waschtisch, sagte Claire, ich habe kein fließendes Wasser. Den Schrank sah er selbst, auch das Bett, schmal, fast jungfräulich sah es aus, die wackligen Stühle. Er sah in Claires Gesicht eine Scham, eine Kränkung. Und er sah auch ihre Handbewegung, die ein bißchen nonchalant war, daran erkannte er ihr früheres Selbstbewußtsein: Bitte, so ist es nun mal, so ist es gekommen, er sah das Licht der kleinen Nachttischlampe und das lächerlich dünne Bändelchen, mit der man sie an- und ausknipsen konnte. Und das Paar, das erst wieder lernen mußte, ein Paar zu sein, knipste sie aus. Dann war es dunkel, und die Dunkelheit war ein Tasten, eine Blindenschule des Empfindens, eine Klippschule, ja wirklich nur ein Tasten und Atmen.

So waren sie an diesem ersten Tag nicht weiter gekommen als bis zur ersten Empfindung „Bist du's, bist du's wirklich?" und zur Bestätigung: „Ja, du bist's." Vielleicht war darin schon eine leise Überforderung. Es war nicht abzusehen, wie und wann die Familie je wieder zusammenkommen könnte. Noch handelte es sich um zwei versprengte Menschen, die von ihren Menschenkindern kaum etwas wußten.

Am nächsten Tag machte er sich auf den Weg in die Stadt, die gewundene Straße entlang, vorbei an Wiesen und allein gelegenen Höfen, immer die Bergketten im Blick, die Fältelungen der Gebirgsmassen, Wolkenbänder, die darüber festgezurrt waren. Als er gut eine halbe Stunde gegangen war, kam Quellbewölkung auf, schneeweiße Wolkenhalden schoben sich ineinander, ein plastisches, haptisches Wolkengerangel mit ganz ungewissem Ausgang. Fuhrwerke überholten ihn und der Postbus, er wollte aber gehen, wollte so lange gehen, bis vor ihm an einer Straßenbiegung der See auftauchte. Das Grau der Luft, das sich wie ein zarter Schleier über die Wasserfläche breitete. Er ging sechs Kilometer immer bergab, es war ein Sacken in den Kniekehlen, etwas gänzlich ungewohnt Körperliches, das ihm gefiel, etwas Wanderburschenartiges. Und er war doch ein Mann Mitte vierzig, der schon sehr viel, zu viel erlebt hatte.

Die innere Stadt, das hatte er bei seiner Ankunft gar nicht recht beachtet, war eine Insel, die durch die lange Brücke mit dem festen Land, dem Bauernland, verbunden war. Am Ufer Villen, Gartenanlagen, eine feine Gegend. Er sah auch gleich, daß viele der Villen von französischen Offizieren und ihren Dienststellen requiriert worden waren, Wachposten standen davor. Dann jenseits der Brücke die Holzschindelhäuser, die überkragenden oberen Geschosse, überkragende Dächer mit Schwalbenschwanzgauben. Die Stadt Lindau tat so, als wäre sie ein Ding außerhalb von Raum und Zeit. Dieser Gedanke gefiel ihm, aber

er konnte ihn nicht weiterdenken und keine Schlüsse daraus ziehen. Etwas lullte ihn ein, und es (ja, was war es?) regte ihn gleichzeitig auf. Er betrachtete Erker, die steinernen Laubengänge, die geruhsame Giebeligkeit und die steilen Treppen, die zu Weinstuben führten, in denen vermutlich sechzig Jahre nichts verändert worden war, altdeutsche behäbige Gemütlichkeit, nur die Kellnerinnen, die vor den Weinstuben auf der Straße mit verschränkten Armen schwatzten, waren jünger geworden, und Kornitzer sah sie mit Wohlgefallen an. Und noch etwas sah er und konnte sich keinen Reim darauf machen. Er hatte von den Zerstörungen der Städte in Deutschland gelesen, von Trümmerwüsten, von Feuerstürmen. In dieser Stadt sah er kein einziges zerstörtes Haus, nicht einmal ein Dachziegel schien von einem Dach gefallen zu sein. Er mußte Claire danach fragen, wenn er wieder in Bettnang war.
Er fand den Weg zur UNRRA, der Hilfsorganisation der Vereinten Nationen, die für ihn zuständig war, leicht. Das Büro war im ersten Stock eines breit gelagerten Hauses mit einem Erker an der Seite der Insel, die dem festen Land zugewandt war, in der Zwanzigerstraße. Auf Stühlen in einem Korridor saßen einige junge Männer, lümmelten sich eher, dachte Kornitzer, sie sprachen untereinander eine weiche melodische Sprache, sahen kurz auf, als er sich zu ihnen setzte, als wollten sie sagen: Was will der denn hier? Es schienen Polen zu sein oder Ukrainer, Zwangsarbeiter oder aus den Konzentrations- und Arbeitslagern Befreite, die hier in der schönen Stadt gestrandet waren und irgendwohin gebracht werden mußten oder wollten, zu übriggebliebenen Menschen, die sie erwarteten, wie Claire ihn erwartet hatte, oder zu einem ganz unwägbar neuen Leben, für das sie votiert hatten in Ermangelung eines anderen, das vernichtet worden war, wie er hierher gebracht werden wollte, in Ermangelung des früheren Berliner Lebens, von dem nur

Trümmer übriggeblieben waren. (So hatte Claire es ihm angedeutet.) Die Tür öffnet sich, und eine junge Frau mit einem starken Akzent, den er nicht orten konnte, flüsterte, eher defensiv: Der Nächste bitte. Zwei der Männer erhoben sich. Nur einer, sagte die Frau und reckte zum besseren Verständnis den rechten Daumen in die Höhe. Freund kann Deutsch schlecht, erklärte einer der Versprengten und schob sich mit in das Zimmer. Die Frau ließ die Tür offen, es sah so aus, als wolle sie nicht mit zwei fremden Hilfsbedürftigen in einem geschlossenen Raum sein. Es dauerte eine ganze Weile, bis die beiden das Zimmer mit einem Formular verließen, auch bei den nächsten Bittstellern blieb die Tür offen. Dann gab es eine lange Pause, in der die Tür für eine ganze Weile geschlossen blieb. Zuletzt saß Kornitzer mit einem jungen Mann zusammen, dem ein oberer Schneidezahn fehlte und der eine flinke, nervöse Zunge in die Lücke bohrte. Er sagte – zischelte eher durch die Zahnlücke –, er sei einfach weg-, von den Eltern weggeholt worden, sein Dorf sei umstellt worden, die Kirchenbesucher seien festgenommen worden, alles, was jung war, er machte eine heftige Handbewegung über die Schulter hinweg, es war eine verächtliche Handbewegung, alles weg nach Deutschland. Das sei ganz schwer gewesen für die Eltern. Ohne Sohn, ohne Hilfe auf dem Hof. Und dann versank er in ein finsteres Schweigen, in das Kornitzer nicht durch eine unangemessene Frage eindringen wollte.

Als Kornitzer dann endlich an der Reihe war, schloß die Frau die Tür hinter ihm, es war wie ein Vertrauensbeweis. Kornitzer sagte, was er sagen mußte, eine Litanei, begleitet vom Rascheln der mitgebrachten Dokumente, er berichtete, daß er gestern als *Displaced Person* hier angekommen sei, daß er Hilfe erwarte bei seiner Rückkehr. Seine Befürchtung, sie mache ihm Vorwürfe, daß er nicht *unverzüglich* die Hilfsstelle aufgesucht habe, erwies

sich als unbegründet. Er hatte auch die Befürchtung gehabt, er würde als *Displaced Person* gleich in eine Massenunterkunft eingewiesen. Die Wiederaufnahme durch eine „arische" Ehefrau war in den Formularen nicht vorgesehen. Vermutlich war der Fall äußerst selten. Die Frau füllte ein Formular aus, das drei Durchschläge hatte, schickte ihn in ein Nachbarzimmer, wo er gegen Vorlage eines der Durchschläge Lebensmittelkarten bekam. Es wurde ihm aufgetragen, die restlichen Blätter wieder in das erste Büro zu bringen, im Flur Platz zu nehmen und das Abschlußgespräch abzuwarten. So saß er wieder im Flur, diesmal mit zwei jungen Frauen, die fast noch Mädchen waren und ihm auf seltsam komische Art zuzwinkerten, als wäre ihre einzige mögliche Kontaktaufnahme ein unschuldiges oder vermeintlich unschuldiges, in Wirklichkeit durchtriebenes Augenspiel. Es war ein Augenzwinkern wie ein Entblößen, und er mußte den Blick senken, was die jungen Frauen zu kränken schien. Zurück im ersten Zimmer, wollte die Angestellte der UNRAA ihn höflich und gleichzeitig zeitsparend verabschieden, aber er blieb angewurzelt dastehen. Ich bin Jurist, ich bin Richter, ich möchte in meinem Beruf so bald wie möglich arbeiten. Sie sind DP, sagte die Frau, Sie haben die deutsche Staatsbürgerschaft verloren. Ich bin für Sie als DP verantwortlich, aber nicht für Sie als Arbeitssuchenden. Gehen Sie zum Landratsamt, dem ist ein Arbeitsamt angeschlossen. Dort sitzt ein sehr guter Mann. Den hat man 33 entlassen und 45 wieder eingestellt, als sei nichts gewesen. An den wenden Sie sich. Glaser werden gesucht, Maurer und Hilfskräfte in der Landwirtschaft, von Richtern weiß ich nichts. Und dann verabschiedete sie ihn mit einem kurzen, freundlich gemeinten, aber doch geschäftigen Kopfnicken.
Dieses Ergebnis wollte Kornitzer doch zuerst mit seiner Frau besprechen, wie er früher vieles mit ihr besprochen hatte,

Geschäftsergebnisse, Zukunftspläne, Phantasien, die gar nicht so fern vom Weg lagen. Also machte er sich nach Bettnang auf den Weg, die gewundene Straße hinauf, der Rückweg dauerte länger als der Hinweg, ja, die Straße war sehr steil, eine Welt aus Schneewehen und eben erblühenden Apfelbäumen dehnte sich zwischen dem Seeufer und dem steil aufsteigenden Allgäu-Hang, alles verlangsamte und verkühlte sich. Und im Aufstieg sah er immer wieder zurück, zum See, zu den hohen Bergen, zu der begnadeten Landschaft der Gipfel und zu den Rüschen von Schnee im Straßengraben. Die Zeit war jetzt eine Erfahrungszeit. Das Gehen pufferte seine Erfahrung als Antragsteller und trennte sie von seiner Erfahrung als verunsicherter Ehemann, und die Zeit, die er in Claires Zimmer auf ihre Rückkehr aus der Molkerei, in der sie Arbeit gefunden hatte, wartete, war eine zeitlose Zeit. Dann kam Claire mit dem Postbus, sie hatte gerötete Backen, aber sie war auch ermüdet nach einem Arbeitstag im Sekretariat, einer Arbeit, die sie kaum kannte, denn sie hatte in Berlin (damals, bevor sie sich trennen mußten) natürlich eine eigene Sekretärin. Und was er ihr mitzuteilen hatte über seine erste Begegnung mit der Hilfsorganisation auf deutschem Boden, war rasch erzählt, schmolz wie Schnee in der Frühjahrssonne. Ruh dich aus nach der langen Reise, sagte Claire, geh erst in ein paar Tagen zum Arbeitsamt.

Vieles war abgeschnitten, abgefallen, aber glücklicherweise nicht seine Wahrnehmungsfähigkeit, nicht seine Fähigkeit, Freude zu empfinden, eine übergroße Freude. Und daß er sie empfand, ja, daß auch sein zaghaftes Ankommen eine Freude war, verdankte er einzig und allein seiner Frau. Er zögerte, nach zehn Jahren der Entfernung sie noch „seine Frau" zu nennen. Aber sie hatte ihn überwältigt mit ihrer Sicherheit: sie wollte ihn wiederhaben als „ihren Mann", das hatte sie amtlich niedergelegt, und so hatte er es gelesen. Und um ihn wie-

derzuhaben, dazu hatte sie die vernünftigsten Schritte unternommen.
Er sah aus dem Fenster, sah den Zwiebelkirchturm, dahinter ging eine mächtige Sonne unter, eine pralle Frucht, Südfrucht, die Berge glühten, und etwas glühte in ihm. Ja, hier zu sein, bei Claire zu sein, war gut. Er glühte, es befeuerte ihn, eine Arbeit zu finden, für die er geschaffen war. Eine Tätigkeit, die ihn ausfüllte und ernährte und Claire und die Kinder dazu. Der Weiler Bettnang mit seinen sechs, sieben Höfen hatte kein Gasthaus, die Bewohner saßen abends auf der Bank vor dem Haus, manchmal kam ein Nachbar dazu. Sie tranken Most und sahen in die blaue Luft, die für Kornitzer eine fremde blaue Luft war. Da wollte sich Kornitzer doch nicht dazusetzen. Der Weiler hatte eine Zwergschule, einen Schuhmacher, eine Sennerei und einen kleinen Laden („Geschäftle", sagten die Leute), in dem die nötigsten Alltagsdinge zu kaufen waren, Zwieback für alle Fälle, Sauerkraut im Faß, Streichhölzer und Gummibänder und Näh- und Sicherheitsnadeln und Zwirn. Die meisten Lebensmittel, Milchprodukte und Obst, kamen von den Höfen und aus den Gärten, im Laden war für sie kein Bedarf.
Kornitzer schlüpfte gern in die kleine Kirche, goldgefaßte Altäre links und rechts und eine wie ein Schwalbennest hoch an die Wand geklebte Kanzel. Die goldenen Heiligen auf beiden Seiten des Hauptaltars träumerisch unter ihren Bischofsmützen, am rechten Seitenaltar ein Sebastian, dem die Pfeile regelmäßig wie ein Muster in seinem schön geschnitzten und bemalten Fleisch steckten und der mild und süßlich auf die Beter herablächelte. Alles war auf eine behagliche Weise gelungen, erprobt seit Jahrhunderten und nie aufgegeben. Selbstsicherheit einer bäuerlichen Kultur, die keine Fragen stellt und nicht in Frage gestellt werden will. Claire nahm die knappen Kirchenbesuche ihres Mannes eher ironisch auf, sie war Protestantin durch und

durch, das Ausufernde, in Gold Getauchte, die Stuckgirlanden waren ihr fremd, die verzückten Heiligengesichter stießen sie ab. Aber wenn Kornitzer so für eine kurze Rast in dem Kirchlein bei den goldgefaßten Heiligen saß, hätte es ihm auch oder vielleicht besser bei Katholiken gefallen. (Claire besuchte die protestantische Stadtkirche ab und zu und machte nicht viel Aufhebens davon.)
Die kleine Dorfkirche mit ihrem Bedeutungshof beherrschte den Weiler, von der Stufe zur Kirchentür aus hatte man den schönsten Blick. Ein Kranz von Grabstätten scharte sich um die Kirche, lehnte sich an die Friedhofsmauer. Die Grabsteine blickten mit großen, dem Tod entgegengesetzten Augen in die Gebirgslandschaft, wärmten den Rücken an der Kirchhofsmauer für eine Generation oder länger, bis die nächsten Toten Platz brauchten. Kornitzer sah die unerhört weiten Fältelungen der Berge, das Eisige, das Kalte, Granitene, es wunderte ihn nicht, daß frühere Reisende die Alpen für feindlich, ja für häßlich gehalten hatten und den Vorhang der Kutsche zuzogen, wenn die Gebirgsmassen ins Blickfeld kamen. Und dann spazierten die Augen ins Dorf zurück. Die Kirche, der Friedhof, das Pfarrhaus mit den verblichenen roten Fensterläden, das Feuerhaus und eine Handvoll Höfe, breit hingelagert, vorne die Scheunen, dahinter im rechten Winkel angebaut die Kuhställe. Manchmal reichte der Platz zur Straße hin noch für einen Blumenzwickel. Zwischen den Schenkeln von Wohnhaus und Stall thronte der warme Misthaufen. Er war ein Zentrum des Hofes, die Hühner kratzten darauf herum, pickten nach Würmern und Maden, verdrehten rechthaberisch die Hälse, und der Hahn bewachte sie. Kornitzer war nie längere Zeit auf dem Land gewesen, vielleicht bei Wanderungen oder Durchquerungen einer Landschaft zu einem bestimmten Ziel. Bettnang mit seiner betörend schönen Lage über dem See beeindruckte ihn, der

Schuster klopfte auf dem Eisen herum, die Kühe muhten, die Hühner gackerten, zweimal am Tag kam der Postbus, und sonst war es so ruhig, daß er seine eigene Unruhe zum erstem Mal, seit er am Bodensee war, schmerzhaft spürte.
Claire bedeutete ihm, daß das Dorf jetzt leer sei und in sich selbst ruhe. Um die gleiche Zeit, als sie ins Dorf gekommen war, also im Januar 1944, seien im Klassenverband Schulkinder aus dem Ruhrgebiet gekommen. In einer panischen Aufregung sei das Dorf vor der Masse der Unterzubringenden erstarrt. Und der Lehrer, ein Hemd im Winde, ein Mann an der Pensionsgrenze, habe die Kinder, die in Listen gesammelt und numeriert worden waren und ihre Nummer auf einem Schild um den Hals trugen, vom Bahnhof auf die Höhe des Dorfes gebracht. Ob auch die Stadt am See so viele Kinder aufnehmen mußte, wußte Claire nicht, eher nicht, eher gehörten die Kinder in die Dörfer, keiner kannte das Schicksal der Städte, so war die Meinung, und sie war ja nicht falsch gewesen. An der Postbushaltestelle habe der Lehrer die Kinder aus dem Ruhrgebiet aufgestellt, aus welcher Stadt sie kamen, hatte sie vergessen, eins neben dem anderen in Reih und Glied, Kinder mit Rucksäcken und Köfferchen und aufgeregten Gesichtern. Die Bäuerinnen seien aus den Häusern gekommen und hätten sich für ein, zwei Kinder entschieden. Ihre Bäuerin, Frau Pfempfle, habe Mädchen aufgenommen, neben ihren großen Jungen wollte sie Mädchen auf dem Hof haben, kleine städtische Mädchen, die die Kühe anstaunten wie Wundertiere und die warme Milch gleich im Stall tranken und sich danach schüttelten. Der Hof habe auch einen polnischen Knecht gehabt, sagte sie. Also einen Zwangsarbeiter, fiel er ihr ins Wort und dachte an den jungen Mann mit dem fehlenden Schneidezahn, den er im Büro getroffen hatte. Claire ignorierte seinen Einwand: Kein Mensch habe Zwangsarbeiter gesagt, die Bauernhöfe hätten ohne

Knechte gar nicht existieren können. Ihr Knecht habe mit der Familie an einem Tisch gegessen, bis der Ortsbauernführer zur Kontrolle kam und die Bäuerin anwies, so ginge das aber nicht. Der Pole müsse im Stall essen. Am nächsten Tag habe die Bäuerin ihm wieder seinen Platz am Tisch angewiesen. Dann, nach Kriegsende, seien auch Franzosen im Dorf gewesen, sicher fünfzig Mann, eine Einquartierung, die die Häuser voll wie Hutschachteln erscheinen ließen. Claire erzählte gerne, und er hörte ihr gerne zu. So war es auch früher gewesen. Und dann stellte er doch die Frage, die ihn, seit er allein in die Stadt gewandert war, umtrieb: Warum war die Stadt nicht zerstört? Die Stadt sei mit stiller Hilfe der Schweizer Diplomatie zur Internationalen Rotkreuz-Stadt erklärt worden, sagte Claire. Deshalb seien auch keine Brücken gesprengt worden. Am 22. April 1945 sei die Stadt Lindau in Alarmbereitschaft versetzt worden. Von Tag zu Tag waren mehr Flüchtlinge in die Stadt gekommen. Die wenigen Züge, die noch fuhren, seien überfüllt gewesen. Im alten Rathaus habe sich ein SS-Stab eingenistet, das schien ein sicherer Ort zu sein, und in die Kreisleitung der NSDAP sei ein Militärstab eingezogen. Gerüchte schwirrten durch die Stadt, die sich grundsätzlich widersprachen. Aber Claire Kornitzer erinnerte sich auch genau an den 30. April 1945. Es war ein heller, leuchtender Frühlingstag, der Tag, an dem sich Hitler tötete. Morgens um 8 Uhr wurde Feindalarm in der Stadt gegeben. Es wurde erzählt, daß der Besitzer eines Gasthauses mit dem Namen „Idyll" den einrückenden Franzosen entgegengefahren sei und den Offizier des ersten Panzers um Schutz für seine Heimatstadt gebeten habe. Es hieß auch, er habe die Führung des Panzers und zweier Wagen motorisierter Truppen, die von Wasserburg kamen, übernommen. Kurz nach 9 Uhr rollte dann der erste französische Panzer über die Seebrücke. Auf dem Turm der katholischen Kirche wehte eine

weiße Fahne. Das Kampftruppenkommando und die Polizei wurden von den Franzosen rasch entwaffnet. Dann seien immer mehr Truppen, die vor einem Tag noch feindliche Truppen genannt worden wären, in die Stadt geflutet, während die Panzer in Aeschach verblieben oder in Richtung Bregenz davonfuhren. Überall seien die Menschen zusammengeströmt, niemand habe gewußt, wie es nun weitergehe. Und es gab auch nicht so viel Vertrauen zwischen den Gaffenden auf der Brücke, daß es sich lohnte, ernsthaft darüber zu streiten. Man mußte sehen und abwarten, wie es weiterging.
Rasch wurden die Übergabebedingungen bekanntgegeben: Ausgehverbot von abends 20 Uhr bis morgens um 6.30 Uhr. Ein Lautsprecherwagen fuhr durch die Stadt und die umliegenden Dörfer und befahl die Ablieferung aller Waffen, der Munition, Sendegeräte, Ferngläser. Die wenigen in der Stadt verbliebenen Militärs hatten sich als Gefangene zu melden. Ohne den geringsten Zwischenfall sei die Stadt dann besetzt worden. Auf den Giebelwiesen, auf dem Bahndamm und an anderen Plätzen im Stadtgebiet hätten die Franzosen Geschütze aufgestellt, die auch bald feuerten. In Bregenz hätten sich SS-Truppen zurückgezogen und Widerstand geleistet. Am darauffolgenden Tag wurde dann Bregenz beschossen, es gab einen Höllenlärm, wie man ihn in der Nachbarstadt nicht kannte. Der Boden bebte, der Himmel war rauchgeschwärzt, eine amboßförmige Wolke bildete sich, die Stadt brannte an vielen Stellen. Es war die endgültige Niederlage der Tatsachen. Mehr war dazu nicht zu sagen, mehr wollte man sich in der Stadt und auf den Hügeln dahinter nicht vorstellen. Viele Menschen seien auf der Seebrücke gestanden und hätten schweigend das Schauspiel der brennenden Nachbarstadt angesehen – mit einem Grauen und der geheimen Befriedigung, daß es das eigene Dach, die Giebel, die Fensterscheiben nicht getroffen hatte und nicht den eige-

nen Kopf, der sich nicht genug verwundern konnte. Drei Stunden griffen alliierte Fliegerverbände an, während die Geschosse der schweren Artillerie ununterbrochen hinüberflogen. Am Dienstag, den 1. Mai war dann Bregenz gefallen, der große Strom der Kampftruppen zog weiter, die Versorgung mit Elektrizität setzte aus, es gab auch keine Zeitung mehr. Eine gespenstische Ruhe herrschte, strahlendes Frühlingslicht darüber gespannt. Gott schlief, Gott ruhte aus, nachdem er so viel Chaos zugelassen hatte. Das Chaos, dabei runzelte Claire die Stirn, sei doch eher eine Angelegenheit des Beginnens, vor der Erschaffung der Welt gewesen, und nun war seit Beginn der Menschheitsgeschichte an eine Art von Ordnung, von Systematik, nicht mehr zu denken. Gerade sie, eine geborene Berlinerin, eine Preußin, eine Protestantin, verlange nach einer nüchternen Ordnung, und sie zu entbehren, sei eine besondere Strafe gewesen, die sie glaube, nicht verdient zu haben. Kornitzer mußte lächeln bei diesem leisen Ausbruch seiner Frau. Ungefähr 150 Nationalsozialisten seien verhaftet worden, fuhr sie fort, auch die Ortsgruppenleiter von drei Städten. Der NSDAP-Kreisleiter hatte es vorgezogen, mit einigen Mitgliedern seines Stabes die Stadt zu verlassen. Er sei aber einige Tage später von einem Polen erschossen wurden, so habe man es berichtet, so erzählte es Claire ihrem Mann.
Der Gastwirt der „Idylle", der sich damit groß getan hatte, daß er die Franzosen empfangen hatte, wurde später der Lüge bezichtigt und verließ die Stadt. An seinen Namen erinnerte sich Claire Kornitzer nicht mehr, und das machte auch nichts. Nun hieß es: Er war dem ersten französischen Panzer begegnet, und der Offizier hatte ihn gebeten, ihm den Weg in die Stadt zu zeigen, nichts anderes. Und die Aufdeckung seiner beschämend unspektakulären Heldentat war so ernüchternd, daß man den Mann gründlich vergessen hätte, wäre er nicht

noch im Amtsblatt des Kreises erwähnt worden. Aber Claire hatte diese Ausgabe des Kreisblattes weggeworfen, andere behielt sie, sie wußte selbst nicht, warum. Schwamm über den Mann, Schwamm über die „Idylle", sie wußte nicht, ob das Gasthaus mit dem falsch klingenden Namen noch existierte. Und es interessierte sie auch nicht, ja, nicht im geringsten, sagte sie ihrem Mann, der eine geduldige Aufmerksamkeit für alles Heimatkundliche entwickelte.

Zwangsarbeiter, Zwangsarbeiter, klingelte es abends beim Einschlafen in seinem Kopf. Ich habe meine Frau zur Anerkennung des Begriffs Zwangsarbeiter gezwungen, wo sie von dem polnischen Knecht, wie vermutlich alle Deutschen, sprechen wollte. Aber er, Kornitzer, war auch deutsch! Er war ausgebürgert worden, also mußte er sich schlaftrunken mit sich selbst auf einen so banalen Begriff wie „alle Deutschen im Lande" beschränken. Oder sollte er sich dazu versteigen, in seinem Kopf von „allen Deutschen, die vom herrschenden Nationalsozialismus infiziert waren", zu denken? Das schlösse auch seine Frau ein, die er ausnehmen wollte, die er ausnehmen mußte. Die Frage irritierte ihn, er sah sich als Bezwinger mit guten Gründen, aber das machte nicht froh, so nahm er schlaftrunken den Arm seiner Frau, der ihm am nächsten lag und knetete ihn, obwohl er ihn eigentlich nur streicheln wollte, aber die innere Anspannung, Claire Unrecht getan zu haben, ließ ihn wohl kräftiger zupacken, und Claire stieß einen Laut aus, den sie im Wachzustand wohl nicht über die Lippen gebracht hätte, einen tiefen, schnaubenden Seufzer wie ein Pferd, und dann merkte er auch an dem Arm, den er weiter in seiner Hand behielt: Claire schlief schon längst. Und Kornitzer, noch lange schlaflos, sagte sich: Ich habe an ihr unlauter gehandelt. Das klang gut, auch befreiend, aber es war wiederum kein juristischer Begriff. Er dachte noch ein bißchen nach, ob er einen solchen, der wirklich paßte, nachschieben könnte, es war wie eine innere Verfassungsbeschwerde gegen sich selbst. Er fand keinen passenden Begriff, nun ja: „Nötigung zur Verständigung" wäre noch am passendsten gewesen. Aber die Nötigung konnte auch billigend als eine Einladung zu einer Rechtsgemeinschaft aufgefaßt werden, die er ohnehin schon mit seiner Frau bildete. Daß er sich seiner Frau gegenüber nicht strafbar gemacht hatte, wußte er selbst, auch so schlaftrunken wie er war. Aber es gab einen Schatten, der nicht moralisch oder ethisch zu bewerten war, sondern auf einer Ebene, die er doch gerne auf dem Feld seiner Fachwissenschaft verorten wollte.

Als er sich sicher eine Stunde im Bett gewälzt hatte, nahm er ein zweites Mal vertrauensvoll den ihm am nächsten liegenden Arm seiner Frau und behielt ihn umfaßt, als wäre er eine Schlummerrolle, etwas, an dem er sich ohne Bedingungen anklammern konnte, das tat er, und seine Frau machte am Morgen den Eindruck, als hätte sie von all diesem Denk- und Gefühlsaufwand nicht das Geringste mitbekommen, was erleichternd war, aber auch ein bißchen unheimlich.

Wie hatte Claire Kornitzer ihren Mann wiedergefunden? Das war eine lange Geschichte. Im Amtsblatt hatte sie einen Aufruf gefunden, der sie elektrisierte.

*Deutsche jüdischer Konfession*
*Zur Vorbereitung der Wiedergutmachung des den deutschen Bürgern jüdischer Konfession oder Abstammung zugefügten moralischen und materiellen Unrechts wird die Erfassung des fraglichen Personenkreises durchgeführt. Sämtliche im Kreis Lindau (B) wohnhaften deutschen Bürger jüdischer Konfession oder Abstammung werden hiermit aufgefordert, bis spätestens 20. Januar 1946 ihrem zuständigen Bürgermeister schriftlich Meldung zu machen nach folgendem Muster:*

*Zu- und Vorname*
*Ob Volljude (im Sinne der Nürnberger Gesetze oder Mischling I. oder II. Grades)*
*Geburtsort und -tag*
*Letzter Wohnsitz*
*Familienstand*
*Früherer Beruf*
*Jetziger Beruf*
*Gesundheitliche Schäden*
*Vermögensverluste*

*Die Bürgermeister legen die Meldungen gesammelt bis längstens 1. Februar 1946 dem Landrat vor.*
*Der Landrat: gez. Dr. Eberth*

Die Ausschreibung traf nicht auf Claire Kornitzer zu, aber sie war wie ein Haltegriff, ein Rettungsring, eine Gewißheit, daß sie gehört werden würde und daß sie ihrem Mann, auf den die Ausschreibung zutraf, Gehör verschaffen würde. Nur: Sie hatte keine Vorstellung über die Mittel, mit denen ihr Mann sie finden konnte und sie ihn. Sie hatte auch keine Vorstellung, wie viele Menschen sich im Landkreis auf diesen Aufruf melden würden. Die Meldefrist war äußerst knapp bemessen, man mußte sich auf den Hosenboden setzen, um die Unterlagen zusammenzutragen und sorgsam aufzulisten. War die Frist so knapp, weil es plötzlich – gut ein halbes Jahr nach Kriegsende – peinvoll war, daß bis jetzt niemand nach Juden gefragt hatte (als hätte sich das „Judenproblem" in Auschwitz, in Majdanek erledigt), oder war die Frist deshalb so knapp bemessen, damit sich nur wenige Zurückgekehrte oder aus den Verstecken Gekrochene melden konnten? Claire rätselte darüber, kam aber zu keinem Schluß.

Daß nur 681 Juden in der Französischen Zone überlebt hatten, konnte sie nicht wissen, und hätte sie es gewußt, wäre sie nicht verwundert, nur todtraurig gewesen.
Gleich neben dem Aufruf hatte sie eine Anzeige gefunden: *Großer Rucksack mit Lederriemen gegen einen Meter trockenes Tannen- oder Buchenholz zu tauschen gesucht.* Ja, Brennholz war gesucht, aber Transportmittel waren auch begehrt. Im Rucksack war nicht genügend Holz zu transportieren. Vielleicht hatten manche Städter Rucksäcke, mit denen sie am Wochenende Wanderungen in die Berge gemacht hatten, und Gartenbesitzer fällten ohne Bedenken ihre Bäume, Tannen, Buchen. Die Pfempfles, die Bauern, bei denen sie wohnte, dachten nicht daran, ihre Obstbäume zu fällen, die Bäume waren die Grundlage des Hofes, sie waren etwas, das immer zur Familie gehörte, wie das Milchvieh. Auf der gegenüberliegenden Seite fand sie die Anzeige: *Meinen Schülern zur Kenntnis, daß der Zither-Unterricht wieder am Dienstag, den 22. Januar 1946 beginnt. Das* Unterrichtszimmer *befindet sich in der Hauptstraße 27/III bei Herrn Zollsekretär Merkl. Neuanmeldungen ebenso dort erbeten.* Und sie las auch von der dringenden *Suche nach einem Bassisten (Schlagbaß) sowie einem Cellisten und einem Posaunisten,* außerdem wurde *eine routinierte Schlager-(Refrain)-Sängerin gesucht.* Zu richten waren die *Eilangebote an das Konzert- und Tanzorchester Otti Weber-Helmschmied.*
Das las sie alles sehr sorgfältig, und sie versuchte sich einzufühlen in die Leute, die solche Anzeigen aufgaben. Und sie versuchte auch, sich vorzustellen, andere Menschen in ihrer nun einmal nicht freiwillig gewählten Umgebung fühlten sich in ihre, Claire Kornitzers, Situation ein: die Kinder weit weg, damit sie überlebten, der Mann noch sehr viel weiter weg, damit er überlebt. Und der Kriegsbeginn, die unsinnige Anzettelung des Krieges, der ein Weltenbrand wurde, verhinderte ihre Auswanderung, verhinderte die Vereinigung des Vaters mit

den Kindern, verhinderte ihre Vereinigung mit ihrem Mann auf einem anderen Kontinent. All das hinterließ Narben, Erschütterungen, Verluste, die einem Fremden kaum begreiflich zu machen waren. Rucksäcke, Feuerholz und eine Zither tauchten aus dem Nebel auf; Posaunisten und Bassisten stießen dazu und versanken wieder im Nebel. Und so mußte sie sorgsam und ohne allzu viel Gefühlsballast in den entsprechenden Lücken der Formulare schreiben, nicht zu viel, keinesfalls zu viel, aber doch kraftvoll und nicht zaghaft. Und so schrieb sie.

„Betr. Erfassung deutscher Bürger jüdischer Konfession oder Abstammung.
Auf Grund des Aufrufes im Amtsblatt (Nr. 4 vom 15. 1. 1946) habe ich folgende Angaben zu machen:
Zuname: Kornitzer
Vorname: Claire Marie geb. Pahl
Ich selbst bin voll-arisch, jedoch (im Sinne der Nürnberger Gesetze) mit einem Volljuden seit 1930 verheiratet. Meine Ehe ist nicht geschieden."
Das Wort „nicht" hat sie zweimal unterstrichen: <u>nicht</u>, und noch einmal <u>nicht geschieden</u>. So ragt es prominent aus dem Schriftstück hinaus. Und so füllt sie sorgsam den Fragebogen weiter aus:
„Ehemann: Dr. Richard Karl Kornitzer (ehemaliges richterliches Mitglied der Patent- und Urheberrechtskammer des Landgerichts I in Berlin)
am 1. 4. 1933 ohne Gehalt und Pension wegen seiner Rassezugehörigkeit fristlos entlassen.
Im Februar 1939 nach Kuba ausgewandert und seit dem Februar 1942 fehlt mir jede Nachricht von meinem Mann.
Kinder:    Georg geb. 22. 1. 1932
           Selma  geb. 30. 3. 1935

Beide Kinder sind von mir Anfang Januar 1939 nach England zur Erziehung gebracht worden. Auch über den Verbleib meiner Kinder habe ich nur widersprüchliche Nachrichten."
Der ganze Komplex der Vermögensentschädigung, ihre Gesundheit, all das interessiert sie jetzt nicht so sehr, sie geht darauf nur kursorisch ein, vielleicht hofft sie auf die Hilfe ihres Juristen-Mannes. Sie hat jetzt andere Interessen, existenzielle Interessen, und die teilt sie dem Landratsamt mit.
„Zur Frage der Wiedergutmachung: ich spreche die ergebene Bitte aus, mir zunächst in folgenden beiden Punkten so weit als möglich behilflich zu sein:
1. den jetzigen Aufenthaltsort meines Mannes zu ermitteln und seine evtl. Rückkehr zu unterstützen.
2. meine eigenen Bemühungen, eine Einreiseerlaubnis für einen kurzen Besuch meiner Kinder in England zu erhalten, freundlichst zu unterstützen. Die kurze Reise nach England soll neben dem Besuch der Kinder, die ich sieben Jahre entbehren mußte, auch den Zweck haben, die Wiedervereinigung der Familie zu fördern."

Sie schreibt ohne Grußformel, sehr selbstbewußt, sie hat genug gelitten und entbehrt. Sie schreibt in großen, schwingenden Buchstaben ihren Namen: Claire Kornitzer, das E am Ende des Vornamens zittert, verknäult sich ein wenig. Egal, was Graphologen dazu sagen mögen (gibt es noch welche?), vielleicht eine Erregung, ein gutes Ende vorauszusehen, vielleicht auch eine optische Entsprechung des Nierengrießes, der sie seit einiger Zeit quält, als schiede sie auch etwas Spitzes, ganz unpassend Zugespitztes aus, eine Hoffnung, eine Selbstsicherheit, die Energie, hier aus dem Winkel des Bodensees die Zügel in die Hand zu nehmen, um die Familienkutsche, die havariert ist aus bekannten Gründen, wieder in die richtige Spur zu bringen. Claire Kornitzer legt sich mächtig ins Zeug. Und seit ihrer Meldung wurden auch die Hilfsorganisationen tätig, Listen wurden verglichen, das Räderwerk einer Sozialmaschinerie auf Hochtouren, es lief heiß, unzählige Namen von Verschollenen in allen Blättern und Aufrufen, Namenslisten wurden über die Kontinente gekabelt, die Listen der Suchenden und die der Gesuchten übereinanderkopiert, bis sie an einer Stelle deckungsgleich wurden.

Kornitzer hatte seine Frau wiedergefunden, und er hatte dazu ein Panorama geschenkt bekommen, wie er es noch nie gesehen hatte. Die grünen Matten mit den malmenden Milchkühen im Vordergrund, dann ein Wäldchen, die breit angelegten Obstgehölze, Obstplantagen mußte man schon sagen, wenn man in den Tropen gewesen war, Äpfel und Birnen in einer solchen Fülle, wie er sie noch nie gesehen hatte. Und dann darüber der Prospekt der Berge, Gipfel für Gipfel in breiter Front. Kalt und weiß, kalkig waren die ersten, bläulicher die dahinter und die hintersten spielten ins Violett, ritzten den blauen Himmel blutig. Wie ein Schüler lernte er ihre Namen. Er war in eine Landschaft gebettet, wie er sie sich nicht hatte träumen lassen können, viel frische Luft, so daß sie ihn fast betäubte. Der Sonnenaufgangshimmel, wenn er aus dem Fenster sah, hatte einen feinen Haarflaum. Der Sonnenuntergangshimmel mit einer langen Kette wächserner Wolken wirkte wie modelliert, frisiert, Wolkenmodelle in einer großen volkstümlichen Ausstellung, einer Glaspalastwirksamkeit. Prachtvolle Tage, denen Regenvorhänge folgten, die Bergkette verschwand im Mausgrauen. Am nächsten Tag ein Federbett am Himmel, die Luft schneidend und österlich, immer noch etwas Schnee in den Mulden, Sprühen, Verwischen, Schmelzen. Ja, hier mußte man Bauer sein, konnte man nichts anderes als Bauer sein mit einer rotwangigen Frau, die im Stall ein Kopftuch trug, und einer Schar Kinder, rosig und gesund, mit einer Haut wie Milch und Blut,

und Honig floß, tropfte über die dick geschmierten Butterbrote, in der Küche hing ein Kreuz im Winkel über dem Eßtisch, an dem sich alle versammelten, und die Kinder tauchten die Bommeln, mit denen ihre Strickjacken am Hals verschlossen waren, in den Honig, und die Bäuerin übersah es gnädig, sie hatte genug zu tun im Stall, im Haus, die Kinder gediehen, aßen die Äpfel, die Äpfel rotbackig und blank und die Kinder auch. (Vielleicht täuschte er sich. Vielleicht idealisierte er das, was er nicht kannte. Die Enge, die Strenge, das Verbot, aus der Gemeinschaft auszuscheren, wo immer sie sich denkend, handelnd, Gefühlen unterworfen befand, das Verbot, über die Stränge zu schlagen, eigene Wege zu gehen, kannte er nicht.) Eine Kuh kalbte im Stall, die dramatischen Verwerfungen auf der Bauchdecke des Tieres mußten beobachtet werden, und die Kinder saßen noch beim Frühstück.
Ja, der Weiler Bettnang gefiel Richard Kornitzer. Oder gefiel er ihm so gut, weil er Claire hier wiedergefunden hatte, weil in diesem Bauernhaus, das mit einer Schulter zur Landstraße wies, eine Art von Gewißheit herrschte, die er so lang vermißt hatte? Unten die Pfempfles, die Hofbesitzer, Mann und Frau in seinem und Claires Alter, mit einer Gelassenheit den Zeitläufen gegenüber – wo und wie der Obstbauer den Krieg erlebt hatte, wagte Kornitzer nicht wirklich zu fragen, immerhin war er Gast. Im ersten Stock wohnten Vertriebene aus dem Egerland, Schwestern oder Schwägerinnen mit drei Kindern und einem Mann, der mit Eifer einen Schuhwichshandel aufgezogen hatte. Schuhwichse war nicht lebenswichtig, eher schon ein Luxusprodukt, aber ein erschwingliches. So türmten sich im Treppenhaus Kartons mit Schuhwichsdosen, woher der Mann den Bestand hatte, blieb sein Geheimnis. Der Mann der zweiten Vertriebenen war verschollen, nichts wußte sie von ihm und seinem möglichen Tod.

Pfempfles melkten und fütterten die Kühe, sie spritzten die Obstwiesen siebenmal im Jahr, wie es der Kreisobstbauminspektor empfahl, so hatte Kornitzer es verstanden: Die Winterspritzung bis Mitte März, die erste Vorblütenspritzung kurz nach dem Austrieb, die zweite Vorblütenspritzung kurz vor dem Aufbrechen der Blüten, die erste Nachblütenspritzung sofort nach dem Abfall der Blütenblätter, die zweite Nachblütenspritzung etwa zwei Wochen nach der ersten Nachblütenspritzung, die dritte Nachblütenspritzung etwa zwei bis drei Wochen nach der zweiten Nachblütenspritzung, bei Regenwetter früher, bei trockenem Wetter später und die Spätschorfspritzung Anfang August bis Anfang September. Der größte Feind der Früchte war der Apfelblütenstecher, aber auch Blattläuse, Schorf, Frostnachtspinner und Obstmaden konnten für die Ernte gefährlich werden. Die Winterspritzung bekämpfte die Eier der verschiedenen Schädlinge. Pfempfles führten sorgfältig Buch über die vorbeugenden Spritzungen, nichts durfte dem Zufall überlassen bleiben. Wenn sich erst Krankheiten auf den Blättern oder Früchten zeigten, waren sie meist nicht mehr zu bekämpfen. An den kranken Stellen verursachten die Spritzmittel aus Kupferkalk und Schwefelkalk sogar häufig Verbrennungen. Es war auch wichtig, frühmorgens oder spätabends zu spritzen und niemals in die offenen Blüten, denn die Bienen, die die Blüten bestäubten, mußten geschützt werden. Und möglichst bei windstillem Wetter.

So penibel die Pfempfles mit den Apfelbäumen verfuhren, so viele Freiheiten ließen sie ihren Söhnen, wenn nur die Arbeit auf dem Hof gemacht wurde. Sie hatten zwei Söhne, der Älteste war im Alter von Georg, dem Kornitzersohn, es war ein groß gewachsener Junge mit flachsblondem Haar, der eine so ruhige Selbstgewißheit ausstrahlte, als könnte er im Nu den Hof übernehmen: die Kühe, die Apfelbäume, die dann alt gewordenen Eltern – er hatte ja auch mit der Mutter und dem polnischen Zwangsarbeiter alleine wirtschaften müssen –, und ein kleinerer Junge, der gerne Faxen machte, dem Claire schon von weitem zuwinkte, wenn sie mit dem Postbus abends nach Bettnang kam. Ein Junge, der sich gern bei ihr in ihrem Zimmer herumtrieb und bettelte, sie möge doch den Plattenspieler anstellen. Sie tat es ihm zu Gefallen, aber sie hatte auch Gefallen an dem Vergnügen des Jungen, daß er etwas wollte, was nicht selbstverständlich war bei den Bauern, Musik hören. Wollen wir tanzen?, fragte sie ihn manchmal, aber er winkte ab. Tanzen könne er nicht. Das lernst du, wenn du nur willst, ermunterte sie ihn. Und legte ihm die Hände auf die Schultern, hör zu, mahnte sie ihn und lächelte ihr gewinnendstes Lächeln, leg deine Arme um mich. Dann schaukelte und stampfte sie mit ihm los, trällerte die Melodie vom Plattenspieler mit, ließ sich sein Stolpern und Einknicken klaglos gefallen. Siehst du, sagte sie, geht doch. Und wenn die Platte abgespielt war, prustete sie vor Lachen, und ihr jugendlicher Tanzpartner reckte sich ein bißchen, als hätte die gemeinsame Unternehmung mit der großstädtischen Mieterin ihn weltläufiger und erwachsener gemacht, ein bißchen jedenfalls. Machen wir wieder, sagte Claire und schob den Jungen dann, ehe er sich auf ihrer Bettkante festsetzte, um noch eine Platte zu hören, aus dem Zimmer hinaus. Zu ihrem Mann sagte sie: Es macht dem Kleinen so viel Spaß. Ihr eigener Spaß war ihr an der Nasenspitze anzusehen. Und Pfempfles im unteren Geschoß wisperten manchmal: Daß Frau Kornitzer bei allem, was sie durchgemacht hat, ihren guten Humor nicht verliert.

# Auf dünnem Eis

Richard Kornitzer war gekommen mit einem Ausweis der Vereinten Nationen, *aus welchem sich seine Eigenschaft als bona-fide Displaced Person und seine Zulassung zum Aufenthalt in der französischen Zone durch telegraphische Anweisung des Kontrollrates für Deutschland (Combined Travel Board) vom 7. August 1947 ergeben hatte.* Er hatte außerdem eine Identitätskarte im ruppigen amerikanischen Spanisch der Hilfsorganisation: *Refugiados Hebreos Habana.* So war er angekommen im Nachkriegsdeutschland, er wußte, warum, er wollte ankommen, es zog ihn hin, das war eine eigenwillige und gleichzeitig passive Entscheidung, von welcher Seite man es betrachtete. (An der seine Frau den allergrößten Anteil hatte.) Ohne ihre energische Vorarbeit wäre er niemals angekommen oder erst Jahre später. Sie hatte ihn angefordert, sie wollte ihn wiederhaben, „ihren Mann". Und in ihrer Vorentscheidung, in der seine Entscheidung neblig und vage (vielleicht auch beschämend) aufgehoben war, war ein Glück.

Aber Kornitzer kam als Mister Nobody (*un don nadie*) aus Nowhere (*en ningún lugar*). Die Sprache der Hilfsorganisation war Englisch, die UNRAA und später die IRO waren seine Paten, Patentanten, und sie ackerten ja auch, ihn und unzählige andere *Displaced Persons* an den Ort zu bringen, an dem sie erwünscht waren, an dem sie vielleicht Reste, Überreste ihrer verlassenen Familie finden würden oder eine *tabula rasa*, die weit entfernt war von den Kratern der Unmenschlichkeit. Die Sprache, die er viele Jahre zu benutzen gelernt hatte mit einigem Geschick, das Hochspanische mit einem Tasten nach dem weichen kubanischen Spanisch, hatte in Versunkenheit zu fallen. Er hatte sich lange Zeit gerne des Spanischen bedient, und er glaubte es eini-

germaßen ordentlich zu können, was ihm ehrerbietig bezeugt worden war. Die Sprache der Besatzungsmacht in diesem westlichsten Teil Deutschlands war Französisch, die Sprache des Landratsamtes, das für ihn zuständig war, war kernig, solide, Deutsch. Das Mündliche war Alemannisch, was Kornitzer auf Anhieb nicht gut verstand, und er wunderte sich auch, daß kaum einer seiner ersten Gesprächspartner Hochdeutsch sprach. Er ahnte, daß es ein trotzig fortgeführtes Sprechen war, eine Tonart, in die er sich einhören mußte. Also schrieb er lieber, als daß er mündlich verhandelte. Und man antwortete auf die Briefe seiner Frau und auch auf seine, es waren Briefe verschiedener Kategorien. Auch das war nicht übel, sah auf dem weißen Papier aus wie die Spur eines Eisläufers auf der planen Fläche, eine feine Ritzung, man mußte genau schauen, wer sie hinterlassen hatte, mit welchem Kraftakt, die Geschicklichkeit, die Geschwindigkeit, all diese Energien waren meßbar, wägbar, anschaubar, wenn man es wollte. Es kam ihm der Gedanke, seine Erfahrung auf die gefrorenen Buchten des Bodensees zu übertragen, einen Ritt über den Bodensee, weil ihm alles, was er erlebt hatte, nun mit der Rückkehr so flüchtig erschien. Seine Emigration, die die Deutschen als Auswanderung bezeichneten: Betreten der Eisfläche auf eigene Gefahr. Manchmal lagen Leitern im Gelände, auf Bäume gestützt. Er war gewohnt, er hatte sich daran gewöhnen müssen, daß sein Leben gefährlich war. Zehn Jahre im Nirgendwo, in der Unsicherheit (niemand wollte den Namen wissen), wie lang, warum, woher, wohin, Schwamm drüber. Schwamm über das Mörderische, Schwamm über die Gewalttaten, das fiel ihm auf, aber er drückte ein Auge zu. Denn das Ankommen war auch eine Erleichterung.
Er war im März 1948 nach Deutschland zurückgekommen, er verträumte das Frühjahr, staunte den Sommer an. Er schrieb auf Claires guter Schreibmaschine am 12. August 1948 eine

Eingabe an die Betreuungsstelle für politisch Verfolgte beim Landratsamt:
„Unter höflicher Bezugnahme auf die Rücksprache mit Herrn Oberinspektor Kemper und meine Eingabe vom 5. Juli d. J. an den Herrn Kreispräsidenten überreiche ich anliegend:
1. begl. Abschrift meiner Geburtsurkunde, aus welcher sich meine jüdische Abstammung ergibt
2. ein behelfsmäßiger Ausweis aus meiner Emigration in Havanna

Hierzu bemerke ich, daß ich außer der Qualifikation als Opfer des Naziregimes infolge rassischer Verfolgung von den vorgenannten Dienststellen der Vereinigten Nationen in Amerika zum Zwecke der Mitarbeit am demokratischen Wiederaufbau in Deutschland an leitender Stelle in die bevorzugte Rückführungsliste aufgenommen und hergesandt worden bin. Es ist mir ausdrücklich versichert worden, daß mir aus Gründen der Rasse, Religion, der früheren Ausbürgerung und dergl. keinerlei wie immer geartete Einwendungen oder Anstände entgegengehalten würden."

Das hat Kornitzer gut formuliert, und nach der Erschütterung der Ankunft hat er auch wieder Selbstbewußtsein, Straffheit bekommen, auch daran war Claire nicht unschuldig. Und weiter schrieb er an die Betreuungsstelle:

„Sobald ich mich jedoch – nach einigen Wochen der Eingewöhnung in Europa nach der Reise – hier bei den in Frage stehenden Behörden gemeldet habe, bin ich auf ständigen Widerstand gegen meine sofortige Rehabilitierung in leitender Stellung gestoßen. Insbesondere ist mir die nationalsozialistische Maßnahme der Ausbürgerung entgegengehalten worden, dazu auch das Fehlen freier Positionen, obwohl sich in zahlreichen, auch leitenden Positionen frühere Nationalsozialisten befinden. Das hat zur Folge gehabt, daß ich nunmehr durch Monate hindurch wegen der früheren nationalsozialistischen Maßnahmen heute noch ohne jedes Arbeitseinkommen bin, ganz abgesehen von der Ausschaltung vom demokratischen Wiederaufbau. Obwohl mir von leitenden Stellen zugestanden wurde, daß ich inzwischen ohne den Nazismus die Stellung eines Landgerichtsdirektors erreicht hätte und daß dringender Bedarf an demokratischen Richtern in allen deutschen Ländern besteht, muß ich feiern."

„Feiern", das hieß: keinen Ort zu haben, die eigene werktägliche Arbeitskraft irgendwo einzubringen an vielen, vielen Tagen, an denen er lieber arbeiten wollte. Und diese Unbill der ungewollten, unfaßbaren Untätigkeit, der Arbeitslosigkeit, mußte er der Betreuungsstelle für politisch Verfolgte beim Landratsamt melden. Und er fügte seinem Brief eine Formel hinzu, auf die er einigermaßen stolz war und die einfach so stehenbleiben konnte:

„Wegen der politischen Bedeutung dieser Vorgänge werde ich noch die endgültigen Entscheidungen der Behörden abwarten, an die ich dieserhalb Eingaben gemacht habe.
Mit vorzüglicher Hochachtung
Ergebenst
Dr. Richard Kornitzer"


Alles schwankte, es gab keinen festen Boden unter den Füßen. Das Ankommen war eine Erschütterung wie das Weggehen. Ein Ausfüllen von Formularen, ein Anhalten des Atmens, eher eine Klugheit, ein Abwägen zwischen verschiedenen Möglichkeiten, von denen das Andocken in der Stadt am Bodensee die beste zu sein schien. Dies war eine vollkommen neutrale Betrachtungsweise, seine persönliche Sicht und seine privaten Umstände wollte er außer Acht lassen. Er mußte sich selbst heimisch machen, dazu halfen nicht die Heimischen, dazu halfen

die Besatzungsmacht und die von ihr rasch und energisch eingesetzten Behörden, in denen unbescholtene Leute saßen. Sie stempelten Papiere und setzten kraftvolle Unterschriften darunter. Mit anderen Worten: Sie waren bemüht.
Das Herkommen war verschüttet, eine Zukunft unwägbar, und gerade diese Unwägbarkeit hatte er gewählt. Er hatte seit zehn Jahren nichts mehr erwählt, er war eingeordnet, aufgelistet worden, dabei hatte er Glück gehabt, ein ganz ungeheuerliches Glück. Und nur ganz im Inneren hatte er gewichtet, gerichtet, gezählt, wo er stünde, wo er stehengeblieben wäre, hätte man ihn nicht hinausgeschmissen aus seinem Land, hätte man ihn nicht gezwungen, gezwungen freiwillig zu gehen, seine Frau hoffte er nachkommen lassen zu können. Das war nicht gelungen. Hätte man nicht den ihm zudiktierten Namen Richard Israel Kornitzer (der Dr. jur. kam nicht mehr vor) in Listen eingetragen mitsamt einer Adresse, einer Steuernummer, hätte man nicht seine wirtschaftliche Existenz vernichtet. Reichsfluchtsteuer war zu zahlen, während man ihn hinausschmiß. Er hatte eine Abreiseadresse und eine Zieladresse, die nur ein Schiff war. Es hatte einen schönen klangvollen Namen: *Reina del Pacífico*. Das Ablegedatum und der Name des Dampfers, mit dem er reiste, klangen wie ein Geburtsdatum und ein Geburtsort einer vogelleichten Existenz, die vorsichtig, damit sie nicht gleich umkippte, aufs Wasser gesetzt wurde. Eine Adresse, ein Eintrag in einem Geburtsregister, eine Paßnummer, eine standesamtliche Eintragung zu einer Eheschließung, eine Bemerkung über den Beitritt zu einer kirchlichen Gemeinschaft (Taufe? Ja.), all dies ließ keine Spuren oder doch nur so periphere, daß diese Spuren, als er endlich angekommen war, nicht zählbar, nicht auflistbar waren. Die Zusammenhänge, aus denen er stammte, waren abgeschnitten, und er selbst war eine Rumpfexistenz. Er war ein Paket geworden, das expediert wer-

den mußte. Aber er war auch ein Mensch. Diese Wahrnehmung löste die Probleme nicht, im Gegenteil, sie schuf neue, die gar keine Namen hatten, vielleicht hießen sie nur Anpassungsschwierigkeiten, Gefühlsstörungen, aber das würde sich geben, so mußte man denken, wenn der Mann nach knapp zehn Jahren wiederkam, wiederkommen durfte, auf ausdrücklichen Wunsch, ja auf das beherzte Eingreifen der Frau.

Alles schwankte, die Berge grüßten, die satten grünen Matten waren ein Grund, auf dem man stehen könnte (wenn man Grund und Boden hätte), ein Fuß in der Stadt, ein Fuß auf dem Berg, mit Riesenschritten ginge es so zurück in eine Normalität. Claire Kornitzer hatte als Sekretärin bei einem Patentanwalt am Bodensee gearbeitet, solange noch Krieg war, produzierte die Waffenindustrie in der Nachbarstadt: Die Zeppelinwerft, die Motorenfabrik, die Zahnradfabrik und die Aluminiumfabrik, alle liefen auf Hochtouren. Alle arbeiteten fieberhaft an neuen (kriegswichtigen, kriegsentscheidenden, so hieß es) Produkten. Ingenieure tüftelten an Erfindungen, die Firmen meldeten Patente an, noch und noch, man wußte ja nie, man würde nach Kriegsende (so oder so) die Patente ins Ausland verkaufen. Da hatte der Patentanwalt viel zu tun, und er war froh, eine verständige Mitarbeiterin zu bekommen, die durch ihren Mann, der verschollen war, schon in den frühen dreißiger Jahren Erfahrungen mit dem Patentrecht hatte. Er war zufrieden mit Claire, und Claire glaubte, es auch gut getroffen zu haben. Dann wurde die Stadt der Flugzeugwerft, der Maschinenfabriken, der Aluminiumerzeugung bombardiert, eine Dornier trudelte, brannte, lag wie ein großer Torpedokäfer auf dem Rücken, ein Flügel gekippt, aufgerissen. Dem Luftangriff vom 28. April 1944 fiel die Schloßkirche in Friedrichshafen zum Opfer, der Dachstuhl brannte, der Helm kippte, die Orgel und große Teile der Kirchenbänke wurden vernichtet. Weil kein

Notdach errichtet werden durfte, blieben die unbeschädigten Deckengewölbe der Witterung ausgesetzt, so daß sich die Deckenfresken mit der Zeit auflösten und der wertvolle Stuck seit dem Herbst 1945 von der Decke herunterstürzte.
Die Büros der Ingenieure waren vor den Angriffen notdürftig aufs Land evakuiert worden und arbeiteten unverdrossen weiter, so hieß es. Aber nach dem Krieg wollte niemand mehr etwas wissen von den Motoren, der Luftfahrtindustrie, der kriegswichtigen Maschinenproduktion und ihren Erfindungen, von dem Hafenwesen, dem Zahnradwesen, dem Eisenbahnausbesserungswesen noch am ehesten. Die Produktionsstätten für Aluminium waren zerstört, das Waffenwissen lag brach, die Firmen zwangsaufgelöst, die Patente wie Blei im Keller, kein Bedarf, nicht einmal mit der Kneifzange anzufassen. Einige Ingenieure, die sich etwas auf ihr Wissen zugute hielten, verschwanden, waren auf klammen Wegen ins Ausland gegangen, hatten sich einfach abgesetzt mit ihren eingerollten Plänen, ihrem strikten Willen zum Siege, und wenn es nicht der Endsieg geworden ist, dann der einer einschmiegsamen Rede, die von Europa säuselte, wenn sie Deutschland meinte, von dem europäischen technischen Fortschritt, der europäischen technischen Überlegenheit, wenn sie Deutschland meinte. Es war zum Lachen. Nahmen sie Patente mit, an denen sie einen Anteil hatten oder von denen sie behaupteten, einen Anteil zu haben? Das war nicht voraussehbar, sagte der Patentanwalt seiner tüchtigen Mitarbeiterin. Also war auch die Niederlage nicht voraussehbar für den Patentanwalt. (Oder undenkbar? Nicht vorstellbar?) Die Technik siegte, die Niederlage war nicht voraussehbar, auch nicht vorstellbar, nicht die vollständige Kapitulation des Luftfahrtwesens, des Maschinenwesens, des Motorwesens, des ganzen menschlichen deutschen Wesens mitsamt seiner Erfindungskraft, seinen Tüftlern und Bastlern. Die deut-

sche Waffenindustrie mitsamt ihren Erfindungen hatte sich als zerbrechlich erwiesen, sie lag am Boden, und dort sollte sie nach dem Willen der Alliierten bleiben, zertrümmert, abgeräumt. Die Schloßkirche bekam erst 1947/48 mit Schweizer Hilfe ein Notdach, die Schweizer schickten Handwerker, die Handwerker brachten Schokolade für die Kinder mit, das Hämmern und Klopfen war am Seeufer zu hören.
Der Nachkrieg und die Währungsreform hatten auch die Anwaltskanzlei in Turbulenzen gebracht, man dankte Claire Kornitzer, man verwies sie darauf, daß sie als „Evakuierte" bald die strukturlos gewordene Gegend verlassen würde und mit ihrer Qualifikation (für die hier leider keine Verwendung bestünde) sicher in einer größeren Stadt mehr Glück hätte. Man gab ihr ein brillantes Zeugnis, für das sie eines ihrer guten Farbbänder der Schreibmaschine zur Verfügung stellte, und das war's. Es drängten junge Frauen, die noch keine Ausbildung hatten, die auch auf den übriggebliebenen Schreibmaschinen gymnastische Übungen machen wollten, es drängte eine Normalität. Für eine Berliner Geschäftsführerin einer GmbH, die abgehaltert worden war aus Gründen, die zehn Jahre später nicht mehr begriffen wurden, war zum zweiten Mal kein Platz. Claire Kornitzer ging stempeln, dann schlüpfte sie in der Verwaltung einer Molkerei unter, zählte die Milchkannen und schrieb Rechnungen und Berichte. Claire Kornitzer, ungebunden, hungrig, ohne Familie (aber mit Sorgen um ihre zerstreute Familie) war eine Belastung, eine Last, die abgeworfen wurde, aus betriebsinternen Gründen, aus nachkriegsbedingten Gründen, wie sie vorher aus Gründen, die die nationalsozialistische Gesetzgebung vorgab, aus ihrem Beruf gedrängt worden war. Ein Ehepartner, der ein Klotz am Bein war. Eine Ehefrau, die sich weigerte, die Scheidung gegen den jüdischen Partner einzureichen, war verloren. Sie war mehrmals zur Gestapo

vorgeladen worden und hatte unterschreiben müssen, nichts über diese Vorladungen, die Erschütterungen ihres bürgerlichen Lebens waren, weiterzugeben. Also war sie nicht zur Gestapo vorgeladen worden, also war sie nicht mißhandelt worden, zum Schweigen verdonnert. Also hatte sie das alles nur geträumt, und jede Aussage, jedes Flüstern, jede Äußerung gegenüber einem vertrauten Menschen, der sich dann doch nicht als so vertraut herausstellte, hätte weitere Einschüchterungen zur Folge gehabt, das hatte sie begriffen, das hatten sie einige Männer in einem Büro gelehrt, in dem sie lange warten mußte, bis es Nacht geworden war, bis das Haus nicht mehr vor Schreien und Brüllen und Türenschlagen vibrierte. (Und sie verstand diese Lehre nur so ungefähr, eher mit den Nerven, mit den empfindlichen Fingerspitzen als mit dem Verstand.) Was folgte, auch ohne ihr Verstehen, und besonders ohne ihre Einwilligung: Sie hatte nicht nur nichts zu sagen, sie hatte einzupacken und ihren Mann besser gleich als später aus der Schußlinie zu ziehen, so einfach war das.

Was aber feststand, waren ein paar Daten, Fakten: Das 1. Juristische Staatsexamen von Richard Kornitzer war vollbefriedigend. 1926 promovierte er zum Dr. jur., da ist er gerade mal 23 Jahre alt. Das 2. Juristische Staatsexamen legt er mit „gut" ab. Das waren hervorragende Noten, ein schneller Student, ein Überflieger, entschlossen, seinen Weg zu gehen. Warum es Einser-Philosophen gibt und Einser-Volkswirte, aber die Noten der Juristen tiefer liegen, weiß kein Mensch zu sagen. Vielleicht um die jungen Juristen nicht zu verwöhnen, während der junge Philosoph weiß, daß auf ihn nicht die geringste Verwöhnung wartet, sondern die rauhe Gewißheit, daß niemand ihn braucht. Hervorragende Juristen werden gebraucht. *Ich halte Herrn Dr. Kornitzer zur bevorzugten Beförderung und Anstellung für besonders geeignet,* hatte ihm der Landgerichtsdirektor am 15. Januar 1932 in seiner Begutachtung bescheinigt und weiter geschrieben: *„Herr Dr. Kornitzer verfügt über eine scharfe Auffassungsgabe, guten Tatsachensinn, geschultes logisches Denken, die Fähigkeit knapper Darstellung und die seltene Gabe, auch verwickelte Sachverhalte klar aufzufassen und prägnant darzustellen. Er hat gründliche Rechtskenntnisse und besonders gute juristische Schulung. Insbesondere hat er sich auf dem Gebiet des gewerblichen Rechtsschutzes ausgezeichnet eingearbeitet. Dementsprechend stehen seine Leistungen weit über dem Durchschnitt und sind durchweg gut gewesen. Bes. Hervorhebung bedürfen seine nach Aufbau, Durchdringung, Klarheit und Kürze gleich ausgezeichneten Urteile. Er hat pünktlich gearbeitet. Seine Führung war gut. Auch sein Gesundheitszustand scheint gut zu sein."* Das war ein Zeugnis zum Hinter-den-Spiegel-Stecken, ein Zeugnis, das zu allen möglichen Hoffnungen berechtigte.

Aber die Hoffnungen waren getäuscht worden. Eine Benachrichtigung, die nur vier Zeilen hatte, ließ ihn im Boden versinken. *Der Gerichtsassessor Dr. Richard Kornitzer in Berlin wird auf Grund des § 3 des Gesetzes zur Wiederherstellung des Berufsbeamtentums vom 7. April 1933 (RgBl.I S.175) in den Ruhestand versetzt. Berlin, den 20. Juli 1933.*
*Der Justizminister (Siegel des Preuss. Just. Min.)*
*in Vertretung gez. Dr. Freisler*

Immer wieder hatte Kornitzer auf das Dokument gestarrt, jeden Satz, jedes Wort, jedes Zeichen hatte er genau studiert, als könnte er in ihm doch noch einen anderen Sinn finden als den offenkundigen der Erniedrigung, der Verstörung. Aus der Traum, aus der Traum, eine Richterlaufbahn war vernichtet. Und er warf sich auch vor, während er sich über seine neue aufregende Tätigkeit am Landgericht gebeugt hatte, sich nicht genügend um die Veränderung der politischen Verhältnisse gesorgt, gekümmert zu haben. Er würde das tun, sagte er sich

damals, wenn er vom Referendar zum Assessor, vom Assessor zum Landgerichtsrat befördert worden wäre, also bald, also dann in einer gesicherten Position. Georg, sein kleiner Sohn, lernte laufen, hielt sich an allen möglichen Beinen, den Tischbeinen, den Stuhlbeinen, den väterlichen Beinen fest, wollte seinen kleinen Singsang-Wortschatz erproben, die Zweisilbigkeit, die Zweiwörterhaftigkeit seiner Welt, lauter schöne Luftblasen, die das Kind fliegen ließ, und Claire war sehr beschäftigt mit dem, was Kornitzer das „Universale" nannte. Und er, das warf er sich übermäßig vor, hatte sich, wenn er das Landgericht hinter sich ließ, in den Luftraum geschmiegt, der zwischen der Tätigkeit der Frau und den Forderungen, die der kleine Junge an ihn stellte, blieb; nebenbei bemerkt, es waren nicht übermäßig viele. Ein Zuhören, ein Händchenhalten, ein Klötzchen-Aufheben, eine beruhigende väterliche Stimme und eine Hand auf einem Körperchen, das Bauchweh hatte. Alles bewegende Zeichen und Symptome, die ihn manche Nachricht in den Zeitungen überlesen oder nur schulterzuckend zur Kenntnis nehmen ließen. Bis es geschah – er hatte Urteile geschrieben und sich kein Urteil über die neue Regierung gebildet. Der Boden war ihm unter den Füßen weggezogen worden, er fürchtete, auch seine Frau, sein kleiner Sohn würden mit in den Abgrund, der sich vor ihm auftat, gerissen. Und es gab keinen Zeugen, keine Kontakte zu den früheren Kollegen, es gab ein großes, grenzenloses Schweigen, das ihn einhüllte in einer furchtbaren Bitternis. Erst jetzt begriff er, er war der einzige Jude unter den Kollegen am Landgericht gewesen, er hatte keine Solidarität, keinen Rat von niemandem zu erwarten. Und nicht einmal als ein richtiger Jude fühlte er sich, er war Jude von Hitlers Gnaden gewesen.
Kornitzer war in der milden Frühlingsluft angekommen, untergekrochen bei seiner Frau, auf einem Bauernhof, umgeben von Wiesen. Das neugeborene Kalb mit stöckerigen Beinen lief auf

das Muttertier zu, blökte herrisch und kindisch zugleich. Ein Bauernhof, der keine Stallwärme bot, weder für seine Frau noch für ihn, den Zugezogenen, den huckepack Genommenen, er war zu städtisch, er sprach zu Hochdeutsch, das war störend. Es war ihm unmöglich, sich als Teil einer großen (kollektiven) Erzählung zu begreifen. Spätabends, wenn das Bauernhaus schlief, die Tiere malmten, benutzte er Claires Schreibmaschine, tacktacktack oder tacktack, tacktacktack, Pause, tack – und tippte unverdrossen; diesmal an den Herrn Kreispräsidenten. Der Kreispräsident war eine Art Brückenkopf, eine Gelenkstelle in der exotischen Situation zwischen den österreichischen Besatzungsregionen der Franzosen und dem Linksrheinischen und Baden und Württemberg, die gleichermaßen französisch besetzt und verwaltet waren. Der Kreispräsident war mit einem Ministerpräsidenten zu vergleichen, eingesetzt von der französischen Besatzung.
„Hierdurch", schrieb Kornitzer, „bitte ich ergebenst, die zuständigen Stellen des Landkreises anweisen zu wollen, mir diejenigen Vergünstigungen zu gewähren, die allgemein den aus Übersee zurückgekehrten Flüchtlingen des Naziregimes gewährt worden sind." (Woher weiß er von Vergünstigungen? Mit wem steht er in Kontakt? Was liest er in der untätigen Zeit?) Und weiter schreibt er, als würden sich solche Fragen nicht auch die Behörden, die er anschreibt, stellen: „Ich habe vom Landratsamt, Betreuungsstelle für politisch Verfolgte, am 8. 6. d. J. folgende Mitteilung erhalten: *Nach Prüfung Ihrer Unterlagen wurde festgestellt, daß Sie seit 1941 staatenlos sind. Die deutschen Betreuungsstellen für politisch Verfolgte betreuen jedoch nur deutsche Staatsangehörige. Für die Betreuung von Ausländern und Staatenlosen ist die IRO zuständig, Sie werden deshalb gebeten, sich an diese Stelle zu wenden.*" Kornitzer hatte gelesen, las zweimal, reichte Claire das Schreiben, dann begann er zu zittern, er las laut „jedoch nur

deutsche Staatsangehörige", las lauter „nur deutsche Staatsangehörige", und warf das Schreiben zu Boden. Er tobte auch noch, als er es aus dem Gedächtnis zitierte, „nur deutsche Staatsangehörige". Bitte, Richard, sagte Claire, beruhige dich doch, es wird sich alles klären. Klären?, schrie er, was soll sich klären? Alles ist sonnenklar. Pst, machte sie, die Pfempfle-Kinder werden wach, wenn du so schreist. Irgendjemand muß ja mal wach werden, schrie er. Bitte, Richard, so kenne ich dich nicht, bitte, sei leis, flehte sie. Und dieses „so kenne ich dich nicht" brachte ihn zur Raison, er wollte doch wiedererkannt werden und hatte seine Frau auch wiedererkannt und Angst gehabt, als er sie nicht gleich auf dem Bahnsteig sah, sie hätte sich so grundsätzlich verändert, daß er schamvoll an ihr vorbeigegangen wäre, oder sie hätte ihn nicht sehen wollen, erst nach einer Schrecksekunde, und sich dann freudig oder gespielt freudig umgewandt, um ihn filmisch wie in einer Großaufnahme zu erkennen. Nein, so war es nicht gewesen, und wäre es so gewesen, ein langer Schatten hätte sich über ihr Wiedersehen gebreitet, eine Verlegenheit. Doch die gab es nicht, glücklicherweise. So versuchte er sich wieder zu fassen, Claire hatte ihm auch eine Hand auf den Arm gelegt, mit dem er zu fuchteln begonnen hatte. Und dann erklärte er ihr: Die IRO hatte ihn schon seit der deutschen Kapitulation betreut, ja auch schon früher, als die Kapitulation zu erwarten war, danach waren zweieinhalb Jahre vergangen, die er in einem schmerzlichen Wartezustand verbracht hatte, zwischen Hoffen und Bangen und totaler Niedergeschlagenheit, er würde nie mehr seine Frau, seine Kinder finden, und nun mußte er sich ganz hinten einreihen, und seine Geschichte war in den Wind geschrieben. Anstellen und betteln wie ein Bürger aus einem fernen Schtetl (waren das überhaupt Bürger?, er wußte es in der Erregung nicht so genau). Die Nazis hatten es überrannt und angezündet und die Bewohner wie Vieh zusammengetrieben, um aus ihnen ein letztes Quentchen Arbeitsfähigkeit herauszupressen, und wenn dieses nicht mehr zu erwarten war, sie zu vernichten. Er konnte sich naturgemäß die eigene Vernichtung nicht vorstellen. So hatte er gewaltige Anstrengungen gemacht, die eigene Auslöschung zu verhindern, die der Kinder zu verhindern, er hatte dafür die Vernichtung seiner familiären Situation auf dem Gewissen, so kam es ihm vor. Das war eine schwere Bürde, von der er sich kaum befreien konnte, solange die Kinder nicht wieder unter einem gemeinsamen Dach mit ihren Eltern lebten. Er mußte sich setzen, nachdem sein Anfall zu Ende war.

Was die Ausbürgerung betraf, so hielt er sich in seinem folgenden Schreiben an den Herrn Kreispräsidenten kurz und knapp, er schrieb, daß seine Mitteilung insoweit richtig sei, „als ich tatsächlich staatenlos bin. Das ändert jedoch nichts daran, daß ich nicht zu den Nichtdeutschen gehöre, die niemals die deutsche Staatsbürgerschaft besessen haben, sondern daß mir gerade durch einen nationalsozialistischen Verfolgungsakt die deutsche Staatsangehörigkeit aberkannt worden ist, die meine Vorfahren und ich selbst seit Geburt immer hatten." Weiterhin erklärte er, daß sich bis jetzt keine andere Behörde gegenüber den aus Übersee zurückgekehrten Emigranten auf Ähnliches berufen habe. „Vielmehr", schrieb er weiter, „haben diese bei ihrer Ankunft 4 Care-Pakete, für drei Monate die höchsten Lebensmittelkarten und ab dem 4. Monat laufend eine Karte um eine Stufe höher als sonst anfallend erhalten. Ich habe dagegen seit drei Monaten nur die Non-Travailleur-Karte erhalten, die nur in einigem besser ist als die deutsche Karte, in anderem aber sogar schlechter. Außerdem habe ich nur Zigaretten und Seife erhalten. In anderen Orten sind den Rückkehrern auch Kleidung, Möbel, Geschirr u. a. zugewiesen worden,

ganz abgesehen davon, was sie aus Übersee mitbringen durften." Er berichtete weiter, seine Kleidung sei unter dem Durchschnitt der hiesigen Bevölkerung, und seine Ehefrau sei, da sie die Scheidung der Ehe standhaft verweigerte und den Nationalsozialismus bekämpfte, von der Gestapo körperlich schwer mißhandelt und wirtschaftlich ruiniert worden. Die geringen Ersparnisse, die sie seit ihrer Ansässigmachung im Landkreis aus Arbeitseinkünften gemacht habe, seien durch die Währungsreform ganz herabgesunken. Und er schloß ganz formell und verbindlich: „Ich wäre dankbar, wenn sich in dieser Sache eine faire Regelung herbeiführen ließe, wofür ich Ihre frdl. Hilfe erbitte.
Ergebenst
Dr. Richard Kornitzer"


Er ist wirklich angekommen in einem Winkel Deutschlands, an den er vorher nicht gedacht hat. Und das war sicher ein Fehler, für den er jetzt büßte. Claire legte ihm, als er diesen Beschwerdebrief nachts in die Schreibmaschine geklimpert hatte, keine beruhigende Hand auf den Arm, sie nahm sein Gesicht in ihre Hände und hielt ihn fest: Richard, es ist genug, wir leiden doch keine Not. Ein wenig irritierte ihn diese Justierung seines Kopfes, seines Blickes. Und sie verwies auf die Flüchtlinge im Weiler, die sehr schweigsam waren und die aus Schlesien oder aus dem Sudetengau gekommen sind mit nichts, mit einem Rucksack, Paketen, Körben und vielen Kindern an der Hand. Wir, sagte sie, haben doch Überlegungen anstellen können, Richard, sagte sie, und die Überlegungen waren nicht so falsch. Ja, wenn du an die Schornsteine denkst, waren sie nicht falsch, antwortete Kornitzer, und dann wollte er nicht mehr sprechen, wollte eine Decke über den Kopf ziehen, aber die Decke, die Claire hatte, war zu kurz und nicht breit genug, so war sein Verschwindenwollen, Verstecken eine belanglose, hilflose, ja kindische Angelegenheit, die seine Frau mit ruhiger Hand aufdeckte. Sie deckte seinen Zorn und seine Erbitterung auf und erbat sich einen ordentlichen Anteil an „ihrer" Decke, dem konnte er nicht widersprechen, also war er ins Unrecht gesetzt. Sollte seine Frau frieren, weil er in Kuba geschwitzt hatte? Sollte sein Leid das der Leute, die aus den Lagern gekommen waren und die deutsche Sprache nur als eine Kommandosprache, eine Sprache der Appelle, kennengelernt hatten, übertreffen? Nein, das war nicht richtig. Claire hatte ihn ins Unrecht gesetzt, wie er sie bei dem Thema des polnischen Knechtes, den er korrekt als Zwangsarbeiter bezeichnen wollte, ins Unrecht gesetzt hatte. Jedenfalls hatte es ihn irritiert, daß sie eine Sprache sprach und eine Sprachregelung benutzte, die zur Kapitulation gezwungen worden waren, mit allen Konsequenzen, auch sprachlichen. Also versuchte er, sich unter der geliehenen, halb von seiner Frau generös überlassenen Decke zu beruhigen, er war lange schlaflos in dieser Nacht, es rollten schwere Gedanken in seinem Kopf, und etwas wartete auf die Erlösung. Er hielt viel von der Regulierung der Gefühle, aber jetzt kamen ihm seine Gefühle unsicher vor, archaisch.

Am Morgen waren seine Füße eiskalt, er tastete mit den Zehen nach Claires Füßen, die warm waren, aber er wagte nicht, die Decke auf seine Seite herüberzuzerren, eigentlich wagte er überhaupt nicht viel, sagte er sich in der fahlen Morgenbeleuchtung, und daß sich dies ändern müsse, bald, bald. Dann öffnete Claire ihre grünen Augen, seufzte behaglich, und er wußte eine halbe Stunde später doch nicht mehr so genau, was sich ändern müßte. Aber es hatte sich ja schon viel geändert, und wie viel mehr änderte sich, wenn sie nicht nur zögerlich Mann und Frau wären, sondern auch Vater und Mutter, wenn die eigenen Erfahrungen mit denen der Kinder in Übereinstimmung gebracht würden. Wenn die Erschütterung der Kinder, ihr Schrecken, ihre Fremdheit so wichtig würden wie die disparaten Erfahrungen der Eltern. Ja, darauf mußte man sich sorgsam vorbereiten.

Kornitzers Brief an den Kreispräsidenten hatte eine erstaunliche Wirkung. Der Kreispräsident schrieb dem Landrat, der schrieb dem Kreispräsidenten zurück: *Nach den für die Betreuung der politischen Verfolgten bestehenden Richtlinien ist die Betreuung von Staatenlosen nicht vorgesehen. Der von Herrn Dr. Kornitzer für seine Person geschilderte Tatbestand, nämlich die Aberkennung der deutschen Staatsangehörigkeit als ein Verfolgungsakt, ist in den Richtlinien nicht erwähnt. Als Grund hierfür darf wohl angenommen werden, daß die seinerzeit von der nationalsozialistischen Regierung ausgesprochene Ausbürgerung auf Antrag des Betroffenen für nichtig erklärt werden kann, und daß die Betreuung ohnedies von der UNRAA, bzw. IRO auf die deutschen Betreuungsstellen übergeht, andererseits aber ein Ausgebürgerter, der die deutsche Staatsangehörigkeit nicht wieder erwerben will, seine Betreuungsansprüche bei der UNRAA, bzw. IRO stellen kann. Die Nichtigkeitserklärung von Ausbürgerungen regelt sich in Bayern nach dem Gesetz Nr. 108 über die Staatsangehörigkeit von Ausgebürgerten vom 27. 3. 1948. Für Württemberg und Hohenzollern ist ein gleiches Gesetz der Betreuungsstelle nicht bekannt geworden.* Kornitzer wurde empfohlen, die Nichtigkeit seiner Ausbürgerung zu beantragen, sobald das Gesetz auch im Kreise Lindau in Kraft getreten sei. Und er solle die erforderlichen Unterlagen, nämlich den Nachweis der jüdischen Abstammung und der erlittenen Schäden beibringen. Dagegen konnte er wenig sagen, die Nichtigkeit seiner Ausbürgerung war ein Teil anderer Nichtigkeiten. Die Schreibmaschine klapperte, die Farbbänder spulten sich weiter und weiter. Wäre die Nichtigkeit der Ausbürgerung beantragt, würde ihm, Dr. Richard Kornitzer, mehr Achtung entgegengebracht, so dachte er, wenigstens eine Maßnahme, die zu seiner Demütigung und Behinderung im öffentlichen Leben geführt hatte (in

der Nachfolge anderer Maßnahmen) wäre vom Tisch. Von der Ausbürgerung, die ihn in Kuba traf, wußte er damals nichts. Sein deutscher Paß verlor seine Gültigkeit, und er merkte es nicht einmal; ein hoffnungsvolleres Emigrationsland war nicht mehr zu erreichen. Zwischen England und den USA torpedierte Schiffe, zwischen den USA und Kuba komplizierte, vorwiegend mit Geld geschmierte Beziehungen. Die Kinder in England und weit weg, unerreichbar: Claire, die ihre nichtarischen Verwicklungen verleugnen, verstecken mußte als arische Geisel in Deutschland. Und so war eine Fremdheit entstanden, die eigene Not und die fremde Not, außerhalb der Restriktionen und innerhalb der Grenzen des eigenen Empfindungsvermögens nicht vermitteln zu können. In Kuba war es häßlich und deprimierend für einen Flüchtling. Das einzige Interesse bestand darin, Geld aus ihm zu pressen und, wenn das nicht gelang, ihn in die Obhut von Hilfsorganisationen zu pressen, die dann das Geld, das erpreßt werden sollte, aus irgendwelchen Fonds zahlten, die gutmütige jüdische Gemeinden in den USA oder in Portugal aufbrachten in der Hoffnung, sie würden Glaubensbrüdern helfen, aber Kornitzer war kein Glaubensbruder, er war ein abtrünnig gewordener Bruder, und daß nur Hitler oder seine absurde Gesetzgebung, wer ein Geltungsjude, ein halber Jude, ein Vierteljude oder ein Nennjude war und wie seine Kinder zu schikanieren waren unter welchen Bedingungen, ihn an seine Herkunft erinnerten, das wollte er in der Tat nicht an jedem Tag wissen, solange er noch juristische Fachzeitschriften gelesen hatte, solange er noch in öffentliche Bibliotheken ging, solange die Staatsbibliothek ihm noch offen stand, ihm, dem geschaßten Justizassessor am Landgericht, der danach gefiebert hatte, ein Landgerichtsrat zu werden.
In Bettnang las er das Amtsblatt, regelmäßig, eine neue Pflichtlektüre. Die Franzosen hatten sofort nach der Befreiung die

schlimmsten Nazi-Gesetze außer Kraft gesetzt, beließen aber vorerst das Rechtssystem, so wie es war. Angehörige der Wehrmacht in oberen Rängen, Offiziere, NS-Verantwortliche mußten sich von Zeit zu Zeit polizeilich melden und jeden Wohnortswechsel angeben. Kornitzer las die Berichte aus dem Militärgericht und dem Amtsgericht, strenge Urteile, und schließlich fand er die Notiz, die er suchte. Ja, das bayerische Gesetz war auch in dem Landkreis, der nicht zu Bayern gehörte, in Kraft getreten. Alles Weitere war ein formeller Akt. Er stellte seinen Antrag, der bald bearbeitet wurde. Nun war er deutscher Staatsbürger, und die Zeit, die er aus der Staatsbürgerschaft entlassen worden war, schien weggewischt mit einer Unterschrift auf einem Blatt Papier. Er wußte nicht, was er dabei empfinden sollte. Er hatte sich die Einbürgerung als einen wichtigen Schritt gewünscht, nun fiel es ihm schwer, sich zu freuen, denn er war abgelenkt von einem Hinweis: *Eilt* hatte jemand mit Handschrift neben die Kopfzeile des Briefes geschrieben und *mit der Bitte um Stellungnahme. Dr. Kornitzer ist als 2. Vorsitzender des Kreisuntersuchungsausschusses für die politische Säuberung vorgesehen.*

Daß Kornitzer politische Säuberungen anvertraut werden sollten, freute ihn einerseits, es war verantwortungsvoll. Andererseits fürchtete er auch, mit Menschen zusammenzutreffen, die auf der anderen Seite standen, die profitiert hatten, während er in der Dürftigkeit, in der Ausgesetztheit litt. Claire war viel skeptischer als er – natürlich, er hätte wieder eine Aufgabe –, aber gewiß würde er auch angefeindet als ein Mitglied im Ausschuß, niemand wolle diese Arbeit gerne machen. Gewerkschafter säßen in den Ausschüssen, Parteimitglieder, „demokratische Kräfte", wie man so sagte, und jemand, der zum Richteramt befähigt sei. Das bist du!, so erklärte Claire das Verfahren ihrem Mann. Also eine Warteschleife. Die Deutschen waren doch eine Volksgemeinschaft, eine Schicksalsgemeinschaft, das hatte man ihnen eingeimpft, da wollte niemand gerne über einen anderen aussagen, denn er brauchte selbst Zeugen, die für ihn aussagten. Die Briten ersparten Hausfrauen, Rentnern und Freiberuflern die Säuberungsprozedur, die Franzosen nicht. Der Heidelberger Staatsrechtler Walter Jellinek hatte schon 1947 öffentlich gefordert, *es dürfte [...] gar nicht gestattet sein, den entsühnten ehemaligen P.G. an diese traurige Zeit seines Lebens zu erinnern.* Es kursierte das Wort vom „Entnazifizierungsgeschädigten", aus dem im Nu ein „Entnazifizierungsopfer" geworden war, gleichgültig, wie eng seine Verstrickung mit dem Dritten Reich war.

Im Amtsblatt, sagte Claire, waren seit Sommer 1946 lange Listen mit den Ergebnissen der politischen Säuberungen abgedruckt. Diese Beschlüsse, so hieß es, träten mit ihrer Veröffentlichung im Amtsblatt in Kraft. Das waren unangenehme Nachrichten für die Entnazifizierten. Ihre Strafe, wenn sie denn vollzogen wurde, war stadtbekannt. Zuerst sei der gesamte Beamtenapparat durchleuchtet worden, viel zu langsam, viel zu umständlich, Versetzung, Zurückstufung im Dienstalter und in der Gehaltsklasse, Zwangspensionierung oder Entlassung ohne Pension oder auch Einzug eines in der Nazizeit angesammelten Vermögens seien die Strafen gewesen. Selbstreinigung, *Autoépuration*, hätten die Franzosen diesen Vorgang genannt. Aber mit dem Willen zur Reinigung sei es nicht so weit her gewesen. Das Amtsblatt habe berichtet, es bestehe Veranlassung, *darauf hinzuweisen, daß die in den Gemeinden tätigen politischen Beurteilungsausschüsse ihre Arbeit im Auftrag der Militärregierung ausüben; mit der sachlich gebotenen Strenge, jedoch gerecht und verständig unter Ausschaltung aller persönlichen Beweggründe. Jede Kritik oder Bedrohung der Mitglieder dieser Ausschüsse, hauptsächlich von Seiten der betroffenen ehemaligen Mitglieder der NSDAP, ist unangebracht und wird mit aller Stren-*

*ge verfolgt.* Also hatte Claire Angst, daß ihr Mann bedroht werden könnte, wenn er Mitglied eines Säuberungsausschusses auf Kreisebene wird? Das sagte sie nicht so genau. Es ist nur ein Anfang, ein notwendiger Anfang, darauf beharrte Kornitzer, eine Arbeit, die getan werden muß. Sie sollte längst getan sein, antwortete Claire. Lieber gründlich als schlampig, Kornitzer wollte das letzte Wort behalten und hatte es auch.
Die neue Tätigkeit nahm Kornitzer den Atem. Er arbeitete wieder in seinem Beruf, er richtete, er wägte ab, er fällte Urteile, das war es, was er wollte, was er so lange entbehrt hatte. Er bekam die ellenlangen Leporello-Bögen zu Gesicht, ausgefaltet waren sie mehr als zwei Meter lang, in der die französischen Behörden nach allen möglichen Verwicklungen fragten, nach Mitgliedschaften in Untergruppen der NSDAP, in berufsständischen Vereinigungen bis zur NS-Frauenschaft. Jede Behörde, jede Berufsgruppe, jede Firma wurde geprüft. Seine Arbeit begann mit dem städtischen Schlachthof. Alle vor dem 1. 1. 1928 geborenen Angestellten und Beamten der öffentlichen Verwaltung mußten ihren Fragebogen zur Einleitung der politischen Säuberung abgeben. Und es hieß auch, daß allen Personen, die Ansprüche auf Grund des Wiedergutmachungsgesetzes erheben wollen und noch keinen Säuberungsbescheid besitzen, Gelegenheit gegeben werde, die Einleitung des Säuberungsverfahrens zu beantragen. Kornitzer traute seinen Augen nicht. Da war er entlassen worden, aus dem Land gejagt worden, und nun mußte er beweisen, daß er nicht heimlich doch eine Funktion in Deutschland hatte und ganz oben, ganz verborgen ein satanischer Doppelspieler war. Es war wie eine Selbstvergewaltigung; er tat sich Schmerz an, der den Schmerz, der ihm angetan worden war, verstärkte.
Die Arbeit im Kreisuntersuchungsausschuß war ein lückenloses Durchkämmen, Durchsieben, Durchwaten, es machte ihn selt-

sam beklommen, die Antworten zu lesen und dann die Menschen zu sehen, die die Antworten verfaßt hatten. Kornitzer wollte ja urteilen, sich selbst ein Urteil bilden, das dem Einzelnen gerecht wurde. Aber anders als Claire es ihm erklärt hatte, änderten sich nun die Regeln der Verfahren. Der Katalog der Sanktionen wurde abgelöst durch Kategorien: Hauptschuldige, Belastete – damit waren auch Profiteure der NS-Regierung gemeint –, Minderbelastete, Mitläufer und „aufgrund beigebrachter Beweise als nichtschuldig Einzustufende". Es war ein Abhaken, ein schematisches Sortieren, wie Eier oder Äpfel in Körbe sortiert werden, es kam nicht auf das Urteil an, es kam auf die Kategorie an, auf die sich die Ausschußmitglieder einigten. Die französischen Behörden hatten sich durch die Einführung der Kategorien eine Beschleunigung der Verfahren erhofft, und wirklich, wenn die langen Bögen auseinandergefaltet waren, konnten sie bald wieder zugeklappt werden, Jahre der Mitgliedschaft wurden zusammengezählt, Organisationen, es ging nicht um das Verhalten, es ging darum, alle Deutschen in einem Netz zu halten, kein Hier und kein Dort, sondern ein Verschieben von der einen Kategorie zur anderen, ein Blick auf das Leporello, ein Blick in ein verdrucktes Gesicht, und das war's. Ich bin in einer Mitläuferfabrik gelandet, sagte Kornitzer, wenn er mit dem Postbus aus der Stadt in den Weiler kam. Abstumpfung, Stumpfheit, Ermattung, wie schnell war er ermüdet über den Leporellofahnen, über den Diskussionen mit seinen Ausschuß-Kollegen, er kam nach Bettnang zurück, wusch sich die Hände und das Gesicht, wusch sich die Hände überlang und trocknete sie nicht ab, ließ sie einfach naß und wunderte sich, wie schnell sie „von selbst" trockneten. In ihm selbst geschah nichts von selbst. Er wäre jetzt gerne ein Erntehelfer, würde den Pfempfles bei den Äpfeln helfen, fünf Kategorien für alle Deutschen, aber wie viele Sorten Äpfel hatte er schon kennengelernt auf dem Hof. Wenn er nur die großfruchtigen bedachte, waren es der Bismarckapfel, Canada Renette, Coulons Renette, Cox Pomona, Geflammter Kardinal, Gloria mundi, Grahams Jubiläumsapfel, Großherzog Friedrich von Baden, Harberts Renette, der Hornebucher Pfannkuchenapfel, Jakob Lebel, Kaiser Alexander, Peasgood Goldrenette, Salemer Klosterapfel, Signe Tillisch, Rheinischer Winterrambour, der auch Teuringer genannt wurde, Schwaikheimer Rambour. Sein in Bettnang erworbenes Apfelwissen freute ihn, es war eine heimliche kleine Freude, eine unheimlich große Freude gab es nicht. Und während er seinen Arm um Claire legte und ihr zuflüsterte: Hauptschuldige, Belastete, Minderbelastete, Mitläufer und aufgrund beigebrachter Beweise als nichtschuldig Einzustufende, da muß man dich und mich durch die Mangel drehen, bis wir ganz platt sind, raunte sie: Der Rechtsanwalt, bei dem ich gearbeitet habe, ist schon entnazifiziert worden, kleine Ehrenrunde. Dann darf er wieder in seinem Beruf arbeiten. So ist es eben. Ja, so ist es eben, wie ein tropischer Papagei, im Voralpenländischen ausgesetzt, kam er sich vor. Und im Einschlafen überfiel ihn ein Bild, von dem er nicht wußte, ob er es kannte und wo er es in seiner Erinnerung gespeichert hatte oder woher es sonst kam: Er sah ein weißes Herrenhaus mit vier runden niedrigen Türmen, Türmen wie Mensch-ärgere-dich-nicht-Männchen, rund um das Herrenhaus ein breiter Wassergraben und die Wände glatt, weißer Putz, und all das war von einer gelangweilten, bestürzend reinen Schönheit, karibisch oder schlesisch oder brandenburgisch, er wußte es nicht, und im Einschlafen sagte er sich: Wie gleichgültig, nur das blendende Weiß blieb, und er wußte nicht, ob das blendende Weiß doch etwas mit dem Bettzeug der Familie Pfempfle zu tun hatte, das er häufig auf der Wiese hatte bleichen gesehen und unter dem er doch im allgemeinen gut schlief.

# Bunker

Als die Apfelernte begann, duftete das Haus der Pfempfles. In der Scheune, in der Diele, auf dem Treppenabsatz, überall standen Kisten mit Äpfeln, roten Äpfeln, grünen Äpfeln, Äpfeln, deren Schale dramatisch gelbrot geflammt war, und solchen mit rauher Schale. Der ganze Hof wirkte nun wie ausgerichtet auf die Helfer mit ihren Tragen und Kisten, in die sie die Äpfel pflückten. Der Traktor tuckerte und röhrte, an jedem Tag Hochbetrieb, der ganze Weiler Bettnang war von morgens bis spätabends auf den Beinen. In dieser Zeit erhielt Kornitzer einen offiziellen Brief, der ihn elektrisierte und vom Dorfgeschehen wegriß. Das Justizministerium des neu gegründeten Landes Rheinland-Pfalz ließ anfragen, ob er eine Stelle am Landgericht Mainz antreten wolle. Was ist ein Landgericht?
Man stellt sich ein Land vor, das Landesinnere des Landes, öde Wege, verschlammte Wege, ein geprügelter Hund, der im Schatten jault, ein Hund, dessen Vorfahren noch an einer Kette zerrten, Kläglichkeit, der Richter in einer speckigen Robe, glanzlos, Aktenstaub auf den Ärmeln, Aktenstaub auf dem schütteren Haupthaar, ein Räuspern, bevor er spricht, mit belegter Stimme. Im Namen des Volkes. Hat das Volk einen Namen, hat das Volk ein Gesicht? Hat das Land ein Gericht? Hat es ein Gericht verdient? Ist ein Gericht auf das Land niedergegangen? Ja und nein. Es gibt Richter, die wollen allein sein, ein Urteil fällen ganz allein, sie sind Einzelrichter, im Einzelzimmer hinter sich das Kreuz, dem Angeklagten Aug in Aug gegenüber, nur mit dem Protokollführer und dem Staatsanwalt und dem Rechtsvertreter des Angeklagten im Raum, ein kleines Kammerspiel des Abwägens und Richtens, ihr Platz ist am Amtsgericht. Nie werden sie mit einem Mord konfrontiert, nie

mit einer gefährlichen Brandstiftung, nie mit einem Banküberfall. Sie können gut leben mit den eher harmlosen Rechtsverdrehungen, mit Beleidigungen und Meineiden, mit der Vortäuschung von Trunkenheit, um eine Strafmilderung zu erreichen. Sie pflügen den Boden, merzen Unkraut und Unrecht aus und säen Recht. Zum Landgericht dagegen steigt man einige Stufen hoch, man steigt und steigt, eine gewisse Einschüchterung ist vorgesehen. Der Richter am Landgericht ist nie allein, er hat zwei Beisitzer, mit denen er jeden Fall sorgsam erörtert. Sie bewundern ihn, das erwartet er, er greift ein, er führt aus, und manchmal rücken die Beisitzer von ihm ab und zischeln hinter seinem Rücken, darüber muß er rätseln, aber die Verhandlungsführung läßt ihm keine Zeit zum Grübeln; er ist eine Instanz, nicht die letzte, gewiß nicht. Mit seinen Beisitzern zusammen bildet er eine Kammer. Das Landgericht ist eine Höhle, ein Bienenstock, Kammer an Kammer, Wand an Wand wird auf das Recht gepocht, wird mit Anklagevertretern und Rechtsanwälten gefeilscht, werden Zeugen in die Kammern geschleust, befragt und vereidigt. Das Landgericht vibriert, es lebt, es malmt, und am Ende spuckt es Urteile aus. Es ist eine große, gut geölte Maschine. Man steckt die Hand hinein wie in den Mund der Wahrheit, und sie kommt heraus, zerbissen, verkratzt, blutig. Oder sie ist heil geblieben, wundersamerweise, genau so unbeschädigt, wie sie vorher war. Der Besitzer der Hand ist freigesprochen worden aus Mangel an Beweisen. Kornitzer als junger Referendar in Berlin hatte sich gleich innerlich für das Landgericht entschieden, seine guten Noten und Beurteilungen halfen dabei. Am Landgericht werden Zivilsachen von einem bestimmten Streitwert an behandelt und Straftaten, die eine Freiheitsstrafe über fünf Jahre erwarten ließen, keine kleinen Fische. Das Landgericht hatte für Kornitzer eine Welt aufgetan, und aus dieser Welt war er vertrieben worden. Jetzt,

mit dem Brief aus dem Justizministerium öffnete sich ihm diese Welt von neuem, er war eine Genugtuung, dieser Brief.
Kornitzer, der geborene Breslauer, der seit seinem sechzehnten Lebensjahr in Berlin gelebt hatte, der Berlin nur ungern verlassen hatte, verjagt, vertrieben, der sich ein bißchen an die karibische Trägheit in Havanna, das Schaukeln, das Gurren, die Gewißheit, daß morgen auch noch ein Tag war und danach noch einer, gewöhnen mußte, hatte das Leben über dem See liebgewonnen. Es war etwas, mit dem er nicht gerechnet hatte und das er zu seiner eigenen Verblüffung meisterte. Insgeheim hatte er sich in den Monaten seit dem Frühjahr ein „wirkliches" Richterleben am Bodensee ausgemalt, er hatte das Amtsgericht schon in Augenschein genommen – ein Landgericht war nicht vorhanden –, die knarzende Treppe, die buckligen Bänke auf den Fluren. Aber der Brief, das lang erwartete Angebot, war überwältigend. Er konnte sich eine Domstadt am Fluß, eine Stadt, die zerstört worden war, nicht wirklich vorstellen (mangelte es ihm an Phantasie?). Aber er wollte in seinen Beruf zurück, er wollte wirkliche Gesetze, nicht Vorgaben der Besatzungsmacht, die sich ändern konnten je nach der politischen Opportunität. Er wollte Recht sprechen in der neu gegründeten Bundesrepublik, nicht ein Rechtswesen verwalten, er wollte selbst gestalten. Ja, er wollte endlich Richter sein, das wollte er unbedingt. Richter sein, das hieß auch, frei in seinen Entscheidungen zu sein, eine anerkannte, unumstößliche Autorität. Und so schrieb er zurück, in gemessenem Ton dankend. Für sein eigenes Empfinden waren seine Bewerbung und alle Unterlagen in den Duft der Äpfel gebettet.
Er sprach mit dem Mann vom Arbeitsamt, der ihn betreute, über das Angebot. Dieser gratulierte ihm und sagte: Endlich, wie schön für Sie! Kornitzers Unschlüssigkeit blieb, seine leise Hoffnung, ob nicht doch ein Gericht am Bodensee ihn beriefe,

verflog. Er sprach mit Claire über die Wiederbegründung eines eigenen Hausstandes, über die Heimholung der Kinder, er sprach und sprach und ereiferte sich freudig. Und Claire freute sich auch, wie gerne hätte sie die Stellung in der Molkerei aufgegeben, neu angefangen unter besseren Bedingungen, und nächtlich schmiedeten sie Pläne.
Kurz nach dem offiziellen Brief kam ein zweiter Brief aus Mainz, Kornitzer dämmerte bei dem Namen des Absenders Erich Damm, daß es sich um einen ehemaligen Assessor am Landgericht Berlin handeln mußte, an dessen Gesicht er sich kaum erinnern konnte, eher an eine gewisse Schneidigkeit, einen asketischen Eifer, der noch keine Richtung hatte (glaubte Kornitzer) und dessen Folgen ihm wegen seiner Entlassung aus dem Dienst verborgen geblieben waren. Damm war Rechtsanwalt in Wiesbaden geworden, *nach einigen Umwegen*, wie er schrieb. Aber warum schrieb er denn? Er hatte in Erfahrung gebracht, daß Kornitzer eine Stelle am Landgericht Mainz antreten könne und vielleicht auch antreten wolle, und schrieb weiter: *Ich glaube, daß wir gut zusammenarbeiten könnten, da wir von einer traditionellen Plattform ausgehen. Das ist das eine. Das andere ist nicht so einfach.* Ja, warum schrieb der Mann ihm? War die gemeinsame Plattform ein Rechtsverständnis des Jahres 1929 mit all den Zensurmaßnahmen, die auf energische politische Differenzen hindeuteten? Oder mißverstand er das Jahr 1933 gründlich als eine „noch" gemeinsame Plattform, an die sich Kornitzer nicht klammern durfte, ohne zu zerschellen. Oder hatte Damm geglaubt, gut mit Kornitzer zusammengearbeitet zu haben, als (oder weil?) dieser aus dem Berufsbeamtentum entlassen wurde? Hatte jemand ihn gefragt: Was wird denn aus Ihnen? Oder nur: Was immer aus Ihnen wird – viel Glück. Es hatte kein Mitleid gegeben, nicht einen Funken von Mitgefühl, allerdings gehässige Neugier oder ein kaltes, distanziertes

Schweigen. An mehr konnte sich Kornitzer nicht erinnern. An mehr wollte er sich nicht erinnern. Und das andere, das Damm beschrieb, ja, wovor er wirklich warnte, waren die schlechten Lebensbedingungen in Mainz, nicht zu vergleichen mit dem goldenen Füllhorn in der gesegneten Bodensee-Landschaft. Mit keinem Wort fragte er, wie es Kornitzer zwischendurch gegangen war, wie er überlebt hatte, es war ein demonstratives Desinteresse, als hätte Kornitzer zehn Jahre in einer requirierten Villa verbracht – mit freiem Zugang in die gesegnete Schweiz: *Ich halte es für meine Pflicht, Sie auf einige zwangsläufige Verhältnisse aufmerksam zu machen, damit Sie nicht etwa später enttäuscht sind.* Damm schrieb über Steuern, über Preise und vor allem über die Wohnsituation. *Die Wohnungsverhältnisse sind in Mainz, das bis zu 95 Prozent zerstört ist, besonders prekär. Ebenso die Heizung. Sie können von Glück sagen, wenn Sie im Winter wenigstens ein Zimmer einigermaßen warm halten können. Normal ist das nicht möglich, die Zuteilung reicht gerade fürs Kochen aus. Rauchwaren gibt es ungefähr ein Dutzend Zigarren im Monat oder eine entsprechende Zigarettenmenge. Aber sonst leben wir Älteren sehr schön von der Erinnerung* (Welche Erinnerung, zum Teufel?, fragte sich Kornitzer beim Lesen), *nur schade, daß man daran weder satt noch warm wird. Es sei denn, daß man ein hitziges Gemüt hat, was ich bei Ihnen nicht voraussetze. Trotzdem dürfen Sie sich durch diese nackten Tatsachen nicht abschrecken lassen. Man wurstelt sich so durch und wundert sich jeden Tag von neuem, daß es doch immer wieder irgendwie geht. Geduld ist der große Schutzengel, der uns alle umgibt.*
*Also seien Sie so freundlich und geben Sie mir recht bald Bescheid, ob Sie nach Mainz kommen werden. Ich brauche Ihnen nicht erst zu versichern, daß ich alles für Sie tun werde, daß Sie hier nicht ein Troglodyten-Dasein zu führen haben.* Und dann wurde Kornitzer mit freundlichen Grüßen in seine Verwunderung entlassen. An einen Schutzengel konnte er sich nicht erinnern, beim besten Willen nicht,

eher an ein chronisch gewordenes Ungeschütztsein, er hatte sich durchgeschlagen. Am liebsten hätte er den Brief unbeantwortet gelassen, der angeschlagene Ton, die Mischung aus plumper Vertraulichkeit und Abwehr des Neuen war ihm zuwider. Er übersetzte sich Damms Brief in ein „Kommen Sie bloß nicht, aber wenn Sie kommen, kommen Sie in meinen Einflußbereich, dort sind Sie am unschädlichsten". Er rang sich dann durch, Damm ein paar formelle Zeilen zu schreiben, er habe noch keine Entscheidung gefällt, er wolle Erkundigungen einholen. Ausführlich schrieb er an den Landgerichtspräsidenten über seine Besorgnis, nach seinem langen Aufenthalt in der Emigration unter schlechtesten Wohnbedingungen, aufgenommen im Dachstübchen seiner Frau, in einer so zerstörten Stadt (die Prozentzahl, die Damm ihm genannt hatte, erwähnte er nicht) seine Arbeit aufzunehmen. Und er bat um Hilfe bei der Beschaffung einer Wohnung. Die Antwort aus dem Landgericht war liebenswürdig im Ton, aber hart in der Sache. Die Innenstadt von Mainz sei zu 75 Prozent zerstört, Wohnraum sei knapp, und das Landgericht könne bei der Beschaffung nicht behilflich sein. Kornitzer möge vorerst im Hotel wohnen, in dem auch andere neu an das Landgericht berufene Richter wohnten. Kornitzer verglich im Kopf die Prozentzahl der Zerstörung, die Erich Damm ihm genannt hatte, mit der vertrauenswürdigeren Prozentzahl, die aus dem Landgericht kam, und fragte sich: Was hatte Damm dazu getrieben, ihm eine so abstoßend hohe Zahl zu nennen? Es kam ihm vor wie eine Suggestion: Sie werden hier Ihres Lebens nicht froh. Sie werden eine Trümmerexistenz führen. Er zeigte den Brief Claire und mußte gar nicht viele Worte machen. Er sah die Enttäuschung in ihrem Gesicht überdeutlich. Also vorerst kein gemeinsamer Haushalt, Zerstreutheit, Wechsel, noch ein Provisorium, wieder ein Provisorium.

Der Abschied von Claire, die ihn zum Bahnhof brachte, war wortkarg und ließ ihn unbeholfen zurück. Etwas war an ein Ende gekommen, das angefangen hatte unter den Apfelbäumen, den von der Sonne aufgeleckten Schneeresten. Claire und Richard Kornitzer hatten Meinungen und Vorstellungen ausgetauscht, die sich entwickelt hatten in der Zeit ohne den Ehepartner, sie waren besorgt, wenn diese sich nicht miteinander in Übereinstimmung bringen ließen. Sie hatten mit Empfindungen und Worten wie mit Schneckenfühlern aufeinander zu getastet, und wenn die Worte sich nicht erreichten, schwiegen sie, um den jeweils anderen nicht zu verletzen. Es war ja niemandes Schuld, daß sie wieder getrennt leben mußten. Es ist ja nicht für lange Zeit, sagte Richard, um Claire zu trösten. Er sah ihr trauriges Gesicht, ihren zusammengebissenen Mund, ihre versteinerte Regungslosigkeit, er sah nicht gerne hin, wie Claire so hoffnungslos dastand. Es ist doch nur für kurze Zeit, wiederholte er, wir haben mehr ausgehalten, Claire. Ja, sagte sie, wir haben mehr ausgehalten, aber jetzt kann ich nicht mehr. Kornitzer legte ihr die Hand auf den Arm und sagte: Du bist doch stark. Es war ein Appell, der sie kleinlaut werden ließ. Stark sein zu müssen, machte die Sache nicht leichter. Er stieg in den Zug, verstaute das Gepäck, als er noch einmal an die Waggontür trat, hatte sie sich abgewandt, sie ging mit kleinen tastenden Schritten, als ob sie plötzlich schlecht sähe oder ob sie betrunken wäre, den Perron hinunter zum Bahnhofsgebäude. Dann sah er sie nicht mehr, und sie hatte sich nicht einmal umgedreht nach ihm.

Die Bahnreise von Lindau durch den Rheingraben ein grünes Band, Buchenwälder, Wiesen, weiße Wölkchen blieben Kornitzer im Gedächtnis, eine unwirkliche Reise, dann zogen kurz vor Mannheim doch dunklere Wolken auf, es sah aus, als balle sich ein Gewitter zusammen. Aber die erwartete Spannung entlud sich nicht. Statt dessen sah Kornitzer, als der Zug in die Stadt einfuhr, den zusammengeschossenen Hafen, die Ruinen der Lagerhäuser, Backenzähne, die eingekracht waren, hohle Backsteinräume, bröcklige Brücken zwischen vernünftig Abgesichertem und gänzlich Unsicherem, Wackliges im Kopf und in der Statik, Schornsteine und düstere traurige Lücken in Häuserzeilen, darin hoch aufgeschossene Bäumchen, Birken. Er sah Holunderbüsche in strotzendem Grün, hyänenhaft in ihrem Wachstumseifer, als gäbe gerade das Zertrümmerte den Pflanzen die beste Nahrung.

Als er die Bahnhofshalle (oder das, was von ihr übriggeblieben war) verließ, empfand er die Zerstörung wie einen Schock. Er ging eine Allee entlang, an ihrem Rand war ein Pseudo-Renaissance-Giebel stehengeblieben, das Gebäude hinter ihm zusammengesackt, der Giebel stand so schutzlos, als beginne er beim leisesten Windhauch schon zu schwanken. Auch eine Hausecke, geschmückt mit einer mittelalterlichen Madonna, deren Kind segnend einen Arm ausstreckte, war stehengeblieben, daneben ein Schuttberg, jetzt sah es so aus, als segne das Kind irrtümlich huldvoll den Schutt.

Daß Häuser aus so vielen einzelnen Steinen bestanden, daß so viele Steine, mit denen einmal ein Haus errichtet worden war, einen gewaltigen Berg ergaben, in dessen Ritzen sich Staub ansammelte, Erde, in der sich Samenkörner festsetzten und trieben, erstaunte ihn. Auch der Geruch der Stadt war ihm fremd, brandig und feucht zugleich, es war ein Geruch, wie er ihn noch nie gerochen hatte. Dann rumpelte eine Straßenbahn vorbei, auf der in Kursivschrift zu lesen war: *Jacobs Kaffee wunderbar!* Das Adjektiv war adrett unterstrichen. Die Straßenbahn hatte die Nummer 160 und war heil durch die Zeiten gekommen. Er hielt inne vor einem Ziegelhaus mit einer Front von drei Fenstern, das vielleicht um 1900 gebaut worden war. Es stand allein in einem Trümmerfeld, der zweite und der dritte Stock waren abrasiert. Der untere Teil des Hauses schien intakt, bis auf einige Splitterschäden und Brüche in der Sandsteinumrandung der Fenster. Doch die Tür war mit einem Balken verrammelt, die Rolläden im Parterre und im ersten Stock waren heruntergelassen. Das Haus schien zu dämmern, kein Licht drang durch die Ritzen. Also war es doch vermutlich unbrauchbar geworden durch herabfallende Trümmer, verkohlte Balken aus dem oberen Stock oder durch das Löschwasser. Plötzlich erinnerte sich Kornitzer, daß er in einem ähnlichen Haus in Breslau gewohnt hatte, vielleicht rührte ihn deshalb die Verlassenheit des Hauses so sehr. Er selbst hätte darin sein können, er als ein junger Mensch, der sich eine Zukunft ausmalte, die dann nicht eingetroffen war.

Das Hotel war nicht weit vom Bahnhof entfernt, er fand es ohne Mühe. Zu seiner Überraschung war es ein Luftschutzbunker, zu dem man zwanzig Stufen in die Erde hinabsteigen mußte. Das hatte man ihm aus dem Landgericht nicht geschrieben. Es erstaunte ihn, daß aus einem Massenquartier eine gemütliche, wohnliche Halle entstanden war, überall brannten kleine Lampen mit Seidenschirmchen, so daß man das Tageslicht auf Anhieb gar nicht vermißte. Nur am Eingang des langen Ganges sah man die Kellerbeleuchtung mit ihren auf dem Putz verlegten Leitungen, die Glasschirme waren hinter Drahtkörben geschützt. Er stellte sich die drängenden, nachdrängenden Menschen beim Sirenengeheul vor, den Ansturm von Frauen und Kindern auf die Pritschen, die Ordner, die schweißtreibende Angst im Bunker, während die Alliierten die Angriffe auf Mainz flogen. Und er konnte sich selbst als eine Romanfigur vorstellen, einen Mann, der unter Verlust seiner Frau und seiner Kinder in dem Bunker Zuflucht suchte und zu seiner eigenen Verblüffung nur einen Geruch vorfand: Moder.

Grabesluft, das roch er, aber er wollte den Begriff nicht denken. Nun war der Bunker ein Hotel mit über hundert Betten geworden. Eine freundliche Frau, die auch durch ihre Resolutheit vermied, an die frisch abgestreifte Geschichte des Bunkerhotels zu erinnern, verwaltete die Schlüssel an der Rezeption. Klubtische und Klubsessel standen in der Halle, es war eine fast vornehme Beruhigung im Eingangsbereich, und die meterdicken Außenwände wurden durch elektrische Ventilation entlüftet. Nur der Schlag der feuerfesten, eisernen Türen hallte dröhnend von den Wänden zurück. Im Gegensatz zum Eingangsbereich hatten die engen Zimmer, die eher Kojen oder Zellen waren, eine asketische Anmutung. Neonlicht, das die Augen anstrengte, ein Tisch, ein Stuhl, ein Haken an der Wand und ein Bett, das an der Schmalseite des Raumes stand und an ein Feldbett erinnerte, die Decke darüber straffgezogen. Aus der Nachbarkoje hörte Kornitzer, als er sich eingerichtet hatte, das Hacken einer Schreibmaschine, es hallte gegen die Betonwände. Es kam ihm vor, als schriebe ein Gefangener in einer Zuchthauszelle eine Eingabe an den Richter, der er, Kornitzer, nicht sein wollte. Schlaf hier und denk nicht daran, was diese Bunkerräume nicht zum Erschüttern gebracht hat, mußte man sich sagen, wenn man die Tür zu seiner Koje geschlossen hatte.

Kornitzer verließ den Bunker noch einmal, ging nach der langen Reise noch ein wenig spazieren, aß eine Bratwurst und sah sich das an, was von der Stadt übriggeblieben war. Er sah Türme, Giebel, notdürftig gedeckte Dächer und helles Licht aus Kellern und Souterrainräumen, deren Fenster mit Kleidungsstücken verhängt waren. Tastende Autoscheinwerfer und hier und dort eine helle Reklame. Bauteile, die sich übermäßig in die Mondhelligkeit streckten, ihres Zusammenhangs beraubt. Treppenhäuser mit geblümten Tapetenresten, Schornsteine, Wundkrater, das Stehengebliebene schien absurder als das Gefallene. Eine hohe Hausfassade war noch vorhanden, das Haus dahinter war verschwunden in einem Trümmerberg, und die Fassade wurde notdürftig mit Balken abgestützt. Es sah aus wie eine Kulisse eines Filmes, der morgen im hellen Licht gedreht werden würde. Nur der Marktbrunnen stand da, ganz unverletzt, und sprudelte. Er war während des Krieges durch einen gemauerten Splittermantel geschützt worden. Still war es in den innenstädtischen Straßen, durch die er ging. Und das verwirrte ihn nach der langen Zeit im Dorf über dem Bodensee, er hatte sich etwas wie ein Nachtleben vorgestellt, aber vielleicht war das auch unterirdisch oder ganz anderswo. Er hatte die Sirenen ja nicht gekannt, nicht die zusammenbrechenden Häuser, von denen andere Hotelgäste am nächsten Morgen beim Frühstück in auftrumpfender Dramatik sprachen. Mainz habe mehrere schwere Angriffe erlebt. Die ersten beiden britischen Angriffe auf Mainz fanden am 12. und 13. August 1942 statt, erzählte ihm die Frau an der Rezeption. Ein nicht endenwollender Flüchtlingsstrom von Frauen und Kindern aus Mainz kam in Frankfurt an. 34 Lastkähne, die mit Kohle beladen waren, wurden im Hafen versenkt. Die Engländer machten Luftaufnahmen der Stadt und meldeten ihre Erfolge.

1. Dom: Dach zerstört und Kreuzgang beschädigt.
2. Theater: in Schutt und Asche gelegt.
3. Bischöfliches Palais: ausgebrannt.
4. Stadthaus: ausgebrannt.
5. Justizgebäude: Dach verbrannt.
6. Schloß, Museum: völlig ausgebrannt.
7. Bibliothek: teilweise ausgebrannt.
8. Offizierskasino: ausgebrannt.
9. Eisenbahnverwaltung: teilweise zerstört.
10. Invalidenhaus: völlig ausgebrannt.
11. Kegler-Sportheim: Dach schwer beschädigt.

Mit anderen Worten, dabei legte die Frau kennerisch den Kopf schief: Der Gegner verfügte über so viele Luftaufnahmen, daß er sich ein genaues Bild schaffen konnte. Und Kornitzer verstand: Die akribisch genaue Dokumentation der Angriffe war das produktive Gegenteil des wilden Wütens der deutschen Luftwaffe über London und anderen englischen Städten. Später hörte er, die Engländer hätten sich an photographischen Aufnahmen von Mainz aus dem Jahr 1934 orientiert, die vom Verkehrsverein Mainz e. V. in alle Welt verschickt worden waren, wenn man sie nur anforderte.

Der schwerste Angriff mit einem Bombergeschwader von 500 Maschinen war am 27. Februar 1945. Über 33.000 Menschen seien obdachlos geworden, hätten sich im Umland verkrümeln müssen. (Seltsam, von den Toten hörte Kornitzer nichts.) 75 Prozent der Städtischen Verkehrsbetriebe seien lahmgelegt gewesen: die Gebäude ausgebrannt, die Schienenstränge, die Straßenbahnen unbrauchbar. Gas, Strom und Wasser funktionierten nicht mehr. Vor dem Städtischen Krankenhaus und in der Kaiserstraße habe es Löschteiche gegeben, die aber nicht ausreichten, die meisten Hydranten waren trocken. Nach jedem Großangriff habe man kilometerlange Schlauchleitungen zum Rheinufer legen müssen, um die Brände zu löschen. Sie seien in einem erbarmungswürdigen Zustand gewesen, viele kleine Wasserfontänen seien aus ihnen gesprudelt, an denen die Anwohner ihre Eimer füllten, um selbst kleinere Brände zu löschen. Nur die Wehrmacht habe über einige Tanklöschfahrzeuge verfügt. Der Hauptbahnhof sei betriebsbereit geblieben, Kriegsgefangene und Zwangsarbeiter hätten den Schutt wegräumen müssen. Danach habe es keine zerstörungswürdigen Objekte mehr in der Stadt gegeben, war die Meinung in der Bevölkerung. Ein Behelfslazarett sei in den sicheren Gewölben der Zitadelle eingerichtet worden. In der Nacht zum 18. März

1945 gegen zwei Uhr habe das Pionierbataillon 33, das in Mainz-Kastel seinen Standort hatte, die drei Rheinbrücken gesprengt, die den ganzen Krieg überstanden hätten: die Kaiserbrücke, die Straßenbrücke, die Südbrücke, in Budenheim fackelte ein Pionierkommando die Holzbrücke ab. Die Mainzer hätten mit ohnmächtigem Zorn am Morgen danach die Zerstörung besehen, Trümmerteile hätten aus den Fluten des Flusses geragt und die Schiffahrt für lange Zeit unmöglich gemacht. Auch das Flußschwimmbad sei der Zerstörungswut zum Opfer gefallen. Ein altersschwacher Rheindampfer sei als einzige Verbindung ins Rechtsrheinische übriggeblieben. Diese Fährverbindung von der Anlegestelle der Köln-Düsseldorfer aus habe vor allem den höheren Parteichargen und ihren Familien gedient, die sich absetzen wollten. Man munkelte, die meisten seien im Bayerischen untergetaucht. Die Gestapostelle in der Kaiserstraße 31 hatte sich schon einige Zeit vorher abgesetzt. Am 22. März seien dann schon die Amerikaner am Fischtorplatz gestanden. Es kam Kornitzer vor wie ein Pfeifen im Dunklen. Er aß sein Brötchen, auf das er klumpige Marmelade gekleckst hatte, mit Appetit und fragte sich dann ins Landgericht durch.

Zu seinem ersten Arbeitstag war eine kleine Feier vorbereitet worden. Der Landgerichtspräsident stellte ihm seine zukünftigen Beisitzer vor, was Kornitzer gleich gefiel, ihm wurde sein Dienstzimmer im ersten Stock zugewiesen, das auf ein mit Brettern vernageltes Fenster der gegenüberliegenden Kirche sah. (Später lernte er, daß diese Kirche St.-Peters-Kirche heißt.) Die dreischiffige Rokokokirche war ausgebrannt, das Mauerwerk teilweise eingestürzt, ein Notdach war darüber gespannt, sie sah zum Erbarmen aus. Er blickte in die Verhandlungsräume, die Richtertische mit einem gefältelten Volant gegen die Angeklagten- und Zeugenbänke abgedichtet, Räume, die Kornitzer, der in Stuben gelebt hatte, plötzlich unsäglich groß vorkamen, Räume für Mammutprozesse mit einer Öffentlichkeit weit in die Stadt hinein. Die Kollegen betrachteten ihn, was in ihren Köpfen vorging, konnte Kornitzer sich nicht vorstellen, und er wußte ja auch nicht wirklich, was in seinem eigenen aufgeregten, aufgewühlten Kopf vorging, was er sich alles merken mußte. Hände wurden geschüttelt, und jemand, vermutlich der Präsident, aber daran erinnerte sich Kornitzer dann nicht mehr richtig, sagte: Die Herren werden sich noch miteinander bekannt machen. Das machten sie auch, mehr oder weniger, früher oder später. Es war ein Abwarten, Zögern, ein Wittern, dem man standhalten mußte. Er würde darüber Claire, sobald er ein wenig Ruhe gefunden hatte, schreiben. Kornitzer lernte Wachleute kennen, Justizangestellte, Assessoren und Referendare. Am ehesten fiel ihm ein Richter auf, der eine Vertiefung an der linken Stirnseite hatte, offenbar hatte er eine schwere Kopfverletzung überlebt. Er wurde ihm als Dr. Funk vorgestellt, und um seine Hand zu ergreifen, mußte man sich tief herabneigen, was ungewöhnlich war. Dr. Funk saß in einem Selbstfahrer, einem hölzernen Kastenstuhl mit großen Rädern, seine Beine waren unter einer Pferdedecke verborgen, als fröre er dauernd in den gefühllosen Gliedern, und er bewegte den Stuhl vorwärts, indem er einen Hebel auf- und niederdrückte. Das machte ihm offenkundige Schwierigkeiten, und Schweißperlen standen auf seiner Stirn. Später erfuhr Kornitzer, daß Dr. Funk zu 100 Prozent kriegsverletzt war, aber unbedingt weiterarbeiten wollte, möglicherweise war ihm die Kriegsbeschädigtenrente zu gering. Seine Leistungsfähigkeit war schwer beeinträchtigt, und deshalb hatte er das Amt eines Grundbuchrichters inne, er konnte keinen Sitzungsdienst übernehmen. Mit dem Selbstfahrer erreichte er gar nicht alle Sitzungsräume, das Gerichtsgebäude hatte keinen Fahrstuhl.

Das Grundbuch war eine feine Sache, es war eine ganz und gar deutsche Sache, darauf konnte man stolz sein. Das römische Recht kannte das Grundbuch nicht, obwohl es im alten Rom mit seinen imperialen Gesten auch eine feine Sache gewesen wäre. Nur in ihrer Kolonialverwaltung in Ägypten haben die Römer schon einmal das Grundbuch erfunden (vielleicht weil die ägyptischen Latifundien so schön waren mit ihrem Palmengefächel und ihrem heißen Wind, der den Kopf vernebelte). Alle Urkunden über Grundstücke wurden an einer zentralen Stelle gesammelt, allerdings war die Eintragung in das Grundbuch nicht die Voraussetzung für den Erwerb des Eigentums, vielleicht war es nur eine Kontrollfunktion, damit im Wüstenwind das Gedächtnis nicht schmölze.

In Deutschland wurde das Grundbuch 1872 eingeführt, es gab nach dem Krieg 1870/71 genug Krüppel mit einigermaßen klarem Verstand, denen man die sorgsame Arbeit am Grundbuch anvertrauen konnte. Das Grundbuch hat immer Recht, doch es kann unrichtige Eintragungen enthalten. Es nennt zum Beispiel einen Eigentümer eines Grundstücks, der in Wirklichkeit gar nicht mehr der Eigentümer ist. Wer dann mit dem falschen Eigentümer, der im Grundbuch eingetragen ist, Geschäfte macht, der ist geschützt. Er kann gutgläubig Eigentum erwerben, eine Hypothek oder eine Grundschuld übernehmen, und der wahre Eigentümer hat das Nachsehen. Das Grundbuch ist eine Art von bürgerlicher Bibel, und der Grundbuchrichter ist ein Engel mit flammendem Schwert, auch wenn er gelähmt ist, in sitzender Haltung verharren muß und kriegsbedingte Dellen in seinem Schädel hat. Einigung und Eintragung in das Grundbuch heißen die Aufgaben des Verkäufers und des Käufers eines Grundstückes oder eines Hauses. Aber das war in Mainz nicht so leicht. Gesetzt den Fall, ein Käufer wollte ein Trümmergrundstück erwerben, dessen Eigentümer im Keller des

Hauses bei einem Angriff zu Tode gekommen war, dessen einer Sohn in Rußland vermißt war: Was war zu tun? Er übernahm den Trümmerhaufen. Mit den eventuellen Erben des Vorbesitzers, mit dem vielleicht aus der Gefangenschaft zurückkehrenden anderen Sohn war eine Einigung schwierig. Leicht war es dagegen, die Einvernehmlichkeit mit dem Toten herzustellen, der im Grundbuch eingetragen war und sich nicht wehren konnte gegen den Reibach. So war das deutsche Recht. Da mußte der Grundbuchrichter aufpassen wie ein Luchs.
Funk, das raunte man Kornitzer später auch zu, war kein NSDAP-Mitglied gewesen, er war Mitglied im Luftschutzbund geworden, aber da war er schon so geschädigt, daß er weder dem Luftschutz noch sich selbst wirklich nützlich sein konnte. Amtsgerichtsrat Dr. Funk, so hieß es, konnte seit dem 5. April 1944 nicht mehr zum Amtsgericht kommen, weil ihm beide Schläuche seines Selbstfahrers, die er schon vorher hatte wiederholt flicken lassen müssen, bei einem Bombenangriff geplatzt waren. Deshalb wurden ihm vom Amtsgericht Oppenheim, wo er tätig war, seine Akten in die Wohnung geschickt. Für persönliche Rücksprachen, so hieß es, stand er aber leider dem Publikum seit dem 5. April 1944 nicht mehr zur Verfügung. (Gab es überhaupt noch ein Publikum, das den Richter sprechen wollte und in welcher Angelegenheit?) Seit Freitag, dem 21. April 1944 lag er im Bett, er litt nicht nur am Wundsein durch die dauernde, gleichmäßig sitzende Haltung im Selbstfahrer, er litt an Zukunftsangst wie die meisten Deutschen, er hatte auch Beschwerden mit seinen Gallensteinen. Die Amerikaner werden kommen, müssen landen, bald, das ist vorauszusehen, der Richter ist gelähmt, sein Kopf schmerzt, das Wägelchen funktioniert nicht mehr, all das erfuhr Kornitzer nach und nach.
Funk hatte sich wegen Ersatzschläuchen sofort an die zustän-

dige Versorgungsstelle in Offenbach und, weil er auch dort mit Bombenschäden rechnete, gleichzeitig an das Wirtschaftsamt Worms gewandt. Von diesem ist ihm *wohlwollendste und trotz des Vorliegens von etwa 400 Anträgen bevorzugte Berücksichtigung zugesagt worden.* Erhalten hat er aber die bewilligten Schläuche nicht. Sein Vorgesetzter, der Amtsgerichtsdirektor, wandte sich zur Unterstützung ebenfalls an das Wirtschaftsamt. Er schrieb: Eine ordnungsgemäße Rechtspflege erfordere, daß Dr. Funk möglichst bald wieder in den Besitz eines fahrbereiten Fahrstuhls komme, damit er seinen Dienst wieder erfüllen könne. Er bat darum, so schnell wie möglich neue Schläuche zu bewilligen, da dies seines Erachtens wirklich kriegswichtig sei, und außerdem sei es doch anerkennenswert, wenn ein so schwer Kriegsbeschädigter wie Dr. Funk, der infolge seines Kriegsleidens auch sonst noch körperlich krank sei, Dienst tue und damit den Einsatz eines Wehrfähigen an der Front ermögliche. Am 4. Mai 1944 meldete der Amtsgerichtsdirektor in Worms dem Landgerichtsdirektor in Mainz, Amtsgerichtsrat Dr. Funk habe gestern neue Schläuche für seinen Fahrstuhl bekommen und seinen Dienst wieder aufgenommen.

Der Verlust der Schläuche in den Reifen seines Selbstfahrers war nicht das einzige Unglück, das Dr. Funk in der letzten Kriegsphase traf. Im Dezember 1944 wurde er bei der Heimfahrt vom Dienst in der Dunkelheit vom dritten Anhänger eines Bulldog-Lastzuges angefahren und umgeworfen. Außer einem benommenen Kopf hatte er keinen körperlichen Schaden erlitten. Allerdings war sein Selbstfahrer wieder kaputt, die Speichen eines Rades waren gebrochen, und es gab keine Aussicht, wie und wann das Gefährt repariert werden konnte. Dr. Funk ließ sich wieder die Akten nach Hause bringen. (Fällte er Urteile? Welche? Was waren das für Taten, die er im Dezember 1944 aufklärte, über die er zu Gericht saß?)

Im März 1945 schrieb Dr. Funk, als die Einnahme der linksrheinischen Städte durch die Amerikaner jeden Tag bevorstand, an den Landgerichtspräsidenten in Mainz, daß ihm der Aufsichtsführende Richter mitgeteilt habe, ihm sollten im Amtsgerichtsgebäude in Michelstadt im Odenwald zwei, drei Zimmer zur Verfügung gestellt werden. Für diese Fürsorge seiner Person gegenüber sagte er besten Dank. Er war nicht der einzige Beamte, der einen solchen Umzug schleunigst bewerkstelligen sollte. Alle Verwaltungsstellen im Bezirk erhielten die Anweisung, wichtiges Material auf die rechte Rheinseite zu transportieren. Als hielte der Fluß die Alliierten auf. Als wäre es nicht vorstellbar, daß nach Mainz in kürzester Zeit auch Darmstadt und Frankfurt und ... und eingenommen würden. *Ich habe mich entschlossen,* schrieb Dr. Funk weiter an den Vorgesetzten, *von diesem Angebot Gebrauch zu machen, und bitte darum, mir eine Bescheinigung auszustellen, daß meine Übersiedlung nach Michelstadt mit Einverständnis meiner vorgesetzten Behörde erfolgt. Damit ich auf Grund dieser Bescheinigung bei der Fahrbereitschaft Worms die Genehmigung zum Abtransport wenigstens des allernotwendigsten Mobiliars (Betten, Tisch, Stühle) und meines noch vorhandenen Kartoffelvorrates beantragen kann.*
So ein Mann war Dr. Funk, er tat bis zuletzt seine Pflicht, und dann war er wieder da, als neue Pflichten zu vergeben waren. Daß sie geringer waren als die früheren, daß seine Arbeit weniger verantwortungsvoll war, darüber sah er hinweg. Er sah auf seine gelähmten Beine unter der Decke, sah seine Schädigung und sah sie gleichzeitig nicht.
Ein anderer Richter, Landgerichtsrat Beck, war gut zehn Jahre jünger als Kornitzer. Er hatte ein überaus glattrasiertes Gesicht mit einem dunklen Bartschatten und in den Lidern ein nervöses Zwinkern. Mit diesem Zwinkern starrte er Kornitzer an wie ein Wesen von einem anderen Stern (und das war er ja auch in gewisser Weise). Der Landesgerichtspräsident hatte 1942 Becks

Beurteilung geschrieben: *Er ist politisch zuverlässig, Mitglied der NSDAP, der HJ, des NS-Richterbundes und hat schon frühzeitig aktiv in der Bewegung mitgearbeitet. 1935 wurde er in Salzburg wegen Betätigung für die NSDAP zu sechs Wochen Arrest verurteilt und aus Österreich ausgewiesen.* Gehörte das in eine dienstliche Beurteilung? Eher nicht oder eben gerade, es kam dem Vorgesetzten nicht so sehr auf die fachliche Beurteilung, sondern auf die langjährige und großräumig ausgerichtete Wühlarbeit im Sinne der Partei an. Der Arrest adelte ihn als einen Kämpfer der frühen Bewegung. Beim Entnazifizierungsverfahren wurde Beck dann 1947 um vier Jahre zurückversetzt und als Hilfsrichter in Frankenthal eingesetzt. Das Urteil war aber in Wirklichkeit bedeutungslos, *da Säuberungsentscheidungen – mit Ausnahme der Amnestie- und nicht Nichtbetroffenenbescheide – zu ihrer Wirksamkeit der Veröffentlichung bedürfen,* so stand es in seiner Personalakte. Darüber konnte man fassungslos sein. Hatte Beck nur Glück gehabt, daß jemand, der ihm wohlgesonnen war, im Amtsblatt die Veröffentlichung einfach „vergessen" hatte? Oder war dahinter eine Strategie: Was nicht veröffentlicht wird, ist nicht wirksam, und dieser Unwirksamkeit kann man überaus wirksam nachhelfen. *Quod non est in actis, non est in mundo,* sagen die klassisch gebildeten Juristen. Was nicht in den Akten steht, das gibt's auch nicht. Und da stand Beck wie eine deutsche Eiche im Besprechungszimmer des Landgerichtspräsidenten, ohne Abweichung ins Grandiose oder in eine zarte Unauffälligkeit. Ihn gab's zweifellos, Landgerichtsrat Beck, zurückgesetzt und nicht zurückgesetzt, er zwinkerte und zwinkerte und sagte gar nichts, und das genügte fürs Erste.

Der älteste unter den Kollegen war Dr. Walter Buch, ein vierschrötiger Mann mit vielen geplatzten Äderchen auf den Wangen und der Nase. Er war schweigsam, wachsam, schien sich zu orientieren, lauschte in die Runde hinein, als wolle er nur reagieren, und das war vielleicht auch gar nicht falsch aus seiner Sicht. Er war über fünfzig, 1929 zum ersten Mal planmäßig als Amtsgerichtsrat angestellt worden und am 1. 11. 1933 SA-Sturmmann geworden. (Mußte er das, wollte er das als ein 35jähriger Jurist, wollte er wirklich herummarschieren, Wehrsport treiben, die Straße frei, die Reihen fest geschlossen, erinnerte er sich nicht mehr, 13 Jahre später?) Ja, man mußte die Formulare persönlich ausfüllen, Belege zur Mitgliedschaft in den Gliedorganisationen der NSDAP waren nicht erforderlich bei den Entnazifizierungsverfahren, denn es wurde vorausgesetzt, daß die Mitglieder die Zeugnisse ihrer Mitgliedschaft längst vernichtet hatten. Im Zweifelsfall waren die Belege immer einem *Terrorangriff* zum Opfer gefallen. Und so waren die zu Entnazifizierenden selbst Opfer geworden, jedenfalls fühlten sie sich so, Opfer ihrer Biographie, ihres Karrieregeistes, alles ging weiter, eine Rolltreppe ohne Ende oder eine, deren Ende nicht abzusehen war, wenn man sich taub und blind stellte. Dr. Buch war 1934 vom Amtsgericht zum Landgericht gewechselt und aufgestiegen. In seiner damaligen Beurteilung stand: *Fähigkeiten, Begabungen und Leistungen von Landgerichtsrat Buch liegen erheblich über dem Durchschnitt. Er verfügt über recht gute Rechtskenntnisse auf allen Gebieten, die er insbesondere als Gemeinschaftsleiter anzuwenden in der Lage ist. Er hat in Straf- und in Zivilsachen den Vorsitz geführt und dabei sich den an ihn gestellten Anforderungen durchaus als gewachsen gezeigt. Die von ihm als Beisitzer in meiner Zivilkammer gefertigten Urteile sind gut ausgebaut, präzise, ohne unnötiges Beiwerk. Er hat ein durchaus selbständiges Urteil und hat seine Eignung auch bei Bearbeitung einzelner Präsidialgeschäfte, die ich ihm zugeteilt habe, bewiesen.* Welche Geschäfte das waren, mußte man mutmaßen, es stand auch nicht in Buchs verschlossenem Gesicht geschrieben. Es müssen „durchaus" prekäre Geschäfte gewesen sein, wenn sie nicht weiter aufgeführt worden sind.

Eine weitere Beurteilung aus dem Jahr 1936 lag vor: *Sein Charakter und seine Führung sind tadellos. Seine politische Zuverlässigkeit unzweifelhaft.* 1937 war er im SA-Reservesturm 21/117 in Mainz. Die SA-Reserve stand den frühen Mitgliedern offen, den älteren mit der Erfahrung in der Kampfzeit. Aus der SA wurde er in die NSDAP übernommen. Unzweifelhaft war auch die weitere Karriere, die er gleichzeitig machte. 1939 wurde er zum Oberlandesgerichtsrat in Darmstadt ernannt, von 1940–1945 war er am Divisionsgericht Koblenz als Kriegsgerichtsrat tätig. Er urteilte über Fahnenflüchtige und „Truppenschädlinge", wie sie genannt wurden. Buch hatte die Fragebögen nach seinem Vorleben beim *Gouvernement Militaire en Allemagne* ordnungsgemäß beantwortet und war nach mehreren Zwischenstationen durch Spruch der Zentralen Säuberungskommission beim Regierungspräsidenten Hessen-Pfalz am 19. 11. 1946 eingestuft worden: *Vorläufige Belassung, jedoch nicht als Spruchrichter mit Gehalt von 1937.*

Als Kornitzer am Bodensee in der Säuberungskommission arbeitete, war ihm kein einziger Fall eines Juristen zu Ohren gekommen, er hatte nach den Angestellten und Arbeitern im Schlachthof die Fragebögen von Handwerkern zu bewerten, von Klavierlehrerinnen, von kleinen Unternehmern. Und er hätte nicht gewußt, wie er reagiert hätte, über dem ellenlangen Fragebogen eines ehemaligen Richterkollegen brütend, der älter war als er, und vor allem konnte er sich auch nicht vorstellen, wie die anderen Mitglieder der Spruchkommission reagiert hätten, wenn sie über einen Richter, einen Kriegsgerichtsrat, zu richten hätten. Im Juli 1946 war Buch mit der Neuordnung und Neuaufstellung der durch die Fliegerangriffe beschädigten Landgerichtsbibliothek beschäftigt gewesen. Das war eine Einschränkung, zumal auch das Erbe weggefallen war, es war eine

Einschränkung, die mit den Einschränkungen anderer, Kriegsheimkehrern, Flüchtlingen, Remigranten, in Beziehung zu setzen war. Immerhin hatte Buch ein festes Gehalt, er hatte eine Stelle, er durfte in seinem Bereich arbeiten, was also sollte er klagen?
Nur einmal hat er Angst, große Angst. Er war nicht im Krieg gewesen, man hatte ihn an höherer Stelle gebraucht, er hatte über Fahnenflüchtige geurteilt, nicht weit weg, in Koblenz. Er war aber im ersten Weltkrieg gewesen, er hatte den Winter 1915 in Rußland als junger Mensch kennengelernt, er hatte danach den Balkan-Feldzug 1916–1918 mitgemacht und war noch in den letzten Kriegswochen in Frankreich eingesetzt gewesen. Hatte er damals Angst gehabt? Es war so lange her, die Todesangst des jungen Soldaten hatte nichts mit der Existenzangst des ehemaligen Kriegsgerichtsrats zu tun, für den Kriegsgerichtsrat war es schlecht, daß der Krieg zu Ende war. Buchs Einkommensquellen wurden auch in seiner Akte genannt. 1931–1946 hat er ein planmäßiges Diensteinkommen, aus dem elterlichen Erbteil zusätzlich jährlich circa 1.500 RM, die nach dem Krieg nicht mehr flossen, weil das elterliche Haus, aus dessen Mieten das Einkommen erzielt wurde, zerstört war. Aber die Angst des Kriegsgerichtsrats, dessen Arbeit mit der bedingungslosen Kapitulation seines Arbeitgebers gegenstandslos geworden war, hatte eine tiefere Bedeutung und hatte eine Spur hinterlassen, die auffindbar war. Am 9. 9. 1946 schrieb Buch einen langen Brief an den Regierungspräsidenten von Hessen-Pfalz.
*Betr. Entnazifizierung*
*Im Nachzug zu meiner Eingabe vom 21. Juli 1946 bitte ich, noch folgendes mitteilen zu können. In meinem Fragebogen habe ich angegeben: SA von 1934 bis 1935. Hierzu muß ich richtigstellen, daß ich der SA-<u>Reserve</u> angehört habe. Nachdem im Nürnberger Prozeß SA und SA-Reserve verschieden beurteilt wurden, muß ich dies ausführen. 2 Bescheinigungen*

*füge ich bei. Im übrigen erkläre ich ausdrücklich, daß ich von 1934 bis 1938 keinen Fall miterlebt oder gehört habe, in dem die SA ein Unrecht begangen hätte, sonst wäre ich nicht dabei geblieben. Bei der Judenverfolgung im November 1938 sollte in Mainz die SA hinterher hineingezogen werden. Ich war damals aber schon ausgetreten. Ich habe mich in meinem Amt als Richter niemals beeinflussen lassen. Bei der Partei hatte ich, wegen der Vorbehalte, die man mir ja am Gesicht ansah, keine Nummer. Dafür soll ich nun heute, wo es wieder eine freie Entwicklung und freie Arbeit gibt, aus dem Dienst gejagt werden, nach 25 Dienstjahren!*
Er muß etwas läuten gehört haben, ein dröhnendes Glockengeläute, und sei es, daß es aus Nürnberg hinübergeschallt ist. Ja, Dr. Walter Buch hat wirklich Angst: *Entlassung ohne Pension bedeutet,* so glaubt er es dem Regierungspräsidenten darlegen zu müssen, *nicht nur Verlust der Stellung, sondern auch die Unmöglichkeit, in einem Anwaltsbüro oder sonstwo im Fach zu arbeiten, wo ich noch etwas leisten kann, außerdem Beschlagnahme des restlichen Eigentums, nachdem das meiste schon durch den Krieg und die Bombenangriffe zerstört ist. Ich bitte die Zentralsäuberungskommission, diese Folgen zu bedenken und eine gerechte Entscheidung zu fällen.
Hochachtungsvoll
Dr. Walter Buch*
Ja, er hat große Angst, Muffensausen, und er macht sich vor dem Regierungspräsidenten ziemlich nackt mit seiner Angst, plötzlich vor dem Nichts zu stehen. Aber seine Angst erweist sich als unbegründet. 1947 wird er wieder zum Staatsdienst vereidigt. Schon im Oktober 1946 waren die Weichen für ihn anders gestellt worden. *Eine Verwendung beim Landgericht, bei der er nicht als Spruchrichter tätig ist, ist nicht möglich,* schreibt der Direktor des Landgerichts, *denn jeder Kammerbeisitzer ist m. E. als Spruchrichter anzusehen. Oder hat die Einschränkung nur den Sinn „nicht als Einzelrichter"?* Und sein zukünftiger Vorgesetzter paukt ihn weiter heraus, indem er die scharfsichtige Bemerkung hin-

zufügte, er gehe davon aus, *daß die ohne Einschränkung erlassene Berufung des Herrn Dr. Buch als Landgerichtsrat die uneingeschränkte Verwendung erlaubt.*
Am 21. 5. 1948 wird Buchs Amnestiebescheinigung unterzeichnet, er gehört jetzt der Gehaltsgruppe A2 C2 an. Am 1. 6. 1948 reklamiert er, in seinen Bezügen sei nicht berücksichtigt worden, daß er inzwischen geheiratet habe. Am 1. 7. 1949 erreicht er die Gehaltsgruppe A2 b. Die Angst, die er ein gutes Jahr lang gehabt hatte, war unbegründet.

Am Nachmittag wurde Kornitzer vom Präsidenten vereidigt, es war eine Zeremonie, die ihn bewegte, und das Glas Riesling, das er danach von einer Justizangestellten gereicht bekommen hatte, schmeckte ihm. Es schwirrte ihm noch der Kopf von den Namen all der Kollegen, die er sich merken mußte. Aber er war guten Willens.
*Landgericht Mainz*
*Gegenwärtig:*
*Landgerichtspräsident Dr. Krug*
*Mainz, den 31. August 1949*
*Zur Vornahme seiner Beeidigung erscheint der Landgerichtsrat Dr. Richard Kornitzer, geb. in Breslau am 4. Juli 1903, wohnhaft in Mainz. Er ist durch Verfügung des Ministeriums der Justiz in Koblenz vom 4. August 1949 als Landgerichtsrat bei dem Landgericht Mainz eingestellt worden.*
*Die Eidesformel:*
*„Ich schwöre Treue meinem Volk, Achtung gegenüber dem Willen der Volksvertretung, Gehorsam der Verfassung, den Gesetzen und meinen Vorgesetzten, sowie gewissenhafte Erfüllung meiner Amtspflichten."*
*wurde ihm vorgelesen.*
*Unter Erhebung der rechten Hand leistete Landgerichtsrat Dr. Kornitzer den Eid mit den Worten:*

*„Ich schwöre es, so wahr mir Gott helfe."*
*Hierüber wird diese Urkunde aufgenommen und von dem Vereidigten mit unterschrieben.*

Es war ihm so feierlich zumute, als würde die Zeit zurückgedreht, als wäre er noch in Berlin, als er zum ersten Mal vereidigt worden war, als er sich in aller Unschuld freute über den feierlichen Akt. Jetzt drängte die Arbeit, die Fälle wurden verteilt, er mußte seine Beisitzer zu sich rufen, er mußte sich einarbeiten, und so zog er sich rasch, nachdem er sich nach einem Platz umgeschaut hatte, wohin er das leere Weinglas stellen konnte, in sein Dienstzimmer zurück und begann, Akten zu studieren und die erste Sitzung vorzubereiten.

Am Abend im Bunker unter dem Licht der Seidenschirmlämpchen kam ihm sein Leben wie ausgedacht vor. Als hätte er gar keinen Charakter und kein Leben, sondern wäre eine hin- und hergeschobene Figur, die sich zu dieser passiven Bewegtheit vorzüglich eignete. Aber es nutzte nichts, in der Halle unter den übriggebliebenen Gästen zu sitzen, ihrem Holterdiepolter mit Schuhen und Gepäckstücken und auf dem Beton hin- und herschleifenden Stuhlbeinen zuzuhören, ihrem Kommen und Gehen zuzuschauen, ihre Gesichter vermied er anzusehen. Er mußte in seine Koje und saß noch eine Weile an dem kargen Tischchen. Er hatte das Gefühl, sofort an Claire schreiben zu müssen, daß er gut angekommen sei, daß er schon Kollegen kennengelernt habe, daß er vereidigt worden sei. Ja, er müßte sofort an Claire schreiben, damit ein Zipfel der Spontaneität, die sie durch die lange Trennung verloren hatten und die mühsam wieder zum Vorschein kam, gewahrt bliebe. Er hätte schreiben müssen, er sähe vor sich eine Folge von überbelichteten Bildern in engen Zimmern, in Schläuchen, in denen die Decken zu hoch waren, in denen es an zu öffnenden Fenstern mangelte und die Türen wären nur dazu da, eine Schamschwelle zum Draußen zu bilden. Jede winzigste Dosis Lärm ließen sie hinein. Es war schmerzhaft, aber es war „wirklich". Als wäre er am Bodensee in einer ihm zugedachten Filmrolle erstarrt. Aber das grüne Gras, die Kühe, die Berge, die Apfelplantagen und die rotbackigen Kinder und Claire, die das eine (die vernünftige Gegenwart) und das andere (die in einen Abgrund gerutschte Vergangenheit) miteinander bündelte, waren doch real, wirklicher als „wirklich". Allein am Bodensee wäre er eine andere Person gewesen, gerafft, gestrafft, Claire hatte ihn mit der Person, die er gewesen war, bevor er emigrierte, verknotet, er kannte diese Person kaum mehr, ein junger Richter in einer Zivilkammer, Beisitzer eines Landgerichtsdirektors mit einem Schmiß am Kinn und einem energischen Haarwirbel auf dem Kopf. Nun schien ihm die eine Person (vor der Vertreibung) naiv und die am Ziel der Vertreibung sentimental, und die, die er am Bodensee entdeckt hatte in sich, war aufs Äußerste gespannt und war sehr, sehr nachdenklich geworden, und er wußte nicht, was aus diesen unverbundenen historischen Teilen geworden wäre, säße er hier nicht still in der Bunkerzelle ohne eine einzige Ablenkung, nur sich selbst und seiner Untätigkeit überlassen. Er war bei sich und ganz weit weg, wie ein Beobachter, der ihm (also sich selbst) den Puls fühlte und ihm starr ins Gesicht sah. Ein Beobachter, der zu ihm hoffnungsvoll „Landgerichtsrat Dr. Kornitzer" sagte, als wolle er ein Gespräch führen, das dann doch nicht stattfand, und er wunderte sich nicht. Auch erschrak er nicht mehr sonderlich bei der ungewohnten Bezeichnung.

Bang, schlug eine Eisentür, und es war ein Gefühl, als schlüge sie gleich neben seinem Kopf zu, schlüge auf seinen Kopf. Der Knall vibrierte noch nach, er erwartete das nächste Türenschlagen, ein unendliches Türenschlagen. Er nahm die dünne Decke vom Bett, wickelte sie sich um die Knie, er hätte sie sich um die

Ohren wickeln müssen, aber dazu war sie zu groß und zu sperrig, sie roch auch nicht gut, und gleichzeitig geriet er ins Tagträumen. Und in diesen Träumen spielte Claire so gar keine Rolle, eher waren es steife Hüte, die er vor sich sah, solche, die man zwei Jahrzehnte später Arbeitgeberhüte nannte, Hüte, die auf einem Schachbrett hin und her geschoben wurden, er sah sie vor sich, ganz ohne Leidenschaft und innere Beteiligung, und nachdem er mit diesem Bild eine Zeitlang – wie lange, konnte er nicht sagen – gedriftet war, warf er sich seine Leidenschaftslosigkeit vor, und gleichzeitig wußte er, daß er zu streng über sich selbst urteilte. Vielleicht war es übertrieben, an sich selbst einen Maßstab legen zu wollen, der mit seiner professionellen Urteilsfähigkeit nichts mehr zu tun hatte (oder nichts mehr zu tun haben wollte). Es war eine Reaktion des Gehirns. Jetzt war es genug, er machte sich für die Nacht fertig, morgen, morgen würde er Claire berichten. Aber das, was ihm durch den Kopf ging, war es nicht, was er im ersten Überschwang schreiben wollte. Der Bericht war eine Schrumpfform, die seine Empfindungen nur mühsam in sich aufnehmen konnte. Die Ereignislosigkeit, aus der sich nur ein sinnloses Bild ergab, war richtiger. Er stand an einem Neuanfang, und er würde ihn gut bestehen. Es war fast ein Versprechen, das er sich selbst gab.

# Mombach

Häuserchen in einer Gasse aneinandergelehnt, mit der Schmalseite nebeneinandergeklebt. Finger müssen klebrig geblieben sein beim Biegen und Kniffen wie bei einer kleinteiligen Bastelarbeit. Alles ist feucht, befeuchtet, in einer künstlichen Erregung gehalten worden, in einer Erregung, die nur das Miniaturformat betrifft. Die Größe des Problems ist von der Kleinheit (Kleinlichkeit) des Formats nicht betroffen. Das Format stellt sich selbst aus, und zwar so: Ein Mann mit einem gewissen Anspruch braucht eine Wohnmöglichkeit, die seiner zukünftigen Arbeit angemessen ist. Er hat eine Familie, mittelgroß, die noch zerstreut ist, die er aber sammeln möchte. Eine gute Wohnung wäre wie ein Herd, um den sich die Familie scharen könnte, eine Hoffnung, wie alles optimistisch, hoffnungsvoll, mittelgroß hoffnungsfroh arrangiert sein müßte. Also nimmt Kornitzer die Trambahn Nr. 1 und fährt hinaus in den ihm vorgeschlagenen (angewiesenen?) Bezirk, nach Mombach. Die Zerstörungen an der Mombacher Landstraße, dort wo sie hinter dem Güterbahnhof beginnt, hatte er schon gesehen. Mit seinem jetzigen Ausflug verbunden ist eine gewisse Ängstlichkeit, er versucht, sie mit der Zukunftshoffnung in der Waage zu halten. Er fährt an hüfthoch zu Wällen aufgeschichteten Ziegeln vorbei, die aus den Trümmergrundstücken herausgeklaubt und vom Mörtel befreit worden sind, er hat ein Klopfen im Ohr, ein dauerndes Hämmern, Klappern, Pochen und Schaben, es begleitet ihn den ganzen Tag, rastlos, mit verbissenem Eifer werden die Fahrwege und die Grundstücke freigeschippt und freigeschaufelt. Aber nun ist Mittagspause, und die Schuttbahn, die in kleinen Loren die Ziegel dorthin transportiert, wo sie gebraucht werden, steht still. Die Frauen, die sie lenken und die

die Steine abklopfen, sitzen am Straßenrand und beißen bedächtig in Brote. Zwischen die Knie haben einige Thermosflaschen geklemmt. Ruinen und Staub, Staub und Ruinen. Kurz nach dem Kriegsende, so hatte ihm ein Justizangestellter erzählt, habe es „Arbeitsfallen" gegeben. Wo man im Trümmergewirr nicht auf Hausbewohner zurückgreifen konnte, weil sie tot waren oder evakuiert, habe man Passanten zur verkehrsnotwendigen Entrümpelung gezwungen. Für drei Stunden, für fünf Stunden, für zehn Stunden. Zuhause oder in dem, was von einem Zuhause übriggeblieben war, hätten die Angehörigen voller Sorgen gewartet und sich geängstigt. Diese Methode sei sehr erfolgreich gewesen. Keine Werbung um Freiwillige zum Schippen hätte die Straßen in so kurzer Frist wieder betretbar gemacht.

Es ist nur ein Schnuppern, sagte sich Kornitzer, während er aus dem Fenster der Straßenbahn schaute, er nahm die Witterung auf, begab sich hinein ins Vorstädtische, und er hatte in der Tat keine Alternative. Er sah sich den Stadtteil an, der nicht so übel war auf den ersten Blick, und brauchte doch eine Bedenkfrist, die auch eine Schonzeit war, sich in die Kleinteiligkeit einzulassen, sie wie ein Brotbrechen zuzulassen. Kornitzer war Protestant geworden unter Umständen, bei denen an ein Protestieren nicht mehr zu denken war, das Zulassen, die Liberalität war ihm nicht fern. Aber das war keine Haltung, kein Flaggensignal, das man im Vorhinein aus dem Fenster wehen lassen konnte: Ich bin einverstanden mit allem, was geschieht. Ich ergebe mich. Man mußte abwarten, man mußte zögern und auch der energischen Frau des Zuzugsberechtigten, der zuzugsverpflichteten Person (so genau ging dies aus den Papieren nicht hervor) ins Gewissen reden: Überleg dir das. Überstürze nichts. Bleib, wo es dir einigermaßen gut geht. Er bewegte sich auf einem Terrain, das unbekannt war, und die Nachrichten, die den Wohnungssuchenden und Wohnungsberechtigten, in diesem Fall wie so häufig den Mann, einigermaßen in Verwirrung stürzen mußten, mußten für die Frau noch einmal gefiltert, vielleicht umgeschrieben werden. Und die Verwirrung war nicht schlecht, sie war ein Wirbel und ein Schweigen und ein Atemholen zugleich. Ein Denken des Mannes an die Frau, ein entmutigendes Denken, ein verzweifelndes Denken, nicht, wie man sich normalerweise das Denken eines Mannes an seine Frau vorstellt, die er so lange nicht gesehen hat. Ein Stöhnen vielleicht, eher ein weiträumiges Einlenken, ein Denken, das der Sprachlosigkeit nur zögernd entgegenkam. Ein Tasten, das mit einem Denken nur noch so ungefähr korreliert, besser noch: ein Tappen im dürftig erhellten Lichtraum.

Starke Schultern, die die Schwäche, die vorstädtische Kläglichkeit vergessen machen wollen, aber etwas ist doch zum Weinen, man müßte es nur tun oder zu tun wagen, ohne den Schaden am eigenen Gemüt benennen zu können. Wenn das eigene Gemüt nicht vor überkommenem Hochmut strotzte. Wenn das eigene Gemüt nicht auch ein Zähnezusammenbeißen wäre auf einer Ebene, die sich dem Gemütsmenschen nicht wirklich erschließt. Darüber muß geschwiegen werden wie über Mißmut. Die Stimme, die zu schweigen gelernt hat, zieht sich zurück in einen dunklen, grollenden Bereich, das Kinn, das sich über die kleine Erbärmlichkeit reckt, reckt sich doch nicht zu hoch, dann muß eine Schauspielerhaftigkeit erfunden werden, eine leise, vornehme Demutshaltung, die vom Eigenen absieht und das Fremde als fremd, irrtümlich doch als vertraut empfindet. Aber die Häuserchen, der vorsintflutliche Stadtteil im Norden der Stadt.

Eine freundlich ergebene Geducktheit, Gedrängtheit von Anfang an. Häuser aus gelbem Backstein, am Giebel und im Sockelband ein Zickzack aus rotem Backstein, eine Schmuckli-

nie wie auf einem Norwegerpullover, eine freundliche Aufmunterung, hier geht's aufwärts, aber da auch wieder abwärts, so ist es nun mal. Gelbe Ziegel, rote Ziegel, ein Baumeister im Jahr 1898 konnte das aus dem Effeff. Der Rhythmus des Gehens ließ den Gedanken an eine Öffnung nicht zu. Für ein Vorgärtchen ist in der Gasse kein Platz. Die Gasse ist so lang oder so kurz, daß man in ihr anhaltend husten, also nicht unhörbar bleiben kann, unsichtbar vielleicht, wenn man sich geschickt, den Tageszeiten entgegengesetzt, bewegte. Aber das war ein Schutzgedanke, ein andere Gedanken überdeckender Gedanke, den Kornitzer eigentlich nicht denken wollte. Ein Gedanke, der eine Empfindung versteckte. Und diese Empfindung hieß: Oh nein. Oder war sie einfach sprachlos, wie losgelöst von jeder aktuellen Wahrnehmung?
Alle Fenster und Türen hatten rote, verwitterte Sandsteinumrahmungen. Hinter den Fenstern dichte Gardinen, Verschlossenheit, Verschrobenheit, nur hier und da wurde an einer Gardine genestelt, als Richard Kornitzer durch die Gasse ging. Häuserchen wie Mausezähne, ein Erdgeschoß und ein Obergeschoß und ein Dachstübchen mit dem Fenster in den Giebel hinein, zwischen Giebel und Dach die Halterung für die Fahnenstange, ein Rohr wie ein Ausguß, ein billiger Wasserspeier, aus dem die Gesinnung schoß. Kornitzer konnte nicht umhin, sich die roten Fahnen mit dem Nazi-Emblem in der Gasse wehend vorzustellen, kleine Häuser, kleine Leute, großes brausendes Fahnengestöber, lautstark in der engen Gasse auf den Asphalt geschmettert. Hinter den Häusern ein Streifen Land, ein Fliederbusch, ein krummes Apfelbäumchen, eine Teppichstange, zwei Grasnarben und ein Beet mit Petersilie und Salat, Kohlköpfe, von Kohlweißlingen angefressen. Und vermutlich zwei, drei Kisten aufeinandergestapelt, in denen Kaninchen fett gefüttert wurden.

In ihm war ein tiefes Schweigen, kein Empfinden. Das Empfinden wäre vorschnell gewesen, ein vorschnelles Nein oder Vielleicht, kein Ja jedenfalls. Er studierte den Vorort, wie er Akten studierte: mit einer grenzenlosen Aufmerksamkeit für jedes Detail, das in einem ganz anderen Zusammenhang wichtig werden könnte. Wer in dieser Beobachtung nicht wichtig war, war er selbst: Kornitzer, das Subjekt. Er befolgte die Regel, die eigene Befindlichkeit keine Rolle spielen zu lassen. Der Jurist war an Objektivitäten gebunden, die nur vermittelt nach seinem subjektiven Empfinden fragen, „nach seinem Ermessen". Nach seinem Wohlbefinden hier und dort schon überhaupt nicht, er konnte die Gassen ja doch nicht wie Delikte in Augenschein nehmen oder wie Tatorte, an denen etwas geschah, an denen etwas geschehen konnte, mit ihm, mit seiner Frau, mit seiner verstreuten Familie, an die zu denken ihm ein Zittern in den Knien verursachte, also Nüchternheit, Wahrnehmung und keine Klage im Voraus.

Er ging eine Gasse entlang, er ging eine zweite Gasse entlang, nicht wirklich entschließen konnte er sich, die Gasse zu suchen, deren Namen die Dame auf dem Wohnungsamt ihm aufgeschrieben hatte, es war ein Zögern, das er sich selbst nicht erklären konnte. Als er herausgefahren war aus der Stadt in der Mittagspause, schien es ihm noch selbstverständlich. Er würde sich durchfragen, er würde die entsprechende Hausnummer suchen, er klingelte und sagte seinen Namen: Sie haben zwei Zimmer zu vermieten, das Wohnungsamt hat mir einen Berechtigungsschein gegeben. Darf ich die Zimmer sehen? Das schien so einfach, so einfach auszusprechen auf dem Weg heraus aus der Stadt, und nun im Vorort wollte er gar nichts sehen, nicht die prüfenden Augen der Hausfrau, nicht die Kinder, die sich hinter ihr drängten, mit offenen Mündern den fremden Mann anstarrten, er hatte genug gesehen, Sandstein

und Ziegelstein, Zickzack, Enge, Kleinmütigkeit, das mußte er erst mal verdauen. Auch das Zögern der Hausbesitzerin, ihn ins Haus zu lassen, wollte er verschlucken. Die Begründung des Zögerns, daß möglicherweise die Frau am Abend ihren Mann fragen mußte, wollte er nicht hören. Und auch nicht den Ratschlag, daß ein ganz anderer Termin, vielleicht am Samstag, viel passender erschiene: „Das Zimmer ist noch nicht gemacht." Er konnte sich auch ein ungemachtes Bett als ein gemachtes vorstellen, daran sollte es nicht liegen. Und überhaupt, er wußte ja, daß ein zukünftiger Mieter mit einem Berechtigungsschein, der ihm ein Vorrecht vor anderen Mietern auf dem Papier einräumte, auch ein Ärgernis war, für diejenigen, die Wohnraum hatten melden müssen, und die, die Wohnraum beanspruchten mit einem Laufzettel, denn nichts anderes war der hoch gehandelte Wohnberechtigungsschein. (Konnte man ihn erschleichen, erhandeln auf dem Schwarzmarkt, von dem er nichts verstand, oder mußte man unschuldig mit weißen Händen, mit einer Stimme, die Kreide gefressen hatte, im Amt vorsprechen?) Das stand in den Sternen, aber er wußte nichts von Sternen und ihren Auswirkungen auf erregte und verzweifelte Gemüter. Der Wohnberechtigungsschein, von dem ihm die Frau in der Geschäftsstelle des Landgerichts erzählt hatte und den man ihm im Wohnungsamt zu seiner Verwunderung in die Hand gedrückt hatte, zusammen mit einem Blatt über die Ausführungsverordnungen, das war eine Gegebenheit, an die er sich hielt, wie schlecht sie auch umgesetzt wurde. Er hatte den Schein entgegengenommen, ihm würde ein angemessener Wohnraum zustehen. So waren die Vorschriften. Wie eine Machete, dachte er. Und dann wollte er nichts mehr denken.
Kornitzer befingerte in der Tasche noch einmal den Berechtigungsschein, dann machte er kehrt. Er erreichte einen Platz, den die Straßenbahn umkurvte, da stand die Ortsbürgermeiste-

rei, ein trutziges Gebäude, das unbeschadet den Wilhelminismus überlebt hatte und treuherzig in den hellen Tag guckte. Es war nur wenig größer als die Siedlungshäuser in den Gassen, ein schmales, dreifenstriges Häuschen mit einem doppelten Sims zwischen Erdgeschoß und erstem Stock und einem dreiteiligen Fenster im Dachgeschoß. Auch dieses Gebäude hatte Sandsteinumrandungen der Fenster und Türstürze. Eine protestantische Pfarrkirche mit einer breiten Turmhaube, zwei katholische Kirchen: Herz Jesu und St. Nikolaus, eine mit einem eingestürzten Dach, die andere mit handschriftlichen Spendenaufrufen für den Wiederaufbau vor der Tür, das schien ihm etwas viel. Aber sich darüber zu erheben, war unangebracht. Die Friedhofskapelle hatte einen heftigen Treffer abbekommen, eingeknickt lag das Türmchen auf einem Gräberfeld. Auch auf der Hauptstraße gab es Zerstörungen, eine schwarze Schneise, die die Brände gerissen hatten.
In der Nähe bäuerliche Anwesen mit einer kleinen Landwirtschaft, einem Misthaufen und einer Handvoll scharrender Hühner, die Gemarkung hieß: Auf dem Großen Sand. Er ging aus dem Ort hinaus, an einem Gemüsefeld entlang, ging auf einem Feldweg, der auf ein Wäldchen zu führte. Auf der Wiese erkannte er den Roten Storchenschnabel, die violette Schwarzwurzel, das gelbe Sandfingerkraut und Salzkraut, eine schöne in die Mulde gedrückte Mischung, daran war nichts zu deuten. Er roch auch noch die Blüten der Küchenschellen, der Sandwolfsmilch, sah das Liesch. Das Knabenkraut schoß hoch auf, mit feinen rosafarbenen Trichterblüten. Nein, die Aufmerksamkeit veränderte sich nicht, wurde nur zögerlicher, Kornitzer streckte alle empfindsamen Antennen aus.
Als er den Fuß abseits des Weges auf den Sand gesetzt hatte, merkte er: Nein, keine Natur, Natur tat ihm nicht gut, öffnete, ließ zerfließen, was er in sich selbst zusammengezurrt hatte.

Zusammengebissene Zähne, Muskelanspannung, der ganze innere Haushalt brauchte eine Struktur der Festigkeit. Und auf Sand schien die ganze vorstädtische Angelegenheit gebaut zu sein, Teil der Gemarkung des Großen Sandes. Als er seinen Ausflug ankündigte, hatte jemand im Gericht ihm gesagt, hier sei einmal ein militärisches Übungsgebiet gewesen. Sand der Zeit rann durch den Ort hindurch, ein Sandsturm, gegen den die Häuser sich nicht abdichten konnten. Hier und da hatte ein Haus Fensterläden, also vielleicht ein intimes Geheimnis.
Er ging wieder zum Ortsausgang, ein Wäldchen, eine Aussicht auf eine Bodensenke, Wiesenschaumkraut und wieder Apfelbäumchen, Streuobstwiesen, ein vorstädtisches Auslaufmodell, aber war es schon ausgelaufen, oder wann würde es auslaufen, vielleicht nie. Eigentlich wollte er mit diesem Ortsteil im Norden der Stadt nichts zu tun haben, es zog ihn ins Landgericht zurück. Er stieg in die Straßenbahn, fuhr drei, vier Stationen und stieg wieder aus, dort wo er die hohen Schornsteine gesehen hatte, einige waren zerstört, Trümmer ragten in den Himmel, hohle Zahnstümpfe. Eine Glasfabrik, Metallwerke und der beißende Geruch aus einer Fabrik, die Schuhwichse herstellte, er sah ein Medaillon mit einem Frosch in gespannter Hüpfstellung, das Maul sehr breit, er hatte eine Krone auf dem Kopf. Ein Froschkönig, der über ein Regiment gut geputzter Schuhe herrschte, und keine Prinzessin weit und breit. Er sah die Brückenpfeiler am Fluß: zerstört. Kinder ließen Steine über die Oberfläche des Flusses hüpfen. Auf den Bahngleisen am Fluß entlang rumpelte ein langer Güterzug. Er roch die Kläranlage, den Muff der Lagerhallen, Arbeiter gingen durch das Tor, mit der Gewißheit, eine Arbeit zu haben, als hätte diese Arbeit nicht bei einem einzigen Bombenangriff zunichte gemacht werden können. Und die, die diese Arbeit verrichteten, dazu.

Wieder im Landgericht, begann er im Geschäftszimmer ein Urteil zu diktieren, es klopfte, und Landgerichtsrat Beck stand in der Tür. Darf ich Ihnen Rechtsanwalt Damm vorstellen? Er hat schon zweimal nach Ihnen gefragt. Aber da waren Sie nicht im Haus. Kornitzer gab sich Mühe, seinen Halbsatz ordentlich zu Ende zu bringen, während Beck die Augen zusammenkniff, als wäre er geblendet, und seine Augenbrauen bildeten einen waagerechten Strich. Und noch ganz in Gedanken nickte Kornitzer Beck zu und streckte dem Gast eine Hand entgegen. Damm, der ihn schriftlich vor Mainz gewarnt hatte. Da sah er: Die Hand des Rechtsanwaltes rührte sich nicht. Sie steckte in einem schwarzen Lederhandschuh, darunter eine starre Prothese, und Damm gab ihm seine linke Hand und sagte: Im Landgericht Littenstraße in Berlin, das war eine schöne Assessorenzeit. Er bleckte dabei ein großes parodontöses Gebiß mit freistehenden Zahnhälsen im Unterkiefer, das Kornitzer schreckte, und dann geschah ihm etwas, was ihn sehr verwunderte, etwas, das ihm noch nie geschehen war: Über der Prothesenhand, dem angewinkelten rechten Arm sah er einen zweiten Arm sich in die Luft recken, einen zweifellos eingebildeten Arm, der mit dem Hitlergruß grüßte. Jetzt, schoß es Kornitzer durch den Kopf, werde ich verrückt. Aber er ruckelte sich bald wieder zusammen, keineswegs wurde er verrückt, es war nur ein Bild, das er vertreiben mußte, so rasch, wie es ihm in den Kopf gekommen war. Ein flüchtiges Bild, das ihm den Blick auf die wirkliche Begegnung verstellte. Ein Gespräch, nur mit ein paar Höflichkeiten gepflastert, war ihm daraufhin nicht mehr möglich, er würde später, später Beck fragen, was denn das Spezialgebiet von Rechtsanwalt Damm sei. Die Herren verabschiedeten sich wieder, Kornitzer schloß die Tür, die Schreibkraft las ihm den letzten Halbsatz vor.
Am Nachmittag konnte er sich nicht wirklich auf das Aktenstu-

dium konzentrieren. Er stellt sich die hochgewachsene Claire vor, wie sie in einer der vorstädtischen Gassen ging, eine Tür aufschloß, und es kam ihm vor, als müsse sie sich bücken am Türstoß, doch so groß, wie er sie in der Phantasie machte, war sie in Wirklichkeit nicht. Er fragte, bevor er das Landgericht verließ, nach Landgerichtsrat Beck, aber der war in einer Sitzung. Er wartete auf ihn und stellte seine Frage. Oh, Rechtsanwalt Damm ist ein Spezialist für alles, nichts Besonderes. Ich verstehe, antwortete Kornitzer; in Wirklichkeit verstand er nichts.
Am Abend fuhr er wieder hinaus in die Vorstadt, fragte sich jetzt zu der Gasse durch, in der zwei Zimmer frei sein sollten. Er gab sich einen Ruck, klingelte an dem angegebenen Haus, „Dreis" stand auf dem Schild. Ein kleines Mädchen öffnete, er fragte nach dem Vater. Der ist noch in Gefangenschaft, platzte das Kind heraus, und dann kam die Mutter, eine bläßliche Frau mit kräftigen, dunklen Augenbrauen und einem vollen, aber zusammengekniffenen Mund. Er sagte sein Sprüchlein: Bei ihr seien wohl zwei Zimmer zu vermieten, ob er sie ansehen könne? Er zeigte ihr den Berechtigungsschein, den sie ernsthaft studierte. Oh, Sie sind Opfer des Faschismus?, sagte sie und wirkte erschrocken. Ja, sagte er einfach, und ich brauche eine Wohnung. (Der Berechtigungsschein wies ihn als Opfer aus.) Ich bin nicht die Vermieterin, das Haus gehört meinen Schwiegereltern. Aber Sie können mir doch sicher die Zimmer zeigen? Es ist nur ein Zimmer, das zweite ist schon vergeben an meinen Schwager. Aha, sagte Kornitzer, das hätten Sie aber dem Wohnungsamt melden sollen. Die Frau zuckte die Schultern, Kornitzer wußte nicht, ob es ein Schulterzucken war, das sich über eine Bestimmung hinwegsetzte, oder ob es eine wirkliche Obstruktion war. Kommen Sie, im zweiten Stock, aber auf der Treppe ist kein Licht. So faßte die Frau ihn einfach an der Hand

und zog ihn ins Haus, das Kind folgte, sprang dann über zwei Stufen und drängte sich an ihm und seiner Mutter vorbei und rannte die Treppe hoch. Ich hol eine Kerze. Verbrenn dich nicht, rief die Mutter ihm nach. Es war Kornitzer angenehm, an der warmen Hand einer fremden jungen Frau eine Treppe hochzugehen, Stufe für Stufe, auf dem Treppenabsatz machte sie kurz Halt, als wäre ihr der Weg zu viel. Da trat oben das kleine Mädchen aus einer Tür, die Kerze in seiner Hand blakte, warf unruhige Schatten an die Wand. Feierlich sah es aus, als ginge es an der Spitze einer Prozession. Im flackernden Licht sagte die Frau: Ich habe noch kein einziges Opfer des Faschismus zu sehen bekommen. Das ist ein Fehler, sagte Kornitzer, und sogleich tat ihm sein belehrender Ton leid. Er wußte, daß er in ihren Augen ein Ausstellungsstück war, und es fiel ihm ein, daß seine Juristenkollegen einen solch einfachen Satz nicht über die Lippen gebracht hatten bei der Amtseinführung. Die Frau Dreis schaffte es auf Anhieb. Was konnte die kleine Frau in der Vorstadt dafür, daß ihr Blick verengt war? Er sah, wie sie die Unterlippe mit den Zähnen des Oberkiefers einkniff und ihn prüfend ansah. Auch das Kind sah ihn jetzt an im Kerzenlicht, als wäre er ein komischer Heiliger aus einer anderen Religion. Hier ist das Zimmer. Die Frau löste die Situation auf, indem sie eine Klinke herunterdrückte und das Licht anknipste. Ein Schwall Kälte kam aus dem Zimmer, ungelüftete kalte Luft, er sah ein Bett, einen Nachttisch, ein Tischchen vor dem Fenster, das eher ein Nähtischchen war, einen bulligen, viel zu großen Kleiderschrank und einen emaillierten Ofen mit einem ellenlangen Ofenrohr an der Wand entlang. Die Streifen der Tapete waren mild und freundlich, jedenfalls nicht störend. Kornitzer trat in das Zimmer, sah aus dem Fenster, tatsächlich, ein Apfelbaum! Entschuldigung, sagte er, ich muß in diesem Zimmer auch arbeiten können. Könnte man den kleinen Tisch durch einen größeren ersetzen? Kann man wahrscheinlich, sagte die Frau, ich muß meine Schwiegermutter natürlich fragen. Und wo ist das Bad?, fiel Kornitzer plötzlich zu fragen ein. Wir haben kein Bad, wir waschen uns alle in der Waschküche im Keller. Aha, sagte Kornitzer, die ganze Siedlung hat keine Bäder? Manche Leute haben sich ein Bad einbauen lassen, als noch Geld da war, sagte die Frau. Ich verstehe. Also war kein Geld da, also mußte vermietet werden. In der Waschküche, mischte sich das Kind plötzlich ein, steht ein großer Kessel. Das auch, lenkte die Frau ein, ein Waschkessel, und es gibt ein ordentliches Waschbecken und einige Bütten. Jetzt fiel Kornitzer der Geruch auf, der kalte, strenge Geruch, er reckte sich ein wenig und sah, auf dem Kleiderschrank waren auf einer Zeitung Äpfel ausgebreitet. In ordentlichen Reihen lagerten sie da, keiner berührte den anderen, damit kein wurmstichiger Apfel den benachbarten anstecken konnte. Es war ein schönes, rührendes Bild, gelbhäutige Äpfel mit einer schrumpeligen Schale, ganz anders als die Apfelfülle, die er in Bettnang im Herbst gesehen hatte. Er deutete mit dem Kinn nach oben: Sicher Äpfel aus dem Garten? Ja, sagte die Frau, wollen Sie einen? Sie wartete seine Antwort nicht ab, stieg auf den einzigen Stuhl im Raum und gab ihm einen Apfel. In diesem Augenblick polterte es unten, die Schwiegereltern, sagte die Frau sachlich, gehen wir. Als hätte sie genug Zeit mit ihm verbracht und sehnte sich in die Geselligkeit, in die familiäre Gemeinschaft zurück. Als hätte ein Blick in das Zimmer ihm genügt, Kornitzer hätte zum Beispiel die Matratze prüfen und das Schublädchen des Nachttischs öffnen wollen, einfach so. Und das kleine Mädchen rief: Oma, Opa, wir haben Besuch! Es stürmte die Treppe hinunter, dabei verlöschte die Kerze. Kornitzer kam mit der Frau im Dunklen herunter, diesmal faßte sie ihn nicht an der Hand, er trug vorsichtig den Apfel, der kalt

und gar nicht schrumpelig in der Hand lag, sondern sanft und glatt. So trat er in den Lichtkegel des unteren Flurs.
Der Herr hat einen Berechtigungsschein für zwei Zimmer, aber wir haben nur eins, die junge Frau Dreis nahm ihm die Vorstellung ab. Er ist Opfer des Faschismus, sagte sie. Die Schwiegereltern, der Mann kahl und bedächtig mit einem rotgeäderten Zinken mitten im Gesicht, die Frau mit flinken Augen und Händen, die sie sofort in eine Jackentasche steckte und wieder herausgrub, ohne eine wirkliche Initiative zu entwickeln, sahen ihn an und nickten, die Hand gaben sie ihm nicht. Wenn Sie das Zimmer haben wollen, können Sie morgen einziehen, sagte die alte Frau Dreis. Sie sind willkommen. Ich muß nur noch putzen und die Äpfel wegräumen. Sie sprach das „willkommen" so sachlich und knapp aus, daß Kornitzer sich nicht wirklich willkommen, aber auch nicht abgewiesen fühlte. Es war etwas dazwischen, für das er keinen Namen hatte, vielleicht „selbstverständlich". Die junge Frau Dreis erinnerte ihn daran, daß er um einen großen Tisch zum Arbeiten gebeten hatte. Er brachte sein Anliegen noch einmal vor und hörte: Wir haben einen Tisch in der Waschküche, auf dem bügle ich. Den können Sie haben. Er wackelt nur ein bißchen, beschied ihn die alte Frau Dreis. Das war eine nette, spontane Geste.
Er versuchte es noch einmal, räusperte sich: Ich habe einen Berechtigungsschein für zwei Zimmer, meine Frau ist noch in Süddeutschland. Herr Dreis sagte: Auch mein Sohn braucht ein Zimmer, ich kann ihn nicht bei meiner Schwiegertochter und dem Kind einquartieren. Selbstverständlich nicht, antwortete Kornitzer ein bißchen zu beflissen und fügte hinzu: Aber das zu vermietende Zimmer ist ja nur für eine Person geeignet. Ich muß meiner Frau die Situation schildern. Und dann hatte er eine Eingebung, die ihn selbst überraschte: Vielleicht will sie gar nicht kommen. Die junge Frau sah ihm jetzt offen ins

Gesicht, wie wissend, kam es ihm vor. Und Kornitzer sagte: Ich gebe Ihnen in den nächsten Tagen Bescheid. Er verabschiedete sich, und es fiel ihm auf, daß die junge Frau ein Lächeln in den Augen hatte.
Vielleicht will Claire gar nicht kommen. Einerseits wäre dies traurig, eine Niederlage für ihn, andererseits auch vollkommen verständlich, sie hatte jahrelang notgedrungen alleine verbracht, in möblierten Zimmern gehaust, der Hausstand zerstreut, verloren, aufgegeben, die nackte Existenz war ihr vernichtet. Wenn Claire und er wieder eine richtige Ehe führten, dann doch unter guten Bedingungen. Die guten Bedingungen erleichtern eine gute Ehe, das war zwar nicht bewiesen, aber der Satz war beruhigend nach so viel Kummer, Unruhe, Zweifel. Diesmal fuhr er ohne ein müßiggängerisches Spazierengehen gleich in die Stadt zurück, erbat sich eine Postkarte an der Rezeption des Bunkerhotels. Liebe Claire, schrieb er rasch, nach dem Berechtigungsschein stehen mir und meiner Ehefrau zwei Zimmer zu. In der ganzen Stadt scheint aber nur ein einziges Zimmer verfügbar zu sein, jedenfalls nur eines, das mit meiner Berechtigung zu mieten ist. Es ist ein nettes Zimmer bei netten Leuten, und der Blick geht auf einen Apfelbaum. Willst Du unter diesen Bedingungen kommen? Oder willst Du abwarten, bis ich eine bessere Wohnmöglichkeit gefunden habe? Bitte antworte mir so rasch wie möglich, ich muß mich entscheiden. Dein Dich stets liebender Richard.
So hatte er früher seine Briefe an Claire unterzeichnet, und er sah trotz aller voraussehbaren Schwierigkeiten keinen Grund, nun eine andere Formel zu finden. Als er mit dem Schreiben fertig war, setzte er sich auf die Bettkante, die eine Pritschenkante war, aß langsam den Apfel, nicht aus Hunger, sondern aus müder Gier, also ohne wirklichen Genuß, bis ihm der Saft auf den Unterkiefer tropfte.

In der Nacht wachte er ganz unmotiviert auf, dachte an das kleine, lebhafte Dreis-Mädchen, das mit der Kerze die Treppe beleuchtet hatte. Es war ungefähr so alt wie seine Tochter Selma, als Claire sie und ihren größeren Bruder in einer herzzerreißenden Aktion wegbringen, wegschicken mußte, und die Kinder begriffen es nicht. Claire kam zurück und weinte fassungslos. Sie sagte: Selma klammerte sich um meine Beine, als wären es Säulen. Ich mußte fast treten, damit sie die Umklammerung losließ. Und als ich sie noch einmal oder wirklich erst von mir abgenabelt, von meinen Beinen abgepflückt hatte, in denen sie sich mit ihren Händchen verkrallt hatte, kam ich mir wie eine Verräterin vor. Ich setzte meine Kinder aus – mit Pappdeckeln, auf denen eine Nummer geschrieben stand, um den Hals, in einer abstrakten Vernünftigkeit, aber alles Konkrete, meine Liebe, meine Besorgnis und die meines Mannes spielten nur eine untergeordnete Rolle. Sie sprachen darüber, sprachen ernsthaft und lang, und die Entscheidung, die sie fällten, hatte keinen Namen, aber eine entschiedene Rationalität, die aller Elternliebe und dem Alter, dem ängstlichen Zustand der Kinder widersprach. Es war entsetzlich, daran zu denken. Es war entsetzlich, sich Claires versteinertes Gesicht vorzustellen, als sie sagte: Gut, es hilft nichts, ich bringe die Kinder zu einem Kindertransport nach England. Es hilft dir und mir, und es macht uns todtraurig. Ihre Vernünftigkeit war musterhaft, so hatte er sie in Erinnerung behalten. Und so musterhaft, so beispielhaft war er nicht geblieben. Als wäre er in Kuba in der Hitze erweicht worden, aufgeweicht, entfesselt vom Zwang der Rationalität, so kam er sich jetzt vor. Vielleicht hätte er auf der Postkarte noch einen Satz hinzufügen sollen: Die Vermieter haben eine Tochter in Selmas Alter, Du wirst sie gleich mögen. Dann verwarf er den Gedanken wieder. Das fremde Kind würde Claire nur traurig machen, solange sie von den eigenen

Kindern getrennt war. Schließlich fühlte er sich wie vor den Kopf geschlagen: Natürlich, das Dreis-Mädchen war etwa so alt, wie Selma gewesen war, als Claire sie wegbrachte. Selma war jetzt fünfzehn, das wußte er theoretisch, aber der Kalender war für ihn stehengeblieben. In seinen Gefühlen war Selma immer noch die Vierjährige.

Er sprach noch einmal im Wohnungsamt vor, ging, mit seinem Berechtigungsschein wedelnd, an der langen Schlange der Wartenden einfach vorbei, überhörte das Murren und schilderte der Frau das Problem. Zwei Zimmer standen ihm zu, aber die Familie erwartete den einen Sohn aus der Gefangenschaft zurück, und der andere war nach Hause gekommen und sollte nicht bei der Schwiegertochter und ihrem Kind wohnen. Da kann ich auch nichts machen, sagte die Frau mit müder Stimme. Sie wissen doch, in unserer Stadt sind 80 Prozent des Wohnraums zerstört. Ich weiß, antwortete Kornitzer, nicht nur Wohnraum. Und dachte: Auch Empfindungen, 80 Prozent Mitleid konnte er sich als eine Summe nicht genau vorstellen. Insgeheim hatte er erwartet, das Wohnungsamt wäre in der Lage, Zimmer und Wohnungen zu requirieren, das hatte die Besatzungsmacht für ihre eigenen Ansprüche getan, am Rheinufer und in Mainz-Süd, wo es einigermaßen heil geblieben war, das hatte Kornitzer selbst gesehen. Aber für ein Opfer des Faschismus kam das nicht in Frage. Keine Extrawürste. Er wunderte sich auch über die divergierenden Zahlen zur Zerstörung, jeder schien seine eigene Übertreibung zur Hand zu haben, die vielleicht auch eine Untertreibung des Empfindens war. Daß er einen Berechtigungsschein hatte, daß er die lange Schlange der wartenden Wohnungssuchenden überholen konnte, war schon Vorrecht genug. Es gab andere Probleme als die Zusammenführung eines Ehepaares.

Also nichts zu machen?, drängte er noch einmal die Angestell-

te. Sie schüttelte den Kopf. Dann ging er fort und wußte nicht wirklich, wie er sich entscheiden sollte. Er war müde und wollte sich nicht entscheiden. Die Tage verschwammen in seinem Kopf, dann erreichte ihn ein Telegramm, das Claire in Lindau aufgegeben hatte. *Bleibe vorerst hier Stop Besuche dich Stop Claire.* Kornitzer hätte gerne gewußt, was sie bei dieser nüchternen Mitteilung dachte (und fühlte). War sie enttäuscht? Konnte sie sich die gewaltige Zerstörung der Stadt, die Hoffnungslosigkeit, so bald eine angemessene Bleibe zu finden, gar nicht vorstellen? Drängte es sie nicht, mit ihm das gemeinsame Leben wieder aufzunehmen?
Man müßte sich jetzt an einem Tisch unter der Seidenschirmlampe gegenübersitzen wie früher in Berlin, das Für und Wider haarklein durchgehen, so wie sie gemeinsam seinen Weg in die Emigration besprochen hatten (oder vorher sein logistisch streng geplantes Bleiben, bis es nicht mehr ging), wie sie die Verschickung der Kinder besprochen hatten, haarklein abgewogen: Was sprach dafür? Die Sicherheit, in der die Kinder sein würden. Was sprach dagegen? Das geringe Alter der Kinder. Ihre Zartheit. Die Gefühle der Eltern. Also sehr, sehr viel. Und doch war die Entscheidung, die sie schließlich fällten, vollkommen rational, sie entschieden sich sozusagen wider Willen, gegen die Besorgnisse, auch gegen die elterlichen Gefühle. Sie tauschten Argumente aus, und so war am Ende alles gesagt, und sie waren sich mit Reden und Gegenreden vollkommen einig, auf eine zitternde ängstliche Weise einig, jeder von ihnen allein hätte eine solche rationale und den eigenen Empfindungen entgegengesetzte Entscheidung niemals treffen können. Gemeinsam waren sie stark, jedenfalls entscheidungsstärker, jedenfalls abstrakter in der Empfindung von Angst und der Abwehr der Angst. Es war ein Prozeß, der der genauen Erfassung der Wirklichkeit diente. Daß es bei aller Verzweiflung

damals schön war, mit Claire so im Schein der Lampe zu sitzen und leise zu sprechen, damit die Kinder nicht wach wurden, daran dachte er jetzt. Er hätte auch jetzt gerne Claire angeschaut, er stellte sie sich vor wie in Berlin im Lampenlicht, nicht wie in den letzten Wochen bei den Spaziergängen in den grünen Wiesen über dem See, es gelang ihm einfach nicht, das gegenwärtige, spitz gewordene Gesicht in seinem Gedächtnis gegen das frühere auszuwechseln. Claire saß im Berliner warmen Lampenlicht in der schönen Wohnung in der Cicerostraße, er war ein junger, hoffnungsvoller Jurist (gewesen) und Claire eine Finanzfachfrau, die Geschäftsführerin einer feinen Firma geworden war, die früheren Besitzer hatten ihr vertraut und sie unter mehreren möglichen Kandidaten ausgewählt. Sie war dabei sehr gelassen, sie kannte nur Geschäftsführer und Steuerberater und ihre Mitarbeiter, aber das störte sie nicht, sie war gewappnet, bis an die Zähne mit Zahlen gewappnet, und lachte über seine Ängstlichkeit, ob sie „als Frau" diesem Haifischbecken gewachsen war. Sie „als Frau": das empfand sie als einen Witz. Natürlich war sie Frau, „und wie", lachte sie ihn frech an, und wie. Stimmt!, lachte er zurück. Und sie gefiel ihm ganz unbändig, und sie war staunenswerterweise seine Frau geworden. Natürlich wußte er, wie es dazu gekommen war.
Aber es war doch ein Wunder, wie jedes Glück wundersam ist und keine Frage nach dem Woher und Wohin stellte. Sie beherrschte das Metier, Finanzierungen, Verhandlungen, ein Kreditrahmen, Bürgschaften, im Zweifelsfall konnte sie den früheren Besitzer fragen, den Herrn Kommerzienrat, im Zweifelsfall ihren Mann, ihn, der sich gerne fragen ließ, um ihr einen Rat zu geben, einen unerbetenen Rat verbat sie sich. So mußte er warten, manchmal lange warten, bis sich in ihr, an ihr nur ein Hauch von Hilfsbedürftigkeit zeigte. Und er mußte sorgsam handeln, damit er seine lebhafte Freude, ihr helfen zu können,

nicht übermäßig ausstellte. Denn das hätte sie mürrisch gemacht. Sie hätte vermutlich gesagt: Also lieber wäre dir wohl eine hilfsbedürftige kleine Frau gewesen, der du das Haushaltsgeld und Ratschläge in kleinen Portionen hättest erteilen können. Nein, nein, lachte er und umarmte sie. Dich wollte ich, die kluge, die tüchtige, die geschäftstüchtige Claire, niemanden sonst! Und später am Abend reichte sie ihm die Vollmacht herüber, die auf ihn übergegangen war mit der Heirat, die sie geschickt wieder an sich gezogen hatte als Geschäftsführerin einer GmbH, die sie in eigener Vollmacht auf ihren Namen begründet hatte. Und Kornitzer, der mit leichter Hand unterschrieb damals, als jemand, der möglicherweise in einem nicht auszudenkenden Fall, beim Tod seiner Gattin, Verpflichtungen übernahm, Verpflichtungen übernehmen mußte, fühlte sich stark, unendlich stark in der Nähe seiner starken Frau, und diese Stärke reichte auch noch bis in die Verfolgung, in die geplante Vernichtung, reichte wie eine Rampe, die ihn in ein anderes Leben weit weg von Claire geschossen hatte, hinein: in den Schiffsbauch, in das Ankommen, in den Hafen von Havanna, in die furchtbare tropische Hitze. Und dann war er von Claire abgetrennt, und er war ihr fast böse, als hätte er mit der Emigration (das sich anbietende Wort „Auswanderung" kam ihm immer obszön vor, er war aus seinem Land verjagt worden) einen Weg beschritten, der so schwankend war, daß er ihn nur am Arm seiner Frau, oder seine Frau an seinem vermeintlich sicheren Arm hätte gehen können. Aber mit wem hätte er jetzt darüber sprechen können. So sprach er mit sich selbst, und das war nicht das Schlechteste, er mußte sich selbst kein einziges Wort vom Emigrantendeutsch ins neue Nachkriegsdeutsch übersetzen, das heißt: Er schwieg beharrlich, sprach auch nicht mehr im Kopf mit Claire, sprach nur noch mit sich selbst, also verstummte er.

Später las er in einer Zeitung, daß sich die berühmte *pressure group* der Literatur, die Gruppe 47, auch gegen die Mitgliedschaft von Emigranten wehrte mit dem durchsichtigen Argument, diese sprächen und schrieben ein altmodisches Deutsch, jedenfalls nicht das Deutsch, das durch die Erfahrungen des Krieges, der Kriegsteilnehmerschaft und der Kriegsgefangenschaft gehärtet, gestählt worden sei. Mit anderen Worten: ein fremdes, altmodisches, zu wenig zugespitztes Deutsch, das den harten Tatsachen des Nachkriegs, der Assimilation von Kriegern an eine Nachkriegsgesellschaft nicht gewachsen war. Die Anpassungsleistungen, die die Emigranten schweigend, sich verneigend vor dem Los der Ausgebombten, Dezimierten leisten mußten, zählten nicht. Und die Vernichtung ihrer Existenz zählte auch nicht, sie waren auf eine schweigsam bestürzende Weise marginalisiert. Das eine war: in die Niederlage getrieben worden zu sein. Und das andere: in eine ausweglose Heimatlosigkeit getrieben worden zu sein, weitab von dem Empfinden für Sieg oder Niederlage. Und nun die Niederlage als Glück, als Empfängnis von etwas Einzigartigem, Neuem zu empfinden, war nicht gegen das Desaster aufzuwiegen, das Desaster war klamm, sprachlos und peinlich. Die bedingungslose Kapitulation, die Kornitzer ersehnt hatte, die über die Deutschen gekommen war, war leise. Die Minderheit hatte sich auf demokratische Weise dem schweigend bestehenden Mehrheitsdeutsch zu beugen, das war im Landgericht akzeptabel, aber nicht im privaten Bereich. Kornitzer dachte noch einmal an den Apfel, den ihm die junge Frau Dreis wie im Paradies vom Dach des Kleiderschranks geholt hatte, und er fühlte sich unendlich privilegiert, so sehr, daß er keine Worte dafür hatte. Er hatte den Apfel dann während der ganzen Trambahnfahrt unschlüssig in der Manteltasche hin und her gerollt. Er freute sich an seinem Richteramt, auch der Umgang mit den Beisitzern fiel ihm nicht schwer, und – auf ganz existenzielle Weise – freute er sich zu wohnen, wenigstens zeitweise, wenigstens versuchsweise. Er hatte den kleinen Kindern in Berlin einige Male das Märchen von den Bremer Stadtmusikanten vorgelesen. Etwas Besseres als den Tod findest du überall, hatte er betont. Und die Kinder sperrten Mund und Nase auf. Ob es der Esel war, der diesen bedeutsamen Satz geäußert hatte, daran konnte er sich nicht mehr erinnern, aber es hätte zu seinem störrischen Wesen, das anderswo etwas vornehmer Stoizismus genannt wurde, gut gepaßt. Etwas Besseres als den Tod findest du überall, und er war ein Zeuge dieses richtigen und im richtigen Augenblick zu zitierenden Satzes.

An den Oberbürgermeister der Stadt, an die ihm zugeordnete Betreuungsstelle „Opfer das Faschismus" hatte er noch vom Dorf über dem See geschrieben: *Für Ihre frdl. Anfrage vom 13. ds Mts betr. meine Wohnung in Mainz danke ich Ihnen verbindlichst. Ich habe bisher noch keine Nachricht über den Zeitpunkt meines Dienstantrittes erhalten. Mit Rücksicht auf die Schwierigkeiten der Wohnungsbeschaffung schlage ich vor, daß ich zunächst für kurze Zeit allein dorthin komme. Dafür würde ich nur ein möbliertes Zimmer benötigen.* Genau so war es gekommen. Die freundliche Hoffnung auf eine komfortable Zweizimmerwohnung, auf eine Intimität zerschlug sich vor seinen Augen, ihm standen zwei Zimmer zu, von einer Wohnung war nicht mehr die Rede, aber auch die zwei Zimmer ohne Abgeschlossenheit, ohne Küche und Bad und ohne ein drittes kleines Zimmer für die inzwischen halbwüchsige Tochter gab es nicht. Damals noch aus dem Dorf hatte er weitergeschrieben: *Meine Frau könnte dann zusammen mit meiner 14jährigen Tochter, die ich in Kürze aus der Emigration zurückerwarte, einige Zeit später auch in die Stadt kommen, damit wir alsdann eine gemeinsame Wohnung beziehen. Wir sind dann insgesamt drei Personen. Dafür benötigen wir unter voller Würdigung der Wohnungsnot: ein Schlafzimmer*

*für meine Frau und mich, ein Zimmer für meine Tochter (dieses kann auch kleiner sein) und ein Arbeitszimmer für mich (das zur Raumersparnis auch gleichzeitig das gemeinsame Wohnzimmer sein kann). Meine Frau will den Haushalt zusammen mit meiner Tochter ohne Hilfe besorgen. Es ist also nur noch eine Küche nötig. Wir haben hier nur einige wenige eigene Möbel, insbes. gar keine eigenen Bettstellen.*
*Meine vordringliche Bitte ist also gegenwärtig nur, daß ich bei Dienstantritt für mich selbst eine für die Arbeit erträgliche Unterkunft finde. Das Weitere wird meine Frau, wie vorstehend angegeben, zusammen mit Ihnen beraten. Sobald ich nähere Nachricht für die Zeit meiner Ankunft habe, werde ich mich sofort melden.*
*Mit nochmaligem Dank für Ihre freundliche Mühewaltung bin ich Ihr sehr ergebener*
*Dr. Richard Kornitzer*

Das war ein feiner, keinesfalls unbescheidener Brief, der die Schwierigkeit der Lage für die Stabstelle „Opfer des Faschismus", den Oberbürgermeister und für das Wohnungsamt gleichermaßen bedachte, ein Brief, der die eigenen Bedürfnisse zurücknahm und die Größe der allgemeinen Probleme nicht in Abrede stellte. Ein einfühlsamer Brief, wie der Oberbürgermeister und seine Stabstelle ihn vermutlich nicht täglich bekamen. (War er deshalb erhalten geblieben?) Und gerade wegen seiner abwägenden Rationalität mußte er hinhaltend, höflich und beiläufig beantwortet werden, damit sich aus der verwaltungsgemäßen Freundlichkeit nicht genuine Ansprüche ableiten ließen, das war Kornitzer klar. Und dann, als Kornitzer eigentlich doch befriedigend geendet hatte, fügte er der Ordnung halber ein P. S. an: *Ich bemerke, daß ich noch einen 17jährigen Sohn habe, der sich ebenfalls seit 10 Jahren in England befindet, aber vorerst noch dort bleiben soll.*
Bleiben und Nichtbleiben waren in einem empfindlichen

Gleichgewicht. Claire blieb vorerst, er konnte ihr nichts Besseres raten, an ein Kommen von Selma war ohne eine entsprechende Wohnmöglichkeit nicht zu denken, das Bleiben von Georg war gar nicht in Erwägung gezogen worden. Richard Kornitzer hatte sich, zurückkehrend auf dem Schiff und bei der langwierigen Bahnreise von der Nordseeküste an den Bodensee, immer einen Tisch vorgestellt, um den er die Familie versammeln wollte, einen Tisch, der ihm viel wichtiger erschien als Betten, als eine Küche, als alles, was „Wohnen" ausmachte. Würden erst Claire und er, würden sie beide erst mit Georg und Selma um einen Tisch herum sitzen (im Schein der Seidenlampe oder in Erinnerung an die Seidenlampe, auf die es auch in Wirklichkeit nicht ankam), dann wäre alles gut. Es gäbe einen Anknüpfungspunkt an die Zeit vor der Zerstreuung, vor der Zertrümmerung der kleinen Familie, die Claire und er mit eigenen Händen vornehmen mußten. (Als hätten sie sie zerhämmert, wie man Porzellan zertrümmern kann, aber es doch nicht wirklich will, es sei denn symbolisch: am Vorabend einer Hochzeit.) Von einer Wohnung war nicht mehr die Rede. Aber auch die zwei Zimmer ohne Abgeschlossenheit, ohne Küche und Bad und ohne ein drittes kleines Zimmer für die inzwischen halbwüchsige Tochter, gab es nicht. Da war nichts zu machen, was Deutschland zertrümmert hatte, hatte auch seine Nachkriegs-Pläne zertrümmert. Und er war mit viel Optimismus gekommen, mit Plänen, nur fehlte es an einem Feld, an Strategien, diesem Optimismus eine Bahn zu brechen, und so brach von seinem Optimismus Stück für Stück, schmolz in einer Lache dahin. Und was schmolz, war nicht der Rede wert. Es stand in keiner Relation zu den „wirklichen" Problemen, die zu lösen er angetreten war.
Er zog zu den Dreisens, mit einem Koffer, und bat darum, am Klingelschild seinen Namen anzubringen, denn er erwartete

Post, vermutlich viel Post, von den in Kuba gebliebenen und den in alle Winde zerstreuten Freunden, den Mitemigranten – und natürlich von Claire aus der milden Bodensee-Landschaft, in der sie so fremd war wie ein preußischer Meteorit. Die junge Frau Dreis (wo war die alte Frau Dreis, wenn er an den unteren Zimmertüren klopfte, immer im Garten, klopfte sie Steine? Er sah sie selten.) schrieb in netter Handschrift ein kleines Pappschild „Dr. Kornitzer" und brachte es so neben dem Dreis-Schild an, daß jeder Blinde begreifen mußte, wer der Besitzer des Hauses und wer untergeschlüpft war. Was sollte Kornitzer dagegen haben, er war ja auch wirklich untergeschlüpft. Er wollte nicht wegen einer solchen Kleinlichkeit gekränkt sein, er wollte sich überhaupt nicht kränken lassen. Das hatte er sich vorgenommen.

Das familiäre Haus hatte eine gewisse Dynamik. Nun ja, wie ein Bienenkorb, dachte er manchmal, wenn er abends an seinem Tisch saß, dem Tisch, den er sich gewünscht hatte, oder er dachte: Türenschlagen. Viel Wind um nichts. Oder er korrigierte sich: Viel Lärm um nichts. Das kleine Mädchen – er hatte es gefragt, und es hatte ihm strahlend seinen Namen genannt: Evamaria – polterte im offenen Treppenhaus, rutschte kreischend vor Vergnügen das Treppengeländer hinunter. Das Treppengeländer war sein liebstes Spielzeug, viel anderes hatte es nicht, die junge Frau Dreis klapperte in der Küche mit Töpfen und Sieben und Emailleschüsseln. Die alte Frau putzte am Wochenende die Treppe und stieß mit dem Schrubber an die Treppenstufen, das ergab einen hohlen Ton. Herr Dreis sägte im Garten Holz. Er hatte keine gute Säge, ein Knirschen und Raspeln, ein schmerzhafter Kompromiß zwischen dem schartigen Sägeblatt und dem frischen, biegsamen Holz, aus dem fast noch Saft spritzte, wenn man einen Zweig herunterbog und prüfte. Den Sohn der Familie, seinen Zimmernachbarn, sah er

nur flüchtig, er war außer Haus, auch häufig in der Nacht, rumorte dann frühmorgens in seinem Zimmer. Brauchte er das Zimmer überhaupt?, fragte sich Kornitzer staunend und schluckte den kleinen Groll hinunter. Er wollte Claire bitten, ein Wochenende zu ihm zu kommen, unterließ es aber doch. Er wollte nicht, daß sie sich, dauernd krank, in der Waschküche wusch. Oder: Er wollte nicht, daß sie, durch die Kälte gegangen, geflüchtet, ihre offenen Wunden an den Füßen fremden Menschen zeigte, Menschen, die ihm nicht mehr so fremd waren. So versprach er, bald an den Bodensee zu kommen, bestimmt, aber der Arbeitsaufwand im Landgericht ließ eine Reise mit verspäteten, überfüllten Zügen nicht zu.
Die alte Frau Dreis hatte ihm fürsorglich eine weiße Decke auf den Bügeltisch aus der Waschküche gelegt. Der Aufwand mit der weißen Tischdecke war eher irritierend für Kornitzer. Abends breitete er Akten auf diesem wackligen, altersschwachen Tisch aus, brütete über der Aktenlage für den morgigen Tag. Und es hätte ihm nichts ausgemacht, einen feuchten Kringel von einem Glas Most oder einer Tasse Tee auf dem Holz zu hinterlassen, das wäre eine kleine vernünftige Veränderung der Ausgangssituation gewesen, nicht befriedigend, aber doch verständlich. Etwas geschah, etwas veränderte sich unmerklich, Gebrauchsspuren, Zeit verging, und das war eine vertraute Sache: Die eine Behelfssituation wog die andere auf. (Sie, die Vermieter, wissen nicht, wie ein Schreibtisch auszusehen hätte, und er duldet, erduldet die wacklige, dem Aktenstudium unangemessene Situation.) Und nun krumpelte jeder Aktenordner, den er mit nach Hause brachte, das gebügelte und gestärkte weiße Tischtuch, es verlor durch die Akten seine spröde Sauberkeit, so daß Kornitzer sich nach einer geringen Zeitspanne schuldig fühlte, nicht sehr, aber immerhin. Er wagte nicht, das Tuch abzunehmen, ehe es wirklich schmutzig war. So klappte

er die Aktenordner auf einem reinlichen Tischtuch aus, sorgfältig pustete er, strich den zusammengekrumpelten Stoff wieder glatt, als käme es darauf an, als müßte er sich beliebt machen (der Herr, der das gute Tischtuch achtsam behandelt), aber er war ein Mieter, er war ein Mit-Ernährer der Familie Dreis (jedenfalls halbwegs), und das ganze Problem der Verpflanzung, der Erschütterung der Lebensveränderung auf allen Seiten wollte er nicht ins Spiel bringen, aber dann tat es die Familie Dreis doch.

Bald nach seinem Einzug klopfte die junge Frau Dreis an seine Zimmertür, er öffnete, in Gedanken bei der Sache, die er bearbeitete, starrte in die Dunkelheit des Treppenhauses und erkannte sie eigentlich erst an ihrer Stimme: Wollen Sie morgen Abend oder übermorgen Abend bei uns essen? Er hatte keine Ahnung, was diese Einladung bedeutete, aber er nahm sie an. Er hätte eine Einladung in einen Löwenkäfig angenommen oder in die Bischofsresidenz, wäre sie ausgesprochen worden. Eine solche Einladung und ihre Befolgung, wo immer sie stattfände, hätte er, seit er in Deutschland war, als hilfreich und lebensrettend für alle Seiten befunden. Das fremde Milieu, der andere Stallgeruch, ein Glück des Beginnens, ein Zelt, ein Einstand, der vielleicht zu feiern gewesen wäre. Ein Zirkus und ein Zirkusdirektor, Löwen waren nicht in Sicht, der Landgerichtspräsident, der ihn eingestellt (angefordert?) hatte, der Oberbürgermeister und der Bischof und seine Entourage waren an ihm und seinen Lebensbedingungen und Fluchtnotwendigkeiten vollkommen desinteressiert.

So bedankte er sich übermäßig und sagte nicht ganz ehrlich, er freue sich zu kommen. Und das war schon rührend, ja überwältigend. Landgerichtsrat Kornitzer wurde also an einem einfachen Abend an einen großen Tisch gebeten, die alten Dreisens saßen da, der Sohn Benno und die junge Frau Dreis, ihre dichten Augenbrauen schienen ihm heute in einem hochmütigen Bogen nach oben gespannt zu sein, und sie schaffte es, sich neben ihn zu plazieren, ohne die Augenbrauen zu bewegen, also mit einer gewissen Anspannung, und auf der anderen Seite saß Evamaria, der fast die Augen zufielen, dann wurde ihm ein Nachbar vorgestellt, der Tauben hielt und ein Freund der Familie war, auf den die Dreisens sichtlich stolz waren. Der Tisch war gedeckt mit einem hartleibigen Tuch, es war dem auf seinem Arbeitstisch ähnlich, eine knattrige Brettsteife, eine kalte Pracht. Offenbar machte es Frau Dreis Freude, in den harten Zeiten, die sie getroffen hatten, nicht nur Stärke zu demonstrieren, sondern die Packung Hoffmann's Reisstärke, die in der Waschküche neben dem großen Bottich lag, auch exzessiv einzusetzen.

Es gab Brühwürfelsuppe und danach Löwenzahngemüse und Kaninchen mit Bratkartoffeln. Kornitzer erkannte sofort das weiche, etwas labbrige, faserige Fleisch. Des Kindes wegen fragte er nicht, ahnte sofort, eine der drei Kisten hinter dem Haus mußte leergeräumt geworden sein. Eine Schlachtung, ein Tiermord mußte am Vormittag stattgefunden haben und die kleine Evamaria vom Ort des Geschehens entfernt worden sein, mit einem netten, unverfänglichen Alibi: Blumen pflücken auf dem Großen Sand. Und tatsächlich stand ein Väschen mit Butterblumen, die schon die Köpfe hängen ließen, auf der Anrichte. Die alte Frau Dreis schöpfte aus dem Topf das Gemüse, das bitter schmeckte; Evamaria wolle es keinesfalls essen. Ihre Lippen biß sie aufeinander, und sie kreuzte auch instinktiv ihre Beine, als könnte das ihr eklige, bittere Gemüse durch alle möglichen Körperöffnungen in sie eindringen und dort ein Unheil anrichten, dessen Tragweite sie nur so ungefähr begriff. Sie hielt sich nah an ihre Mutter, die sich wiederum nah an Kornitzer hielt, der so tat, als bemerke er das nicht.

An diesem Abend lernte er auch den Sohn der Dreisens näher kennen, ein nervöses Bürschchen mit schwarzem, zurückgekämmtem Haar, er hatte die flinken, unruhigen Augen seiner Mutter. Kornitzer mußte sich selbst zur Ordnung bei dem Gedanken rufen; ja, er verbat ihn sich: Er sah für sein Empfinden dem jungen Goebbels ähnlich, so weit sich Kornitzer noch an eine Bildlichkeit erinnerte. Kornitzer hatte gehört, daß er häufig spätabends erst die knarzende Treppe heraufschlich und sich bemühte, wenig Lärm zu machen. Und Evamaria öffnete die Tür im ersten Stock und trompetete: Benno kommt! Das war ein Kinderglück und eine erwachsene Irritation zugleich. Er kam spät und ging früh. Warum? Eine Arbeit hatte er nicht, es gebe keine Arbeit für ihn, sagte er. Er ging und kam, wie es ihm tunlich erschien. Alles roch danach: Er machte dunkle Geschäfte. Und wenn er kam, blinkerte auch seine Mutter nervös mit den Augen, als gäbe es etwas zu sehen, als müßten die Augen von Mutter und Sohn sich rasch auf ein Versteck einigen. Ein Akt, der dem neuen Mieter möglichst verborgen bleiben sollte. Kornitzer empfand die plötzliche Hektik und sagte sich: Ich bin nicht die Polizei, ich urteile nicht über Eier- und Kohlendiebe, ich bin auf einer höheren Stufe angekommen. Und er empfand das Landgericht als ein atmendes Organ, einen Blasebalg. Es dehnte sich, zog Fälle an sich, beatmete, behauchte, bearbeitete sie, und wenn sie nicht für seine Kiemen (Kammern) taugten, spie es sie wieder aus. Insofern war er endlich am richtigen Platz, so fremd ihm der Platz auch erschien. Und wenn er sich sehr mutig fühlte, zum Beispiel morgens in der Trambahn zwischen den Frauen, die zum Steineklopfen fuhren, und den Arbeitern und Arbeiterinnen, die zur nahezu unzerstörten Waggonfabrik fuhren, zur Essigfabrik oder zur Schuhwichsefabrik, dachte er, der richtige Platz, an dem er war, verändere die falschen Menschen, sie begriffen, warum er „so" hier war und keine Kommentare zu seinem Hiersein geben wollte.

Was Benno, den Sohn seiner Vermieter betraf, sagte er sich: Er ist noch jung, ein halbes Kind, aber auf merkwürdige Weise verhärtet. Benno war aus keiner Gesellschaft ausgestiegen und offenkundig an keiner neuen Gesellschaft interessiert. Etwas ging für ihn weiter, das namenlos war. („Das Leben geht weiter" war eine dumme Formel, wenn es für so viele nicht weitergegangen ist.)

Benno steckte sich zwischendurch eine ziemlich kostbare Zigarette an (jedenfalls duftete sie so), während eine neue Pfanne mit Bratkartoffeln auf dem Herd schmurgelte. Kornitzer war dem Freund der Familie als „unser neuer Mieter" vorgestellt worden, und er murmelte seinen Namen. Daß er promoviert war, daß er Landgerichtsrat war, spielte keine Rolle. Auch seine Kleidung war bescheiden, mehr als bescheiden, und das schien ihm angemessen. Er selbst hätte ein großes Pfauenrad drehen müssen, hätte von der sich entfaltenden Justiz, ja, von dem Ringen um Gerechtigkeit nach den Jahren des grassierenden Unrechts sprechen müssen, eine Predigt, er hätte von sich sprechen müssen, wie er verjagt wurde, wie er seine Frau verloren hatte und wie er sie wiedergefunden hatte (vielleicht), aber dazu bestand kein Anlaß. Es war in Ordnung zuzuhören, sich einzufinden in die Überlebensgemeinschaft des Stadtteils, in dem er gelandet war. „Wenn es uns gelingt, von der großen Herde der Andersdenkenden und Nichtdenkenden den einen oder den anderen fortzuziehen, dann halte ich das für ein kleines nützliches Werk", hatte er an das Landratsamt am Bodensee geschrieben, als er zusagte, im Untersuchungsausschuß für die politische Säuberung den Vorsitz zu führen. Und so hatte man ihn angefordert mit Hilfe seiner Frau, so hatte man ihn eingestellt. So erwarb er sich Meriten. Und so kam ihm auch dieses

Essen als ein kleines nützliches Werk vor, abgesehen davon, daß er satt wurde. Die alte Frau Dreis nahm seinen Teller noch einmal in die Hand und legte ihm ein zweites Stück des faserigen Kaninchenfleisches auf und fragte: Auch noch Bratkartoffeln? Und er hatte keinen Grund abzulehnen, denn die Bratkartoffeln aus der großen, heißen Pfanne waren knusprig und wirklich sehr gut. (Wann hatte er zuletzt Bratkartoffeln gegessen? Das wäre eine Forschung, eine Gewissenserforschung gewesen, auf die es jetzt nicht ankam. Claire im Dachstübchen in Bettnang konnte nicht brutzeln.) Und Frau Dreis war sehr großzügig, wie mit der Tischdecke, so mit den Bratkartoffeln. Kornitzer bedankte sich, indem er dauernd nickte und dann doch auf seinem Teller die Bratkartoffeln zu einem breiten, befriedigenden Hügel zusammenschob, damit sie warm blieben und ihn auch innerlich weiter wärmten, wenn er später die Treppe in sein Dachzimmer hinaufkletterte.

Als alle gesättigt waren, platzte es aus der jungen Frau Dreis heraus: Herr Dr. Kornitzer, wo haben Sie den Krieg erlebt? Er war es schon gewohnt, daß seine Angaben irritierend waren. Er hatte auf der Rückseite des Krieges vegetiert, in Angst um seine Frau, in Angst um seine Kinder, und die eigene Angst um sich selbst hatte er beiseite gelassen. Und er sagte etwas, das vielleicht nur wie ein Bodensatz einer Verstörung wirkte. Daß er 1933 seine Beamtenstelle verloren hatte und seitdem versuchte, sich und die Seinen vor dem Künftigen, dem notwendigen Angriffskrieg, den Hitler plante, zu schützen. Von der Entrechtung, von der Austreibung sprach er nicht. Und er wollte auch nicht sagen: Frau Dreis, das ist ein deutscher Krieg gewesen, und mir hat man die deutsche Staatsbürgerschaft glattweg entzogen, irgendwann im Jahr 1941, ohne daß ich es wußte, und ich habe sie wieder beantragen müssen, als ich zurückgekehrt war. Ja, man hat sie mir großmütig wiedergegeben. Auf Antrag.

Frau Dreis sah ihn sorgenvoll an, malmte mit den Kiefern und steckte einen kleinen Finger in den Mund. Also, Sie haben nicht im Bombenkeller gesessen, während das Haus durchgerüttelt wurde? Nein, er gab eine schlanke und fast nichtssagende Antwort. Und Sie waren nicht in einem Konzentrationslager? Kornitzer sagte, er habe ein Visum für Kuba kurz vor Kriegsbeginn ergattert und sich dort durchgeschlagen. Die Antwort zählte nicht für die um den Tisch Versammelten, also kein Krieg, also keine Kellerexistenz, keine pfeifenden Granaten. Dann sind Sie ein glücklicher Mensch. (Und ein solcher wäre er ja wirklich gerne gewesen, wenn der Jammer nicht so groß gewesen wäre.) Frau Dreis sprach, nachdem das Kapitel des Mieters abrupt abgeschlossen war, von Plünderungen, ein anderer am Tisch von Verhaftungen, wenn man nicht den Mund gehalten hatte, die alte Frau Dreis sprach von Vergewaltigungen und schlug sich mit der Hand vor den Mund, Benno, der am meisten am Tisch getrunken hatte, sagte: Gefallen, zischbum mit einem Schlag, und der, der gefallen war, stand neben mir, mein bester Freund. Herr Dreis, der zum Volkssturm eingezogen worden war, sagte: Eingezogen und nie wiedergekommen und dabei schüttelte er so merkwürdig den Kopf, als bewundere er insgeheim den Mann, von dem er sprach, der nie wiedergekommen war. Als wäre er vielleicht in eine leuchtende Zukunft gegangen, die ihm in dem kleinen Ziegelhäuschen in der Vorstadt verwehrt geblieben war und weiter verwehrt bliebe. Insgesamt schien es, daß alle am Tisch viel Vergangenheit mit sich herumschleppten, an der Gegenwart laborierten (Löwenzahn, eine kalte Waschküche und ein enges Zusammenrücken), aber wenig Phantasie für die Zukunft aufbrachten. Er wiederum war dieser Zukunft wegen nach Deutschland zurückgekommen. Auch Claire und die Kinder, auf denen viel Vergangenheit lastete, waren ja eine Zukunft, die die Dreisens, da die Familie

Kornitzer gewiß niemals bei ihnen wohnen würde, nichts anging. Und dann haben die Amerikaner Sie mit einem Schiff nach Deutschland gebracht? Oder mit einem Flugzeug?, fragte Benno mit großen Augen. Ich mußte mir die Rückreise nach Deutschland mühsam erkämpfen, antwortete Kornitzer. Sie wollten nicht in Amerika bleiben, wenn Sie schon einmal da waren?, fragte Benno zurück. Ich war in Kuba, das ist nicht wirklich Amerika gewesen, nur geographisch, verbesserte er ruhig. Ja, und ich wollte zurückkommen. O. k., sagte Benno sehr neumodisch, ich verstehe. Daß Kornitzer gekommen war, um in leitender Stellung ein demokratisches Deutschland aufzubauen und daß er auf diesem Weg noch nicht übermäßig weit gediehen war, ging dieses schmale Hemd von einem jungen Mann ja nichts an. Aber immer wohl Sonne!, schob Benno nach. Sengende Hitze und keine Kühlung und keine Verbindung zur Familie, antwortete Kornitzer knapp. Dann versackte das Gespräch für eine höfliche Weile, die Frauen räumten die Teller zusammen, stapelten sie in der Spüle. Kornitzer wollte sich alles merken, wollte vielleicht noch am Abend Claire einen Brief schreiben wie ein Gedächtnisprotokoll einer gedachten Selbstverständlichkeit: Geplündert – verhaftet – verschollen – vergewaltigt, das waren die Gesprächsthemen an einem Abendbrottisch. Dagegen waren seine Partizipien Perfekt nicht aufzuwiegen: Abgezockt – aus dem Land gejagt – erniedrigt – aus der Staatsbürgerschaft entlassen.

Der Groll gegen die Besatzer war am Eßtisch groß. Am 9. Juli 1945 hatten die Amerikaner den Franzosen Mainz übergeben. Fahrräder wurden requiriert und Fleisch. Die Metzger durften nur die Knochen und die Innereien zur Wurstherstellung behalten. Auch Holz aus den Wäldern wurde im Auftrag der Franzosen vermehrt geschlagen und abtransportiert. Der gesamte Weinbestand des Jahres 1947 war beschlagnahmt worden. Man munkelte, so erzählte man am Tisch bei den Dreisens, der Befehlshaber der 1. Französischen Armee residiere in Baden-Baden wie ein ungekrönter Operettenkönig und lasse sich von zweitausend fackeltragenden marokkanischen Reitern heimleuchten. Seltsam, im unzerstörten Lindau hatte Kornitzer solche Schauergeschichten nicht gehört. Das kleine Mädchen schlief vor Langeweile ein, darin war auch etwas Befreiendes, und Evamaria mußte von Benno ins obere Stockwerk getragen werden. Die Erwachsenen sprachen lang und breit am Küchentisch: nicht über die Ursachen der Misere, sondern über ihre natürlichen Konsequenzen.

Ehe das Schweigen peinlich werden konnte, fragte der Freund der Familie, der mit großem Respekt behandelt wurde: Seid ihr denn mit Brand versorgt? In seinem Ton war eine Art von Fürsorglichkeit, die auffallend war. Kornitzer verstand nicht gleich, was er damit meinte. Das Wort „Brand" war für ihn ein Feuerwehrwort. Ein Brand brach aus, aber ein Brand war nichts, das man im Haus hütete, mit dem man „versorgt" war. Dann begriff er doch. Es ging darum, ob es genügend Heizmaterial gab für den kommenden Herbst und Winter. Nein, sagte der alte Dreis mit Würde, wir haben nichts, keine Kohlen, auch keine Zuteilung. Den alten Tisch, den wir als letztes hätten verheizen können, haben wir unserem Mieter ins Zimmer gestellt. Nicht wahr, Herr Dr. Kornitzer?, wandte er sich plötzlich an den Gast. Sollen wir denn unser Treppengeländer verheizen, damit wir uns alle im Dunklen zu Tode stürzen? Und dann blickte er in die Runde: Ich gehe wohl in den Wald.

War das ein Vorwurf, oder mußte Kornitzer sich sofort bedanken, daß er einen Tisch bekommen hatte, einen Tisch, von dem er den Eindruck hatte, er müsse ihn schonen, damit er nicht unter der Aktenlast zusammenbrach, damit er nicht zum Heizmaterial erklärt wurde, Tischtuch hin oder her? Ja, mischte sich

Kornitzer ein, was wird, wenn es richtig kalt wird? Er hatte bis jetzt den kleinen Ofen und das lange Ofenrohr mit Respekt und Sympathie betrachtet, wie ein dunkles Schmuckstück, aber er hatte niemals in Berlin einen Ofen geheizt. Die eheliche Wohnung in der Cicerostraße hatte Zentralheizung, an Studentenbuden erinnerte er sich nicht mehr wirklich, und früher in seiner Kindheit in Breslau hatte ein Mädchen die Öfen bedient. Ja, was wird?, sagte bedenkenträgerisch der alte Herr Dreis. Ich habe eine Axt, die kann ich Ihnen leihen, und dann gehen Sie auf den Großen Sand und holen sich Holz. Kornitzer war ein bißchen fassungslos. Er hatte noch nie eine Axt in der Hand gehabt, er hielt eine Axt eher für ein feindliches, aggressives Instrument, das nur in die Hand (Faust?) von Spezialisten gehörte, Holzfällern. Ist das denn ein Gemeindewald auf dem Großen Sand? Ist er freigegeben?, fragte er. Die alte Frau Dreis hob eine Hand und ließ sie resignativ auf das gestärkte Tischtuch fallen, ein Klecks Löwenzahngemüse fiel dabei vom Schüsselrand auf die Decke, aber das machte nichts. Kornitzer fragte noch einmal nachdrücklich, wie er in einer Gerichtsverhandlung die Prozeßgegner fragen würde: Ist es ein Gemeindewald, und ist er zum Fällen freigegeben? Wer weiß, sagte der alte Dreis und lachte. Und Benno: Wer will das jetzt wissen? Jedenfalls gibt es genügend Holz, und es ist nicht weit.
Anarchie in der Domstadt, das Recht der Faust und der Axt. Der Familie, die um den Tisch versammelt war, kamen seine Argumente wohl hinterwäldlerisch oder allzu zartfühlend vor. Und Kornitzer, dem es jetzt auch warm wurde in der großen Runde, räusperte sich, er hätte gerne etwas über das Faustrecht gesagt, denn um das handelte es sich ja, auch über die Verbindlichkeit einer demokratischen Rechtsordnung, fand dies aber vollkommen unpassend als ein Gast der Familie, der sich gerade ordentlich satt gegessen hatte, und schwieg, halb gegen seine

eigene Überzeugung. Es war ein diplomatisches Schweigen oder doch eher ein furchtsames. Es stieß sich an der vorläufigen Behaglichkeit, in der er sich eingerichtet hatte. Er sah sich schon selbst mit der Axt durch das Wäldchen streifen, ein Robinson Crusoe im Außenbezirk der Stadt, eine Axt schwingen, die ihm nicht gehörte, er hörte, wie er seltsame indianerhafte Rufe ausstieß, hörte sich seufzen und ächzen. Und was schlimmer war: Er hörte andere Männer und Burschen rufen und röhren und schreien, sich auf die Brust klopfen mit gewaltiger Inbrunst, so daß man das Empfinden hatte, die Lungenspitzen zitterten. Und hörte, wie die Stämme fielen, wie die Spechte pochten, die Eichelhäher schrien, wie andere Holzfäller ihm ins Gehege kamen, wie die Stämme nicht ordentlich in eine geplante Richtung fielen, sondern beinahe den unerfahrenen Holzfäller erschlugen. Dann war es still im Wäldchen, im Gebiet des Großen Sandes, peinvoll still, als horche die ganze Natur auf das Debakel, die Verwüstung, auf den plötzlich gängig gewordenen Holzfrevel. Der Nachbar sagte ganz ruhig: Unten an der Uferpromenade gibt es schon längst keine Aussichtsbänke mehr, sind alle verschwunden über Nacht.
Und dann dachte Kornitzer wieder an sich selbst, gleichzeitig tat er sich sehr leid. Und wie das gefällte Holz, die Baumstämme oder die toten Äste in sein Zimmer karren und schleppen? Leiterwagen gibt's genügend im Ort, sagte Dreis. Man muß ja doch ab und zu ein Fäßchen Wein holen. Oder in den Garten. Oder einen kleinen Umzug machen. Kornitzer war erschrocken, er sah sich schon einen Leiterwagen mit Holz ziehen und fühlte sich hilflos. Er wollte jetzt nicht an die „Würde eines Opfers des Faschismus" denken, an die Arbeitslast aus dem Landgericht. Er wollte an gar nichts denken, es graute ihn nur vor der Aussicht, für die Wärme in seinem Ofen selbst sorgen zu müssen.

Kornitzer wünschte allerseits „Gute Nacht" und schloß die Tür. An die Dunkelheit hatte er sich inzwischen gewöhnt. Sie hatte auch eine Art von Heimeligkeit. Er hörte nur manchmal Evamaria, wenn er die Tür schon geschlossen hatte, rufen: Mir ist so waaam, mir ist so waaam. Das Kind konnte kein R sprechen, während er all die Jahre in Kuba daran laborierte, daß er als Berliner kein rollendes Zäpfchen-R sprechen konnte und alles, was ein schönes, warmes gurrendes R haben sollte, ziemlich gekrächzt aus seinem Mund kam, wofür er sich nicht einmal entschuldigen konnte, wie man sich für seine Hautfarbe, seine mißliche Herkunft (Rasse), seinen dürftigen Status auch nicht hatte entschuldigen können. Es gab Tatsachen, unerfreuliche Tatsachen, die nicht mehr aus der Welt zu schaffen waren. (An die schlimmsten wollte er nicht denken.) Und Evamaria: Ein beneidenswertes Kind in diesem Haus, das auch eine Gemütlichkeit hatte, in dieser Vorstadt, Zickzack und Ruckzuck und irgendwann käme ihr Vater wieder (von wo immer), schwiege über seine Erlebnisse, wie er, Kornitzer, schwieg, striche ihr übers Haar, sie müßte ihn wiedererkennen oder so tun, als würde sie ihn wiedererkennen und nicht schockiert sein über den fremden Menschen. So wäre es ja auch für Selma und Georg. Kämen sie wieder, wollten sie wieder mit ihren Eltern an einem Tisch sitzen, einem Tisch, der noch in den Sternen stand, vielleicht auch mit einer neu gewonnenen Wucht das Treppengeländer herunterrutschen. Aber inzwischen war Evamaria mit ihrer Mutter und den Großeltern und dem jungen Onkel Benno und auch ihm, dem neuen Untermieter, gut bedient, viele Leute gruppierten sich um das hoffnungsvolle junge Leben, daran bestand kein Zweifel. Ein Kind, ein Energiebündel, das seine eigene Wärme durch Hüpfen und Springen und Rutschen über das Treppengeländer erzeugte. Also eine Art von Reibungswärme, die für einen Erwachsenen unangemessen war. Hatte Selma in diesem Alter des Springens und Hüpfens auch nie gefroren? Kornitzer wußte es nicht. Und er hatte auch nicht auf solche elementaren Empfindungen geachtet. Die Kinder litten nicht, da war er sich sicher. Er hatte so unendlich viele Fragen, ängstliche, zaghafte Fragen an Claire, daß die Fragen nach der Erinnerung marginal erschienen: Sind unsere Kinder auch auf dem Treppengeländer gerutscht? Oder war es im feinen Mietshaus in der Cicerostraße strikt verboten? Marginal war auch seine Ängstlichkeit, Claire könnte sich nach allem, was sie erlebt hatte, nicht mehr an ein solches Detail erinnern, wie er die kleine Evamaria auch mit einer freudigen Neugier betrachtete, als könnte das Passepartout der einen Vierjährigen ihm den Schlüssel zu der anderen, der verlorenen, abgestellten Vierjährigen geben, die nun eine Fünfzehnjährige war, die kein Deutsch konnte, wie er nur ein korrektes Buch-Englisch konnte, kein Herzensenglisch, kein Zungenenglisch, und Claire, die überhaupt kein Englisch konnte, aber vorausschauend ein großes Lexikon gekauft hatte, müßte alles richten.

Dann war es Winter geworden, ja, ein übermäßig kalter Winter, die toten Flußarme froren zu, aber die Kälte hatte, wenn er mit der Tram in die Innenstadt – oder was von ihr übriggeblieben war – fuhr, auch eine schöne Klarheit. Der scharfe Geruch der Essigfabrik, der beißende der Schuhwichsefabrik waren von der kalten Winterluft „wie verschluckt", warum das so war, wußte er auch nicht. Aber nach so viel sengender Hitze machte ihn die klirrende Kälte auch fröhlich. Und dann wußte er es: Die Kälte roch nicht, schwitzte nicht, und man mußte den Schweißgeruch, den eigenen und den der anderen Fahrgäste, in der Tram nicht ertragen. Sie klärte ihm den Kopf, natürlich fror er in seinem zu dünnen Zeug, kaufte sich einen teuren Wintermantel mit schönen Hornknöpfen, aber er dachte an Claire, an die aufplatzenden Frostbeulen an ihren Füßen, die Beschämung, mit der sie ihm ihre nackten Füße gezeigt hatte, als könnte er seine Liebe zu ihr verlieren, wenn er die offenen Wunden sah. (Seine nicht so offenliegenden Wunden sah sie nicht gleich, und das hatte auch etwas Gutes, Beruhigendes.) Alles war ein bißchen besser geworden, als Kornitzer es sich an dem Abend ausgemalt hatte, während er die Fasern des Kaninchenfleisches zwischen den Zahnlücken hervorpulte. Ihm stand nun überraschenderweise als Landgerichtsrat ein Deputat an Brennstoff zu, das anderen Opfern des Faschismus sicher zur gleichen Zeit fehlte. Sie können sich nach allem, was sie erlebt oder erduldet haben, mit einem kalten Ofen oder dem Nichtvorhandensein eines Ofens abfinden, dachte er. Für die Kohlen mußte er zwar einen Teil seines Gehalts hinblättern, aber er mußte wenigstens nicht in den Wald – wenn überhaupt noch etwas von dem Wäldchen in der Gemarkung übrig war, nasse Zweige im Ober-Olmer Wald, die die Franzosen liegen gelassen hatten, und das war durchaus strittig, wenn jeder, der wollte und konnte, die Axt schwang. Er hatte die Dreisens bitten müssen, ihm eine Ecke im Keller für seine eigenen Kohlen einzuräumen, eine Ecke, die aber nicht abtrennbar war. Auf einem Verschlag, der auch kostbares Holz gekostet hätte, konnte er nicht bestehen. So war er auf Vertrauen angewiesen, daß sie sich nicht an seinem Eigentum vergriffen. Daß da Kohlen lagen, die sein Eigentum waren, ein kostbares Gut, sein eigentliches Eigentum, kam ihm selbst seltsam vor. Und seine Furcht vor dem Autoritätsverlust, er könne als Richter bestohlen werden, verbannte er. Er mußte die Aktenlage kennen, das Landgericht war ungeheizt, die Finger froren, die Nase lief, er hatte ja keine festen Arbeitszeiten, nur die Sitzungen und Konferenzen, da schien es ihm billig, daß er seine Vorbereitungen auf die Sitzungen im Dachstübchen bei den Dreisens zumindest nicht froststarrend bewältigen mußte. Wenigstens mußte er nicht die Axt schwingen. Und das ließ ihn doch eine ganze kalte Nacht lang nach dem schwierigen Gespräch gut schlafen.

Der Winter im Jahr vor der Staatsgründung der Bundesrepublik Deutschland war sehr streng gewesen. Es gab wenig Essen, und dieses auf Marken, Fett und Nährmittel hießen die ungewissen Kategorien. 800 Kalorien standen einem Erwachsenen zu. Aber nicht alles, was ihm zustand, konnte er auch abrufen, abholen. Die Geschichte war keine Markthalle. Der Markenbezieher, der Bezugsberechtigte magerte ab, schrumpfte, schmolz auf eine karge, knöcherne Gestalt, und er fror. Vielleicht wärmte man sich gegenseitig, wenn man es konnte oder mußte. Der Schock über diesen eisigen Winter saß noch in den Knochen, die Dreisens sagten es und auch die Beisitzer im Landgericht im darauffolgenden Winter. Vielleicht würde der Rhein wieder zufrieren, nicht nur seine toten Arme, vielleicht könnte man zur Bettbergaue gehen, in die Inseleinsamkeit, „übers Eis" gehen, davor wurde natürlich offiziell gewarnt. Kinder fanden irgendwo Kufen, die sie sich unter schlechten Halbschuhen festbanden, ohne einen wirklichen Halt für die empfindlichen Knöchel, sie rammten auch alte Schlitten aus den Kellern und Schuppen über die Eisflächen und schlitterten bäuchlings auf der glatten Fläche. Es war ein großes Vergnügen, ein kostenloses, freies, ja anarchisches Vergnügen, das allen, die daran teilhatten und es bestaunten, im Gedächtnis blieb. Es waren auch schon Unfälle passiert, Eisgänger waren eingebrochen und gurgelnd untergegangen. Die Warnschilder nutzten nicht viel, das Eis, auf eigene Verantwortung zu betreten, war auch ein Glück, das niemand sich so einfach nehmen lassen wollte. Welches Unglück, welche Niederlage war in den letzten fünfzehn Jahren ohne eigene Verantwortung möglich? Jeder war hineingerissen

in ein kollektives Denken und Empfinden, so war vielleicht der individuelle Entschluß, aufs ungesicherte Eis zu gehen, sich einen Knöchel zu brechen und/oder unterzugehen, ein Akt der Selbstbehauptung, ein freudiger Entschluß. Kornitzer ging nicht aufs Eis, das war er aus Berlin, von den vielen Havelarmen und den Kanälen nicht gewohnt. Die Fließgeschwindigkeit war unsicher, die Dicke der Eisschicht konnte nach einer Biegung des Kanals eine ganz andere sein als vor der Biegung. Kähne schnitten in die noch unfeste Eismasse und wirbelten sie wieder auf. Man hätte an tausend Stellen gleichzeitig messen müssen, und das war in der Großstadt nicht zu leisten. Vielleicht waren die Berliner auch ihres Lebens prinzipiell unsicherer; oder sie legten es nicht so ostentativ in Gottes Hand.
Hier in Mainz – das hatte er gleich gemerkt – war die Mentalität lockerer, schusseliger, achselzuckend. Und so wußte er nicht, ob sein Kohlenvorrat schwand, weil er es warm haben wollte bei der abendlichen Arbeit, oder ob jemand laumeierte und nicht übermäßig viele Kohlen nahm, aber doch so viele, daß Kornitzer zweifelte, ob seine Wahrnehmung des gestrigen, vorgestrigen Kohlenhaufens wirklich war oder ob er sich in einer Art von Ängstlichkeit, die sich rasch zu einer Paranoia auswachsen könnte, gründlich täuschte. Also unternahm er nichts, riß sich selbst aus dem unfruchtbaren Grübeln. Er dachte aber darüber nach, ob er als Mieter die freundliche Abendeinladung der Vermieter nicht erwidern müsse, ob seine Frau dazu kommen müsse, um tatkräftig Dinge in die Wege zu leiten, die ihm vollkommen fremd waren. Und wieder telegraphierte er an Claire am Bodensee: *Willst du kommen Stop Dein Kommen sehr erwünscht Stop Richard.* Die Liebesfloskel, die er nach kurzem Bedenken ausließ, sparte ihm Geld, vielleicht mußte Claire das Telegramm auch vor Zeugen lesen. Aber der Verzicht auf das Persönliche ließ das Telegramm auch sehr harsch

wirken. Ein Brief hätte, da hatte er sich kundig gemacht, sieben bis zehn Tage gedauert, die Sehnsucht des Ehepaares nach einer Gemeinsamkeit wäre wie ein Sehnsuchtstropfen verdampft. Er schickte das Telegramm ab und war nicht glücklich darüber. Und sie antwortete ihm auch in einem Telegramm: „Kommen unmöglich Stop Brief folgt Stop". Das machte auch nicht glücklich, aber wie nach einem Warum und nach einer Befindlichkeit fragen. So war keine Klarheit zu schaffen. So war gleichzeitig keine Ehe zu führen. Das war mit Händen zu greifen. Und so war auch keiner Gastfreundschaft gastlich zu antworten als ein Mann in einer Dachstube, zu höheren Aufgaben befähigt, mit einem wackligen Tisch, auf dem ein weißes Tischtuch lag, was ihm lästig war. Und daß es so war, machte ihn traurig. Die Folge war, daß er den weißgestärkten, bretterhart gedeckten Tisch an diesem Abend übermäßig früh verließ und ins Bett kroch, wie ein beschädigter, ein sein Geschädigtsein nicht anerkennender Mensch, mit anderen Worten: wie ein trotziges Kind, das sich verkriecht und hofft, eine liebende, warme Hand führe über die Decke, eine beschwörende Stimme sagte: Nun ist es wieder gut, komm doch, im Zimmer ist der Tisch gedeckt, es gibt Schokoladenkuchen, und du darfst dir das größte Stück aussuchen. So war es vielleicht mal in Breslau gewesen, aber so würde es nie mehr sein, weder für ihn, weder für Claire, aber vielleicht noch einmal für Georg oder Selma, sie beide waren zu groß und zu fremd geworden für so eine herzerwärmende, tröstende Geste. Und diese Gewißheit der Ausgesetztheit, nicht nur des Fehlens jeder persönlichen Sentimentalität, sondern auch das Abgeschnittensein von den wirklichen Gefühlen, den Erinnerungen, der Freude, Familienvater und Gastgeber gewesen zu sein, drängte sich jetzt in seinem Gedächtnis unangenehm, ja schmerzhaft vor: Das Geben war verloren, es war ein Inbegriff anderer Verluste, die er jetzt gar nicht bedachte. Und es gab eine andere Bewegung, die ihn ergriff (Gemütsbewegung?), eine schützende, bergende, mit der er Claires entzündeten Füßen eine Privatheit schaffen wollte. Natürlich war er auch entsetzt über die furunkulösen Ausblühungen, über ihre Angst, daß ihre Füße niemals mehr in Schuhe passen würden, aber es schien ihm wichtiger, „liebevoller", den Wunsch nach einem endlich stabilen gemeinsamen Leben in eine bleibende Form zu gießen, als an die Wunden zu denken.

Und dann kam in der bittersten Kälte dieses Winters die Nachricht von den Glocken. Es schien für alle Einheimischen eine glückliche, eine sensationelle Nachricht zu sein. Und Kornitzer wurde in den Strudel der Freude hineingerissen und ging auch zum Fluß, dort stand schon eine größere Menschenmenge. Er traf auch Herrn Dreis, dem die Tränen in den Augen standen: Daß wir das noch erleben dürfen! Die Glocken kommen. Die Glocken kommen mit einem Schiff. *Die Glocken,* so hatte es Kornitzer auch am Vortag in der Lokalzeitung gelesen, waren *vom Glockenkrieg aus ihren Glockenstühlen gerissen worden.* Das klang überaus dramatisch, als wären die Glocken im Dritten Reich eine Art Staatsfeinde geworden. Dabei war nur ihr Material wertvoll und sollte der Kriegswirtschaft zugeführt werden. *Und,* hieß es weiter, *er,* der Glockenkrieg, so mußte man es lesen, als hätte dieser Krieg nicht eine halbe Welt in Aufruhr und Erschütterung gestürzt, *er,* der Glockenkrieg, *riß sie aus ihren Glockenstühlen und warf sie wie altes Eisen auf die Glockenfriedhöfe. Was einst seine schönen Harmonien über Berg und Tal, Fluß und Menschensiedlungen schwingen ließ, sollte zum Werk der Zerstörung werden. Der Zusammenbruch des gewalttätigen Staates bewahrte einen Teil der Glocken vor diesem Schicksal.*
*Aus dem Stadtgebiet waren 195 Glocken beschlagnahmt worden, eine gewaltige Menge, 133 aus katholischen Kirchen, 51 aus evangelischen, 11*

*sonstige, aus Friedhofskapellen, Wallfahrtskapellen und ähnlichen Orten. In der Liste*, schrieb die Zeitung, *fehlen jedoch die beschlagnahmten Glocken aus den Stadtteilen Budenheim, Weisenau, Gonsenheim.* Die wird man auch noch finden, sprach sich Herr Dreis Mut zu. Mit zwei Motorschiffen kamen die Glocken am Hafen an, der Schiffer und seine Helfer winkten vom Boot, ein Hund bellte freudig aufgeregt, die Menge winkte, jubelte, es war eine starke Bewegung. Der Schiffer begriff spontan die theatralische Situation. Das helle, nervöse Schiffsbimmeln wie ein Mittagessensglöckchen war ein kleiner Ausgleich für den Verzicht auf das Glockentönen, den die Gläubigen seit Jahren erleiden mußten. Es war ein Symbol, das alle, die fröstelnd am Hafen standen, begriffen. Ein Priester sprach ein Gebet, begrüßte die weit gereisten, heimatlos gewordenen Glocken, so war kein Flüchtling begrüßt worden, es war eine schöne menschliche Geste. Auch das Gebet des Priesters, das Kornitzer natürlich nur ganz vage im Gedächtnis behielt, klang spontan, und es lag ihm gewiß ein Bibelvers zugrunde. Das Herz hing an den Glocken, nicht am Gebet. Sie waren willkommen, sie wurden erwartet und geliebt. Die Glocken gaben Orientierung, auch wenn diese auf vielen anderen Gebieten fehlte. Glocken waren darunter wie die Dreitonklangglocke vom Dom und älteste Glocken wie die von St. Christoph aus dem Jahr 1200. *In der ganzen Diözese*, beklagte der Artikel in der Lokalzeitung weiter, *betrug der Verlust an Kirchenglocken 424 Stück. Von der Verhüttung verschont blieben 105 Glocken. 2.000 gerettete Glocken aus alliiertem Besitz wurden nach Beendigung des Krieges in den Lagern in Hamburg und Lünen gefunden. Sie wurden – soweit möglich – sofort ihren Besitzern zurückgegeben. In mühevoller Kleinarbeit mußten die Glocken identifiziert und in Listen erfaßt werden. Aus den Gießernamen und den Jahreszahlen, aus dem plastischen Schmuck ihrer Inschriften mußten die Heimatgemeinden ermittelt werden*, hatte Kornitzer mit Erstaunen gelesen. *Nach dem erfreulichen Auf-*

*takt an Ostern verließ monatelang regelmäßig ein Schiff mit einer vollen Glockenladung den Hamburger Hafen. Im Sommer wurde jedoch für längere Zeit jeder verfügbare Schiffsraum für Getreidetransporte in das Rheinland beschlagnahmt.* Ja, woher die Bestandteile des Brotes kamen, das er aß, das er im Sommer gegessen hatte, daran hatte er nicht gedacht. Nun wußte er es: Das Getreide kam aus Norddeutschland. Und er hatte weitergelesen: *Stark behindert wurde der Fortgang des Glockentransportes auch durch die anhaltende Trockenheit. Der fehlende Regen ließ die Pegelstände der Flüsse so stark sinken, daß die Schiffstransporte schließlich bis in den November unmöglich waren.* Vielleicht war auch Wichtigeres zu transportieren, dachte sich Kornitzer.

Es war bekümmernswert, als die Glocken konfisziert worden waren, aber darüber konnte man nicht trauern. Und nun waren sie wieder da, kurz vor Weihnachten, um genau zu sein, am 22. Dezember um 13 Uhr, auf den hohen Wellen des Flusses gekommen, vor dem Eis und bevor die Schollen sich übereinanderschoben wie Blätter aus einem Block, die abgerissen worden waren. Ein Schiffer legte die Bohlen aus – vom Schiff auf das trockene Land. Es war so kalt, daß kaum andere Schiffe löschten, zu laden war nichts. Auch die Lagergebäude am Hafen waren stark beschädigt, aber die Schienen der Kräne waren noch da. Auf Pferdefuhrwerken holten die Gemeinden ihre Glocken im Hafen ab. Das war ein schönes Spektakel in der gleißenden Winterkälte. Die Pferdeleiber dampften, die Pferdenasen schnaubten, die Pferdehinterteile äppelten, all das war warm und strahlte in der bitteren Kälte eine Art von gewohnter Sicherheit aus. Kräne, Flaschenzüge waren mit den einfachsten Mitteln in Bewegung gesetzt worden. Es war ein archaisches Bild: Erwartung und Heimkehr.

*Festlich holten die Gemeinden die Glocken aus dem Rhein-Hafen heim*, so berichtete am nächsten Tag die Zeitung, und so war es auch,

obwohl Kornitzer nicht übermäßig festlich gestimmt war, aber das Empfinden der Menge, in der er fröstelnd stand, ließ ihn nicht unbeeindruckt; es vereinsamte ihn auch. Der Priester stand im Ornat an der Kaimauer, unter dem Chorrock war eine dicke Wolljacke sichtbar, nun traten die Meßdiener etwas verspätet an das Ufer, sie mußten sich durch die Menge kämpfen, und alle standen bibbernd und fröstelnd da, manche mit einem Schal, der aus der Meßdienertracht hervorschaute, eine sorgsame Mutter hatte ihn wohl rasch umgebunden, sie starrten auf das erste Schiff und das zweite in der Mitte des Flusses, das noch nicht anlegen konnte und im Hintergrund wartete. Der Priester sprach Worte der Begrüßung, der Hoffnung, daß mit den alten Glocken ein neuer Ton angeschlagen würde, wieder ein Gebet, ein Meßdiener trug den Weihwasserkessel, in dem das Weihwasser in der Kälte beinahe gefror, ein anderer schwenkte einen Weihrauchkessel, Weihwasser und Weihrauch, eine Übermacht der Feierlichkeit. Schließlich stimmten weiter hinten zwei Frauen mit kräftigen Stimmen ein Kirchenlied an:
Gro-ßer Go-hott, wir lo-ho-ben dich,
He-herr, wir prei-hei-sen dei-hei-ne Stä-ärke,
Vor dir nei-heigt die E-her-de sich
Und bewu-hun-dert dei-hei-ne We-erke ...
Es war eine Woge, die die Menge überrollte, und das Singen wurde lauter, es war eine Befreiung von der Kälte und von der Beklommenheit, eine Erleichterung. Masse und Macht in der beißenden Kälte. Schön war's, sagte Herr Dreis später, als am Abend Kornitzer in das Siedlungshaus kam, und Kornitzer hatte keinen Grund zu widersprechen.

# Sehnsucht

Als Kornitzer Bettnang verlassen hatte, überfiel Claire die Einsamkeit wie ein feuchtes Tuch. Sie blieb tagelang im Bett, betrachtete finster ihre Füße mit den Frostbeulenschäden und verkroch sich. Frau Pfempfle, die genügend in der Küche, im Stall und auf den Obstwiesen zu tun hatte, brachte ihr Essen, Apfelpfannkuchen mit Zucker und Zimt, Dickmilch mit Apfelmus, eine geräucherte Wurst mit Kartoffelschnee, und als Nachtisch wieder ein Apfelmus, in dem ein paar frisch geerntete Brombeeren steckten. Schönes, einfaches Essen, das Claire mit Rührung erfüllte, das sie aber kaum anrührte: Nur aus Höflichkeit stocherte sie ein wenig darin herum. Dann schickte Frau Pfempfle ihren jüngsten Sohn, den Tänzer, mit einem an Claire adressierten Brief hinauf in die Dachkammer. Es war wie eine Steigerung, eine einfach strukturierte Inszenierung: Nun stehen Sie endlich wieder auf.
Schon den Absender des Briefes zu entziffern, elektrisierte sie. Sie riß den Umschlag auf und las. Die Kinder waren gefunden worden. Das Rote Kreuz, an das sie sich gleich nach Kriegsende gewandt hatte, ebenso wie sie den Aufruf zur Meldung *deutscher Bürger jüdischer Konfession* des Landkreises beantwortet hatte, war nach dem Anschreiben der ersten Pflegefamilie in England fündig geworden, und es hatte die Auskunft erhalten, die Kinder seien von dort in ein Heim gekommen. (Davor graute Claire: Die Kinder in einem Heim.) Aus diesem Heim seien sie zu einer zweiten Familie übergesiedelt, und nun lebten sie seit vier Jahren, also etwa seit Kriegsende, bei einer dritten Familie in einem Dorf in Suffolk. Diese Familie, so stand es in dem Brief, habe den Wunsch geäußert, Georg und Selma zu adoptieren. Doch das sei nur möglich, wenn Gewißheit darüber herrsche,

daß die Eltern der Kinder tot seien. (Oder aus Mangel an Gewißheit für tot erklärt werden müßten.) Die nüchterne Anfrage nach dem Überleben, dem eigenen und dem ihres Mannes, machte Claire auf einen Schlag lebendig, aber nicht gesund.

Es war eine gewaltige strategische und logistische Arbeit, die die jüdischen Hilfsorganisationen vor dem Krieg und die das Internationale Rote Kreuz zusammen mit ihnen seit dem Kriegsende leisten mußten. Zehntausend Kinder waren 1938/1939 nach England gebracht worden, orthodox erzogene jüdische Kinder, Kinder aus liberal jüdischen Häusern, Kinder, die kaum etwas von ihrem Judentum wußten, und solche wie Selma und Georg, die die Rassegesetze erst gegen den Willen ihrer Eltern zu Juden gemacht hatten. Längst nicht alle konnten in eine Situation vermittelt werden, die halbwegs den früheren Erziehungszielen entsprach. Für viele Kinder, besonders die offenkundig traumatisierten, fand sich keine Pflegefamilie, sie wurden in Heimen untergebracht, und natürlich waren jüngere Kinder beliebter als solche, die die Verfolgungen ihrer Eltern hautnah erlebt und verstanden hatten. Ältere Jungen waren mit ihren Vätern nach den Novemberpogromen in die Konzentrationslager verschleppt worden, manche wurden nur freigelassen, weil für sie gefälschte Aufnahmepapiere der University of London vorlagen. Dann fiel Paris, und Hitler drohte England mit einer Invasion. In der Folge wurden alle Deutschen in England in Lagern interniert, hochqualifizierte deutsche Oxford-Professoren und auch diese älteren Jungen. Als Glück galt es, nur in Liverpool oder irgendwo in einer aufgelassenen alten Fabrik zu sein, 1.200 Männer in einer Halle, ein atmendes, schnaufendes, ächzendes Knäuel. Oder sie landeten in einem Zeltlager; in Viererzelten mußten acht Männer und Jungen liegen, die Füße im Freien. Wenn sie Pech hatten, wurden sie nach Australien deportiert. Den Traum von der University of London oder ihre Sehnsucht nach einem geordneten Studium konnten sie zwei Jahre lang durch den Stacheldraht betrachten.

Ursprünglich hatte die Jewish Agency geplant, jüdische Kinder nach Palästina in Sicherheit zu bringen, aber die britische Regierung, unter deren Protektorat Palästina stand, erlaubte dies nicht. Mit Rücksicht auf die arabische Bevölkerung sollten keine weiteren Flüchtlinge ins Land gebracht werden. So blieb England ... Niemals hätten Claire und Richard Kornitzer ihre Kinder nach Palästina reisen lassen, hingegen England, ein so kultiviertes Land, das Claire und Richard aus der Ferne bewundert hatten. Für Georg und Selma und die anderen Kinder, die ohne ein wirklich jüdisches Familienleben aufgewachsen waren, erklärten sich die Quäker zuständig, aufrechte Leute mit einem sozialen Gewissen und zupackenden Händen. Leute, die ihr Christentum eher mit Schaufel und Spitzhacke und mit einer Suppenkelle praktizierten, bevor sie ins Gebetbuch schauten. So schien es. So war es Richard und Claire Kornitzer sympathisch, als sie der Hilfsorganisation der Quäker die Kinder anvertrauten.

Seit dem Kriegsbeginn hatte Claire Kornitzer den Kontakt zu den Kindern verloren, ein Briefwechsel zwischen England und Deutschland war unmöglich. Selma und Georg hätten noch fünfundzwanzig Wörter im Monat schreiben können auf Formulare des Roten Kreuzes und ebenso viele oder so wenige Wörter hätten sie zurückerhalten dürfen, aber das wußten sie nicht, oder die Pflegeeltern hatten kein Interesse daran, es ihnen mitzuteilen. Viele deutsche Eltern beklagten sich über die Untreue ihrer Kinder, solange sie das noch konnten. Aber warum die Kinder nicht schrieben, wußten sie nicht. Richard hatte ihnen noch von Kuba aus geschrieben, vage, hoffnungsvoll formell, er hatte keine Ahnung, was die Nachrichten über die Bombardements englischer Städte durch die deutsche Luftwaffe für Georg und Selma bedeuteten, die von ihren Eltern in eine trügerische Sicherheit gebracht worden waren und noch zu klein waren, diesen Betrug (die Kehrseite des Trügerischen) zu begreifen, bis der Kontakt durch den Wechsel der Pflegefamilie abbrach. Was Georg mit sieben, acht Jahren von den Briefen des Vaters buchstabieren konnte, ob ihm jemand dabei half, wußte Kornitzer nicht. Das war schmerzlich, aber auch erleichternd. Was hätte er den Kindern schreiben, welche unrealistischen Hoffnungen machen sollen? Was von der Mutter schreiben, die er durch die Briefzensur-Sperre nicht mehr erreichen konnte, von der er auch nichts wußte? Nichts hätte er ihnen schreiben können außer Lügen, galliger Schwärze oder billigem Trost. All das war vollkommen ungeeignet, hatte mit der Lebenswirklichkeit der Eltern ganz und gar nichts zu tun. Insofern war das auferlegte Schweigen, der Abbruch des Kontakts, das vage Driften der Gefühle das Richtige.

Die Kinder sind gefunden worden. Claire telegraphierte sofort ihrem Mann in Mainz, die Kinder, die Kinder sind gefunden worden, die Nachricht versetzte sie in helle Aufregung, eine Sehnsucht, eine Erwartung, etwas Gewaltiges geschah mit ihr, für das sie keinen Namen hatte, es war feierlich und demütig zugleich. Sie schrieb einen Brief an das Rote Kreuz, und jemand in der Molkerei half ihr, einen Brief an Georg und Selma auf Englisch zu schreiben, alles in einer fliegenden Eile. Sie durchforstete das Lexikon, legte Wörterlisten an, *home, please, come home, parents, foster parents,* tastete nach allen möglichen Fragen, die sie den Kindern stellen wollte. So viele Jahre waren verloren, ausgelöscht, wie häufig hatte sie gegrübelt, ob es „richtig" gewesen war, die Kinder nach England zu schicken. Sie hatte gehofft, ihrem Mann nach Kuba nachfolgen zu können und dann die Kinder nachkommen zu lassen, alles war ein großes NACH, eine Hoffnung, vielleicht von Kuba in die USA reisen zu können. Für die Kinder wären die englischen Jahre von Vorteil. Aber der Ausbruch des Krieges hatte alle diese Wunschträume zunichte gemacht, Schnee vom vergangenen Jahr. Ihr Mann hatte zu ihr in der Dachkammer in Bettnang über seine Emigration lakonisch gesagt: Ich bin meiner Ermordung zuvorgekommen. Und sie konnte ihm nicht wirklich widersprechen.

Claire reiste nach England, sie achtete nicht auf die Küste, sie sah das Meer nicht wirklich, sie war eine gespannte Sehne, sie wußte selbst nicht, wie sie es (traumwandlerisch?) schaffte, in London umzusteigen, durch die halbe Stadt von einem Bahnhof zum anderen zu finden, sie achtete nicht auf die gewaltigen Rolltreppen, die zu den Bahnsteigen führten, die buntgescheckte Menge, die sich darauf knäulte, die Ungetüme von Gepäckwagen, sie sah nicht den englischen Himmel, einen hellen Blütenblätterhimmel, in den die Baumkronen stachen, nicht die zackigen Bahnen, in denen die Schwalben flogen. Einige sausten pfeilgerade auf das Zugfenster zu und wichen erst im letzten Augenblick aus. Sie sah nicht die bis zum Horizont reichenden Kornfelder mit ihren wehenden Mähnen hinter den kleinen Bahnstationen. Das Licht fiel auf wirkliche Dinge. In Ipswich, das hatte man ihr auf einem Zettel notiert, mußte sie noch einmal umsteigen – in einen Zug mit nur zwei Waggons. Hecken flogen vorbei, Zäune, Rosenbeete auf den Bahnhöfen. Claire war eine exotische Reisende, die nicht wirklich in ein Abteil der *British Railway* paßte, das war offenkundig. Und sie spürte es, wie sie sonst fast nichts auf dieser Reise spürte. Sie hatte ihre Ankunftszeit angegeben, auf diese Ankunft lief alles hinaus, sie würde die Kinder wiedersehen. Die Ankunft war in ein magisches Licht getaucht.

Da standen sie auf dem Bahnhof wie ein junges Paar, eng aneinandergelehnt, verschmolzen in einer Haltung: Uns kann niemand trennen. Georg hatte ein fein geschnittenes Gesicht, braune Augen und Haare und einen Schatten von Haarflaum über der Oberlippe. Er sah Claire ruhig und abwartend an und nahm ihr Gepäck auf, als würde er einen Sack Hühnerfutter schultern. Und sie dachte: Das ist Georg, mein Sohn, und er sieht mich nicht als seine Mutter, sondern mit meinem Gepäck als ein zu transportierendes Gut. Zuerst kam ihr in den Sinn: Er ist vernünftig, mein Sohn. Vielleicht hat er das von seinem Vater. Und da stand Selma neben ihrem Bruder, feste Beine auf der Erde, rotwangig und kräftig, mit einer schottisch karierten Bluse und aufgekrempelten Ärmeln. Das dunkle Kinderköpfchen, über das Claire so häufig gestreichelt hatte, war heller geworden, aschblond, sie hatte die grünen Augen ihrer Mutter, einen aufgeworfenen Mund mit schönen, regelmäßigen Perlmuttzähnen darin. Claire hatte noch einen Gedanken, bevor sie wirklich kapitulierte: Wie ein Pferd, dachte sie. Oder eher: Wie ein junges Pferd, das auch ausschlagen kann. Und dann wollte sie eigentlich nichts mehr denken und auch ihren Empfindungen nicht mehr vertrauen, sie spürte ihre Erschöpfung nach der langen Reise, die nur das Ziel hatte, hier, hier zu stehen, den Kindern gegenüber.

Vor dem Bahnhof stand der Bauer, Mr. Hales, ein freundlicher Mann mit einem Lächeln und großen Pranken, der sie einfach umarmte, die Frau, die ihre Kinder besuchte, die er und seine Frau adoptieren wollten. Das tat gut. Er sagte nichts, sein Englisch war nicht gefragt, und Claire war ebenso stumm, sprachlos, wörterbuchlos, man konnte nicht blättern und einem Fremden gleichzeitig in die Augen schauen. Es war eine dramatische Situation, die im Bauernhaus milder wurde.

Claire wurde in die Küche geführt, es war ein großer, länglicher

Raum mit einer dunklen Holzbalkendecke. Er war beherrscht von einem Tisch mit gedrechselten Beinen – er erinnerte an einen Billardtisch – und einem riesigen Ofen, größer als ein Bett, Claire sah Auslässe mit Gasflammen, aber der größere Teil wurde mit Holz geheizt, ein Schiff, in dem Wasser erhitzt wurde und durch einen Kranen praktischerweise gleich in Kannen und Töpfe gefüllt werden konnte. Der Tisch war mit einer zart geblümten Baumwolldecke gedeckt, Teller aus Steinzeug, über deren Rand Blütenranken lappten. Eine Tür führte in eine Milchkammer, hinter der man das Malmen und Stampfen der Kühe hörte, und man roch sie auch in der Küche. Fette Stubenfliegen kreisten um die Lampe, klopften an die Fensterscheibe und schwirrten in die Wärme zurück. Claire wurde auf ein ausgesessenes Sofa genötigt, ein Kissen wurde ihr überreicht, damit sie am Tisch etwas höher säße. Auf der Wand gegenüber sah sie ein Bild mit Rindvieh auf einer Weide.

Mrs. Hales hatte gekocht, ein Pulk von Halbwüchsigen und jungen Erwachsenen saß da, ihre eigenen Kinder, Knechte und landwirtschaftliche Lehrlinge. Es war ein großer Hof und eher wie ein Gut organisiert, ganz anders als die Höfe über dem Bodensee. Georg und Selma schienen mit allen gut Freund zu sein. Es wurde viel gescherzt, immer prustete einer am Tisch auf vor Lachen, stupste oder lehnte sich herzlich, ja vielleicht übertrieben herzlich gegen einen anderen. Und ein großer Hund legte sich wie ein wollener Teppich zwischen Tisch und Ofen, so daß Mrs. Hales und die Mädchen, die ihr halfen, um ihn herumgehen mußten, wenn sie das Essen auftrugen. Manchmal brummelte der Hund, wollte offenbar etwas zur Unterhaltung beitragen, und dann legte er das Kinn flach auf den Fußboden, in grenzenloser Gemütlichkeit. Die Augen fielen ihm zu. In Bettnang blieben die Dorfhunde im Hof, niemand kam dort auf den Gedanken, den Hund zu einem will-

kommenen Familienmitglied zu machen. Vielleicht war das Ganze ein Familientheater, ein in die Zukunft weisendes Adoptivtheater, um ihr, der Deutschen, der fremden Mutter, klarzumachen, hier ist alles in Ordnung, hier geht alles seinen guten Gang. Und nur Sie stören, hauen Sie wieder ab.
Am späteren Abend begriff sie schon, daß nicht nur gegen sie geredet und gehandelt wurde, obwohl sie bequem saß. Sie verstand *German bombs, destruction,* als wären die Geschwader mit ihrem persönlichen Einverständnis geflogen. Sie verstand den Konflikt: Die Familie hatte kurz nach der letzten Kriegsphase in der Verarmung und Rationierung deutsche Kinder aufgenommen, die sich wie alle Engländer unendlich gefürchtet hatten vor deutschen Angriffen. Alles Deutsche war verhaßt, schädlich, feindlich, gefährlich. Und da Deutschland der Feind war, den man mit aller Kraft zurückschlagen mußte, konnten die deutschen Kinder auch nicht mit übermäßig viel Sympathie rechnen. Daß sie Juden waren, daß sie Feinde des Feindes waren, war ein Spezialwissen, das sich vielleicht in London verbreitet hatte, aber nicht in jedem Winkel von *Great Britain.* Etwas anderes wäre es gewesen, die Kinder hätten in dem Zusammenhang, indem sie nun einmal lebten, tapfer und energisch gesagt, sie seien Juden, sie wollten nicht zur Kirche gehen und man solle sie mit allem Möglichen in Ruhe lassen. Doch das konnten sie nicht, denn sie waren keine Juden, weil sie sich nicht als solche fühlten. In Wirklichkeit waren sie NICHTS. Aber so waren Kinder nun einmal, sie wollten sich nicht unterscheiden, auch nicht NICHTS sein, aber das war ein schwieriger Gratgang. Nichts war wirklich NICHTS, NICHTS war keine Einladung, eher eine grundsätzliche Abweisung jeglichen Mitgefühls. Wenn sie anders waren, wenn sie sich unterscheiden mußten, schämten sie sich zu Tode. Also lieber genau so sein wie die englischen Kinder, und ohne Akzent und fehlerfrei

sprechen. Und nun kam sie, Claire, und rührte eine alte Geschichte auf und wollte die verängstigten, traumatisierten Kinder die ja keine Kinder mehr waren, die sich prächtig entwickelt hatten, so daß es eine Freude war, wenn sie nach der Arbeit auf dem Hof am Tisch aus Walnußholz saßen, nach Deutschland holen.

Georg, der am ruhigsten blieb am Tisch zwischen dem Giggeln und Gackern, den Frotzeleien, zeigte ihr am anderen Tag Zeugnisse, und indem er sie zeigte und indem Mrs. Hales beim Porridge überaus freundlich lächelte, begriff sie: Das waren gute Zeugnisse, auf die Georg stolz war und Mr. und Mrs. Hales auch. Bald würde er seinen Abschluß machen, dann wollte er studieren. Ohne viel Aufhebens davon zu machen, erklärte er das, und Claire verstand seine Gewißheit ohne viele Worte. Sie bedeutete ihm, ob auch Selma, die der Mutter ausgewichen war, etwas zeigen wolle. Georg tat zuerst so, als ob er seine Mutter nicht verstünde, aber dann holte er Selma doch, die mit nackten, schmutzigen Füßen von draußen kam, Füßen, vor denen Claire eigentlich graute (Kuhmist?). Ein Zeigen hin und her, von den Zeugnissen zum Mädchen, vom Bruder zur Schwester, vom Zimmer zur Treppe, knappe Befehle, Bitten, so schien es Claire, und dann hatte wohl Selma endlich begriffen, was der Bruder von ihr wollte, *something personal.* (Oder mußte er sie überreden, überhaupt irgendetwas der Mutter zu zeigen? Kontakt aufzunehmen?) Sie blieb lange aus und kam verlegen wieder. Was sie in der Hand hatte, waren keine Zeugnisse, sondern etwas Großformatigeres, Aquarelle von Landschaften, Pferdebilder, ländliche Szenerien, und sie zeigte mit einer unschuldigen, aber auch schmutzigen Hand auf sich selbst. Es war taktvoll von Mr. und Mrs. Hales, Claire am späten Abend allein zu lassen, in einem zwar kalten, aber hell erleuchteten Zimmer mit flattrigen Gardinen und einem Fenster, das auf die Weiden

schaute, in einer erhabenen ländlichen Ruhe, in der nur Fliegen summten. Ja, das war sehr gut, eine Beruhigung in dem inneren Aufruhr. Aber Selma schrieb spätabends in ihr Tagebuch: *It was an immense shock to be confronted with a strange woman and told that she was my mother. I didn't recognize her at all. Georg and I went to the station to meet her off the train. What on earth had this big fat woman to do with me?! She couldn't speak a word of English, I couldn't speak German and I didn't want to talk with her. She wanted to pull me to her and hug me but I couldn't bear her touching me.* Und das war etwas, was ihre Mutter nie erfahren sollte, aber auf Anhieb spürte.
Tage voller Spannung, voller Mißverständnisse, Tage, die keine Sprache hatten oder immer die falsche. Mr. und Mrs. Hales strahlten die Empfindung aus: Warum kommen Sie erst jetzt? Jetzt sind die Kinder fast erwachsen, und sie sind heimisch hier. Auf diesen wortlosen Vorwurf konnte Claire nicht antworten. Daß sie keine Reiseerlaubnis der französischen Besatzung bekommen hatte, die Kinder auf eigene Faust zu suchen, daß die jüdischen Komitees sich zunächst um diejenigen Kinder kümmerten, die in Heimen lebten und elternlos geworden waren, daß sie auch den leisen Verdacht hatte, ihre Kinder, die nur einen jüdischen Vater hatten und keine jüdische Mutter, würden von den Komitees als Flüchtlinge zweiter Klasse behandelt, was ging das diese freundlichen Leute an? Claire hatte kurz nach dem Kriegsende gelesen, daß die Militärregierung der Britischen Zone, die *Control Commission for Germany* unter General Brian Robertson, es ganz entschieden abgelehnt hatte, solange das *Displaced Persons*-Problem nicht gelöst sei, irgendeine Verantwortung für zurückkehrende *refugees* aufgebürdet zu bekommen. Die Versorgungslage ließe dies nicht zu. Und die Verwaltung in der französischen Zone dachte überhaupt nicht an Rückkehrer, denn aus Frankreich hätten keine Emigranten zurückkommen können. Die Pétain-Regierung

hatte in bester Zusammenarbeit mit Hitler-Deutschland seit 1940 den deutschen Flüchtlingen das Leben zur Hölle gemacht, sie in Lager gesperrt oder an Deutschland ausgeliefert, so daß die letzten Flüchtlinge in Schlupflöchern über Marseille oder illegal über die Pyrenäen entkamen. Die Hales konnten auch nicht wissen, was der britische Verleger und Sozialist Victor Gollancz, selbst Jude, 1948 öffentlich erklärt hatte: *Die deutschjüdischen Flüchtlinge zur Rückkehr nach Deutschland zu zwingen, wäre ein Akt so kaltherziger Grausamkeit, daß sich der gute Name Britanniens und sein stolzer Ruf, das Asyl der Verfolgten zu sein, niemals davon erholen könnten.* Die Hales würden es nicht verstehen, auch wenn sie die Sprache verstünden, sie würden es in ihren Gefühlen nicht verstehen. Auf ihre Weise verstanden sie etwas ganz anderes: daß Claire und Richard die Kinder nicht wirklich wollten, sonst hätten sie sich früher um sie bemüht. Aber was war „wirklich"?

Claire versuchte sich nützlich zu machen in der Küche, aber Mrs. Hales winkte ab, sie hatte die Dinge im Griff, die Milchkannen, die Schöpflöffel, die Siebe. Und auch Selma wußte, was zu tun war, die Pferde anzuschirren und auszuschirren, die Hühner zu füttern, die Eier aus den Gelegen zu holen, den Hühnerkot vorsichtig abzureiben, die Eier nach Größen zu ordnen. Claire ging durch die Felder, um nicht wie ein Fremdkörper im Haus zu sitzen. Sie sah Rudel von Fasanen, die vor ihr mit gravitätischem Ernst trippelten, ohne Scheu, sie hätte sie anfassen können. Sie hörte die knarrenden Stimmen der Buchfinken, sah die mageren, winzigen Wildkaninchen, Horden von Kaninchen, die sich um die Fasane nicht scherten und in die Hecken sprangen, darüber feudales Zaunkönigsgelächter. Sie sah weite Weizenfelder, die schweren Kornähren am Halm, fette Wiesen und blühende Böschungen, der Wind schlug hinein, sie ging mit stadtfeinen Schuhen, sie hatte keine anderen,

nein, sie gehörte nicht hierher. Als sie zurückkam ins Gutshaus und nach Selma fragte, bedeutete man ihr, sie sei im Pferdestall. Claire betrat den Pferdestall und wußte, sie war da nicht wirklich willkommen, kein Fremder ist in Ställen willkommen, das hatte sie in Bettnang auch gemerkt. Die meiste Arbeit in der Landwirtschaft wurde noch mit Pferden verrichtet, Traktoren waren selten. Da sah sie Selma, wie sie eine große braune Stute umarmte, und die Stute schmiegte sich an. So leidenschaftlich hielt Selma sie umhalst, daß es Claire einen Stich gab, als erwarte ihre Tochter all die Mütterlichkeit, die sie entbehrt hatte, von diesem Arbeitspferd, das schwere Wagen ziehen konnte. Es war erleichternd, daß Selma nicht sah, wie ihre Mutter sie beobachtete. Im oberen Stock fand sie Georg an seinem Tisch sitzen, vor sich hatte er mehrere kleine Kästchen mit Schrauben und Metallschienen, er hantierte mit einer Metallsäge und feinen Schraubenziehern, griff rasch und gezielt in die Schraubenhäufchen, sah kurz auf und nickte ihr zu, als er spürte, jemand war in die offene Tür getreten, dann arbeitete er weiter.
Claires Abreise war leis, klamm, es war ihr, als ginge ein Aufatmen durch das große Haus. Als schnaubten die Kühe, als scharrten die Pferde. „Unverrichteter Dinge", dieser Begriff kam ihr in ihren leeren, traurigen Kopf, nein, „unverrichteter Menschen" konnte man nicht sagen, über sie und über ihren Mann war gerichtet worden, und anders als bei einem wirklichen Prozeß hatten sie keine Möglichkeit, sich zu verteidigen.
Claire reiste nach Mainz, ohne links und rechts zu sehen, kam sie im Landgericht an, fragte sich durch, und da war sie: in der Geschäftsstelle der Zivilkammer, in der ihr Mann gerade etwas diktierte. Es war nicht sehr tröstlich, ihm von der fehlgeschlagenen Reise zu erzählen. Er kaute, um seine Erregung zu verbergen, an seinem inneren Backenfleisch. Ein Bote kam und brachte ein Schriftstück, das er umständlich von einem Wagen

holte, aus den Augenwinkeln beobachtete er die Frau, die nicht in das Gericht gehörte. Er glotzte so begierig, als erwarte er, daß der Landgerichtsrat, ihm, dem Justizangestellten, die Frau, die zu einem offenbar ganz unpassenden Zeitpunkt hineingeschneit war, vorstellte. Das Telephon klingelte nebenbei. Schließlich führte Richard seine Frau in ein Café in der Nähe des Domes, als sie dort hemmungslos zu schluchzen begann, zahlte er rasch und herrenhaft an der Theke, ging mit ihr zur Rheinpromenade, ging auf und ab mit ihr, sie schien auch den Fluß nicht wirklich zu sehen, sie ging mit trippelnden Schritten, er führte sie fast, während sie stockend berichtete.
Mr. und Mrs. Hales versuchten nach Claires Abreise, Georg und Selma klarzumachen, daß sie natürlich weiter bei ihnen leben könnten, gleichgültig, ob sie adoptiert werden könnten oder nicht. Nichts würde sich ändern, und es wäre vollkommen unsinnig, wenn Georg, *studying for a scholarship in Cambridge*, so kurz vor dem Abschluß nach Deutschland ginge, und wohin, bitte schön? Zu seinem Vater, zu seiner Mutter? Daß die Eltern nicht zusammenlebten wie die Hales, wie eine normale Familie, das hätten die Kinder doch verstanden. Das beruhigte – ein wenig, und auch das Landleben, die Ernte, die Pflichten, die beide in Haus und Stall hatten, beruhigten. Bis ein Brief aus Mainz kam, mit einem Gerichtsbeschluß, daß das Ehepaar Hales Selma unverzüglich nach Mainz bringen mußte. *I refuse to go*, sagte Selma, aber Mrs. Hales erklärte ihr, daß es keine Chance gebe, solange sie minderjährig sei, daß ihre Eltern wenigstens so vernünftig gewesen seien zu begreifen, daß Georg, den sie von Anfang an *George* genannt hatten, seine Schule in England beenden müsse. Ich reise mit dir, versprach Mrs. Hales Selma. Das machte die Sache nicht besser: Mrs. und Mr. Hales hatten versprochen, nichts ändere sich, adoptiert oder nicht, jetzt kämpften sie nicht, sondern fügten sich, resignierten. Es

war wie ein riesiger Betrug, ein gewaltiger Aufruhr, in den Selma sich gestürzt fühlte. Sie war zornig und eifersüchtig auf ihren Bruder, auf sein Privileg. Nur weil er älter war, durfte er bleiben. Und er, der die wichtigste Person in ihrem Leben geworden war, konnte ihr nicht helfen. Im Gegenteil: Er entfernte sich, während sie ihn verlassen mußte.

Es war eine unendlich lange Reise, so kam es Selma vor. Mrs. Hales tat alles Mögliche, um sie aufzuheitern, aber sie starrte finster in sich hinein. Schon der Beginn war demütigend genug gewesen. Mrs. Hales konnte Selma nicht einfach auf ihren Paß eintragen lassen, wie wenn sie sie hätte adoptieren können. Selma brauchte einen eigenen Paß, ein *travelling paper*. Nach vielem Hin und Her stellte das *Jewish Refugee Committee* Selma ein ellenlanges Papier aus: *Person of No Nationality* stand in großen Buchstaben darüber, Visastempel verzierten es. Das Papier war so exotisch, daß die Grenzer am Hoek van Holland es hin und her wendeten, staatenlose Leute reisten nicht, hatten irgendwo in dem ihnen angewiesenen Winkel zu sitzen, bis sich die Verhältnisse wieder änderten. Aber das Kriegsende hatte die Verhältnisse noch einmal geändert, und die ordentlichen Grenzbeamten mit Mütze und Achselklappen hatten die Bedingungen nicht wirklich mitbekommen. Sie schalteten ihre Vorgesetzten ein, das dauerte, die Vorgesetzten trugen Verantwortung, auch das Tragen von Verantwortung dauert, es muß dokumentiert werden. All das hatte zur Folge, daß Mrs. Hales und Selma den Anschlußzug verpaßten. Sie saßen im Hafen fest, konnten sich nicht bewegen, weil Selmas Dokument nicht wirklich galt, und erst als der nächste Schwung von Passagieren kam, winkte man sie durch. Selmas Behelfsausweis wurde wieder kritisch beäugt an der holländischen Grenze, und die deutschen Beamten schienen auch noch nie ein solches Papier gesehen zu haben. Selma fiel auf, daß die deutschen Züge im Gegensatz zu den englischen, die gepolstert waren, Holzbänke hatten, die aus schmalen Latten bestanden. Es kam ihr vor, als würde ihr ganzes Sitzfleisch gestreift von den harten Latten, alles wollte sich empören.

Die Ankunft in Mainz war ein Schock, die Halle wie eine Muschelschale, ein Spinnennetz, aber zwischen den Rippen fehlte das Glas. Richard und Claire waren an den Bahnhof gekommen und holten Mrs. Hales und Selma ab. Selma wunderte sich, daß ihr Vater ein ausgezeichnetes Englisch sprach, aber sich dennoch schwer mit Mrs. Hales verständigen konnte. Er wählte zu lange Wörter, bildete zu lange Sätze, sprach wie ein Lesebuch. Und ihm gelangen nur verstohlene Seitenblicke auf dieses Mädchen, das stampfend neben ihm ging, mit verschlossenem Gesicht, sich im Taxi eng an Mrs. Hales lehnte, um möglichst nicht an ihre Mutter zu stoßen.

In Mombach übernahm, als Kornitzer bekundet hatte, seine Frau und seine Tochter und deren Pflegemutter aus England kämen zu Besuch, die alte Frau Dreis die Regie. Sie hatte ihm das Wohnzimmer zur Verfügung gestellt, damit die Gesellschaft nicht in seinem Dachzimmer zusammengepfercht sitzen müßte, sie hatte den Tisch gedeckt und einen Käsekuchen gebacken, den Selma mißtrauisch ansah – offenbar hatte sie noch keinen Kuchen dieser Art gesehen und probiert –, und dann nach einem Zögern stopfte sie ihn doch planlos in sich hinein. Wie viel sie essen konnte, fiel Kornitzer auf. Die Nahrungsaufnahme war eine Erleichterung, löste die Spannung, und alle am Tisch aßen, und das verband sie, wie löchrig sonst das Einvernehmen untereinander auch war. Kornitzer war für die Überlassung des Eßtisches und für diesen Käsekuchen unendlich dankbar. Er hatte, als er begriff, wie schwierig die Reise sein würde für eine staatenlose Minderjährige in Begleitung einer Engländerin, mit der sie nicht verwandt war, sofort fürsorglich Selmas Einbürgerung in Deutschland veranlaßt. Aus eigener Erfahrung wußte er ja, daß dies nur ein formeller Akt war. Er hatte ihn erfreut zur Kenntnis genommen. Ihm hatte dieser Akt den Weg in seine geregelte Berufstätigkeit gebahnt, also wäre er für Selma auch von Vorteil, glaubte er. Irgendwann kam die junge Frau Dreis polternd die Treppe hinunter und nahm mit einem einzigen Blick die beklommene Gesellschaft im Wohnzimmer in Augenschein. Ihre hohen, unangemessen arroganten Augenbrauen schoben sich noch ein Stück höher. Glücklicherweise, das mußte Kornitzer denken, und er schämte sich fast, so zu denken, tauchte Evamaria nicht auf. Und indem er an das kleine Mädchen dachte, empfand er, um wieviel besser er in ein paar Wochen die kleine Hausbewohnerin verstand als seine eigene in die Höhe und Breite geschossene Tochter. Ja, sie war ein großes, kräftiges Mädchen, sie hatte Claires grüne Augen, aber sie hatte einen Widerstand, eine Angst im Gesicht, als laure im Garten und in der Nachbargasse und auch im Kirchturm ein Werwolfgeschwader. Seine Tochter tat Kornitzer auch leid.

Kornitzer hatte ein Hotelzimmer unten in der Nähe des Bahnhofs für Claire und Selma reservieren lassen, nicht in dem Bunkerhotel, das wollte er Selma nicht zumuten, sondern ein altmodisches Haus, das teuer war, aber darauf kam es jetzt nicht an. Mrs. Hales wollte schon am Abend abreisen, so war es ausgemacht. Sie wollte Mainz (oder was davon übriggeblieben war) nicht sehen. Die ganze Gesellschaft brach zur Tramhaltestelle auf, und als die Tram kam, erstarrte Selma. Sie hatte noch nie ein solches Ungetüm gesehen. Kornitzer bemerkte, wie sie zitterte, als die Tram in Fahrt kam und den Berg hinunterkurvte, auf dem der höhere Teil Mombachs lag. Sich an einer Stange festzuhalten, zu vermeiden, an einen anderen Menschen zu stoßen, all das schien eine große Anstrengung für sie zu sein. Ja,

man hätte sie einfach umarmen müssen, aber sie gegen ihren Willen zu umarmen, war bei einem so großen Mädchen auch ein Übergriff. Dann stand man auf dem Bahnsteig herum, peinigende zehn Minuten, der Zug hatte Verspätung, und es war eine Erleichterung, als er unter die stählernen Rippen kroch, die von der Hallenüberdachung übriggeblieben waren. Kornitzer dankte in fein ausgesuchten Worten Mrs. Hales für alles, was sie für Georg und Selma getan hatte, seine Worte schienen wie Wasser an ihr abzuperlen. Sie legte den Kopf schief auf den Mantelkragen und nickte kurz. Und Claire und Richard verstanden nicht wirklich, was Mrs. Hales Selma zum Abschied sagte, es war ein Flüstern, ein Räuspern, eine Tröstung, eine vielleicht magische Beschwörung der Vertrautheit. Aber Selma wirkte wie gelähmt.
Als der Zug abgefahren war, machte Kornitzer seiner Tochter Vorhaltungen, daß sie Mrs. Hales nicht dafür gedankt hatte, mit ihr nach Deutschland gereist zu sein. Darüber war Selma empört. Gegen ihren Willen war sie nach Mainz gebracht worden, von ihrem Bruder, den Hales-Kindern, den Tieren getrennt worden, und dafür sollte sie dankbar sein? Es war wie ein zweiter Kindertransport. Nur daß sie jetzt fast erwachsen war, zum zweiten Mal hatte sie die vertraute Umgebung verlassen müssen, zum zweiten Mal hatte sie es mit einer fremden Sprache zu tun, eine unendliche Kette von Anpassungsleistungen wurde von ihr erwartet. Am liebsten wäre sie weggelaufen, aber wohin?
Andertags holt Kornitzer seine Frau und seine Tochter ab, wieder ein Café, wieder ein Gang zum Rhein, zu den Schiffen, als könne der mächtige Strom die schwierige Situation befrieden, alles fließt, viel Wasser den Rhein hinunter, ein Schiff tutet, die flachen Lastkähne, die Kohlen geladen haben, schippern Richtung Köln, Wäsche flattert auf dem Deck, der Vor-

mittag stößt auf den Nachmittag, dazwischen viel freie Luft, das Hämmern auf einem Dachstuhl in der Nähe der Uferpromenade, plötzlich sieht Kornitzer den gußeisernen Schnörkel am Fuß einer Gartenbank, die Holzbretter darüber sind abmontiert worden, dann ist es Zeit aufzubrechen. Es schmerzt Kornitzer, daß er seiner Frau, seiner Tochter kein Heim bieten kann. Ein Zimmer mit zwei Sesseln, in dem er leise im Schein einer Lampe mit Claire über die wiedergefundene Tochter sprechen könnte und ein Zimmer für Selma, ein geblümtes, mildes Zimmer mit hellen, milchigen Gardinen, in dem sie sich wie in einem Schneckenhaus zurückziehen und langsam, langsam die Fühler ausstrecken und sich an Deutschland gewöhnen könnte, und langsam, langsam taute sie aus ihrer Erstarrung auf. Das ist sein Wunsch. Während sie zum Hotel gehen, um Selmas Gepäck zu holen, große Traurigkeit, Resignation, und das ist erst der Anfang. Auf dem Bahnsteig sagt er zu Selma in seinem gepflegten Englisch: *Be good and don't make trouble for your mother – she is not very well.* Die Tochter sieht aus, als ob sie sich ekle. Da muß er sich abwenden, und seine Umarmung mit Claire ist heftig und impulsiv, die Sorge um die schwierige Tochter verbindet sie.

Am Abend schrieb er einen Brief an Georg, einen grundsätzlichen Vaterbrief, wie Väter ihn nur selten schreiben, einen Brief, in dem er Georg, wie weit sie auch entfernt waren, seiner Liebe versicherte. Er fragte ihn nach seinen Plänen und erzählte ein wenig von seiner Tätigkeit. Das gewerbliche Recht war ein Balanceakt, für streitende Parteien waren Lösungen zu finden, Patente waren zu prüfen und rechtlich durchzusetzen, meine Materie, schrieb er, die für einen Siebzehnjährigen vielleicht vollkommen uninteressant sei. Er erzählte ihm auch von Claire, vom schönen Dorf über dem Bodensee, den weiten Blicken, den netten Söhnen der Pfempfles, die Selma sicher gut aufnähmen. Er hoffte, daß sein Brief eine Verlockung war, nicht nur Selma nicht allein zu lassen in der neuen Erfahrung, auch eine Bitte, den Eltern endlich eine neue Erfahrung mit ihren Kindern zuzugestehen. Es war ein Brief, der Georg ganz zugewandt war, ein Brief wie er, Richard Kornitzer, ihn gerne als Sohn bekommen hätte. Doch sein Vater war im Ersten Weltkrieg gefallen. Er war eine Ikone des Heldentums, ein Jude, der dem deutschen Kaiser auch sein Judentum geopfert hatte und danach sein Leben. Da war Kornitzer zwölf Jahre alt. Mit anderen Worten: Er hatte einen Kindervater in Erinnerung, aber niemanden, der ihm half, ins erwachsene Leben zu gehen. Und nun, da Georg bald erwachsen war, wollte er ihm so gern zur Seite stehen. Er würde alle Fragen der Welt, so sorgsam wie er nur konnte, beantworten. Vor allem die Frage: Warum? Aber Georg stellte keine Fragen.

In Bettnang waren die Egerländer Flüchtlinge aus dem Haus der Pfempfles ausgezogen, sie hatten sich mit eigenen Händen ein spielzeugkleines Haus im Nachbardorf gebaut und eine geschnitzte Jahreszahl über dem Giebel angebracht. Ob sie das winzige Haus auch mit Schuhwichsdosen vollgestopft hatten wie das Treppenhaus bei Pfempfles, wußte in Bettnang niemand. Aber eine der Frauen war eine nette Verkäuferin in einem Schuhgeschäft in Lindau geworden, und so ging alles seinen vernünftigen Gang. Jetzt war Platz im Haus der Pfempfles, und Selma konnte ein eigenes Zimmer mit einem hölzernen Bett beziehen, das ein riesiges Kopfteil hatte. Den ersten Tag verschlief sie vollkommen. Als Selma aufwachte, saß ihre Mutter mit einem Englisch-Lehrbuch an ihrem Bett. Selma schloß die Augen wieder, als könnte sie im Schlaf wieder nach England zurückfinden.

Sie sollte wieder Deutsch lernen, und ihre Mutter wollte Englisch lernen. Es war ein mühsames Unterfangen der Anpas-

sung, die Tage dehnten sich. Selma wollte nicht in Bettnang sein, es war das falsche Dorf, sie wollte nicht bei Claire sein, und Mrs. Hales hatte sie betrogen. Donnerschläge von Angst und Erbitterung, die sich auf ihrem Gesicht spiegelten, auch wenn sie sich hinter den fransigen Haaren versteckte. Sie malte sich aus, sie würde losrennen, weiter und weiter, Tag für Tag, sie bettelte bei Bauern um Essen, sie würde auch ihre Dienste anbieten, sie konnte ja Pferde anschirren und ausschirren, sie konnte melken, auch Schafe scheren, und sie hatte im Frühjahr schon beim Lammen geholfen. Das war ein Vertrauensbeweis, dessen Mr. Hales sie für würdig empfunden hatte. Bis zur Küste würde sie sich durchschlagen und dann auf ein Schiff nach England. Tagträume vom Verschwinden. An einem seidigen Spätsommertag war Selma tatsächlich verschwunden. Jemand hatte sie zuletzt in der Apfelplantage gesehen. Es wurde dunkel, Selma kam nicht, es wurde Nacht, Selma kam nicht, Claire verging vor Angst um ihre Tochter, Selma kam nicht, die Pfempfles halfen am anderen Tag beim Suchen, aber es fand sich keine Spur von ihr. Claire fürchtete sich, die Polizei einzuschalten, sie fürchtete, das Jugendamt schaltete sich nach einer Vermißtenmeldung ein, sie fürchtete sich, man werfe ihr eine Verletzung der Aufsichtspflicht vor, sie fürchtete, man sperre Selma in ein Erziehungsheim. Es war eine Hölle für Claire, in die sie gestürzt war, eine Hölle aus Konflikten. Ja, Selma war ein schwer erziehbares Mädchen, so mußte man das nennen. Nach vierundzwanzig Stunden trottete sie den Berg von Lindau aus hoch. Und alle Fragen, wo um Himmels willen sie gewesen war, wohin sie gewollt hatte, schüttelte sie ab wie eine kalte Dusche. Nur eine Frage beantwortete sie gnädig, wo sie geschlafen habe. In einer Scheune.
Sie aß nicht, was ihre Mutter kochte, kroch ins Bett und stellte sich schlafend. Kam sie die Treppe herunter mit abwesendem

Gesichtsausdruck, war sie unfreundlich zu den Pfempfles. Auch von ihnen erwartete sie nichts Gutes. Kornitzer, der von Claire unterrichtet worden war, wie unwillig sich Selma jeder Bemühung zur Eingewöhnung entgegenstellte, kam, so oft er konnte, für ein Wochenende nach Bettnang. Er brachte Geschenke mit, Süßigkeiten, Schallplatten, und redete ihr gut zu, sich besser zu betragen. Und sie dachte, sie sei absichtlich böse, und das eigene Bösesein, in dem sie sich selbst nicht leiden konnte, machte sie unglücklich. Sie hörte ihre Eltern streiten, und sie wußte instinktiv, sie stritten sich ihretwegen.
Mit Mühe fand Claire heraus, daß sich in Selma über viele Jahre hinweg die Vorstellung gebildet hatte, ihre Mutter müsse tot sein, sonst hätte sie sich doch bei ihr gemeldet. Jetzt war sie, die Untote, eine falsche, verstörende, zu viel Raum einnehmende Gestalt. Den Vater dagegen wollte sie über alle die Jahre in ihrer Phantasie behalten. Und auch Mrs. Bosomworth, ihre zweite Pflegemutter, hatte Selma geholfen, die Erinnerung an den Vater wachzuhalten. Wie er mit einem weißen Schiff nach Kuba gefahren sei, komme er eines Tages zurück und hole sie ab, tröstete sie das Mädchen. Und Selma spann diese Vorstellung weiter, malte sie aus zu einem vollkommenen Tagtraum. Es war eine umgewidmete Phantasie vom weißen Ritter oder vom Prinzen, der sie heimholte oder entführte, das war gleichgültig. Wo er war, würde ihr Heim sein, er würde ihr ein Heim, ihrem unsicheren Leben einen Halt und einen Sinn geben. Verständlich war auch, daß in dieser heftigen Hoffnung auf die Rückkehr des Vaters die Mutter unbewußt geopfert werden mußte, damit sie, Selma, an die Stelle der Geliebten treten konnte. Und es gab auch noch eine andere Befriedigung in der Phantasie vom Vater, der mit einem weißen Schiff käme: er käme gewiß zu IHR. Es gab keine Konkurrentin, nirgendwo, er suchte sie, Selma, und keine andere, die Mutter war tot, sie, die

Verlorene, die in Suffolk abgestellte Selma, war das Ziel seiner Wünsche. Und während andere Mädchen ihre heimlichen Prinzen- und Retterphantasien mit Zaudern und Zagen würzten (Werde ich erwählt, bin ich begehrenswert genug?), so war sie sich vollkommen sicher, ihr Vater käme ihretwegen nach England. Und es war gleichgültig, wie sie angezogen sein würde, ob sie aus dem Stall käme oder vom Feld mit schlammigen Schuhen und verschmierten Händen.

Und Claire erfuhr auch – nun ja, Richard half mit genauen, schon fast inquisitorischen Fragen –, wie die Stationen der Kinder in England verlaufen waren. Von der Sammelstelle des Kindertransportes holte sie ein älterer Reverend ab, ein freundlicher Mensch, der sie in ein von Ulmen umstandenes Pfarrhaus in Warwickshire brachte. Es war ein riesiges Haus mit einem verwunschenen Rosengarten. Der Pfarrer hatte die Entscheidung gefällt, den Siebenjährigen und die Vierjährige bei sich aufzunehmen, aber er hatte seine Entscheidung wohl nicht wirklich gründlich mit seiner kinderlosen Frau und deren ebenfalls im Haushalt lebenden Schwester besprochen. Es hätte ja ein Glück sein können für die beiden schon ältlichen Damen, an Georg und Selma Mutterstelle zu vertreten, jede nur eine Hälfte, eine geteilte Verantwortung, die jüngere sorgte für das Mädchen, die ältere für den Jungen. Was Richard aber aus Selma herausfragte, war eine Peinlichkeit. Die alten Jungfern (sagte sie *spinsters* oder *spectres*?, jedenfalls etwas sehr Despektierliches) hätten aber gar keine Vorstellung gehabt, was Kinder seien, sie hatten sich Puppen vorgestellt, die genügsam auf Stühlen saßen, keinen Lärm machten, auch keine Hungeranfälle hätten und keine Ausbrüche von Lebenslust. Und auch keine Fragen nach Mutter und Vater, und warum sie nicht weiter bei ihnen leben durften. Selma stellte viele Fragen, die ihr Georg, so gut er konnte, beantwortete. Vielleicht waren seine Antwor-

ten nicht immer richtig, vielleicht antwortete er nur, was ihm gerade einfiel, aber sie waren von großer Bedeutung für Selma, ein Halt und Lebensretter. Selma wirkte, als hätte sie ohne den Strohhalm, den die Hand und die Gewißheit des Bruders bedeutet hatten, gewiß nicht überlebt (sie konnte es sich jedenfalls nicht vorstellen). Ihr Bruder erklärte ihr all die Dinge, die sie verwirrt und erschreckt hatten. Mehr als den Bruder brauchte sie nicht. Sie hatte sich im Dürftigen eingerichtet.
Von Anfang an war im Pfarrhaus die deutsche Sprache verboten. In einem ganzen Satz mußte bei Tisch um Brot, um Milch gebeten werden. Es war nicht erlaubt, auf eine Schüssel zu zeigen, wenn sie einen Nachschlag haben wollte. Die Speise mußte auch mit dem richtigen Namen benannt werden. Schaffte Selma das nicht, wurde sie ohne Essen ins Bett geschickt. Und Georg stand ihr bei, indem er mitten in der Nacht die Treppe herunterschlich und in der Speisekammer stibitzte. Einmal sei er erwischt worden, und die Frau des Reverend habe ihn als *nasty German thief* beschimpft. Georg habe sich gewehrt, er sei kein Deutscher, er sei Jude, und sie seien nach England gekommen, weil sie keine Deutschen mehr sein konnten, aber das machte die Sache nicht besser. Es war eine Mutprobe, sein vor der Reise frisch erworbenes Wissen über seine Herkunft anzuwenden. So tiefe, dunkle Nächte waren das, Nächte wie Löcher, in die sie fiel, erzählte Selma, eine so grenzenlose Schwärze, von der sie als Stadtkind, das Straßenlampen und hell erleuchtete Fenster im Gegenüber gewohnt war, nicht die geringste Ahnung gehabt hatte. Sie mußte allein in einem Zimmer schlafen und hatte zu viel Angst, um in der Dunkelheit aufzustehen und zur Toilette zu gehen. Aber sie träumte, daß sie zur Toilette gegangen sei. Und sie beschrieb das blanke Entsetzen, die warme Nässe, als sie entdeckte, daß sie gar nicht auf der Toilette gewesen war. Als das Unglück entdeckt wurde, wurde sie von

der Frau des Reverend geschlagen. Aber der Traum vom Toilettengang kam immer wieder, auch das Einnässen wiederholte sich. (Ob sich das Schlagen wiederholte, verschwieg Selma ihren Eltern. Sie antwortete einfach nicht auf diese Frage.) Nein, die Frau des Reverend und ihre Schwester hatten keine Freude an dem Kind. Der Reverend wiederum nahm die Kinder mit zu langen Spaziergängen, er lehrte sie die Namen von Bäumen und von Vögeln, er lehrte sie zu schauen, zu beobachten.

Es war ein Glück für die Kinder, daß sie eine Internatsschule der Quäker besuchten, auf andere Kinder trafen, die auch Flüchtlinge waren, ohne daß darüber geredet wurde. Sie liebten die Geländespiele, die Schulaufführungen, das große Gewühl der vielen Kinder, in dem es auf das Betragen eines Einzelnen nicht so sehr ankam, sie waren in der Menge gut aufgehoben. Als die Sommerferien 1943 begannen, hieß es in der Schule, Georg und Selma könnten nicht in das Pfarrhaus zurück, der Reverend sei schwer krank. Einerseits war es erleichternd, der Bedrückung zu entkommen, aber die leere große Schule – ohne die freundlichen jungen Lehrer, ohne die Mitschüler – war einfach öde. Selma und Georg nahmen die Mahlzeiten bei dem Schuldirektor ein, aber sie waren tagsüber auf sich selbst gestellt und vergingen vor Langeweile. Es sah aus, als hätte man sie auf einer einsamen Insel vergessen. So verstrichen die Ferientage, und je länger es dauerte, machte das Abgeschobensein auch Angst. Wenn die Frau des Reverend und ihre Schwester schon so hart waren, wie würde die nächste Pflegefamilie sein? Schließlich versuchte der Direktor die Kinder zur Beschäftigung anzuhalten, damit sie nicht auf traurige Gedanken verfielen. Sie bastelten, schnitten aus Zeitschriften Figuren aus, klebten sie auf Unterlagen, die sie passender fanden als die früheren. Georg interessierte sich für die Flugzeugtypen des *RAF*

*Bomber Commands,* lernte die Namen auswendig, die schweren Bomber: *Handley Page Halifax, Short Stirling, Avro Lancaster,* und die leichteren und mittelschweren: *Vickers Wellington, de Havilland Mosquitos, Bristol Blenheim, Fairey Battle, Armstrong Witworth Whitley, Handley Page Hampden* und *Vickers Wellesley.* Vom 25. Juli bis zum 3. August 1943 wurde Hamburg bombardiert.
(Was die Kinder nicht wußten und erst später erfuhren: daß das *Jewish Refugee Committee* in der Zwischenzeit fieberhaft nach neuen Pflegeeltern für sie beide suchte, daß dies auf dem Höhepunkt des Krieges zwischen Evakuierungen und Rationierungen schwer war.) Bis die Frau des Direktors mit ihnen nach London reiste; sie kamen sich sehr erwachsen vor zwischen all den sorgenvollen Leuten im überfüllten Zug. In London nahm sie eine fremde Dame in Empfang, begrüßte sie mit ihren Namen und erzählte ihnen, wie gut sie sich erinnerte, daß sie auch den Siebenjährigen und die Vierjährige damals in Empfang genommen habe, was Selma und Georg wegen der Aufregung der ersten Reise vollständig vergessen hatten. Sie fuhr mit ihnen quer durch die Stadt, sie sahen zerstörte Häuser, 43.000 Tote waren in London nach dem „Blitzkrieg" zu beklagen, sie fuhr mit ihnen nach Richmond upon Thames. Hier ist der Botanische Garten, Kew Gardens, das werdet ihr mögen, lobte sie den Stadtteil, führte sie zu einem riesigen Backsteinhaus hinter Bäumen, einer Trutzburg der Fürsorge, so sah es aus. Es war ein *Hostel for Displaced Children,* wohin sie die beiden brachte. Selma berichtete, es sei unvorstellbar laut und schmutzig gewesen und es habe in den Räumen ein sonderbar beißender Geruch geherrscht, von dem sie zuerst nicht wußte, woher er kam, und dem man nicht entfliehen konnte. (Später stellte sich heraus, es war der Gestank eines Läusevertilgungsmittels, denn in dem Heim hatten außer den Kindern auch Läuse gewildert.) *It felt as though there were hundreds of tiny children, little more*

*than toddlers, swarming up and down the stairs and making lots of noise und fuss. It was a hot summer, and most of them were naked or just had a vest on.* Eine wuselnde, verwilderte, einnässende, zottelhaarige Kindermasse. (Übertrieb Selma, um sich vor ihren Eltern wichtig zu machen? Dafür gab es keinen Hinweis.) Teenagermädchen gaben den Babies Flaschen oder fütterten sie mit Brei. Einmal ließ eines der Mädchen Selma ein Baby auf dem Schoß halten und ihm die Flasche geben; sie war stolz, daß das Kind ordentlich trank, und stolz, daß es sie anstrahlte. Ja, sie empfand sich auch schon als eines der großen Mädchen, die Verantwortung übernommen hatten. Aber dann spuckte das Baby den halben Flascheninhalt aus, und Selma, die im Pfarrhaushalt an äußerste Sauberkeit gewöhnt war, fühlte sich besudelt und ekelte sich.

In dem Haus seien die meiste Zeit über keine Erwachsenen gewesen. Die Kinder waren sich selbst überlassen. (Später begriffen Georg und Selma, daß viele Erwachsene bei der Army gebraucht wurden und daß auch die Munitionsfabriken einen großen Bedarf an Arbeitskräften hatten.) Es kam Selma im nachhinein vor, als habe es in dem Heim nie regelmäßige Mahlzeiten gegeben, häufig war sie hungrig. Die älteren Mädchen ermunterten die jüngeren Kinder, sich in der Küche selbst zu versorgen, dabei schnitten sie sich, verbrannten sich die Finger. Das Beste war noch, wenn man sich mit den Resten des Babybreis vollstopfte, denn niemand wußte, wann es wieder Essen gab. Aus Langeweile oder aus Abenteuerlust begannen die Kinder zu streunen und in kleinen Horden in Richmond herumzuziehen.

Kornitzer fragte seine Tochter, ob sie denn auch in Kew Gardens gewesen seien, ob sie die gewaltigen Glashäuser mit Palmen, Springbrunnen, Orchideen und schreienden Papageien gesehen hätte. Das war das Beste, das er von seinem London-

Besuch in Erinnerung behalten hatte. Allein deswegen habe es sich gelohnt, in Richmond gestrandet zu sein. Kew Gardens hatten die Kinder nicht gesehen, aber der Botanische Garten war ein Stichwort. Selma erinnerte sich, daß sie in Berlin unbändig gerne in den Zoologischen Garten gegangen war, um die Schimpansen und die Schildkröten zu betrachten. Als ihre Mutter sie und Georg zum Kindertransport an den Bahnhof Zoo brachte, hatte sie einen Wutanfall. Sie erkannte den Zoo-Eingang, warf sich zu Boden, sie wollte in den Zoo und keinesfalls auf den Bahnhof. Sie war „unartig". Und später glaubte sie, es sei eine Strafe gewesen, die Tiere nicht mehr sehen zu dürfen, sondern auf schnödeste Weise in einen Zug verfrachtet worden zu sein, ohne Rücksicht auf ihr Betteln. Die Strafe schien ihr ungeheuerlich hart, aber es gab keinen Gerichtshof, um sie zu revidieren. So hatte sie zehn Jahre lang die Beschämung mit sich herumgetragen, „böse" gewesen und zur Bestrafung weggeschickt worden zu sein, weit weg. Und der Beschämung, „böse" gewesen zu sein, folgte die Trauer. Georg, an den sie sich klammerte, hatte besser verstanden, warum die Eltern die Kinder nach England reisen ließen. Er sah den Funken von Zuversicht in dieser Planung, während die kleine Selma vollkommen im Dunklen tappte und auf den Bruder angewiesen war. Ja, für Selma (als sie die Katastrophe verstand) schien es besser, in einem Lager vernichtet worden zu sein als zu überleben. Sie schien sich der Rettung nicht würdig genug zu erweisen. Sie war böse, und dieses Selbstbild kränkte sie zusätzlich. Es war eine Spirale von Schuld. Und der Gedanke, daß ihre Tochter (und vielleicht auch der Sohn) heimlich die eigene Vernichtung gewünscht hätten, die nicht stattgefunden hatte, brachte die Eltern, als Selma stockend erzählte, zur Verzweiflung.
Auf den Streifzügen kamen die Kinder an das Themse-Ufer,

planschten und schwammen. Das Wasser war trüb und hatte Schwebestoffe, aber es machte ihnen einen Riesenspaß. Niemand wies sie darauf hin, daß ihnen das verunreinigte Wasser gefährlich werden könnte. Sie besaßen auch keine Handtücher, stiegen naß in ihre Kleider. Wenn sie im Heim ankamen, waren sie getrocknet und starrten vor Schmutz. Prompt bekam Georg hohes Fieber, seine Haut wurde gelb, es war eine Hepatitis. Selma flehte die großen Mädchen an, einen Arzt zu holen, aber sie blieben unbeeindruckt, sie waren robust und wild, menschliche Schlingpflanzen, und kannten vermutlich keinen Arzt. Selma saß an Georgs Bett, las ihm, damit er nicht wegdämmerte, dieselben Geschichten vor, die er ihr früher vorgelesen hatte. Ja, sie hatte Angst, er würde vor ihren Augen sterben, denn er delirierte. Sie wußte sich nicht anders zu helfen, als seine heiße Stirn mit einem feuchten Lappen zu kühlen. Das tat ihm offensichtlich gut. Irgendwann kratzte Georg sein aufgeschnapptes Wissen zusammen und sagte: *An apple a day keeps the doctor away.* Für Selma war dieser Satz eine Offenbarung. Sie suchte in der Küche nach Äpfeln, es gab keine. Sie lief in die Geschäftsstraßen von Richmond, betrat Obstgeschäfte. Ja, es gab Äpfel, aber sie kosteten natürlich eine Stange Geld. Da entschloß sich Selma, ihren einzigen nennenswerten Besitz, ihre Puppe, mitzunehmen. Sie sprach Frauen mit kleinen Kindern an, ob sie ihre Puppe kaufen wollten, sie habe einen kranken Bruder, für den brauche sie Geld. Und wirklich, ein Kind faßte sofort nach der Puppe, und die Frau kaufte sie ihr ab. Selma schleppte die Äpfel ins Heim, versteckte sie, damit andere Kinder sie nicht naschten. Georg war so schwach, daß sie gar nicht wußte, ob er überhaupt einen Apfel halten und hineinbeißen konnte. Aber er aß die Äpfel nach und nach, langsam kaute er und schluckte. Es gab keinen Beweis, daß die Äpfel etwas bewirkten. Aber Selma hatte die Gewißheit, daß er unbedingt gesund werden wollte. Georg glaubte an die Äpfel, und Selma war stolz, daß sie ihrem großen Bruder glauben konnte. Es dauerte lange, bis er wieder auf die Beine kam, er war noch schwach, und er war äußerst hellhörig während der Krankheit geworden. Das dauernde Geschrei der kleinen Kinder drang ihm durch Mark und Bein.

In dieses Kinderchaos platzt Mrs. Bosomworth wie eine gütige Göttin. Sie ist eine Frau jenseits der fünfzig mit einem fülligen Körper und grauen Löckchen. Ihre Wangen sind rosa, und sie verfärben sich leicht ins Himbeerfarbene, wenn sie sich erregt. Und sie erregt sich sofort, als die Kinder ihr von den Läusen und ihrer Bekämpfung erzählen. Sie erregt sich weiterhin über den starrenden Schmutz und über den Mangel an Aufsicht, über das fahrlässige Behagen, mit dem die großen Mädchen „Mutter" spielen. Aus Sympathie mit den jüngeren Kindern blendet sie die vollkommene Überforderung der größeren aus. Sie erregt sich auch über die Maßen, daß niemand Georg in seiner schweren Krankheit beigestanden hat, ja, sie kann es kaum fassen und lobt Selma, daß sie alles richtig gemacht hat, was Selma freut, als wäre sie in dieser Zeit eine kleine Doktorin gewesen. Sorgsam fragt sie und nimmt sich viel Zeit, und aus Georg und Selma tropfen die Beschämungen im Pfarrhaus und die Dürftigkeiten des Heims. Sie fragt nach Deutschland, nach den Erinnerungen an Berlin, noch nie hat jemand sich so intensiv mit ihnen beschäftigt. Die Reserviertheit der Kinder schmilzt, Selma liebt Mrs. Bosomworth sofort. (Es ist wie ein automatisches Sehnen, das ein Ziel hat und sich gleichzeitig weitersehnt, in ein Zentrum hinein. Sie sieht das Rosafarbene, das Himbeerfarbene, ihr himmelblaues Lächeln und die Fältchen um ihre Augen, zwischen denen sie sich ganz, ja himmlisch geborgen fühlt.) Und dann fragt Mrs. Bosomworth die beiden, ob sie mitkommen und bei ihr bleiben wollen. Es folgt ein sprachloses Nicken über so viel unerwartete, beschämend großzügige Zuwendung. Die drei reisen nach Kent, Mrs. Bosomworth nimmt sie einfach mit ohne viel Aufhebens. Unterwegs mit den roten Bussen in London sehen sie die frischen Zerstörungen, Wunden in der glanzvollen Stadt, aber Mrs. Bosomworth verspricht ihnen, dort, wo sie hinführen, gäbe es keine deutschen Bomben, es sei friedlich und schön auf dem Land, und so bliebe es auch, sie brauchten keine Angst zu haben. Es ist eine sanfte, fröhliche Reise, Mrs. Bosomworth hat an Verpflegung gedacht, Obst und Würste, Eier, die sie gemeinsam pellen, die Schalen werfen sie aus dem Fenster hinaus in die Landschaft, da fliegen sie. Wiesenteppiche breiten sich aus, Baumreihen schnurren am Zugfenster entlang, bürsten den Himmel, sie sehen die milden Hügelchen. Mrs. Bosomworth erzählt, daß sie selbst fünf Kinder hat, darunter einen Jungen in Georgs Alter und ein Mädchen in Selmas Alter, es klingt wie im Märchen, und Mrs. Bosomworth ist von einer Wolke herabgestiegen und im *Hostel for Displaced Children* gelandet. (Daß die Quäker-Organisation, der Kornitzer und Claire die Kinder anvertraut hatten, in der Zwischenzeit lebhaft tätig war, um Mrs. Bosomworth als neue Pflegemutter auszusuchen, mußten sie sich bei Selmas Schilderung dazudenken.) Und das Märchen geht weiter. Seite für Seite blättert es Selma auf, Mr. Bosomworth, der sie herzlich begrüßt, ein ruhiger, starker Mann, der gewaltige Körbe mit Zwiebeln und Säcke mit Futter schultert, zwei große Töchter und John, der in seinem Zimmer Georg aufnimmt, und Frances, die für Selma Platz macht, und der kleine Guy, der erst sechs ist, alle sitzen sie am Tisch und sind fröhlich. Im Pfarrhaus hatten die Kinder werktags mit der Schwägerin des Reverend im Schulsaal gegessen, während der Reverend und seine Frau geruhsam im Eßzimmer speisten. Nur sonn- und feiertags gab es ein gemeinsames Essensritual.

Jetzt aus der Vergangenheit kommt Selma die große weitherzige Familie Bosomworth wie aus dem Bilderbuch vor, und sie selbst ist ein Teil dieses Bilderbuches, Darstellerin und Betrachterin zugleich, und sie ist stolz darauf. Die Bosomworth-Kinder sagen alle „danke" und „bitte", wenn die Platten und Schüsseln herumgereicht werden, ihre Mutter hält sie dazu an, nicht mit vollem Mund zu sprechen, und wenn sie etwas wissen wollen, wird es ihnen sorgsam erklärt. Die Bosomworth-Kinder sagen *Mummy* und *Daddy* zu ihren Eltern, und das hätten Georg und Selma am liebsten auch gleich getan. Aber Mrs. Bosomworth nimmt sich wieder Zeit für sie und weist sie darauf hin, daß sie doch Eltern haben, und daß es diesen Eltern sicher nicht recht sei, wenn sie eine andere Frau *Mummy* nennen. Sie schlägt Georg und Selma vor, sie könnten sie *Auntie* nennen, das wäre auch eine Vertrautheit. Aber das wollte Selma nicht, die Schwägerin des Reverend hatte ihr auch die Anrede *Auntie* angeboten, aber sie war keineswegs eine vertraute Gestalt geworden. *Auntie* wollten die Kinder in Erinnerung an die harte Zeit im Pfarrhaus niemals mehr jemanden nennen, man hätte sie dazu prügeln müssen, und das war nicht der Stil der Bosomworths. So blieb es formell bei der Anrede Mrs. and Mr. Bosomworth, was einen Schatten auf die Beziehung warf, aber auch Klarheit schaffte. Es mußte in Kuba einen *Daddy* geben, der zurückkäme, und es müßte irgendwo in Deutschland eine sehr verborgene, aber liebe *Mummy* geben, die mit den Flugzeugen und den Zerstörungen nichts zu tun habe (eben das glaubte Selma nicht), und irgendwann nach dem Krieg sähen die Kinder sie wieder, und die Eltern wären glücklich und sie auch, sagten Mr. und Mrs. Bosomworth den Kindern. (Kornitzer zuckte bei diesem Teil der Erzählung ein wenig zusammen.)
Die lebhafte Frances und die eher schwerfällige Selma teilen nicht nur ein Zimmer miteinander, sie haben Geheimnisse vor

den anderen, tauchen in eine Welt des Tuschelns und Giggelns. Mit einem Gummiband knoten sie sich die Beine zusammen, dreibeinig hüpfen sie durch die Gegend, dreibeinig sind sie glücklich. Georg traf es nicht so gut mit John, sie waren sehr verschieden und gingen sich gegenseitig häufig auf die Nerven. Wie die Bosomworths nicht wollten, daß sich Selma und Georg allzu sehr auf sie bezogen, fanden sie auch auf einem ganz anderen Gebiet einen guten Rat. Sie hielten Kaninchen, und die Kinder fütterten sie täglich mit allen möglichen Resten. Es war den Kindern aber gleichzeitig streng verboten, mit den Kaninchen zu schmusen und sie herumzutragen wie Puppen. Von Anfang an war klar: Die Kaninchen sind Schlachttiere, wir haben wegen des Krieges wenig Fleisch, und jede Sentimentalität ist unangebracht. Das war sehr vernünftig, und die Kinder wußten, je mehr Kräuter und Essensabfälle sie den Kaninchen brachten, um so besser würde ihr Fleisch.

Zwei Wochen der Schulferien verbrachte die ganze Familie jeweils bei den Großeltern in Cornwall, das erzählte Frances Selma, und Selma freute sich schon sehnsüchtigst auf die Ferien. Doch dann hieß es, das Haus der Großeltern sei zu klein für sieben Kinder. Das war eine große Enttäuschung. Georg verbrachte die Ferien in einem *Boys Camp* und Selma in einem Hostel für kleinere Kinder. Es war eine schöne Zeit, aber als sie wieder bei den Bosomworths war, wurde sie traurig und lethargisch. Nie würde sie „wirklich" zur Familie gehören, es blieb eine Distanz, die unüberwindlich war. Etwas an ihr war falsch. Sie bemühte sich so sehr, Mrs. Bosomworth zu gefallen, las ihr die Wünsche von den Augen ab und half im Haus, wo sie konnte. Aber das war es nicht, was ihr half. Monatelang schleppte sie diese Traurigkeit mit sich herum.

Dann, im Herbst 1944, kamen die Raketen, sie kamen aus Peenemünde und zielten auf London. Kent oder besser: das Haus der Bosomworths lag direkt auf ihrer Einflugschneise. Stürzten sie ab, ging ihnen der Treibstoff aus, verursachten sie riesige Brände. Die Warnsirenen ertönten, die V2 kamen meistens nachts, zischten über das Haus hinweg und zogen einen feurigen Schweif hinter sich her. (Daß sie Vergeltungswaffen genannt wurden, hatte Claire raunen gehört in Friedrichshafen, wo man große Waffen gebaut hatte im Gegensatz zu den kleinen, wendigen in Peenemünde. Vergeltung, weil England sich wehrte gegen die deutschen Angriffe, Zahn um Zahn, Auge um Auge.) In der Nähe des Hauses der Bosomworths war eine Flugabwehr installiert worden. Traf sie eine Rakete und geriet diese ins Trudeln, konnte man nur hoffen und beten, daß sie auf dem freien Feld aufschlüge und nicht in einem Hausdach. Bäume, in denen sich die Raketen verfingen, blieben als schwarze, verkohlte Finger in der Landschaft. Mrs. Bosomworth hatte nicht recht behalten, daß in Kent keine Bomben fielen. Die Kinder, die die wirkliche Gefahr nicht einschätzen konnten, rückten näher zusammen. Nur Georg sonderte sich ab, sprach kaum mehr und wurde seltsam. Stundenlang saß er im Zimmer und bastelte mit Blech, Drähten und Chemikalien. Die anderen zogen ihn auf, daß er Angst vor den Raketen hatte, und das machte alles noch schlimmer. Für die kleineren Kinder Frances, Selma und Guy waren die Raketen einfach ein Abenteuer, die Gefahr konnten sie nicht einschätzen. Aber Georg begann schon beim Heulen der Sirenen zu zittern, und manchmal schien es, als schnappe er einfach über. Er bastelte sich ein Radio, er sammelte Blechdosen und füllte sie mit Karbid, baute Bomben und ließ sie im Garten hochgehen, auch das machte den kleinen Kindern Spaß. Eine davon hinterließ eine pechschwarze stinkende Wolke, der brandige Gestank drang in sämtliche Zimmer des Hauses. All das bekümmerte Mr. Bosomworth, er wies Georg zurecht, aber Georg begann das

Maulfechten und Streiten, das war nicht üblich in dieser harmonischen Familie. Mehrmals erwischte Mr. Bosomworth auch Georg, wie er an seinem kleinen selbstgebastelten Radio einen deutschen Sender hörte. Also verstand Georg noch Deutsch, also sehnte er sich nach seiner Muttersprache. Aber der Pflegevater hatte auch Angst, daß Georg sich in etwas verrennen, daß er Opfer eines Spions werden könnte. Ob diese Ängste übertrieben waren oder eine Folge des Krieges, ließ sich nicht klären. Mr. Bosomworth hatte sie und glaubte handeln zu müssen. Georg schloß sich weiter ab, hörte nicht zu, wenn man etwas zu ihm sagte, bastelte und tüftelte. Auch seinen Zimmergenossen John, der ihn aufgenommen hatte, ließ er nicht an sich heran. Als Mr. Bosomworth sich nicht mehr zu helfen wußte, brachte er Georg zu einem Psychiater. Der unterhielt sich lange mit Georg und empfahl dann, Georg solle besser in einer Gegend leben, in der keine V2 zu erwarten waren, in der er den Konflikt, zwischen Deutschland und Großbritannien zu stehen, nicht so stark empfinden würde. Es wurde ein Platz in der Midhurst Grammar School gefunden, deren Direktor dafür bekannt war, gut mit schwierigen Kindern umzugehen, und es wurde auch eine Familie in der Nähe gefunden, die Georg aufnahm. Von dieser Familie wußte Selma nichts zu erzählen, wahrscheinlich hatte Georg auch kaum etwas erzählt. Selma sprach über die Trennung von ihrem Bruder in einem gänzlich resignierten Ton; etwas brach ab.

Nach dem Kriegsende hatten die Bosomworths die Freude an ihrem Haus verloren, sie wollten möglichst weit weg, weit von der Erinnerung an die V2, der dauernden Angst, eine Rakete könnte das Haus treffen. Sie entschieden sich, nach Sansibar auszuwandern. Das Haus wurde verkauft, und für Selma wurde ein Platz in Suffolk gefunden: bei den Hales. Sie war jetzt so gedemütigt, daß sie jede Veränderung in ihrem Leben fraglos akzeptiert hätte. Frances schrieb ihr, sogar häufig, schickte viele bunte Briefmarken und die herzlichsten Grüße aus Sansibar. Sie war einfach ein sonniges Mädchen. Aber dann war es doch gut bei den Hales, und als das Ehepaar merkte, wie sehr sie ihren Bruder vermißte, nahmen sie auch Georg auf, der seine Krise überwunden hatte.

Es fiel Kornitzer schwer, Selma zu glauben. Übertrieb sie nicht maßlos, malte sie nicht alles schwarz, was auch grau oder in Pastelltönen hätte skizziert werden können? Er schrieb an Georg, fragte nach, das große wichtige Wort dieses Briefes war *really*. Und gleichzeitig fürchtete er ein wenig, daß die Kinder sich über diesen Brief austauschen würden, daß Selma vom Bruder erführe, der Vater sei mißtrauisch und wolle sich versichern, aber Georg bestätigte alle Angaben. Kornitzer weiß, er kränkt die Tochter, die sich unverstanden fühlt, ein weiteres Mal, indem er ihr nicht glauben will. Er will sich ihr nähern durch sein Wissenwollen und hält sie gleichzeitig in der Distanz des Zweifels. Als habe sie sich auf dem Land, im Umgang mit Tieren und Heu und Getreide eine blühende Phantasie angeeignet. Und Georg schreibt zurück, freundlich und ruhig, ja, er schreibt sehr nett an die ihm fremd gewordenen *parents*. Alles, was Selma erzählt hat, was an Erzählbrocken aus ihr herausgeschleudert worden ist, sei wahr. Aber Georg sah es nüchterner, es sei ja nun vorbei, und es ließe sich ja auch nicht mehr ändern. *Spilt milk*. Er lebe gerne bei den Hales und wolle zu seinem 18. Geburtstag die englische Staatsbürgerschaft beantragen. Adoptiert werden wolle er nicht. Es sei *not necessary*. (War das eine Geste der Bescheidenheit oder auch eine Resignation? Oder wollte er möglichst rasch sein eigener Herr sein und nach allen Wechseln der Aufenthaltsorte und der Pflegefamilien früh unabhängig werden?) Und er unterschrieb seinen Brief: *George*.

Kornitzer zeigt den Brief Claire, als er nach Bettnang kommt, stippt mit dem Finger auf das End-E. George, George, so heißen Könige, unser Sohn nicht. Aber Claire, die ihm den Brief aus der Hand nimmt und ebenfalls auf die Unterschrift starrt, läßt den Brief wieder sinken und macht eine so trostlose Handbewegung, daß Kornitzer seine Erregung wie einen Feuerwerkskörper im feuchten Nebel verzischen sieht. Und als er am Abend noch einmal über den Vorgang nachsinnt, kann er Claire nicht recht geben und sich selbst in seiner Verletztheit nicht trauen, und er weiß nicht, was schlimmer ist. Er fährt zurück nach Mainz, er hat Mitleid mit der Tochter, aber auch Mitleid mit sich selbst, daß er der Tochter nicht wirklich nahe kommt und dem Sohn erst recht nicht.

Einmal möchte Selma auch nett sein, ihrer Mutter etwas Liebes tun, wie sie sich um Mrs. Bosomworth bemüht hat, wie sie sich bei Mrs. Hales gut beträgt. Von ihren Streunereien durch die Wiesen und Wälder bringt sie Pilze mit, sie kennt sich aus, sie hat mit den großen Bosomworth-Mädchen Pilze gesammelt. Sie putzt sie und schmurgelt sie in der Pfanne, als Claire aus der Molkerei kommt. Und sie hatte auch die deutschen Wörter gelernt. Maronenröhrling, Wiesenchampignon. Aber Claire freute sich nicht, sie sah in die Pfanne, sah die strahlende Selma, und auf einmal geriet sie in Panik. Sie, die Berlinerin, verstand nichts von Pilzen, und sie nahm auch an, daß Selma nichts von Pilzen verstand. Und wenn sie etwas verstand, hatte sie einen teuflischen Plan: Sie wollte ihre Mutter vergiften. Dann wäre sie frei. Claire nahm die Pfanne und schüttete sie in den Abfall.

Zum ersten Mal in Bettnang weinte Selma. Claire hätte weinen wollen, aber es gelang ihr nicht. Drei Tage sprach sie nicht mit der Tochter, es war ihr einfach nicht möglich. Das war der Herbst.

Im Winter schneite es so heftig, wie Selma es noch nie hatte schneien gesehen. Halb Bettnang schnallte die Skier an, strömte auf die gleißenden Hänge. Die Pfempfle-Söhne nahmen sie mit, aber sie machten sich auch lustig über ihr schlechtes Deutsch, das so wenig Fortschritte zeigte. Und jeder Vierjährige stand nach ein paar Versuchen sicherer auf den Brettern als dieses große, kräftige Mädchen. Selma hatte in Suffolk auf den Teichen geschlittert und war Schlittschuh gefahren. So trieb Claire (wo, wo?) ein paar Schlittschuhe für sie auf, Selma fuhr mit dem Postbus nach Lindau, zog einsame Bahnen auf dem Eis und kam schweigsam, aber mit roten Backen nach Bettnang zurück. Sie war ein gefrorener Teich. Das war der Winter. Bei der Schneeschmelze, nach Besuchen hin und her zwischen Mainz und Bettnang, wurde der Versuch abgebrochen. Claire und Richard erlaubten ihrer Tochter, nach England zurückzukehren. Unter einer Bedingung: sie käme zusammen mit Georg in den Schulferien zu den Eltern. Das versprach Selma. Es war nicht einfach, die deutsche, minderjährige Staatsbürgerin wieder nach England einreisen zu lassen, eine Aufenthaltsbewilligung für sie zu erreichen, für ihren Unterhalt zu sorgen. Es war nicht einfach, die Tochter ein zweites Mal zu verlieren. Sie reiste allein, das trauten ihre Eltern der Fünfzehnjährigen zu. Es war kein Triumph, es war ein Desaster.

## Aus dem Inneren

Kornitzer war hellhörig geworden. Nicht in sich selbst zu versinken, schien ihm eine gute Devise zu sein nach der Niederlage, die ihm seine Tochter beigebracht hatte. So empfand er es jedenfalls. Und Tätigsein half. Er stürzte sich in die Arbeit wie in einen Bottich mit kaltem Wasser. Er stürzte sich in die Arbeit wie in ein Messer. Er stürzte sich in die Arbeit wie ein Berserker, er trieb die Referendare, die Assessoren an, ihm zuzuarbeiten, sie wußten nicht, wie ihnen geschah, daß er so arbeitswütig war. Ja, er stürzte sich. Alles diente der Rechtsfindung. Selma hatte recht mit ihrem Widerstand dagegen, in Deutschland leben zu sollen, und Claire und er hatten recht mit dem Wunsch, die Lücke der Trennung zu schließen, die Wunde, die ihnen geschlagen worden war, zu heilen. Er mochte jetzt die langen Flure im Gebäude des Landgerichts, das Getrappel der Füße auf den Treppen, den Blick aus dem Sitzungssaal auf die Wüste, die die Zerstörung der Stadt offengelegt hatte, die abgeräumten Steinfelder und die aufragenden Mauerzähne, die Fensterhöhlen und ihr dramatisches Schweigen. Die Arbeit erdete. Er mochte die Wachtmeister, die mit sicherem Blick und Griff einen Angeklagten vorführten, er mochte die Wägelchen, auf denen die Aktenlast transportiert wurde, die langen Bänke im Flur, die nervöse Zeugen blank rutschten, er mochte das Funktionieren, das Reibungslose, mit dem Fälle aufgerollt und abgerollt wurden, das Ineinanderspielen der Kräfte, er mochte das Formulieren eines Urteils, die Klarheit. Die gegebene Ordnung und die Notwendigkeit, sich darin einzupassen, waren heilsam. (Hatten das auch die Juristen gedacht, die, anders als er, nicht aus dem Dienst gejagt wurden, die weitermachten, als sei nichts geschehen, die sogenannten „arischen" Juristen?, schoß es ihm manchmal durch den Kopf, und der Kopf schmerzte.) Ja, er mochte auch die eigene Strukturiertheit, die von Fall zu Fall arbeitete, Fälle abarbeitete, es war eine Genugtuung zu arbeiten. Tatbestandsvoraussetzungen, Einwände, Erläuterungen, Problemfälle, Fristen und Fristverlängerungen, Urteile. Das Zivilrecht war ein Florett, wie Feuer und Schwert kam ihm dagegen das Strafrecht vor. Er mochte Feinheiten, Kniffe, die Suche nach Referenzurteilen. Er war in seinem Element. Er dachte an Selma, die gekommen war, an Georg (George), den man mit Engelszungen locken mußte, die nierenkranke Frau, die ihm Schuldgefühle machte, was ihn beschämte, aber den Kontakt nicht wirklich erleichterte. Er kehrte zu den lösbaren Fällen auf seinem Tisch zurück.

Die Untergrabung der Regeln, nach denen er operierte, wollte er gar nicht mehr in Betracht ziehen, ihre Zertrümmerung in Berlin, ihre Dehnung und Zerrung nach Belieben in Havanna waren schmerzhaft genug gewesen. Kubanische Gummiparagraphen, Kautschukgesetze, die auszulegen waren nach verschiedenen Interessen, und vor allem den Interessen, bei denen Geldscheine über den Tisch geschoben wurden, schöne Floskeln auf dem Papier, die im Zweifelsfall das Papier nicht wert waren, auf dem sie gedruckt waren. Gesetze, die der aufrechte Jurist nicht liebt. Er spürte die Erschütterung immer noch, er war traurig und auch gleichzeitig mit sich zufrieden, und der Widerspruch störte nicht wirklich. Er hätte sich den Widerspruch wie eine Postkarte hinter den Spiegel klemmen müssen. Aber einen solchen Spiegel gab es nicht, und deshalb vergaß er auch den Widerspruch. Er sah von sich ab.

Als er zum Landgerichtsdirektor ernannt wurde, freute es ihn. Es paßte gut in diese Phase der gesteigerten Aktivität. Er hatte nun mehr Verantwortung, sein Gehalt stieg, er hätte Sprünge machen können, wenn er es wollte. Aber Sprünge wohin? Daß seine erstaunlich rasche Ernennung zum Landgerichtsdirektor eine berufliche Wiedergutmachung war, daß die ihm entgangenen Berufsjahre als Richter angerechnet wurden, sah er klar, und er war dankbar dafür. Wäre er als Rechtsanwalt vom Berufsverbot betroffen gewesen oder in einem anderen freien Beruf, er hätte unzählige Nachweise über seinen Verdienst vorlegen müssen, und wenn die nicht beizubringen waren, eidesstattliche Erklärungen. Und wer wußte noch wirklich, was er an Honoraren vor fünfzehn Jahren eingenommen hatte? (Insofern hatte Kornitzer als Richter Glück. Richter konnten sich in andere Richter hineinversetzen, so einigermaßen, glaubte er jedenfalls. Und die Gehaltsstufen und Gehaltsklassen waren allgemein bekannt und nachvollziehbar.)

Lieber wäre Kornitzer nach der Zeit im Untersuchungsausschuß in Lindau Vorsitzender einer Entschädigungskammer am Landgericht geworden, es gab zwei davon: In seiner eigenen Vorstellung war er dazu prädestiniert, Verfolgten zu ihrem Recht zu verhelfen. Aber ihn in einer Entschädigungskammer einzusetzen, auch nur als Beisitzer – das hatte ihm der Landgerichtspräsident schon in den ersten Tagen nach seiner Berufung nach Mainz gesagt – komme nicht in Frage, er sei ja Partei. Ihn hatte dieses Verdikt wie ein Keulenschlag getroffen. Weil er Jude war, weil er verfolgt worden war, weil ihm Wiedergutmachungsleistungen zustanden, war er Partei. Und diejenigen Richter, die Mitglieder der nationalsozialistischen Partei gewesen waren, waren nicht Partei, waren befugt und besser geeignet, über Wiedergutmachungsleistungen zu urteilen. Er wußte ja nicht viel über den Werdegang seiner Kollegen am Landgericht, das war gut so oder auch nicht. Es gehörte sich nicht, nach der Vergangenheit zu fragen. Massenhaft praktizierte Diskretion schien der Weg zu sein, Vergangenheit zu beschwichtigen und aus dem Bewußtsein zu tilgen. Auch seine Vergangenheit war ein Tabu, niemand fragte. Jetzt war jetzt, das Tägliche drängte. Und so war ihm der Mund verschlossen. Im Lichte der Vergangenheit verdunkelte sich die Gegenwart. Kornitzer stand vor einem ungeschriebenen Gesetz, er war ein tadelloser Richter und fühlte sich verurteilt, aber er kannte seine Strafe nicht. Sie nicht zu kennen, war eine Potenzierung der Strafe. Also arbeitete er, vertiefte sich in Akten, bereitete Urteile vor und formulierte sie. Rechtsstaatlichkeit, rechtsstaatliche Normalität, daran war nicht zu zweifeln, darum war er Richter geworden und wollte es immer bleiben. Über ihn wurde auch gerichtet, getuschelt, er spürte das. Als sich ihm dann nach seiner Ernennung die Hände seiner Kollegen zur Gratulation entgegenstreckten, von tief unten aus dem Selbstfahrer die des Grundbuchrichters Dr. Funk, als er über den Händen die zusammengekniffenen Mundwinkel sah, die scharfen Falten um die Augen bei Dr. Buch, zweifelte er wieder an der Möglichkeit der Einfühlung. Nein, sie versetzten sich nicht in seine Lage, viele neideten ihm die rasche Ernennung, das war deutlich, blieb aber unausgesprochen. Er wollte das übersehen in seiner Freude. Ihm fiel das Wort „aalglatt" ein, und er wollte es sofort wieder aus seinem Gedächtnis tilgen. Polemik war nicht am Platz, er war Richter, und er war unabhängig.

Und er wollte, daß Claire nach Mainz käme und die elende, sie langweilende Arbeit in der Molkerei aufgäbe. Endlich ein gemeinsamer Hausstand, endlich Ruhe, das Glück, nach Hause zu kommen, und da wäre seine Frau und wartete, freute sich, daß er kam, und hatte das Abendbrot vorbereitet. Dann erinnerte er sich wieder, daß es keinesfalls so gewesen war, bevor er emigrierte, Claires Berufstätigkeit hatte sich häufig bis in den späten Abend hineingezogen, und er als der junge Richter war viel häufiger zuhause, wenn Georg und die kleine Selma ins

Bett gebracht und beruhigt werden mußten, und er erinnerte sich mit Freude an diese Situation.
Er war nun Vorsitzender der 2. Zivilkammer am Landgericht, er saß seinem eigenen Leben vor, und das begeisterte ihn. Es paßte zu dieser Begeisterung, daß er einen Anruf der Stabsstelle „Opfer des Faschismus", angesiedelt beim Oberbürgermeisteramt, bekam, ob er ein Haus haben wolle, ein neu erbautes Haus, ein Holzständerhaus in einer Siedlung, in der vorwiegend französische Besatzungsoffiziere lebten, zufälligerweise ganz in der Nähe der Familie Dreis im selben Stadtteil gelegen. Er sah sich den Rohbau an, die Arbeiter in ihren Leibchen oder mit ihren nackten sonnengebräunten Rücken, wie sie sich bückten und streckten, er sah das Mauern Stein auf Stein auch in der Nachbarschaft, das Hämmern und Klopfen, die tüchtige Geschäftigkeit. Holzschindeln wurden an der Giebelseite angebracht, ein Tischler lieferte auf einem kleinen Lastwagen Fensterläden. Hinter Klappläden hatte er noch nie gelebt, er stellte sich eine abendlich winterliche Ruhe vor, Geborgenheit, das Haus barg ihn, und er barg die Familie, so gut es eben ging.
Ja, er wollte das Haus, er sagte sofort zu, er freute sich unendlich. Claire käme, Georg und Selma hätten jeweils einen Raum für sich und er ein Arbeitszimmer. Er hatte den Sohn und die Tochter einige Male in Suffolk besucht, es war eine klamme Situation, viel Aufwand, Gefühlsaufwand und Kummer, eine teure Reise. Ob es gut für Georg und Selma war, wußte er nicht zu sagen. Er kam jedenfalls erschöpft von der Überanpassung zurück. Sich für die nächsten Gerichtstermine vorzubereiten, war fast eine Wohltat, klare Strukturen, Gesetze. Zweimal in der Woche tagte die Kammer, dieser Rhythmus ging ihm in Fleisch und Blut über. Im Umgang mit seinen Kindern tastete er nur, er wollte nichts falsch machen und ihnen die Angst vor Deutschland nehmen. Ob ihm das gelänge, wußte er selbst

nicht. Und ob seine Ernennung zum Landgerichtsdirektor und das Angebot für das Haus in einem Zusammenhang standen, erfragte er nicht, es wäre ihm unangenehm gewesen. Nur: Der Landgerichtsdirektor konnte nicht auf Dauer bei einfachen Menschen in Untermiete leben, das paßte nicht, verletzte möglicherweise die Würde des Gerichts. Es war nicht „standesgemäß". Mit seinem Gehaltsnachweis verhandelte er, Hypotheken, Kredite, ein wenig schwindelte ihm in der Bank, aber es gefiel ihm auch. Grund und Boden, ein Gärtchen, bis jetzt hatte er nur die Spaziergänge am Rhein entlang gemocht, das würde anders, er würde heimisch in Mainz. Claire, mit der er jetzt der neuen Entwicklungen wegen häufig telephonierte, lachte am anderen Ende der Leitung, gluckste, kam nach Mainz, freudig, vorfreudig. Sie sahen sich Möbel an und Gardinen mit geometrischen Mustern, bei denen einem schwindlig werden konnte. Sie kauften einen Herd und einen Staubsauger. Claire ereiferte sich über Teesiebe und Milchkännchen, diese nützlichen Anschaffungen erinnerten sie an die Zeit in Berlin, kurz vor ihrer Hochzeit, an das Glück, sich gefunden zu haben, und den Entschluß zu einem gemeinsamen Leben. Jetzt sah es aus, als hätten sie eine zweite Chance. Nein, es war wirklich eine zweite Chance, und Bettnang, Claires Zimmerchen im Dachgeschoß, war nur ein Üben, eine noch zaghaft gedachte Lebensform gewesen, der endlich eine gültigere folgte.
Kornitzer schrieb an Georg und Selma, noch immer konnte er sich nicht entschließen, seinen Sohn mit George anzureden, wie der es wollte, schrieb ihnen von dem Haus, der größeren Freiheit, dem Komfort und lud sie ein. Das Holzschindelhaus war ein Glück, ein schneckenhäusiges Glück hinter zugezogenen Gardinen, und Claire war ein Glück.
Er sprach mit der Familie Dreis, kündigte formvollendet seinen Untermietvertrag, alles war in Ordnung, man gratulierte ihm zu

dem Haus, und zu dem, was die Familie „Familienzusammenführung" nannte. Und Kornitzer sagte in aller Strenge und in preußischer Nüchternheit: Nun ja, zunächst handelt es sich ja nur darum, daß meine Frau und ich endlich wieder ein normales Ehepaar werden. Wie sich die Sache mit den Kindern in England entwickeln würde, wußte er selbst nicht, war aber nicht eben hoffnungsvoll und sagte noch in den offenen Hallraum der Familie: Daß es schwierig sein werde mit seiner Tochter, habe Frau Dreis doch bemerkt. Er schaute ihr geradeaus ins Gesicht, voller Sympathie, ihr, die den wunderbar duftenden Käsekuchen gebacken hatte, den Selma dann doch nach langem Zögern, ohne ein Krümelchen zurückzulassen, aufgefuttert hatte. Er schaute die Fransen der Tischdecke an, hörte auf das wäßrige Ticken der Wanduhr, schaute Frau Dreis wieder an und wiederholte noch einmal, fast automatisch, daß es schwierig sein würde mit der Tochter, habe doch jeder bei dieser ersten Begegnung gemerkt. Und der Sohn?, fragte der alte Herr Dreis vernünftig. Seine Frau schöpfte so kräftig aus einem Linseneintopf auf den Teller des frisch gebackenen Landgerichtsdirektors, daß es ein Vergehen gewesen wäre, „nein, danke" zu dem Angebot zu sagen. Also sagte er „gerne", aß und bedankte sich auch für die Wurstringel, die in der dicken Suppe schwammen. Er war leicht zum Essen zu verführen. Die Familie Dreis hatte es schnell bemerkt. Und die Wärme des Essens beruhigte, sein baldiger Auszug, die Veränderungen in seinem und im Leben der Familie Dreis warfen schon ihren Schatten voraus. Mit dem Sohn gehe es sicher besser, sagte Kornitzer, nachdem er geschluckt hatte, Georg habe sein Deutsch nicht so verlernt wie Selma, und er sei altersgemäß Argumenten zugänglicher. Nette Briefe schriebe er, fügte Kornitzer noch hinzu, aber das war etwas übertrieben, es waren Briefe mit Mitteilungen, aber ohne Emotionen. Gut, gut, sagte Herr Dreis, und

damit war das Thema abgeschlossen. Es schien für die Dreisens auch absehbar, daß sie so bald keinen Untermieter mehr aufnehmen mußten. (Dem Wohnungsamt ein Schnippchen schlagen.) Vielleicht gab es Nachrichten aus dem Gefangenenlager, vom Ehemann der jungen Frau Dreis, vom Vater der kleinen Evamaria, an den sie sich wohl kaum erinnern konnte. Sie lebte in einer Art von Schockstarre einer zukünftigen Freude auf den Vater entgegen, von dem man ihr viel erzählte, einer Freude, der eine bittere Lebensenttäuschung folgen könnte. (Stimmte das denn? Plötzlich kamen Kornitzer berechtigte Zweifel. War der Vater und Ehemann vielleicht auf andere Weise abhanden gekommen, und in der Familie wurde nur noch sein Mythos gebraucht?) Und so schlingerte das Gespräch wie die ganze Beziehung zu den Wirtsleuten hin und her, und es war nicht klar, wie was weggeschlingert wurde. Evamaria fragte schon mit einem kläglichen und gleichzeitig verführerischen Stimmchen: Onkel Konizzaa (sie konnte immer noch kein R sprechen, und niemand im Haus war der Meinung, es nütze ihr, es zu lernen), Onkel Konizzaa, fragte sie, du kommst mich doch besuchen, wenn du nicht mehr bei uns wohnst? Sie zog so eine Schnute, daß Kornitzer gar keine Wahl hatte als ihr zu versprechen: Natürlich käme er hier und da auf einen Sprung vorbei. (Er war ein Zeuge ihrer leidenschaftlichen Treppengeländerritte, die zum Glück ohne Stürze ausgegangen waren, und war ein wichtiger Mensch in ihrem Leben geworden.)
Und er bemerkte aus den Augenwinkeln die junge Frau Dreis, wie sie sich dehnte und sehnte nach irgendetwas, das ihn, den Untermieter, erreichte, aber nicht wirklich meinte, wie sie sich schlängelte, Zeit verlor und vertrödelte zwischen der gemeinsam genutzten Waschküche, in der immer etwas auf einer einsamen Leine hing, was gerade abgenommen werden mußte,

wenn er sich dort aufhielt (oh, Entschuldigung!), und dem Empfinden, etwas müsse geschehen, hier in diesem kleinen Haus. Sich zu informieren und von unglückseligen Sentimentalitäten Abstand zu nehmen, war kein Schaden. Und er, der Gast, der Untermieter, der frisch gebackene Landgerichtsdirektor, der in dem kleinen Backsteinhaus wohnte, brauche etwas, das keinen Namen hatte und vielleicht niemals einen Namen hätte, aber Kornitzer verstand sehr gut, daß in der Phase des Abschieds die junge Frau ihre Augen nicht mehr gesenkt hielt, sondern Ausschau hielt, lauerte, sich bereithielt. Ihre makellose Schlankheit, ihre helle Haut waren nicht nur ein Sehnen, sie waren eine Realität. Und gelänge ihr, wonach sie sich sehnte, wäre der Gast nicht mehr Gast, sondern eingebunden, an das Haus der Familie gefesselt, der jungen Frau Dreis ergeben. Sie hielt ihre Augen unter den hohen Augenbrauen nicht mehr gesenkt, manchmal machte sie ihrem Namen Ehre und schaute ziemlich dreist.

Auch schienen Kornitzer jetzt ihre Augenbrauen nicht mehr so arrogant, sondern eher fein gezeichnet, sensibel fast. Ihr Vorname Barbara war ihm beiläufig auf einem Treppenabsatz aufgenötigt worden, und er hätte ihn am liebsten gleich wieder vergessen, hätte es im Familienraum nicht plötzlich inflationär nach ihm geschallt. Irgendwie hatte er, vielleicht schon im Reden des alten Herrn Dreis und im Schweigen der alten Frau Dreis (doch, ihr Käsekuchen war eine große Befriedigung seiner schwierigen Situation gewesen, für die er ihr überschwenglich gedankt hatte) bemerkt, wie dürftig, bedürftig, wie zerbrechlich seine „Familienzusammenführung" gewirkt hatte. Aber er hatte auch rasch begriffen, daß es nur eines Blicks (seines gesunden Menschenverstandes?) bedurfte, um aus den ungefähren Wahrnehmungen zu einer ästhetischen und ethischen Gewißheit zu gelangen. Um es kurz zu sagen: Nachdem Mrs. Hales und Claire und Selma zu Gast im Haus gewesen waren, hatte er das untrügliche Empfinden, Barbara Dreis stelle ihm nach. Das war nicht beweisbar, auch nicht strafbar, eher menschlich verständlich. Allzu häufig sah er zusammengenestelte Morgenröcke, Haar, das frisch gewaschen, lasziv am Ofen getrocknet wurde, er sah nackte Füße, Beine mit feinen blauen Äderchen in der Kniekehle, die hochgelegt worden waren auf eine Stuhllehne. Er sah Blicke aus dem Augenwinkel, die ihn trafen, und Blicke geradeaus, die ihn verschlangen und auch trafen. Er hatte auch gesehen, wie Benno Dreis, das nervöse Bürschchen, das Kornitzer eigentlich unheimlich war, seine Schwägerin auf einem Treppensatz um die Hüfte nahm, als sei dies das Selbstverständlichste der Welt. Und er hatte auch gesehen, wie die alte Frau Dreis und die junge Frau Dreis am Sonntagmorgen beim Glockenläuten aus dem Haus zur Kirche gingen, zwischen ihnen Evamaria in einem frisch gestärkten Kleidchen, die alte Frau Dreis trug einen würdigen Topfhut, die junge Frau Dreis ging hoch erhobenen Hauptes und strich sich mit der Hand, die einen Häkelhandschuh trug, über ihr frisch gewaschenes, fliegendes Haar. Und er erinnerte sich an den schnellen, hochmütigen Blick, den er aufgefangen hatte, als die junge Frau Dreis die rosige, freundliche Mrs. Hales, Claire mit ihrem sorgengepeinigten Gesicht und die ungelenke Selma in der Kaffeerunde im Wohnzimmer begrüßt hatte. Claires geschwollene Beine unter dem Tisch hatte sie vermutlich nicht gesehen. Der Blick, der ihn streifte, war nicht hochmütig, sondern eher ein wenig mitleidig wie: Na, mit so viel Problemen geben Sie sich ab. Zwei alte Schachteln und dieses Mädchen. Sie, Barbara Dreis, die hinter ihrer glatten Stirn nicht sehen ließ, was sie dachte (ja, was, dachte sie überhaupt, und was hatte sie ein paar Jahre früher gedacht, als die SA durch Mombach marschierte?), zeigte überdeutlich, was sie fühlte: Hier bin ich, selbstbewußt, durch die Umstände allein, und da sind Sie, Herr Doktor Kornitzer, aus dem Leben gefallen und bei uns gestrandet. Und Evamaria mag Sie auch. Es ist eine ganz einfache Sache, eine Milchmädchenrechnung. Berechnung und Leidenschaft. Es war nur nicht ganz klar, wie aus dem Sehnen, aus ihrer Gefühlslogik eine Wirklichkeit werden könnte. Sie wartete, daß er handelte. Sie konnte sich nicht vorstellen, daß sie ihm nicht gefiel. Das war eine kränkende Phantasielosigkeit. Es war Zeit, daß er auszog. Eine strahlende Claire werkelt dann im neuen Haus, nichts ist ihr zu viel. Sie ist früher in Berlin keine begnadete Hausfrau gewesen, eigentlich gar keine, nun fummelt sie mit Bürsten und Schabern, um die Farbspritzer, die die Handwerker auf den Fenstern und Böden gelassen haben, zu tilgen. Sie kauft ein Rezeptbuch und einen Sahnequirl. Die Arbeit in der Molkerei am Bodensee, wo Milch und Honig fließen, hat eine Spur gelassen. Als die Kinder sich für die Ferien ankündigen, ist es ein Aufatmen und eine Anspannung zugleich. Claire überlegt sich, was ihnen gefallen könnte, rückt die Möbel in den Räumen mit den schrägen Wänden hin und her, kauft einen Globus für George (ja, sie arrangiert sich demütig mit seinem englischen Namen), kauft eine Druckgraphik mit Pferden von Franz Marc für Selma, läßt von einem Dekorateur die Gardinen aufhängen. Alles ist Erwartung, alles ist Sorge, daß es den fast erwachsenen englischen Kindern bei ihren deutschen Eltern nicht gefiele, daß sie Angst hätten vor Deutschland und seinen Bewohnern.

Der Sommeraufenthalt der Kinder steht unter einem Erfolgsdruck. Selma schrieb in einem Ankündigungsbrief Deutschland fälschlich „Deichland", und es war nicht klar, ob diese Adressierung ein Hörfehler oder ein unbewußtes Bollwerk gegen ihre Angst vor dem Gewesenen in Deutschland war oder ob sie, die mit einem neuen deutschen Paß in England bleiben wollte, während ihr Bruder schon englischer Staatsbürger war, einen symbolischen Deich bauen wollte gegen das Deutschland, das sie herausgeeitert hatte. Ein Deich war wohl auch ihre Angst, ein Deich war auch ihre Skepsis. Also mußte jetzt alles eine ruhigere Gangart haben, es stand weder für George noch für Selma zur Debatte, auf Dauer unter dem Dach ihrer Eltern zu leben.

Und dann holen Claire und Richard Kornitzer die beiden am Bahnhof ab. George mit einem weißen Hemd und einem Rautenpullover darüber sieht gut aus, sein braunes Haar etwas wirbelig zerstrubbelt über der Stirn. Er ist nicht so groß wie Claire ihn sich nach den letzten Photos als ihren großen Sohn vorgestellt hat, er trägt sein Gepäck und dazu einen Koffer von Selma, Selma schleppt zusätzlich einen Rucksack. Selmas Gesicht ist schmäler geworden, vielleicht liegt es nur daran, daß sie sich zum Pferdeschwanz einen Pony hat schneiden lassen. Claire winkt schon von weitem, und dann rennt Kornitzer auf dem Bahnsteig nach vorn, umarmt – ja er kann nicht anders – George, der sich das gefallen läßt, und dann zögert Kornitzer, Selma zu umarmen, unterläßt es und nimmt ihre Hand, ihre von der langen Reise verschwitzte Hand zwischen seine Hände und will sie nicht loslassen.

Das Haus mit dem Holzschindelgiebel ist eine Hülle, es tut auch dem großen Jungen und dem Mädchen gut. Beide befühlen die Vorhänge, die Stuhlkissen, sehen aus den Dachfenstern auf die propere Siedlung. Daß sie französische Nachbarn haben, mit denen sie nur auf Deutsch sprechen können, beeindruckt sie. Also ist das Deutschlernen doch zu etwas nütze, es ist eine Vermeidung des Umgangs mit Deutschen. Es öffnet ihnen ein Fenster. Immer noch glucken die Kinder eng beieinander, besuchen sich so häufig in den Nachbarzimmern, als wäre ihnen ein gemeinsames Zimmer lieber, aber dafür sind sie entschieden zu

groß. Selma hatte ihren Bruder so sehr gebraucht, und er hatte sich daran gewöhnt – mit einer gewissen Gelassenheit, als könne es gar nicht anders sein. Was er braucht, ist nicht sichtbar, nicht auf den ersten Blick, nicht auf den zweiten Blick. Vielleicht braucht er das Gebrauchtwerden.
George und Selma schauen sich das Klopfen und Hämmern in der Stadt an, an allen Ecken und Enden wird jetzt gebaut, zuerst waren es nur Buden und Kuben, die auf die Trümmergrundstücke gesetzt worden sind, dann wurde ein erster, ein zweiter Stock darauf gesetzt, schließlich wurde ein Erker darangeklebt und eine Madonna, die gerettet worden war, wieder in eine Nische gestellt. Es herrscht eine Sehnsucht nach dem Original, alles soll so werden, wie es war, aber besser, schöner, also ganz und gar nicht wie es war. Kornitzer, der sich Bilder angesehen hat vom alten Mainz vor der Zerstörung, kann die Sehnsucht nachvollziehen. Die Baustellen in der Stadt sind Hoffnungsträger, es geht weiter, es geht aufwärts, es lohnt sich zu leben. (Die Steine sagen es.)
Claire tischt große Mahlzeiten auf, den Kindern schmeckt das dunkle Roggenbrot, die Forelle Müllerin, sie mögen die geräucherten Würste, und manchmal öffnet Kornitzer eine Flasche Riesling aus Rheinhessen, und alle werden schwatzhaft und reden in einem Sprachenmischmasch. Doch manchmal verstummt Selma auch plötzlich. Deichland hat ihr die Sprache verschlagen. Einmal versucht sich Claire an einem Käsekuchen, wie Frau Dreis ihn gebacken hat. Aber er mißlingt gründlich. In einem Kraterrand aus Teig ist die ganze Käsemasse eingestürzt und zusammengematscht. Es ist ein küchentechnischer Deichbruch. Aber Selma ißt ihn trotzdem mit gutem Appetit. Erinnerst du dich an den Käsekuchen bei deinem ersten Besuch in Mainz?, fragt Claire, um die Scharte ein bißchen auszuwetzen. Nein, Selma erinnert sich nicht. Ihre Aufmerksamkeit war wohl

bei ihrem eigenen Gefühl des Widerstrebens geblieben. Und damit hat es sein Bewenden.

Richard und Claire tun alles Mögliche, damit George und Selma sich wohlfühlen bei ihnen. (Verwöhnen sie sie aus Kummer, aus schlechtem Gewissen? Aus nachgetragener, nachgeholter Liebe?) Ob die beiden sich wohlfühlen, steht in den Sternen. Die Familie macht Ausflüge in die weinseligen Dörfer und Städtchen, sie kraxelt auf Burgen, sie wandert auf Weinbergspfaden, bei großer Hitze macht sie sich auf den Weg von der Bahnstation Oppenheim im Tal zur Katharinenkirche. Kornitzer hat in einem Reiseführer von dem Beinhaus gelesen. Von 1400 bis 1750, also dreihundertfünfzig Jahre, haben die Oppenheimer die Gebeine ihrer Toten hierhin, in die Michaelskapelle, umgebettet. Es müssen um die 20.000 Menschen gewesen sein, hat Kornitzer sich gemerkt. Nach einer Ruhezeit in einem Grab auf dem engen Friedhof am Hang wurden die Gebeine der Toten wieder ausgegraben, um Platz für neue Verstorbene zu schaffen. Nur zehn Jahre durften die Toten in der geweihten Erde ruhen, dann war Schluß, und sie zogen ins Beinhaus um. War die Erde außerhalb des Friedhofs, auf der seit Jahrhunderten Wein wuchs und prachtvoll gedieh, ein sehr berühmter Wein, war die Erde zu kostbar, sie dem Friedhof zuzuschlagen, wenigstens nur in einem schmalen Streifen, natürlich nicht den ganzen sonnigen Hang hinunter? Solche Gedanken zwischen oder besser: außerhalb der Religionen will sich Kornitzer nicht machen, aber sie kommen von selbst. Er erzählt den Kindern von der alten jüdischen Geschichte des Städtchens, von Speyer und von Worms, er weiß ja selbst nichts Wirkliches darüber, er muß es nachschlagen, nachlesen, nachbeten; und er ist nicht sonderlich gut in diesen Nachhilfeleistungen. Von Breslau, von Berlin aus war die jüdisch-rheinische Geschichte Jahrmillionen weit weg, ja, so drastisch mußte man es ausdrücken. Es gab keinen verbindenden Gedanken außer dem, daß blühende Gemeinden gewaltsam zerstört worden und daß einige ihrer Mitglieder zu Rang und Namen gekommen waren. Kornitzer spricht, ja er doziert über die jüdischen Namen Oppenheim oder auch Oppenheimer. Aber die Kinder, die großen Kinder, schauen ihn unbeeindruckt an, sie haben diese Namen nie gehört, und sie scheinen sie auch nicht sonderlich zu interessieren. Die Sommerhitze, das klamme Steigen den Berg hoch interessiert sie, ein Gasthaus könnte sie interessieren. Er erzählt vieles, was er auch nur so ungefähr weiß, er haspelt darüber hinweg. Es ist ja nur ein Familienausflug, und die Kinder sollen „etwas" mit nach England nehmen, etwas von der gewaltsamen Schönheit der Landschaft, etwas vom Mythos des Rheins, den Kornitzer auch erst in seinem nicht mehr jungen Alter entdeckt.

Und wirklich: Sie finden die Kapelle, und sie ist sogar geöffnet. Bleiche Totenruhe, Schädelmuster in einer soliden Ordnung, die ornamentale Anordnung der langen Knochen der Extremitäten und der Schädel der Toten. Aus den dunklen Augenhöhlen starren sie. Jeder Knochen hat seinen Platz, als wäre über die Jahrhunderte keiner verlorengegangen. Kornitzer hat eine solche Schädelstätte noch nie gesehen und ist beeindruckt. Dann blickt er zu Selma hinüber, die zu zittern begonnen hat, wie bei ihrem ersten Besuch in Mainz. Was hast du denn, Selma? Sie beißt die Lippen aufeinander, dann bricht es stoßweise aus ihr heraus: Zuerst mördern sie Leute, und dann stellen sie die Knochen aus. So sind die Deutschen. Es heißt nicht mördern, es heißt morden, verbessert sie Claire. Aber Kornitzer legt seiner Frau eine Hand auf den Arm: Jetzt nicht. Er wendet sich wieder Selma zu: Es sind ganz normale Tote aus dem Städtchen. Sie sind nicht gemordet worden, sie sind eines natürlichen Todes gestorben. Aber Selma will nicht zuhören.

Es sind Juden, es sind Juden, ruft sie gepreßt. Man hat sie gemördert und ist stolz darauf. Es braucht viel Zeit, um Selma wieder zu beruhigen und von ihrer fixen Idee abzubringen. Die Kühle der riesigen spätgotischen Kirche umfängt sie, sie tauchen in ein Orgelkonzert, mit dem sie nicht gerechnet hatten. Während die Musik perlt und strömt, beginnt Claire plötzlich zu weinen, die Anspannung ist so groß, sie hat das Muttersein fast verlernt, und dieser junge Mann und das große Mädchen brauchen auch keine Mutter mehr. Vorbei.

Und dann sind auch die Sommerferien vorbei, die Koffer werden gepackt, George hat zugenommen, er zeigt sein ausgeleiertes Gürtelschlaufenloch vor und macht ein komisches Gesicht, halb vorwurfsvoll, halb stolz. Und Selma hat sicher auch zugenommen, aber sie will es nicht wahrhaben, und ihre Eltern auch nicht. Selma und George nehmen Geschenke mit, deutsche Bücher, Schallplatten und einen Pullover für den Herbst. Kornitzer bringt die Kinder zum Bahnhof. Als er sich nach dem Winken abwendet und zurückgeht, sieht er zwischen der Geschäftigkeit der Reisenden in der zugigen, rauchigen Luft einen zusammengekauerten, kleinen und offenbar kranken Mann in einem für die Jahreszeit zu warmen Tweedmantel sitzen. Er hat ein spitzes Gesicht und dicke Brillengläser wie der Boden eines Cognacglases. Er kräht etwas, das Kornitzer nur so ungefähr versteht. Etwas wie: So helfen Sie doch. Aber niemand hilft ihm, und es ist auch unklar, wie man ihm grundsätzlich hätte helfen können. Dann kommen Träger mit einer Bahre auf den Bahnsteig. Als Kornitzer die Treppe zur Unterführung der Gleise betritt, hört er jemanden sagen: Das war Döblin, der Vizepräsident unserer Akademie. Und es klang nicht sonderlich respektvoll.

In diesem Sommer las er alles, was er über den Fall Philipp Auerbach in die Hände bekam. Und es verstörte seine Zeit, die doch zur Ruhe kommen wollte. Er hätte Auerbach kennenlernen können, er hätte einfach als Stellvertretender Vorsitzender des Kreisuntersuchungsausschusses für politische Säuberungen im Landkreis Lindau Kontakt aufnehmen sollen mit dem Mann, bei dem die Fäden der Wiedergutmachung in Bayern zusammenliefen, der die Vorstellung hatte, das unrechtmäßig erworbene Gut aus jüdischem Besitz müsse denen zugute kommen, die den Schrecken und die Erniedrigung überlebt hatten. „Staatskommissar für rassisch, religiös und politisch Verfolgte", das war sein Titel, ein einschüchternd mächtiger Titel, dabei war Auerbach nicht einmal verbeamtet zwischen lauter Leuten, die ihr Sitzfleisch und ihre Ausdauer als Beamte schon länger als tausend Jahre bewiesen hatten, und an dieser Beamtenschaft war kein Makel, sie funktionierte jedenfalls. Auerbach hinwiederum hatte das Organisieren im Konzentrationslager gelernt, das Funktionieren im Polizeigefängnis, das begierige und instinktive Handeln unter außergewöhnlichen Bedingungen, denen der Angst, der Erniedrigung. Die Regeln, nach denen eine Behörde geführt wird, hatte er nicht gelernt.

Und während Kornitzer über Auerbach nachsann und über sein Versäumnis, ihm einfach die eigene Arbeitskraft anzubieten, wurde er traurig. Statt nach München zu fahren und zu helfen, hatte er die Apfelbäume betrachtet, die goldgefaßten Heiligen in der Pfarrkirche von Bettnang, er hatte sich ein wenig von den Strapazen der Emigration erholt, während Auerbach nicht daran gedacht hatte, sich von den Strapazen des Konzentrationslagers zu erholen. Chaos herrschte in seiner Behörde in München mit den neunzehn Abteilungen, die sich von der Besorgung von Möbeln und Kleidung für *Displaced Persons*, die nur schmallippig DPs genannt wurden, der Sonderverteilung von Fahrrädern, Radios, Porzellan, der Vorbereitung der Ausreise der DPs aus Deutschland (je rascher, um so besser, war die landläufige Meinung), der beruflichen Wiedereingliederung von Menschen, die dem Konzentrationslager entkommen waren, bis hin zu Fragen der Entnazifizierung kümmerte. Auerbach war ein Generalist und ein unermüdlicher Arbeiter, despotisch und sanft und hilfsbereit zugleich. Stand er in einer Gruppe von Menschen, überragte er alle. Er hatte das Kaufmännische bei seinem Vater im Chemikaliengroßhandel in Hamburg gelernt, er hatte eine Fachhochschule für Drogisten besucht und sich später als Chemiker fortgebildet. Gleich 1933 war er nach Belgien emigriert, von der einen Hafenstadt zur anderen, Antwerpen zog ihn an. In der Nähe von Antwerpen gründete er eine Import-Export-Firma für chemische Produkte, die zeitweise über zweitausend Beschäftigte hatte. Wie hatte er das geschafft? Das wußte nur er selbst. Als die Deutschen Belgien überfielen, war Auerbach von der belgischen Polizei verhaftet worden, er war nach Frankreich abgeschoben und in Saint Cyprien interniert worden. Durch mehrere Lager schleppten ihn die Franzosen bis nach Gurs. Im November 1942 wurde Philipp Auerbach an die Gestapo ausgeliefert, das war das Schlimmste, was einem deutschen Häftling in Frankreich passieren konnte. Er hatte die Verzweiflung gesehen, aber noch nicht die Hölle. Sobald es möglich war, war er nach seinem KZ-Aufenthalt der Sozialdemokratischen Partei beigetreten.

Kornitzer hätte gleich nach seiner Rückkehr aus der Emigration nach München fahren und Auerbach seine Arbeitskraft anbieten sollen. Aber er hatte auf dem Berg über dem See gesessen und gewartet, was mit ihm geschähe, mit seinem Beruf, seinem zerstückelten Leben. Er hätte. Er hätte. Er war nun in Rheinland-Pfalz, und Philipp Auerbach war in Bayern, und seine hohe und komplizierte Mehrfach-Funktion war von Anfang an prekär und auch als eine solche prekäre konstruiert worden. Kornitzer mit seiner guten juristischen Vorbildung, seinen vorzeigbaren Zeugnissen und seiner Geschichte war besser gesichert, auch weniger schillernd, vielleicht hätte er dem Mann in München 1949 einfach eine brüderliche Hand reichen sollen. Aber seine Hände waren ihm schwer geworden, zögerlich, seine Hände blätterten durch Akten. Ja, er hätte von Lindau aus sofort, als er den Namen Philipp Auerbach gelesen und seine Funktion begriffen hatte, einen Brief schreiben sollen, einen nahen, aber auch distanzierten Brief. Er hatte ja keine Wünsche und Forderungen, die die bayerische Landesregierung ihm erfüllen sollte. Bayern war damals noch amerikanische Zone, und er war in Lindau zufälligerweise bei den Franzosen gelandet, die anders entschieden und nicht diese gewaltige Masse von DPs zu versorgen hatten, die, aus den Lagern kommend, nach Süden geströmt waren, vielleicht von der Idee der amerikanischen Retter angezogen.

*Dem Recht wohnt beides inne: das Erinnern und das Vergessen.* Kornitzer hatte diese Zeit ja nicht erlebt, das kam ihm jetzt wie ein Makel, ein sträfliches Unwissen vor. Er hatte sich in Lindau als arbeitssuchender Jurist gemeldet und nicht recht begriffen, warum es so lange dauerte, bis man ihn und seine Qualifikation brauchte. Dann hatte man ihn gebraucht, man konnte sich nicht übermäßig mit Ruhm bekleckern, nicht einmal das eigene Gerechtigkeitsgefühl war gestillt in der Arbeit der Spruchkammern. Er hatte die Vorstellung gehabt, vieles, was ihn kränkte, sei auf eine bestimmte süddeutsche Art, die er als Preuße nicht ganz nachvollziehen konnte, einfach vergessen oder verschlampt worden, dazu konnte man schwerlich etwas sagen. Am klügsten war es, so schien es ihm damals, einfach abzuwarten. Und warum er dann aus Lindau den Ruf nach Mainz bekam, wo er keine Menschenseele kannte, war ihm selbst sonderbar vorgekommen. Aber sonderbar und wunderbar waren

keine übermäßig verschiedenen Begriffe. Er mußte sich selbst, nachdenkend, vordenkend, nicht wirklich entscheiden.
Er hatte gelesen, daß Philipp Auerbachs Dienststelle in München täglich von sechzig bis hundert Besuchern belagert worden war. Er hatte gelesen, daß Auerbach den Landtag, die Münchner Stadtverwaltung mit Petitionen und Beschwerden überschüttete. Auerbach schrieb rasch, energisch und gut (wo hatte er das gelernt?, nicht im Konzentrationslager), er schrieb nicht wie ein Verwaltungsmensch, nicht wie ein Staatssekretär, er schrieb persönlich. *Es erfüllt nicht nur mich, sondern alle Kreise aus dem In- und Ausland, die den Glauben an eine gerechte Wiedergutmachung gehabt haben, mit tiefem Schmerz und noch größerer Sorge, daß man den kleinen Waggon „Opfer des Nationalsozialismus" auf das fünfte Nebengleis eines an sich schon schwer zugänglichen Verschiebebahnhofs gestellt hat.* Er konnte Anregungen aus dem Hut zaubern, eine Moralkeule schwingen, Druck auf die Verantwortlichen in den deutschen Verwaltungen, auf die Militärregierung und auf die Interessenorganisationen der Verfolgten ausüben, das gefiel nicht jedem, und je länger er Druck machte, gefiel es niemandem. Er erhielt Drohbriefe und antisemitische Schmähungen und ließ sie abheften.
An einem bitterkalten Januartag 1951 hatte die bayerische Polizei handstreichartig das Gebäude des Landesentschädigungsamtes in der Arcisstraße besetzt, Akten beschlagnahmt, um sie auf Fälschungen oder Betrügereien zu untersuchen. Am 10. März 1951 war Auerbach, als er von einer Konferenz in Bonn zurückkam, auf der Autobahn nach München verhaftet worden; es war ein dramatischer Akt. Einen Schwerverbrecher verhaftete man so. Gegen Auerbach wurde ein Ermittlungsverfahren eingeleitet, die Ermittlung des Oberstaatsanwalts ergab aber, daß *für Untreue im Sinne einer Unterschlagung von Staatsgeldern* kein Anhaltspunkt bestehe. Trotzdem blieb er in Haft, und kein

Mensch fragte warum. Die jüdischen Gemeinden in der Bundesrepublik hatten sich schon von ihm distanziert, aus Angst, daß sein Verbleiben im Amt dem Ansehen der Verfolgten schaden könnte. Als wäre er gefährlich. Als wäre der, der versuchte, den Entrechteten zu ihrem Recht zu verhelfen, einer, der die Rechtsnormen verletzte. Kornitzer sah ein Bild von Auerbach in einer Zeitschrift, da saß er an seinem Schreibtisch, ein raumgreifender Mann in einem zweireihigen Anzug, aus der Brusttasche ragte eine Reihe von Stiften, ein raumgreifender Schreibtisch, *vor ihm Teile aus Hitlers Nachlaß*, hieß die Bildunterschrift. Bild und Unterschrift suggerierten: Auerbach wühle unberechtigterweise in der Vergangenheit, ein Jude habe sich Hitlers Nachlaß gesichert, habe sich selbst zum Erben gemacht und: Kaum daß das Erbe Hitlers, Görings und Goebbels' in den Nürnberger Prozessen und mit der neuen Staatsgründung gerichtet worden war, griffe ein Jude nach der Macht. Es war ein obszönes, ekelhaftes Bild, und Kornitzer fragte sich, ob man dagegen presserechtlich vorgehen könnte. Und er fragte sich auch, warum Auerbach sich so hatte photographieren lassen. Aus Geltungssucht? Aus Naivität?
Ein paar energische Telephonanrufe zwischen Mainz und München ergaben: Der Staat Bayern ist der Erbe Hitlers, er besitzt auch die Urheberrechte an „Mein Kampf". Das war erstaunlich, hatte aber reale Gründe. Ein ermittelnder Richter an einem Zivilgericht war ein freier Mensch, er war unabhängig und konnte in jene Richtungen ermitteln, die ihm notwendig und wichtig erschienen. Nur konnte er kein Verfahren an ein Gericht ziehen, an dem es wegen des Erscheinungsortes der Publikation nicht anhängig sein konnte. Der Richterstand machte Kornitzer frei, aber die Ermittlung, die er einleiten wollte, führte zu nichts. Ihm waren die Hände gebunden.
Kornitzer las nicht nur alles, was er in die Hände bekommen

konnte. (Ja, er fraß es, stopfte es hinein, und es tat ihm nicht gut.) „Der Spiegel" hatte am 14. Februar 1951 einen sensationsheischenden Artikel über Auerbach gebracht, der kaum ein Klischee ausließ: *Schwarzer Dienst-BMW – Tageslauf des Betriebsamen – Hunderte von Besuchern – Postdiktat, Unterschriften und Anweisungen, die über seine Tisch-Mikrophonanlage gingen – wie Cäsar gleich vier Schreibern Arbeit gab – massig im Oberhemd mit Brasil hinter seinem Tisch – Cäsar der Wiedergutmachung.* Der Mann war ein rotes Tuch. Zwischenüberschriften wie: *Fälschung und Gegenleistung – Kredit auf KZ-Lager – Ich bin der Präsident – Geld genommen – Wiedergutmachungsgeschäft* deuteten unmißverständlich darauf hin, hier wurde vorverurteilt, und alles lief darauf hinaus, der Jude war geldgierig, er betrog die Deutschen, er täuschte Mangel vor. (Auch Auerbach war Deutscher.) Es gab Kriegsgewinnler, und so mußte es nach aller verdrehten Logik auch Wiedergutmachungsgewinnler geben, solche, die Blut saugten aus der Niederlage der Nationalsozialisten, so stellte man sich das vor. Kornitzer knallte die Zeitschrift zuhause auf den Eßtisch, zwang Claire förmlich zu lesen. Er hatte sich ein feines Arbeitszimmer im oberen Stockwerk des neuen Hauses eingerichtet, mit Blick auf das Rasenviereck, aber es stellte sich bald heraus, daß er doch am Abend lieber bei Claire im Erdgeschoß blieb, in ihrer Nähe. Vielleicht weil er sich im Dachzimmer in Bettnang an das enge Zusammensitzen gewöhnt hatte, vielleicht auch aus Neigung, Zutraulichkeit, Liebe. Verstehst du das? Verstehst du, warum man diesen Mann so hetzt?, fragte er Claire. Claire verstand es und sagte es auch: Es ist der blanke Antisemitismus. Kornitzer hatte es auch verstanden, aber er wollte es lieber aus dem Mund seiner Frau hören. Mit Claire abends zusammenzusitzen, war ein Schutz gegen sein ramponiertes Weltbild, eine Rückversicherung. Er glaubte, sie zu verstehen, und er glaubte, sie verstünde ihn. Verstehst du das? Verstehst du das? Manchmal schwiegen sie einfach oder hörten Musik. Ja, sie verstanden sich gut.

Eine Haftbeschwerde der Rechtsanwälte Auerbachs lehnte das Gericht am 16. Januar 1952 ab. Die Strafsache an der 1. Strafkammer des Landgerichts München hieß: *Amtsunterschlagung u. a.* Der aufsehenerregende Prozeß begann am 16. April 1952, dem zweitletzten Tag von Pessach, es war wie eine Provokation für einen jüdischen Angeklagten und seinen jüdischen Verteidiger. Prompt hatte die Verteidigung vor Beginn der Hauptverhandlung eine Verfassungsbeschwerde beim Bundesverfassungsgericht wegen Verletzung der Religionsfreiheit eingelegt. Der Vorsitzende Richter wartete aber nicht das Urteil des Bundesverfassungsgerichts ab, sondern vertagte die Hauptverhandlung auf den 18. April. Der Richter, der außerplanmäßig den Vorsitz übernommen hatte, war ein ehemaliger Oberkriegsgerichtsrat, der Vorsitzende Richter, die Staatsanwälte, ein weiterer Beisitzer und der psychiatrische Gutachter waren Mitglieder der NSDAP gewesen; befangen fühlte sich niemand von ihnen gegenüber dem Überlebenden von Auschwitz. Der psychiatrische Gutachter nannte Auerbach einen *pseudologischen Psychopathen und Phantasten in chronologisch gehobener Stimmungslage* (meinte er *chronisch,* und warum unterlief einem Psychiater dieser bemerkenswerte Lapsus, an welche Zeit, an welche Zeitabläufe fühlte er sich gekettet?), er nannte Auerbach weiter: *in der Pubertät steckengeblieben, impulsiv, wehleidig, hysterisch.* Es war schon eher eine Beschimpfung als eine Diagnose. Für *vermindert zurechnungsfähig* hielt er ihn allerdings nicht. Von allen Anklagepunkten blieb letztlich nur übrig, daß Auerbach zu Unrecht einen Doktortitel getragen hatte und die Mittel für die Entschädigungszahlungen am Rande der Legalität auf unorthodoxe Weise besorgt hatte.

Am 26. Verhandlungstag, am 3. Juni 1952, wurde der Haftbefehl gegen Auerbach aufgehoben. Nach 55 Verhandlungstagen wurde die Beweisaufnahme geschlossen. Kornitzer kaufte sich die „Frankfurter Hefte" und las darin ein *Plädoyer eines Christen für einen jüdischen Angeklagten.* Das hörte sich gut an. Auch die Vorstellung des christlichen Verfassers, daß *dieser Prozeß gegen einen Juden (...) aufs engste mit der Geschichte unseres Volkes zusammenhängt,* war richtig. Doch dann machte der Aufsatz eine Volte, und der Autor bat das Gericht: *Entlassen Sie ihn* (Auerbach) *mit einer Botschaft an den Präsidenten des Staates Israel mit der Bitte, dieser möge über Schuld oder Unschuld des Angeklagten befinden, nachdem das deutsche Volk im Augenblick noch das Recht dazu verwirkt hat.* Kornitzer las das und schäumte vor Zorn. Da wollte jemand großherzig und reumütig einen deutschen Staatsbürger nach Israel schicken. Ein Mann sollte, weil die Deutschen so unfähig waren, ihm gerecht zu werden, höflich des Landes verwiesen (hinauskomplimentiert) werden. Wann würde man ihm, Kornitzer, höflich nahelegen, sein Platz wäre doch eher in Israel? Den Antisemitismus, den das Münchener Landgericht nicht in seinen eigenen Kammern bändigen konnte, sollte Israel heilen. Ein Staatspräsident als Pseudo-Richter. War es nicht an der Zeit, in Deutschland reinen Tisch zu machen? Hatte der Autor nicht das Grundgesetz gelesen? Ihm sträubten sich die Haare, und sein juristischer Fachverstand rebellierte. Und während Kornitzer dieses gutgemeinte Plädoyer in der ehrenwerten Zeitschrift immer wieder las, spürte er einen scharfen Schmerz im Oberkörper, der bis in den Arm ausstrahlte. Jetzt sterbe ich, dachte Kornitzer, jetzt über diese Zeitschrift gebeugt, mit knapp fünfzig Jahren. Ich erleide einen Herzinfarkt, er beobachtete sich selbst, und er wunderte sich nicht. Dann verging ein wenig Zeit, er saß immer noch auf seinem Schreibtischstuhl und war offenkundig nicht gestorben. So rasch wie der Schmerz gekommen war, verschwand er wieder. Hätte man ihn einen Tag vorher gefragt, was er über das Sterben mit knapp fünfzig dächte, er wäre in Panik geraten. Jetzt, im nachhinein, kam ihm der Anfall fast vernünftig vor, eine logische Folge seiner Erregung. Claire, das beschloß Kornitzer, wollte er nichts von dieser Attacke sagen. Sie sollte sich nicht ängstigen.

Vier Monate dauerte der spektakuläre Prozeß, die Verteidigung plädierte in den wesentlichen Punkten auf Freispruch und Einstellung des Verfahrens. Das Plädoyer nahm sechzehn Stunden in Anspruch. Am 14. August – Kornitzer hatte gerade einen Ausflug mit George und Selma nach Speyer gemacht, von dem ihm beschämenderweise kaum eine Erinnerung blieb – wurde Auerbach wegen einer Reihe von Einzeldelikten – Unterschlagung, Bestechung, Meineid und Vortäuschung eines Doktortitels – zu einer Gesamtstrafe von zweieinhalb Jahren Gefängnis und einer Geldstrafe von 2.700 DM verurteilt. Auch einige seiner Mitarbeiter wurden verurteilt. Stehend, im schwarzen Anzug, nahm er gefaßt das Urteil entgegen, ein *Urteil ohne Ansehen der Person*. In der Nacht nach seiner Verurteilung verübte Philipp Auerbach im Krankenhaus Josephinum mit einer Überdosis Luminal Selbstmord, sein Tod wurde am 16. August um 11.45 Uhr festgestellt.

Im Polizeibericht über seine Beisetzung hieß es – nahe am NS-Sprachgebrauch –, die Polizisten *säuberten* den Eingang zum Friedhof und das eigentliche Friedhofsgelände. Mit Hilfe von Wasserwerfern *sprengten sie die Veranstaltung,* die eine Beisetzung eines Toten war. *Zwei in Reserve gehaltene Hundertschaften der Bereitschaftspolizei mußten nicht mehr eingesetzt werden,* las Kornitzer. Zuerst hatte er sich verlesen, er hatte Hundestaffeln statt Hundertschaften gelesen und war über sich selbst erschrocken. Vor George und Selma versuchte er seine Erregung zu verbergen. Ja, er verstand die Kinder so gut, daß sie sich vor Deutschland fürchteten, und würden sie es besser kennen, hätten sie noch mehr Berechtigung zur Furcht – wie ihr Vater. Der Untersuchungsausschuß des Bayerischen Landtages zum Fall Auerbach rehabilitierte ihn letztlich im vollem Umfang. Das war nur noch eine kleine Nachricht nach den Sensationsmeldungen. Von einer Veruntreuung, von einer Bereicherung auf Staatskosten konnte keine Rede sein.

An einem ruhigen Nachmittag wollte Kornitzer in der Bibliothek des Landgerichts die Fachzeitschriften durchblättern. Auf einem der Tische fand er ein Buch aufgeschlagen; es zog Kornitzer magisch an. Einer seiner Kollegen hatte eine Wendung unterstrichen, *die Jahre des ‚ungekrönten Königs von Bayern' Philipp Auerbach*, und es war kein Zweifel, daß der Verfasser befriedigt war, daß diese Jahre vorüber waren. (Und der, der die Wendung unterstrichen hatte?) Er sah nach dem Titel des Buches: *Das Wesen der Spruchkammern und der durch sie durchgeführten Entnazifizierung. Ein Rechtsgutachten von Dr. Otto Koellreuter.* Er las Sätze wie: *Es wäre leicht nachzuweisen, daß in Spruchkammer-Fällen als öffentliche Kläger oder Spruchkammer-Mitglieder tätige Juristen sich in dieser Funktion nicht als Juristen, sondern als politische Funktionäre gefühlt und dementsprechend gehandelt hatten.* Und: *Die persönliche Unabhängigkeit der Richter gehört, entgegen der Ansicht des OLG München, notwendig zum Wesen der Rechtspflege im Rechtsstaat. Von einer solch persönlichen Unabhängigkeit der Spruchkammer-Mitglieder kann schon deshalb nicht gesprochen werden, weil die Spruchkammer-Mitglieder einer ganz bestimmten Schicht, den Gegnern des Nationalsozialismus und Militarismus, entnommen werden mußten.* Und weiter mußte er lesen, daß *gewisse Kreise das Entnazifizierungsverfahren zur Befriedigung ihrer Rachegelüste und persönlichen Haßgefühle mißbrauchen wollten.* Und *daß es sich bei den meisten Vorsitzenden und Klägern der Spruchkammern in erster Linie um politische Fanatiker handelte, nicht um Menschen, denen die Erforschung des Rechts über alles geht.* Und so wurde weitergehetzt und diffamiert. Es war ein massiver Angriff auf das erst ansatzweise wiedergewonnene Rechtsgefühl. Es war kein Rechtsgutachten, es war eine Anstiftung zum inneren Unfrieden. Der Staatsrechtler erlaubte sich eine rückwärts gewandte Richterbeschimpfung. Sie war niederschmetternd. Das aufgeschlagene Buch zu finden, traf Kornitzer, es traf ihn so sehr, daß er überlegte, wer von den Kollegen im Landgericht diese Schrift, die ihm wie ein Feuerwerkskörper in der Hand explodierte, auf den Bibliothekstisch gelegt hatte. Es mußte auch jemand für die Anschaffung plädiert haben. War es Dr. Buch mit seinem breiten Kreuz und seiner Sicherheit, mit der er seine Zurücksetzung glorreich überstanden hatte? War es Landgerichtsrat Beck mit seinem nervösen Zwinkern, der Rachegründe hatte? Es war nicht Kornitzers Art, jemanden zu verdächtigen. Oder erwartete niemand von den Kollegen, daß er sich ebenso wie die anderen kundig machte über die neuere Rechtsprechung und die Bibliothek benutzte? Hielten sie ihn für ein Fossil, stehengeblieben wie eine Uhr, stehengeblieben in der bürgerlichen Rechtsprechung der Weimarer Republik? Er informierte sich über den Verfasser des kleinen Buches aus einem Göttinger Verlag, ja, Otto Koellreutter gehörte schon 1932 zu den Unterzeichnern eines Aufrufs von Hochschullehrern, bei der bevorstehenden Reichstagswahl die NSDAP zu wählen. Er war neben Carl Schmitt einer der führenden Staatsrechtslehrer mit einem Lehrstuhl in München, ein *Theoretiker des Führerstaates*. Erst die amerikanische Militärregierung enthob ihn 1945 seines Amtes. 1949 war seine Amtsenthebung rückgängig gemacht worden, mit seinen Bezügen wurde er in den normalen Ruhestand eines emeritierten Professors versetzt, er hatte die Altersgrenze erreicht. Jetzt war er ein Mann von über siebzig Jahren, der herumdröhnte und Schmutz verbreitete. Und er wurde gedruckt. Er wurde im Landgericht von einem seiner Kollegen oder von mehreren gelesen. (Nicht nur das, in

seinem Text wurde gearbeitet. Angestrichen!) Die Schrift endete mit einer Apotheose des guten Richters, die zum Lachen oder zum Entsetzen war: *Welche Eigenschaften, welche Haltung muß der Richter haben, wenn er den ethischen Anforderungen seines Berufsstandes entsprechen will? Der Richter muß in erster Linie Mensch sein, er muß als solcher Verständnis, Güte und Humor auch für menschliche Schwächen zeigen.* War das unbedingte und frühzeitige Eintreten für die NSDAP eine menschliche Schwäche? Kornitzer grübelte, und er war allein mit seinen Gedanken und las weiter: *Deshalb unterliegt der politische Irrtum niemals der richterlichen Beurteilung. Wer sich politisch geirrt und damit vielleicht sein Volk geschädigt hat, kann und muß unter Umständen aus dem politischen Leben ausgeschaltet und damit politisch unschädlich gemacht werden, aber irgendwelcher strafrechtlichen Beurteilung unterliegt er nicht. Der echte Richter wird deshalb eine Verurteilung wegen politischen Irrtums immer ablehnen, wenn nicht in seinem Gefolge strafrechtliche Tatbestände zur Beurteilung stehen.* Kornitzer klappte das Buch zu, stellte es ins Regal und setzte sich wieder an den Bibliothekstisch. Draußen knatterte eine Betonmischmaschine, es war ein monotones Geräusch, ein regelmäßiges Bollern, das einem den Kopf durcheinanderwirbelte. Kornitzer hörte auf das Geräusch und bemühte sich gleichzeitig, es zu überhören. Aber das Ohr ist kein Organ, das vom Willen regiert wird. Mainz war jetzt ein dauerndes Rumoren, Baggern, Wühlen. In der offiziellen Sprache hieß so etwas: *Die Abräumungsarbeiten sind beendet. Das Kellermauerwerk ist entfernt und die Hohlräume sind bis in Gehweghöhe mit Feinschutt verfüllt worden. Es ist nichts mehr zu veranlassen.*
Am besten war es, man verhielt sich mucksmäuschenstill, man tat seine Arbeit, man fiel nicht auf, gab sich nicht als ehemaliges Mitglied einer Spruchkammer, als Jude, als Trauernder um Philipp Auerbach zu erkennen, gab keinen Anlaß, antisemitische Äußerungen, Taktlosigkeiten, Nadelstiche auf sich zu zie-

hen. Am besten, man war wortkarg, sah nicht nach links und nicht nach rechts und tat seine Arbeit. Am besten, man war tot. (Kornitzer wollte nicht denken: Am besten tötete man sich selbst wie Auerbach, obwohl auch darin eine schmerzende Logik war.) Es mußte eine Genugtuung für alle verkappten Feinde der Bundesrepublik, für alle verstockten Deutschen sein: Wer dem Konzentrationslager entkommen war, wer aus der Emigration nicht wirklich angekommen war in dem Land, das er verlassen hatte, verschwand wieder sang- und klanglos, putzte sich selbst weg, aus Scham, aus Traurigkeit, aus Erbitterung, aus Ekel. Es war ein Gedanke, den er sich zu denken verbot. Aber er kam wieder, ungefragt. Es gab Gedanken, die ein Richter nicht denken sollte. Und es gab Fragen, die ein Historiker nicht stellen durfte, weil sie metaphysisch sind. Und es gab Antworten, die niemand zu geben imstande war.

Sein Herz ausschütten, das war es nicht, was er wollte. Das Herz mußte versteinern. Nun war die Aufarbeitung schlecht und recht getan, war ein Torso geblieben, und alles, was ihn freute an seiner Arbeit, am Fortschritt beim Zusammenflicken seiner Familie, bei den persönlichen Angelegenheiten, schien plötzlich im Sumpf zu stecken. Da blühten sie, Sumpfdotterblüten über den Bombentrichtern auf den Wiesen am Rhein, in denen sich das faulige Wasser sammelte und Mücken brüteten. Zog er die Richterrobe an für die Verhandlungen, fühlte er sich sicher. Zog er sie aus und ging die langen Flure des Landgerichts entlang, grüßte er nach allen Seiten und fühlte sich nackt.

Die Kinder kamen jetzt regelmäßig in den Ferien. (Aber wie lange noch?) Es war ein leichtes Zittern, ob sie kämen, eine Erleichterung, wenn sie sich anmeldeten. Von allen Familienmitgliedern war viel Einfühlungsvermögen verlangt. George hatte keinen Studienplatz in Cambridge bekommen, und es schien ihn nicht einmal sonderlich zu kümmern. Er besuchte jetzt eine Ingenieurschule und war damit zufrieden, jedenfalls sagte er nichts anderes. Er sagte überhaupt wenig, hörte aber gerne mit schief gehaltenem Kopf, als ob er sich so besser konzentrieren könnte, den deutschen Gesprächen zu. Selma hatte den Entschluß gefaßt, auf eine landwirtschaftliche Hochschule zu gehen. Sie wollte Bäuerin werden, was immer das bedeutete. Und schon im Eingangsgespräch, als sie sich bei einer Hochschule bewarb, machte man ihr klar: Sie haben keinen Hof im Hintergrund. (Mit anderen Worten: Sie sind keine geborene Bäuerin. Sie sind nicht bodenständig. Sie sind keine Britin. Sie werden an dieser Hochschule so ausgebildet, daß Sie einen Hof als Pächterin übernehmen könnten.) Und – ja, das klang sehr frauenfeindlich und war es auch, aber es entsprach den Tatsachen – wir, die Hochschul-Landwirte, müssen Sie darauf aufmerksam machen, kein Mensch wird Ihnen nach Abschluß des Studiums einen Hof anvertrauen. Sie werden studiert, präpariert, wie ein Ochs vor dem Berg stehen. So ungefähr drückten sich die landwirtschaftlichen Herren im feinsten, gewähltesten Englisch aus. Wie ein Ochs vorm Berg. Selma hatte sich das ruhig angehört. Sie wollte das nicht wissen und viel weniger noch akzeptieren, aber so war es. Man schlug ihr vor, es mit dem Gartenbau zu versuchen. Gemüse und Blumen, das sei doch weiblicher. Aber sie wollte Landwirtschaft studieren, die Kühe, die Lämmer, die Pferde hatten es ihr angetan. Als Berliner Pflanze wollte sie eine graduierte, prämierte Bäuerin werden, der Begriff Agronomin war ihr unbekannt. Vermutlich, dachte ihr Vater, möchte sie mit Mrs. Bosomworth, der so geliebten Pflegemutter, die weggezogen war nach Sansibar, mit Mrs. Hales, die sie enttäuscht und der sie verziehen hatte, konkurrieren und sie übertrumpfen. Beide hatten vermutlich keine landwirtschaftliche Ausbildung, sondern waren in das Bauernleben mit ihrer Eheschließung wie ins kalte Wasser gesprungen, wenn das nicht eine inakzeptable Beschreibung einer Liebesbeziehung war, die nun mal mit einem Mann, einem Hof und Tieren und allerhand sonst zu tun hatte. (Oder waren sie Bauerntöchter? Mrs. Hales hatte jedenfalls nicht so gewirkt.) Auch Kornitzer schlug heimlich die Hände über dem Kopf zusammen, die Großmutter noch in einer Prachtwohnung am Kurfürstendamm, ein promovierter Vater aus einer Ku'dammseitenstraße, und die Tochter möchte ihr Leben mit der Forke in der Hand bestreiten. Nun ja, ein wenig Dünkel war auch dabei. Und er bemühte sich, so ruhig wie möglich Selma auseinanderzusetzen, daß eine Ausbildung, eine Fachrichtung, deren Wissen man mit dem Kopf überall hintragen könnte, die beste sei. Sieh mich an, Selma, ich mußte Deutschland verlassen und brachte meinen juristischen Sachverstand nach Kuba und zurück in ein anderes Deutschland.

Aber Selma war dickköpfig wie eh und je und sagte: Ich kann überall in der Welt Landwirtschaft betreiben, in Israel oder in Sansibar. Und Kornitzer wußte, er richtete nichts aus, und gab grollend seine Einwilligung. (Daß sie tatsächlich ihr Studium in den Sand setzte, stand auf einem anderen Blatt. Und daß sie diesen Sand nur durch Einheirat in einen Bauernhof aus den Kleidern hätte schütteln können, was sich nicht ergab, merkte Selma erst später. Die Herren beim Bewerbungsgespräch hatten mit ihrer Warnung recht gehabt und auch ihr Vater mit seinem Grollen. Sie mußte ihre eigene schmerzhafte Erfahrung machen und entschloß sich später zu einem zweiten Studium, um Lehrerin zu werden. Da war sie schon für sich selbst verantwortlich.)

In dieser Zeit bekam Kornitzer Post von der Kindergeldstelle des Ministeriums, nur eine Anfrage, ein Formular, das auszufüllen war. Er beziehe Kindergeld für seine zwei Kinder mit

Namen Georg und Selma, die Geburtsdaten der ziemlich erwachsenen Kinder waren aufgelistet, doch offenbar lebten die Kinder nicht in seinem Haushalt. Es stand nicht in dem Brief, er habe zu Unrecht jahrelang Kindergeld bezogen (doch die Vermutung stand im Raum). Es war von Nachweisen die Rede, Nachweisen über den Aufenthalt der Kinder, seinen Unterhalt für sie. Er fühlte sich gedemütigt. Wie kam der Verdacht zustande? Er war wütend, wedelte mit dem Brief vor Claires Nase herum: Es ist nicht unsere Schuld, daß die Kinder nicht bei uns leben, und nun sollen wir noch dafür bestraft werden. Nimm es nicht so schwer, es ist nur eine Formsache, mahnte ihn Claire vernünftig. Wir schreiben gemeinsam ans Ministerium, als Ehepaar. Sie sammelten Studienbescheinigungen, listeten die Besuche der Kinder auf, schrieben, die Kinder kämen in allen Schulferien nach Deutschland. Wir nähren sie, wir kleiden sie, kaufen Bücher und Studienmaterialien, schrieben sie, aber sie machen eine „ihren Neigungen und Fähigkeiten entsprechende" Ausbildung in England. Das war auch nicht ganz wahr, es klang diplomatisch. Kornitzer schrieb den Begleitbrief auf der alten Schreibmaschine, auf der er auch die Anträge in Bettnang geschrieben hatte. Wie gut, daß uns wenigstens diese Schreibmaschine aus Berlin geblieben ist, sagte er zu Claire. Sie sah ihn sonderbar an. Das ist nicht unsere Berliner Schreibmaschine, Richard. Die ist mir in Berlin bei einer Hausdurchsuchung abgenommen worden. Ich habe danach eine ähnliche kaufen können. Kornitzer richtete sich auf: Du hattest eine Hausdurchsuchung in Berlin? Wann und warum? Und warum hast du mir nichts davon gesagt? Claire hob die Schultern und ließ sie wieder fallen. Du hast nicht danach gefragt, und wir hatten so viel miteinander zu besprechen. Das stimmte. Richard Kornitzer nahm das streng gewordene Gesicht seiner Frau zwischen die Hände und streichelte

ihr Kinn. Sein Finger und sein Blick blieben an einem Haar haften, das da nicht hingehörte. Ich habe dir auch nicht die zehn Jahre in Havanna haarklein erzählen können. Das wäre ein Roman gewesen, und Romanfiguren waren wir ja gerade nicht, antwortete sie. Wir mußten nach vorwärts schauen.
Er wußte nicht genau, was sie unter einer Romanfigur in diesem Augenblick verstand, vergaß es dann wieder. Und brachte den Brief an die Kindergeldstelle des Ministeriums noch am späten Abend zum Briefkasten, ein Sichelmond hing über der katholischen Kirche von Mombach, eine Vespa tuckerte auf der Hauptstraße. Er wollte den Brief aus dem Haus haben und dann mit Claire schlafen gehen, nicht zu früh, nicht zu spät. Vom übermäßigen Liegen hielt er nichts, er mußte sich die Niederlage vom Leibe halten.

# Das Universum

Richard Kornitzer und Claire waren schon als Brautpaar um die Baustelle gestrichen, Erich Mendelsohn baute am unteren Kurfürstendamm ein Kino, dessen Fassade einen so rasanten Schwung hatte, daß man einfach stehenbleiben mußte. Nein, „man" blieb nicht stehen, ein moderner Mensch blieb stehen, einer, der auch Schwung hatte und Optimismus, an einer Steigerung des Ausdrucksvermögens interessiert war, jemand, dem der Spaß an der Gemütlichkeit grundsätzlich abhanden gekommen war. Vermutlich auch jemand, der ins Kino ging und die alten Plüschschachteln von Kinos satt hatte, diese Stucktorten mit Samtbesatz und gipsernen Schnörkeln, falschem Pomp und Kronleuchtern im Foyer, die an Varietés erinnerten. Dick aufgetragene Versprechen für Provinzler, die zum ersten Mal nach Berlin gekommen waren und nach einem Amüsemang gierten. Nach weiblichen Beinen, strammen Schenkeln, die bis über den Scheitel gehievt würden, mit einem beglückten Aufseufzen und einem dramatischen Schweißausbruch im zweiten Parkett. Ufa-Palast, Marmor-Palast, Titania-Palast, Tauentzien-Palast, Gloria-Palast, alles Paläste des falschen Scheins. Saß man auf seinem Platz, spielte zur Einstimmung schon einmal ein Organist auf einer weißen elektronischen Orgel Melodien aus dem später gezeigten Film. Tingeltangel, Pleureusengefühl. Nein, ein solches Kino war von gestern. Das neue Universum war ein konsequent durchstrukturiertes Kino. Ein Kino, in dem man von jedem Platz aus eine exzellente Sicht hatte, ein Kino der Konzentration, alles Überflüssige fehlte. Bei Dunkelheit glühte das Kino vor Energie, die große Leuchtreklame sog die Besucher förmlich an. Sie war wie ein schlankes Band über dem Scheitelpunkt des geschwungenen Gebäudes angebracht, und

auf der Spitze des keilförmigen Anbaus, der den flachen Hauptteil des Gebäudes kreuzte und den Lüftungsturm bildete, prangte das Firmenzeichen der Ufa. Es war eine machtvolle Demonstration des bedingungslos Modernen. Richard Kornitzer und seine junge Frau (noch Braut) waren da richtig. Sie hatten sich ineinander verliebt, und sie hatten sich in den Bau verliebt.
*Denn haltgemacht: Universum – die ganze Welt! Palastfassaden? – Und die Rentabilität: Läden machen Geld, Büros beleben und schaffen Publikum. Säuleneingang für Mondäne? Maul, groß aufgesperrt mit Lichtflut und Schaugepränge. Denn Du sollst hinein, Ihr alle – ins Leben, zum Film, an die Kasse!* So hatte der Architekt Erich Mendelsohn zur Eröffnung des Kinos für seine Erfindung geworben, er hatte selbstbewußt ein Magnetfeld der Wahrnehmung geschaffen, auch der Ökonomie, es war ein teures und großes Projekt, dessen einziger Fehler war, daß es mit der Weltwirtschaftskrise kollidierte. War denn das Geldverdienen und das Geldvernichten im Börsenkrach nicht auch eine Wahrnehmung, eine Empfindungsstärke, eine Empfindungsnotwendigkeit, die im absoluten Nichts enden konnte oder in einem Zusammenrücken von Familienverbänden, Paaren, die sich alles Kommende anders vorgestellt hatten, rosiger, schlichter, weniger schäbig und an den Nerven zerrend? War Leben Kino, war die Kasse Leben? Alles hatte mit allem zu tun, es brauchte eine ordnende starke Hand. Planen und Bauen, ein großes Rad Drehen waren ein Vabanquespiel geworden, aber eines von großer Eleganz. Man zog sich gut an, wenn man ins Kino ging, als wolle man mit den Helden und Heldinnen auf der Leinwand konkurrieren, nicht im Dunkeln sitzen und schauen, sondern angeschaut werden vor und nach dem Kino und die Gesten nachahmen, sich lasziv über die Haare streichen, verrucht im Zigarettenrauch die Lider senken und andertags wieder zur Arbeit gehen und

fürchten, daß man entlassen wird. Für eine Kinokarte würde das Geld noch reichen, immerhin. Aber warum sollte ein junger dynamischer Mensch wie Dr. Richard Kornitzer sich fürchten? Auch Claire mit ihrer Firma, mit ihrer Berufsausrichtung zwischen Geld und der modernen Kinokunst, hatte erfreut in die Hände geklatscht, ja, das Universum war ein großartiges Kino, Werbung und Massenkultur waren vornehm gezähmt, gebändigt und in eine produktive Richtung gelenkt, nichts war dem Zufall überlassen. Mendelsohn war ihr Mann (symbolisch), dem vertraute sie. Sie hatte ein Photo von ihm gesehen, darauf trug er einen weißen Anzug, der imponierte ihr in seiner Makellosigkeit; im Kino gab es solche Anzüge, Rudolf Forster trug weiße Anzüge, wenn er dekadente Lebemänner spielte, denen die Frauen zuflogen wie die Schmeißfliegen. Und er huldigte ihnen, als wären es Prinzessinnen aus einer anderen Zeit und keine Filmstars. Ein Gerichtsassessor konnte freilich kein Weiß tragen, es wäre unpassend und flatterhaft, künstlerhaft erschienen. Daß der Architekt Mendelsohn auch Kleider für seine Frau entwarf, konnte Claire nicht wissen, es hätte ihr aber sehr imponiert. Die kurvige Linie des Entwurfs für das Kino machte sie glücklich (die Freude, mit Richard zusammenzusein, natürlich auch, auf andere Weise, das war nicht zu vergleichen). Mit dem Architekten Erich Mendelsohn wollte sie ein Stück weitergehen, er war eine halbe Generation älter als Richard Kornitzer und sie. Seine bedingungslose Modernität des Bauens wurde behindert durch die Krise, durch die schwankende Ökonomie. Und ihr Bräutigam, der frischgebackene Justizassessor kurz vor dem Eintritt ins Richteramt, hatte über ihren Eifer, ihren das ganze Gesicht errötenden Eifer ein bißchen gelächelt, aber er verstand sie, verstand sie vollkommen. Er zeigte Freude und Begeisterung anders als sie, hielt sich eher bedeckt.

Hier das Kino, das überaus schöne Kino, das andere in Berlin überstrahlte, dort der Kurfürstendamm mit seinem ratternden Verkehr und seinem Kommerz. Vom Eingang des Kinos ging man ein paar Stufen ins Foyer hinunter auf elfenbeinfarbenen Steinquadern (Solnhofer Marmor), die auf magische Weise in elfenbeinfarbene Wände übergingen. Schleiflackwände, die sehr geheimnisvoll indirekt beleuchtet wurden. Die Decken darüber waren tiefblau, ein Abendhimmel, der auf den dunklen Kinoraum vorbereitete, und die Treppen in den Rang hinunter waren ebenfalls tiefblau, mit opulenten Teppichböden belegt. Das Kassenhäuschen stand wie ein Fels in der Brandung der anflutenden Zuschauer. Es war ein Pavillon aus Milchglas und Bronze auf einem Natursteinsockel. Das indirekte Licht im Foyer signalisierte vornehme Intimität und gleichzeitig eine Strenge, es hatte die Wirkung, als schwebten die Wandflächen wie frei aufgehängte Vorhänge im Raum. Der Kinoraum selbst hatte Paneele aus Mahagoni, man saß auf Sesseln aus ziegelrotem Samt, die Leinwand war angebracht hinter einem äußeren Vorhang, ebenfalls in Ziegelrot, und einem inneren Vorhang in einem Goldton. Das war ein Zugeständnis an den Publikumsgeschmack, hob sich aber gewaltig von allen weinroten Theaterseligkeiten ab. Der ovale Raum war so konzipiert, daß alle Konzentration auf die Leinwand gerichtet war, nichts sollte ablenken. Das Universum war das erste Kino in Berlin, das für die Präsentation der neuen Tonfilme konzipiert war, deshalb hatte es nur noch einen ganz schmalen Orchestergraben, aber die besten Lautsprecher. Das was das Universum, das Claire liebte, ein perfekter Bau, dem Richard Kornitzer ein wenig distanzierter gegenüberstand, aber er sah die Begeisterung seiner Verlobten und stand ihr nicht im Wege, ja, er beförderte sie.
Das Kino Universum, das 1.800 Zuschauer faßte, und daneben das Kabarett der Komiker, das Café Astor, eine Zeile mit

Geschäften an der Ostseite des Komplexes, eine schwungvolle Hommage an das großstädtische Leben, an die Massenkultur. Ein Hotel und eine strenge, elegante Zeile mit Wohnungen sollten folgen. Diese hatten nach Westen ausgerichtete Loggien, manche ein Mädchenzimmer, viel Licht und Luft, und das gleich um die Ecke des Kurfürstendamms. Wohnungen, die für ein gehobenes Bürgertum gedacht waren, sich aber auch am Siedlungsbau für ärmere Mieter orientierten, ein feines Understatement in der Wirtschaftskrise. Mit der liegenden Kurve des Universum korrespondierte gut die zartere Wellenbewegung der Loggien in dem Wohnblock. Die Fassade aus cremefarbenem Putz war mit horizontalen Klinkerbändern gegliedert, halbrund traten die Loggien hervor. Richard Kornitzer und Claire fühlten sich sofort angesprochen. So wollten sie wohnen, im Woga-Komplex der Wohnungsgrundstücksverwertung AG. Und als sie 1930 heirateten, gelang es ihnen ohne Schwierigkeiten, darin eine Wohnung zu mieten. Im Börsenkrach war die Planung verändert worden, für das Hotel bestand kein Bedarf mehr, so wurden mehr Wohnungen gebaut, aus den geplanten Hotelzimmern wurden kleine Apartments, und die größeren Wohnungen an der Cicerostraße, auf die sie ihr Auge geworfen hatten, waren manchen potentiellen Mietern, die im Börsenkrach Geld verloren hatten, nun zu teuer. Das junge Paar hatte kein Geld verloren, denn es hatte noch nichts anzulegen.

Eines Tages hatte auf der Breitseite des Keils über dem Kinogebäude plötzlich eine riesige Aufschrift geprangt: LICHTREKLAMEN LÄDEN WOHNUNGEN ZU VERMIETEN AUSKUNFT HIER. Alle Buchstaben waren auf einem Quadrat aufgebaut, schlank und zugleich breit, eine Schrift, die alle Schnörkel abgelegt hatte, als wäre auch sie vom Architekten entworfen worden, alles aus einer Hand. Claire, die das Universum besuchte, zögerte nicht, sofort um Auskunft zu bitten. Da hatten sie das Aufgebot schon bestellt, die Liste der Hochzeitsgäste hin- und hergeschoben. Richard Kornitzer und sie besichtigten die Woga-Wohnung und waren begeistert, zwei Zimmer zur Straße, ein kleines zum weiten, lichten Innenteil des Komplexes, ein strenges, schwarzweiß gefliestes Bad und eine quadratische Küche mit einem Einbauschrank. Eine Wohnanlage, hell und luftig, vom berühmten Architekten Erich Mendelsohn gebaut, berichtete Claire ihrer Mutter voller Stolz. Wer ist das?, fragte Claires Mutter hilflos. Er hat das Kaufhaus Schocken in Chemnitz, Nürnberg und in Stuttgart gebaut und plant ein Hochhaus am Bahnhof Friedrichstraße. Genügt das nicht? Das leuchtete Claires Mutter ein. Ja, sie sah sich auch den Komplex an und konnte nicht anders als die Tochter zur glücklichen Wahl zu beglückwünschen. Ob sie über die Wahl des Ehemanns ihrer Tochter wirklich glücklich war, ließ sie auf preußisch disziplinierte Weise nicht durchblicken, und dabei blieb's.

Kornitzers Mutter hütete sich, zur Brautwahl ihres einzigen Sohnes eine bestimmte Meinung zu äußern. Sie war vor drei Jahren zum zweiten Mal Witwe geworden, saß in einer zu großen Kurfürstendamm-Wohnung, von der sie sich nicht trennen konnte, hütete zu viele Gegenstände, Vasen und Henkelkrüge und Schachteln voller Bänder und Knöpfe. In vielem, aber nicht in der Verwaltung ihres Vermögens, war sie auf ihren Sohn angewiesen. So eine selbständige Frau, sagte sie über Claire, und es war nicht klar, ob dies ein übergroßes Kompliment oder eine versteckte herbe Kritik war. Vielleicht wäre er mit einer weniger selbständigen Frau besser beraten, räsonierte sie, gab aber keinen Rat. Daß Claire groß gewachsen war und mit beiden Beinen auf dem Boden stand, imponierte ihr, aber sie hatte sich eher eine zarte Schwiegertochter, etwas wie ein Mädchen, anlehnungsbedürftig auch an sie, vorgestellt. Und eine Jüdin.

Wie gut die Türklinken in der Hand lagen, wie großartig es war, an der Brüstung der Loggia zu stehen in der Westsonne und die Ku'damm-Geräusche in der Entfernung zu hören, die Sonne malte Streifen auf die Dielen. Am Morgen das PloppPlopp-Plopp der Tennisplätze im stillen Herzen der Woga-Anlage, es war schön, vom Küchenfenster aus auf die sehnigen Beine der Spieler, ihre weißen Hosen und Hemden zu sehen, die Kraft, mit der sie die Schläge setzten, zu spüren. PloppPlopp, ein Ruf, ein Juchzen, ein Ball ins Aus, gerade vor dem Küchenfenster. Claire und Richard Kornitzer waren optimistisch, verliebt, sie hatten gute Berufe, sie hatten eine Zukunft, vor der sie sich nicht fürchten mußten. Plopp, ob sie auch Tennis spielen wollten, fragten sie sich, aber dann war Claire schwanger, und die Frage nach den Tennisstunden wurde auf unbestimmte Zeit verschoben. Jetzt sah Kornitzer seine Frau manchmal an, wie er sie vor dem Beginn der Schwangerschaft nicht angesehen hatte, es war ein Innehalten, ein Warten auf das Mögliche, auf das ganz Andere in ihr und auch in ihm selbst, wenn sie ein Kind hätten. Es war ein ungläubiges Wohlwollen, das sich in alle Richtungen biegen und beugen und strecken konnte, aber zu dem Glück der Empfindung trug auch bei, daß es sich nicht wirklich richten ließ. Er, Kornitzer, hätte diesem unspezifischen Empfinden selbst eine Richtung geben müssen, aber durch diese Entscheidung hätte er es beeinträchtigt, möglicherweise vernichtet. Und so stand er starr und bewegungslos vor seinem Empfinden, dem, was ihn lebendig und biegsam gemacht hatte. Er sah, er fühlte den Widerspruch, war ihm aber auf unheilvolle Weise ausgeliefert.

Was Kornitzer an sich selbst beobachtete, war ein Sehen in der Möglichkeitsform, von der man die Wochen abschälen konnte, bis aus der Möglichkeit Wirklichkeit werden würde. Es war ein überraschendes Zerreißen aller Ähnlichkeiten, die er kannte. Er machte sich keine Sorgen um das ungeborene Kind, er machte sich eher Sorgen um seinen eigenen Blick, etwas Tastendes, Suchendes war in seinem Blick. Und wenn Richard Claire so ansah, mit leicht schräg gehaltenem Kopf, und dabei die Brille abnahm, so versuchte sie, sich mit seinen Augen zu sehen, ihre ungewohnte Rundlichkeit, Schwerfälligkeit, das machte sie unsicher, sie verließ das Zimmer und stellte sich auf den Balkon und atmete tief ein, so tief, daß sie das Kind spürte. Oder bildete sie sich nur ein, daß die klare Septemberluft ihrem Kind über den Kopf mit dem feinen Haarflaum in der Fruchtblase strich? Sentimentalitäten erlaubte sie sich nicht, aber dann trat Richard zu ihr auf die Loggia, küßte sie, stellte die Zärtlichkeit offen aus wie in einer Loge. Später sagte sie sich, daß sie möglicherweise seinen Blick ganz mißverstanden hatte.

Georg wurde an einem eisigen Wintertag geboren, es dunkelte schon, und Claire hatte einen ganzen Tag gekreißt, schon hoffnungslos, verzweifelt, daß dieses Kind ihren Leib einfach nicht verlassen wollte oder konnte. Es kam ihr vor, als kralle es sich mit Händen und Füßen, Fingernägeln und Zehennägeln an der Gebärmutterwand fest. Sie schob es auf die Kälte, aber das Kind konnte sie doch nicht spüren in der Zimmertemperatur, in einem pochenden, zuckenden, feuchtheißen Urwaldleib, in dem auch die Därme revoltierten in der langen Zeit der Anstrengung. Dann hörte Claire in der Stimme der Hebamme eine Begeisterung, und es war eine Stimme aus einer entfernten, archaischen Zeit: Das Köpfchen ist sichtbar, das Köpfchen, und Claire hatte kein genaues Bewußtsein davon, aber im nachhinein glaubte sie, gelacht zu haben während der Wehen, gelacht oder geweint, was fast das gleiche war in diesem extremen Augenblick der Anspannung: Das Köpfchen!, es war ein Bewußtsein eines Höhepunkts oder eines Tiefpunktes des Schmerzes, aber dann nach einer kurzen Bewußtseinstrübung doch auch ein Aufatmen, ein Jubeln: ja, dies war ihr Kind, ein Kind mit einem runden Schädelchen, feinen Fingern und Perlmuttfingernägeln, ein Kind, das seinen Eltern gleich nach seiner Geburt die Vorstellung suggerierte, es gäbe kein hübscheres. Ein Kind, das von Anbeginn an gut schlief und auch in der Wiege den Mund genüßlich verzog und dabei die Lippen vorstülpte, als sauge es an der Luft wie an der Brustwarze seiner Mutter. Aber in Wirklichkeit trank es nicht gut, träumte eher, wenn es trinken wollte. Man mußte Georg ermutigen, „wirklich" zu saugen, er runzelte die Stirn, leckte sich bedachtsam die Lippen, bevor er damit die Brustwarze umschloß. Schau, sagte Claire zu ihrem Mann, er macht den Eindruck, als wolle er eingeladen werden zum Trinken. Vielleicht ist er nur zu schüchtern oder zu höflich, um gierig zuzuschnappen wie andere Kinder, meinte Richard darauf. Dieser Gedanke gefiel Claire. Ein höfliches, rücksichtsvolles Baby – ihr Sohn. Georg blieb ein zartes Kind. Hatte er denn keinen Hunger? Seine Mutter und sein Vater sahen ihn an, nahmen ihn auf den Arm, ihre Augen strahlten, und er gedieh ja, obwohl er wenig Milch zu sich nahm; gleichzeitig war ihnen wortlos klar, ihr Stolz war unangemessen, Mutterschaft und Vaterschaft waren keine Reflexe, die zeit- und bedingungslos funktionierten. Vater und Mutter zu werden im Jahr der Krise mit unendlich vielen Arbeitslosen, war anders als noch vor drei Jahren ein Kind zu bekommen.

Und gleichzeitig bespielten sie Arbeitsfelder, die so verschieden waren, machten Erfahrungen im Stetigen der Jurisprudenz und in einem gesellschaftlichen Neubaugebiet, der Kinowerbung. Das eine und das andere hatten nichts miteinander zu tun, und wo die Verbindung zwischen den Elementen war, mußte ganz im Stillen ohne Hilfsmaßnahmen und ohne Tamtam entdeckt werden, ja eigentlich, wenn man es altmodisch ausdrückte, aber

so empfanden die Kornitzers nicht, „in der eigenen Brust". Mutterschaft und Vaterschaft waren exemplarische Erfahrungen, die mittelbar blieben. Aber war das Denken darüber überhaupt mitteilbar? Mutterschaft und Vaterschaft – darüber sprachen Claire und Richard Kornitzer nicht wirklich – waren, als sie ihr erstes Kind, Georg, erwarteten, und noch viel mehr, als sie Selma erwarteten, keine anthropologischen oder gar menschheitsgeschichtlichen Erfahrungen, es war eine soziologisch erfaßbare Tatsache geworden. Wer bekam ein Kind? Unter welchen Umständen? Mit welchen Folgen?
Etwas Neues, Optimistisches begann mit Georgs Geburt, das war fühlbar, und wenn es die Überwindung der Krise war. Die Wohnungsbau-Gesellschaft schickte einen Glückwunsch, auf feinem Papier und mit einer modernistischen Schrifttype. Georg würde gewiß ein einzigartiges Woga-Kind sein und, wenn er sechs oder sieben Jahre wäre, unter den Augen der Mutter und des Vaters, vom Küchenfenster aus, als ein Tenniskind mit weißen Söckchen und einer blitzenden Hose glänzen. Und Claire stellte sich schon vor, wie die kleinen Beine strammer und strammer wurden, sein Aufschlag, sein Blick koordinierter. Sie hatte eine Ahnung von der Eleganz des Sports, aber sie fühlte sich jetzt zu sehr eingenommen von ihrem Beruf, als daß sie viel mit Georg unternahm. Das schlesische Mädchen, Cilly mit Namen, das die Kammer neben der Küche und dem Kinderzimmer bezogen hatte und dem sie das dauernde „Gnä' Frau" ganz entschieden (und mit Erfolg) ausreden mußte, trug ihn gerne mit sich herum, spielte mit ihm auf den sonnenbeleckten Dielen, und Georg war zufrieden und das Mädchen offenbar auch, denn es war unbändig stolz, daß die Kornitzers ihm ein Neugeborenes anvertraut hatten, ohne viel nach Erfahrungen zu fragen, die sie zweifellos – außer bei kleineren Geschwistern – nicht hatte. In ihr blankes, freudiges Gesicht zu

sehen, als sie das Kind zum ersten Mal auf den Arm nahm, war die Erfahrung, die Claire und Richard interessierte, daraus würden andere folgen, und das war gut so.
Richard Kornitzer war häufiger zuhause mit dem schlesischen Mädchen, während Claire noch mit Firmenchefs oder mit Kameraleuten und Sprechern verhandelte über einen neuen Werbestreifen. Sie besuchte den Klub der Kameraleute Deutschlands am Reichskanzlerplatz, das Verzeichnis der Trickfilmhersteller war ihr unerläßlich geworden. Die harmonische Zusammenarbeit zwischen Künstlern, Kameraleuten, der beworbenen Firma, die den Auftrag für die Kinowerbung gab, dem gesamten künstlerisch-technischen Stab, dem kaufmännisch-künstlerisch gebildeten Produktionsleiter und dem Regisseur des Werbestreifens war Vorbedingung und gleichzeitig Garantie für den Erfolg. Kunst und Geld flossen zusammen in dem neuen Medium, man wußte nicht mehr genau, was das eine bewirkte und was das andere. Prowerb, die deutsche Propaganda- und Werbedienst G.m.b.H., war 1924 von Fritz und Clara Löwenhain im Grunewald gegründet worden. *Pachtung von Reklamen in Theatern und Lichtspielhäusern* war das ursprüngliche Arbeitsfeld der Firma. Mit den technischen Möglichkeiten veränderte es sich. Nach ein paar Jahren hieß es schon: *Fabrikation von Werbefilmen, Pachtung von Reklamen in Lichtspielhäusern*. Prowerb zog an den Kurfürstendamm, nicht weit vom Universum.
Der junge Referendar Kornitzer hatte kurze Zeit in der Firma gearbeitet, dabei hatte er die Angestellte Claire Pahl kennengelernt, die den „Laden schmiß", wie er bewundernd sagte. Er hatte sie kennengelernt und sich schnurstracks in sie verliebt, und gleichzeitig hatte sich das Ehepaar Löwenhain aus der Firma zurückgezogen und sie Claire anvertraut. Jetzt war sie alleinige Geschäftsführerin, und sie hatte Freude an ihrer Arbeit.

Zuhause in dem eleganten stromlinienförmigen Woga-Bau kümmerte sich das Mädchen auch im nächsten Jahr noch um den breitbeinig wie ein Seemann herumschwankenden Georg, der ein dickes Windelpaket trug, aber die Beinchen so heftig einknickte und wieder streckte, als wäre das ein eindeutiges Zeichen, daß er unbedingt etwas Aufgerichtetes, stolz auf den Hinterbeinen Balancierendes werden wollte, ohne die Beschwernis zwischen seinen Beinen. Sein Aufrichten war ein Akt, als wäre es ein historisches Ereignis, wenn er endlich seine Windeln, über die das schlesische Mädchen sorgsam wachte, abstreifen könnte: eine Schmetterlingslarve. Und vielleicht war es das auch auf einer abstrakten Ebene. Georg war das erste Neugeborene im Woga-Komplex gewesen, im Flur entdeckten Claire und Richard Kornitzer jedenfalls so bald keinen neuen hochrädrigen Kinderwagen, die anderen jungen Mieterinnen waren schlank, rannten los in die Büros, es war keine Zeit, ein familiäres Glück auszustellen oder zu propagieren. Das Vitale war verborgen, untergründig arbeitete es vielleicht, es war zurück in die Körperhöhlen gewandert.

Häufig schlüpfte Claire abends, kurz vor der Abendessenszeit aus dem Haus, betrat das Kino durch den Hintereingang, der sich gleich neben ihrer Haustür befand. Sie vermied das Foyer mit seinen vielen erwartungsvollen Zuschauern, zu denen sie nun einmal nicht gehörte: Sie war vom Fach, das hatte sie gleich klargestellt, als sie in den Woga-Komplex gezogen war und erste Kontakte zum Kino Universum knüpfte. Sie durfte das, hineinschlüpfen und wieder hinaus, ganz vorbehaltlos, sie kam kurz, sehr knapp vor der Vorstellung, stand mit verschränkten Armen ganz hinten in einem Gang. Sie sah entspannt aus, nicht wie eine professionelle Kontrolleurin, eine Erbsenzählerin des Publikums. Wie sich die Menge des Publikums zu der Menge von möglichen Käufern eines Produkts, für das im Vorfilm

geworben wurde, verhalten könnte, das wußte kein Mensch, man mußte es erfühlen, erahnen aus der Temperatur des Raums, aus den Lachern, aus der Unruhe, dem Rascheln, Husten oder aus der überraschenden, aber ganz unfeierlichen Stille. Mit anderen Worten: Das, was Claire Kornitzer betrat, kurz vor Beginn der Vorstellung, war vermintes, unwägbares Gelände, man mußte tasten, sich aussetzen, Erfahrungen machen, sehen, wie sich diese Erfahrungen mit anderen vergleichen ließen. Sie war allein, sie war eine Pionierin, während die Zuschauer sich auf den Kinoabend freuten, bereit waren, in eine abgeschlossene Welt zu tauchen, ganz ohne Mißtrauen. Sie waren auch bereit, sich Spaß, Schmerz, Begeisterung hinzugeben, wie die Stimmungslage des Kinoabends es ihnen nahelegte. Claire Kornitzer dagegen beobachtete die Zuschauer mit nüchternem Blick, horchte in die Menge hinein. Der Film spulte. Oder wurde die Rolle aufgespult, während der Projektor raste und röhrte in der abgedichteten Kabine des Filmvorführers? Das Bild kapierte man mühelos. Es prägte sich ein, und genau das war seine Überlegenheit. Das Bild war da, das blendende Weiß eines Bettlakens, mit dem richtigen Waschpulver gewaschen, das glänzende, satt gewichste Leder eines Schuhs, das war eindeutig, unzweifelhaft (so schien es), das Produkt mußte nicht mehr marktschreierisch angepriesen werden. Etwas war offenbar, schlüssig, die Bilder offenbarten eine Welt, die sich selbst wortlos erklärte und schön war. (Bei der Wochenschau, nun ja, da war es wieder anders.) Bei Wörtern stellte sich jeder vor, was er wollte, was er konnte. Gar nichts konnte sich der Zuschauer manchmal vorstellen, er lieferte sich aus, er entblößte sich.
Sie „testete" das Publikum, ohne einen Begriff davon zu haben, es war eine rein instinktive Handlungsweise. Man mußte sehen, ob das Hören, der Tonfilm, der machtvoll anbrandete an

die Kinoleinwände, nicht auch die Werbung, für die Claire mit ihrer Firma Prowerb verantwortlich war, an den Rand drückte und sie am Ende des Kinoerlebnisses in Vergessenheit geraten war. Sie kam ins Universum und konnte die Eleganz, die sie von Beginn an so stark empfunden hatte, nicht mehr genießen, sie war hellhörig, aufs Äußerste angespannt, und ließ es nicht zu, daß man dies merkte. Sie arbeitete im Wirbel der Montagen, im raschen Helldunkel der Leinwand, während sie dastand im Gang. Wenn Claire im Kino darüber nachdachte, daß sie gerne die Zuschauer befragen wollte, warum sie hier sitzen, heute und nicht morgen und nicht gestern, warum sie sich für dieses Kino entschieden haben und für diesen Film, so verlor sie manchmal, mit der Strömung driftend, aus dem Sinn, welche Kinowerbung denn mit welchem Film zusammentraf. Auch das mußte besser oder überhaupt erst koordiniert werden. Gewiß würde die Leitung des Universum eine solche Befragung nicht dulden, die Zuschauer kamen, um sich zu entspannen und nicht, um als Versuchskaninchen, was sie von den flimmernden Bildern behalten hatten und was nicht, benutzt zu werden. Im Kino betrachteten sie die Zeit, und man mußte sehr, sehr vorsichtig sein, um sich selbst nicht wirtschaftlich das Genick zu brechen, wenn man sich mit dem neuen Medium eingelassen hatte. Immerhin saßen Tag für Tag 200.000 Menschen allein in Berlin im Kino, das machte die unvorstellbare Summe von 60 Millionen Kinobesuchern im Jahr aus, das Kinopublikum war weit größer und sein Einfluß stärker als der jeder anderen Gattung von Kunst und Unterhaltung.

Was konnte Claire Kornitzers Firma Prowerb diesem riesigen Publikum bieten? Oder besser: Wozu konnte sie es verführen? Oder noch besser: War es überhaupt verführbar, oder sah und merkte es sich nur die Werbung für Produkte, die es schon kannte? Schuhcreme, Haaröl, Shampoo, Waschmittel, Duftwasser. War es zu schönen, überteuerten Autos mit kühnen Schnauzen verführbar? Zu Bausparkassen, die mittels netter Haustypen in den grünen Vororten von Berlin warben, in Schmargendorf, in Frohnau, in Lichterfelde West. All das waren praktische und schöne, zartfühlende Immobilien im Grünen für Leute, die sich nicht so sehr für das Aktuelle und seine Abgründe interessierten. Die Kornitzers waren da anders, nah am Ku'damm hörten sie die Ausrufer der Abendzeitung – die Morgenzeitung hatten sie ohnehin gelesen –, die Zeitungen waren nicht wirkliche Werbeträger, die Zeitungen generierten keine Wünsche und Begehrlichkeiten, sie waren zu nüchtern (bilderlos).

Am besten (oder am risikolosesten) warb man im Kino für Produkte, die jeder Mann und besonders jede Frau brauchte oder brauchen sollte. Claire machte sich Notizen; die Notizen abzuarbeiten und gleichzeitig neue Werbefilme zu starten, erforderte viel Arbeit. Arbeit, die man gar nicht immer sah, anders als die Akten eines Juristen, die er mit nach Hause brachte, weil er seine Arbeitszeit vorwiegend selbst bestimmen konnte. Und Claire, die Termine hatte noch und noch, war ganz froh über diese Besonderheit. Es waren unternehmerische Entscheidungen zu treffen, die ihr niemand abnehmen konnte. Manchmal schwindelte ihr ein wenig bei der Tragweite.

Gleichzeitig dachte sie an ihren kleinen Jungen, der ins Bett gebracht wurde um diese Zeit, während sie im Universum stand – zur Verwunderung der Platzanweiserinnen. Sie hatte keine Kinokarte, brauchte sie nicht, und sie brauchte auch die Hilfe der Platzanweiserinnen nicht (oder das energische Eingreifen, wenn jemand sich in der Sitzreihe irrte). Ihr Platz war an der Mahagoni-Täfelung hinten im Gang, mit den Händen stützte sie sich ab. Sie dachte an ihren Mann, und sie sah, ohne wirklich zu denken, oder sie dachte, auf die große Leinwand schau-

end, eine offene Wahrnehmung mit allen Sinnen, derer sie sich nicht wirklich bewußt war. Bewußt war ihr die äußerste Konzentration. Ihr Arbeiten war aktiv und passiv zugleich, sie ließ die Atmosphäre auf sich wirken und zog daraus Schlüsse. Ob diese richtig waren oder falsch, konnte sie nicht überprüfen. In Wirklichkeit war sie die wahre Testperson, die sich der Gemeinschaft des Publikums aussetzte. Zuschauer wunderten sich, daß sie sich nicht setzte, wenn es dunkel wurde. Sie wunderte sich nicht, daß man sich wunderte über sie, sie ahnte: Sie wirkte wie eine Art von Kommissarin, Statthalterin (aber für was?), und diese Rolle war danach schwer abzustreifen.
Wieder schlüpfte sie durch den Hintereingang des Universum, kam nach Hause mit der gerade beförderten Gewißheit: Ja, so ist es gut, genau so. Oder dem Zweifel: Hätte man die Unsicherheit über eine wirbelnde Kameraführung nicht beseitigen können? Hätte die Ankündigungsstimme für das beworbene Produkt nicht schmiegsamer sein können? Sie hatte eine letzte Abnahme des Werbefilms versäumt, das warf sie sich vor. Aber sie warf sich auch vor, sie habe nicht darauf geachtet, daß Georg nicht nur nieste, sondern auch schnupfte und am späten Abend, als sie noch einmal nach ihm sah, wirklich hohes Fieber hatte und daß das Mädchen die Krankheit ignoriert oder wirklich nicht begriffen hatte. So weckte Claire ihren Mann, der morgen früh oder – wenn der ihm unsympathische Rechtsanwalt schlau und überlang plädierte – erst am Mittag ein Urteil fällen mußte, und warf sich vor, zu lang gezögert zu haben, das Mädchen und auch Richard, der ja zuhause war und Akten studierte, nicht instruiert zu haben, dem kränkelnden Kind jede halbe Stunde eine prüfende Hand auf die Stirn zu legen, ein Gefühl zu entwickeln für eine Wärme, die sich zu einer ungewöhnlichen Hitze entfalten könnte, eine Empfindlichkeit, die im Zweifelsfall, wenn das Kind wirklich krank würde, auf die

Mutter zurückfiele, nicht auf Cilly, die einen solchen Überblick noch nicht hatte, oder den Vater, von dem man eine so schlichte Geste des Handauflegens auf eine heiße (oder nur wärmer werdende) kleine Stirn gar nicht erwartete. Der Vater war für besondere Tätigkeiten zuständig, und das Kindermädchen war nicht zuständig. Hätte Cilly in der Abwesenheit der Eltern am Nachmittag einen Kinderarzt zu Georg gerufen, wäre das zweifellos eine Kompetenzüberschreitung gewesen, die Claire und Richard Kornitzer vielleicht gar nicht zuwider war, aber man hätte es immer wieder sorgsam mit Cilly besprechen müssen. Georg krähte ihren Namen fordernd wie eine Art von täglichem, stündlichem Kikeriki – Cilly hier und Cilly dort, er brauchte sie, forderte sie, und sie war dem kleinen bürgerlichen Prinzen als ein Mädchen vom Land, das mit Butter und Honig und Wiesenkräutern persönlich verwandt zu sein schien, zu Diensten. Ging Cilly auch ins Kino? Das wußte Claire nicht, und sie hätte es auch als Übergriff empfunden zu fragen, was Cilly an den freien Abenden unternahm. Sie war frei, „frei, sich nicht selbst zu schädigen", Richard Kornitzer hatte es so vornehm bei ihrem ersten Ausgang ausgedrückt, und Claire und Richard Kornitzer, die ihr einen „schönen Abend" wünschten, hatten gehofft, daß sie den geheimen Sinn dieser Formel (und auch die Sorge der Arbeitgeber, die darin verborgen war) verstand. Und so rief Claire wirklich spät in der Nacht aus eigenem Entschluß aufgeregt den Kinderarzt an, der sie auf den nächsten Morgen vertröstete. Da ging es Georg schon viel besser. Es war wie eine Welle der Erregung gewesen: Sie hatte am vorigen Morgen sein Unwohlsein nicht bemerkt, sie fühlte sich überhaupt eher nachlässig als Mutter. Insgeheim hatte sie ihrem Mann und dem Mädchen schwere Vorwürfe gemacht, Georgs aufflammendes Fieber übersehen zu haben – wie sie es auch vermutlich nicht bemerkt hätte, wäre sie an diesem Abend zuhause gewesen –, also waren die Vorwürfe in den Wind geschrieben, und das verschwitzte, erhitzte Kind, das sie am Morgen fest in ihre Arme schloß, schien keine Erinnerung an die schwere Nacht zu haben, in der niemand es aufnahm, herumtrug und kühlte, im Gegenteil: es war gnädig und freundlich, als hätte es in einer Spalte des Gedächtnisses einen Erinnerungsfetzen, daß es die Hitze, das Fieber selbsttätig abgeschüttelt hatte, Gott – oder wer immer ihn vertrat an dieser Stelle in der Nähe des Kinos – wußte wie. Und Claire gelang es, sich zu beruhigen, indem sie sich ein bißchen von ihrem kleinen Sohn, ihrem Mann und auch Cilly fernhielt. Sie stürzte sich in die Arbeit, berechnete die Kosten für einen neuen Werbefilm. Es war ihre ganz persönliche Beruhigung, mochten sich Richard und Cilly ihre eigenen Gedanken machen.

Einer der letzten Stummfilme, die die Filmgesellschaft Terra gebracht hatte, war zum Niederknien, aber wer kniet schon, wenn er sehen, aufsaugen möchte. Er schob eine Schauspielerin in den Mittelpunkt, einen Augenaufschlag, einen Atem, eine Gewißheit: Dies ist zweifellos eine Frau, nach der man sich sehnt. Und Marlene Dietrich war diese Frau, sie verkörperte sie nicht nur, sie suggerierte, sie sei als Objekt der Sehnsucht greifbar, fühlbar, verfügbar, und sie sehnte sich auch von der Leinwand herunter nach diesem, ja genau nach diesem Zuschauer im Publikum. Und jeder glaubte, d i e s e r  e i n e zu sein am Beginn und am Ende einer Massenpsychose, die nicht mehr e i n e Frau betraf, sondern universell geworden war, eine Führergestalt suchte, jemanden herbeisehnte, der alles gut machte, was schlecht war und beleidigend und kränkend. Die Frau allerdings, die hinter Rauchdunst und einem Waggonfenster als das Inbild einer Reisenden, einer Flüchtigen erscheint, schaut ins Unbestimmte. Sie staunt darüber, was sie anrichtet, sie hat doch nichts getan, sie hat sich ausgestellt, sie hat sich ausstellen lassen, sie hat Sehnsucht geweckt. Sie ist eine Projektion, wie die Filmleinwand als solche eine Projektion aufnimmt und widerspiegelt. Sie sieht den Sehnsüchtigen nicht an, den infantil und inflationär Sehnsüchtigen. Sähe sie ihn an, sie müßte ihn mitleidig ansehen, aber er hat doch eine Kinokarte erworben, er bezahlt s i e, und sich dies vor Augen zu führen in aller Drastik, wäre doch eine Peinlichkeit. Wenn der Kinozuschauer nicht weiß, daß er eine Massenerscheinung ist, die die Einzelne, die Einzige in Bann schlägt, nun ja, dann hat er das neue Medium, den suggestiven Film, noch nicht verstanden. (Und dies ist der letzte Stummfilm, nun ist es zu spät zum Verstehenlernen.) Der Blick der Schauspielerin trifft ihn ins Mark, wie ein Ruf, wie ein Schicksal. Du mußt dein Leben ändern. Aber das Kinogehen hat dein Leben schon geändert, wenn du das Kino-Universum verläßt, stehst du auf der Straße mit deiner unbestimmten Sehnsucht. Die Frau, nach der man sich sehnt, ist nur im Kino, und der Zuschauer, der den geraden, den gefährlichen Weg der Liebe geht, der das Leben wagt und die Liebe hopp nimmt in einer leidenschaftliche Gesten, weiß nichts, erfährt nichts und leidet. Ob die Frau, nach der er sich sehnt, Hingabe spielt oder seine Projektion ist, er weiß es nicht. Er weiß auch nicht viel über seine eigenen Gefühle, die Bilder strudeln darüber hinweg. Er ist allein in der Menge der Kinogänger, jeder, der sich sehnt, ist allein. Er hat die Gewißheit verloren, als Mensch an eine Wirklichkeit gebunden zu sein. Der Schein, die sprachlose Wirklichkeit, die wortlose Verführung zum Sehnen legt sein Empfindungsvermögen lahm. Oft sieht Marlene Dietrich ganz unbeteiligt aus, als ginge alles, was rund um sie und ihretwegen geschieht, sie gar nichts an. Das ist die Sehnsucht, das ist der Leerlauf, ein auf sie gerichtetes Geschoß bleibt stehen in der flirrenden Luft, sie taucht in das Geschehen, taucht in einen Tod, als wäre er ein Elixier. Sie badet darin, eine Nixe in einem

dunklen Gewässer. Und wer sie sieht, sieht nur das Rätsel und die Bedingungslosigkeit, sich im Rätsel aufzulösen und zu zersetzen. Die Frau, nach der man sich sehnt, ist eine sprachlose, eine stumme Erschütterung.
Dann kam der Tonfilm, und auf den Straßen fing das Brüllen an. Es wurde demonstriert, marschiert. Wer nicht einverstanden war mit dem Brüllen auf den Straßen, den Aufmärschen, zog sich hinter die Gardine zurück, schwieg, schwieg indigniert. (Oder saß auf gepackten Koffern, um das Land sofort zu verlassen im Falle, daß.) Er würde vorübergehen, der Spuk. Die Gegner des Brüllens mußten selbst brüllen, damit sie gehört wurden. Das verzerrte die Züge. Der Tonfilm dagegen hatte natürliche Feinde, die Artisten-Loge und den Deutschen Musikerverband. Vom Ku'damm brachte Claire ein Flugblatt mit, das ihr in die Hand gedrückt worden war, zu Hause studierte sie es sorgfältig.
<u>Gegen den Tonfilm!</u>  <u>Für lebende Künstler!</u>
<u>An das Publikum!</u>
(Alles war fett unterstrichen, überdeutlich.)

*Achtung! Gefahren des Tonfilms!*
*Viele Kinos müssen wegen der Einführung des Tonfilms und dem Mangel an vielseitigen Programmen schließen!*
*Tonfilm ist Kitsch!*
*Wer Kunst und Künstler liebt, lehnt den Tonfilm ab!*
*Tonfilm ist Einseitigkeit! 100 % Tonfilm = 100 % Verflachung.*

*Tonfilm ist wirtschaftlicher und geistiger Mord!*
*Seine Konservenbüchsen-Apparatur klingt kellerhaft, quietscht, verdirbt das Gehör und ruiniert die Existenzen der Musiker und Artisten! Tonfilm ist schlecht konserviertes Theater bei erhöhten Preisen!*

*Darum: Fordert gute stumme Filme!*
*Fordert Orchesterbegleitung durch Musiker!*
*Fordert Bühnenschau durch Artisten!*
*Lehnt den Tonfilm ab! Wo kein Kino mit Musikern oder Bühnenschau ist: Besucht die Varietés!*

Claire konnte darüber nur den Kopf schütteln. Pfründe, Besitzstandswahrung, und sie wollte sich schon selbst in lauter Ausrufezeichen erregen. Als gäbe es ein Naturrecht, vor dem Film und zur Begleitung des Films zu fiedeln, zu blasen und zu klimpern. Als wäre die Sprache, als wären Geräusche nichts, nur die künstlich erzeugten Töne auf Instrumenten, die sich quirlend als künstlerische Töne aufspielten, hätten eine Geltung vor den natürlich erzeugten, dem Räuspern, dem Ausatmen, dem girrenden Lachen, den unbekannten, verstörenden Schritten auf dem Asphalt. Als hätten Artisten, Vogelfänger, Schlangenbeschwörer, Aus-dem-Hut-Zauberer und Musiker das Gehör zum eigenen Gewinn gepachtet und wollten es dann als unerläßliche Beigabe zu den Filmen verschachern. Ja, es stimmte, Tausende von Musikern wurden gefeuert. Aber auch Bankangestellte, Stenotypistinnen, Fräser und Ingenieure wurden gefeuert, das war die Krise, das waren die Auswirkungen des Börsenkrachs, als alle internationalen Kredite an das Deutsche Reich gekündigt wurden. Auch kleine Kinos, die sich die Umrüstung auf den Tonfilm nicht leisten konnten, mußten schließen. Möglicherweise versetzte der neue Tonfilm dem Stummfilm den Todesstoß. Claire dachte auch: Das wird sich weisen. Und sie dachte auch: Kommt Zeit, kommt Rat. Vielleicht dachte sie zu viel oder nicht zielgerichtet genug. Im Advent 1932 hatten auf den Bürgersteigen des Tauentzien Bettler und Hausierer eine enge Gasse gebildet. Aufdringlich und vorwurfsvoll rappelten sie mit Streichholzschachteln, die sie verkaufen wollten. Sie boten Nähnadelbriefchen, Pflaster und Putzlumpen an, spielten Schifferklavier und entlockten gefährlich blinkenden Sägeblättern jaulende Töne. Die enge Gasse machte Angst, selbst dort einmal zu stehen, sich aufzureihen in der Elendsprozession, aber auch Angst, im Unvermeidlichen eine starke Rolle, eine unvermeidliche Rolle zu spielen: die des Opfers. Auf diese Rolle konnte man sich in aller Sorgfalt vorbereiten, wenn die Zeit kam, und sie kam unerbittlich, eine Ordnungsmacht, der ein Einzelner, eine Einzelne kaum gewachsen waren. Zu viel der Abhaltungen, der Verrichtungen, das Gehör übernahm, und die sehenden Augen wandten sich ab.

Der Film hatte Nerven und Phantasie bekommen, der Ton konnte die Kamera ins Unrecht stürzen oder sie unterstützen. Der Tonfilm entdeckte die Stimme der Dinge, das Getöse einer Fabrik und das monotone Rinnen des Herbstregens. Aber der Tonfilm mußte auch das Schweigen lernen, das dramatische Schweigen, wenn alles gesagt war, Musik kam, und Musik verstummte, plötzlich war die Stille ein wichtiges Ausdrucksmittel geworden, die Stille und das Schweigen markierten extreme Gefühle, es war ein Lernprogramm ganz neuer Art.

In der Werbung war es anders: Es war wirksamer, den Namen einer Firma auszusprechen (mit welcher Stimme, welchem Timbre der Stimme, mit welcher Gewißheit?) als nur den Schriftzug abzufilmen. Das Bild stockte, stand still und machte den steifen Buchstaben Platz. Jetzt, im neuen Tonfilm, konnte eine Stimme den Firmennamen interpretieren, ihn sich auf der Zunge zergehen lassen oder dramatisch hinausposaunen, was das Simpelste war. Am besten schien es Claire, wenn die Worte leicht, schnell und zwanglos gesprochen wurden, damit sie sich den Schnitten von Sprecher zu Sprecher anpassen konnten. Bild und Ton wurden ein organisches Ganzes. Der Ton war ein

Protest gegen das Lesen der Schriftzüge, die die Stummfilmbilder erklärten. Claire war auf der Seite der Neuerung, nicht bedingungslos auf der Seite jeder Neuerung, aber doch immerhin. Sie konnte sich einen Werbefilm vorstellen mit sprechenden, blank geputzten Schuhen, tanzenden Schuhen und einer Schuhcremedose, die eine Spieldose war, aber sie konnte sich noch nicht wirklich vorstellen, ob sie den Werbechef der Schuhcreme-Firma von ihrer Filmidee überzeugen könnte. Alles andere wäre Selbstüberschätzung. Man hatte so etwas noch nicht gesehen. Wollte das Publikum so etwas sehen?
Sie reiste im Reich herum, um ihre Firma und die Werbefilme vorzustellen oder um Aufträge zu akquirieren, traf Reklamefachleute, und es war ihr unfaßbar, daß ihr freundliche, gebildete Männer, die in irgendwelchen Konsortien saßen, von Zeit zu Zeit die ganz ungeschützte Frage stellten: Frau Kornitzer, was muß man machen, um in Berlin Erfolg zu haben? Sie hatte schon eine Vorstellung, warum das in dem einen Fall gelang und in einem anderen Fall nicht, aber das war nicht einfach so zu erklären. (Jedenfalls nicht geradeheraus in ein erfolgsversessenes Gesicht, das auch erstarrte und die Verbindung verlor zu weicheren, ungeprägteren Gesichtern, mit denen wiederum kein Staat zu machen war.) Es war doch mit Händen zu greifen, sie, Claire, hatte es begriffen, die Zeit war so, und alle, die solche unsicheren Fragen stellten, drifteten im unsicheren Raum. Man mußte Kommunist sein oder Nationalsozialist, dann wußte man Bescheid. Man wußte Bescheid, wenn man sich längst entschieden hatte. Aber der Werbefilm war schillernd vielschichtig, und das Recht, das Richard Kornitzer studiert hatte und das er jetzt verkörperte, war es nicht. Ja „er sprach Recht". (Oder sprach er „recht" im Sinne von „richtig"? Das war eine rechtsphilosophische Diskussion, zu der er aber jetzt nicht Stellung nehmen konnte.) Es war zu viel zu tun, die Pro-

zesse häuften sich. Richard und Claire sprachen am Abend, wenn Cilly schlief, wenn Georg seine letzte Nachtmahlzeit aufgenuckelt hatte, darüber, was denn werden sollte, und was die veränderte politische Lage für die Prowerb und für das Richteramt bedeuten könnte, aber sie wollten sich auch nicht über die Maßen erregen. Nicht verrückt machen lassen! Das war eine Devise, die wie ein Schild über der eleganten Wohnungstür in der Cicerostraße hing. Man mußte abwarten, im Zweifelsfall würde nichts so heiß gegessen wie gekocht. Ja, es gab Angst, Unwägbarkeit. Aber sollte man dem Instinkt nachgeben oder der Vernunft? Die Angst war ängstlich, natürlich, die Vernunft weitblickend, so schien es. Die Vernunft vertraute darauf, daß die Angst nicht überhandnehmen mußte, durfte.
Manchmal träumte Claire von einer weißen, unbespielten Leinwand. Der Projektor lief summend und röhrend und war, wie es sich gehörte, auf die Leinwand gerichtet. Sie spürte die Aufregung, die sie jedes Mal überfiel, wenn sie stehend am Rand des Kinosaals die Werbung kontrollierte, aber es gab in diesem Traum keinen Film, es gab nur den kalten, gebündelten Lichtstrahl, das Spulen des Streifens. Sie wachte dann erschreckt auf und schwor sich, noch sehr, sehr viel häufiger ins Universum zu gehen. Gegen schlechte Träume half nur die Kontrolle der Wirklichkeit. Es würde nichts geschehen, was der Prowerb und ihrer Tätigkeit schädlich wäre. Claire paßte auf, sie war eine Geschäftsführerin nicht nur dem Namen nach, sie führte ihre Firma an einem strikten Zügel.
Claire schlüpfte aus dem Woga-Haus spätabends ins Universum, sie wollte die Wochenschau sehen, die sie am frühen Abend versäumt hatte, sie beschwatzte den Filmvorführer, der gerade den eben gezeigten Film zurückspulte, ja er hatte die Wochenschau auch nicht wirklich sehen können, nun saß sie allein in einem ziegelroten piekfeinen Samtsesselchen, ganz

allein mit dem Filmvorführer in dem riesigen Kino, und es brüllte und wallte in ihren Ohren, der Filmvorführer sah sie an, sie sah ihn an, und sie fror, fror. Sie hatte keine Worte für den Filmvorführer, und er nicht für sie, aber das besagte nichts, sie waren ja Kinoleute, ein Blick genügte, der Kinovorführer sah ihr Gesicht wie in einer Großaufnahme, ihr aufgerissenes, entsetztes Gesicht, und sie sah seines, verfinstert, in sich gekehrt. Und wären sie Schauspieler gewesen, hätte eine Kamera ihren Blickwechsel eingefangen, sie hätte nicht nur die Not, das Entsetzen eingefangen, sondern auch etwas Brillantes, eine Blickbewegung, eine Beziehung, die vollkommen uneinstudiert wirkte (und es ja auch war), ein „Was nun". Etwas Abgründiges zwischen zwei Menschen, die sich nicht kannten und doch in diesem Augenblick im leeren, riesigen Kinoraum kennenlernten. Und wäre noch ein Drehbuch-Autor dazugestoßen in dieser unheimlichen Situation, er hätte die Szene mit dem Film-Vorführer, einem zierlichen, glattrasierten Mann, der wirkte wie ein abgebrochener Philosophiestudent, der sich ins Kino verliebt hatte, und der tüchtigen Geschäftsfrau, die das Kino als ein Transportmittel der Werbung entdeckt und zu nutzen gelernt hatte, filmisch ausbauen können. Er hätte Blicke gepaart und er hätte sie beide als Gegner des neuen Regimes kennzeichnen müssen. Filmvorführer und Geschäftsführerin betrachten den Führer auf der Leinwand. Hätte er einen Dialog gebraucht? Das wäre schon zu viel gewesen. Am besten, seine Protagonisten hätten sich vor der schnurrenden Kamera „erkannt". Das wäre das Beste für den Drehbuch-Autor gewesen, er hätte sich selbst keiner Gefährdung, nicht der Zensur ausgesetzt. Die Blicke hätten gesprochen, hätten eindeutig gesprochen. Aber wäre diese Sprache noch verstanden worden? Das war die Frage. Es gab keine Möglichkeit des Rückfalls in den Stummfilm.

So war die neue Kunstform nicht gedacht. Der Tonfilm konnte leise sein, ein Hauch, ein Seufzen, ein Atmen im Raum, ein Bogenstrich auf einer Saite, aber gleichzeitig mit ihm fing das Brüllen an, das Schreien, die exaltierte, outrierte Stimme überschlug sich, dafür gab es kein Beispiel. Kaum hatte der Tonfilm begonnen mit seinen feinen technischen Möglichkeiten, kapitulierte er schon. Dem Brüllen, dem Schreien, dem Wochenschauwehen war er nicht gewachsen, er reihte sich ein in die Gratulanten zur Gleichschaltung, und Claire sah schweigend zu. Wie sie die Arme verschränkte, wie sie zum Filmvorführer schaute und er zu ihr im riesigen, halbdunklen Kino, darüber gab es keine Worte, keine Bilder, aber eine Wahrnehmung, eine Empfindsamkeit, als hätten sie, Claire, Richard, der Filmvorführer und der kleine Georg mit seinem Kindermädchen Cilly in einer anderen Zeit in einem Zeitspalt gesessen wie in einer sachten Höhle und hätten auf eine andere Witterung gewartet, die dann doch nicht eintraf, aber jederzeit hätte eintreffen können, zum allgemeinen Erstaunen.

Georg hatte zu Weihnachten ein hölzernes Feuerwehrauto bekommen, das er am liebsten überhaupt nicht mehr aus der Hand gegeben hätte. Er ließ es rollen auf der Oberfläche der Möbel, über die Wand neben der Küchentür und auf dem Arm des geduldigen Kindermädchens. Dabei trompetete er sein Tatütata mit stoischem Gleichmut. Auch mit gutem Zureden ließ er sich nicht davon abbringen. Er hatte zu tun und wurde nicht müde bei seinem konzentrierten Spiel, man mußte ihn, wenn man ihm ein Butterbrot servierte, daran hindern, das Feuerwehrauto über das Brot rollen zu lassen.

Als Richard Kornitzer sein Richteramt verlor und in einen sogenannten *Ruhestand* versetzt wurde, geriet er in eine Art Schockstarre. Er räumte die juristischen Zeitschriften auf seinem Schreibtisch hin und her, stapelte sie ordentlich, las darin, und die Worte drangen nicht wirklich zu ihm. Claire hatte das Gefühl, er sehe durch sie hindurch, das tat ihr weh. Sie sah, wie er litt, und sagte: Ich verdiene doch gut, so wird es gehen, einigermaßen, aber er ging darauf nicht ein. Er telephonierte mit einem befreundeten Rechtsanwalt in Breslau, Ludwig Foerder, der sagte ihm, zwei Wochen vor dem Inkrafttreten des „Gesetzes zur Wiederherstellung des Berufsbeamtentums" sei er an einem Samstagmorgen nach dem Synagogenbesuch ins Amtsgericht gegangen. Plötzlich ertönte auf dem Korridor ein Gebrüll wie von wilden Tieren. Die Tür des Anwaltszimmers flog auf. Herein stürzten zwei Dutzend SA-Männer in ihren braunen Blusen und Kappen und schrien: Juden raus! Einen Augenblick seien alle im Zimmer, Juden wie Christen, gelähmt gewesen. Dann verließen die meisten jüdischen Anwälte das Zimmer. Der über 70jährige Justizrat Siegmund Cohn, ein langjähriges Mitglied des Vorstandes der Anwaltskammer, habe vor Schreck wie angenagelt auf seinem Stuhl gesessen, unfähig, sich zu erheben. Ein paar Mitglieder der Horde stürzten auf ihn zu. Einige jüngere Anwälte, darunter auch Mitglieder des deutsch-nationalen Stahlhelms, stellten sich schützend vor ihn. Das habe die Eindringlinge bewogen, von ihm abzulassen. Ein SA-Mann sei auf ihn, Ludwig Foerder, zugesprungen und habe ihn am Arm gepackt. Er schüttelte ihn ab, darauf zog der SA-Mann sogleich aus dem rechten Ärmel seiner Bluse ein metallenes Futteral, das auf einen Druck eine Spirale hervorspringen ließ. An deren Ende war eine Bleikugel befestigt. So ein Ding hatte Foerder noch nie gesehen. Mit diesem Instrument habe er ihm zwei Schläge auf den Kopf versetzt, die Blutergüsse schwollen sofort an. Richter, Rechtsanwälte und Staatsanwälte, die meisten noch in ihrer Amtsrobe, seien von den SA-Leuten auf die Straße getrieben worden. Überall hätten die braunen Horden die Türen der Verhandlungszimmer aufgerissen und:

Juden raus! gebrüllt. Ein geistesgegenwärtiger Assessor, der gerade eine Sitzung abhielt, schrie zurück: Macht, daß ihr rauskommt! Darauf reagierten sie und zogen ab. In einem anderen Zimmer saß ganz allein ein jüdischer Referendar. Zwei Hooligans schrien ihn an: Sind hier Juden? Er gab seelenruhig zur Antwort: Ich sehe keinen. Da warfen sie die Tür zu und zogen weiter.

Er, Foerder, sei in das Zimmer des Aufsichtsrichters des Amtsgerichts gerannt, um Hilfe zu holen. Der 64jährige Amtsgerichtsdirektor, ein alter Hauptmann der Landwehr, der ihm seit zwanzig Jahren bekannt war als ein aufrechter Mann, saß ziemlich bleich in seinem Lehnstuhl. Foerder habe ihn gefragt, welche Maßnahmen er zu treffen gedenke, um diesem unerhörten Ereignis ein Ende zu machen. Der Amtsgerichtsdirektor erwiderte, er habe bereits mit dem stellvertretenden Landgerichts-Präsidenten telephoniert. Dieser habe ihm versprochen, daß er sich mit dem Präsidenten des Oberlandesgerichts in Verbindung setzen werde. Foerder berichtete Kornitzer, er habe sich den Einwand erlaubt, daß ihm in diesem speziellen Fall die Beobachtung des Instanzenweges nicht ganz angebracht erscheine, und habe gebeten, seinen Telephonapparat benutzen zu dürfen. Der Amtsgerichtsdirektor gestattete dies. Er habe das Überfallkommando des benachbarten Polizeipräsidiums angerufen und den Bescheid erhalten: Zwanzig Polizisten seien bereits in Richtung des Gerichtsgebäudes unterwegs. Dann habe er sie gesehen: Zwanzig Mann, die im Gänsemarsch über die Straße gekommen seien, und zwar in denkbar gemächlichem Schritt. Sofort habe er begriffen, daß der neue Polizeipräsident Heines zu den Arrangeuren des Pogroms gehörte. Er hatte dafür gesorgt, daß seine Männer nicht zu zeitig eintrafen. Am Nachmittag desselben Tages, berichtete Foerder in nüchternen Worten weiter, hätten sich die Richter im Gebäude des

Oberlandesgerichts versammelt und beschlossen, für sämtliche Gerichte der Stadt Breslau ein Justitium, einen Stillstand der Rechtspflege, eintreten zu lassen. Es sei bekanntgegeben worden, daß für eine gewisse Zeit keine Gerichtsverhandlungen stattfinden und somit der Lauf wichtiger gesetzlicher Fristen gehemmt oder unterbrochen werde. Mit anderen Worten: Die Richter streiken. Wäre dieses Verfahren an all den anderen Gerichten, in denen sich unwürdige Szenen abspielten, angewandt worden, wer weiß, sagte Foerder, vielleicht wäre etwas (aber was wirklich?) verhindert worden. Viel Glück, Herr Kollege, sagte Foerder noch, viel Glück, und Kornitzer spürte, daß dieser den Hörer noch ein wenig in der Hand hielt, um eine Antwort oder zumindest ein Dankeschön abzuwarten, das nicht mehr eintraf, bevor er leise auflegte.

Der 1. April 1933 war der Stichtag. Boykottposten standen an den Eingängen der Gerichte. Der Reichskommissar für das preußische Justizministerium, Kerrl, hatte die nationalsozialistischen Justizbeamten angewiesen, darauf zu achten, daß kein jüdischer Richter, keine Geschworenen oder Schöffen erscheinen. Auch den jüdischen Anwälten, die die Gerichte betreten wollten, um Termine wahrzunehmen, wurde der Eintritt verwehrt. Bei den Terminen, zu denen trotzdem jüdische Anwälte schon vor der Absperrung erschienen waren, wurde die Vertagung herbeigeführt. Das war das Ende. Kornitzer sagte kaum etwas dazu, Claire mußte das Geschehen aus ihm herausfragen, herauswringen, und als er endlich sprach, gelang es ihr nicht, ihn zu trösten, so umfassend war seine Verstörung. Schlag auf Schlag wurden nach den Rechtsanwälten auch die Notare aus ihren Ämtern entfernt. An eine Weiterarbeit im Berufsumfeld eines Juristen war nicht mehr zu denken.

Am 6. April hielt Erich Mendelsohn in Brüssel eine flammende Rede. Er hielt sie nur wenige Tage, nachdem er geflüchtet war und sich in Amsterdam niedergelassen hatte. Er sprach nicht über Architektur, er sprach über Arier und Juden, über Deutschland, über die Liebe zum Land und seine Zerstörung von innen heraus. *Die Geburt und Entwicklung der nationalsozialistischen Partei ist kein Wunder, sondern eher das logische Ergebnis des Verlustes an moralischer Balance in Deutschland.* Das hörte in Deutschland niemand mehr, das wollte niemand mehr hören. Claire und Richard Kornitzer hätten ihn gerne gehört, in Brüssel, in Amsterdam oder in England, wo er dann mit Serge Chermayeff ein Architekturbüro gründete, aber sie waren abgeschnitten von dieser Stunde an, fortan.

Tage wie mit dem Rasiermesser geritzt, Tage der brüllenden Leere. Der Entwurf zum „Gesetz zur Wiederherstellung des Berufsbeamtentums" wurde in der Kabinettsitzung am Nachmittag des 7. April von Wilhelm Frick, dem Innenminister, vorgetragen und ohne nennenswerte Diskussion oder gar einen Einwand angenommen und noch am selben Tag im Reichsgesetzblatt veröffentlicht. Das Gesetz bot ein differenziertes Instrumentarium, um Juden aus dem Staatsdienst zu entfernen. Einerseits hieß der Absatz 1 des Paragraphen 3: *Beamte, die nicht arischer Abstammung sind, sind in den Ruhestand zu versetzen; soweit es sich um Ehrenbeamte handelt, sind sie aus dem Amtsverhältnis zu entlassen.* Aber schon der zweite Absatz behandelte Sonderfälle, die sogenannten Altbeamten, die bereits im Kaiserreich Beamte gewesen waren, und Kriegsteilnehmer im Fronteinsatz, beide Gruppen durften im Amt bleiben. Hindenburg hatte sich nachdrücklich für sie eingesetzt, nach Hindenburgs Tod verloren sie ihren Schutz. Schon vorher wurde Druck ausgeübt, daß diese Beamten *freiwillig* aus dem Dienst ausschieden. Wer das nicht tat, konnte nach Paragraph 6 *im Interesse des Dienstes* zwangspensioniert werden. Andere wiederum wurden zwangsweise beurlaubt, weil sie *national eingestellte Referendare* benachteiligt haben sollten oder wegen *nationaler Unzuverlässigkeit*. So konnten alte Rechnungen beglichen, Rache an fähigen, aber mißliebigen Ausbildern genommen werden. Auf einen Schlag waren in Preußen 640 jüdische Juristen beurlaubt worden; schöne Stellen wurden frei und wurden mit Parteigängern besetzt. Paragraph 4 drohte: *Beamte, die nach ihrer bisherigen politischen Betätigung nicht die Gewähr dafür bieten, daß sie jederzeit rückhaltlos für den nationalen Staat eintreten, können aus dem Dienst entlassen werden.* Es konnten auch Beamte *zur Vereinfachung der Verwaltung* in Pension oder Richter und Staatsanwälte an niedere Gerichte in der Provinz geschickt werden, was manche auch dazu brachte, um ihre Pensionierung zu bitten. Der Willkür war Tür und Tor geöffnet, aber immer konnte auf einen Paragraphen zur Rechtfertigung verwiesen werden. Für fast alle Richter und Staatsanwälte jüdischer Herkunft war die Situation im Mai noch unverändert, sie waren beurlaubt und wurden überprüft. Sie hatten Auskunft zu geben über ihre Zugehörigkeit zu politischen Parteien und Verbänden und über ihre vier Großeltern. Listen wurden geführt über die Versetzung in den Ruhestand oder die Entlassung aus dem Staatsdienst mit den entsprechenden versorgungsrechtlichen Konsequenzen. Im Herbst 1933, ein halbes Jahr nach der Verabschiedung des Gesetzes, war der Vollzug weitgehend abgeschlossen, und man hatte erreicht, die Betroffenen untereinander so zu spalten, daß für jeden andere Maßnahmen und Paragraphen galten als für seinen Kollegen.

Rasender Stillstand. Der Hinauswurf aus dem Gericht war das eine, die Anpöbelung war das andere. Kornitzer vergrübelte Stunden an seinem Schreibtisch, prüfte Adressen, setzte Bewerbungsschreiben in alle vier Himmelsrichtungen auf. Er war sich nicht sicher, ob er sich als jemand, der vom „Gesetz zur Wiederherstellung des Berufsbeamtentums" betroffen war, bewerben sollte, also ein rassisch Ausgegrenzter, oder ob er unter Weglassung seines Doktortitels sich als jemand bewerben sollte, der eine Veränderung in seinem Berufsleben suchte. Die erste Lösung appellierte an einen anständigen Arbeitgeber, der sich nicht von der Nazipropaganda beeindrucken ließ. Die zweite setzte eher auf den Sonderfall: Der Bewerber ist ein Außenseiter, ein Quereinsteiger, dazu mußte ein Arbeitgeber eine Neigung haben. Nur eines hatte sich Kornitzer verboten: demütiges Betteln, nervöses Drängeln. Es war ein dauerndes Kopfdrehen, ein angespanntes Lauschen nach Möglichkeiten zu arbeiten. Ein Durchforsten von Anzeigen, ein Zusammenrücken, ein Zusammenzucken, ein Aufgestörtsein, eine Alarmiertheit. Er war hinausgeflogen aus dem Richteramt, der Staat wollte ihn nicht mehr, was sollte ihm sonst noch geschehen?, fragte er sich. Vergrab dich nicht, Richard, sagte Claire. Geh ins Kino. Als sie die Ermunterung ausgesprochen hatte, kam sie ihr selbst lächerlich vor, aber als sie in Richards Gesicht sah, merkte sie, daß sie ihn mit ihrem simplen Vorschlag auch verletzt hatte. (Ein Menschenalter später würde ein amerikanischer Präsident an dem Tag, an dem die zwei Türme in New York angegriffen wurden und ausbrannten vor den Augen der Welt mit den dort Anwesenden und Arbeitenden, die Bürger seines Landes anweisen: *Go shopping!*)

Am 30. April 1933 vormittags fand in Berlin eine Kundgebung zum Thema „Deutsche Werbung für deutsche Arbeit!" statt. Hans Hinkel war anwesend, der „Reichskulturwalter" des „Kampfbundes für deutsche Kultur", der bald Staatskommissar für Kultur werden sollte, und Freiherr von Oberwurzer, der Wirtschaftsbeauftragte der NSDAP, und beide sprachen auf der Kundgebung. Der Redakteur des renommierten Branchenblattes „Seidels Reklame" schrieb einen Bericht: *Beide Redner rissen die Anwesenden mit und gaben ihnen ein erfreulich eindeutiges unmißverständliches Bild von der grundsätzlichen Einschätzung des neuen*

*Deutschlands zu den kulturellen und wirtschaftlichen Problemen unserer Zeit! Nach der Proklamation der Werbefachleute beschloß die von Orgelmusik, dem gemeinsamen Gesang der Nationalhymne und des Horst-Wessel-Liedes umrahmte Kundgebung die feierliche Verpflichtung der anwesenden Werber, sich und ihre Arbeitskraft jederzeit und uneigennützig für das Wohl der deutschen Arbeit einzusetzen.* Auch in der Werbung habe der Geist des neuen Deutschlands gesiegt. In der kommenden Zeit solle *kein Platz mehr sein für ausländische Reklame, die nicht der deutschen Wesensart entspricht.* Im darauffolgenden Jahr entzog der Werberat 37 Werbetreibenden auf Dauer die Genehmigung zu werben (mit anderen Worten: den Boden unter den Füßen), und gleichzeitig sprach er 76 Maßregelungen und Verwarnungen aus, wenn die Werbung nicht in das neue Konzept paßte. *Reklame,* das war eindeutig, war *im Grunde nichts als ein Überbleibsel jüdisch liberalistischer Wirtschaftsauffassung,* ein verhaßtes Überbleibsel aus der Weimarer Zeit.

Nein, Richard Kornitzer wollte nicht mehr ins Kino gehen, seit er gelesen hatte, Hitler sei zusammen mit Hugenberg und von Papen in einer Filmpremiere erschienen, was das für eine Filmpremiere war, wollte er gar nicht wissen, auch nicht, wofür Claire jetzt werben könnte vor einem Film, von dem er nichts wissen wollte. Claire fürchtete, er wolle auch von ihr nichts wissen an dem Abend nach dem unglückseligen Vorschlag, er wolle sich in seiner Verletzung zurückziehen, in einem Kokon, aber in der Dunkelheit der Nacht spürte sie ihn, sein Zittern, sein Tasten nach ihrem Körper, sein Sich-Aufbäumen. Es war nicht so, daß er Zuflucht im Körper seiner Frau suchte, es war eher so, daß die äußere Bedrohung, die Schutzlosigkeit ihn den eigenen Körper und seine Empfindsamkeit, Empfänglichkeit für Eindrücke, für Glück stärker fühlen ließ. Es war ein Triumph des Abgewandten, der Intimität, des dem Brüllen und Schreien auf den Straßen Versperrten, die Liebe öffnete sich auf leise, eindringliche Weise, vielleicht, als wären sie vorher noch gar kein „richtiges" Paar gewesen. Ein Ehepaar mit einem kleinen Jungen, einem Kindermädchen und einer schönen Wohnung, das die Paarwerdung noch übte und sich an einem Gelingen freute. Das Eheleben war jetzt eine Gewißheit in der Ungewißheit, ein Geschenk aneinander, füreinander, das die Körper nach dem Höhepunkt noch eine Weile durchschüttelte, außer sich brachte, als wolle etwas bersten, für das sie beide keinen Namen hatten. Es schwindelte Claire. Sie half sich, indem sie leise ins Bad tappte, sich wusch, die Ordnung des Tageskörpers für die Nacht wiederherstellte, es war ein ganz untaugliches Mittel, eher ein Symbol.

Am Morgen irritierte sie jetzt das PloppPloppPlopp der Tennisbälle im Innenhof des Woga-Komplexes. Wer spielte da so leichthändig, während die Kornitzers Sorgen drückten, die sie in der Dunkelheit der Nacht zu bannen suchten? Was dachten die Tennisspieler beim Spiel, was hatten sie am Abend zuvor gemacht, mit wem hatten sie zusammengehockt, um sich Chancen auszurechnen, um zu kungeln, was hatten sie gesehen, was hatten sie gelesen? Und wie verbrachten sie den Tag? Mit wem? Und wie hatten sie sich gewandelt in den paar Jahren des Woga-Baus? Ihre Körper gestählt? Die Vorstellungen von ihrem Leben? Ihre Vorstellungen, in welchem Staat sie leben wollten? Waren diese Vorstellungen überhaupt mit dem morgendlich frischen Tennisspiel in Übereinstimmung zu bringen? Der weiße Sport und die braunen Horden: das ging nicht zusammen. Einmal brach Claire in Tränen aus, während sie aus dem Fenster auf die weißgekleideten Spieler sah, sie würde nicht mehr zu ihnen gehören, und Richard auch nicht. Georg vielleicht, später mal. Und ihr Tränenausbruch, den Richard ihr aus dem Gesicht rieb, kam ihr peinvoll und jämmerlich vor im Angesicht der großen Probleme. Dr. jur. Richard Kornitzer, ihr

Mann, durfte unter diesem Regime nicht mehr in seinem Beruf, den er liebte, arbeiten. Ihr kleiner Sohn müßte, wenn er ein Schulkind wurde, über Vater und Mutter und ihre Einstellungen zu diesem und jenem berichten, auch über die Geburtskonstellation war Auskunft zu geben. Das überforderte das kleine Kind, das verstörte die Eltern. Was waren sie, ein Ehepaar, das die familiären Tabus ignoriert hatte? Ein Jude, der einfach eine Protestantin geheiratet hatte, und eine Protestantin, die mit einem geborenen, aber nicht gläubigen Juden sprach, sprach, sprach, bis er ihre Freude, er möge mit ihr eine protestantische Kirche aufsuchen und sich zu ihr bekennen, verstand, aber ihr nicht nachgab? Darin war eine Fraglosigkeit der Liebe, keine Überschreitung, kein Übertritt und auch kein Fehltritt. Aber es gab keinen Altar, vor den sie gemeinsam hätten treten können. Die Orte der Gemeinsamkeit waren Orte der Abwiegelung geworden, zu denen die Erregungen nicht paßten.

Aber sie war auch einmal in Tränen ausgebrochen, als Richard in sie drang. Der Tränenausbruch war eine Erleichterung in der übergroßen Spannung, unter der sie sich befand. Aber Richard, der die Nässe, die ihr Gesicht überströmte, sofort bemerkte, zog sich schockiert, verletzt zurück, als habe er sie zum Weinen gebracht, aber so war es nicht. Die übergroße Nähe war es, kein Blatt Papier paßte mehr zwischen sie. Und als Richard sie, aus dem ehelichen Gleichmaß des Gebens und Nehmens hinauskatapultiert, im Dunklen fragte: Claire, warum weinst du denn?, wußte sie nicht wirklich zu antworten. Sie weinte nicht aus Traurigkeit, sie weinte nicht aus Verlustangst. Sie weinte, weil sie ihren Mann in aller Entblößtheit der Angst vor der Zukunft erkannt hatte, ja, nackt und bloß und zitternd, und sie weinte, wie sie sich ihm zeigen mußte, nackt und bloß und voller Angst, was werden sollte aus ihnen. Hatten Adam und Eva, als sie sich zum ersten Mal vollkommen nackt sahen, auch geweint?, schoß

es ihr durch den Kopf. Es ist nichts, Richard, sagte sie, es ist nur ein Überschwang, und sie glaubte, ihre Stimme habe belegt geklungen.
War Claire früher gerne mit Richard zu Filmpremieren gegangen, wenn ein Werbefilm aus ihrer Firma lief, so hatte sie jetzt den Eindruck, sie stoße an einen Bordstein und stolpere, immer wieder. Ja, sie war willkommen. Ja, man konnte die Geschäftsführerin der Werbefilmfirma gut brauchen, sie war angesehen, zweifellos. Aber etwas stockte, bremste aus, blockte ab. Und sie mußte sich sagen, es war der Mann an ihrer Seite, an dessen Seite sie sich gerne zeigte. Der um seine Arbeit gebrachte Richter war nicht mehr so präsentabel, was sollte man ihn fragen, mit welchem Thema einbeziehen? Jemand, dem das „Juden raus" in den Ohren klang, schaute nicht ganz glücklich, begeisterte sich auch nicht für jeden Film. Es war ja nicht so, daß „ihre Leute", so nannte sie die Filmleute, sich maßlos in das politische Fach mischten. Eher war es ein Wind, der über sie hinweg wehte und ihrem Mann ins Gesicht blies. Der Beginn kam schleichend, auf leisen Sohlen, und daß dies der Beginn war, ahnte sie nicht, ahnte ihr Mann nicht. Es waren Maßnahmen, die zu beachten waren, Maßnahmen, die zweifellos unerfreulich waren und den eigenen Radius einengten. Aber wie lang, zu welchem Zweck? Das mußte sorgsam beobachtet und am Abend analysiert werden.
Claire und er waren in diesem Sommer häufig mit dem kleinen Georg zum Wannsee gefahren. Georg, bewaffnet mit Eimerchen, Backformen, die er aber nicht benutzte, und einer Schaufel, schippte Sand und trug ihn ins Wasser, als könnte er mit Beharrlichkeit zum Grund des Strandes vordringen und fände, wenn er nur tief genug graben würde, etwas, das nicht Sand war, etwas Überraschendes, vielleicht einen Schatz. Claire und Richard liebten die Strandausflüge mit dem Kind, er schwamm

hinaus, weit hinaus, Claire blieb bei Georg am Ufer, zeigte ihm den Vater als einen kleinen Punkt im Wasser, dann tauchte Richard wieder auf, ein großer, nasser menschlicher Seehund, der sich schüttelte und, auf einem Bein hüpfend, sich doch wieder in den Vater verwandelte, der sich das Wasser aus dem Ohr rieb. Georg lachte, lachte, und dann setzte sich der Vater zu ihm in den Sand, hinterließ eine feuchte Spur, und Claire stieg ins flache Wasser, winkte zurück, warf sich ins brusttiefe Wasser, dann war ihre Gestalt unter der Menge der Badenden nicht mehr auszumachen. Aber Richard schaute auf den See, bis er sie wieder entdeckte oder besser: ihre gelbgestreifte Bademütze. Er spielte mit Georg, half ihm beim Schaufeln, und als Claire wieder vor ihm stand, strahlend, kraftvoll, war er, ja was?, ja, er war glücklich. Der Wannsee schien vergoldet, gleißendes Licht, die Segelboote am Horizont wie Wattetupfer, Kornitzer roch nicht mehr den penetranten Geruch des Sonnenöls, hörte nicht mehr das Kreischen und Rufen der Badegäste um die Familie herum, er sah das Licht, trank das Licht, und dann streckte sich Claire, trockengerubbelt, neben ihm aus, berührte zufällig oder nicht mit ihrem Knie sein Schienbein, und er mußte seine Erregung verbergen, indem er sich auf den Bauch drehte. Georg planschte im Wasser, aber er ging unsicher tapsend mit bloßen Füßen auf dem Sand. Die Masse des Sandes, der zu schaufeln war, interessierte ihn, die einzelnen pieksenden Sandkörner waren ihm zuwider.
In diese schönen Tage platzte die Verordnung vom 22. August 1933, daß ab sofort am Wannsee Juden das Betreten der Badeanstalt verboten war. Kornitzer las die Verordnung, las sie zweimal, dreimal, fassungslos über die Demütigung, fassungslos, daß dies das letzte Sommerglück gewesen war. Daß die Machthaber ausgerechnet das Badevergnügen mit Sanktionen belegten, machte ihm klar, jede körperliche Nähe zwischen Ariern

und Juden sollte und mußte verboten werden. Das Tauchen in dasselbe Wasser, das zufällige Berühren der Körper im Wasser, die Nähe eines arisch-nicht-arischen Paares im Wasser, auf dem Strand, auf dem Handtuch, das auf den Strand gebreitet war, all das wurde tabuisiert. Daß ausgerechnet das Baden sanktioniert war, eine unsichere und gleichzeitig platte und primitive Anspielung auf die Mikwe, auf die Erotik des Schauens, Berührens, die in allen Badevorgängen eine Rolle spielte, empörte ihn. Er zeigte Claire schweigend die Verordnung, sie las sie, schaute ihn an mit ihren algengrünen Augen und sagte ruhig: Wir werden anderswo schwimmen gehen. Das war lieb gemeint, heilte aber nicht seine grundsätzliche Verletzung, die die Machthaber gezielt wie mit einem Nadelstich gesetzt hatten: Juden waren unsauber, es verbot sich, Körpersäfte mit den ihren zu mischen, es verbot sich die gemeinsame Nacktheit, ja, es verbot sich die Intimität, nicht nur das Baden im Wannsee, in allen möglichen Schwimmbädern war es verboten. Das Verbot des harmlosen Schwimmvergnügens, das war ihm klar, zielte auf jegliche Intimität zwischen Juden und Ariern, seine Ehe war bedroht, die Intimität mit Claire war bedroht, obwohl sie das nicht so sehen wollte. Es ging darum, die Meinung durchzusetzen, Juden seien eine fremde, bösartige Rasse, die eine Gefahr darstellte für die gutartige Rasse der Arier. Claire war dann besonders zartfühlend ihm gegenüber, er spürte das, aber es drang nicht wirklich zu ihm. Sie gibt sich Mühe, sagte er sich, sie gibt sich so viel Mühe. Aber das half ihm nicht, er registrierte es. Er erinnerte sich daran, wie seine Mutter ihm erzählt hatte, daß ihre Hochzeitsreise auf die Insel Borkum ihr und dem Vater grundsätzlich verdorben worden war durch den schon im Wilhelminismus herrschenden Bäder-Antisemitismus. Deutlich habe man ihnen zu verstehen gegeben, daß Juden (oder Menschen, die aussahen, als könnten sie Juden sein) in den Strandhotels unerwünscht waren. So war das junge Paar weiter nach Antwerpen gereist und hielt sich bei den gewaltigen Rubens-Gemälden auf und vergaß die Kränkung wieder.

Richard und Claire kamen dann von einer Premiere nach Hause, gut angezogen, gut gelaunt, aber auch beklommen. Mit wem haben wir geredet? Nur ein paar Mal mit dem Kopf genickt. Mit wem hast du, Claire, Verabredungen getroffen? Mit niemandem. Und wer hat mit dir, Richard, das Gespräch gesucht? Ich weiß es nicht, wirklich, ich weiß es nicht. Es wäre besser, Claire, du gingest zu der nächsten Premiere allein. Claire protestierte heftig, nicht nur der Liebe wegen, auch weil es gänzlich unüblich war, daß eine Frau allein zu einer Premiere kam, es sei denn, sie käme zu einem bestimmten, sehr durchsichtigen Zweck. Eine Dame mußte doch in ein Auto verbracht werden, ihr zarter Ellenbogen mußte doch auf dem Weg eine Treppe hinauf gestützt werden, ihr Mantel an der Garderobe geholt werden, sie brauchte einen Beschützer. Gab es den nicht, schien das unangemessen, ein Makel. So war die allgemeine Vorstellung, die Claire und Richard Kornitzer nicht teilten, aber sie hatten teil an der Gesellschaft, die so dachte. Auch wenn die Frau eine Firma regierte und sie machtvoll war in ihrem Gebiet, aber doch nur in ihrem Gebiet, sollte jemand an ihrer Seite sein.

Kornitzer gelang es nach sieben Monaten, eine Arbeitsstelle zu ergattern. Er wurde Prüfer in einer Glühlampenfabrik und mußte dankbar dafür sein, daß niemand ihm groß Fragen stellte und er keine weitreichenden Erklärungen abgeben mußte. Er war eingestellt worden mit seinen Papieren, ein Fließband tuckerte an seinem Platz vorbei, dort hatte er sitzen zu bleiben bis zur Pause. Die linke Hand griff, faßte die Glühbirne, setzte sie auf den Kontakt, sie leuchtete auf, die rechte Hand zog sie weg, steckte sie aufrecht in einen Karton, die linke Hand griff die nächste Birne, die rechte zog sie weg, es war wie ein dauerndes Paddeln oder ein Crawlen, bei dem aber die Schultern und Oberarme möglichst kleine Bewegungen machten, während die Gelenke der Ellenbogen, Handgelenke belastet wurden. Er mußte schnell sein und präzis, und alle abschweifenden Gedanken waren von Übel.

Dann fühlte Claire sich schwanger, und das plötzliche Weinen hatte vielleicht eine nachträgliche vernünftige Erklärung. Die Ahnung von der zweiten Schwangerschaft war ein Erschrecken, geht das denn?, geht das noch?, der enger werdende Radius, die Sorgen, die Zukunftsangst. Es kam ihr vor, als verletze die Schwangerschaft die große Intimität, die sie mit ihrem Mann gewonnen hatte, seit sie sich abschotteten vor dem Draußen. Die vermutete Schwangerschaft, die ja eine Folge der großen Intimität war, drängte sich zwischen sie und ihren Mann. Zwei Wochen tat sie gar nichts, grübelte, wartete auf einen einzigen Blutfleck in ihrer Wäsche, starrte die weiße Baumwolle so lange an, als könne sie sie mit einem machtvollen Blick zum Erröten bringen, aber so war es nicht. Als der Arzt ihr gratulierte, sah sie ihn irritiert an und verabschiedete sich rasch. Am Kurfürstendamm betrat sie seit langem zum ersten Mal wieder ein Café und bestellte eine Tasse Schokolade. Während die heiße Flüssigkeit in sie hineinsickerte, dachte sie nichts, nichts, und sie beobachtete sich in der bestürzenden inneren und äußeren Leere. Ihr Mann, zurückgekehrt aus der Glühbirnenfabrik, nahm die Nachricht von der Schwangerschaft vollständig anders auf, als sie erwartet hatte. Claire, sagte er, und seine Stimme kiekste ein bißchen: Wie schön für Georg, dann ist er nie mehr allein. Ihr großes Aber überhörte er. Und was er dann noch sagte, über eine Familie, über eine große Familie, die er sich immer gewünscht hatte als einziger Sohn, der seinen Vater früh, noch als Quartaner, verloren hatte, war wie Rauschen, sie hörte es, und sie hörte es nicht, ein beruhigender Wasserfall, dem kein Widerspruch gewachsen war. Sie bewunderte Richards Mut (oder war es eher Gleichmut?), in seiner Gegenwart schien alles harmonisch zu sein oder harmonisch werden zu wollen. Es wird schon gehen, und es ging ja auch. Die zweite Schwangerschaft, die ihr am Beginn wie eine unendliche Last vorkam, war leichter als die erste. Richard fuhr mit seiner Fingerspitze häufig die blauen, sich abzeichnenden Adern auf ihrer gespannten Bauchdecke entlang, als wäre dieser Bauch ein zu entdeckender Kontinent mit Flüssen und Wasserscheiden, etwas unerhört Neues, das er freudig in Besitz nahm. Das Kind bewegte sich so heftig in ihrem Leib, Beinschläge fürs Delphinschwimmen, es strampelte und purzelte, pochte, als wolle es unbedingt Laut geben, sobald es das konnte.

Selma war ein Frühlingskind, ein lebhaftes, kräftiges Kind, das in der Wiege laute Unmutsäußerungen von sich gab, nicht so träumerisch wie der kleine Georg. Er nahm die Anwesenheit der Schwester mit Erstaunen auf, zeigte ihr das geliebte Feuerwehrauto, eine vergebliche Liebesmüh, aber wenn sie gebadet wurde, nahm er lebhaften Anteil, hatte genaue Vorstellungen, daß Cilly oder Claire auch die Zwischenräume der Finger und Zehen und den schmalen Raum hinter den Ohren waschen sollten. Seine Enttäuschung, daß Selma noch ziemlich klein war, versuchte er zu kaschieren, aber sie stand doch deutlich in seinem Gesicht. Selma war nicht mal ein halbes Jahr alt und Georg gut dreieinhalb Jahre, als die Nachricht kam, ab dem Jahr 1936 würde in den Volksschulen die Rassentrennung eingeführt. Richard und Claire berieten: Galt das auch für Kinder eines jüdischen Vaters und einer protestantischen Mutter? Wo konnte man sich erkundigen? Und würde man nur Argwohn erregen, wenn man Erkundigungen einzog?

Einen Tag nachdem die Verordnung über die Volksschulen herauskam, wurde wieder eine neue Bestimmung bekanntgegeben: in Zukunft seien für Juden nur noch Pässe für das Inland auszustellen. Sofort tastete Kornitzer nach seinem Paß, ja, er war noch gültig, blieb noch einige Jahre lang gültig. Das war beruhigend und gleichzeitig eine Bedrohung. Was bedeutete dieser Paß für Claire und die Kinder? Nur im Notfall wollte er von diesem Paß Gebrauch machen. Seine Mutter war allein in Berlin, immer noch in der zu großen Kurfürstendamm-Wohnung, und wohin mit zwei kleinen Kindern, einer Frau, deren ökonomische Aussichten sich zusehends verschlechterten, und einem unsicher gewordenen Beruf? Wieder vier Tage später, am 15. September 1935, traten die Nürnberger Gesetze in Kraft. Ihr Paragraph 1 hieß: *Eheschließungen zwischen Juden und Staatsangehörigen deutschen oder artverwandten Blutes sind verboten. Trotzdem geschlossene Ehen sind nichtig.* Im Paragraph 3 stand: *Juden dürfen weibliche Staatsangehörige deutschen oder artverwandten Blutes unter 45 Jahren in ihrem Haushalt nicht beschäftigen.* Die Paragraphen waren Keulenschläge, unter denen sich die Kornitzers duckten. Es klingt so, sagte Claire, als würde ein Jude jede jüngere Frau mit Küchenschürze sofort anfallen. Bin ich der Arbeitgeber des Mädchens oder du?, zweifelte Kornitzer, doch es half nichts, Cilly mußte entlassen werden. Aber Sie waren doch mit mir immer zufrieden?, fragte sie in aller Unschuld. Ja, sie waren zufrieden, aber Hitler war unzufrieden mit einem jüdischen Arbeitgeber, Cilly verlor ihre Stelle, am letzten Arbeitstag brachte sie einen Strauß Astern mit. Ich weiß ja, Sie können nichts dafür, Frau Kornitzer. Es war ein Sprechen in Unterlassungen, in Auslassungen. Georg weinte nicht, als er sich von Cilly verabschiedete. Er kannte noch kein „nie wieder". In den nächsten Tag saß er apathisch herum, er hatte nun verstanden, daß Cilly nicht mehr kam, aber warum, warum?

Selma schrie, schrie und ließ sich nicht beruhigen, vielleicht weil sie die Unruhe und Nervosität um sich herum spürte. (Eine Projektionsfläche ihrer Eltern?) Mit wieviel Ruhe hatte Claire sich Georg gewidmet, wenn er gestillt wurde, wie schuldbewußt war sie gewesen, wenn sie seinen Schnupfen, sein aufkommendes Fieber übersehen hatte. Das kleine Mädchen in der Wiege gedieh, aber ganz nebenbei, die Sorgen wuchsen, und es wuchs auch. Sein dunkles Schöpfchen stand zu Berge. Das zweite Kind wehrte sich durch Vitalität gegen die Entwertung. Es stimmte ja, was Richard gesagt hatte: Georg war nie mehr allein. Aber er schlief auch schlecht, wachte auf, wenn Selma wie am Spieß schrie und nicht mit Kamillentee oder einem väterlichen Finger, an dem sich lutschen ließ, zufriedengestellt werden konnte. Selma war auch nie allein, nie hatte sie die ungeteilte Aufmerksamkeit, die der zarte Georg auf sich gezogen hatte. Und wenn Claire, erschöpft vom Schreien des Kindes, abends zu Richard sagte: Ich könnte auch schreien vor Wut und Verzweiflung, erzählte ihr Richard: Wenn ich meinen Kollegen in der Glühlampenfabrik zuhöre, reden sie von Fußball-Ergebnissen, vom Rennfahrer Rudolf Caracciola und von Boxkämpfen in einer Mischung von Apathie und Vergnügungssucht. Sofort nach Feierabend und in den Pausen geht es in die Kantinen und Kneipen. Man besäuft sich, macht Krach, und wenn Radiomeldungen kommen, wollen die Kollegen von all dem nichts wissen, lieber grölen sie: Wir versaufen unserer Oma ihr klein Häuschen. Es ist eine Stimmung verzweifelter Gleichgültigkeit, Gebrüll, Gekreisch, Rohheit, eine verschwitzte Kameraderie in den wilhelminischen Ziegelkathedralen der Arbeit. Das ist die Volksgemeinschaft, zu der ich nicht gehöre. Ich muß die Zähne zusammenbeißen.

# Der Aufprall

Das Jahr 1938 beginnt mit einem Schock: Kornitzers Mutter stirbt. Nicht daß Kornitzer gedacht hat, seine Mutter werde ewig leben, aber er hat ihre Klagen nie ganz ernst genommen: daß sie doch eine alte Frau sei und müde der Kämpfe, daß sie todmüde sei (er hat dieses Wort nicht wirklich zu sich dringen lassen). Wenn er sie mit sich selbst verglich (wenn das überhaupt möglich war), so hatte sie doch eine gesicherte Existenz. Die Klagen waren einfach an ihm abgeprallt. Und wenn er sie besucht hat in der kalten Pracht der großen Ku'damm-Wohnung mit den Wandschränken, Winkeln und Abseiten, amüsiert er sich auch leise über die unnachahmlich damenhafte Art, wie sie ihm eine Flasche schwarzen Johannisbeersaft entgegenhält: Bitte öffne sie, ich bin zu schwach. Er hat rasch durchschaut, wie taktisch (auch originell) sie ihre Hilflosigkeit einsetzt. Einmal gibt sie ihm Glühbirnen in die Hand, die er, auf einem wackligen Stuhl balancierend, in ein blasses Seidenschirm-Wandlämpchen einschrauben muß, und gleichzeitig muß er viel Staub wegpusten. Ein anderes Mal zeigt sie ihm einen tropfenden Wasserhahn, der nach einer Dichtung verlangt. Er fühlt sich gleichzeitig unter- und überfordert von diesen kleinen Hausmeistertätigkeiten, die eine Unterlage für ein Gespräch zwischen Mutter und Sohn sein könnten, aber dazu kommt es nicht. Und während er hier und dort an den Gewinden herumschraubt, klagt sie: Was soll denn werden? Was soll denn werden? Und sie beschwört Kornitzers im Weltkrieg gefallenen Vater, ihren zweiten, an einer Embolie plötzlich gestorbenen Mann, der sicher gewußt hätte, was man nun tun solle – jetzt in Deutschland. Er hätte die richtige Entscheidung gefällt, meint sie. Kornitzer bezweifelt das. Er bezweifelt alles Mögliche. Er hat seinen Schrecken über den Tod des Vaters im Sinn behalten, die Erinnerungen sind bruchstückhaft, an eine weitreichende, vorausschauende Klugheit, die noch in das nächste Jahrzehnt hinüberlappt, erinnert er sich nicht. Kornitzers Mutter bezweifelt sein Bezweifeln, sie weiß vieles aus Bedacht nicht, oder sie wünscht es nicht zu wissen. Auch über ihre Vermögensverhältnisse weiß sie nicht wirklich Bescheid. So scheint es ihm. Es ist, als wolle sie ihn mit den Hausmeistereien in der stickigen Wohnung zu einer Entscheidung bringen. Wenn du schon so abgesunken bist, daß du in einer Glühbirnenfabrik arbeiten mußt, bist du ein anderer Sohn geworden als der Juristensohn, auf den ich stolz war. Der Richter, der du warst, hätte Rat gewußt. Kornitzer kam es manchmal vor, als stecke in ihren prononcierten Klagen ein Vorwurf, er sei es selbst schuld, daß die Nazis ihn aus dem Richteramt gejagt hätten, und er mußte seinen Zorn herunterschlucken. Die rassische Verfolgung ignorierte sie, so gut es eben ging. Sie war einfach eine Dame, in deren Welt vieles unvorstellbar war. Daß man im Scheunenviertel aufräumte, nun ja, dafür hatte sie sogar Verständnis. Ihr Lebensraum hatte sich verengt, die große Wohnung saß wie eine faltige Hülle um ihren Körper, sie faßte sich ans Herz, blieb tagelang im Bett, die unvermeidliche Flasche mit Johannisbeersaft neben sich. Was für einfache Dinge wichtig wurden: das Übrigbleiben, das Reduzieren. Die Enttäuschung stand im Raum, daß der Sohn letztendlich oder von Anfang an in seinem Erwachsenwerden weder den ersten Ehemann noch den zweiten ersetzte, doch das war kein Vorwurf, nur ein Gefühl, das sich Kornitzer mitteilte. Sie ließ den Arzt kommen, zählte sorgsam die Herztropfen, die er verschrieb, in einen Eierbecher, dann stand sie wieder auf und empfing Freundinnen und Freunde, den Sohn, die Schwiegertochter, die Kinder, die sich gerne in den Abseiten der Wohnung versteckten, und alles war wie immer. Nun war sie tot, und alles war anders. Kornitzer machte sich Vorwürfe, er habe ihre Klagen auf die leichte Schulter genommen.

Seine Mutter war auf weitschweifige und beharrliche Weise gläubig gewesen, nur die Speiseregeln hatte sie, nachdem sie Witwe geworden war, aufgegeben. Zu vielerlei, all das Geschirr, die zweifache Menge von Töpfen. Doch auf einer Regel beharrte sie: Nach dem Fleischernen nie mehr Milch. So servierte sie nach dem Essen nur schwarzen Kaffee, und keine Bitte konnte sie erweichen, nur ein winziges Kännchen Milch auf den Tisch zu stellen, es war verboten, sie war gesetzestreu. Sie tauchte mit Eifer in das Laubhüttenfest, band die Sträuße und verbrachte in Ermangelung einer Hütte viel Zeit auf ihrem zugigen Balkon, der wie ein Schwalbennest über der Verkehrsader hing. Die bunten Papiergirlanden, die andere über ihren Balkon hängten, waren nicht nach ihrem Geschmack gewesen. Jetzt war es genug. Abdankung, die Freiheit, gehen zu können zur rechten Zeit, zur längst überschrittenen Zeit, die gerade noch angehalten werden konnte. (Wie lang und mit welchem Ergebnis?)

Der Brauch sagte, daß die Tote bis zum Begräbnis nicht allein gelassen werden dürfe, allerdings auch nicht berührt werden solle. Warum das so war, wußte Kornitzer nicht. Die Zeit kam ihm vor wie ein genormtes Innehalten, eine Ruhe, die er sich selbst nicht gegönnt hätte, die aber nun erzwungen war. Es war so viel zu tun und zu regeln. Und so saß Kornitzer viel Zeit neben der Toten, sah in ihr Gesicht und versuchte, sich zu erinnern, wie sie als junge Frau ausgesehen hatte. Nach dem Brauch hätte er Psalmen sprechen sollen, aber nach dem Anruf des Höchsten in poetischer Form, nach der Formelhaftigkeit der Riten, war ihm nicht zumute. Lieber erinnerte er sich an ein hochfahrendes Lachen seiner Mutter, eine Kopfwendung, mit der sie eine vermeintliche Besorgnis abschüttelte. (Später ließ sich die Besorgnis nicht mehr abschütteln, hing wie ein Geruch in den Kleidern.) Er erinnerte sich eher an gefältelte, um den Busen herum geraffte Voilekleider als an ihr junges Gesicht, was ihm ein Schuldgefühl einflößte. Und er erinnerte sich an die baumbestandenen Straßen in der Südstadt von Breslau, in Kleinburg, wo er gewohnt hatte als Kind, an die gotischen und barocken Bürgerhäuser um den Markt, das machtvolle spätgotische Rathaus mit seinem reichen Figurenschmuck, das Schachbrett der Gassen in der Altstadt, die Dominsel mit den beiden Hauptkirchen der Stadt, der Kreuzkirche und dem Dom und der fürstbischöflichen Residenz, die nur noch Insel hieß, aber keine mehr war – ein Nebenarm der Oder war zugeschüttet worden –, an die Sandinsel, an die Kastanienkerzen am Ufer des trägen Flusses, das gewaltige Dunkel der Elisabethkirche und die Promenaden auf dem Ring des Stadtgrabens. Ihm kam auch die enge Krullgasse, die Hurenstraße mit dem phantasierten Geruch nach Sperma und dem wirklichen Geruch nach Urin, der den neugierigen Schülern in die Nase stieg, in den Sinn. (Diesen Gedanken schickte er schnell wieder weg.) Er dachte an die riesige Jahrhunderthalle, die gebaut wurde, als er zehn Jahre war, ein Staunen über die Gewaltsamkeit des Aufbruchs kurz vor dem Weltkrieg, das sich in Berlin dann zwangsläufig wieder verlor. Damals wollte er Architekt werden, ein Wunsch, der verblaßte mit der Zeit und der ihm wieder vollkommen vernünftig schien für den Jungen, der er gewesen war, in der Zeit, in der er Claire kennenlernte mit ihrer Begeisterung für die zeitgenössische Architektur. (Natürlich war sein Interesse eher durch das Baumeisterhafte erweckt worden, durch die Schichtung von Steinen, weniger durch den Plan, durch eine Struktur. Ein Kind bildet sich das Generalstabmäßige nur ein, es erfindet die Dramatik des Eingreifens, es erwartet nicht die

Zähigkeit, die die Voraussetzung des Gelingens ist. Es kann die Niederlagen auf der mittleren Strecke nicht einschätzen. Das Gelingen ist märchenhaft. Das tagträumende Kind steht in der Mittelachse des Gelingens.)
Zum Begräbnis kamen Verwandte, an die er sich nur mühsam erinnern konnte. Und andere, die er gewiß erwartet hatte, fehlten, sie waren in alle Himmelsrichtungen emigriert. Und er spürte so etwas wie ein inneres Schulterklopfen, naja, du hast eine *arische* Frau. Und er merkte, wie Claire sich neben ihm versteifte, wie ungern sie eine solche Bemerkung hörte. Und er murmelte: Ich arbeite in einer Glühbirnenfabrik, wie lange das noch geht, weiß niemand, und wir haben zwei kleine Kinder. Er sah zwei Trauergäste, die ihm ganz grotesk erschienen. Sie drehten die Kippa links und rechts herum und wußten nicht wirklich, wie und wann sie sie aufsetzen sollten, bis sie sich irgendwie entschlossen, dabei halfen sie sich gegenseitig. In der Synagoge gingen sie auf die falsche Seite, auf die Seite, die den Frauen zustand, man scheuchte, man komplimentierte sie weg, und umständlich mußten sie, als sie den Fehler endlich gemerkt hatten, auf die rechte Seite rücken. Richard Kornitzer fühlt einen gewissen Zorn, sind jetzt schon Spitzel bei einem jüdischen Begräbnis?, aber ein naher Verwandter flüstert ihm zu: Es sind Söhne des jüngsten Bruders deines Vaters, Namen, Namen, die ihm nichts sagen, und sie leben in Frankfurt am Main. Hast du sie nie kennengelernt? Nein, er kennt sie nicht, erinnert sich aber an den fernen Onkel mit dem Rabengesicht. Sie drücken dann beide jeweils rote Taschentücher vor ihr Gesicht. (Warum? Kennen sie die Tote besser, als Kornitzer denken kann? Haben sie sie jemals vermißt? Jetzt? Wann? Jetzt oder nie?) Also ein rotes Taschentuch in der Doppelung, linkshändig oder rechtshändig zwillingshaft, und sie beginnen zu schluchzen. Ist das lächerlich? Der eine Trauergast wird derart

geschüttelt von der Bewegung des Körpers und des Gemütes, daß er nach kurzer Zeit die Trauergemeinde verlassen muß. Und auch der andere schluchzt, ständig sich schneuzend, in sein rotes Tuch, störend, ja vollkommen übertrieben. Und dann, in einem kurzen Gespräch beim Verlassen der Synagoge, entschuldigen sich beide wie aus einem Mund, daß sie gelacht hätten während der Feier, der hebräische Singsang, die geliehenen Gebetskappen, der auf einem Wägelchen mit Gummirädern aufgebahrte Sarg, all das habe sie so aufgeregt, all das sei ihnen derart komisch vorgekommen, daß sie nicht mehr hätten an sich halten können. Und dann hätten sie eben so gelacht als ob sie weinten. Kornitzer stellte sich das Gesicht seiner Mutter vor, wenn sie eine solche Mitteilung jemals empfangen hätte, das befremdete Gesicht, und dann stellte er sich gar nichts mehr vor.

Als der Rabbiner die Trauerrede hielt, war Kornitzer im Kopf immer noch in Breslau, er dachte an die Neue Synagoge in Breslau, die ihm als Kind riesig erschienen war, und sie war es ja auch mit ihren zweitausend Plätzen. Ein überkuppelter Zentralbau mit vier niedrigen Ecktürmen, eine Rosette prangte über dem Hauptportal. Es war ein pompöser Bau auf einem frei zugänglichen Grundstück, so daß man die Synagoge von allen Seiten betrachten und umrunden konnte. Die Neue Synagoge in Berlin war freilich noch größer, aber die hatte er kaum mehr besucht. (Von der Synagoge in Breslau ist nach ihrer Zerstörung am 9. November 1938 nur der Staketenzaun stehengeblieben, an die opernhaft riesige Synagoge in Berlin-Wilmersdorf erinnert nur eine Gedenktafel, Schrebergärten haben sich mit schlingpflanzenhafter Beharrlichkeit auf ihrem Gelände breit gemacht ohne Gedächtnis.)

Kornitzer schreckte auf, merkwürdig berührt über die Verzögerung, als er an der Reihe war, den Kaddisch für seine Mutter zu beten und Gott zu preisen. Und als er es tat, zitterte seine Stimme. Ja, er hatte verdrängt, daß seine Mutter sterben würde und er Sohnespflichten hatte. Beim Verlassen des Friedhofs wuschen sich alle Gäste die Hände, es war Brauch, sie nicht abzutrocknen und so symbolisch die Erinnerung an die Verstorbene zu behalten. Wäre seine Mutter ein paar Jahre früher gestorben, hätte er die Trauergäste in ein Restaurant eingeladen, nun fürchtete er, die große jüdische Gesellschaft würde anecken oder gar kein Restaurant finden, das sie bewirten würde. Und einer solchen Schmähung wollte er die Gäste und sich selbst nicht aussetzen. So fuhren sie in kleinen Gruppen in die leere Wohnung am Kurfürstendamm, eine Nachbarin hob die Augenbrauen, schnaubte die Nase über die lästige Störung, als sie ankamen. Sie kondolierte nicht, obwohl Kornitzer sie lange vom Sehen kannte. Sie hatte einen kalten Blick wie: Wir sehen uns noch. Und Kornitzer ahnte, sie hatte schon auf dieses und jenes Stück aus dem Nachlaß ein scharfes Auge geworfen.

Nun tat die Gesellschaft doch etwas, was gar nicht geplant war, sie saß *Schiwa*, wie es der Brauch war, ein Brauch, der sich umstülpte und in sein Gegenteil verkehrte. *Schiwa* hieß die siebentägige Trauerperiode, die dem Begräbnis folgte, für die jetzt kein Mensch mehr Zeit und Nerven hatte. Trauernde sollten in dieser Zeit zuhause bleiben und keine Arbeit verrichten. Es wurde auch erwartet, daß sie auf niedrigen Schemeln saßen, keine ledernen Schuhe trugen, als wäre jeder Aufbruch von Übel, aber man sollte auch auf das Rasieren, Baden, Schminken, Haareschneiden und den Geschlechtsverkehr verzichten, so war es vorgegeben, so sollte es wieder erneuert werden aus dem alten Bund, der herüberragte in die Bedrängnis. Der Verzicht auf körperliche Hygiene war in einer weitläufigen Ku'damm-Wohnung mit Heizung und heißem Wasser sinnlos, aber der Verzicht auf das Sprechen über das Zukünftige, das

Notwendige wäre lebensbedrohlich geworden, und so wurden nicht nur die Routen der Freunde und Verwandten, die zum Begräbnis nicht mehr anwesend sein konnten, diskutiert, sondern auch die Hoffnungen und Befürchtungen der Zurückgebliebenen. Die beiden Vettern aus Frankfurt, das war nach ihrem Auftritt in der Synagoge fast selbstverständlich, waren nicht mehr mit zu der kleinen Abschiedsfeier gekommen, vielleicht waren sie schon im Aufbruch, vielleicht waren sie in der großen Stadt untergetaucht, suchten auf eigene Faust Möglichkeiten, besonders schlaue Bedingungen, Konsulate, die andere längst abgeklappert hatten – umsonst. Es war ein hektisches Schnattern in den verschatteten Räumen mit den schweren Möbeln und Vorhängen, die Claire und Richard Kornitzer bald leerräumen mußten, eine Systematik des Ausatmens, des Abbaus der Zimmer und der eigenen Befindlichkeit. Wohin, wie weiter?, geflüsterte Adressen und hinausposaunte Meinungen über Verordnungen und Maßnahmen. Man sprach kaum mehr über die Tote, die Sorgen der Lebenden standen im Vordergrund. Was sprach für das Auswandern, was für das Bleiben?

Das Ordnen des Nachlasses war eine übergroße Pflicht, die in die Phase hineinreichte, in der das eigene Leben in Sicherheit gebracht werden mußte und in der die Pflicht an Bedeutung verlor, vielleicht sogar jede Bedeutung konterkarierte zu einer papierenen Vernünftigkeit, aus der niemand sich mehr verabschieden konnte. Kornitzer erbte. Und er erbte nicht zu knapp, Geld, ein Grundstück in Schmargendorf, ein Aktienpaket, Gegenstände, für die er einen Platz finden mußte, wenn er sich nicht von ihnen trennte. Das Barvermögen war eine Summe, die ihm noch vor kurzem unbegreiflich gewesen wäre. (Und er war sich selbst einigermaßen unbegreiflich als ein so frischer Erbe.) Wie seine Mutter die Summe durch die Inflation gerettet hatte oder auf welche Weise sie sie später vermehrt hatte, wußte er nicht. Das Nichtwissen beschämte ihn, oder er fühlte sich durch seine Mutter beschämt. Er hatte Saftflaschen geöffnet, und sie öffnete Räume, die ein Handeln möglich machten, an das er nicht gedacht hatte in seiner Erniedrigung. Und nun dachte er breiträumiger, großzügiger. Vielleicht war seine Mutter nur diskret gewesen, seine Geldsorgen und ihre Sorgen um die Vermögensverwaltung sollten nichts miteinander zu tun haben. „Geleistet" hatte sie sich nichts, keine Reisen, keine aufwendige Kleidung, also einfach nur das Geld hausfraulich zusammengehalten. Er schämte sich der Ahnungslosigkeit, in der seine Mutter ihn gelassen hatte, und freute sich gleichzeitig der Unschuld, mit der er das Erbe antrat. Er hatte sich so wenig für Geld interessiert, er war Richter geworden, das Recht war ihm wichtig, auch wie jemand um sein Recht geprellt worden war, als sei es ein Geldvermögen, interessierte ihn, der Begriff und der Gegenstand, der diesem Vergleich zugrunde lag, spielte in seinem Denken kaum eine Rolle. Ein Richter verdiente, ein Beamter war gesichert, so hatte er gedacht und möglicherweise seine Mutter im umsichtigen Umgang mit ihrem Vermögen vollkommen unterschätzt. Jetzt war er ihr dankbar, unendlich dankbar. Und er behielt diese Freude für sich – wie ein Glas Sekt, das man rasch an einer Hotelbar trinkt, einfach so, weil man für einen Freudensprung zu alt und zu vernünftig geworden ist.

Eine vollständig zu räumende Wohnung in einer guten Lage, eben am Ku'damm, das sprach sich schnell herum, und es sprach sich auch herum, daß es eine Judenwohnung war. Sie hatte Substanz, aber die war brüchig, zerfiel in Brocken, verwandelte sich im Nu in den Händen von Bietern und Käufern. Die Wohnung zerschmolz, so mußte man es sagen. Es gab kein Feilschen, eine gnadenlose Ruhe, ein Lauern: Die Erben der alten Frau Kornitzer werden die Gegenstände auf die Straße werfen, und wir, die Aasgeier, die lauernden Nachbarn, die unsere Gier bis jetzt hinter der Gardine bezähmt haben, werden sie nicht mehr bezähmen. Wir werden Tischdecken hin- und herzerren, wir werden Schubladen aufreißen, die uns versperrt sein müßten, wir werden die Schwiegertochter anhauen um ein Paar Meißner Rokokofigürchen mit vergeblich verdrehten Leibern, die jetzt sportiv ohnehin ins Hintertreffen gekommen waren, wir werden die Teppiche begutachten und die Nase rümpfen, wenn ihre Maße nicht in unsere Zimmer passen. Wir werden, wir sind, wir schaufeln alles zusammen, und der streng blickende Sohn, Dr. Richard Kornitzer, der aus vielfältigen Gründen streng (aber auch hilflos) guckt, hat uns nichts zu sagen. Er regiert über den Plunder. Aber über den Wert und Unwert des Plunders in der mütterlichen Wohnung regiert der Marktwert, und die Verkörperung des Marktwerts, das sind wir, die Nachbarn, die Garanten des Preisverfalls. Wir können kaufen, aber wir müssen nicht kaufen. Der Erbe der alten Frau, der jüdische Sohn, muß verkaufen. Man kann dem gelassen zusehen. Man ist auf der Umlaufbahn, man ist im Geschäft, aber das Geschäft ist keine Bude, sondern ein Raunen und Rechnen, ein Handausstrecken und ein Zusammenkehren: Auf Ihre Verantwortung.

Wenn Kornitzer an bestimmten Tagen überschlug, was etwa ein Buffet, dunkel gebeizte Eiche, ein Dutzend geschliffener Weingläser, ein Stapel Bettwäsche wirklich brachte, so hätte er weinen mögen, aber bevor er die Bettwäsche durchzählte, um sie in die grabschenden Hände zu geben, nahm er jedes Stück wie zum Abschied noch einmal auf, und zu seiner Überraschung fand er Geldscheine zwischen den Laken und Bezügen, die er rasch verstaute. Und er dachte: So muß es auch von meiner Mutter geplant worden sein: ein rasches Hinunterschieben und Verstecken und eine ebenso findige Hand, die zwischen die Stapel fuhr und Geldscheine, plattgedrückt vielleicht bis zum Sankt-Nimmerleins-Tag, in den Falten fand. Es war eine Abbitte an seine Mutter und gleichzeitig eine Bitte, die reiche Saat zwischen den Wäschestücken weiter ernten zu dürfen. So nahm er Töpfe aus dem Schrank, verkaufte sie weiter, Stapel von Servietten schob er über den Tisch für wenig Geld, das kränkte, aber die gefundenen Geldscheine, die nur nach ihm riefen oder heimlich zögernd vielleicht auch nach Claire, richteten wieder auf. Es war, wie in einer Kriminalkomödie zu stecken, eine bestimmte Rolle zu spielen: die des düpierten Naiven, eine in Zukunft ausbaubare Rolle. Was er fand und was er verloren geben mußte, brachte er in ein Gleichgewicht. Wie ein Schlittschuhläufer auf dem Trockenen fühlte er sich manchmal, Schnelligkeit, Eleganz, die Kurve kriegen, all das spielte keine Rolle mehr. Das Spitze, das Floretthafte des Zivilrechts, das er liebte, war weit weg, ins Unerreichbare gerückt, gerutscht, und die scharfen Kufen waren nutzlos, hinderlich auf dem Terrain, auf dem er sich bewegen mußte, torkelnd, unsicher, am falschen Ort, zur falschen Zeit. Manches blieb auch. Die moderne Wohnung in der Cicerostraße wurde voller, Erinnerungsstücke, Alben, Bücher und ein Teppich, auf dem Kornitzer als Kind gespielt hatte, dessen Rankenmuster er bäuchlings liegend entlanggereist war, sah seltsam fremd unter den Stahlrohrsesseln aus. Aber dann krochen Selma und Georg darauf herum.

Am 6. April 1938 kam die Verordnung heraus, daß Juden Vermögen über 5.000 Reichsmark anmelden mußten. Der Beauftragte für den Vierjahresplan konnte Maßnahmen ergreifen, so hieß es, um den Einsatz des anmeldepflichtigen Vermögens im Interesse der deutschen Wirtschaft sicherzustellen. Jüdisches Eigentum entsprach nicht den Interessen der deutschen Wirtschaft. Das frische Erbe der Mutter mußte gemeldet werden, und Kornitzer zitterte, daß man es ihm vor den Augen konfiszieren würde. Und da er der einzige Erbe war, gab es keine Möglichkeit, etwas zu verstecken oder umzuwidmen. Er tat dann etwas Leichtfertiges, was sonst nicht seine Art war. Ein mit sechs kleinen Saphiren besetztes Armband seiner Mutter, das sie im Alter nicht mehr getragen hatte, brachte er zu einem Goldschmied, mit Bedacht hatte er sich ein jüdisches Juweliergeschäft ausgesucht, ein Geschäft, das geächtet war, mit einer auf die Mauer geschmierten Aufforderung, *nicht bei Juden zu kaufen,* und bat den Goldschmied, es für Claire umzuarbeiten, weniger Schnörkel, mehr Aufmerksamkeit für die Steine im Facettschliff. Der Goldschmied tat das, rührig, schnell und gut zu einem akzeptablen Preis, und fragte doch ein bißchen, warum ein so schönes Stück umgearbeitet werden solle. (Warum er in seinem darbenden Laden diesen verhältnismäßig großen Auftrag erhielt, fragte er nicht.) Kornitzer sagte: Meine Mutter und meine Frau hatten keinen übermäßig guten Kontakt zueinander (das war – gelinde gesagt – untertrieben), und das soll sich auch in meinem Geschenk an meine Frau nach dem Tod der Mutter widerspiegeln. Der Goldschmied verstand sofort, und er verstand auch, daß er möglichst schnell arbeiten solle. Was noch geschehen würde, was nicht mehr möglich wäre und was verboten, wußte niemand. Und als Kornitzer den Schmuck an einem Abend beiläufig auf den Tisch neben die Serviette legte, konnte er nicht erkennen, ob Claire wegen des unerwarteten Luxus erstarrte oder ob sie sprachlos vor Freude war.

Weil du so viel Kummer mit mir hast, sagt er beiläufig. Die Saphire leuchten tiefblau, und Claires Augen glitzern smaragdgrün. Du hättest kein Geld für mich ausgeben sollen. Wir brauchen es an anderen Stellen, sagt sie schließlich. Wir brauchen

etwas, was wir nicht brauchen, antwortet Kornitzer spontan, und er wundert sich selbst über seine Antwort, die so gar nicht zu planen und auszudenken gewesen ist. Und er macht Claire noch ein zweites Geschenk. Er sagt ihr, nicht an diesem Abend, an dem sie sich über das Armband freuen soll und es schließlich auch tut, sondern an einem anderen Abend, vielleicht eine Woche später, er wolle zum Protestantismus übertreten. Das Begräbnis, nicht der Tod seiner Mutter, habe ihm klar gemacht, daß ihn nichts mehr an sein Judentum binde. Wenn er ein literarischer Leser wäre, aber das ist er ja nicht, hätte er sich an eine Stelle bei Lytton Strachey erinnert. Als dieser über den Kardinal Manning schrieb, dessen Bekehrung zum römisch-katholischen Glauben das viktorianische England in den Grundfesten erschütterte, erwähnte er dabei auch zwei Zeitgenossen, die im Verlauf der Ereignisse ebenfalls ihren Glauben verloren hatten, jedoch mit dem Unterschied, daß der eine den Verlust wie den eines schweren Koffers spürte, von dem man im nachhinein feststellt, daß er nur mit alten Lumpen gefüllt war, während der andere ein solches Unbehagen bei dem Verlust spürte, daß er nicht aufhörte, bis zum Ende seiner Tage nach dem verlorenen Koffer zu suchen. Und sicher hätte Kornitzer sich dem Mann mit dem Lumpenkoffer näher gefühlt.
Die Ankündigung überraschte Claire, band sie beide enger aneinander. Es war keine Vorsicht, der Verfolgung in der Verkleidung zu entkommen. Es war ein Versuch, noch mehr Nähe herzustellen, wo Nähe bestand. Kornitzers Nähe zu seiner Frau, das war wenig genug, aber doch viel. Sie gingen schon lange nicht mehr ins Universum. Das Kino als ein Ort der Illusion war tot, totgebrüllt, es gab keine Illusionen mehr, es gab den Aufprall der Wirklichkeit und die Wirklichkeit, die geprobt und in den Blickwinkel gerückt wurde. Sie hieß: Heldenhaftigkeit. Vorbereitung für das große Kommende, das ein Entsetzen

war. Ein ganzes Volk mußte eingeschworen werden auf einen harten Blick, auch auf einen Blick auf Verluste, Verzicht, da spielte das Kino seine treuhänderische Rolle, und die Werbung hielt stand. Die Wochenschauen brachten Bilder aus dem spanischen Bürgerkrieg, kriegslüsterne, kriegsgesättigte Bilder, auf denen die deutschen Flugzeuge eine glanzvolle Rolle spielten beim Niedermetzeln der Republikaner. Gasmasken wurden auf den Markt geworfen, aufgestülpt und erprobt. Was sollte die Werbung da leisten: Für Gasmasken war nicht zu werben, nirgends, also war nur für einen Zustand zu werben, der die Gasmaskenwerbung hinüberschwindelte in eine Seifenoper-Ambivalenz. Das hätte Claire niemals gekonnt, das hätte sie nie gewollt, sie wollte keine Werbung mehr sehen, und sie wollte keine Filme mehr sehen, die für ein Heldentum warben oder für einen Heroismus, der übrigblieb, wenn das Heldentum an seinen Rand gekommen war und abstürzte. So hatte es sich ergeben, daß sie nicht mehr am Kurfürstendamm herumbummelte, nicht mehr in die Kinos schlüpfte, aber doch ein Stück weiter vom Kurfürstendamm weg am Hochmeisterplatz in die wilhelminische Backsteinkirche mit der großen Vorhalle trat, in den Raum mit den gedrungenen Doppelsäulchen, zum Gesang und Gebet in der Hochmeistergemeinde: Das war ästhetisch vielleicht ein Rückschritt, aber es war gut so. Sie kam gestärkt aus den Gottesdiensten, sang *Ein' feste Burg ist unser Gott,* und dann nahm sie die Kinder mit in den Gottesdienst. Und nun hatte Richard sich angeschlossen, ohne Zaghaftigkeit. Seit er verfolgt war, verstand er besser das Zusammenscharen unter den Bildnissen, den Statuen des Gekreuzigten, die Religion, die den gemarterten Judenkönig in ihren Mittelpunkt gerückt hatte. (Mehr war dazu nicht zu sagen.) An die Auferstehung dachte er weniger. Es war ein Suchen, ein Finden war nicht unmittelbar vorausgesetzt. Irgendein Vorteil für ihn oder die Kinder war von diesem Übertritt zum Protestantismus nicht zu erwarten, Kornitzer folgte einem Gefühl, begab sich also auf unsicheres Terrain, sein juristisch geschulter Verstand blieb außen vor, wie so häufig in den letzten Jahren. Er war einfach nicht mehr gefragt, obwohl Kornitzer ihn nicht abmelden konnte. Kornitzer hatte den Runderlaß des Reichsinnenministeriums vom 4. Oktober 1934 zur Taufe von Juden durchaus zur Kenntnis genommen, er hatte die Nachricht ausgeschnitten, ordentlich mit dem Datum beschriftet und in seine Schreibtischschublade gelegt. *Der Übertritt zum Christentum verändert den Status nicht.* Eine grundlose Treue zu einer Sache konnte verschiedene Formen annehmen, erst im nachhinein sähe man, ob sich hinter der Untreue eine geheime, besonders beharrlich verstrickte Treue verbarg oder umgekehrt hinter der Treue die Untreue hervorschimmerte. Es war wie mit dem Koffer: Erst wenn die Möglichkeit bestand, ihn zu öffnen, würde sich finden, ob darin lauter alter Lumpen geknüllt wären oder etwas, das sich aufzuheben lohnte. Und wenn es nur eine Hoffnung wäre. Aber vielleicht war kein Koffer verlorengegangen, würde kein Koffer verlorengehen, und das ganze Bild war schief, unzutreffend, mußte ausradiert werden. Und doch: Der Besuch der Hochmeisterkirche an der Seite seiner großen Frau, das Singen, *Ein' feste Burg ist unser Gott,/ ein' gute Wehr und Waffen./ Er hilft uns frei aus aller Not,/ die uns jetzt hat betroffen,* erleichterte ihn, erleuchtete ihn, beglückte ihn auch. Es war eine Sicherheit in der Tonfolge, eine Sicherheit in der Geschichte gab es nicht. Als assimilierter Jude war er allein, zu Tode assimiliert, in einer schönen tragischen Sackgasse, in der wollte er nicht steckenbleiben. Aber war denn Religion zufällig oder austauschbar? Neutralisierte die Taufe, machte der Religionswechsel zu einem Sowohl-als-auch? Flucht und Verwandlung, eine Umwertung der Zugehörigkeit. Daß seine Taufe auch als ein Verrat an den jüdischen Glaubensgenossen gesehen werden konnte, kam ihm nicht in den Sinn.

Die Produktwerbung im Radio war im Jahr 1936 verboten worden. Und die Drohung schwebte im Raum, daß auch die Werbung im Kino verboten würde. Jetzt kam es darauf an, ein Gemeinschaftsgefühl zu erzeugen, nicht mehr den einzelnen möglichen Kunden zu umwerben. Neben eindeutigen NS-Inhalten hieß die Direktive, den Stolz auf den gemeinschaftlichen Wohlstand (oder die zukünftige Partizipation an ihm) herauszuarbeiten. Dazu war Claire Kornitzer nicht die richtige Person, ihr Wohlstand sank, ihre Firma hatte Sorgen. Was sie nicht einschätzen konnte, was niemand einschätzen konnte, war die erforderliche Überführung ihrer glanzvoll gestarteten Firma in die Reichsfilmkammer. Da die Kinowerbung als ein Teil der Kultur angesehen wurde, da die Kultur massenhaft organisiert und kontrolliert werden mußte, wurden die Kulturschaffenden in die Reichskulturkammer mit all ihren Unterabteilungen getrieben: wie eine Schafherde, wie die Wirtschaft im gleichen Maße kujoniert und zusammengestaucht wurde. Gleichschaltung. Die Bürokratie, die Lenkung nahm zu, man konnte hinhalten, sich darunter hinwegducken, auf Zeit spielen, Briefe unbeantwortet lassen. Ohne Mitgliedschaft in der Reichsfilmkammer war eine Führungsaufgabe in der Filmwirtschaft unmöglich. Um Mitglied in der Reichsfilmkammer zu werden, mußte Claire einen Antrag stellen. Das tat sie, widerwillig zwar. Umgehend wurde sie aufgefordert, innerhalb von vier Wochen ihren arischen Abstammungsnachweis für sich und, da sie verheiratet war, auch für ihren Ehemann beizubringen. Das konnte sie nicht, wieder Zeitverzug, Fristenverlängerung und dann die Gewißheit: Keine Mitgliedschaft in der Reichsfilmkammer, keine neuen Aufträge, die Kosten blieben erhalten, Schulden blieben stehen, die Firma krepelte, und schließlich bekam sie in

ihrem Büro Besuch von zwei Herren, die sie einmal in der Konkurrenz abgehängt hatte. Sie schlugen ihr ohne viel Federlesens vor, die Prowerb zu übernehmen. Wie kamen sie dazu? Es war kein Vorschlag, es war eine Drohung. Es war keine Drohung, es war eine Erpressung: Wenn Sie diesen Vertrag nicht unterschreiben, wird es die Prowerb nicht mehr geben. Nicht unter Ihrer Geschäftsführung, nicht unter anderer. Sie wollen doch Ihre Firma nicht zugrunde gehen lassen. Sie haben doch Verantwortung. Und diese Verantwortung gehört in Hände, die der neuen Zeit gewachsen sind. Und sie fuchtelten mit ihren verantwortungsbewußten Händen vor ihrer Nase, fuchtelten über ihren Schreibtisch, nahmen mit Blicken schon alles in Besitz. Claire bat sich Bedenkzeit aus, redete sich heraus, aber es gab keine Bedenkzeit. Es war kriminell, sie wußte es, die beiden, die sie bedrängten, taten, als wäre es die selbstverständlichste Sache der Welt, sich kriminell zu verhalten, einer Frau mit einem jüdischen Ehemann die Firma abzuluchsen, man mußte nur breitspurig und dreist daherkommen. Den Vertrag zu unterschreiben, war eine Farce. Ebenso gut hätte einer der beiden ihre Unterschrift fälschen können. Als Claire mit weichen Knien zu einer ungewöhnlich frühen Zeit nach Hause in die Cicerostraße kam, hielt ihr Georg vorwurfsvoll sein Feuerwehrauto entgegen. Ein Rad war abgefallen. Kannst du es wieder heile machen?, fragte er. Nein, das konnte sie nicht. In kürzester Zeit war die Prowerb liquidiert, aus dem Handelsregister gelöscht.
Die Kinder sehen, daß Autos den Kurfürstendamm entlangflitzen, daß sie halten, daß vier, fünf Männer herausstürzen mit vorgehaltener Pistole, daß sie zurückkommen mit einem in ihrer Mitte, einem Opfer, das sie gejagt haben, das sie erlegen werden, warum und wieso, das ist nicht klar. Die Willkür ist deutlich und das versteinerte Gesicht, die Todesblässe des

Mannes, den sie abtransportieren irgendwohin, wo es keine Fragen zu stellen gibt. Georg fragt aufmerksam und mit gleichbleibender Kinderneugier: Was machen die Männer mit dem Mann? Und man muß, um das Kind nicht noch mehr zu erschrecken, antworten: Sie führen ihn ab. Ihn, ein Gespenst, dessen frühere Existenz auszulöschen sie die Macht haben, auf Nimmerwiedersehen, wie sie jede Macht haben, auch die der Auslöschung.

Kornitzer möchte nicht, daß seine Kinder die Angst sehen, das Entsetzen, aber er kann sie nicht fernhalten von den Umständen, unter denen sie aufwachsen, er kann sie nicht fernhalten von der Angst, die er empfindet. Er kann sie fernhalten von der Tatsache, daß sie die Angst in den Augen ihrer Eltern sehen, daß sie die Angst riechen. Erregung der Angst, Angst vor dem Zukünftigen, mehr oder weniger angestrengte Versuche, Normalität zu wahren in einem permanenten Ausnahmezustand. Er steht jetzt häufig am Küchenfenster und sieht in der Morgensonne auf die Tennisplätze, das Auf und Ab der Bälle, PloppPloppPlopp, die Bögen, Plopp, die Gelassenheit, PloppPlopp, die plötzliche Anspannung. Er sieht gerne auf die energischen Beine. Doch jetzt möchte er auch wissen, was in den Köpfen vorgeht, vor dem Spiel, nach dem Spiel, ja vielleicht auch die Phantasien während des Spiels erfahren. Doch dann schiebt er den Gedanken wieder weg, Siegheilphantasien, über die er nicht wirklich nachdenken möchte, nicht einmal im Ausschlußverfahren. Sein Verstand ist unfähig, gelähmt, darüber nachzudenken. Das tut weh, aber wem das Weh mitteilen? Was Spiel war, kommt ihm nun vor wie ein kalter technischer Wettbewerb, der Ball wird geschlagen, die Zeit wird abgefüllt zwischen den Schlagwechseln, und Kornitzer wendet sich ab. Dann beginnt es zu regnen, ein platter, heftiger Regen, der den roten Sand in Matsch verwandelt. Im Nu sind die Tennisplätze verlassen. Und Claire kommt nach Hause, und er ist nicht mehr allein mit seiner düsteren Stimmung.

Im Juni 1938 in Berlin wurden etwa 1.500 Juden als sogenannte asoziale Elemente verhaftet, schon das falsche Überqueren einer Straßenkreuzung reichte als Delikt aus. Die Verhafteten wurden nur unter der Bedingung wieder aus den Konzentrationslagern entlassen, wenn für ihre Auswanderung unmittelbar nach der Entlassung gesorgt war. Es war die reine Erpressung. Nach der Juniaktion blieb den jüdischen Auswanderungsstellen kaum eine andere Wahl, als legal oder illegal Einwanderungsmöglichkeiten zu schaffen. Kornitzer sucht eine Auswandererberatungsstelle auf. Jetzt ist er entschlossen wegzugehen. Er will nicht, daß seine Kinder Verhaftungen und Überfälle auf unschuldige Menschen sehen. Er will nicht, daß sie sehen, auch ihr Vater wird verschleppt. Und was *privilegierte Mischehe* heißt, ist ein Aufschub ohne jeden Rechtsstatus, ein Tranquilizer, wie man später sagen würde. Er weiß, was dieser Begriff bewirkt, er bedeutet jedenfalls: Sorge dich nicht, du kommst später dran, wenn es niemand mehr merkt. Vermutlich ist der Begriff *privilegierte Mischehe* für eine Handvoll schöner Frauen erfunden worden, die mit ihrer jüdischen Eleganz und Weltläufigkeit in Familien hineingeheiratet hatten, die in den Nationalsozialismus kippten. Jedenfalls Personen, für die sofort ein mächtiger Schutzschirm aufzuklappen ist, ein Wimpernklimpern, ein Rennen zum Ortsgruppenleiter, ein Sich-Hinlegen, Flachlegen der schönen begehrten Frau, da konnte man doch vielleicht mit Hilfe der Partei eine Ausnahme machen, ein Schlupfloch, ein Nicht-zimperlich-Sein. Ja, das war die Lösung, eine Scheinlösung, die nicht die Gewalttätigkeit des Systems berührte, es milderte und schönte wie eine mürbe ausgebreitete Lingerie. Kornitzer hatte rasch begriffen, daß es mehr jüdische Frauen als Männer gab, die die sogenannte *privilegierte Mischehe* schützte.

Der Mann dagegen fühlte sich eher schutzlos, als eine Last für seine Frau, die ihn nicht schützen konnte.

Er rannte von Pontius zu Pilatus, das war ein altes Bild, das nicht mehr paßte, aber vielleicht doch das Beschämende der Situation traf. Etwas mußte doch gelingen. Man drückt ihm ein hektographiertes Blatt in die Hand. Luxemburg: Die Grenze für Einwanderer und Durchwanderer ist gesperrt. Das Justizministerium der Niederlande teilt mit: Ein Flüchtling werde in Zukunft als ein unerwünschter Fremdling zu betrachten sein. Das Generalkonsulat der Vereinigten Staaten in Berlin teilt mit: Infolge der außerordentlich großen Zahl von Einwanderungsanträgen seien die für die nächste Zeit verfügbaren Quotennummern erschöpft. Gesucht wurden für die Fidschiinseln: ein jüdischer Pastetenbäcker und ein alleinstehender Uhrmacher, der nicht jünger als 25 und nicht älter als 30 Jahre sein durfte, für Paraguay ein perfekter, selbständiger Bonbonkocher, für die Kap-Provinz ein perfekter Kürschner, für Mittelafrika ein jüdischer lediger Schlächter (spezialisiert auf die Herstellung von grober Cervelatwurst), für San Salvador ein unverheirateter jüdischer Ingenieur für den Bau elektrischer Maschinen. Am größten waren noch die Chancen in dem von den Japanern gegründeten Operettenstaat Mandschukuo. Gesucht wurde dort für ein Kabarett ein jüdischer Regisseur, der gleichzeitig Ballettmeister sein mußte und mit der ersten Ballerina als Partner tanzen sollte, und ein Ballett von sechs bis acht Tänzerinnen, die imstande waren, auch als Solistinnen aufzutreten. Außerdem brauchte man dort ein jüdisches Damenorchester und eine Pianistin, die auch Akkordeon spielen konnte. Es war niederschmetternd, am besten wäre der Auswanderungswillige eine eierlegende Wollmilchsau. Einen Richter brauchte kein einziges Land. Besser, man wußte nicht, was der Paßbeamte des britischen Generalkonsulats in einem deprimierenden Situationsbericht geschrieben hatte: Die Juden weigerten sich einfach, ihn und seinen Kollegen überhaupt anzuhören; er fügte aber hinzu, daß er ihren Standpunkt (wenn man ihn überhaupt so nennen könnte oder eher den Tiefpunkt ihres Selbstwertgefühls) verstehen könne: ... *it might be considered humane on our part not to interfere officially to prevent the Jews from choosing their own graveyards. They would rather die as free men in Shanghai than as slaves in Dachau.* Das war ein Dokument, das stolz gemacht hätte, wäre es zur gleichen Zeit (rechtzeitig) öffentlich gemacht worden.

Claire hatte vom Büro Grüber raunen gehört und fuhr in die Hortensienstraße 18 nach Lichterfelde. Dort hatte der Pfarrer Heinrich Grüber 1936 im Gemeindehaus eine Hilfsstelle für evangelische Rasseverfolgte gegründet. Aber das Haus war zu klein geworden, die Hilfsstelle zog um nach Berlin Mitte in die Straße An der Stechbahn. Claire nahm die S-Bahn, wechselte den Zug, stieg wieder um, ein blindes Hasten durch die Stadt, die sie kaum mehr wahrnahm. Dann fand sie die angegebene Adresse. Im Büro arbeiteten mehr als 35 Menschen, es gab Zweigstellen in anderen Städten. Wären Sie oder Ihr Mann doch früher gekommen, seufzte die Helferin, ein paar hektographierte Blätter wurden ihr in die Hand gedrückt, und dann der Nächste bitte. Früher, dachte Claire, hätten sich Protestanten gar nicht für ihren Mann eingesetzt. (1940 wurde Grübers Hilfsstelle von den Nationalsozialisten geschlossen, er selbst und seine Mitarbeiter wurden verhaftet und in ein Konzentrationslager verschleppt. Nach 1945 eröffnete er wieder eine Hilfsstelle: diesmal für ehemals evangelische Rassenverfolgte. Er war eine Art von ethischem Triebtäter. Ein Mann mit einem robusten Optimismus, ein stetig sprudelnder Quell der Hilfsbereitschaft, ein Glücksfall für die Hilfesuchenden, wenn sie denn in sein Konzept paßten.)

Im Büro Grüber erzählt man Claire auch, daß sich die Quäker zuständig fühlten für rassisch verfolgte Protestanten. Sie rennt in die überlaufene Geschäftsstelle der Quäker, geduldig wartet sie unter den Bittstellern, es bleibt ihr gar nichts anderes übrig als zu warten. Sie erzählt ihre Geschichte, die vielen anderen Geschichten gleicht. Man schreibt ihren Namen auf, den ihres Mannes, ihrer Kinder. Sie wird in ein anderes Büro geschickt. Nur Kinder!, heißt es hier. Wir bringen Kinder nach England! Und die Eltern?, fragt Claire. Die Dame ihr gegenüber schaut streng und gleichzeitig unglücklich: Wir haben nicht genug Mittel, heißt die Antwort.

Während der Novemberpogrome wurden 30.000 jüdische Männer verhaftet und fast alle in die Konzentrationslager Buchenwald, Sachsenhausen und Dachau verschleppt. Auch vier Richter aus dem Kammergericht in Berlin waren dabei. Richard rannte, als der Schrecken sich gelegt hatte, in die Pariser Straße 44 zu den Verkaufsräumen des Philo Verlags und besorgte sich den neuen Philo-Atlas, der im Wettlauf gegen die Zensur entstanden war, begann bei den *ABC-Staaten* zu lesen, las über *Abessinien*, stockte schon bei dem Stichwort *Abmeldung, polizeiliche*. Er blätterte zu *Auswanderung* und las den Rat: *Bereitschaft, jede Arbeit anzufassen. Einwanderer muß in d. Regel weit unter seinem bisherigen Stand neuanfangen: dies hat auch nichts Entehrendes an sich. Intensive Bemühung um Sprachkenntnisse. Bereitschaft, sich v. d. Großstadt zu lösen und in weniger von Auswanderern überlaufenen Gegenden Existenz zu gründen. Nur unter solchen Bedingungen pflegt A. bes. in überseeische Länder zum Erfolg zu führen.* Der existenzielle Pragmatismus erschütterte. Kornitzer las das Stichwort *Auswanderersperrguthaben*, schon bei dem Wort graute es ihm. Er studierte Umrechnungstabellen, Impfempfehlungen, Visabestimmungen. Während der Novemberpogrome war die Buchhandlung des Philo Verlages verwüstet worden, jetzt war sie notdürftig wieder aufgeräumt, zum Jahresende 1938 wurde der Verlag durch die Gestapo liquidiert, der Atlas war seine letzte Tat gewesen.

Nur Kinder! Claire und Richard sehen ihre Kinder an, als sähen sie sie das erste und letzte Mal. Ja, sie müssen heraus aus dem Land, ihre Eltern werden es auch schaffen. In Windeseile kauft Claire Winterkleidung, Schuhe, Wäsche. In den letzten Dezembertagen reist ein Transport der Quäker, bei dem die Kornitzers für die Kinder einen Platz ergattern. Alles geht so schnell, eine einzige Aufregung, eine Rolltreppe des Abschieds, auf der sie weitergeschoben werden. Alles zum letzten Mal, alles zum letzten Mal. Im trüben Wartesaal des Bahnhofs Zoo ist ein Tannenbaum mit lauter Hakenkreuzfähnchen geschmückt. Schweigend räumen Claire und Richard am Abend das Kinderzimmer auf, schweigend wenden sie später den Kopf zur geschlossenen Kinderzimmertür, kein Laut, nichts, nur die Erinnerung an ihre Stimmen, die Kinder sind fort. Es wird ihnen gut gehen, sagt Kornitzer spät am Abend. Es wird ihnen gut gehen, Claire. Und jetzt ist ihr Schweigen ein vollkommenes Einverständnis.

Anfang 1939 radikalisierte sich die Politik der Verfolgung ein weiteres Mal. Alle Pensionen von jüdischen Beamten wurden nun um mehr als 30 Prozent gekürzt. Zur gleichen Zeit bekam Kornitzer einen Brief seiner privaten Krankenversicherung, der Leipziger Vereins-Barmenia: *Wir warten nicht mehr auf Ihre Rechtsauskunft, sondern ersuchen Sie nochmals, die Austrittserklärung baldigst einzuschicken. Wenn Sie die Signale der letzten Zeit verstehen, so ist für Juden kein Platz mehr in Deutschland, noch viel weniger in einer Gefahrengemeinschaft (Krankenversicherung) von nur arischen Volksgenossen. Das bisher getragene Risiko hört auf. Für Erkrankungen von Juden werden Beiträge deutscher Volksgenossen keine Verwendung mehr finden. Genehmigungspflichtige Heil- und Hilfsmittel wird kein Jude mehr*

*erhalten. So erwarten wir auch von Ihnen die baldige Zustellung der Austrittserklärung.*
Unterschrift

Der Volkskörper eiterte ihn heraus, er war Fremdkörper, sein Körper war schutzlos. In dieser Zeit las er von den obskuren Siedlungsplänen in der Dominikanischen Republik. Ihr Präsident, der Diktator Rafael Leonidas Trujillo Molina, ein großer Bewunderer Hitlers, hatte auf der Konferenz von Evian das Angebot gemacht, 50.000, wenn nicht 100.000 Menschen ins Land zu lassen, zunächst mündlich und dann auch schriftlich, was bindend war vor dem *Intergovernmental Committee*, freilich *im Rahmen der zur Zeit geltenden gesetzlichen Bestimmungen*. Und die Gesetze machte er. Vorher hatte Trujillo haitianische Pflanzer ins Land geholt, doch sie im Oktober 1937 zu Tausenden abschlachten lassen. Das Massaker war eine wirkungs- und machtvolle Enteignungsmaßnahme. Natürlich hätte Trujillo lieber Arier ins Land gelassen, doch als die nicht zu haben waren, nahm er mit Juden vorlieb. Das Land, das ihnen zugedacht werden sollte, lag nahe der Grenze zu Haiti, er brachte es in den Besitz des Staates, der so gut war wie sein Privatbesitz – in seinem Staat war das nicht so genau auseinanderzuhalten –, um es dann über eine Entwicklungsgesellschaft wieder an weiße Siedler zu verkaufen. (Sang- und klanglos verschwand das Projekt. In Wirklichkeit hatte Trujillo nicht mehr als 500 gefährdete Menschen ins Land geholt, nicht aus humanitären Gründen, sondern um das Land „aufzuweißen", wie eine Emigrantin später bekundete. Weiße Siedler, hinter denen kein Konsul, kein Gesandter, keine Regierung stand, Freiwild also.)
Kurz darauf fand Kornitzer auch eine Nachricht des kubanischen Konsulats in Hamburg (warum nicht der kubanischen Botschaft in Berlin?), daß Kuba bereit sei, deutsche Flüchtlinge

aufzunehmen. Die kubanische Regierung *wolle die Einwanderung jüdischer Flüchtlinge aus Deutschland, Österreich und Italien erleichtern.* Er las die Nachricht einmal, zweimal, dreimal, das war menschenfreundlich gedacht, sie wirkte wie Manna auf ihn. Du mußt nach Hamburg fahren und dich erkundigen, drängte ihn Claire, etwas muß doch klappen. Laß uns zusammen fahren, bat er, aber sie wollte nicht. Vielleicht stehst du besser da als Jurist vor einem Konsul. Das war eine Mutmaßung, auf die er keine Erwiderung wußte. Er las im Philo-Atlas über Kuba: *Republik unter dem Protektorat der USA (Verf. v. 12. 6. 1935), bürgerliche Gleichstellung d. Ausländer m. d. Kubanern (Schutz d. Person, d. Eigentums, Genuß d. Grundrechte).* Das hörte sich nicht schlecht an. Aber die bittere Pille folgte: *Visum, Kapital (mindestens $ 1.500.– pro Person), Landungsdepot USA – $ 500 vor d. Abreise bei Schiffahrtslinie zu hinterlegen.) Wenig Möglichkeiten, evt. Landw. (Plantagenbau) u. einige Handwerksberufe. Ein vor d. Einreise genehmigter Arbeits- od. Anstellungsvertrag ist zur Arbeitsaufnahme erforderlich.*
Kornitzer reiste nach Hamburg. Im Konsulat herrschte eine gemächliche Langsamkeit (Trägheit?), eine Haltung wie: Nichts wird so heiß gegessen wie gekocht. Es war gut, viel Zeit mitzubringen, Zeit im Überfluß, aber die Ungeduld drängte, bohrte, wollte Ergebnisse. Mit Kornitzer wartete ein Ehepaar, das eine Anwartschaft auf ein amerikanisches Visum hatte, aber durch die strenge Quotenregelung die Wartezeit bis zur Erteilung des Papiers in einem anderen Land, möglichst nicht weit von den USA, verbringen wollte. Es wartete auch eine junge Frau, die von Verwandten in den USA schwärmte. Sie hoffte, ihre versprengte Familie könnte ohne großen Kostenaufwand zu ihr nach Kuba kommen, und eines Tages bekäme sie ein Visum für die USA. Kornitzer hatte keine Verwandten außerhalb von Deutschland. Die Quotenregelung für die USA war unüberbrückbar hoch, so viele Menschen wollten in die USA. Und es

gab Leute in der Warteschlange, die bekundeten, sie hätten kein Depot von 500 US-Dollar, aber sie seien in Not, in Not, flehende, händeringende Menschen, die dann auf den harten Stühlen des Konsulats herumrutschten, es war die reine Zeitverschwendung. Die Zulassung von Emigranten, das ahnte Kornitzer gleich, war eine Erwerbsmöglichkeit für den dürstenden kubanischen Staat und seine Beamten. Deshalb hatte Kornitzer für alle Fälle ein Kuvert vorbereitet, das Geld ist verloren und gleichzeitig gut angelegt, sagte er sich.

Er hatte wie alle Bittsteller im Vorraum schon ein Formular ausgefüllt, Name, Geburtsort, Beruf. *No escribir por debajo de esta línea.* Nicht unterhalb dieser Linie schreiben, das verstand er sofort, und er verstand es auch als eine Würdeform, sich keiner Unterschreitung schuldig zu machen. Was ist Ihr Beruf?, fragte dann doch der Konsul noch einmal, als Kornitzer vorgelassen wurde. Der Konsul war ein Mann mit einer glänzend geölten Haarpracht und schönen Manschetten, die akkurat aus den Ärmeln seines Sakkos blitzten. Ich bin Richter, antwortete Kornitzer, und darf in meinem Beruf nicht mehr arbeiten. Eine Schreibmaschine klapperte im Hintergrund, eine Frau mit einem bronzefarbenen Schwanenhals und einer Korallenkette darum, mehr sah er nicht vor ihr, bediente sie. Richter für …?, dem Konsul fehlte das deutsche Wort, und er machte eine rasche Bewegung mit der flachen rechten Hand, die wie Köpfen (oder Halsabschneiden?) aussah. Aber Kornitzer verstand, was er meinte. Nein, sagte er, mit Kriminellen habe ich nichts zu tun, ich habe in einem Zivilgericht gearbeitet. Ah, sagte der Konsul, *tribunal civil.* Kornitzer nickte. Der Konsul sah ihn sinnend an, etwas in ihm schien zu schmelzen, zu tropfen, Wachs in den Händen, butterweich, er zupfte an seinen Manschetten, und dann wiederholte er das Wort *zivil,* sprach es anders aus, aus dem Zett war etwas Pfeifendes, die Zungenspitze gegen die

Schneidezähne Drängendes geworden. *Ssivil.* Kornitzer nickte, ja, Richter am Zivilgericht. Und dann verengten sich die Augen des Konsuls zu Schlitzen: Patente?, fragte er. Ja, Kornitzer hatte am Zivilgericht auch mit der Anerkennung von Patenten zu tun. Das schien dem Konsul Respekt einzuflößen. *Las patentes de Alemania,* sagte er und machte eine große Geste, einen armweiten langsamen Bogen, *las patentes* Deutschland, *las patentes* Kuba. Kornitzer antwortete geistesgegenwärtig: Meinen Sie, ob man Patente aus Deutschland nach Kuba übertragen könnte? Der Konsul antwortete nicht, in seinem Blick war etwas Lauerndes. Also beeilte sich Kornitzer zu sagen: Ja, man kann Patente transferieren (instinktiv wählte er das lateinischstämmige Wort, damit der Spanischsprechende ihn besser verstand), vorausgesetzt – weiter kam er nicht. Er wollte auf das Rechtsproblem hinweisen, auf den Schutz des Patents, aber er begriff sofort, hier ging es darum, den Schutz auszuhöhlen, und es schwindelte ihm. Er wurde gefragt, ob er das geforderte Depot habe, das Kapital in Dollar, Kornitzer bejahte. Dann saß der Konsul da und sagte gar nichts, seelenruhig saß er da und schaute an Kornitzer vorbei aus dem Fenster. Zeit tropfte, und jetzt verstand Kornitzer, er mußte handeln, und er griff in die Innentasche seines Jacketts, nahm den Briefumschlag heraus und schob ihn über die Tischplatte. Eidechsenschnell schnappte die Hand des Konsuls nach dem Umschlag, ein Blick hinein genügte, und der Umschlag wurde in der Schreibtischschublade verstaut. Eine Person, sagte der Konsul dann, ein Visum für eine Person. Aber ich bin verheiratet, meine Frau hat ihre Firma verloren, weil sie mit einem Juden verheiratet ist, meine Kinder sind in England. Eine Person, wiederholte der Konsul mit ausdruckslosem Gesicht. Den Paß bitte, Kornitzer reichte seinen Paß, und dann klapperte die Schreibmaschine, und im Nu hatte er ein Visum nach Kuba, und er wußte nicht recht, ob er sich freuen solle über sein Visum oder empört sein, daß er für Claire kein Visum bekommen hatte. Wäre sie doch mit nach Hamburg gefahren! Als er sich bedankt und den Raum verlassen möchte, hält ihn der Konsul zurück. *Patentes*, sagt er noch einmal, und jetzt macht er keine weitausholende Geste der Übertragung, sondern ruckt den Kopf nur beiseite, was etwas verschwörerisch aussieht. Und dann schreibt er eine Adresse in Havanna auf einen Zettel, offenkundig die Adresse eines Mannes (*el abogado*), der liebend gerne Patente aus Deutschland in Kuba nutzen möchte.

Kornitzer wagt kaum, Claire zu sagen, daß er nur ein Visum hat, eines für sich. Insgeheim macht er sich bittere Vorwürfe, er hätte wie ein Löwe kämpfen müssen, zwei Visa oder keines. (Er hätte möglicherweise auch mehr Geldscheine in den Umschlag stecken müssen, aber wie viele?) Claire nimmt es zu seiner Verwunderung nicht so schwer. Ich werde nachkommen. Ich werde alles tun, um nachzukommen. Es ist noch so viel zu regeln, Richard, der Haushalt aufzulösen, sich verabschieden, ich werde auch nach Hamburg fahren und werde ein Visum bekommen. Ihre Gewißheit beruhigt und verwundert ihn gleichzeitig. Er muß ihr sagen, daß der Konsul bestechlich ist und daß er ihn bestochen hat. Jetzt nicht, sagt er sich, ich will sie nicht in Verwirrung bringen, später werde ich es ihr sagen. Und dann ist „später" irgendwann vorbei.

In der Glühbirnenfarbrik erhält Kornitzer ein Zeugnis, in dem ihm bestätigt wird, er verließe *auf eigenen Wunsch* das Unternehmen. Und weiter: *Soweit es ihm möglich ist, sucht er sich in das Volksganze einzugliedern und den Platz auszufüllen, der ihm im neuen Reiche zugewiesen ist. In seinem Auftreten ist er bescheiden und zurückhaltend, er versteht seine Stellung als Nichtarier taktvoll zu wahren.* Gute Wünsche für seine Zukunft, wie es in Zeugnissen üblich war, gab man ihm nicht mit auf den Weg.

Kornitzer reist nach Southampton, mit einem Dampfer der Hapag-Lloyd, der aus Hamburg gekommen ist, er ist ein Transitreisender, das macht seine Ausreise und die Zollabfertigung weniger schrecklich. (Andere Passagiere werden von den deutschen Zollbehörden bis in die letzten Intimitäten untersucht.) Nach Southampton hat Claires Schwester Vera für ihn telegraphisch Geld überwiesen, sein eigenes Geld, das er zur Ausreise nicht mitnehmen darf. Er preist Vera, die Vertraute in der Niederlage. Vera hat das Geld in ihrem Namen überwiesen, und er hat ihr im Gegenzug seine Lebensversicherung überschrieben. Im Falle, daß ihm etwas zustieße. Im Falle, daß Claire, *der jüdisch Versippten*, seine Lebensversicherung, wenn sie fällig würde, nicht mehr ausgezahlt würde. Das war klug ausgedacht, vorausschauend (wenn es überhaupt noch eine Zeit gab, in die man vorausschauen konnte, ohne in einen Abgrund zu schauen). Kornitzer wechselte nur einen kleinen Teil der Reichsmark in englische Pfund ein, nur so viel, daß es für einige Tage zum bescheidenen Leben reichte, *Toast und Pie* und ein dunkles, bitteres Bier am Abend, von dem er annahm, daß es satt macht. Er richtet sich in einer *Bed-and-Breakfast-Pension* ein. Er besucht die Kinder, umarmt sie und will sie gar nicht loslassen. Er hat für beide Spielzeug aus Deutschland mitgebracht, ein alleinreisender Herr, der mit einem Teddybären und einem hölzernen Segelschiff reist, sehr merkwürdig wirkt das bei der Zollkontrolle in Hamburg, wie eine kleine Perversion. (Später begreift er, es war eine unsystematische Irreführung, die ihm nicht bewußt war, ihm aber nützte.)

Er besucht die Kinder, und die Freude ist überwältigend, ein Zerfließen, ein Außersichsein. Die Kinder umklammern die Geschenke, fragen nach der Mutter, er muß ihnen mühsam erklären, warum er allein gekommen ist, und merkt, sie verstehen es einfach nicht, sie verstehen es nicht oder wollen es nicht verstehen aus Enttäuschung. Zweimal ist er beim Reverend eingeladen, einmal zum Tee, einmal zum Lunch, von dem er das lauwarme Hammelfleisch und die Mincesauce dazu in Erinnerung behält. Er ist beruhigt über die leise Freundlichkeit des Reverend, er drückt den beiden Damen die Hand, die für den ausländischen Gast rosa Puder auf die Nase und die Wangen geklopft haben und nach Veilchenparfüm duften. Er drückt seine Dankbarkeit aus, daß sie die Kinder bei sich aufgenommen haben. Eine der Damen – die Schwester des Reverend – wagt sich vor, die Kinder seien doch gut gekleidet und in einem guten Ernährungszustand nach England gekommen, so groß könne ihre Not doch in Deutschland nicht sein. Kornitzer sucht daraufhin fieberhaft in seinem Gedächtnis ein englisches Wort für Bedrohung. Als er keines findet, sagt er: *The Jewish Children are in danger principally, and I, the father, even more.* Daraufhin legt die Fragende bedächtig den Kopf zur Seite, während dem Reverend ein *Oh!* entfährt, das er wiederholt, während die Frau des Reverend Kornitzer einfach noch eine Tasse Tee eingießt. Tee kann nie schaden. Er sieht den schönen Rosengarten, die Malven, die Pfefferminzbüschel im Schatten der Ulmen und ist beruhigt. Ja, die Kinder haben es gut getroffen. Etwas, ein winziger Impuls, sagt ihm: Bleib einfach hier. England ist ein kultiviertes Land. Man wird dich nicht zurückschicken. Bleib in der Nähe der Kinder. Aber das Visum knistert in seiner Tasche, die Schiffspassage. Er würde die Kinder nach Übersee holen, Claire käme so bald wie möglich. Und der Impuls versickerte.

Vor der Abreise hat er mit Claire ein Codewort ausgemacht – *Museum* – und schreibt: Ja, das Museum sei geöffnet gewesen bei seinem Besuch, er habe unvergeßliche Bilder gesehen und sei sehr dankbar dafür. Er umarmt die Kinder so heftig, daß sie aufschreien, ja, jammervoll hören sie sich an, und er behält den

Laut in der Erinnerung. Ein heller, schmerzvoller Ton, den er mit keinem anderen vergleichen möchte, den er jemals gehört hat. Die letzte Lebensäußerung seines Sohnes und seiner Tochter, die ihm in Erinnerung bleibt. Er muß sie verlassen, er muß sie zurücklassen, er hat keine Chance, in England zu bleiben. Er sagt es dem Reverend: Die Bedingung für die Rettung der Kinder war der Verzicht auf die Rettung der Eltern, hier: des Vaters. Er mußte den Preis zahlen. Er war ein rechtlich denkender Mann. England nahm nur noch Kinder auf, keine stellensuchenden Erwachsenen, so bitter das war. Wieder schüttelten die Damen den Kopf, und der Reverend sagte etwas, was wie *what a shame* klang. Kornitzer verabschiedet sich vom Reverend und den beiden Schwestern, dann reist er nach Southampton zurück, dort liegt das Schiff vor Anker, das seine Hoffnung ist: *Reina del Pacífico*. Es gilt als ein sehr schnelles, komfortables Schiff, es fährt seit 1931 auf der karibischen Route. Und es ist das erste Schiff mit einem vollständig weißen Schiffsleib, eine schlanke Schönheit unter den Ozeanriesen. Die Route, so hat er den Prospekt buchstabiert, führte nach La Rochelle, dann nach Vigo in Spanien, nach Hamilton auf den Bermudas, nach Nassau auf den Bahamas, nach Havanna und weiter nach Kingston auf Jamaica, das Schiff durchfuhr den Panamakanal, landete in Guayaquil in Ecuador, dann in Callao in Peru, lief Antofagasta in Chile an, die Route endete in Valparaiso. Klangvolle Namen, Perlen auf einer Kette, sicher aufgefädelt, wenn der Faden nicht riß.

Als ein schweigsamer Herr in der zweiten Klasse ist er nicht gleich als Deutscher zu erkennen, nicht gleich als Flüchtling, nicht gleich als Jude. Im Unterdeck reisen Flüchtlinge aus dem spanischen Bürgerkrieg, geschlagene Republikaner. Aber sie wirken nicht wie Geschlagene, sie wirken hoffnungsvoll, als wäre nur eine Schlacht verloren gegangen, und andere würden sie gewinnen. Sie strahlen aus: Wir sind historisch im Recht. Von den deutschen Emigranten kann man das nicht behaupten. Kornitzer hat ein Lexikon, er hat eine spanische Grammatik, er lernt, er paukt, er weint, wenn es dunkel ist. Und wenn es wieder hell ist, schreibt er in sein Vokabelhaft. Recht – *el derecho,* Unrecht – *lo antijurídico,* Strafe, Straffreiheit, Zeuge, Mindeststrafe und Höchststrafe: So ist es gut, gut im Schlechten. An einem Nachmittag tauchen wie eine Fata Morgana idyllisch schöne Inseln auf, sattes Grün, es sind die Bermudas, erklärt man den Flüchtlingen. Die *Reina del Pacífico* fährt die Küste entlang, weiße, einsam stehende Villen, nette propere Siedlungen und ein altertümlich befestigter Hafen. Manchmal singen die Rotspanier, kraftvolle Lieder, nein, sie geben sich nicht geschlagen.

## Die kubanische Haut

Tage, mit heißer Nadel aneinandergestichelt, sich gegenseitig überlappend. Ein Sandmückenschleier sirrt in der Luft über der dösenden Bucht. Klares, blaues Licht, Licht von ruhiger Eindringlichkeit, das einen bloß und bleich erscheinen ließ. Windmühlen, Zuckermühlen, Tabakfelder, Regimenter von Bananen. Zuckerrohrkämpfe, ausgefochten wie mit Lanzen, Macheten. Die ganze Ökonomie hing an einem seidenen Faden, und der war der Zuckerpreis. Gleißende Helligkeit der Barockkirchen und ihrer Nachahmer aus dem 19. Jahrhundert, die glanzvolle Ausstrahlung der Paläste mit ihren schattigen Höfen, Denkmäler, orchideenweiß, chinaweiß, porzellanweiß, vanillefarben. Kuba war ein Fließen und Ergießen, Bäche von Schweiß (man roch ihn, tat aber, als röche man ihn nicht), eine Lockerung, Beruhigung ganz ohne Grund. Im Januar, Februar waren die Temperaturen noch um 25 Grad. Ende März stieg das Thermometer bereits auf nahezu 40 Grad, man mußte sich damit abfinden, zu triefen und zu tropfen und sich dessen nicht zu schämen. An eine seriöse, hitzetaugliche Kleidung war gar nicht zu denken. Es sei denn, man nahm auf eine untergründige Weise Kontakt zu einem Schneider auf, einem Schneider, der ein irgendwie begründetes Rechtsproblem hatte, jemand war ihm die Rechnung schuldig geblieben, der Stoff, den er eingekauft hatte, war schadhaft, er wollte sich zur Wehr setzen, da war vielleicht etwas zu tun oder auch nicht. Die Bougainvilleas kämpften mit sich in seinem Hof, eine Palme, die aber nicht ausladend genug war, beschattete seinen Laden. Man konnte ihm Mut machen, das Rechtsproblem zu lösen, ohne daß er ein Gericht in Anspruch nehmen mußte, man konnte ihn vertrösten, Schriftsätze aufsetzen, die wehrhaft klangen, aber nichtig waren. Rechtsauskunft gegen Hose gegen Vertrauen. Zeit spielte keine Rolle, was sollte sich ändern, aber auch, was sich erst in einem Jahr änderte, war nicht aus der Zeit gefallen. Im September war die Luft so, wie man sie sich in der Hölle vorstellte. Es war so heiß, daß man schon gleich nach der morgendlichen Waschung mit einem Schweißfilm überzogen war und sich selbst nicht leiden konnte. Und dann begann es zu regnen, Ströme von Naß, Wasservorhänge, die Straßen reißende Flüsse, durch die man paddelte.

Man trank den leicht moussierenden, halb vergorenen Ananassaft, wie man anderswo Apfelwein trank, man saß im Schatten oder tagsüber in abgedunkelten Räumen, die Hand war schwer in der Hitze und blieb gerne im Schoß liegen. Man bestellte ein zweites Glas Ananassaft. Ein Mann mit einem Fahrrad kam, er hatte eine Stange Eis unter den Gepäckträger geklemmt, er fuhr das Fahrrad mit so begütigender Langsamkeit, daß es Freude machte, ihm zuzuschauen. Die Stange Eis war mit Zeitungen dick umwickelt, damit sie die Kühle einigermaßen behielt, und trotzdem hatte das Fahrrad eine sanfte, aber noch nicht kritische Tropfspur hinter sich gelassen. Er brachte dem Wirt das Eis hinter die Theke, der hackte es, um es später zu stößeln, verstaute es in der Tiefe und kühlte eine neue Portion Ananassaft damit. Es war ein dösiger Nachmittag, an dem es schwer fiel, an Berlin zu denken, man mußte an einen eisigen Wintertag denken, um zur Besinnung zu kommen. Es war schwer, überhaupt etwas zu denken und sich nicht der erhitzten Mattigkeit zu ergeben. Winzige Schwirrevögel flogen umher mit aufgeregten Federn und dummen, geschwätzigen Schnäbeln, aus denen eine Sprache quoll, die weder den Einheimischen noch den Emigranten in irgendeiner Weise geläufig war. Man mußte mit den Achseln zucken über die Sprachbegierde der Vögel, die ins Leere lief (flatterte?), in die Leere eines heißen, öden Nachmittages, an dem nichts geschah, an dem man sich nichts ausdenken wollte, an dem auch in Wirklichkeit nichts geschehen würde, wenn man vom Geschrei der Straßenhändler absah. Den Händlern zuzuhören, war eine Tat, aber es war auch die Verhinderung eines Tuns, zum Beispiel des Briefschreibens, noch einmal an die alte heimatliche Adresse in Berlin, gleichgültig, ob und wann der Brief ankam, es war eine Tat und gleichzeitig ein beschämendes Versinken in eine Passivität, die in Berlin im allgemeinen und von Claire im besonderen nicht verstanden werden könnte. Und so trank Kornitzer noch ein Glas Ananassaft, und dann hatte er sich selbst überzeugt, die Hand klebe am Papier, so daß er Claire keinen seriösen, keinen liebevollen, keinen werbenden, keinen Anteil nehmenden Brief schicken konnte, und er war bekümmert darüber, aber es war nicht zu ändern.

In der ersten Zeit in Havanna fürchtete er, etwas geschähe. Etwas Fürchterliches geschähe. Zwei Polizisten kämen in seine Unterkunft, prüften seine Papiere noch einmal, wieder einmal und bedeuteten ihm, sie seien nicht gültig. Sie müßten ihn in Gewahrsam nehmen. Und wie dieses Gewahrsam aussah, ahnte er. Oder er schreckte auf in der Nacht, glaubte, er hätte Selma weinen gehört, wollte sich wie in der Cicerostraße ins andere Zimmer tasten und nach ihr sehen. Aber es gab kein anderes Zimmer. Dann vermißte er Claire, ihre Vernünftigkeit, ihre Unabdingbarkeit, von der Tüchtigkeit wollte er jetzt nicht reden, und er ging schon frühmorgens, bevor die Hitze losschlug, zum Hauptpostamt und gab ein Telegramm auf. *Komm so bald du kannst Stop Bedingungen einigermaßen Stop In Liebe Richard.* Er strich das Wort Bedingungen wieder aus, setzte dafür Konditionen ein, bei einem lateinischstämmigen Wort gäbe es weniger Übertragungsfehler, meinte er. Und dann zählte er auch an den Fingern ab, er hatte keinen einzigen Buchstaben gespart, das war ziemlich sinnlos, aber doch auch ein Prinzip, das am Rand des Sinnlosen seinen wirklichen Sinn gewann. Ja, er hatte Geld aus England transferiert, es könnte bei sparsamem Wirtschaften, so kalkulierte er, drei Monate reichen. Und dann würde er weitersehen, oder Claire wäre da, die immer gute, unternehmerische Ideen hatte. Mit der Quittung über die Aufgabe des Telegramms wanderte er durch die Hitze in die Pension zurück, und die Quittung knisterte wie ein Versprechen von Glück. Die Deutschen hatten nur die Ausfuhr von zehn Reichsmark erlaubt, die Kubaner wollten Landungsgeld sehen und eine Sicherheit zum Vorweisen. Entweder übertrat man die Ausreise-Bedingung und machte sich straffällig, oder man machte sich bei der Einreise gleich schuldig, fiel in ein Loch und wurde zurückgewiesen, dazwischen gab es nichts. Er war gezwungen, sich mit der Kultur des Gesetzbrechens auseinanderzusetzen, nicht indem er richtete, sondern indem er handelte, beziehungsweise das Handeln unterließ.

Gleich nach seiner Ankunft hatte er sich, wie es vorgeschrieben war, beim *Registro Nacional de Identificación, Registro de Extranjeros* eintragen lassen. Er erhielt eine für ein Jahr gültige Bescheinigung, die er mit fremden Augen ansah und keineswegs verlieren durfte. Er hatte den Rechtsanwalt aufgesucht, *el abogado* Rodolfo Santiesteban Cino, der vielleicht etwas für ihn tun könnte. Der Rechtsanwalt, der offenbar mit Patenten zu tun hatte. Kornitzer fand die Adresse in Vedado, in einem schachbrettartig angelegten feinen Viertel mit vielen Bäumen und breiten sauberen Straßen, wenn das nicht schon zu viel gesagt war. Sittsame Hunde wurden ausgeführt, und sie bellten nicht, Bäumchen wurden zu akkuraten kleinen Tonnen gestutzt, Rasen wurde gewässert von schwarzen Boys, Vogelkäfige auf einer Veranda wurden gewienert, während die Tiere lautstark gegen die Störung ihres verflatterten Alltagslebens protestier-

ten. Aber es war die Privatadresse, an der er als Bittsteller vollkommen fehl am Platz war, und eine Hausangestellte bedeutete ihm, als er sein Sprüchlein gesagt hatte, wohin er sich, nicht weit vom Kapitol mit seiner Kuppel, die der vom Kapitol in Washington glich, mit seiner Peterskirchenkuppel, wenden solle, nicht weit von den offiziellen Gebäuden, in der Geschäftsgegend. Aber Kornitzer schloß rasch aus dem Fehler: Wenn er eine Privatadresse bekommen hatte in Hamburg, mußte der Kontakt zwischen dem Konsul und dem Rechtsanwalt doch einigermaßen intim sein, freundschaftlich oder gar verwandtschaftlich. Es war ein Instinkt, der Kornitzer dies denken oder besser doch: fühlen ließ. (Daß er Instinkte hatte, wußte er vor seiner Verfolgung noch nicht, insofern war die Verfolgung, auch die Vertreibung ein weitläufiges Lernprogramm, das er niemals freiwillig gewählt hätte. Und dies, obwohl er dem Denken mehr vertraute.)
Kornitzer war nicht ungeschickt und drängte der Hausangestellten eine Karte auf, auf der sowohl seine Berliner Adresse als auch auf der Rückseite handschriftlich die Adresse des Hamburger Konsuls verzeichnet war, der ihn auf die Patente angesprochen hatte. Und er kritzelte seine Adresse in Havanna dazu, die natürlich nicht beeindruckend, aber doch deutlich war. Und natürlich überreichte er die Karte so, daß der Blick der Frau zuerst auf die Hamburger kubanische Adresse fallen mußte, und danach erst auf die des hilfesuchenden Deutschen aus Berlin. Auch das war ein Instinkt. Und auch ein Instinkt war, der Frau einen Geldschein zuzustecken. Daß er das konnte, dankte Kornitzer seiner Mutter, ja, er hätte ihr in der ersten Zeit in Kuba täglich auf Knien danken können, und gleichzeitig sehnte er sich nach Claire und den Kindern.
Es gelang ihm dann am nächsten Tag, das Büro des Rechtsanwalts Rodolfo Santiesteban Cino in der Avenida Agramonte

zwischen Capitol und Bahnhof zu finden. Es war in einem Gebäude, das dem ganzen Standard nach nicht dem privaten in der Vorstadt entsprach, Elektroleitungen in einem wilden Gestrüpp im Hof, Regenrinnen, die ins Nirgendwo ragten, die Treppen ausgetreten, mürbe. Im Vorzimmer waren die Stühle hart und die Lehnen sehr schlank und steil aufwärts gerichtet. Er wartete, wartete, und wenn er sich später zu erinnern suchte, welche Menschen mit ihm im Warteraum saßen, wußte er es nicht; so sehr war er auf sich, sein Begehren konzentriert. Wieder richtete er Grüße des Konsuls aus Hamburg aus, wieder einer Frau, ein Flüstern hinter der Tür, ein Räuspern. Und dann stand Kornitzer endlich nach Verbeugungen vor dem Rechtsanwalt Rodolfo Santiesteban Cino. Er war das Ziel, die Sehnsuchtsadresse, seit Kornitzer sein Visum bekommen hatte; Kornitzer hatte sich den komplizierten Namen eingeprägt. Der Rechtsanwalt hatte eine hohe, vornehme Stirn, auf der ein paar Schweißperlen standen, seine Haut war makellos, ruhige Augen, dunkelsamtig wie Oliven. Und am erstaunlichsten war eigentlich sein Haar. Es hatte über der Stirn, an den Schläfen bedauerlicherweise keine Spur hinterlassen, wölbte sich dann aber schwarz, mächtig und lockig von der Mitte des Schädels bis über den Kragen, ringelte sich ein wenig auf dem weißen Kragen. Kornitzer hätte eine solche, beiläufig nach hinten gerutschte Haarfülle vielleicht einem Dirigenten einer Zigeunerkapelle irgendwo in der Welt (aber doch in Europa, so klein war seine Welt!) zugetraut, aber nicht einem Juristen in Mittelamerika, der nun einmal seine einzige Hoffnung war. Sie wechselten ein paar Sätze hin und her aus dem Lehrbuch der Höflichkeit. Der Herr war freundlich, schien nach Kornitzers Ansicht erstaunlich viel Zeit für einen Bittsteller zu haben, Berliner Verhältnisse waren ganz anders gewesen. Und ehe Kornitzer sich's versah, platzte es aus ihm heraus: das Unglück des

Rassismus, das Verjagtwerden aus dem Gericht, die Arbeit in der Lampenfabrik, die Unterbringung der Kinder in England, die Unmöglichkeit, zusammen mit seiner Frau Deutschland zu verlassen. Er wedelte energisch mit seinem Schein, der ihm einen Aufenthalt erlaubte, aber keine Arbeit, es war ein Dammbruch. Kurz gesagt: Er war eine einzige Fleisch gewordene Hilfsbedürftigkeit. Wie sollte es weitergehen, wie, wie? Er sei ja zu jeder Arbeit bereit (das war nicht ganz wahr, die Glühlampenfabrik hatte ihn mürbe gemacht), aber strafbar wolle er sich nicht in dem fremden Land machen, er radebrechte, schwitzte, der Rechtsanwalt half ein wenig mit Nachfragen. Ja, Kornitzer war Richter an einem Zivilgericht gewesen, die Patente, nach denen ihn der Konsul in Hamburg gefragt hatte, erwähnte er nicht. Und auch Santiesteban Cino fragte nicht danach.

Dann geschah Kornitzer etwas, das er nicht fassen konnte. Zuerst glaubte er, der Stuhl schwanke, er sah auch den Rechtsanwalt schwanken in einem milchigen Licht, aber es war kein Erdbeben. Er sah, wie der Rechtsanwalt den Mund öffnete, aber er hörte ihn nicht. Dann legte Kornitzer eine verschwitzte Hand auf die Tischkante, und auch der Tisch wankte nicht. Erst jetzt begriff er, daß das Beben in ihm war, es war nicht nur ein Beben, es war ein Schütteln, Schaudern, Zittern, es konnte auch sein, daß ein wilder Tränenstrom aus ihm hervorbrach, den er nicht zu kontrollieren vermochte, nichts, nichts hatte er unter Kontrolle, die Schultern bebten, die Lider und die Nasenflügel und tief darunter auch die Knie. Später wußte er das nicht mehr oder wollte es vergessen, er wußte auch nicht, wie viel Zeit vergangen war auf dem Besucherstuhl, es war eine hoffnungslos in ein Loch gefallene Zeit, ja, die Kontrolle setzte vollkommen aus. Er erinnerte sich erst wieder, daß das Gesicht des Rechtsanwalts nah an seinem Gesicht war, er spürte den fremden Atem, der nach Tabak roch, sah den Blick, prüfend, sorgenvoll, irritiert, und spürte, daß eine schwere, behaarte Hand auf seiner Schulter lag, ja wirklich. Die Hand war ein Gewicht, eine Autorität. Und dann sah er, ja, er war sich sicher, er sah, daß die Angestellte ihm ein Glas Wasser brachte. Er nippte, nippte, nippte und wußte im ersten Augenblick nicht, wo er wirklich war, wieder in Hamburg in dem Konsulat, das ihm auch Angst gemacht hatte, beim *Registro Nacional*, er war nirgends, und er war außer sich. Er sah die Angestellte an, sah, was er jenseits der Hornbrille erfassen konnte, den bronzefarbenen Teint, Oberarme, die fleischig waren, und eine Bluse mit Puffärmeln. Der Ausschnitt war mit einem Bändchen zusammengerafft, das eine adrette Schleife bildete, so daß er nicht einmal den Busen sah, aber die aufreizende und gleichzeitig überaus sorgfältige Art seiner Verpackung, der Wegschließung für unbefugte Augen. All das sah er, bemerkte es in einer Art von Zeitlupe, ohne daß die Beobachtungen wirklich in ihn sinterten. Geschieht Ihnen das öfter?, fragte der Rechtsanwalt. Und Kornitzer gelang es, sich zu sammeln und *no, no* hervorzustoßen, mit einer solchen Bestimmtheit, die keinen Zweifel an seinem Gemütszustand zuließ. Ich werde über Sie nachdenken, sagte der Rechtsanwalt. Lassen Sie mir Ihre Adresse da. Er sagte es, ohne daß Kornitzer eine Regung in seiner Stimme, in seinem Gesicht deuten konnte (seine Haarpracht spielte jetzt keine Rolle), und diese innere Dunkelheit in der gleißenden Helligkeit des karibischen Tages schmerzte. Kornitzer schrieb wie bei seinem ersten Besuch wieder mit wackliger Handschrift seinen Namen und seine Adresse in Havanna auf, und dann wankte er hinaus, die ausgetretene Marmortreppe hinunter, und die Angestellte nahm ihre Hornbrille ab, betrachtete die Gläser mit einer solchen Intensität, daß Kornitzer wußte: Sie vermied es, ihn anzusehen, den Flüchtling aus Deutschland, das hochgewachsene Häufchen Elend.

Selma berichtete viele Jahre später von einem anderen Nervenzusammenbruch. Ihr Vater sei aus Kuba zunächst nach Berlin gereist. Und als er die Zerstörungen der Stadt gesehen habe, sei er zusammengebrochen und habe in einer Klinik behandelt werden müssen. Aber woher wußte sie das? Nur ihr Vater konnte es ihr gesagt haben. Aber er war doch von Havanna nach Lindau gereist. Hatte er einen Umweg über Berlin gemacht? Das schien nicht glaubwürdig – mit seinem Gepäck und der Anforderung Claires, die ihn am Bodensee erwartete. Oder hatte Selma ihn mißverstanden, ja, mißverstehen wollen, während er vielleicht vom Nervenzusammenbruch bei der Ankunft in Havanna sprach, dachte sie an eine andere Ankunft. Daß die Ankunft in Havanna, weißes Schiff, blauer Himmel, am Ziel der Flucht, ihren Vater durchgerüttelt und entsetzt hatte, daß er am Ende war ganz am Anfang, konnte sie sich nicht vorstellen, und so mußte sie wohl oder übel oder unbewußt den Familienroman umdichten, niemand konnte ihr widersprechen, wollte ihr widersprechen. Und war es nicht auch gleichgültig, wann und wo ihr starker, vernünftiger Vater einen Nervenzusammenbruch erlitten hatte? Es soll auch nur beiläufig erwähnt werden.

Kornitzer verbrachte eine schlaflose Nacht in der lauten Pension, stand beim ersten Türenknallen am Morgen auf und bog in die Calle San Lázaro, da sah er schon das Meer. Er ging am Turm von San Lázaro vorbei, es drängte ihn, auf der Hafenpromenade spazierenzugehen. Er starrte in die Brandung wie in einen blinden Spiegel. Ich muß mich entschuldigen für den peinlichen Vorfall, sagte er sich. Und lief zurück durch die Altstadt, drückte sich an den Hauswänden entlang, schlüpfte unter die Kolonnaden, wenn er sie fand, um zumindest ein wenig Schatten zu ergattern. Als er die Treppe zu der Kanzlei emporstieg, kam ihm der Rechtsanwalt Santiesteban Cino mit wehenden Rockschößen entgegen. Ich muß ins Gericht, ich habe einen Termin versäumt, kommen Sie mit, wenn Sie wollen. Und dann begaben sich die beiden Männer in einem scharfen Galopp drei, vier Blocks weiter, überquerten eine Avenida, dann noch einmal eine große Kreuzung, prall heiß, tauchten wieder in einen Kolonnadengang, und dann wies der Rechtsanwalt vage mit der Hand in die Ferne. Da: das Gericht. Und als sie eintraten in den vornehmen Bau mit den dorischen Säulen – Kornitzer nun seinem Empfinden nach ein, zwei Schritte hinter seinem neuen Bekannten –, drehte der sich plötzlich nach ihm um und sagte: Alles Unheil kommt daher, daß mein Kalender nicht ordentlich geführt wird. Señora Martínez poliert ihre Fingernägel aufs Schönste, und die Termine schmoren, schmoren. Kornitzer war gar nicht sicher, ob er alles richtig verstanden hatte, er lauschte dem Klang nach, der Wortenergie, der Melodie, und versuchte, Schritt zu halten mit dem Rechtsanwalt, der vorwärtsstürmte und dabei seine Robe, in die er im Gehen, Laufen, geschlüpft war, zurechtnestelte. Und Kornitzer half ihm instinktiv, das Ärmelloch zu erwischen, an dem der Rechtsanwalt mit einem energischen Griff gerade vorbeizielte.

Kornitzer verstand nicht viel von dem Verfahren, an dem teilzunehmen er eingeladen war. Ein Schneider war betrogen worden, er hatte einen Ballen Stoff bestellt, geliefert wurde von einem Händler ein minderwertiger Stoff. Der Schneider hatte sich zu zahlen geweigert, er war verklagt worden. Der Rechtsanwalt verteidigte ihn wortreich, und alles endete mit einer Vertagung des Verfahrens. Der Richter zog sich mit seinen Beisitzern für kurze Zeit zurück, dann befand er, die Kammer habe einen Anspruch, den minderwertigen Stoff in Augenschein zu nehmen. Ein Zeitaufschub, eine neue Verhandlung. Ohne den Stoff kein Urteil. Kornitzer kam dies umständlich und ineffektiv vor, aber es war die erste Verhandlung in einem Rechtssystem, von dem er nichts verstand, also schwieg er und verbot sich auch im Stillen ein Urteil.

Wissen Sie was?, fragte der Rechtsanwalt ihn beim Rückweg. Kornitzer ängstigte sich ein bißchen, er würde eine eitle Frage stellen: Wie war ich? Oder: Wie haben Sie mein Plädoyer empfunden? Aber er ließ Kornitzer gar nicht erst zu Wort kommen und sagte: Deutschland, das ist doch ein Land der Präzision. Das mußte Kornitzer einsilbig bestätigen, ohne zu wissen, wohin eine Argumentation führen könnte, die so begann. (Hoffentlich nicht zu den Patenten.) Aber dann schlug ihm der Rechtsanwalt vor, er, der Deutsche, möge doch seine Termine überwachen. Einen Kalender führen, was Señora Martínez wohl für eine überflüssige Angelegenheit hielt. Im Vorzimmer hinge ein Kalender der kubanischen Zuckerrohrwirtschaft mit schönen Bildern, optimistischen Schnittern, Zuckermühlen, romantischen Bildern und Kästchen für jeden Tag. Das heißt, Sie haben keinen Terminkalender?, fragte Kornitzer mitleidig. Wozu?, fragte der Anwalt. Die Termine purzeln täglich, verkleben, verkleistern sich. Der eine Richter ist unpäßlich, möchte aufs Land fahren, ein anderer verheiratet in einem reifen Zustand seine Tochter, der gegnerische Anwalt begreift, daß er auf weitläufige Weise mit meiner Angestellten verwandt ist, und muß sich ein Plädoyer ganz neu erfinden. Und mir kann es ebenso gehen. Man muß handeln, wenn das Handeln geboten ist. An dieser Stelle versuchte der Rechtsanwalt zum ersten Mal den Namen Kornitzer auszusprechen, es war eher wie das polternde Verenden einer kleinen Dampfmaschine, aber Kornitzer dachte wiederum, daß es ein gutes Zeichen sei, wenn er versuchte, sich seinen Namen zumindest einzuprägen, und er schlug keine Korrektur des Lautstandes vor, tz, tz. Das hörte sich vielleicht für einen Kubaner wie der Stammlaut der Malariamücke an, tz, eine Verscheuchungsgeste und gleichzeitig ein

Gesumm. Man mußte als jemand, der mit dieser Lautverbindung durchs Leben oder nun durch eine neue Lebenserfahrung ging, sehr, sehr vorsichtig sein. Also sagte er gar nichts, und in dieser Lücke sprach der Anwalt weiter; offenkundig hatte er selbst diese Lücke gar nicht bemerkt. Noch einmal wiederholte er salbungsvoll: Man muß handeln, wenn das Handeln geboten ist. (Oder rekapitulierte Kornitzer diesen Satz, weil er ihn als einen grundsätzlichen verstand?) Als eine Lebensregel hörte sich das sehr vornehm und subjektiv an, aber für den Alltag mit Mandanten war das Prinzip, das der Rechtsanwalt aufs Panier hob, nicht wirklich geeignet. Man mußte handeln, um jeden Preis. (Dabei handelte man vermutlich meistens zu spät.) Oder: Man mußte vermeiden, sich in Händel hineinziehen lassen. Auch das war denkbar und ratsam. Was Kornitzer dann sagte, war kryptisch, vielleicht nicht idiomatisch im kubanischen Spanisch, aber auch nicht falsch: Das muß sich ändern, sagte Kornitzer, und er wußte nicht genau, ob er das wirklich auf Spanisch gesagt hatte, zufällig, aus Sprachungeschick. Der Rechtsanwalt nickte und er auch, sie waren sich zweifellos einig. (Aber worin, wogegen? In der besänftigenden oder sich ereifernden Tonlage? In einer Art von Sympathie?)
Als sie in die Kanzlei zurückgekehrt waren und Santiesteban Cino seine zusammengenestelte Robe auseinanderfaltete, servierte Señora Martínez einen scharf gebrühten Kaffee, den sie gemeinsam schlürften. Arbeiten Sie, arbeiten Sie!, rief der Rechtsanwalt, und es klang mit dieser Emphase wie ein Wunder. Und Kornitzer kam sich sehr geistesgegenwärtig vor, als er sagte: Ich kann arbeiten, zweifellos, ich möchte arbeiten, aber ich darf keinem Kubaner seine Arbeit wegnehmen. Das tun Sie auch nicht. Sie beraten mich in Fragen der Präzision, der Kalendergenauigkeit. Das kann kein Kubaner. Sie werden ein freischaffender Rechtskonsulent sein, der meiner Kanzlei asso-

ziiert ist. Ich werde Sie um Rat fragen, und Sie werden mir den Rat gegen ein seriöses Honorar entbieten. Haben Sie mich verstanden, Doktor Kornitzer? Der Name war wirklich schwer auszusprechen, und später wurde er vereinfacht oder weggelassen. Kornitzer war der Mann, der manches mitbekam, was auch die anderen Emigranten betraf, der mithörte, mitdachte und wirklich peinlich genau Termine überwachte. Jemand, der initiiert war, aber nicht selbst handeln durfte. Schräg gegenüber der Kanzlei, einen Block weiter, war der Sitz des kubanischen Roten Kreuzes. Kornitzer knüpfte Kontakte, auch zu der Hilfsorganisation *Joint, Joint Distribution Committee,* hieß der volle Name, und der *Joint* schien wie ein internationales Füllhorn, ein Rettungsring zu sein. Kornitzer nahm Termine bei der Hilfsorganisation wahr, wenn der Anwalt möglicherweise auch eine Tochter verheiratete oder ohne Gründe einen Tag der Kanzlei fernblieb. Kornitzer entfaltete eine kräftige Kreativität, um Gründe zu erfinden, warum der Anwalt eben gerade nicht anwesend war. (In Deutschland wäre ihm ein solches Verhalten unverzeihlich vorgekommen.) Aber wichtige Termine verpaßte er nicht mehr. Und damit hatte er einen Stein im Brett bei seinen Klienten; es sprach sich herum.

Im nachhinein mußte sich Kornitzer sagen: Daß er sich schwach gezeigt hatte, daß er zusammengebrochen war und nicht mit zusammengebissenen Zähnen sein Unglück ausgestellt hatte, war ein Glück gewesen. Er hatte eine erstaunliche Wohltat erfahren. Er verdiente nicht gut, er war nicht angestellt, aber es kam doch Geld herein, das er ehrenhalber Honorar nennen mußte, und das war nicht schlecht. Er überwachte die Termine, als wäre er ein Bahnwärter, der durchgehende Züge meldete und verspätete monierte. Der Rechtsanwalt, sein Retter, war ihm dankbar für seine preußische Präzision, und er war dankbar für die Rettung vor dem Nichts. Später würde man

weitersehen. Später, *mañana*. Die Zeit war eine spiegelglatte Fläche, auf der man leicht ausrutschte. Frau Martínez blieb verwundert über den Mann im Vorzimmer, dessen Uhr immer genau ging, der auch häufig auf das Zifferblatt schaute und der Kalender anlegte, schon im September für das nächste Jahr. Er war vielleicht ein bleiches Scheusal, in den Augen von Frau Martínez, ein Prinzipienreiter, er hatte sich immer noch nicht an das weiche, schmiegige Kubanisch gewöhnt, bei dem die Enden verschliffen wurden. Aber er war ungefährlich, er tat ihr nichts, und deshalb duldete sie ihn huldvoll an dem neuen, schwächlichen Tischchen, das gegenüber von ihrem Tisch in das Vorzimmer gestellt worden war. Ein Aufpasser über ihre Untätigkeit war er nicht, eher ein Herrscher über ein Gebiet, das nicht auf ihrer inneren Landkarte vorgesehen war. Ein Herrscher über den fortlaufenden, dauernd weglaufenden Kalender. Die Zeit war keine Freundin von Señora Martínez, obwohl sie in der Abwesenheit des Rechtsanwaltes gern mit ihren Freundinnen telephonierte. Und diese oder jene kam auch ins Vorzimmer zu Besuch, tuschelte, kicherte, fraß sich fest auf dem harten Stühlchen und sah Kornitzer irritiert an, wenn er für seine konzentrierte Arbeit ab und zu einmal um Ruhe bat. Währenddessen schaufelte der Ventilator eine Portion heiße Luft über die andere, bis die unterste wieder zum Vorschein kam und sich mit der obersten, der heißesten, mischte.
Santiesteban Cino hatte die Gewohnheit, seinen Mandanten Schriftsätze, Verträge laut vorzulesen. Er ging dabei schauspielerhaft auf und ab in seinem Zimmer, behielt den Mandanten im Auge, forderte ihn auf zu unterbrechen, wenn etwas nicht verstanden wurde. Doch nur in den seltensten Fällen unterbrach ein Mandant die Lesung. Vielmehr schienen die meisten gefesselt zu sein. Kornitzer wartete häufig an der Tür, ein

Zuschauer, ein Zuhörer ohne Funktion. Das Vorlesen der Schriftsätze und Verträge war zeitaufwendig, umständlich; es wirkte auf Kornitzer, als glaube Santiesteban Cino, er habe es vorwiegend mit versteckten oder wirklichen Analphabeten zu tun, aber es war wirkungsvoll. Warum tun Sie das, das Vorlesen?, fragte Kornitzer ihn. Es gab keinen Zweifel, daß er es gerne tat. Während ich vorlese, lese ich gleichzeitig im Gesicht des Mandanten, ob er den Schriftsatz versteht. Sie wollen verstanden werden?, bohrte Kornitzer weiter. Daraufhin sah Santiesteban Cino ihn so eindringlich an, daß Kornitzer keine Worte mehr hatte, keine spanischen, keine deutschen. Und Santiesteban Cino blieb beim Vorlesen.

Ja, doch, *Abogado* Rodolfo Santiesteban Cino fragte auch einmal nach deutschen Patenten. Und er sagte gleich im Nachsatz, sein Freund im kubanischen Konsulat in Hamburg habe die fixe Idee, deutsche Patente nach Kuba zu vermitteln, das sei ehrgeizig, kühn. Kornitzer wandte vorsichtig ein, ein Patent sei ein schutzwürdiges Gut, ein geistiges Eigentum, das offiziell, auch international, anerkannt sei und deshalb schwer transportabel, eher sperrig, unbeweglich, auch in ethischer Hinsicht. Der Rechtsanwalt nickte, sagte: Ja, mein Freund sieht das in Deutschland lockerer, aber wir, wir, er wurde ernst, wir in der Republik Kuba müßten solche Projekte auch umsetzen können. Mit anderen Worten: sie müßten Nutzen bringen.

Kornitzer hatte sich auf ein solches Gespräch vorbereitet und gleichzeitig abwehrend gewappnet. Er hatte für den Fall, daß man ihm ein Patent abfordern würde, sich mindere, harmlose, keinesfalls die Rechte-Inhaber in Nöte bringende Patente gemerkt. Zum Beispiel den Fall einer Dame in Tiergarten, die glaubte, ein Mittel erfunden zu haben, das Schnittblumen länger haltbar macht. Das Mittel war zweifellos wirksam. Es stellte sich nur in weiteren Untersuchungen heraus, daß die Ingredienzien im Gebrauch hochgiftige Blausäure ausströmten. Die Blumen blieben länger frisch, nur der oder die sie pflegte, war in Gefahr, sich in kürzester Zeit zu vergiften. Er hatte auch das Patent für ein Fahrrad im Kopf, das seine Übersetzung nicht mittels einer Gangschaltung, sondern mit Stationen, an denen man einen Schlüssel umdrehte, veränderte. Das war eine feine Sache, prinzipiell, aber es sah feste Routen für Radfahrer vor, als wäre der Radfahrer eine Art von individuellem Schienenbus. Und er erinnerte sich an die Meisterleistung eines stolzen Ingenieurs, der einen Wasserdampf-Druck-Kochtopf patentieren lassen wollte, der zweifellos die Kochvorgänge beschleunigte und vereinfachte, aber die Frau eines Kollegen, die ihn ausprobiert hatte, trug schwere Brandwunden im Gesicht und an den Händen davon, die sie wochenlang verunstalteten. Solche Rohrkrepierer hatte er sich gemerkt, um in Kuba nicht mit leeren Händen dazustehen und trotzdem wirklich erfinderischen, qualitätvollen Patente-Inhabern, die jahrelang getüftelt und geforscht hatten, nicht zu schaden.

Und es ging ihm durch und durch, als Claire ihm in Bettnang in ihren Dachstübchen erzählte, sie habe bei einem Patentanwalt in Friedrichshafen gearbeitet, und Patente, die offenbar mit der deutschen Flugzeug- und Waffenindustrie zu tun hatten, seien durch ihre Hände gegangen. Ja, wenn sie wirklich beide zusammengespielt hätten als ein bilaterales Spionagepaar, schlau und verwegen und hochkriminell, das wäre eine Lösung gewesen. Die Frau mit Zugang zur Waffenindustrie, der Mann, der über die Drehschreibe Kuba die deutschen Patente auf dem internationalen Markt, der natürlich amerikanisch war, lancierte und verscherbelte. Es wäre wie ein Eiskunstlauf, ein Paarlauf gewesen, gefährlich, virtuos, aber dazu waren sie beide zu solid, nicht spielerisch oder nicht verbrecherisch genug. Und so bot Kornitzer Santiesteban Cino zunächst ein paar Anekdoten,

Ungesichertes, Gefährliches, Hirnverbranntes, eben nicht die gewünschte deutsche Präzision, und der Rechtsanwalt, der ihm mit ruhigen Augen zugehört hatte, winkte ab, was Kornitzer ungemein beruhigte. Schließlich sagte er milde lächelnd: Da hat sich mein Freund in Hamburg auf seinem langweiligen Beamtenposten etwas Schönes ausgedacht, eine Art von Spionageroman, bei dem er der Autor ist, und Sie und ich, wir sind handelnde Figuren, die nicht genau wissen, mit welchen Folgen und Wirkungen wir handeln. Und aus welchen Gründen, fügte Kornitzer hinzu. Und damit war das Thema Patente vom Tisch, das ihm Angst gemacht hatte, Angstschweiß, seit er im kubanischen Konsulat in Hamburg gewesen war. Es wurde einfach nicht mehr darüber gesprochen. Vielleicht hatte der Konsul sich in den Mittelpunkt einer Drehscheibe versetzt, rotiert, rotiert in seiner Phantasie, bis er schwindlig wurde, und seine potentiellen Mitspieler, die ruhig geblieben waren, waren gleichzeitig aus dem Spiel. AUS. Kornitzer konnte keinem Menschen sagen, wie dankbar er für diese Entwicklung war, und wenn er später dachte: Dieser Kelch, dieser Abgrund von Landesverrat, ist an Claire und mir vorübergegangen, wollte er ganz schnell etwas anderes denken, und sei es auch nur an den nächsten Schritt in einem minderen Routine-Prozeß, bei dem die Zeugen der Verteidigung benannt und pünktlich (!) einbestellt werden mußten.

Die Auferstehung des Fleisches. Das Fleisch revoltiert nicht, das Fleisch sehnt sich, dehnt sich. Das Fleisch nimmt in der sengenden Hitze eine andere Farbe an, das europäische Fleisch rötet sich, wie entzündet, es wird heiß, schmerzt, bildet Blasen und Pusteln, die sich öffnen wie Blüten, dann schält sich die verbrannte Haut ab, und die Schicht darunter rötet sich von neuem, und dann bräunt sie auch und schmerzt nicht mehr. Die Emigranten betrachten sinnend die Haut der Kubaner, nein, nicht die Haut, die vollkommen verschiedenen Häute, porenreiche Haut, samtweiche Haut, nachtschwarze Haut, kaffeebraune Haut, mokkafarbene Haut, Zimthaut, Nougathaut, rosafarbene Haut, helle Haut einer Dame, die durch einen großen Hut geschützt wird. Und es gab Männer mit blank rasierten Schädeln, so braun wie ein Tabakblatt. Gesichter, von der Sonne geschlagen, gedörrt. Und es gab Chinesen, die einen Gesichtsschnitt wie Afrikaner hatten, und es gab tiefschwarze Leute, die eine Feingliedrigkeit und einen Gesichtsschnitt wie Chinesen hatten. (Kuba hatte 1848/1849 Kantonchinesen und chinesische Kulis als Arbeitssklaven ins Land geholt. Man nahm an, daß es 150.000 bis 250.000 waren, eine unvorstellbar große Zahl.)

Dem Neuankömmling folgte gerne ein Pulk von jungen Streunern. Gab man ihnen ein paar Centavos, wurde einem als *americano* gedankt, was eine hohe Ehrung war, gab man ihnen nichts, war man ein *polaco*, was eine große Beleidigung war. Auf seinem täglichen Weg zur Hilfsorganisation *Joint*, der auch ratlosen neuen Emigranten mit Zuwendungen half, wenn jemand sein letztes Geld für sein Landungs-Depot ausgegeben hatte, sah Kornitzer täglich drei Brüder, der älteste war vielleicht zehn Jahre alt, der zweite vielleicht sieben, man sah, daß ihm die Milchzähne ausgefallen waren, wenn er lachte, und der kleinste, der meistens vom ältesten auf dem Rücken getragen wurde, war vielleicht zweieinhalb. Er sah die Brüder an mit einer freudigen Neugier. Sie bettelten nicht, es schien unter ihrer Würde zu sein. Nie sah er ihre Eltern, aber das schien kein Makel zu sein, die Brüder hatten zu tun, waren geschäftig, eine autonome, kleine und würdevolle Gemeinschaft. Sie sammelten Papier, und keine öffentliche Hand, kein Sozialarbeiter kümmerte sich um sie. (Doch, sie mußten abends in den Schoß einer Familie zurückkehren, eine Großmutter, ein Onkel, eine ältere Kusine mußte da sein, ein fest vertäutes Familienband, wenn es auch unsichtbar blieb.) Und sie waren höflich dem Mann gegenüber, dem sie täglich begegneten, ja, nun kannte man sich, also mußte sich auch Kornitzer eine respektvolle Begrüßung für das Bruderrudel ausdenken, die täglich wiederholbar war. Der älteste der Brüder war ziemlich dunkelhäutig, der mittlere heller und der kleinste hatte dichtes, lockiges, haselnußfarbenes Haar, und seine Haut war heller als Haselnüsse, fast walnußfarben, aber das tat der Eintracht der Kinder keinen Abbruch. Der größte trug den kleinen, der mittlere trug einen Sack, in dem sie Papier sammelten, auch winzige Fetzchen Bonbonpapier, nicht nur Zeitungen. Und Kornitzer staunte sie an mit Entdeckungsfreude (und gleichzeitig sehnte er sich nach seinen Kindern in England), er schrieb eine Postkarte, von der er nicht wußte, ob sie jemals ankommen würde, und ob die Kinder – natürlich nur Georg – sie lesen könnten.

Es war ein Hurrikan der Kulturen und ein Fest für die Augen, für die Empfindungen eher nicht. Kornitzer, der durch die Rassengesetze der Nazis mit seiner Frau nicht mehr verheiratet sein sollte, staunte diese Häute an, geboren aus unendlichen Mischungen, um die sich niemand wirklich kümmerte. Es gab auch Wörter für die Abstufungen schwarzer Haut, die dunkelste hieß nach den Bakelit-Telephonen: *negro como el teléfono.*

Er saß unter Palmen, hörte dem Palaver auf den Steinbänken um ihn herum zu. Er sagte sich selbst: Nun ja, meine Haut integriert sich, ich lerne die Sprache immer besser, meine Haut lernt das Bestehen in der Hitze, sie schält sich jedenfalls nicht mehr. Trat man von einer Avenida – Zuckerbäckerarchitektur mit Kuppeln, Bogengängen und Veranden, eine überbordende Ornamentik, sie war machtvoll und auch ein bißchen lächerlich, großsprecherisch – in eine kleinere Gasse, in der gußeiserne Balkone wie Vogelnester überhingen, konnte es sein, daß einem ein Mann auf die Schulter tippte und mit einem Packen Bilder wie mit Spielkarten wedelte. Er drängte einem den schmuddeligen Satz Karten förmlich auf, *posiciones*, Stellungen, eine pornographische Schulbibel in verschiedenen Hautfärbungen. Und wenn man abwehrte, vorschützte, kein Geld zu haben, wurde man in ein Etablissement genötigt, das einer düsteren Räuberhöhle glich, nur für ein Getränk!, nur für ein Getränk!, nur zum Anschauen!, nur zum Probieren! Das erste Getränk war frei. Und es wurde suggeriert, auch die erste Frau sei frei. Der Phantasie waren keine Grenzen gesetzt: es war die erste Frau, der sich die gelenkten Phantasien entgegenreckten. Ein Dutzend Frauen lungerte herum, solche mit einem prächtig barocken Hintern, aufgeworfenen Lippen und Rüschen um den Busen wie ein Versprechen oder sehr junge mit Storchenbeinen und gelangweilten Gesichtern, andere, verschlafen wirkende am frühen Abend schon (oder noch?), in blumigen Unterröcken oder Morgenmänteln, unter denen die Schenkel prall hervorquollen, und es war schwer, sich wieder loszureißen aus den werbenden Worten, dem Tatschen und Getätscheltwerden, aus der Räuberhöhle in die faule Frühabendhitze.

Dann dröhnten die Glocken der Kathedrale, die Fenster der Palais aus dem siebzehnten Jahrhundert rundherum waren mit Fahnen, symbolischen Schleifen und Blumen geschmückt, kleine Mädchen in Reih und Glied mit weißen Kleidern stellten sich auf, um den Erzbischof zu begrüßen, die Monstranz wurde in die Kathedrale getragen, in der Christoph Kolumbus begraben worden war, ehe die sterblichen Überreste oder das, was man dafür hielt, nach Sevilla überführt wurden. All die kleinen Mädchen knieten sich auf das Pflaster, ob ihre weißen Strümpfchen schmutzig wurden, war gleichgültig, jemand würde sie waschen. (Die Beschmutzung war dem Akt der Unterwerfung inbegriffen.) Sie begrüßten den Erzbischof, und

dann führte eine Nonne sie in die Kathedrale, in der es einigermaßen kühl war. Kornitzer wollte sich das nicht merken, aber er behält es, er will es Claire erzählen, später einmal. Das Erzählen schafft Nähe in aller Entfernung. Er ist der Fremde, der nicht auf Assimilation aus ist, sondern darauf, seine Fremdheit als Instrument zu schärfen.
Es gab Emigranten, die legten einen Aktenordner an: *Forderungen gegen das Deutsche Reich (Schadenersatz wg. schuldhafter Rechtsverletzung)*. In dem hefteten sie nicht nur die Rechnung der Schiffahrtslinie und der wöchentlichen Pension ab, sondern auch Straßenbahnfahrscheine und Wäschereirechnungen. Eines Tages würde all dies aufgewogen. Kornitzer gehörte nicht zu denen, so optimistisch war er nicht. Der Sammeleifer kam ihm eher komisch vor. Mit Kornitzer hatten etwa hundert Emigranten die *Reina del Pacífico* in Havanna verlassen, die übrigen Passagiere fuhren weiter nach Ecuador oder nach Chile. Die Emigranten mit dem Ecuador-Visum erzählten, daß sie ein Depot von 400 US-Dollar hinterlegen mußten und daß jeder Konsul verpflichtet gewesen war, dieses Mindestkapital von den Antragstellern zu verlangen. Einigen war freihändig zur Bedingung gemacht worden, 5.000 US-Dollar vorzuweisen, die sie nicht aufbringen konnten.
Die Morgensonne gießt Gold über die weißen Prachtbauten. Auf den Telegraphendrähten balancieren große, fette Ratten wie Seiltänzerinnen. Ununterbrochen klingelt ein Mann, der Eiscreme verkauft, Zeitungsverkäufer brüllen, Händler, die eher Bettler sind, viele Amputierte darunter, halten Lose der Staatslotterie feil. Andere Verkäufer preisen Mangos, Ananas und Bananen an und Gemüsesorten, die Kornitzer noch nie gesehen hat. Kornitzer sah aus dem Augenwinkel einen Mann, den er als Emigranten, der mit dem gleichen Schiff wie er gekommen war, sofort erkannte. Er trug ein lächerlich kleines,

nicht einmal schattenspendendes Hütchen, zu warme, offizielle Kleidung, und er bewachte einen Parkplatz in der Nähe des Hafens, auf dem schöne, breithüftige Automobile standen, blank poliert, bewundernswert mit ihren ausladenden Scheinwerfern und hellen Ledersitzen. Kornitzer sprach den Mann an, wie es ihm denn gelungen sei, eine Arbeit als Parkplatzwächter zu ergattern. Und der Mann sagte mit großen Augen: Ich habe doch keinen Job! Ich stand hier herum wie Sie und bewunderte die schönen Autos mit ihren Chromstangen und energischen Schnauzen. Da kam jemand auf mich zu, der sich als der „richtige" Parkplatzwächter vorstellte, und bedeutete mir, wenn ich Freude daran hätte, die schönen Automobile zu betrachten, könnte er mir leihweise für ein, zwei Tage in der Woche seinen Arbeitsplatz vermieten, und er ginge in der Zeit angeln. Und weil „wir", hier hatte der Aushilfsparkwächter vollkommen recht, nicht arbeiten dürften, hätte er auch jedes Recht, seine Stelle an einen kreativen Autodieb zu verleihen, vielleicht für zwei, drei Stunden, am frühen Abend oder am frühen Morgen, oder er müßte nur fünf Minuten einmal wegsehen. Auch das würde seine Kasse sehr aufbessern. Und der Mann lachte, als wäre ihm die Kleinkriminalität schon in die deutsche Wiege gelegt worden.

Kornitzer reagierte an diesem Punkt wie ein geborener Richter: Aber wenn man Ihnen auf die Schliche käme? Wenn es Zeugen des Parkplatzwächter-Wechsels gäbe? Wenn Ihr Arbeitgeber Sie beschuldigte oder Sie Ihren Statthalter beschuldigen müßten? Bedenken Sie das doch, es könnte Ihre Ausweisung zur Folge haben. Ausweisung wohin? Kornitzer war in seinem Element, und der Mitemigrant, mit dem Kornitzer auf dem Schiff kaum gesprochen hatte, rüttelte an seinem komischen Hütchen, wußte nicht wirklich, wie er reagieren sollte, und sagte schließlich verschwörerisch: Danke für den Tip, ich werde mich sachkundig machen. Die Adresse eines guten Rechtsanwalts in der Tasche zu haben, ist sicher sehr beruhigend. Überhaupt wurde viel bewacht, Baustellen, damit kein Material verschwand, Villen, weil sie Eifersucht und Habgier erregten, und Wächter wurden wiederum von anderen Wächtern bewacht, denn sie galten als unzuverlässig.

Braune Kinder betteln um Münzen am Hafen. Am Kai warten Leute auf ihre Angehörigen, sie werfen ihre Strohhüte in die Luft und schreien ihre Willkommenswünsche ins Ungefähre so laut heraus, daß kein Mensch mehr etwas versteht. Kornitzer sieht auch weinende Leute, die vergebens auf Freunde und Verwandte gewartet haben. Und das bewegt ihn. Es ist wie ein stehenbleibendes Bild. Er steht selbst am Kai, wartet auf Claire, und Claire kommt nicht, und er weiß nicht warum.

Aber dann weiß er bald, warum Claire nicht kommt. Das nächste Schiff, das nach der *Reina del Pacífico* landen soll, heißt *St. Louis*. Der Luxusdampfer der Hapag-Lloyd war am 15. Mai 1939 aus Hamburg ausgelaufen. Er hatte etwa 930 jüdische Passagiere an Bord, von denen die meisten bereits im Besitz von amerikanischen Quotennummern waren. In Kuba wollten sie lediglich das Eintreffen ihres Visums abwarten, drei Monate oder schlimmstenfalls, wenn sie eine der letzten Quotennummern hatten, drei Jahre. Aber niemand konnte oder durfte ein Vermögen, das über drei Jahre reichte, mitbringen, alles war mit Abgaben belegt, weggesteuert worden. Als das Schiff am 27. Mai in Havanna ankam, wurde dem Kapitän Schroeder keine Landeerlaubnis erteilt. Sollte er sich widersetzen, würde das Schiff von kubanischen Kriegsschiffen aus den Hoheitsgewässern *hinausgeleitet* werden, hieß es. Was das bedeutete, war unvorstellbar, ein Rausschmiß ins Nirgendwo. Ein Passagier durfte an Land: Es war der 92jährige Professor Mendelsohn aus Würzburg, der auf der Überfahrt gestorben war, und viel-

leicht war dies das einzige Glück der Reise. Professor Mendelsohn landete ordnungsgemäß, jedenfalls seine sterblichen Überreste, und niemand fragte nach seinen Papieren.
Im Mai 1939 hatte Kuba seine Einwanderungspolitik plötzlich geändert. Einreiseerlaubnisse und Visa, die vor dem 5. Mai 1939 ausgestellt worden waren, wurden rückwirkend für ungültig erklärt. Der Chef der kubanischen Einwanderungsbehörde, Manuel Benítez Gonzáles, war in Verdacht geraten, mit illegalen Einwanderungszertifikaten zu handeln. Er verkaufte solche Papiere für 150 Dollar und mehr, nach US-amerikanischen Schätzungen hatte er mit Gaunereien ein Vermögen von 500.000 bis 1 Million US-Dollar angehäuft. Das ging zu weit, auch wenn er ein Protegé des Generalstabschefs Fulgencio Batista war. Die Passagiere waren entsetzt und verstört und alarmierten das *Joint Distribution Committee* in New York. Eine Sozialfürsorgerin wurde entsandt zur Beruhigung der Flüchtlinge und der Anwalt Lawrence Berenson, er war Präsident der amerikanisch-kubanischen Handelskammer in New York, außerdem ein Freund von Batista. Aber Batista, ein populistischer Bonaparte, hatte auch Gegner, so war es nicht sicher, ob ein anderer Unterhändler, ein neutraler ohne kubanische Verbindungen, nicht mehr erreicht hätte. Lawrence Berenson war ermächtigt, der kubanischen Regierung 125.000 Dollar als Garantie für den Lebensunterhalt der Flüchtlinge zu bieten, gleichzeitig bürgte Berenson für die Einhaltung des Arbeitsverbots. Doch das genügte nicht, Mittelsmänner des Präsidenten verlangten mit gezogener Pistole 500.000 Dollar bei einem Überfall nach Wildwest-Manier. Batista hingegen ließ übermitteln, er wolle für „nur" 450.000 Dollar die Weiterfahrt der *St. Louis* zur Ausschiffung auf der Insel Pinos, südlich von Kuba, vermitteln. Es stellte sich aber rasch heraus, daß Pinos ein Konzentrationslager war, ein schöner Deal war das, der dem *Joint*

vorgeschlagen wurde. Zusätzlich zu den 450.000 Dollar ließ Batista noch weitere 150.000 Dollar verlangen, als kleine Wahlkampfspende für den kommenden Präsidentschaftswahlkampf, bei dem er kandidieren wollte. Der Mittelsmann schlug dann noch einmal 50.000 Dollar auf, als Gebühr in eigener Sache. Kuba war wie ein Pfund Butter, an jeder Hand blieb etwas kleben.
Kaum war der Vorschlag auf dem Tisch, widerrief ihn Batista, und das Schachern ging von neuem los. Die Flüchtlinge gerieten zwischen alle Parteien, Geiseln in einem Poker um Geld und Einfluß, einige wurden hysterisch, andere versanken in einer abgrundtiefen Verzweiflung, die keine Worte mehr kannte. Eine ganze Woche wurde verhandelt. Der Präsident forderte schließlich eine Million Dollar, zahlbar innerhalb von 48 Stunden, und sicherte als Gegenleistung die Unterbringung der Flüchtlinge im Lager Pinos zu. So konnte man nicht mehr verhandeln, man hätte schreiend, beschämt, angewidert, zornbebend den Raum, die Insel verlassen müssen, doch das ist nicht die Art diplomatischer Unterhändler; sie haben eine komplexe Erziehung genossen. Der *Joint* erhöhte sein Angebot auf 443.000 Dollar (oder 500 Dollar auf den Kopf jedes Flüchtlings). Ohne daß Berenson noch einmal mit den Mittelsmännern hätte sprechen können, zog der Präsident sein so großzügiges Angebot wegen Fristüberschreitung zurück. Unter der Hand erfuhr man, die kubanischen Politiker hätten zusätzlich zu der gewaltigen Summe auch noch mindestens 350.000 Dollar Bestechungsgeld erwartet. Es war ein schmutziges und ekelhaftes Geschäft mit der Ware Mensch.
In Nazi-Deutschland triumphierte man. Genau das sollte bewiesen werden: Kein Land der westlichen Hemisphäre wollte die Fracht der verängstigten Menschen aufnehmen, und auch deshalb waren sechs Gestapo-Leute als Aufpasser und Verhin-

derer auf dem Schiff. Die *St. Louis* nahm am 2. Juni Kurs auf Florida und Miami. Es gelang einigen Passagieren, ein Hilfs-Telegramm an Präsident Roosevelt zu schicken. Eine Antwort erhielten sie nicht. Die USA weigerten sich, nur einen einzigen Passagier an Land zu lassen. Hapag-Lloyd orderte das Schiff nach Hamburg zurück. Die Enttäuschung über die USA, die sich den Ausgesetzten gegenüber taub stellten, obwohl sie ordnungsgemäße Quotennummern hatten, war riesengroß.
In Kanada hatten Prominente eine Petition für die Flüchtlinge beim Premierminister William Lyon Mackenzie King eingereicht. Auch das war eine vergebliche Mühe. Er folgte strikt der Devise des Direktors des Einwanderungsbüros Frederick Charles Blair: *None is too many.* Kein Jude ist schon einer zu viel. Die 150 Dollar, die jeder Flüchtling auf dem Schiff für das dann annullierte Landungs-Permit bezahlt hatte, wurden von der kubanischen Einwanderungsbehörde nicht zurückgezahlt. Rund 136.000 Dollar hatten die Hintermänner und der Chef der Einwanderungsbehörde kassiert, ohne daß die mindeste Gegenleistung erbracht wurde. Und das Klima blieb gereizt.
„Konditionen einigermaßen", das hätte Richard Kornitzer jetzt nicht mehr nach Berlin geschrieben, eher „Konditionen miserabel". Jetzt kam es Kornitzer klug vor, daß Claire ihre Reise noch nicht gebucht hatte, daß sie ausharrte in Berlin. Und obwohl sie jede Passage nehmen mußte, die sich ihr bot, wenn sich überhaupt eine bot, wollte er doch glauben, es sei ihre Voraussicht gewesen, daß sie nicht mit der *St. Louis* gereist war. Aber Claire hatte vielleicht gar nichts getan. Oder etwas sehr Intimes: Sie hatte sich der Trauer um die Trennung von ihrem Mann und ihren Kindern hingegeben. Das hatte Zeit beansprucht. Ob das etwas Kluges, Vorausschauendes war, konnte kein Mensch sagen, und ihr selbst war es gleichgültig. So war es einfach.

Die Passagiere der *St. Louis*, die vor Furcht, nach Deutschland ausgeliefert zu werden, wie versteinert waren, legten in vollkommener Schweigsamkeit und Entsetzen die Reise zurück. Auch andere Schiffe wurden zurückgeschickt, das Schwesternschiff der *St. Louis*, die *Orinoco*, das französische Schiff *Flandre*, die *Orduña*, wie die *Reina del Pacífico* ein Schiff der *British Pacific Steamship Navigation Company*. Die Emigranten-Zeitschrift „Aufbau" berichtete über diese Schande. Man konnte es lesen, nur nicht in Deutschland. Unter den 900 Passagieren der *St. Louis* waren 113 Schlesier, las Kornitzer. Er dachte an das Begräbnis seiner Mutter, an die Verwandten aus Breslau, die er dort wiedergesehen hatte, er dachte an Breslau und fürchtete, die Verwandten hätten es ihm nachgemacht, als sie von seiner Emigration nach Kuba hörten. Er war ein Vorreiter und gleichzeitig einer, der in die Sackgasse geführt hatte. In allerletzter Minute bekamen die Passagiere der *St. Louis* aus humanitären Gründen Asyl in Belgien, den Niederlanden und Frankreich, einige auch in England, es war eine kurze Verschnaufpause, bevor die Deutschen die westlichen Nachbarländer überfielen. Die zweihundert Passagiere der *Orinoco* kamen nach Hamburg zurück, da verliert sich ihre Spur.

Im September 1939 sperrten die Kubaner 57 Emigranten in ein Lager, warum, war nicht klar. Willkür, vielleicht hätte man einfach einen Beamten schmieren müssen, aber welchen? Oder fürchtete sich auch Kuba vor der fünften Kolonne? Alle hielten tendenziell die Hand auf, jeder *deal* war abschüssig. Man konnte auf das falsche Pferd setzen, und das falsche Pferd gehörte einem gebügelten, geschniegelten Herrn im weißen Leinenanzug, der sich maßlos ärgerte, wenn die erwartete Summe an seinen Kollegen von der anderen Seite ging oder an seinen Vorgänger oder Nachfolger im Amt. Auch Kornitzer mußte sich klarmachen, daß sein Arbeitgeber, gegen den er kein böses

Wort sagen konnte, an solchen Durchstechereien vermutlich beteiligt war. Und wenn Santiesteban Cino einen Termin versiebte oder einfach nicht auftauchte, wie sehr Kornitzer auch hinter ihm her telephonierte, ahnte er, daß nicht die vierte Tochter verheiratet werden mußte, sondern daß er Gespräche oder Verhandlungen führte, die einfach über die Hutschnur des Emigranten gingen. Kornitzer war ein Garant der Ordnung, die jederzeit zerbröckeln konnte, aber er sollte seine Nase bitte nicht in alles Mögliche, in alles Kubanische, in das *Cubanísimo*, in den inneren Bezirk, stecken.

Der Posten des Chefs der Einwandererbehörde wurde in kürzester Zeit dreimal neu besetzt, er war mit lukrativen Nebenverdiensten verbunden. So rasch ging es manchmal zu, daß der Fremde eine Lage ein halbes Jahr objektiv hätte prüfen müssen, und dann war die Situation vor seinen geblendeten Augen wieder undurchsichtig oder gänzlich verschieden von der Situation, von der er ausgegangen war, und das erneute Unwissen war beschämend, wenn nicht bestürzend. So war jede Entscheidung falsch und jede (vielleicht zufällig) richtig, und jeder Emigrant tappte in tausend Fallen und schämte sich seiner Unwissenheit. Mit anderen Worten: Es gab keine objektive Situation und dementsprechend auch keine objektive Prüfung. Kornitzer bat den Rechtsanwalt um Rat, bat ihn um politische Auskünfte und Einschätzungen, wenn er als freier Rechtskonsulent auftrat, aber Santiesteban Cino rang nur die Hände und sah ihn mit seinen samtigen, olivfarbenen Augen bekümmert an. Kornitzers Mittlerdienste zwischen der Hilfsorganisation *Joint*, bei der er als *doctor* angesehen war, ohne etwas Nennenswertes zu leisten, seine Spanischkenntnisse und seine Arbeit für den Rechtsanwalt trugen ein wenig zur Ordnung, zur Strukturierung der Fallen bei. Er konnte inzwischen im Namen der Rechtsanwaltskanzlei ganz leidlich Briefe schreiben an hochwohlgeborene

Herren, Herren, die sich beschämend bedeckt hielten, im Kühlen blieben, während die Hitze brüllte und die Not. Er bat häufig Señora Martínez noch einmal darum, einen Blick auf diese Artefakte zu werfen. Mal korrigierte sie ein Wort oder einen Rechtschreibfehler, mal fügte sie einen Schnörkel hinzu, den Kornitzer nirgendwo bis jetzt gelesen hatte, also auch nicht beherrschen konnte. Die Rhetorik stand hoch im Kurs. Worte dienten nicht so sehr dazu, Gedanken auszudrücken, als vielmehr dazu, deren Abwesenheit zu verbrämen. Auf die Eleganz des Ausdrucks wurde mehr Wert gelegt als auf Klarheit. Schönschreiben. Schönreden. Schönfärben. Eine hohe Schule auf dem gespannten Seil der Hochsprache. So war die Hierarchie strategisch gesichert. Der neue Mitarbeiter brauchte Señora Martínez, damit er vor dem Rechtsanwalt gut da stand, er deckte ihre Nachlässigkeit, und so waren sie insgesamt kein schlechtes Team. Und der Rechtsanwalt unterschrieb die Briefe, die Kornitzer verfaßte, gutmütig oder sympathisierend, das wußte Kornitzer nicht immer so genau. Eines Tages lag ein Packen Rechnungen an Mandanten auf seinem Tisch sowie ein Gummifingerhut. Als Kornitzer nach dem Grund fragte, erfuhr er, er sei so vertrauenswürdig, daß er in Zukunft den Eingang der Zahlungen prüfen und in eine schwarze Kladde eintragen solle. Ob diese Honorare, die er verbuchte, überteuert waren, darüber machte sich Kornitzer, während er prüfte und Zahlenkolonnen schrieb, seine Gedanken, die aber zu nichts führten.
Wer später nach Kuba kam, war gewarnt. Er bekam von den früher gekommenen Flüchtlingen eine saftige Einführung in die Landeskunde: Der Präsident heißt jetzt Fulgencio Batista, und er ist ein Bandit. Vorsicht vor *tiburones*! Darunter verstand man überaus freundliche Leute, die sich ganz unbefangen den Emigranten näherten und sich ihre Nöte erzählen ließen. Es waren Haifische, Berufsbestecher. Sie lungerten vor Polizeista-

tionen, vor dem Innenministerium und warteten auf solche, die ein Gesuch einbringen wollten. Im Handumdrehen erklärten sie, was die Erfüllung ihres Wunsches kosten würde, und dann gingen sie unverfroren, sich die Hände reibend, mit dem Bittsteller in das Zimmer des entsprechenden Beamten. Dort schob der *tiburón* dem scheinbar sehr beschäftigten Beamten eine Anzahl von Geldscheinen unter ein Papier, und die Sache war erledigt. Für ihn selbst fiel natürlich auch ein Batzen ab. Und der Flüchtling wußte nicht, ob er nur abgezockt worden war oder die Bestechung wirklich einen amtlichen Akt zur Folge hatte. Die *Polocos*, mit den Landessitten schon länger vertraut, benutzten für dieselbe Gattung Mensch den jiddischen Begriff *Machers*. Sie nahmen den Vorgang nicht so tragisch wie die Neuankömmlinge, die *Machers* waren Juden, Händler wie sie, nur handelten sie mit Informationen und Geld, also Schwamm drüber. Auch in Mexiko gab es diese übereifrigen, schmierigen Helfer, die Schlepper und Schleuser, dort nannte man sie *coyotes*.

Die Regierung, das ganze Land ist korrupt. (Doch man mußte zugeben, daß die Beamten lausig schlecht bezahlt wurden und deshalb gerne die Hand aufhielten.) Auch Straßenbahnschaffner zweigen einen Teil des Tarifs für sich ab. Nicht einmal einen Totenschein kann man ohne Bestechung bekommen. Der Tote liegt da, in der Hitze an einer dummen Blutvergiftung schnell gestorben, und nun feilschen die Freunde um einen Begräbnisplatz, um die Sicherheit, wann eine Trauerfeier an einem akzeptablen Ort stattfinden könnte. Jeder begriff, was geschehen war, dieser schmerzhaft schnelle Tod verstörte, der jeden treffen könnte, der nicht gut versorgt war und Vorerkrankungen hatte. Und so blieb eine Handvoll Freunde übrig, die den Spanienkämpfer, den Republikaner, der es geschafft hatte, nach Kuba zu kommen nach der Niederlage, betrauerten. Sie hätten dem Krankenhausarzt ein paar Scheine zustecken müssen, sie hätten den Begräbnisunternehmer schmieren müssen, damit er einen Ort für die Trauerfeier fände, sie hätten die Totengräber mit einer Invasion von kleinen Scheinen in Schach halten müssen, damit die Grube ausgehoben wäre, wenn der Sarg einträfe. Nein, das waren keine großartigen Nachrichten. Wem hätte man mitteilen können, daß der Emigrant ein Opfer der Ausbeutung war, ein nasses Hemd, das ausgewrungen wurde bis zum letzten Tropfen? Nein, das waren Nachrichten, bei denen man nur niederknien oder das heiße Pflaster auf der Straße mit der Zunge demütig ablecken konnte, und wer wollte das? Also mußte man sich anpassen oder an das Angepaßte andocken, und man wußte nie, wo man zu weit gegangen war, sich aus dem Fenster gelehnt hatte, und wo man noch Spielraum hatte, Spielraum, der ein Existenzraum war.

Kornitzer hatte sich vorgestellt, Bestechung sei eher wie der Handel eine Betätigung der Überbietung, der Überraschung, eine Sache, die mit ein bißchen Eleganz betrieben werden konnte, ein ziviles Unrecht, noch nicht allzu weit vom zivilen Recht. Was ähnlich war, war die Rhetorik des Rechts, nahezu ununterscheidbar von der Rhetorik des Unrechts. Und er wußte auch nicht, ob sein Arbeitgeber an diesen Machenschaften beteiligt war, und er wußte auch nicht, ob ein wenig von diesen herumgereichten Summen seine Arbeit zahlte, und – mit Verlaub – er wollte es auch nicht wissen.

Dann wurde in den Cafés plötzlich viel Deutsch gesprochen, auch Flämisch, auch Französisch und das reine Kastilisch der Spanier, das sich meilenweit von den weichen Vernuschelungen der Kubaner absetzte. Neue Schiffe waren gekommen mit Emigranten, Schiffe aus Lissabon, manche aus Casablanca oder Tanger. Die Wellen, die der Vormarsch der Deutschen in Frankreich schlug, hatte sie von Südfrankreich aus über die

Pyrenäen gejagt. Manche der Emigranten waren schon im vierten Emigrationsland, über Prag nach Paris geflüchtet, in den Süden Frankreichs getrieben worden, von dort nach Lissabon, sie hatten ein Schiff ergattert, das Europa hinter sich ließ. Emigranten der ersten Stunde, mit dem Stolz der politischen Verfolgung, die rassische Verfolgung nahmen sie achselzuckend zur Kenntnis. Manche wirkten wie hohl, leergepumpt, als sei es ihnen vollkommen gleichgültig, auf welcher Insel sie gelandet waren. Ein Berliner Ehepaar hatte eine Bäckerei gegründet: *La flor de Berlin*, die reichlich Zuspruch fand, denn sie buken keine übersüßen Zuckerbäckertorten, wie sie prunkvoll über die Gassen getragen wurden, keine Hochzeitstorten, sondern knuspriges braunes Brot, nicht die weißen, weichen Lappen, die die Kubaner aßen. Sie kannten nichts anderes. Das Paar war einfach zu beschäftigt, um den anderen Emigranten zu erzählen, auf welchem abenteuerlichen Weg es Havanna erreicht hatte. Der Mann schwitzend und mehlbestäubt im hinteren Teil der Bäckerei, die Frau, danke und bitte und kommen Sie bald wieder sagend hinter dem Tresen, der ihr nur bis zur Hüfte ging.
Kornitzer freundete sich mit Lisa Ekstein und Hans Fittko an, einem schlanken, dunklen Paar, die beide ein gutes Stück jünger waren als er. Er sah ihnen gerne zu, einem stolzen Liebespaar, ja, er beneidete sie um ihre Gemeinschaft, und sie respektierten ihn. Es war eine hoffnungsvolle Freundschaft, sieben Jahre Altersunterschied waren ein Unterschied ums Ganze. Während er promoviert hatte, lebten sie mit ihren Freunden in einer Welt des aktiven Widerstands, und sie betrachteten Antisemitismus und Rassismus als eine der Erscheinungsformen des Faschismus. Sie kamen mit der Haltung nach Kuba: Was kann schon passieren, wenn man bereit ist, jede Arbeit zu tun? Daß es (zunächst) keine Arbeit für sie

gab, daß sie keine Arbeitserlaubnis hatten, war kränkend, man mußte sich die Arbeit, die man tun wollte, selbst erfinden. Manchmal stritt sich Kornitzer im *Café Aire Libre* an der Ecke des Paséo ein bißchen mit ihnen über ihren grundsätzlichen Optimismus, und sie warfen ihm vor, daß er wie viele jüdische Emigranten die Verfolgung als etwas Persönliches aufgefaßt habe. Dagegen war nichts zu sagen. Beiläufig erwähnte Hans Fittko einmal, er sei gar kein Jude. Vom Sozialistischen Schülerbund über die Solidarität mit den Arbeitern im Wedding, in Adlershof beim Blutmai, bei dem fast vierzig Menschen zu Tode kamen, führte der gerade Weg für Lisa über das Flugblattverteilen gegen Hitler nach der Schule (andere Eltern hätten bekundet, demonstrierende Arbeiter, erschossene Arbeiter seien kein Umgang für ihre Tochter) und dann die Erstellung von Listen über die in die Konzentrationslager Verschleppten heraus aus Deutschland. Lisa Ekstein folgte ihren Eltern über die Grenze nach Prag – ihr Vater war der Verleger der Zeitschrift „Wage!", er war mit Egon Erwin Kisch befreundet –, und ebenso folgerichtig war es, daß sie sich mit dem jungen Journalisten Hans Fittko zusammentat, der flüchten mußte, weil man ihn der *geistigen Urheberschaft* an einem Mord bezichtigt hatte. Ein SA-Mann war unter unklaren Umständen zu Tode gekommen, der war allerdings von seinen eigenen Kumpanen hinterrücks erschossen worden. Der Wagemut war Lisa vererbt worden. Hans Fittko, der schmale, ernsthafte junge Mann, war in Abwesenheit zum Tode verurteilt worden. Lisa und Hans gehörten zusammen, arbeiteten auch in der Tschechoslowakei illegal, bis man Hans *auf Lebzeiten* auswies. Sie arbeiteten dann in der Schweiz, versorgten ganz Baden und Württemberg mit antifaschistischer Literatur. (Schnitt Lisa, wenn sie erzählte, nicht ein bißchen auf?) Dann arbeiteten sie in Holland an der friesischen Küste und versuchten, Stützpunkte zu errichten,

was schwer, wenn nicht unmöglich war. Bei Ausbruch des Krieges waren sie in Frankreich, und Frankreich wurde eine Falle. Was immer Lisa und Hans Fittko ihm erzählten, über die letzten sieben, acht Jahre ihrer Illegalität, Kornitzer staunte es an, wollte mehr hören. (Hatte er auf einem anderen Planeten gelebt?)
Nach dem Einmarsch der Deutschen trieb sie der Flüchtlingsstrom nach Südfrankreich, dort wurden sie interniert. Lisa war mit zwei Freundinnen aus dem Lager Gurs getürmt. Was sie Kornitzer zuraunte über die Trampelpfade in den Pyrenäen, über das Schmuggeln von sozialdemokratischen Reichstagsabgeordneten, einem Philosophen, von ganzen Familien, von Leuten, die sich vor dem Tagesmarsch über das Gebirge nicht von ihrem Pelzmantel trennen wollten, hielt er auch für ein wenig übertrieben, aber er hörte ihr gerne zu und bewunderte sie insgeheim. Kein Rucksack, war die Devise, *pas de rucksack!* Am Rucksacktragen erkannte man die Deutschen. Kornitzer konnte es sich nicht vorstellen, daß diese junge Frau ohne augenzwinkerndes oder moralisches Einverständnis der Weinbauern, der Ortspolizisten und des Bürgermeisters ihre hochgefährliche Mission ausübte, während Hans noch im Lager Vernuche interniert war. Noch auf dem Schiff nach Kuba habe sich herumgesprochen, daß sie und Hans etwas von Papieren verstünden. Leute hätten sich schon angstvoll untereinander ihre Visa gezeigt. Und sie seien zufrieden gewesen, wenn einer (Hans oder Lisa natürlich) ihnen sagte: Es sind recht gute Fälschungen, wirklich geschickt gemacht, und mit etwas Glück wird es gutgehen. So waghalsig, so gleichmütig war Lisa.
Durch Hans Fittko und Lisa Ekstein lernte er auch den immer heiteren Fritz Lamm kennen. Er war ein geborener Volkspädagoge. Was in Deutschland geschehen war, was die Erfahrung des Krieges bedeutete, konnte niemand so gut erklären

wie Fritz Lamm. Er war aus Stettin, hatte bei einer Zeitung volontiert, war SPD-Mitglied geworden, doch 1931 wieder ausgeschlossen worden, er wurde dann Gründungsmitglied der Sozialistischen Arbeiterpartei Deutschlands und Mitglied des Sozialistischen Jugendverbandes Deutschlands. Nach dem Reichstagsbrand war er für fünf Tage in „Schutzhaft" genommen worden, doch drei Monate später wurde er wieder verhaftet. Vor dem 4. Strafsenat des Reichsgerichtes in Leipzig wurde er wegen „Vorbereitung zum Hochverrat, Herstellung und Verbreitung illegaler Schriften" zu zwei Jahren und drei Monaten Haft verurteilt. Als er Ende 1935 entlassen wurde, stellte man ihn sofort wieder unter Polizeiaufsicht. Eine Arbeit zu bekommen, war aussichtslos, er ging stempeln und wohnte bei seiner Mutter. Als in Stettin Pralinéschachteln auftauchten, in deren Boden sozialistische Broschüren versteckt waren, fiel der Verdacht sofort auf ihn. Er entzog sich den neuen Gestapo-Verhören durch die Flucht. Er reiste nach Stuttgart und von dort in die Schweiz. Die Schweizer Behörden setzten ihn wieder fest. Er wurde nach Österreich abgeschoben, von Österreich gelang ihm die Flucht in die Tschechoslowakei. Die Geheime Staatspolizei Stettin korrespondiert über ihn mit der Geheimen Staatspolizei Berlin. Sein Name findet sich wieder auf der 14. Ausbürgerungsliste im Deutschen Reichsanzeiger vom 27. Oktober 1937. Jetzt ist er vogelfrei.

Mitte August 1938 war Lamm dann in Paris angekommen, arbeitete für die Sozialistische Arbeiterpartei als Sekretär, er wurde wieder verhaftet, saß im Pariser Zentralgefängnis und dann im Lager Le Vernet als „feindlicher Ausländer". Mit gefälschten Papieren kam Lamm nach Havanna. Diese Papiere später wieder in reguläre umzuwandeln, kostete viel Mühe und auch Geld. Die ersten sechs Monate hatte er im Internierungslager Tiscornia verbracht, und all das war wie Wasser an ihm abgeperlt. (Weil er ein deutsches Zuchthaus kannte, weil er ein französisches Internierungslager kannte? Weil er seine Widerstandskraft kannte?)

Seit der Krieg begonnen hatte, fürchteten sich die Kubaner vor Spionen und steckten zunächst einmal alle neu ankommenden Flüchtlinge in ein Lager, da saßen sie in der Hitze unter skandalösen Bedingungen. Soldaten waren auf das Schiff gekommen und hatten die Neuankömmlinge wenig rücksichtsvoll in Motorboote getrieben. Das wollten sie sich nicht gefallen lassen, sie verlangten nach ihrem Gepäck, das sie vorher völlig ahnungslos Trägern überlassen hatten, in der Annahme, es ginge zur Zollkontrolle. Die Soldaten waren handgreiflich geworden, drängten und schubsten die Männer, Frauen und Kinder in Boote, die auf die gegenüberliegende Seite des Hafens fuhren. Es gab ein Gezeter und Geschnatter, Rufe nach Verantwortlichen und gleichzeitig stumme Erbitterung. Dazu war man um die halbe Welt gereist, um in der Freiheit herumgeschubst zu werden. Dann ging es mit Lastautos einen Berg hinauf, und ehe sie sich versahen, standen sie innerhalb einer Stacheldrahtumzäunung, sie waren Gefangene, ohne zu wissen, warum und weshalb. Es folgte die Prozedur der Gefangenen-Aufnahme durch einen Schreiber, alles sehr gemächlich und gleichzeitig routiniert. Ein höherer Beamter, an den man sich hätte wenden können, war nicht zu sehen, auch nicht aufzutreiben. Das schien als Taktik schlau. Ein tropisches Schweigen, ein Sich-Verneigen vor dem Unabänderlichen. Man hätte sich vorbereiten können, aber auf was? Kornitzer hatte viel Spanisch gelernt, das war gut, die Neuankömmlinge hatten das Überleben gelernt unter den vielfältigsten Bedingungen, und das machte sie widerstandsfähig. Die Neuankömmlinge wurden in einen länglichen Speisesaal geführt, wo es ein kärgliches Mahl gab. Und dann ging es in Schlafsäle, Männer und Frauen getrennt. Im Männerschlafsaal waren etwa hundert Personen. Man lag in übereinandergebauten Stellagen. Die Frankreich-Flüchtlinge kannten das schon, es war ein Albtraum der Wiederholung. Wer dem Wärter einen halben Peso in die Hand drückte, bekam ein Oberbett. Im Lager waren alle möglichen Gefangenen, man wußte nicht, warum darunter auch so viele Schwarze waren. Kartenspiele, abfällige Bemerkungen, hitzige Wortgefechte in allen möglichen Sprachen, es war eine Ankunft in der Hölle. Der anbrechende Morgen schien eine Erlösung zu versprechen. Die Gefangenen stürzten in den Waschraum, da gab es ein halbes Dutzend Duschen, nur leider funktionierten sie nicht. Die Gefangenen rüttelten an den Gitterstäben der Fenster und schrien *Agua, agua!*, aber niemand nahm Notiz von ihnen. Für die hundert Gefangenen eines Blocks waren nur wenige Klosetts zur Verfügung, aber was am meisten fehlte in der Gluthitze, war Wasser. Durchgeweicht, triefend, matt wie Fliegen sahen die Gefangenen aus, und eine Wolke von Ausdünstungen entströmte den vielen Menschen, der jeder ausgesetzt war und die er zu seiner Pein mitproduzierte.

Endlich wurde das Barackentor geöffnet, man konnte hinaus ins Freie, aber die Luft war schwül, und das so begehrte Wasser mußte man halbliterweise kaufen oder, wenn man kein Geld hatte, erbetteln, und man mußte davon ausgehen, daß es verunreinigt war. Wie hätte es abgekocht werden können in der Hitze? Die Gefangenen schickten eine Abordnung in die Gefängniskanzlei mit der Frage, warum und wie lange sie festgehalten seien. Es war niemand für sie zu sprechen. Tage vergingen, ohne daß ein Beamter sich blicken ließ. Die Wärter vertrösteten: *Mañana*. Schließlich erfuhren die Inhaftierten von den schon länger Eingesperrten: Der Präsident der Republik hatte verfügt, daß alle Reisenden bis zur Überprüfung ihrer Papiere auf ihre Berechtigung angehalten werden müßten, weil kubanische Konsulate in Europa Visa für Geld verkauft hätten. Diese „Überprüfung", ob ihnen nicht zu Unrecht Geld abgenommen worden wäre, gab erst recht einen Anlaß, den Flüchtlingen von neuem Geld abzuknöpfen, zugunsten der Beamten in Havanna. Dank der Anti-Korruptionsverfügung hatte man die Flüchtlinge nah genug beisammen und hielt sie im *campo de concentración* konzentriert (wie der Name schon sagte), bis sie aufs Neue zahlten. Mit der Zeit wurde jeder mürbe und gab sein letztes Hemd in der Hoffnung, das Lager verlassen zu dürfen. Für die Internierten mußte pro Tag ein Dollar für Verpflegung und Unterkunft bezahlt werden. Das tat der *Joint*; die Mitarbeiter knirschten mit den Zähnen. Es war eine besondere Gabe, aus den Gestrandeten Geld, Geld, Geld herauszupressen.

Als Kornitzer vom Lager Tiscornia hörte, dachte er an Claire: Wie es für sie gewesen wäre, wenn sie gereist wäre. Wenn sie nicht auf einem der Unglücksschiffe gewesen wäre, die zurückgeschickt worden waren nach Europa, wie er es sich vorher ausgemalt hatte, wenn sie später ein Schiff ergattert hätte, um bei ihm zu sein? (Wo, wo, in Casablanca? Das war gänzlich illusorisch, Deutschland war eine Falle. Indem es die Nachbarländer überfallen hatte, waren diejenigen seiner Bewohner, die mit keiner seiner organisatorischen und kriegerischen Maßnahmen einverstanden waren, Gefangene, Geiseln, zum Schweigen Verurteilte. Nein, Claire konnte das Land nicht mehr verlassen, das war klar, sie war eine Asketin, wie eine Säulenheilige auf einem Turm stehengeblieben, es gab nichts mehr, das ein Band zwischen ihnen spannen konnte.) Hätte sie es geschafft, kubanischen Boden zu betreten, wie, wie?, man hätte sie ins Lager gesperrt wie alle Neuankömmlinge, keine Chance auf ein Zusammenleben mit ihm, und er, schuldbewußt in der Stadt, seiner minderen Arbeit nachgehend, sich von Kummer über ihre Internierung verzehrend, alles versuchend, damit sie freikäme. Nein, Claire in einem Lager wollte, durfte und konnte er sich nicht vorstellen.

Unter den Inhaftierten in Tiscornia war Julius Deutsch, ein führender Sozialdemokrat aus Österreich, der in Spanien gekämpft hatte. Die Deutsche Gesandtschaft in Prag hatte schon am 10. Dezember 1936 an das Auswärtige Amt in Berlin die Warnung ausgegeben, *daß der berüchtigte jüdische Führer der österreichischen Sozialdemokratie, Julius Deutsch, die Tschechoslowakei verlassen und sich auf den spanischen Kriegsschauplatz begeben soll.* Was ging das die Deutsche Gesandtschaft an? Und nun war der berüchtigte Jude und Sozialdemokrat mit den vielen geschlagenen Rotspaniern und mit Flüchtlingen aus Mitteleuropa in Kuba gelandet, auch das meldeten die diplomatischen Buschtrommeln, aber nicht so schnell, eher peinvoll. Mit welchen Papieren war er gelandet und in welcher möglicherweise hilfsbedürftigen, bedauernswerten Situation? (Und wer war in der Lage, ihn zu befreien, wer war ebenso gestrandet?) Kornitzer hörte davon, die Wände hatten Ohren, die Palmen fächelten es einem zu, ein Spaziergang auf dem Platz vor der Kathedrale, am Malecón, auf dem Paséo del Prado, in den Cafés, in denen die Emigranten verkehrten. Man mußte davon erfahren, wenn man nicht taub war. Also flehte er Rodolfo Santiesteban Cino an, etwas für Julius Deutsch zu tun, immerhin einen würdevollen älteren Politiker mit vielen Verdiensten, einen Endfünfziger, er wütete förmlich, verstieg sich zu der Behauptung, wenn Kuba ein Rechtsstaat sei, hier an diesem Fall müsse er sich beweisen. Der Rechtsanwalt, dem die Klage etwas ungelegen kam, denn er kam gerade erhitzt vom Tennisspiel, ging doch darauf ein, weil er inzwischen Kornitzer vertraute. Und wenn der bedachtsame Deutsche wütend wurde, mußte man ihn erst recht ernstnehmen. Der Rechtsanwalt ließ sich ein Dossier über den führenden österreichischen Sozialdemokraten, der General der republikanischen Truppen in Spanien gewesen war, schreiben, dabei half Lamm, dann rief er die bekannte kommunistische Anwältin Ofelia Dominguez y Navarro an, eine Kämpferin für die Menschenrechte, mit der er sonst offenkundig nicht verkehrte, und auch noch diesen und jenen, also: breites Bündnis, humanitärer Akt, internationale Zusammenarbeit, großes Tamtam, dann erreichte er etwas Entscheidendes: Der ehemalige spanische Gesandte in Brüssel, der in Havanna auch als ein Emigrant lebte, erinnerte sich an Julius Deutsch, wurde wach, tobte, daß ein so hochrangiger Politiker in einem Lager auf der anderen Seite des Golfs versauerte, schmorte, den Arsch hinhielt für vertrottelte Beamte, ja, die entsprechenden Vokabeln waren Kornitzer vollkommen unbekannt, doch er setzte Himmel und Hölle in Bewegung für ihn. Aber in der Folge besuchte der ehemalige Gesandte den Häftling Deutsch im schmalen Sprechzimmer des Lagers, eher in einem Sprechkorridor voller Lärm und Türenschlagen. Und rasch kam die Rede auf einen gemeinsamen Freund, den belgischen Außenminister, vorher Justizminister, Émile Vandervelde, und eine Vertrauenssituation war geschaffen. Der Spanier würde handeln, würde etwas für Deutsch organisieren, alle Hebel in Bewegung setzen, versprach er. Und Kornitzer, der mitorganisierte, war über die Maßen erleichtert. Und dann tauchte, aus welcher Ecke, aus welchem Café, welcher Unterkunft auch immer, noch ein Österreicher auf, Dr. Arnold Eisler, ein ehemaliger Unterstaatssekretär im Justizministerium, den eine Laune oder eher eine Verzweiflung des Schicksals nach Havanna getrieben hatte, und bestätigte alle Angaben. In der größten Zeitung Havannas stand ein Skandalartikel *Europäischer General als Gefangener in Tiscornia* (wer hatte den lanciert?), in ihm hieß es, unbegreiflicherweise werde Julius Deutsch festgehalten, doch immerhin mit dem seinem Rang gebührenden Respekt behandelt, er genieße außerdem eine Reihe von Erleichterungen. Worin die bestehen sollten, war den früheren Häftlingen in Tiscornia schleierhaft. Julius Deutsch wurde in einen kleineren Schlafsaal verlegt, doch nur, weil er einem Wärter ein paar Pesos in die Hand gedrückt hatte. Erst am sechsten Tag seiner Haft erlaubte man ihm – unter Wachbegleitung – aus seinem Gepäck beim Zoll einige Wäschestücke und Toilettenartikel zu holen. Als ein Mann mit Seife und Zahnpasta würde er glühend bewundert werden im Lager und könnte etwas abgeben. Als er noch einige Einkäufe machen wollte, schüttelte der Wachhabende streng den Kopf. Doch eine kleine Gabe machte ihn gefügig, sein Gewissen beruhigte sich zusehends. Allerdings mußte Deutsch danach ein Taxi zurück nach Tiscornia nehmen. Der Fahrer verlangte vier amerikanische Dollar, obwohl ihm für die Fahrt höchstens ein halber Dollar zugestanden hätte, wie Deutsch schätzte. Aber der Begleitsoldat zuckte resigniert die Achseln. Deutsch zahlte und wußte gleichzeitig instinktiv, der Fahrer und sein Begleitsoldat machten halbe-halbe. Im Lager hörte er von einem schon länger Inhaftierten, für die gleiche Fahrt zum Zollamt habe man ihm acht Dollar abgeknöpft.

An einem der nächsten Tage kam ein aufgeregter Aufseher in den Schlafsaal und holte Deutsch ans Telephon der Kanzlei. Deutsch glaubte, das müsse ein Mißverständnis sein. Aber er war wirklich gemeint! Am Telephon meldete sich ein Major Estuvo und stellte sich als Flügeladjutant Seiner Exzellenz des Staatspräsidenten der Republik Kuba vor. Mit ausgesuchten, zierlich gedrechselten Redewendungen begrüßte er ihn und machte ihm die Mitteilung: Das Offizierskorps der kubanischen Armee habe von seinem *Mißgeschick* erfahren, den Offizieren sei es nicht recht, einen *Kameraden* in einer solchen Lage zu wissen. Sie hätten ein *Gesuch* eingereicht *mit dem dringenden*

*Wunsch nach Freilassung seiner Person.* Und der Staatspräsident werde dem Gesuch in kürzester Zeit Folge leisten. Das war alles sehr verwirrend. Doch in der nächsten Nacht schlief Julius Deutsch sehr viel ruhiger auf seinem Strohsack.
Zwei Tage später wurde er in das Immigrationsamt befohlen. Dort wartete auf ihn eine feierliche Zeremonie. Er wurde zwei Vertretern des kubanischen Offizierskorps vorgestellt, Herren mit beeindruckenden Epauletten, pistaziengrünen Ordensbändern und zackigen Schnurrbärten, einem Vertreter der Kanzlei des Staatspräsidenten, auch sehr schön geschmückt wie ein Zirkuspferd, einigen höheren Beamten, deren Funktion er nicht verstand, und schließlich war auch der frühere österreichische Konsul Edgar von Russ anwesend. Señora Gomez, die nunmehrige Chefin des Immigrationsamtes, eine Dame mit Sonnenbrille, großer Perlenkette und großen Füßen, an denen sie makellose Spangenschuhe aus sandfarbenem Wildleder trug, hielt eine formvollendete Rede. Es war wie eine Sprechszene aus einer noch nicht geschriebenen Operette, die um die Jahrhundertwende herum spielte. Der Tribut der Armee. Die Ehre des Staates. Die internationale Solidarität, die sich noch nicht zu ihrer vollen Blüte entfaltet hatte. Señora Gomez drückte ihre Genugtuung darüber aus, daß das Offizierskorps seine Befreiung veranlaßt und daß der Präsident ausnahmsweise auch den Verzicht auf Gebühren angeordnet habe. Diesen Programmpunkt hielten die anwesenden Kubaner offenbar für das Bedeutungsvollste des Gnadenaktes. Und so feierlich wie der Akt begonnen hatte, endete er auch: Mit allseitigen Verbeugungen (Verrenkungen?) und Toasts auf die ruhmreiche Republik Kuba, die doch ein Rohr im Winde war, ein Rohr, von den USA gestützt, geschützt, egal in welcher Lage. Unter den Zuckerbaronen waren US-Amerikaner, auch jüdische US-Amerikaner, die ihre Sympathien und Antipathien für oder gegen europäi-

sche verarmte Juden nicht so deutlich zeigen wollten. Mit anderen Worten: unsichere Kantonisten, nur sicher auf dem Feld, auf dem die Konjunktur gerade blühte.
Ungerupft kam Deutsch allerdings auch nicht davon. Anstatt an die Kasse des Einwanderungsamtes mußte er einige hundert Dollar (geliehene Dollar) an den Fürsorgefonds der Offiziere zahlen, vollkommen freiwillig natürlich. Julius Deutsch erzählte das mit einem gewissen grimmigen Vergnügen, als seine wirklichen Befreier einen kleinen Umtrunk mit ihm hielten. Rechtsanwalt Santiesteban Cino hatte dafür seine Räume zur Verfügung gestellt, und es wurde ein schöner Abend, bei dem Señora Martínez etwas spitzmäulig Flasche um Flasche öffnete, wozu sie eigentlich nicht angestellt war, ein Abend, bei dem alle stolz waren, wie sie sich gegenseitig in die Hände gespielt hatten und wie dabei das kubanische Militär sein Gesicht gewahrt und einen Coup gegen die Einwanderungsbehörde gelandet hatte. Auch die kommunistische Rechtsanwältin war anwesend, aber sie blieb schweigsam, stirnrunzelnd, und auch Santiesteban Cino richtete kaum ein Wort an sie. Sie taute erst auf, als sie Fritz Lamm sah. Es war wohl eine merkwürdige Koalition, die unter anderen Bedingungen als zur Feier der Befreiung des prominenten Häftlings keine Stunde miteinander verbracht hätte, doch an diesem Freudentag einen Abend, der bis in die tiefe Nacht reichte. Von Tiscornia wollte Deutsch dann auch nicht mehr sprechen, und er wollte auch nicht in Kuba bleiben, auch nicht in einem anderen lateinamerikanischen Land; das war nachzuvollziehen. Und so verschwand er bald aus den Augen der Emigranten. Später erfuhr Kornitzer, Deutschs Name habe als ein Emigrant erster Klasse auf einer *Special Rescue-Liste*, die Roosevelt vorgelegt und genehmigt worden war, gestanden.
Fritz Lamm dagegen schüttelte sich in der Hitze Havannas wie

ein begossener Pudel, wenn er von seiner Haft erzählte. Er war bewundernswert. Er litt unter Asthma-Anfällen, mußte ab und zu in ein Krankenhaus und konnte die Rechnungen nur mit Geldspenden von Freunden aus den USA und aus Kuba begleichen. (Oder war er einfach stoischer, dickfelliger dem Leiden gegenüber? Nahm er das Leiden an als einen Anteil an seinem Sozialismus? Kornitzer konnte ihn das schlecht fragen.) Der Großteil der Flüchtlinge blieb mehr als ein halbes Jahr in Tiscornia interniert. Als ein sieben Monate altes Kind im Lager starb, gab es einen Aufruhr. Kurz danach kam es zu einem spontanen Essensstreik, weil die Mahlzeiten unbeschreiblich schlecht und die Töpfe und das Geschirr schmutzig waren.

Fritz Lamm wußte, daß die Leitung der SAP in der schwedischen Emigration war, er spann Kontaktfäden, aber das gelang nicht wirklich. (Vermutlich kam den Genossen in Schweden die Anfrage aus Kuba operettenhaft vor, warum war der so ernsthafte Genosse nicht in einem „wirklich" sozialistischen oder zumindest sozialdemokratischen Land gelandet? Es schien sein Fehler zu sein. Das Land schien unseriös, und das färbte auf den Emigranten gleich ab. Wie ein Lila oder Türkis, etwas Ungefähres. Die dramatische, auch banale Klarheit Rot und Schwarz fehlte. Rot und Schwarz waren die Farben der unglücklichen Nachbarinsel Haiti.) Lamm war so optimistisch zu glauben, daß der Sozialismus lebendig sei und er nach dem Ende des Krieges trotz aller Niederlagen die SAP-Genossen und ihre Gedankenwelt, die er vor zehn Jahren verlassen mußte, wiederfinde.

Durch Fritz Lamm lernte Kornitzer auch Emma Kann aus Frankfurt am Main kennen. Sie war noch jünger als Lisa und Hans und auch Fritz Lamm. 1933 war sie als Au-pair-Mädchen in England von der Machtergreifung Hitlers überrascht worden, sie hatte dann als Sprachlehrerin in Internaten in Südengland arbeiten können und glücklicherweise 1936 ein Angebot einer Import-Export-Firma in Antwerpen bekommen und angenommen. (War es in Philipp Auerbachs Firma? Sie wußte es später selbst nicht mehr.) Das war eine glückliche Zeit, bis zum Überfall der deutschen Truppen auf Belgien im Mai 1940, bis zu ihrer Flucht nach Frankreich. Auch sie war im Lager Gurs gewesen, aber sie konnte sich nicht an Lisa erinnern und Lisa nicht an sie. Es waren so viele, so viele, sagten beide übereinstimmend, tausende von Frauen, zwölftausend. An ihre überaus energische Mitgefangene Hannah Arendt konnte sich Emma Kann erinnern. Weil Emma Kann einen belgischen Staatenlosenpaß hatte und aus Deutschland ausgebürgert worden war, wurde sie freigelassen. Eine Zeitlang lebte sie recht und schlecht im unbesetzten Teil Frankreichs, bis auch das unmöglich wurde. Über Casablanca war sie mit einem Seelenverkäufer nach Kuba gekommen. Hier kam sie als Englischlehrerin unter, privat, ohne Arbeitserlaubnis wie Kornitzer. Immer sah sie besorgt aus, obwohl sie es nicht mehr als andere war, aber in der gleißenden Helligkeit Havannas litten ihre Augen, und beim Lächeln entblößte sie viel Zahnfleisch. Vielleicht sah sie besorgt aus, weil sie Gedichte schrieb. Von den Gedichten sprach sie stolz, aber sie wollte sie nicht zeigen. Vielleicht hatten die anderen Emigranten auch allzu formell gefragt, man nahm Kornitzer und auch Fritz Lamm nicht ab, daß sie sich ernsthaft für Gedichte interessierten. Später vielleicht einmal, wenn alles vorbei war, antwortete sie ausweichend. (Aber wann war alles vorbei, und was war „alles"?) Sie zeigte ihre Neugier, ihre Freude an der Sprache, an der Sinnlichkeit jeder Erfahrung, an der Schönheit der Landschaft, aber damit war kein Staat zu machen. Kurz nach der Entlassung aus Gurs hatte sie ein Gedicht geschrieben, das die betörende Schönheit der kargen Pyrenäen-Landschaft feierte und die Freiheit darin. Es war ein nüchternes, strenges Gedicht, von dem sie kein Aufhebens machte, das sie aber glücklicherweise nie verlor und später veröffentlichte.

Und Kornitzer lernte auch Boris Goldenberg kennen. Er war mit Lisa Ekstein und Hans Fittko befreundet, und somit war auch Kornitzer mit ihm befreundet. Lisa kannte ihn noch von der Sozialistischen Arbeiterjugend in Wilmersdorf, sie hatten gemeinsam in Südfrankreich in einer „Villa", die in Wirklichkeit eine halbfertige Bauruine mit schwindelerregenden Treppen ohne Geländer war, gehaust, die ein Sympathisant den Flüchtlingen zur Verfügung gestellt hatte. Goldenberg war in Petersburg geboren und 1930 mit einer Arbeit „Beiträge zur Soziologie der deutschen Vorkriegssozialdemokratie" in Heidelberg promoviert worden. (Kornitzer hatte über ein zivilrechtliches Problem promoviert, ja, das mußte er zugeben und gab es frank und frei zu: er hatte sich damals nicht für Politik interessiert.) Goldenberg dagegen war seit seinem 19. Lebensjahr Mitglied der SPD, zwei Jahre später war er wegen einer Kontaktaufnahme zur KPD aus der Partei ausgeschlossen worden. Folgerichtig wurde er Mitglied der KPD, aber als Anhänger des rechten Parteiflügels um August Thalheimer und Heinrich Brandler auch dort ausgeschlossen, wechselte er zur KPD-Opposition, die eine energische und freiheitliche eigene Politik gegen die Moskau hörige KPD betrieb, und schloß sich 1932 wie Fritz Lamm der Sozialistischen Arbeiterpartei Deutschlands an und schrieb für das Parteiorgan. Im März 1933 wurde Goldenberg verhaftet, gefoltert, nach seiner Freilassung flüchtete er nach Paris, wo er auch der Exilleitung der SAPD angehörte. Ihm gelang es nach einer Ehrenrunde, die verzweifelt machte, die zur Untätigkeit auf Kosten der Hilfsorganisation *Joint* verdammte, als Lehrer in Kuba zu arbeiten, und er war damit zufrieden. Goldenberg war ein Stratege, er wußte, was die kubanischen Gewerkschaften tun und lassen sollten, stundenlang diskutierte er darüber mit Fritz Lamm, und Kornitzer hörte einfach zu. Goldenberg wußte, wie sich die anderen Länder Lateinamerikas im Krieg verhielten und warum und wie sie Deutschland niederwerfen könnten. Er hatte auch hervorragende Vorschläge zur Bekämpfung der Korruption in Kuba. Nur – leider – hörte niemand auf ihn, und das störte ihn nicht besonders. Oder er tat so, als sei er daran gewöhnt. Ja, er hatte sich daran auf kluge Weise gänzlich ohne Resignation gewöhnt. Und trotzdem hatte er recht, und sein Recht würde sich erweisen. Das war jedenfalls Goldenbergs Meinung. Kornitzer war eher an Details interessiert, an sinnvollen Lösungen innerhalb eines gegebenen Rahmens, an Rechtsstaatlichkeit, Individualrechten, Vertragsgestaltungen, nicht an Konstruktionen von Gesellschaft, deren Prämissen utopisch waren (oder abgelebt, tief in der Weimarer Republik wurzelten, so genau konnte man das nicht beurteilen, oder man hätte sich streiten müssen). Aber Kornitzer war nicht nach Streiten zumute, mit Goldenberg schon überhaupt nicht, er hätte den kürzeren gezogen. Sie waren von Vedado den Malecón entlangspaziert, bis zum Torreón de San Lázaro, einem wehrhaften Turm aus dem 16. Jahrhundert. Er war rund und glatt und alt, er erinnerte sie irgendwie an Europa. Am Meer wehte immer ein Wind, der hob einem die Schultern, als könne man doch eines Tages fliegen, über die glatte, blaue Fläche des Meeres, die kein Ende hatte. Wenn Kornitzer alleine spazieren ging, grüßte er das Türmchen, hielt sich so nah wie möglich an der Kaimauer, sehnsüchtig, daß die aufspritzenden Tropfen ihn trafen und kühlten. Wenn er stramm ging, brauchte er genau 25 Minuten bis zum Castillo de San Salvador de la Punta, der alten Festung gegen die Pirateneinfälle. Betrat man den Malecón am Nachmittag und wandte sich nach Osten, hatte man die Sonne im Rücken,

und wenn man Glück hatte, wehte einem die Brise ins Gesicht. Die Küste war geschwungen, so hatte die Brise die Chance, den Spaziergänger einmal an der Schulter, einmal im Haar zu streifen. Das war eine schöne Unterhaltung.
An anderen Tagen gingen Goldenberg und Kornitzer miteinander unter den Kolonnaden spazieren. Junge Frauen saßen im Schatten und drehten sich gegenseitig die Haare auf die Papprollen aus dem Inneren von Klopapierrollen. Damen lüfteten in aller Unschuld ihre milbenbehafteten Bettdecken, schüttelten den Staub, die Schuppen und die getrockneten Spermareste über ihren Köpfen aus. Aber Kornitzer und Goldenberg räsonierten, parlierten, es gab gute Tage, an denen es fast schön war, das blitzblaue Meer anbranden zu sehen und die Angler an der Hafenpromende Malecón zu beobachten, spindeldürre alte Männer mit einer Engelsgeduld und Jungen, halbwüchsige oder noch ziemlich kleine, die mit breit gespreizten Beinen das Gehabe der alten Männer imitierten, aber dabei einen solchen Liebreiz ausströmten, besonders zwischen den sehnigen Waden und den mageren braungebrannten Kniekehlen, daß man ihnen alles Anglerglück der Welt wünschen mußte.
Und es gab schreckliche Tage, an denen alles stürmte, davonfliegen wollte, zu stürzen drohte. Die Schaufenster wurden zugenagelt, die Türen verschlossen, der Wind peitschte tief, so daß er einem die Beine wegzog, am liebsten hätte man sich unter die Matratze verkrochen, wenn der Hurrikan kam und Dächer abdeckte und auch die eigene Schädeldecke unberechenbar in Mitleidenschaft zog. Es gab Häuser in der Stadt, die waren mit Ziegeln gedeckt, was ein schöner Wärmeausgleich im Sommer war – zwischen die Ziegel strömte ein wenig Luft, ein kleiner, beschaulicher Strom, der kühlte, erfreute. Doch ein wütender Hurrikan deckte die Ziegeldächer ab, die Straßen waren rote Scherbenhaufen, mühsam mußten danach

die Dächer geflickt werden, mit alten, nicht so sehr beschädigten Ziegeln und vielen, allzu vielen teuren neuen. Die Dachdecker kamen nicht nach, und manche Hausbesitzer resignierten, deckten das Dach nicht neu, aus Geldmangel oder weil sie die Lust an dem alten Gebäude verloren hatten und ohnehin in ein modernes Viertel ziehen wollten. Die hohe Luftfeuchtigkeit war ein Feind der Architektur, sie ließ die Eisenträger korrodieren, sie griff das Holz an, auch Türschlösser rosteten im Nu. Irgendwo in Vedado war ein Säulenportikus stehengeblieben, und das Gebäude dahinter, das höchstens 40 Jahre alt gewesen sein konnte, war verschwunden, eingestürzt, es war wie ein Menetekel. Nach uns die Sintflut, nach uns ein weiterer Hurrikan, das war nicht freundlich den Mietern gegenüber. Und so war die Angst vor dem neuen Hurrikan eine existenzielle Angst, als könne man selbst mitfliegen und sich um eine Palme wickeln, nein besser: wie eine Schlingpflanze gewickelt werden. Die Luftwurzeln schaukelten. Und es gab andere Häuser, die mit einem Dach aus gewalzten, aneinandergestückelten Konservendosen belegt waren. Das war nicht schön, es war erbärmlich, der Regen knallte auf das Blech, und die Hitze knallte, aber im Notfall war es eine sichere Sache. Die Dächer wurden nicht abgedeckt, es tropfte, rann, rieselte nur durch die Ritzen zwischen den Blechen.

Plötzlich geschah etwas zwischen den Emigranten, ein Tuscheln, ein Kichern hinter der vorgehaltenen Hand, es hatte wohl mit den Emigranten aus Antwerpen begonnen, unter denen gelernte Diamantenschleifer waren. Seit den achtziger Jahren des 19. Jahrhunderts, seit polnische und russische jüdische Juweliere sich in Antwerpen angesiedelt hatten, ist Antwerpen eine Diamantenstadt. Antwerpen, so munkelte man auch in Havanna, war der ideale Ort, um Juwelen und Schmuck gegen Schiffspassagen einzutauschen, immer noch, so schien es. Oder das Geschick des Handels hatte sich mit den Kriegsereignissen weiter nach Süden verschoben. Also staunte man die Antwerpener an, unter denen viele orthodoxe Juden waren, staunte sie an wegen ihrer vermeintlichen Gerissenheit, ihrer Tollkühnheit unter dem wärmenden (überhitzten?) Deckmantel ihrer Frömmigkeit. Sie hatten ihr Handwerkszeug mitgebracht und importierten Schneide- und Poliermaschinen aus Brasilien. Aber wo kamen die Diamanten her?

Selma berichtete später in Mainz ihrem Vater, ein älteres Kindertransport-Mädchen habe in seiner Kleidung eingenähte Steine aus dem Schmuck seiner Mutter mit nach England gebracht. Die Kinder seien bei der Zollabfertigung in England eindringlich befragt worden, ob sie Wertgegenstände mitbrächten. Und dieses Mädchen, in Konflikt mit den Wünschen der Mutter, habe seinen Saum aufgetrennt und die Schmuckstücke abgeliefert. Später sprach sie mit ihrer Pflegemutter über den Verlust, und die Pflegemutter erriet den Konflikt zwischen dem mütterlichen Auftrag und dem kindlichen Gehorsam und sagte ihr, sie habe ganz richtig gehandelt. Wie dieses Mädchen hatten vermutlich die Antwerpener Juden eingenähte Diamanten mitgebracht. Die Flüchtlinge schafften es, auch in Havanna eine Diamantenverarbeitung einzurichten. Arbeitsplätze waren da, eine staatliche Unterstützung, ja, plötzlich war das Arbeitsverbot für Emigranten aufgehoben, sang- und klanglos. Hatten die Emigranten der Jahre 1938 und 1939 zur bitterer Kenntnis nehmen müssen, daß ihnen die Arbeitsaufnahme verwehrt war, und hatten sie nur mit allerlei Tricks Arbeit bekommen und immer Angst gehabt, sie flögen auf, würden des Landes verwiesen oder bestraft, so gab es nun legale, peinlich saubere Arbeitsplätze im Stadtteil El Cerro, die keinem Kubaner etwas wegnahmen. Sie waren wirklich neu geschaffen worden, und die Antwerpener ließen durchblicken, Kubaner, leidenschaftlich, emotional, wild gestikulierend und aufs große Ganze, nicht auf ein Detail konzentriert, wären für die Arbeit an den Diamanten weniger geeignet als Europäer. Das klang ein bißchen rassistisch und war es wohl auch. Aber die Antwerpener hatten Energie oder Überzeugungskraft. Oder ein paar Steinchen vorab, die den Besitzer wechselten, machten die kubanischen Aufsichtsbehörden gefügig. Das wußte niemand so genau, und man wollte es auch nicht wissen. Aber darauf achteten die Antwerpener Fachleute: Schleifteller, Schleifsteine, surrende Maschinen, Werkzeuge zum Drehen und Fräsen, man mußte eine göttliche Geduld mitbringen, gute Augen und eine ruhige Hand. Die *Saegers* verdienten 40 Cent pro Stein und bearbeiteten an die hundert Steine pro Tag. Das waren gute Löhne. Frauen arbeiten meistens als *Schneiders*, die nur 15 Cent pro Stein verdienten. Bei den *Schleifers* gab es verschiedene Kategorien von Arbeitern, je nach der Schwierigkeit des Schliffs. Eineinhalb bis zwei Tage arbeitete ein guter Schleifer an einem Stein, den er durch die Lupe in zehnfacher Vergrößerung sah, und wehe, er verkratzte ihn, dann wurden die frommen Antwerpener heftig und schrien die ganze Manufaktur zusammen. Für den Feinschliff, das predigten die Erfahrenen, sei der einzelne Mensch ganz und gar unverzichtbar. Das tat den Entrechteten, ihrer Würde Beraubten gut. Und so schnitten, sägten, schliffen und polierten sie die Steine, deren Herkunft und deren Zukunft ihnen vollkommen unbekannt waren.

Richard Kornitzer kam als Diamantenschleifer nicht in Frage, er war ein Brillenträger und schon zu alt. Hans Fittko wurde Diamantenschleifer und war nicht unzufrieden mit dem neuen Beruf. Das Schleifen, die Präzision des Vorgangs, half gegen das Grübeln, die Zukunftsangst, zügelte den Zorn. Auch Fritz Lamm lernte das Schleifen von Diamanten, stieg aber rasch zum Sekretär der Gewerkschaft der ausländischen Diamanten-

schleifer auf, die Aufgabe lag ihm. Lamm schrieb und sprach gut Spanisch, er arbeitete auch nebenbei für eine Zeitung und hatte die Vorstellung, man müsse beim Schreiben eine Person oder ein Objekt aus sich selbst heraus analysieren, sie oder es sägen, schneiden, schleifen, er mahnte an, mit dem eigenen Verstand den Diamanten der Person herauszuarbeiten. So sprach nur jemand, der vom Diamantenschleifen eine Ahnung hatte, eine winzige Anschauung jedenfalls, über die Schulter seines Freundes Hans hinweg. Gemeinsam gründeten sie eine Zeitschrift: *Unterwegs. Zeitschrift der Jüdischen Emigration in Kuba*, die es auf 49 Ausgaben brachte.
Erfahrene Schleifer lernten neue Schleifer an. Die Lingua franca der Diamantenschleiferei war das Jiddische. Jiddisch hieß in Kuba *el idioma polaco*, was die Sache nicht ganz traf, aber auch eine gewisse Abfälligkeit ausdrücken sollte. Wohin die Diamanten geliefert wurden, bekam Kornitzer nicht wirklich heraus. Hans Fittko sprach von Industriediamanten, die in Maschinen eingebaut werden, andere sprachen von Juwelieren, die die Diamanten abholen ließen durch unauffällige Kuriere und selbst in nebulöser Ferne blieben. Phantom-Juweliere, sie zahlten aber ordentliche Preise, und so war es nicht ratsam, allzu viel nachzuforschen.
Bei den Gewerkschaftsversammlungen der Diamantenarbeiter, die dem Gewerbe entsprechend mit einem gewissen Pomp und mit rhetorischem Brimborium zelebriert wurden, bestanden die ehemaligen Antwerpener darauf, Jiddisch zu sprechen, das war skurril, zeugte aber auch von ihrem enormen Selbstgefühl. Man mußte sie mühsam übersetzen. Die kubanischen Arbeiter fanden das blödsinnig, warum lernten sie nicht Spanisch? Und auch Hans, der das Jiddische einigermaßen verfolgen konnte (aber nicht übersetzen), wurde gefragt: Warum lehren sie uns das Diamantenschleifen, aber warum wollen sie keine Weltspra-

che lernen? Darauf wußte Hans Fittko auch nichts zu sagen, außer daß seine Emigration ihn Toleranz und eine gewisse Wurschtigkeit gelehrt hatte. Das mußte auch den kubanischen Arbeitern zu denken geben. Denn von ihnen wurde auch viel verlangt, aber sie hatten noch nie das Land, die Sprache gewechselt. Ihre Väter, ihre Mütter, ihre Vorväter und Vormütter vielleicht, von denen sie kein einziges Zeugnis besaßen, nur die Schattierung ihrer Haut und den Klang ihres Namens. Kornitzer mochte den engen, physischen Zusammenhang der Diamantenschleifer, ihr Arbeitsethos der Präzision, während im Juristischen vieles verschwamm, verborgen wurde hinter schönen Worten, Floskeln, die wie Eier in einen Korb gelegt wurden, doch alles kam darauf an, sie nicht zu zerbrechen, den Duktus des Rhetorischen nicht zu stören durch Ungeschick. Ein Manöver der Intelligenz und der Anpassungsbereitschaft, Kornitzer strengten solche Aktionen furchtbar an. Jede Höflichkeit, die man sich ausdachte, konnte als zu geringwertig empfunden werden, eine andere Höflichkeit, die auf dem Reißbrett entworfen worden war, konnte als ranschmeißerisch, zu idiomatisch aufgeklaubt empfunden werden, während der wirkliche Status des Sprechenden, Schreibenden noch der eines Ratsuchenden, eines Bittstellers hätte sein sollen. Alles war ein Tasten, ein Tappen im Dunklen, ein Blinzeln im doch wirklich gleißenden Licht, das der entworfene Text nicht spiegelte.
Kornitzer wohnte jetzt wie eine ganze Reihe Emigranten in Máximos Hotel. Máximo, wie er seinen in Kuba unaussprechlichen polnischen Namen Moishe ins Spanische übertragen hatte, war ein kleinwüchsiger polnischer Jude mit einem grauen, zerzausten Bart. (Später ähnelte der Bart von Fidel Castro auf verblüffende Weise dem Bart des Hotelbesitzers, nur im Wesen war Castro ganz anders als der gutmütige Máximo.) Máximo war wie viele Juden in der Stadt den polnischen Pogro-

men entkommen, darüber zu sprechen, gab es in Havanna keinen Anlaß, aber die Deutschen, die später kamen, ahnten, warum Máximo so dünn und so energisch war, warum seine Stimme manchmal zitterte oder umkippte, sie rochen die Angst, die er als junger Mensch in Lublin (oder war es in Lemberg?) empfunden hatte. Sie rochen die Angst, aber für die Angst der Deutschen 1938 und für die so viel ältere Angst in Polen hatten sie keine gemeinsame Sprache, die Witterung reichte aus. Und das Schimpfwort *polaco*, auf das die neuen deutschen Emigranten am Anfang empört reagiert hatten, war in Wirklichkeit gar kein Schimpfwort, sondern eine Klassifizierung für die weißen Europäer, die ohne Geldmittel nach Kuba gekommen waren, Aschkenasim. Ob sie wirklich Polnisch sprachen, Jiddisch oder Deutsch, dafür drehten die Kubaner die Hand nicht um. Doch, es gab auch andere Juden, die sich ungleich leichter taten, es waren sephardische Juden, deren Sprache das Ladino war, das anderswo Spaniolisch genannt wurde, eine Mischung aus Renaissance-Spanisch, Arabisch und Türkisch, geschrieben in Rashi-Buchstaben, einer Variante der hebräischen Schrift. Und ihre Haut war weniger blaß, eine milde, glückliche Färbung, sie waren weniger arm, meist in Familienverbänden gekommen, hatten sich jeweils dort angesiedelt, wo schon Angehörige waren. Also hieß jemand sie willkommen, half in den praktischen Fragen, und sie hatten keine Ahnung, wer diese nervösen Leute waren, weit aus dem Norden, weit aus dem Osten, Sonnenbrand-Leute, die eine Vernünftigkeit, ein Recht, eine Existenzform einklagten, die die Sepharden schon längst hinter sich gelassen hatten auf ihrer langen Wanderschaft durch die Jahrhunderte und Kontinente. Die Aschkenasim, die vor der Welle der Hitler-Flüchtlinge kamen, waren meistens als alleinstehende junge Männer gekommen, viele waren Zionisten oder Sozialisten. Ihre Religion war in den Hintergrund getreten, ihr ethnischer Zusammenhang blieb.

Ob Máximo das Hotel wirklich gehörte oder ob er ein Strohmann für jemanden war, der sich als Hotelbesitzer nicht zeigen wollte, wußte niemand zu sagen, und Máximo selbst tat auch so, als wäre es gleichgültig. Das Hotel war ein großer grauer Kasten. Die Zimmereingänge des dreistöckigen Gebäudes lagen alle zum Hof an offenen Galerien, nachts brandete es im Hof von Gesprächen, Geschnatter, manche Gäste sangen auch, hörten Radio oder sangen die Schlager im Radio mit. Es hallte wie in einem Gefängnis, sagte jemand, der es wissen mußte. Aber es war lustiger bei Máximo als in einem Gefängnis – und sehr frei. Und in der Toilette hockte eine großäugige Kröte mit treuen Augen, und man wußte nicht genau, ob man die Wasserspülung heftig betätigen sollte, damit sie ertrank oder verschwand oder ob man sich notgedrungen mit ihr anfreunden sollte, einer gemütlichen, alten Hausgenossin. Denn sie war ja auch eine Wärterin über das eigene Leben. Über Politik konnte man täglich oder auch nächtlich auf den offenen Galerien mit den Mitbewohnern diskutieren, aber nicht über die fragilen Aussichten des eigenen Lebens und Hoffens. (Emma Kanns Mann war in Theresienstadt, und sie war in größter Sorge um ihn. Sie hörte einfach nichts mehr von ihm. Nein, das konnte man nicht täglich an die große Glocke hängen. Und auch nicht den Kummer über die abgerissene Verbindung zu Claire.) Was Claire von einer Kröte in einer Toilette hielt – Kornitzer war unfähig, sich das auszudenken. Und wenn er sich im lauten Hof von Máximos Hotel in einem der Schaukelstühle ein wenig entspannte, war er auch sicher, all das zählte nicht, nicht der Ekel, nicht die Entfernung, es zählte die gedachte, die empfundene Nähe, und über die war er sich sicher. Und er beschloß den Abend mit so etwas wie einem Nachtgebet.

Es ist Juni 1941, es ist sehr warm, windstill, nur läßt einen die feuchte Luft am Abend 25 Grad schon als kühl empfinden, man braucht einen Schal, eine Jacke. Lisa Ekstein hat eine Ausbildung als Bürokraft gemacht, sie sitzt tagsüber an einem Schreibtisch, und abends in Máximos Hof erzählt sie, wie sie angestaunt wird als eine beinahe perfekte Kraft, nur arbeite sie viel zu schnell, befinden ihre Kolleginnen. Auch Kornitzers fragile Tätigkeit als freischaffender Rechtskonsulent ist von Rodolfo Santiesteban Cino in eine Anstellung umgewandelt worden, was den Emigranten froh macht.

Der kommissarische deutsche Botschafter Gesandtschaftsrat 1. Kl. Stephan Tauchnitz, der die Botschaft seit dem 14. September 1939 leitet, hat *citissime* (in höchster Eile und unter äußerster Geheimhaltung) an das Auswärtige Amt gekabelt: *Kanzler Rudnick wurde auf Heimweg von Dienstfahrt auf großer Landstraße zwanzig km vor Hauptstadt am Dorfeingang bei Autoreifenwechsel nachts überfallen und so Barschaft, Jacke, Ausweis, Privatschlüssel und Uhr beraubt, nichts dienstlich Wichtiges darunter. Polizei verhaftete Chauffeur des betreffenden Autos ohne dessen Insassen bisher zu fassen. Beabsichtige Ende dieser Woche im Falle Versagens der Polizei unter Hinweis auf kürzliches Attentat auf Konsulat Regierung mitzuteilen, daß ich angesichts erwiesenen mangelnden Schutzes seitens der Polizei Mitglieder der Behörde zu nunmehr nötigem Selbstschutz Gebäude und Personen bewaffnen werde.*
*Tauchnitz*

Staatssekretär von Weizsäcker wiegelte im Antwort-Telegramm ab: *Bitte vielmehr darauf zu bestehen, daß Regierung alle geeigneten Maßnahmen ergreift, um Überfall Rudnick zu sühnen und Wiederholung derartiger Vorkommnisse in Zukunft zu verhindern.* In einer Nacht im April 1941 war vor dem deutschen Konsulat schon eine kleine Bombe explodiert. Die Täter pinselten GUERRA AL FASCISMO an die Wand (das hatte schon im spanischen Bürgerkrieg an vielen Mauern gestanden), hinterließen ein Plakat mit der Aufschrift *Gegen den Faschismus gegen den Nazismus* und Visitenkarten mit dem Aufdruck *Acción revolucionaria.* Es war nur ein geringer Sachschaden, aber die Nerven der Botschaftsangehörigen lagen blank. Es war eine kleine Botschaft, bestehend aus dem Gesandten, dem Kanzler, einem Konsulatssekretär und vier Sacharbeitern, „Hilfsarbeitern" in der Diktion der Zeit, von denen niemand wußte, ob sie nicht auch Spione oder Agentenführer waren. Um so enger war man aufeinander angewiesen, um so dringlicher war die Fürsorgepflicht des Gesandten für die kleine, sich heroisch dünkende Mannschaft.

Am 22. Juni überfällt Deutschland die Sowjetunion und bricht den Hitler-Stalin-Pakt. Die Flüchtlinge in Havanna sind entsetzt, sie stecken die Köpfe zusammen, die kubanischen Gewerkschafter, mit denen sich Lamm und Goldenberg befreundet haben, empören sich, jetzt verstehen sie die deutschen Antifaschisten besser: Sie kommen aus einem gefährlichen Land, sie sind Verbrechern und Welteroberern entronnen. Im August 1941 findet in Havanna ein Gerichtsverfahren gegen sieben in Untersuchungshaft befindliche Reichsdeutsche statt. Sie werden der Mitgliedschaft in einer totalitär eingestellten antisemitischen Zweigorganisation des deutschamerikanischen Bundes, der in Kuba Propaganda für den Umsturz des Regierungssystems macht, angeklagt. Goldenberg geht zu dem Prozeß, hört sich die jämmerlichen Verteidigungsreden an, Kornitzer will nicht hingehen, er möchte solche Visagen, ja, so drückt er sich Goldenberg gegenüber aus, gar nicht sehen. Am 1. September kabelt der Botschafter Tauchnitz nach Berlin: *Verurteilte mit Negern und sonstigen Verbrechern inhaftiert. Versuche, unter der Hand Erleichterung zu verschaffen. Nur Gnadenakt Staatspräsident kann ihnen helfen.* Der Gnadenakt bleibt verständlicherweise aus. Und gleichzeitig meldet die Botschaft Überwachungsmaßnahmen nach Berlin, *gewollte auffällige Einschaltung in Telefongespräche in Form absichtlicher Geräusche, zum Beispiel Husten.* Im August 1941 werden alle deutschen Konsulate in Kuba geschlossen. Der Vorwurf lautet, sie betrieben Spionage. Konsularische Angelegenheiten sind nun ausschließlich in der Gesandtschaft Havanna zu regeln. Das ist etwas unbequem für die Plantagenbesitzer, ihre Verwalter, die Siedler und Firmenvertreter.

Die Flüchtlinge saßen in Máximos Hof, lasen Zeitungen, ein ambulanter Kaffeeverkäufer kam vorbei, er trug eine riesige Thermoskanne, mit zwei Fingern öffnete er seine Jackentasche einen Spalt breit, darin leuchteten die Zuckerwürfel. Aber jetzt wollte niemand Kaffee trinken, alle waren aufgeregt genug, diskutierten den Kriegsverlauf, das Vordringen der Deutschen in der Sowjetunion. Immer noch kamen neue Flüchtlinge aus Europa, brachten Schreckensnachrichten mit. Boris Goldenberg sagte: Die Amerikaner müssen in den Krieg eintreten. Ja, antwortete Kornitzer, aber wie? Gut an Máximos Hotel war, daß man zusammenblieb, daß man die Weltpolitik und die niederträchtigen Schikanen der kubanischen Behörden durchhecheln konnte. Gut war es, mit Boris Goldenberg, Emma Kann, Fritz Lamm und Lisa und Hans Fittko zusammenzusein. Es milderte den scharfen Schmerz der Einsamkeit.

Und dann zerstören die Japaner amerikanische Kriegsschiffe in Pearl Harbor, Amerika wird eine Kriegsmacht und Kuba schließt sich den Vereinigten Staaten an; es ist eine einstimmige Entscheidung für den Kriegseintritt am 14. 12. 1941 im Kongreß. Die Deutsche Botschaft wird geschlossen. Alle nichtjüdischen Deutschen werden zu feindlichen Ausländern erklärt, verhaftet und auf die Isla de Pinos, südlich von Kuba verfrachtet. Die Botschaftsangehörigen mit ihren Familien dagegen haben es besser, sie werden wie viele deutsche Diplomaten aus

den USA, aus Mittel- und Südamerika bis zum 5. 6. 1942 in White Spring/West Virginia interniert und dann gegen amerikanische Diplomaten ausgetauscht.
Die Polizei kommt auch in Máximos Hotel und fragt nach dem Deutschen Hans Fittko. Máximo versteht sich gut mit den Polizisten, und niemand weiß, warum. Er schwört bei dem Leben seiner Mutter, daß Hans Fittko Jude sei, man sehe es doch, und was da in seinen Papieren stehe, sei eben ein Irrtum. *Ich weiß, wer is a Jid. Sé quién es judío*, sagt er in seinem Jiddisch-Kubanisch und steckt dem Polizisten etwas zu. Hans wird freigelassen. Die Verhafteten werden zusammen mit den in Kuba lebenden Nazis, Kaufleuten, Gutsbesitzern auf der Insel eingesperrt. Die Lagerverwaltung überlassen die kubanischen Behörden den Nazis, sie können das gut, das Verwalten, glauben auch die Kubaner. Alle konsularischen Belange der Deutschen übernimmt die spanische Botschaft, die aus altgedienten oder neu berufenen Falangisten besteht. Ihr Gebäude ist ein pockig aufgedunsener Stuckbau aus der Gründerzeit, eine einschüchternde Pracht, präpotent, Platz verschwendend. Kornitzer konnte nicht anders als sich auszumalen, Claire wäre bei ihm, lebte mit ihm im Hotel, und bei einer Razzia hätte man sie verhaftet und ins Lager gesperrt. Und Máximo hätte sie nicht retten können, und er auch nicht, sie sah nicht jüdisch aus. In einem solchen Augenblick dachte er, es ist immer noch besser, daß sie in Deutschland geblieben ist, dann wieder wollte er diesen Gedanken fortschicken, in die Wüste, aber er kam wieder wie eine fleischig wuchernde Urwaldpflanze.
Jeden Tag, wenn Kornitzer in die Rechtsanwaltskanzlei fuhr, sah er Männer, junge, alte, die, kaum daß sie in eine Straßenbahn eingestiegen waren, offenbar an nichts anderes mehr denken konnten, als eine Frau ausfindig zu machen, vorzugsweise eine hübsche, ersatzweise auch eine unscheinbare, um die

drangvolle Enge zu nutzen und sich an ihr zu reiben. Kornitzer versuchte manchmal, den genervten oder angeekelten Blick der Frau aufzufangen, aber das gelang nicht. Das Objekt des Übergriffes wollte nicht Subjekt des einverständigen Schauens, des gegenseitigen Sich-Anschauens werden. Der Blick ging ins Leere, Vage. Und es wäre ebenfalls ein Übergriff gewesen, an der Haltestelle, an der die Frau ausstieg, ihr zu folgen und sie anzusprechen: Man habe gesehen, gespürt, was ihr in der Straßenbahn widerfahren sei, ob man sie auf eine Limonade oder einen Kaffee einladen dürfe. Dieser Impuls mußte streng zurückgedrängt werden. Die Kränkung der Frau war nicht zu reparieren. Im Gegenteil: Die nachgetragene Freundlichkeit erregte Argwohn. Die Kränkung war für die betroffene Frau, ja, fast jede war einmal betroffen, nur durch das Wiedereintauchen in die Menge abzuwaschen. Durch die vermeintliche Linderung brannte sie sich in das Gedächtnis, das der Frau und gleichzeitig in das des zufälligen, mitleidigen Zeugen.

Und es gab andere Männer, die es schafften, wenn die Straßenbahn leerer war, sich vor einer Frau aufzumandeln und ihr zehn, fünfzehn Stationen lang auf die Beine oder – wenn sie es romantischer haben wollten – in die Augen zu sehen, sich wer weiß was erhoffend, emotionale Hungerleider. Aber der Gipfel waren die visuellen Aggressionen, denen Frauen ausgesetzt waren, die in der Straßenbahn saßen, die in die entgegengesetzte Richtung fuhr. Die Wagen kreuzen sich für Sekunden, die Scheibe, durch die die Frau sichtbar wird, ist schmutzig, aber es fehlt nie ein schmuddeliger, fettiger oder krankhaft glatzköpfiger Kerl, der die Frau frech oder geil oder herausfordernd (oder alles zugleich) anglotzt. Welche Funktion hat dieser bannende Blick? Das innere Sammelalbum mit Frauenbildern (*posiciones*) zu vergrößern? Die Hoffnung, die beobachtete Frau bei einer Reaktion auf dieses blitzartige sexuelle Ansinnen zu überraschen? Und selbst wenn er einen Blick des Einverständnisses erhaschen könnte, wie sollte er so schnell von der einen Straßenbahn in die Straßenbahn der entgegengesetzten Richtung wechseln können? All das war hirnverbrannt und illusorisch, möglicherweise der Reflex eines leerlaufenden Jagdinstinkts, der dann in der Häuslichkeit mit der häßlichen, blauädrigen und schon verschlissenen eigenen Frau zu einem erhitzten und gleichzeitig gelangweilten Verkehr führte. Der Unterrock blieb im Gedächtnis. Nur das Bilderkino im Kopf flimmerte: Die Frau aus der Straßenbahn blickte stumm und verachtend auf das fremde Bett, in der eine Ehefrau verraten worden war. Kornitzer sah das alles und dachte darüber nach. Ein Ergebnis konnte sein Nachdenken nicht haben, es war eher ein Schauen, an das sich Gedanken hefteten, von denen er sich wünschte, daß sie in der Hitze nicht klebrig wurden.

Er hätte gerne mit Señora Martínez besprochen, wie sie solche Übergriffe einschätzte, moralisch und ästhetisch, und wie sie sie erlebt hatte, aber dann scheute er sich doch, denn er schätzte, daß Señora Martínez höchstens vier, fünf Jahre älter als er war und daß es vermutlich auch beleidigend war, sie nach vielleicht historischen Erfahrungen zu befragen, die zweifellos mit einem männlichen Begehren zu tun hatten, aber in die Vergangenheit gerichtet und irgendwann versickert waren. Hatte dieses Ende Señora Martínez erleichtert oder beschämt, weil sie an ein Alter, eine Begrenzung des Begehrtwerdens erinnert wurde? Und er überlegte, warum Señora Martínez, die sich nicht nur die Fingernägel polierte, sondern auch sonst eine Menge von Tricks ausgedacht hatte, um sich und vor allem ihre kostbare Arbeitskraft zu schonen, überhaupt Angestellte in einer Rechtsanwaltskanzlei war und warum sie vor seinem Eintreffen die einzige Angestellte gewesen war. Eine ehemalige Geliebte, die abgefunden werden mußte? Oder eine, die sich bewährt hatte durch Anhänglichkeit? Oder eine abgewiesene, die sich nicht beirren ließ und auf eine weitere Chance wartete? Und dann schoß ihm siedendheiß ein Gedanke an Claire in den Kopf, an Frau Claire Kornitzer, und daß man auch fragen mußte, warum und wie sie jetzt arbeitete und unter welchen Umständen. Gab es keinen Herrn Martínez, wie es keinen Herrn Kornitzer mehr gab, der einen der Dame angemessenen Status garantierte? Und so hörte er sofort auf, in Gedanken Fragen an Señora Martínez zu stellen, weil er nicht wollte, daß ähnliche Fragen an Claire gestellt würden. Fragen, die auch ihn betrafen, den nicht mehr anwesenden Ehemann, den Ehemann, der die Frau aus Gründen, die nicht jeder auf Anhieb im Gesicht der Ehefrau lesen konnte, verlassen hatte, verlassen mußte. Und so blieben seine Fragen unbeantwortet.

Mit dem Kriegseintritt Kubas war jede Verbindung nach Deutschland unmöglich geworden, auch das Rote Kreuz konnte nichts tun. Er mutmaßte, er taxierte, aber mehr wollte er wirklich nicht tun, ohne sich unangemessen in das Leben einer Frau einzumischen, mit der er nun einmal ein Vorzimmer teilte und nicht mehr. Daß sie in einem schönen, beruhigenden Alt und kurz danach auch manchmal in einem energischen Flötenton (schrill wie ein siedender Wasserkessel) viele Antragsteller, Bittsteller, die vielleicht zukünftige oder ehemalige Klienten waren, fernhielt, sparte auch ihm Arbeit. Und so fand er sich in einer seltsamen Solidarität, Kameradschaft mit der bronzefarbenen Frau, die ihre Lippen morgens und abends ziegelrot schminkte (anstrich?) und gründlich leckte. Er sah durchaus, wenn sie eine neue Bluse trug, mandelblütenfarbene Schluppen um den Hals, ein halsferner Kragen in Azurblau oder eine blaßgelbe Rüsche, die auch bis über den Schulteransatz ragte, er sah es, registrierte es und sagte zu sich selbst: Es geht mich nichts an. Halt den Mund, Richard! Und keine Komplimente!

Ob er und seine Flüchtlings-Absonderlichkeiten, seine Empfindlichkeit, seine Traurigkeit Señora Martínez im Gegenzug etwas angingen, ob sie sich grundsätzliche Gedanken machte über den Mann, der ihr nun eben täglich gegenübersaß und ihre Geduld und Sprachfähigkeit strapazierte, darüber konnte sich Kornitzer wirklich keine Gedanken machen. Hätte er sie sich gemacht, er wäre in Grund und Boden gesunken oder hätte sich vor der Vorzimmer-Kollegin unter dem Schreibtisch schamvoll versteckt. Doch deswegen war er nicht eingestellt worden.

Und dann geschah etwas, das Kornitzer ausklammern wollte aus dem gelassenen Hin und Her zwischen Máximos Hotel mit den vielen Emigranten und der Rechtsanwaltskanzlei mit den Unwägbarkeiten. Er fuhr wie an jedem Tag mit der Straßenbahn, er sah in der drangvollen Enge den rasierten Nacken einer Frau und den schönen, sehnigen Hals darunter, er sah auch einen ersten knochigen Wirbel, ein Höckerchen, jedenfalls einen nicht von einem winzigsten Fleischkissen ummantelten Knochen, darüber karamellfarbene Haut gespannt. Und dann hörte er einen Zornesschrei der Frau, sie stieg aus an einer Haltestelle, eine Mietskasernen-Gegend mit dunklen Lichthöfen, und er stieg auch aus. Er sah sofort den feuchten Fleck auf ihrem Rock, an dem sie nervös und angewidert rieb, und sie stieß auch einen Fluch aus, der hier wiederzugeben nicht angemessen erscheint, aber der eben doch markerschütternd war. Kornitzer jedenfalls hatte zuerst den rührenden, mageren Wirbel gesehen, dann den Fleck, nun sah er das empörte Gesicht der jungen Frau. Im Prinzip sagte das Gesicht: Und was willst du denn noch? Noch einer! Aber er hatte schon getan, was er nie tun wollte, hatte in seine Tasche gegriffen und ein sorgfältig gebügeltes, gefaltetes Taschentuch hervorgezogen – ja, die Zimmermädchen in Máximos Hotel arbeiteten zufriedenstel-

lend –, und er gab es der jungen Frau in die Hand. Sie dankte knapp, wischte, wischte an sich herum und schimpfte über alles, was männlich, kubanisch und schweinisch war. Dazu wollte Kornitzer – taktisch oder nicht taktisch – keinen Kommentar abgeben. Aber er betrachtete ihr Gesicht, das vielleicht in seinem Liebreiz nicht ganz auf der Höhe des obersten Wirbels war, aber plötzlich hatte sie ein Glitzern in den Augen. Ob sie erfreut war über seine Hilfsbereitschaft oder nur über das feine, noch aus Breslau stammende Batist-Taschentuch, wußte er nicht. Aber was tun mit dem Taschentuch, das sie ihm, nun ja, befleckt, befeuchtet zurückgeben mußte?
Später dachte er: Was wäre geworden, wenn sie es einfach eingesteckt hätte? Sie hätte ihn förmlich nach seiner Adresse fragen müssen, um es gebügelt, gestärkt, so wie sie es in Empfang genommen hatte, zurückzubringen. Andererseits: Gibt es überhaupt eine Form, eine taktvolle und offiziell anerkennenswerte Form, in der eine junge Frau, zornig, beschämt, einem Mann ein Taschentuch, benutzt, bekleckert mit einem fremden Sperma, zurückgeben kann? Nein, eine solche Form gibt es nicht, kann es nicht geben. Und das war den beiden, die sich ansahen in der Hitze Havannas bei der Endstation der Straßenbahn, wo schon die strohbedeckten Hütten zu wuchern begannen, die damals noch „Negerhütten" genannt wurden, auch spontan klar. Also zurück in die Stadt, in eine Art von Anonymität. Und wir, die wir über die beiden nachdenken müssen, empfinden das nasse Taschentuch, das niemand wirklich in die Hand, geschweige denn in die Tasche nehmen möchte, auch als eine Bürde, und das bleibt es erzählerisch noch für eine Weile. Kornitzer macht eine in die Luft dirigierende Geste, die großzügig heißen soll: Schmeißen Sie es einfach weg. Aber die junge Frau, die ihm jetzt ihr Gesicht zukehrt und nicht das spitze ziegenartige Wirbelchen unter dem kurzen Haar, versteht ihn nicht

wirklich. Aber er prägt sich jetzt ihr Gesicht ein, es ist auch spitz, ernsthaft, schelmisch um die Augen, und das Kinn, das sie vorreckt, ist genau auf der Höhe des Nackenwirbels. Den Wirbel seiner Handbewegung interpretiert sie so, daß er zuletzt auf ihn zurück zeigt, eine Rollbewegung, 360 Grad, vom Herzen ausgegangen, führt die Bewegung unzweifelhaft auf das Herz zurück. Und so hat er plötzlich ein Taschentuch, das er vermutlich in einer Sechser-Packung von seiner Mutter zum Abitur geschenkt bekommen hat, einzeln und feucht und fremd in der Hand, und er kann es nicht zurückgeben, ohne die junge Frau, die er ja doch gerettet hat aus einer peinlichen Situation, aufs Neue zu beleidigen. Nein, jetzt gibt es nicht mehr die Möglichkeit, daß sie das Tuch übernimmt und verspricht, es zu waschen und ihm zurückzubringen (eine Adresse erklärt auch einen Menschen). Nun müssen die Zimmermädchen, die Wäscherinnen in Máximos Hotel den Gegenstand übernehmen, ohne seine symbolische Bedeutung zu begreifen.

So beschließen der Mann und die Frau, Kaffee zu trinken. Schon ein Café zu finden und dann eine Bestellung aufzugeben, ist eine geschmäcklerische Angelegenheit, bei der man viel voneinander erfährt. Wie viel oder wie wenig Wasser soll in der Tasse schwimmen? Sind außer dem schwarzen Pulver Zutaten erwünscht? Rohrzucker? In welchem Stadium? Als Streuzucker oder in Würfelform? Ist Milch vonnöten für einen weißen Mitteleuropäer? Hände müssen hin- und hergreifen, sich überlappen, das kann angenehm sein oder nicht. Es ist dann doch sehr angenehm, aber das ist nicht das richtige Wort. Es ist einfach ein Fassen, Zusammenfassen, Bündeln von Energie. Die Hände wollen sich nicht loslassen, und dann sind auch die Lippen außer Rand und Band. Und es dauert nicht lange, da spürt Kornitzer das dünne, ziegenhafte Halsknöchelchen, das alle

Beschützerinstinkte in ihm wachruft, in seiner hohlen Hand. Das hat er nicht geplant, viel weniger noch vorausbedacht. Claire ist (war?) eine Frau, die solche Instinkte in ihm nicht wachrief, eher beschützte sie ihn in der letzten Zeit in Deutschland. Insofern ist er jetzt ein Analphabet, ein Glücksritter, ein Goldschürfer, ein Freund einer nervösen Lehrerin für Mathematik und Geographie, und die Geographie ist seine Rettung. Charidad Pimienta, so heißt sie, die, mit der er jetzt schon zwei Stunden über einem kalten Kaffeetäßchen turtelt, Charidad Pimienta weiß, wo Deutschland liegt (Enzyklopädie des geographischen Weltwissens, 3. erw. Auflage), und ahnt, wo die Probleme eines deutschen Emigranten liegen könnten, und sie hat sehr viel Empathie mit ihm, wenn er nicht nur sein Taschentuch hergibt, sondern auch sein Herz. (Das fordert sie nicht, erwartet sie auch nicht, aber es gibt ein Zögern, eine offene Situation, die sich nach allen möglichen Richtungen entwickeln könnte.) Und er, der sich ein bißchen schämte, die Frau von hinten – wie der Fiesling, der sich an ihr gerieben hatte –, vom Nacken, vom obersten knochigen Wirbel her betrachtet zu haben, ist jetzt beglückt, daß ihr empörter Schrei von ihm (ja, genau, von diesem bleichen, rosafarbenen, zu großen, etwas zu steifen, ordentlichen Mann) gehört, erhört wurde. Das ist etwas Unerhörtes, und Charidad Pimienta lächelt ihn an, und er lächelt zurück, das feuchte Taschentuch in seiner Hose vergißt er, sie sitzen fest an einer blödsinnigen, banalen Stelle in der doch schönen Stadt, in einem Wurmfortsatz der Stadt. Soll man zurückfahren ins Centro oder bleiben, wo Charidad vielleicht zuhause ist (oder nur ein Zimmer hat als eine junge Lehrerin?), man weiß es nicht, man tastet, findet wieder das ziegenhafte dünne Knöchelchen mit der weichen, bleichen, rosafarbenen Hand, und die Hand möchte dort bleiben, nicht ausruhen, aber doch eine Hütte bauen, die dieses Knöchelchen zart ummantelt und schützt. Charidad seufzt. Eine schöne Sprachlosigkeit ist dieses Seufzen.

Und dann ist alles gleichgültig; Kornitzer hat schon im Hotel von anderen Emigranten gehört, die „Erfahrungen" mit Kubanerinnen gemacht hatten. Anspruchsvoll schienen sie den Europäern immer, die einen wollten gleich Schuhe gekauft haben, ja, so ähnliche und so teure, wie die Chefin der Immigrationsbehörde sie trug (Wildleder, sandfarben und mit Spangen über dem Spann). Oder sie wollten parlieren, über Europa, über ein Hin und Her, in dem alle Brücken abgebrochen waren. (Hatten sie denn nicht Las Casas gelesen über das furchtbare Abschlachten der kubanischen Urbevölkerung durch Europäer im Namen des spanischen Königs, oder waren sie Nachkommen der ins Land Gedrungenen im Namen des Königs und des umfassend katholischen Glaubens auf der Suche nach Gold, das sie nicht fanden, und war das alles gründlich vergessen oder verdrängt?) Die jungen Damen demgegenüber wollten Eindrücke und Empfindungen der Prado-Gänger, der Louvre-Besucher aus erster Hand, als hätten Europäer in den letzten Jahren nichts anderes zu tun gehabt als ihre Museen zu besuchen. Daß die Europäer, die nach Kuba kamen, reihenweise in Lagern gesessen, Folter überstanden hatten, sich um ihre Angehörigen sorgten, wollten die wohlriechenden, gebildeten Damen nicht so richtig wissen. Das war ein heftiger Dissens, der jede Liebesbeziehung, ja schon das erste Techtelmechtel mächtig störte. Da hatten die Emigranten wirklich andere Sorgen, und die gebildeten, weltläufigen Kubanerinnen, die gut gebügelte Kleider mit Tupfen und großen Blumen trugen und eine überaus schöne, besonnte Haut darunter, wenn sie sie der Temperatur entsprechend zeigten, also fast immer, ja, häufig eine atemberaubend schöne Haut, waren sehr enttäuscht, daß die Europäer nicht mit Kultur gesättigt waren, wie sie es sich vorstellten. Also müßten sie selbst vielleicht den Prado, den Louvre sehen (auch das Berliner Museum, dessen Namen sie nicht recht verstanden hatten, nahmen sie billigend in Kauf), aber der Europäer, der Emigrant, zu dem sie sehr freundlich waren, mußte es richten. Und irgendwann mußte doch in Europa wieder Ruhe herrschen, mit anderen Worten: Die Deutschen, also Hitler und seine Leute, so vage mußte es gesagt werden, sollten Ruhe geben. Das klang sehr sympathisch, aber der in ihre Fänge geratene Emigrant aus Deutschland konnte der schönen und gebildeten Frau nicht garantieren, daß Hitler endlich aufhörte, Krieg zu führen, damit elegante junge Damen aus einem fernen Land endlich einmal auf Kosten eines Europäers (ist Odysseus nicht auch heimgekehrt?) europäische Kultur genießen konnten.

So hatten andere Emigranten es seufzend erzählt, spätabends in Máximos Hotel, und deshalb war Kornitzer gewarnt. Die Politik war ein einziges Handaufhalten, und die Damen, die Lust hatten auf einen europäischen Freund, waren nicht anders. Bezahlt zu werden, über den Preis der Verfügbarkeit nachzudenken und ihn einzuklagen, war freilich die Option einer ganz anderen Kategorie von Mensch, von denen die jungen, gebildeten Damen, die auch ihr Sprachempfinden, schwungvoll, tirilierend, mit grammatischem Verständnis, testen wollten, meilenweit entfernt waren. Nein, alles, was er über Frauen in Máximos Hof aufgeschnappt hatte, mußte er bei Charidad restlos vergessen, als hätte er es nie gehört.

Den Körper einer Frau kennenzulernen, ist eine rühmenswerte Aufgabe. Jede Nacht erweitert sich die Lust um einen neuen Landstrich und der schon umfangreiche Wortschatz um neue Begriffe und Regeln. Unregelmäßige Verben des Körpers, Doppelungen, Symmetrien. Als erstes erlangt man Zugang zur Hand (zu einer Hand!), einem Körperteil, der immer bereit ist, sich hinzugeben, der mit allen möglichen Gegenständen vertraut verkehrt. Jeder Finger bekommt einen Namen, jeder Fingernagel ist einzigartig, jede Falte, jede Ader auf dem Handrücken. Und es ist nicht nur die Hand, die eine andere Hand kennenlernt. Und was erst vom Arm sagen, dem Ohr, der Schulter, den Kniekehlen, alles ist anders, neu, eine Grammatik der Sinne bis in den Schoß hinein. Der Nacken, glücklicherweise, darf als bekannt vorausgesetzt werden. Alles muß staunend und willig zur Kenntnis genommen werden, keine Form kann mutwillig ersetzt werden. Es ist der Körper d i e s e r Frau. Richard Kornitzer staunte, wie schnell er lernte, wie schnell er sich in der fremden Körpersprache ausdrücken konnte und daß er auch die schnell hingeworfenen Sätze verstand, auch Seufzer, eine beruhigende Hand auf seiner Hüfte oder das Knirschen von Fingernägeln auf seinem Rücken verstand er schnell und konnte alle Signale seufzend beantworten. (Man verlernt ja die frühere Sprache nicht, während man eine neue hinzulernt, sagte er sich.) Charidad mußte immer früh aufstehen, die Kinder in der Schule, die Kollegen, der Herr Direktor, die befürchtete Schwatzhaftigkeit, ihre Geheimnisse mit Richard – sie bemühte sich, den Rachenlaut ordentlich zu sprechen und den Geliebten nicht einzugemeinden als einen Ricardo, von denen es viele in Havanna gab. Und als eine Geographie-Lehrerin war sie an Fremdem interessiert, den Flüssen der Adern, dem Schulterngebirge, der Hochebene des Rückens, wenn ihr Geliebter sich vor ihr ausstreckte, Höhenzüge, Driften und Mulden, das Gestein, auch die Bodenschätze einer einzelnen Person waren zu erforschen, nichts war ja bekannt, und da war er, Dr. Richard Kornitzer, eine Art von Kontinent, fremd und weiß, den eine Christoph-Kolumbus-Nacheifererin sorgsam erforschte, Zentimeter um Zentimeter, Felsvorsprung für Felsvorsprung, Haar um Haar in einer Art von Guerillataktik, und er genoß es, wie ihre spinnendünnen Finger, ihre Lippen, ihre Zehen und ihre mageren, aber doch energischen Arme den bleichen, vom Sonnenstich gefährdeten Kontinent in Besitz nahmen. Arme, in denen sie häufig, wenn sie ihn traf, einen Stapel Hefte trug. (Aus denen die frische Tinte tropfte, so kam es ihm vor, frische Tinte, wie anderswo Blut aus einer frischen Schlachtung tropfte.) Prado, Louvre, das hatte sie auch irgendwie gehört, aber die dünnen Finger erkundeten einen Kontinent, der rosafarben war und aufregender als alle, mit denen sie ihre Schüler bekannt machte: den Kontinent ihres deutschen, fremden Geliebten. Charidad war als Lehrerin eine unermüdliche Forscherin, und es war schön, ihr ein Aufbaustudium im eigenen Interesse zu ermöglichen. Sie war eifrig, fand alles Mögliche über den fremden Kontinent heraus, kein Lernen blieb ohne Rückhalt in der lernenden Person, und sie strahlte, protzte schier vor Wissen und Erfahrungsgewinn. Auch Richard lernte ja, er lernte, daß er nicht nur Subjekt war, sondern ein exotisches Menschentier, scheu und seltsam und wunderlich. Paßte er sich an

1. an die Witterung der Lust;

2. an die überquellende Freude;

3. an die klimatische Umstellung der Erregung, bei der er schon aus eigener Initiative viel geleistet hatte;

4. an den subjektiven Faktor, der zu benennen war, den Neigungswinkel, in dem die Forscherin sich dem Forschungsobjekt näherte und die minimalinvasive Interessenkoalition zwischen dem Überlebensinteresse des Emigranten und einem einzelnen Subjekt (menschlich, weiblich, dem Gastland zugehörig)?

Das war ihm, seit er ein Emigrant war, noch nicht in den Sinn gekommen. Aber Charidad ließ gar keinen Zweifel daran. Alles war wichtig, wenn man es in Betracht zog, er war wichtig, weil sie ihn in Betracht zog, mehr noch: mit Wohlgefallen betrachtete und an ihre schmale Forscherbrust zog.

Wegen ihres Namens nahm Kornitzer in der ersten Zeit der Liebe an, sie wende sich ihm, dem Emigranten, aus einer Art von humanitärer Überwältigung, aus Menschenliebe, aus Mildtätigkeit, aus sprichwörtlicher „Caritas" zu, wie Señora Martínez ihn auch in manchen Situationen nur geduldig ertrug. Aber seine Geliebte, ja, das mußte er sich täglich sagen, seine Geliebte!, ertrug ihn nicht, duldete ihn nicht nur, ihre Liebe war Erkundung, lebendige Erd-Kunde: Furchtlos erforschte Charidad Pimienta die Erinnerung, die der kostbarste, verborgenste, im Dunkeln empfindlichste Teil war, dabei konnte die Forscherin selbst zu Schaden kommen. Sie fragte ihn nach seinem Leben in Europa, in Berlin, und er sah keinen Grund, ihr nicht zu antworten, wie es ihm angemessen erschien. Und da sie eine Forscherin im Schulformat war, schluckte sie ab und zu ein wenig, seufzte, schwieg eine Weile, aber das Wissen war besser für sie als jedes schonende Unwissen. Und irgendwann, also ziemlich bald in der Zeitrechnung der Liebe, fragte sie zaghaft, aber beherzt: Und wie alt ist jetzt dein Sohn, und wie alt ist dein kleines Mädchen? Nach Claires Alter fragte sie taktvollerweise nicht.

Und dann kam auch die Mathematik, die objektive Wissenschaft ins Spiel:

1. Wie weit ist die Entfernung zwischen konträren Empfindungen? Schuldgefühl auf der einen Seite und bedingungslose Nähe auf der anderen?

2. Und wie multipliziert sich die Liebe zu einer verlorenen Frau in Berlin mit der zu einer in Havanna gewonnenen, und wie ist die Wurzel zu ziehen aus Schmerz, dividiert durch Glück?

3. Und wie wäre (gesetzt den Fall) der Zinseszins aus zehn Jahren Vermissen, multipliziert mit der Ahnung eines weiteren Vermissens?

4. Und wo ist der Nabel der Welt zu orten, wenn die eine Ordnung das Wurzelziehen nicht kennt, die andere die Macht des Begriffes Null negiert? Erläutern Sie die Diskussion in ganzen Zahlen oder Angleichungen an ungebrochene.

Kornitzer rechnete selbst wohl ein bißchen, seit ihm ein Gummifingerhut anvertraut worden war und er auch für die Ökonomie der Kanzlei Santiesteban Cino arbeitete, die er nicht wirklich durchschaute, weil er das Schwarzgeld nicht einkalkulieren konnte, aber in Wirklichkeit träumte er, sah vielleicht in den Augen von Señora Martínez unendlich blöde aus (blökend?), und er hoffte, sie und der Rechtsanwalt ahnten nicht, warum. An solchen Tagen, während er über fremde Disziplinen nachdachte, von denen er nichts verstand, wünschte er sich, Charidad würde über seine Disziplin, das Recht, die Rechtsförmigkeit ihrer Liebe (oder den Mangel darin) nachdenken, wie er sich durch sie ungeschont und unangeleitet mit Mathematik und Geographie auseinandersetzte, aber – das dachte er auch – die exakten Wissenschaften, die sie nur kleinen kniestrumpfbewehrten Schülern beibrachte, waren leichter auf die Liebe zu übertragen als das Recht. Für Juristen überhaupt nicht. Für Liebende vielleicht (besser noch für verletzte oder unglücklich Liebende), wenn sie eine Entscheidung treffen mußten. Es gab ein Recht der Liebe, und es gab ein Unrecht der Liebe. Und beides war kaum unterscheidbar. Er jedenfalls, obwohl er ein liebender Jurist war, konnte keine Unterscheidung treffen. Und sich selbst nicht verurteilen.

Die Zeit mit Charidad verflog, verflog, sie alterte nicht, auch der Mann, der die Zeit – Jahreszeiten, Mondzeiten, Hitzezeiten, Hurrikanzeiten – erlebte als eine Glückszeit, ein Himmelsgeschenk, glaubte nicht zu altern und die Geliebte nur ein klitzekleines bißchen. Kornitzer fand, daß Charidad besser essen sollte, nur ein wenig rundlicher werden sollte, wie die anderen Kubanerinnen, und huldvoll nahm sie einen Teller *moros y cristianos*, schwarze Bohnen mit Reis, zu sich, den er ihr bestellt hatte, er verführte sie zu einem *crudito de pescado*, sie aß auch Papayas gerne, leckte sich die Finger, was er mit Vergnügen sah, und er berichtete ihr, wie Pflaumen schmecken. Es war schwer, ja fast unmöglich, den Geschmack mit Worten in der anderen Sprache zu beschreiben. Charidad hörte aufmerksam zu, aber Kornitzer sah an ihrem Gesicht, daß sie sich das Aroma des Fruchtgeschmacks, die herbstliche Süße der Pflaumen, umschwirrt von Fruchtfliegen, nicht wirklich vorstellen konnte. Er hatte sich einfach nicht exakt (oder poetisch genug?) ausgedrückt, aber seine Sehnsucht nach diesen verlorenen Geschmäckern und der tropfenden Säuernis von Augustäpfeln, die ganz schnell faulten und deshalb rasch verzehrt werden mußten, war in Havanna nicht einzusehen, alles faulte, verweste schnell. (Und vieles schmeckte zu weich und zu süß, als wollten die Kubaner ihre Zähne schonen.) Augustäpfel – daß er später in Bettnang einmal so viele Namen von Apfelsorten lernen, die Pflege und Aufzucht der Bäume kennenlernen würde, daß die Äpfel, nach denen er sich jetzt sehnte, einmal ein Glück sein würden, wäre ihm in diesem Augenblick, während er Charidad von den Äpfeln vorschwärmte, undenkbar, unvorstellbar gewesen. Was sollte gut sein an einer sauren Frucht? Charidad

war das Süße gewohnt und war selbst sehr, sehr süß. Und hätte Richard ihr das gesagt, sie hätte es auch nicht verstanden. Warum sollte sie süß sein? Wenn vielleicht alles, was sie umgab, was sie kannte, süß war? So dachte er manchmal, wenn sie sich gegenübersaßen in ihrem kleinen Untermietzimmer und sie sorgfältigst einen Packen Hefte mit Mathematik-Aufgaben korrigierte, während er die Emigrantenzeitschriften mit schauerlichen Nachrichten über den Kriegsverlauf las.
Dann im August wurde Charidad nervös, aß nicht, schimpfte auf alles Mögliche. Was hast du denn?, fragte ihr Geliebter fürsorglich, er wußte, daß er nicht das Ziel ihres Zornes war. Aber sie antwortete ausweichend, und so mußte er doch in sich graben, ob er sie verletzt hatte. Nein, er war sich keiner Schuld bewußt. Sie zog sich zurück, zuckte bei einer Berührung, verschwand, wenn sie zusammen in Máximos Hotel waren (Kornitzer war überall gerne mit ihr, er konnte sich auch eine der heißen Hütten am Stadtrand vorstellen, ungestört, ungeschützt, Tropentage, Tropennächte, in der Hitze gegerbt und ausgesetzt), überlang in der Gemeinschaftstoilette, ja, der, in der die Kröte lebte, bis jemand an der Tür rüttelte. Und Charidad kam zurück, schimpfte auf den Störenfried, nestelte an ihrer Kleidung, packte die Hefte zusammen und wollte keineswegs über Nacht bleiben, wie sie es noch vor zwei, drei Wochen gerne getan hatte. Und wenn Kornitzer am anderen Tag in der Kanzlei sich von Señora Martínez im kontemplativen Pause-Machen anstecken ließ und über seine so nervöse Geliebte nachdachte, wußte er plötzlich mit allen Fasern seiner Erinnerung an Claire: Sie sucht ein winziges blutiges Fleckchen in ihrer Wäsche, und sie findet es nicht. Das ließ ihn einerseits erstarren, aber auch klar sehen. Und zum ersten Mal holte er die sehr geehrte Lehrerin, Señorita Pimienta, von der Schule ab, halbwüchsige Jungen starrten ihn an, steife Matronen, ein Priester, ja, er war-

tete auf die strenge, junge Lehrerin, das war deutlich (auf wen sonst?), und Charidad war vollkommen überwältigt, ihn zu sehen. Er sprach jetzt in stotterndem, keinesfalls elegantem Spanisch von seinem Verdacht, dem Mangel eines winzigsten Blutfleckchens, das durch einen großen Teich von Glück ausgeglichen werde, durch den sie doch gemeinsam schwammen, er strahlte sie an. Er hoffte, daß sie „ja" sagte, aber sie sah mausig aus, biß sich auf die Lippen und sagte gar nichts. Und dann ließ sie sich verleugnen bei ihrer Zimmerwirtin, einer verwitweten Dame, die die hochtrabende Nase gerne in alles Mögliche steckte, und Kornitzer mußte sich mit Geduld wappnen. In der Kanzlei überwachte er Termine, Termine, Mahnungen, Fristverletzungen, Einspruchsfristen, die Kontoführung, und nun rechnete er in einem weiblichen Kalender, den zu führen ihm nicht gestattet worden war.

Dann kam Charidad doch wieder in Máximos Hotel, ohne Verabredung, Hans Fittko hatte sie gesehen, „deine Geliebte hat nach dir gefragt", und Richard flog, flog, flog, und als er sie fand, hatte er das Empfinden, ein flatterndes verlorenes Vögelchen in den Armen zu haben, mit einem zitternden, verschwitzten Federkleid. Ja, es war wahr, sie war schwanger und in keiner Weise darauf vorbereitet. Und die unbändige Freude, die ihn bei Claires Schwangerschaften erfaßt hatte, eine Freude, die in die Zukunft gerichtet war, verflog auch, als er Charidad ansah, verheult, kläglich, mit angezogenen Beinen auf einem Stuhl balancierend, die Arme, die sich in seiner Erinnerung nahezu immer um ihn schlangen, nun eng um die eigenen Knie gepreßt. Was soll denn werden? Und Kornitzer, der es als ein Geschenk empfunden hatte, daß er ihr von seiner Ehe, seinen Kindern erzählen durfte, daß sie ihm erlaubt hatte, von sich zu erzählen, kam sich jetzt wie ein Aufschneider vor, der ihr gemeinsames zukünftiges Leben mit stumpfer Schere

abschnitt. Das frühere Glück, die frühere Bindung ermöglichte keine entsprechende neue. Es gab keinen Kontakt nach Deutschland, er war verheiratet, blieb es, er liebte Claire, als er sie lieben konnte (in der Anwesenheit), und er liebte Charidad jetzt und weiter, so kläglich, zierlich, schutzbefohlen wie sie war, und was er als die karamellbonbonfarbene Haut kennengelernt hatte und die Empfindungen darunter, schmolz, auch etwas in ihm wurde flüssig und gleichzeitig unbeweglich. Er war ein Gefangener, indem er in ein freies Land gekommen war und sich wieder band. Und so saßen sie viele Abende und Nächte, Charidad immer mit angezogenen nackten Beinen, umschlungen von ihren Armen, sie duldete es, daß Richard sie, ihren Rücken, das oberste Wirbelknöchelchen umfaßte, aber sie war in unfaßbarer Traurigkeit befangen, hörte ihn manchmal kaum, wenn er begütigend auf sie einsprach. Oder war sein Spanisch plötzlich in der Angst, Charidad und das gemeinsame Kind zu verlieren, so unsicher? Was er ihr jetzt gewiß nicht zumuten konnte, war seine Traurigkeit, zwei Kinder in England verloren zu haben. Dieses neue, ungeborene Kind war kein Ersatz für Georg und Selma, aber der Richter, der ein auf unsicherem Gebiet herumrudernder Rechtskonsulent geworden war, kämpfte für das Kind, die Frucht im Körper der mageren Lehrerin, die immer noch schwer, nun vielleicht schon schwerer, an den Packen der Schülerhefte trug.
Einmal platzte es Charidad heraus: Weißt du, ich bin keine Sängerin, ich bin keine Schauspielerin, von einer Leinwand herabgestiegen, die für jede Sensation gut ist. Ich stehe täglich vor kleinen Jungen, sie dampfen, sie schwitzen, und sie denken auch. Und sehe ihren Direktor, und er sieht mich auch. Eine schwangere Lehrerin, eine Lehrerin mit einem unehelichen Kind gibt es nicht. Nicht in der Republik Kuba, und das klang auch selbstgewiß. Sie richtete sich auf. Auch Kornitzer, dessen

Rädchen im Kopf ratterten, überlegte, ob er jemals von einer schwangeren Lehrerin in Berlin gehört hatte, einer Lehrerin mit einem unehelichen Kind, das hatte er nicht. Und indem er schwieg, sagte er doch sehr viel über das Land, aus dem er geflüchtet war. Es war keines, das einem Paar wie Charidad und ihm freundlich gesonnen gewesen wäre, das hatte sie auch ohne geographische Nachschlagewerke schnell verstanden. Die bemitleidenswerten Frauen in Deutschland hatten wohl ähnlich vorsorglich, nachsorglich gehandelt, wie Charidad es nun tun mußte, aber was hatten die entsprechenden Väter in Berlin, in die Kornitzer sich nun in Havanna in seiner eigenen prekären Situation hineindenken, hineinfühlen konnte, gedacht? Waren sie überhaupt zum Denken aufgefordert? Taten sie es freiwillig oder nur gezwungen von ihren Geliebten, die sich vielleicht schon durch diese Unsicherheit verstört fühlten, flüchtig wie Wild, und sich längst abgewandt hatten von diesen unsicheren Kandidaten, die ihnen keine Hilfe waren? Nein, ein solcher wollte Kornitzer nicht sein. Er liebte Charidad, und sie „rührte" ihn gleichzeitig, und daß er sie und sich in einen unlösbaren Konflikt gebracht hatte, schmerzte.

Und dann traf er sie wieder, fand sie so unendlich zart und tapfer zugleich, wie sie schluchzte, kaum nachdem sie zehn Sätze miteinander gesprochen hatten, sie schneuzte sich, nicht in „das Taschentuch", das ja schon historisch war, sondern in irgendeines, das sich gerade fand. Kornitzer probierte mit ihr Wörter aus, die wie „Engelmacherin" klangen, er fragte auch Lisa, auch Emma Kann, ob ihnen ein solcher Begriff und die entsprechende praktische Tätigkeit zu Ohren gekommen waren, aber beide wußten nicht, was er wissen wollte (oder ließen sie ihn auflaufen?), und Charidad, der er auch die symbolische Bedeutung des Begriffs klarmachen wollte, sprach plötzlich etwas wirr von der Jungfrau Maria und Engeln,

Erzengeln, symbolischen Helfern, die vielleicht eine schwierige Schwangerschaft begleiteten. Kurzum: Unter der kurzhaarigen, nüchternen und leidenschaftlichen Gegenwärtigkeit der Lehrerin gab es einen Untergrund von Gläubigkeit, Formelhaftigkeit, den sie vielleicht gerade jetzt aktiviert hatte, im Rücken des hilflosen Vaters ihres Kindes. Oder: der sich selbsttätig in ihrer Notsituation aufrichtete. Dann wischte sie in ihrem Gesicht herum und sagte: Richard, es wird eine Zeit geben, in der all das, was jetzt unmöglich ist, keine Rolle mehr spielen wird.

Dem hatte er nichts hinzuzufügen, und er war froh, daß Charidad nicht das Vage ihrer Situation beleuchtete, sondern historisch in eine Ferne hinein sprach, in der das Kind zu seinem Recht kam, und seine Eltern auch. Ihre Rede war etwas verhaspelt, nicht glanzvoll, nicht prophetisch. Es war eine tapfere Kleine-Lehrerin-Rede, die sich gewaschen hatte und in der heißen Luft stehenblieb.

Aber während sie heulte und während sie sich weite Hemden von Richard auslieh, in denen sie entzückend und komisch zugleich aussah, war sie nicht untätig. Sie schrieb Briefe, machte Tagesreisen zu Klöstern, Heimen und Krankenhäusern, und dann stellte sie ihn vor vollendete Tatsachen: Sie würde, wenn es „soweit war", in den bergigen Osten der Insel fahren, in die Nähe der Kleinstadt, aus der sie stammte, dort gab es einen Ort, ein Haus, ein Krankenhaus, eine säuberliche Nonnenstation, in der sie das Kind zur Welt bringen wollte. Und in der Nähe hatte sie eine große Familie, die, „wenn etwas passierte", ihr unter die Arme greifen würde, darunter eine Kusine, die schon drei Kinder hatte, mit der hatte sie gesprochen, und sie war mit ihr einig geworden. Wo drei sind, sagte sie mit dem vernünftigsten Augenaufschlag der Welt, ist schnell ein viertes da. Der Mann ihrer Kusine reiste viel auf Montage, und wenn er nicht reiste, schlief er viel. Mit anderen Worten: Er konnte etwas übersehen und war im Übersehen erfahren. Darüber hatten die beiden Frauen, die sich ja schon als kleine Mädchen gekannt hatten, herzlich gelacht. Charidad kam nicht gerade strahlend von der kleinen Reise zurück und lobte ihre Kusine über alle Maßen. Sie hatte ihr bedeutet: Bring doch dein Kindchen her, meine Kinder freuen sich über ein Geschwisterchen. Und mein Mann ist immer rücksichtsvoll und nett (haha), wenn ein Kleines im Haus ist. Und wenn die Umstände (deine Umstände) anders sind, nimmst du es wieder zu dir, und meine Kinder und ich hatten Freude mit dem Kleinen. Und dann kann man immer noch eine Erklärung finden; man kann nicht alles vorausplanen. Hör auf zu heulen, das hatte ihr die Kusine auch auf den Weg mitgegeben, und das hatte Charidad beeindruckt: Du hast studiert, du hast eine feine Stelle, und wie klug du wirkst, oh nein, wie klug du bist, und nun wirst du auch noch ein Kind haben, und einen Geliebten hast du auch. Ja, was denn noch? Und alles soll zusammen passen? Sieh mich an, sieh mich an, und sie schwenkte ihre breit gewordenen Hüften, von ihrem Mann, über den sie kein böses Wort gesagt hatte, sagte sie auch weiter gar nichts.

Die Kinderliebe, Zärtlichkeit, die die beiden, seit sie Fünf- oder Achtjährige waren, verband und die nie in Frage gestellt worden war, bewährte sich. Das Komplott war geschmiedet, oder sollte es Solidarität genannt werden? Und wo war der schmale Unterschied zwischen einem Betrug (Unterschiebung) und Hilfeleistung in einem Notfall? Der Richter, der ein minderer Rechtskonsulent geworden war, war nicht gefragt. Und Charidad war wirklich getröstet und beruhigt nach Havanna zurückgekommen. Von ihren Eltern sprach sie nicht, von anderen Verwandten auch nicht, aber von dieser Kusine, die ein Rettungsanker war. Was sollte Kornitzer gegen diesen Plan sagen? Alle Einwürfe gingen ins Leere, wie Steinchen, flach geworfen,

zwei-, dreimal auf einer Wasserfläche auftupfen und dann auf Nimmerwiedersehen in der Tiefe versinken. Und als Kornitzer Charidad bat, ein wenig später gemeinsam in ihre Heimatstadt zu reisen, auch er wollte diese großzügige, breithüftige Kusine gerne kennenlernen und ihr danken, danken, winkte Charidad nur ab: Aber Richard, das genau würde doch Verdacht erregen, den ich zu erregen vermeiden muß. Ein groß gewachsener Mann, ein Emigrant, kommt mit der kleinen studierten Kusine, die jahrelang nicht im Städtchen war, weil sie Besseres in der Großstadt zu tun hatte, und nun zweimal kurz nacheinander. Ja, warum wohl? Das ist kontraproduktiv, sagte sie streng. Kornitzer freute es einerseits, daß es ihr besser ging, aber er war verletzt. Und traurig, ein drittes Mal Vater zu werden, nachdem er zwei Kinder verloren hatte, und gerade dieses Kind schon vor der Geburt verloren geben zu müssen. Und während Charidad beruhigter war und wieder gerne unterrichtete – dick und träge wurde sie eigentlich nicht –, so viel war zu tun, verlor er sich in einer Kümmernis, die er ihr kaum zeigen konnte, aber ihn auch bitter machte gegen sie. Er wußte ja, daß sie unendlich mehr litt. Charidad regelte die Unterbringung des Kindes, sie regelte, daß sie mit einem Sonderurlaub, mit Gott weiß welchem Attest (auch mit welcher Bestechung?, ihn schauderte) die Schule verließ und danach wieder ihre Klasse übernahm, aber er kam sich unsagbar nutzlos vor, entfremdet, die Kinder in England, seine freudige Erinnerung an Claires Schwangerschaften fern (die Mühsal hatte er vielleicht übersehen oder verklärt), ja wirklich der „Frucht seines Leibes" entfremdet.
Und dann, an einem festgesetzten Termin, reiste Charidad mit wenig Gepäck in die kleine Stadt im Osten der Insel, Guantánamo war nicht weit, Santiago war nicht weit, er brachte sie zur *Estación Central*. Es war ein würdiges Gebäude aus

dem Jahr 1912, zwei luftige Türme, wie Schinkel oder Persius sie auch in Berlin hätten bauen können, zwischen ihnen der breit gelagerte Bau, im Giebel eine große Uhr. Die Vorhalle war durch zwei Galerien gegliedert, dahinter eine weite und gleichzeitig flache Haupthalle, in der unzählige Stühle und Bänke standen. Ein Sockel von wassergrünen Fliesen, darüber ein Fries von eierschalenfarbenen und blauen Fliesen, ein Terrazzoboden, über den schon unzählige Füße geschlurft, auf denen unzählige Abschiede zelebriert worden waren. Die Passagiere waren das Warten gewohnt. Zur westlichen Seite war die Halle offen, damit frischer Wind hineinströmen konnte. Es war ein Kopfbahnhof, die Gleise waren durch eine Absperrung von der Halle getrennt, dahinter stand der Schaffner und prüfte die Fahrkarten. Der Begleiter durfte bei der Verabschiedung die zu Verabschiedende nicht bis zur Wagentür geleiten. Plötzlich war er allein, und sie verschwand zwischen den Reisenden. Kornitzer hatte Charidad am Vorabend gesagt: Bitte, ich kann nicht sehr viel tun für unser Kind in der nächsten Zeit, du hast es mir klargemacht, ich störe nur mit meiner Fremdheit, ich errege Anstoß. Aber um etwas möchte ich dich bitten. Wenn es ein Mädchen ist, gib ihm den Namen Amanda, und wenn sie ein bißchen größer ist, erkläre ihr, warum sie Amanda heißt. Ich möchte sie so gerne liebhaben und bei uns haben, aber du hast geklärt, warum es nicht geht. Und bitte erkläre es auch deiner Kusine und grüße sie unbekannterweise von mir. Wenn das Kindchen ein Junge wird, entscheide, wie du willst. Wenn du den Namen Ricardo wählst, freue ich mich. Seine Rede hatte er sich in der Rechtsanwaltskanzlei, die Wand anstarrend, schön zusammengereimt, und er schnurrte sie herunter, vielleicht zu vernünftig, vielleicht hätte er Charidad einfach umarmen müssen, so leidenschaftlich, daß sie dablieb. Aber das war ein Märchen, eine Szene aus einem schlechten Roman.

Und nach der Trennung am Bahnhof, an die er sich später kaum erinnerte (im Gegensatz zu der Trennung in Berlin, was ihn beschämte), wußte er: Alles Tun ist vergebens, ich bin eine Nebenrolle in einem Drama. Es folgten dumpfe Tage, Stumpfsinn, Düsternis, Warten, Warten. Und dann bekam er Post, er hatte lange keine Post mehr in Havanna bekommen, von wem auch?, ja, es ging Charidad gut (sie behauptete es jedenfalls) und dem Kind auch. Es war ein Mädchen, und sie hatte es wirklich Amanda genannt. Wie die standesamtliche Eintragung lautete, Amanda Pimienta oder nach dem Ehenamen der Kusine – sein juristisch geschultes Gehirn mußte Pause machen –, schrieb sie nicht. Sie war keine gute Briefschreiberin. Für die junge Mutter waren Fakten vielleicht auch nebensächlich, aber für den Juristen nicht. Und während er in der Anwaltskanzlei einen heißen Nachmittag vertrödelte, Señora Martínez war schon früher gegangen, weil sie Kopfschmerzen hatte, legte er, wie es seine Art war, eine Akte an: Amanda Pimienta, dann eine zweite: Amanda Kornitzer Pimienta, dann noch eine Mappe, wie bei Fällen, wenn noch nicht geklärt war, ob die Kanzlei Santiesteban Cino das Mandat übernähme: Amanda ?? Kornitzer hatte sich kundig gemacht: In Kuba erhielt ein eheliches Kind den ersten Namen des Vaters und den ersten Namen der Mutter, so blieb der Name der Mutter eine Generation erhalten. Aber wie war es bei einer unehelichen Geburt? Das Kind erhielt den Namen der Mutter und, wenn der Vater es anerkannte, auch den Namen des Vaters.

Und dann ging er zurück in Máximos Hotel, setzte sich in den Hof, wo schon ein paar Emigranten saßen und offenbar sehr vergnügt waren, in Feierstimmung, auch eine Flasche Rum war auf dem Tisch, den die disziplinierten politischen Emigranten sonst nicht tranken. Jemand, später dachte er, es muß Goldenberg gewesen sein, sagte, als er kam: Stalingrad ist gefallen. Nun geht es abwärts, das ist der Anfang des Kriegsendes. Lisa hatte herausgefunden, daß – obwohl alle Brücken in das feindliche Ausland abgebrochen waren – in Todesfällen oder bei einer Geburt das Rote Kreuz Telegramme mit Rückantwort nach Europa vermittelte. Das kam natürlich nicht in Frage. Im Gegenteil: Lisas unschuldige Erkenntnis war Kornitzer an diesem Tag vollkommen zuwider.

Charidad kam nach Havanna zurück, sie war ernst und gesammelt, ihr Haar hatte sie wachsen lassen, so daß jetzt der Nacken bedeckt war. Als Kornitzer nach Amanda fragte – wie sie aussehe, wie sie trinke, ob sie ihr gliche, lächelnd fragte er, mit leiser Stimme, all das sprudelte aus ihm hervor –, war Charidad einsilbig, als wolle sie sich, notgedrungen, nicht allzu sehr an das Kind binden, als wolle sie sich nicht wirklich daran erinnern, was sie erlebt (durchgemacht?) hatte. Oder wollte sie ihn nicht daran teilnehmen lassen? Als er nachfragte, ob sie ihrer Kusine erzählt hatte, warum sie die Kleine Amanda nennen wollte, nickte sie, doch ja, das habe sie gesagt: Es sei sein Wunsch. Und als Kornitzer dann endlich fragte, was er für sein kleines Mädchen tun könne, antwortete sie: Nichts, nichts, Richard, du hast ihr deine helle Haut gegeben und ein bißchen Europa, das genügt. Und dabei hatte sie ein Glimmern in den Augen. Kornitzer meinte keinesfalls, daß es genüge, aber er konnte nichts erzwingen. Charidad stürzte sich wieder mit Feuereifer in die Arbeit, ihre Schüler hatten viel verlernt in ihrer Abwesenheit, während ihrer undefinierten Krankheit, über die niemand sprach, behauptete sie selbstbewußt. Sie ging „in ihrer Arbeit auf", wie man so sagt, wenn etwas anderes nicht mehr so gut geht, kam seltener in Máximos Hotel, entfernte sich, entfernte sich auf leisen Sohlen, schneckenleise, langsam, zuerst merkte Kornitzer es kaum. Erst als er sie wirklich verloren hatte. Und sie hatte ihre Leichtigkeit verloren. Auch das war ein Versäumnis.

Nach fünf Jahren im Land bekamen die Flüchtlinge das Angebot, die kubanische Staatsbürgerschaft anzunehmen. Das mußte sorgsam überlegt werden. Einen Paß zu haben, war eine gute Sache. Er gab Sicherheit. Aber käme man mit einem kubanischen Paß zurück nach Deutschland? Wie würde man angesehen? Oder könnte Claire, wenn er sie wiederfände, als deutsche Staatsbürgerin, als eine Angehörige der Feindesmacht nach dem Krieg nach Kuba kommen? Unter welchen Entbehrungen für sie, für ihn, einen kubanischen Staatsbürger mit Verpflichtungen? Auch Lisa und Hans Fittko diskutieren, und schließlich schwingt sich Hans zu einer wohlgesetzten Rede auf: Ein Paß ist ein Stück, das mir Protektion gibt, die das deutsche Volk nicht hat. Wir Antifaschisten können in der zukünftigen Entwicklung Deutschlands nur eine Rolle spielen als Deutsche unter Deutschen. Nicht mit dem Paß der Siegermächte. (Daß später Emigranten nicht nur mit einem Paß der Siegermächte, sondern auch in einer Uniform der Siegermächte nach Deutschland zurückkehrten und Einfluß nahmen, hätte ihm nicht gefallen. Da berührte sich seine Ehrpusseligkeit auf merkwürdige Weise mit den Ängsten und Hysterien im darniederliegenden Deutschland.)
Hans Fittkos Rede saß, sie überzeugte, keiner der Freunde im Máximos Hotel nahm die kubanische Staatsbürgerschaft an, das Offene, die Unsicherheit war ihnen zur zweiten Haut geworden. Am 30. Juni 1944 berichtete der „Aufbau" grundseriös über Kuba – *nach der Wahl*. Hatte Lamm oder Goldenberg den Artikel geschrieben oder in New York lanciert? So sah es aus. *Reaktionäre Bestrebungen und fremdenfeindliche Propaganda* seien im Wahlkampf bemerkt worden. *Um so erfreulicher ist das Bekenntnis der neuen Regierung zur Demokratie auf allen Gebieten, einschl. dem der Einwanderung.* Der Führer der Cubanischen Revolutionären Partei (Auténticos), Senator Dr. Eduardo R. Chibás, habe nach

der Wahl der Presse eine öffentliche Erklärung abgegeben unter dem Stichwort *Kein Hass, keine Animosität gegen irgendjemand*. Das habe sich wohl zu liberal, zu leise angehört, man mußte wachsam sein, das las man zwischen den Zeilen. Aber dann hieß es weiter: *Einleitend wird die Gleichberechtigung der cubanischen Frauen, die sich im Wahlergebnis in der Richtung einer demokratischen Entwicklung ausgezeichnet bewährt hat, als Prinzip der führenden Partei noch einmal bestätigt. Dann betont Chibás den Willen der Regierung, das freie Koalitionsrecht der Arbeiter zu schützen.* Zur Ausländerfrage erklärte er wörtlich: *Ausländer, die sich unseren Gesetzen unterwerfen, haben von der Auténtico-Partei nichts zu fürchten. Weit davon entfernt, sie in der kommenden Konjunkturperiode von ihren gegenwärtigen Arbeitsplätzen zu entfernen, werden wir gezwungen sein, Arbeiter aus allen Teilen der Welt in unser Land kommen zu lassen.* Das klang großsprecherisch, einer ungewissen Konjunktur entgegenträumend. Aber der nachfolgende Satz war Musik in den Ohren der europäischen Emigranten, und sie wiegten sich in diesem ungewohnten Takt: *Die ungerechte Ausbeutung, deren Opfer europäische politische Flüchtlinge geworden sind, wird mit der Wurzel ausgerottet werden.* Das klang so gut, daß man es nicht wirklich für wahr halten konnte. Ja, Chibás war ein begnadeter Redner, und er hatte im Wahlkampf in einer wöchentlichen Radiosendung die Korruption des Landes angegriffen. Ja, Kuba war groß darin, allen alles zu versprechen. Man mußte abwarten. Aber die schönen Worte waren nun einmal in der Welt, und da schwirrten sie herum.
Als dann der Krieg zu Ende war, als die Emigranten Bilder aus Deutschland in den Wochenschauen sahen, gab es einen Zweifel, ob die Entscheidung, nach Deutschland zurückzukehren, richtig sei. Bilder zu betrachten hieß schaudern und verzweifeln. Nach den Zurückgebliebenen fragen. Doch, Hans, der die Initiative ergriffen hatte, wollte unbedingt nach Deutschland

zurück, auch Richard Kornitzer, auch Fritz Lamm (zögernd, sich Argumenten nicht verschließend), nur Boris Goldenberg hatte sich anders entschieden: Eine demokratische Gesellschaft wieder aufzubauen in Deutschland war das eine, eine schmierige, schwierige, verwirrte semi-demokratische Gesellschaft wie die kubanische zu einer sozialistischen zu transformieren, war das andere, das vielleicht Lohnendere, Zukunftsweisende, meinte er. Wo waren die deutschen Sozialisten?, fragte er rhetorisch. Geschlagen, gedemütigt, als Jammergestalten aus den Lagern gekommen, unter Halbtoten hervorgekrochen, das wollte Goldenberg nicht sehen, sein Mitleid war aufgebraucht, er wollte vorwärts blicken. Fritz Lamm hatte es inzwischen geschafft, mit den Stockholmer Mitgliedern der Sozialistischen Arbeiterpartei, darunter Willy Brandt und August Enderle, Kontakt aufzunehmen, und nahm Anteil an ihrer Diskussion über das künftige Verhältnis zur Sozialdemokratie. Kornitzer, der sich eine parteiliche Bindung für seine Person nicht vorstellen konnte – war ein Richter nicht per se oder im Idealfall unparteiisch? –, hatte wenig Verständnis für diese heftigen Auseinandersetzungen, diese Stürme im Wasserglas. *Wie einen Schlag vor den geistigen Kopf* empfand Fritz Lamm, daß dem vormaligen KP-Opportunismus nun ein SPD-Opportunismus entgegenstand. Ein Ort dazwischen war in der Nachkriegsgesellschaft nicht vorgesehen. Auch die Dokumente, die er studierte, zeigten ihm, daß *die Genossen aufgehört hatten, überhaupt sozialistische Revolutionäre zu sein.* Darüber war er enttäuscht, aber es gab keinen Ort, diese Enttäuschung abzuladen. Er hätte dies gerne mit Hans Fittko diskutiert.
Aber Hans Fittko wurde sehr krank, besorgniserregend krank, er hatte das Bewußtsein verloren, Lähmungen traten auf, er hatte ein Aneurysma im Hirn und mußte vieles neu lernen, Bewegungen, Wörter, nicht einmal das Wort „Deutschland"

sagte ihm etwas. Selbst Erinnerungen fehlten ihm und kamen nur langsam wieder. Es war unverantwortlich, das sagte seine Frau Lisa, mit dem kranken Mann in ein Trümmerland zu reisen, in dem es an allem mangelte. Also reisten sie ganz gegen ihre Überzeugung in die USA, nach Chicago, wo sich Freunde und Verwandte gefunden hatten, glücklicherweise. Inzwischen hatten sie geheiratet, und Richard freute sich an ihrem vernünftig installierten Glück. Eigentlich heirateten sie zum zweiten Mal, sie hatten sich schon einmal in Prag das Jawort gegeben, aber es fehlten Papiere, die sie hätten nachreichen müssen, das gelang nicht. Und dann mußten sie die Tschechoslowakei verlassen, und in Frankreich war es vollkommen gleichgültig, ob sie legal verbunden waren; sie waren ein Paar. Auch Emma Kann – die Spur ihres Mannes hatte sich in einem Lager, weit weg von Theresienstadt, verloren – entschied sich für die USA. Ihr ausgezeichnetes Englisch gab den Ausschlag, und sie probierte sich schon in englischsprachigen Gedichten.

Und so stob die kleine Gemeinschaft auseinander, der *Joint* verschickte Listen, man trug sich ein, fieberhaft wurden Angehörige gesucht. Das Hotel leerte sich Monat für Monat mehr, Máximo schwankte zwischen Glückwünschen, Verabschiedungsreden und Händeringen, neue Gäste zogen ein, die alten wurden einsamer, einsilbiger, oder sie sprachen schon von früher, und dann verabschiedete sich Richard auch von den letzten Freunden und suchte noch einmal Charidad auf, um danke zu sagen, danke für alles, das war etwas weitläufig und sehr ungenau, aber mehr war auch nicht zu sagen, und ein konventionelles „Auf Wiedersehen" war nicht zu erwarten. Sie gab ihm eine Photographie von Amanda, die keck in die Kamera lächelte, auf strammen Beinchen, an der Hand einer erwachsenen Person, die abgeschnitten war auf der Photographie. Kornitzer hoffte, wann immer er das Bild ansah, es sei Charidads Hand. Und er

wollte instinktiv die andere Hand des kleinen Mädchens in seine nehmen, in das Bild handelnd eingreifen, so daß in seiner Phantasie doch noch eine Art von Familienphoto entstand.
Chibás, auf den sich viele Hoffnungen gerichtete hatten, führte 1947 den Bruch mit seiner Partei herbei und gründete die Orthodoxe Partei (Ortodoxos). 1951, kurz vor Beginn des neuen Wahlkampfes, unternahm er am Ende einer Rundfunk-Sendung einen öffentlichen Selbstmordversuch, an dessen Folgen er starb. Das registrierte niemand mehr von den deutschen Emigranten. Und Goldenberg, der geblieben war voller Hoffnungen, mußte es mitteilen in die USA und nach Europa, eine unangenehme, eine traurige Pflicht. Batista sprang wieder in die Bresche, um das System der Korruption, des Schlendrians zu erneuern.
So war Kuba in Wirklichkeit eine Inkubationszeit gewesen, aber für was? Für den Zweifel, für die Sehnsucht, für das Überbordende, das später eingefangen werden mußte wie ein wildes Pferd. Nein, es war sehr, sehr schwer, über Kuba zu sprechen und weder zu weinen oder ins Schwärmen zu geraten, aber auch nicht in ein maßloses Geschimpfe. Und so versank Kuba, diese lebhafte, laute, von Musik getränkte Insel, vollkommen im Schweigen, das war sehr ungerecht, aber auch gerechtfertigt. Und wie sollte man sich selbst, infiziert, karamellisiert von der Süße der Erfahrung, rechtfertigen? Es gab keine Gewißheit, nur ein Tasten, ein Gehen und Gegängeltwerden von Tag zu Tag, und die Tage längten sich und versengten in der Hitze, und der Körper, durch den die Tage gingen und wiederkamen, versank in einer Passivität, die wohltuend und gleichzeitig ernüchternd war. Mehr war dazu nicht zu sagen, es sei denn, man wäre päpstlicher als der Papst.
Charidad war das nicht, und die Mitbewohner in Máximos Hotel, die manches sahen und übersahen und selbst nicht

immer gesehen werden wollten, oder man sah ihr Häufchen Unglück wie unter einer Lupe, waren das auch nicht gewesen. Und Charidads Kusine (oder die ganze Familie, das wußte Kornitzer nicht) deckte einen Mantel des Schweigens über manches, was nicht im Hellen aufkeimen sollte, schloß sich wie eine Membran über der Wunde, dafür mußte er dankbar sein, obwohl er eigentlich revoltierte, aber die Frau, ja, sie war eine Frau geworden durch die leidvolle Erfahrung, legte ihm eine Hand auf den Arm, die Härchen richteten sich auf wie beim ersten Mal, als sie ihn berührt hatte. Bei diesem letzten Besuch beruhigte sie ihn, ja, das hatte Claire auch häufig getan, und so verschieden die protestantische Preußin von der Kubanerin war, deren Leben er so grundsätzlich durcheinandergewirbelt hatte, darin waren sie sich auf seltsame Weise ähnlich: sie zähmten ihn, sie wiesen ihn in eine Ordnung, der der Jurist (auch der Mann) schwer widersprechen konnte. Nein, Claire hätte keine Revision geduldet, und Charidad wußte nicht einmal genau, was das war. Gegen die Liebe gab es keine Rechtsmittel einzulegen, zumal wenn die Liebe vielleicht ohnehin ein Unrechtsmittel war, ein Mittel, Nähe herzustellen, Vertrauen, aber keinen Rechtszustand. Das hatten die Beteiligten gewußt und akzeptiert. Sie gezwungenermaßen und er sorgenvoll, schuldbewußt, glücklich zuerst und sehr unglücklich danach.

# Krater und Schneisen

Kornitzer dachte häufig noch an Kuba, besonders wenn es laut war im Landgericht. Plötzlich war dann die Erinnerung an eine Mulattin im Haus gegenüber in Havanna ganz nah. Mit einer majestätischen Ruhe thronte sie am offenen Bogenfenster des Mezzaningeschosses, über ihrem Kopf, genau in der Mitte, ragte eine senkrecht angebrachte Neonröhre auf. Und es kam Kornitzer manchmal so vor, als rühre sie sich nicht, um diese schöne Symmetrie nicht zu stören. Unter ihr in der Gasse tobten Kinder. Er dachte auch an eine Alte, die im Schutze der Dunkelheit auf der Schwelle des Hauses saß, es sich bequem machte und ungeniert ihr Holzbein abschraubte. Sie legte es neben sich. Überhaupt gab es viele Beinamputierte in Havanna, das fette und zu süße Essen machte zuckerkrank, und es fehlte an einer geeigneten Behandlung. Gemüse war rar und wurde, wenn es welches gab, mit Mißmut und Verachtung angesehen – wie ein Zwangsvitaminstoß. Er dachte an die streunenden gutartigen Hündinnen, die alle Milch in den Zitzen hatten. Aber wo waren ihre Welpen? Hatten sie sie gut versteckt oder hatte man sie ihnen weggenommen, damit es nicht noch mehr streunende Hunde gäbe? Er dachte an den Besenhändler, der sechs, sieben Besen über der Schulter trug und dazu noch Scheuermittel in einem Sack und lauthals zu singen anfing. Und er dachte an die Menschenaufläufe in den Gassen, die Prozessionen mit Trommelwirbeln und Rasseln, ohrenbetäubendem Lärm, so daß Kornitzer immer zuerst eine Demonstration vermutete, aber in der Mitte des Menschenpulks gingen die Musiker, und rundherum bewegten sich Leute im Tanzschritt. Niemand konnte ihm sagen warum, es war eine Demonstration der Lebensfreude, die die sorgenvol-

len Europäer einfach nicht begriffen. In Kuba war es fast immer laut gewesen.
Er dachte daran, wenn über den neugebauten, glasverkleideten Brückensteg zwischen Landgericht und Gefängnis auf der Höhe des ersten Stockes Untersuchungshäftlinge geführt wurden und diese mit der Vorführung in keiner Weise einverstanden waren, denn sie waren in ihren eigenen Augen alle unschuldig, protestierten, randalierten, und der Wachtmeister, der die qualvolle Aufgabe hatte, sie vorzuführen, war in Wirklichkeit (also in ihren Augen) ein Verbrecher, der ihre Menschenwürde aufs Tiefste verletzte, und der Haftrichter, der die Vorführung angeordnet hatte, vielleicht nur zur Revision, sowieso. Kornitzer war manchmal so irritiert über das Gebrüll, den Aufschrei einer Menschenseele, der aus der Kehle geschwappt war, vergurgelte und keinen geordneten Weg nach draußen fand, daß er grübelte und sich zu erinnern suchte: Immer wenn er in Havanna Rechtsanwalt Santiesteban Cino in ein Gefängnis begleitete – und das war gar nicht oft, denn dem Rechtsanwalt war es lieb, wenn Kornitzer in seiner Abwesenheit die Kanzlei hütete und eine menschliche Würdeform abgab –, schien der Gefangene vollkommen devot, er schien sich in sein Schicksal ergeben zu haben. (War der kubanische Häftling einfach nicht in der Lage gewesen, sich mittels ein paar Scheinchen aus dem Desaster zu befreien? Oder war er nur deshalb im Gefängnis gelandet, weil er den Anschein erweckte, er könne nicht zahlen, was sich während der fortdauernden Haft dann auch bewahrheitete? Es war wie eine Hitzewallung, wenn Kornitzer an Kuba dachte.)
Die Mainzer Untersuchungsgefangenen, die ihn besonders an heißen Sommertagen, an denen die Fenster offenstanden, mit ihrem Geschrei quälten, schienen vollkommen sicher zu sein, daß sie zu Unrecht inhaftiert seien. Und daß nur ihr entschiedener, lautstarker verbaler Protest, auch ihr abendliches Häm-

mern und Pochen mit dem Besteck auf dem Gitter des Fensters, das die Beamten sofort unterbanden, sie aus der Erniedrigung befreien konnte. Aber wenn Kornitzer wieder ans Fenster trat, sah er auch Szenen, wie er sie am Landgericht in Berlin und auch in Havanna nie gesehen hatte: Frauen, die Kinder an der Hand hielten, zogen vor den Fenstern der Gefängniszellen auf, schrien den Namen eines Gefangenen. Die Kinder jammerten: Papaaa, Papaaa, ein Fensterchen öffnete sich, und eine bleiche, aufgeregte Gestalt zeigte sich, stemmte sich hoch, schrie die Namen der Kinder. Und schrie: Ich liebe euch alle. Es gab ein Winken, Heulen, Taschentuchschwenken zum Gotterbarmen. Der Inhaftierte rief Namen, Telephonnummern, Wünsche, Flüche hinunter auf die Straße, und die Frau und die Kinder klaubten das wenige, das sie verstanden hatten, auf, als wären darin Perlen zu finden. Es war peinigend zuzuhören, zuzusehen – Szenen „aus dem wirklichen Leben", ohne jede Poesie, nur aus der Härte der Verhältnisse herausgemeißelt, aber die Szenen blieben ihm im Gedächtnis. Und als Ehemann einer Filmfachfrau mußte er sich an dieser Stelle sagen: Schnitt. Es gab keine weitere Beobachtung, und es gab keine weitergehende Phantasie. Kornitzer blieb mit seiner Erinnerung an solche Szenen allein, und es bestürzte ihn.

Er fragte sich jetzt manchmal, warum er nicht aus Berlin mit der Bahn nach Oranienburg herausgefahren war, warum er nicht zum Columbia-Haus am Tempelhofer Feld gegangen war, wo 1933 die ersten politischen Gefangenen zusammengepfercht worden waren, während er mit seiner Entlassung aus dem Staatsdienst gehadert hatte. (Er dachte an seine vielen Gespräche mit Fritz Lamm, Lisa und Hans Fittko und Boris Goldenberg und wünschte sich, er könnte jetzt weiter über seine Vorstellungen und auch seine Empfindungen mit ihnen sprechen. Aber er war allein.) Selbst wenn er als ein entlassener

Richter nichts für die Inhaftierten in Oranienburg und in dem Stadt-Konzentrationslager am Tempelhofer Feld hätte tun können, nichts für ihre Frauen, ihre Kinder, die vielleicht auch am Zaun standen und schrien, er hatte etwas verstanden: Er hätte etwas für sich getan, Solidarität geleistet, deren Kraft und Vermögen er erst in Kuba begriffen hatte. Das war ein großes Wort, das später wieder verblaßte und einschrumpfte. („Solidarität": die ihn auch geschützt hätte.) Manchmal glaubte Kornitzer, dem Richter, der für einen bestimmten Strafprozeß nach der alphabetischen Ordnung vorgesehen war, von seinen verstörenden Beobachtungen am Fenster seines Dienstzimmers Mitteilung machen zu müssen, vom Jammer der Kinder, der aufgelösten Frau, dem Winken, der Verbundenheit, die offenkundig war. (Den offenkundig intakten Familienverhältnissen.) Und dann wieder sagte er sich: Die Richter sind frei, frei und nur an die Gesetze gebunden und an ihr Gewissen – und nicht an meine kollegialen Beobachtungen aus den Augenwinkeln. Und der Freiheit wegen, des Vertrauens auf sein eigenes Gewissen wegen, seine Rechtskenntnis vorausgesetzt, war er ja Richter geworden und hatte es bleiben wollen. Er wollte auch nicht nebenbei informiert oder belästigt oder beeinflußt werden. Und dabei blieb es. Aber er behielt diese Beobachtungen im Gedächtnis, konnte sich nicht darum kümmern, wer die Inhaftierten waren. „Verbrecher" oder wegen eines unsicheren Wohnsitzes in Haft Genommene oder unschuldig Inhaftierte, die schon durch den Makel einer Untersuchungshaft aus ihrem Leben geworfen worden waren. Diese Überlegungen, die sich wie eine zweite Tonspur über die Schreie aus den Fenstern des Untersuchungsgefängnisses legten, hätte er vermutlich nicht angestellt, wäre er selbst nicht so vollkommen aus seinem Leben gerissen worden. Ja, es war eine frühe Entscheidung, dem Strafgesetz durch die Bearbeitung des Zivilgesetzes auszuweichen, aber in der Nähe zu den armen Sündern oder den vermeintlich Ausgesetzten wurde er empfindlich, sie regte ihn auf. Allein die Aktion, die zu Julius Deutschs Befreiung geführt hatte, war ein so enormer Erfahrungsgewinn für ihn gewesen, ein Glücksgewinn, von dem er sich nun wünschte, er hätte ihn in jüngerem Alter gemacht.

Mainz rüstete sich zu, hämmerte, grub, stockte auf. Wo noch vor drei Jahren eine einstöckige Bude aus Holz gewesen war, am Markt, vor dem Dom, in der Augustinerstraße, ein Notverhau, war inzwischen ein Pavillon aus Stein entstanden, ein simpler Flachbau. Genügte der nicht mehr, war er auf ein erstes Stockwerk heraufgehoben worden, dann auf ein zweites Stockwerk, und irgendwie wurde ein Spitzdach darauf praktiziert, nicht so unähnlich dem, das früher an dieser Stelle zu sehen war. Hier wurde ein Trümmergrundstück endlich geschleift, um einen quadratischen, praktischen, schnörkellosen Bau auf die Grundmauern zu setzen. Stand diese Ziegelsteinkiste endlich zwei, drei Jahre ordentlich, ohne zu wackeln und zu zittern auf dem Grundstück, ohne daß es in das Notdach hineinregnete, erinnerte sich der Besitzer wieder, wie aus einem Albtraum erwacht: Wir hatten doch früher eine Madonna am Haus, in einer Nische zur Straßenecke. Dann wurde im nächsten Jahr eine Nische geschlagen, ein neogotisches Dächlein wie ein Zeltdach gebaut, eine Madonna irgendwo auf den Dörfern gesucht, gefunden, nachgeschnitzt – dafür drehte niemand die Hand um – und in den Winkel gesetzt. Es schien, daß das Gedächtnis für das Verlorene, die Schönheit des Verlorenen erst schubweise wiederkam, wie ein Blubbern, Blasen, die an die Oberfläche eines Wassers steigen. Zuerst Nahrung, Kleidung, Heizung, ein Dach über dem Kopf, dann die Gemütlichkeit, und erst recht spät in der weiteren Reihenfolge: die Erinnerung, die Sehnsucht nach dem Verlorenen. Man konnte die

Gedächtnisleistung nicht forcieren, sie verschwand, verblaßte, verwitterte im Lärm der Dampframmen, der Betonmischmaschinen. Die Erinnerung war ein scheues Reh, sie arbeitete nur produktiv, wenn man sie in Ruhe ließ, ihr nicht nachjagte, sie aufstörte. Und wer Photos oder Pläne des zertrümmerten Hauses hatte und es genau so wieder aufbauen wollte, ja, genau so, hatte er es sich geschworen, als es in Trümmern lag, war bald in einem Dilemma. Er erinnerte sich gleichzeitig an die Enge des Einganges, die leere, kalte Pracht der vorderen Zimmer, die kaum genutzt worden waren, an das Unpraktische, Abweisende des alten Hauses, die Zierleisten, die kassettierten Türblätter, die dünkelhaften, tiefen Fensterlaibungen, die Speisekammer, die Abseiten, den Mißmut der Mutter. Sie hatte immer über das unmäßige Staubwischen gestöhnt. (Über die politischen Verhältnisse hatte sie nicht gestöhnt, nicht über die Ohnmacht einer Frau, die doch ein Haus besaß, ein ererbtes Haus, nun ja, die Ohnmacht, die Fassungslosigkeit, das Hergeben der Kinder zu den Flakhelfern, vielleicht hätte man auch die Jungen kurz und knapp krankschreiben lassen können mit einer langwährenden dauernden Blinddarmreizung, bis die Amerikaner kamen: ja/nein, darüber wäre viel zu stöhnen gewesen.) Und kurz darauf war ihr Haus in Schutt und Asche, in mehr als Staub gesunken, und sie selbst sah es nicht mehr mit lebenden Augen. Nein, so wollte man es doch nicht mehr, Neuerungen, Vereinfachungen, billige, praktische Lösungen, abwaschbare, glatte Flächen, Türblätter ohne Widerstand für einen Staubpinsel, keine toten Winkel, und das wäre auch ganz im Sinne der toten, verschütteten Mutter, dachte man, redete es sich selbst schön oder doch zumindest akzeptabel. Und es gab genügend Architekten, die der Schnörkellosigkeit verhaftet waren und nicht zögerten, die Trümmerhaufen mit den Ziegelsteinen, die für sie nicht mehr in Betracht kamen, und die Schneisen, die sich boten, mit Wohlgefallen anzusehen, breitere Straßen, offenere Blicke. Und Betonmauern wuchsen, wuchsen, die Mischmaschinen dröhnten und rumorten, Zimmerleute hoben Balken an mit Hauruck. Kornitzer sah Bauarbeiter in Unterhemden auf den Gerüsten turnen, sie pfiffen den Mädchen nach, die beleidigt den Kopf abwandten, als hörten sie es nicht. Sie warfen in Zeitungspapier eingewickelte Geldstücke herunter und baten Kinder, ihnen Bier zu kaufen, es blieb auch etwas übrig für die Kinder, ein Trinkgeld. Er sah all das kopfschüttelnd und fand sich selbst überempfindlich.

Richard und Claire Kornitzer, die so früh ein kleines Haus bekommen hatten, wie sie es nicht gewünscht und nicht ausgesucht hätten ohne die Not, endlich ein gemeinsames Leben zu beginnen, ein Haus, das ihres war und doch nicht wirklich ihres, ein Opfer-des-Faschismus-Haus, ein fremdes Haus für die wirklichen Mainzer, sahen das Graben, Mauern, Hämmern, das Begradigen, das Umstürzen von Regeln und Rastern in einer kleinteiligen historischen Stadt und die Wildwestmanieren des hektischen Bauens auf alten Grundstücken, die viel zu eng waren für die Licht-, Luft- und Sonne-Ideen, die ihnen beiden aus der Vorkriegszeit überaus bekannt waren. Und sie schüttelten den Kopf, vermieden, allzu häufig zwischen den Baustellen spazieren zu gehen. Aber die Baustellen waren präpotent, sie dehnten sich, stachen ins Auge, waren wie Magnetfelder für den Blick: Hier beginnt etwas Neues. Vorsicht, Sie können auf Splitter und Glasscherben treten. (Und das Schlimmste wären Blindgänger.) Das war als Warnung akzeptabel.

1948 war an der Großen Bleiche das erste mehrgeschossige Kaufhaus errichtet worden. Aber erst Ende 1951 waren alle Straßen, Plätze, Bürgersteige der Innenstadt wieder zugänglich geworden. Von den Rändern der Alt- und der Neustadt aus wurden die Trümmer beseitigt. Maulwurfsartig wühlte sich die

Trümmerbeseitigung zum Kern der Stadt vor, und ebenso begann der zögerliche Wiederaufbau an den Rändern, nicht in der Stadtmitte, und niemand konnte erklären, warum das so war. Als müßten Fäden zum Belebten, Unzerstörten geknüpft und verknotet werden. Ein einzelnes wiederaufgebautes Gebäude, das auf leere Flächen schaute, schien unerträglich zu sein.

Ja, ein kleines Zitat des Woga-Komplexes eines inspirierten Architekten hätte Richard und Claire Kornitzer überzeugt, ein kühner Schwung, eine ungewöhnliche Dachkonstruktion, und sie dachten an Erich Mendelsohn mit einer Art verehrungsvoller Andacht. Wo mochte er jetzt sein? Was baute er jetzt? Wie würde er auf den Zusammenbruch Deutschlands und die Chancen, eine moderne Stadt auf den Weg zu bringen, reagiert haben, und seien die Chancen, sie zu bauen, noch so bescheiden, wenn er nach Deutschland zurückgekommen wäre oder doch noch käme? Es war ja noch nicht zu spät. Oder? Die Kornitzers wußten es nicht. Vielleicht gab es Fachleute, Architekten, Stadtplaner, die es wußten, aber der Faden war abgeschnitten, nur fünf Prozent der Emigranten aus Nazi-Deutschland waren zurückgekehrt, eine Minderheit der Minderheit. Mendelsohn war über die Niederlande nach London emigriert, wo er sofort mit einem englischen Partner ein neues Architektenbüro gründete. (Wie schaffte er das?) Er war einer der ersten aus der Sektion Bildende Kunst in der Preußischen Akademie der Künste, dem der Austritt nahegelegt wurde. Er trat nicht aus, sondern akzeptierte in einem vornehmen Brief den Ausschluß, das war fast eine Ehre. Weiteremigriert war er nach Jerusalem, London war ihm zu nah am faschistischen Deutschland, aber er behielt einen Fuß in London. (Wie, wie, hatte er dort Mitarbeiter, Nachfolger installiert?) Nein, wie in Berlin und wie in England wollte er in Palästina nicht mehr bauen, er

studierte die orientalische Bauweise. Als einen *Orientalen aus Ostpreußen* bezeichnete er sich jetzt scherzhaft, das hätte Claire und Richard Kornitzer gefallen. Schatten, Energieerhaltung, Durchlüftung interessierten ihn. Die Balkone, die seine Nachahmer-Architekten in beliebiger Menge an die neuen Miethäuser in Tel Aviv klebten, schienen ihm für das subtropische Klima ganz ungeeignet. Er experimentierte mit Innenhöfen, baute Swimmingpools, repräsentative Baumassen hinter schweren, kühlenden Steinverkleidungen und entwarf jedes Detail, auch der Inneneinrichtung. Aber Palästina war klein, die britische Mandatsmacht stellte enge Bedingungen, zum Beispiel, daß in einem Krankenhaus jeweils für die neuen Einwanderer und für die Angehörigen der Besatzungsmacht Wassertoiletten gebaut wurden, für die arabischen Patienten dagegen Latrinen. Kein Verhandeln half, die Engländer hatten unumstößliche Meinungen.
1941 verlegte Mendelsohn seinen Wohnsitz in die USA, für ihn war das relativ einfach, ein Freund hatte ihm ein Affidavit ausgestellt, das für andere Emigranten ganz unerreichbar war, ja, in traumhafter Ferne war und blieb. Nun wollte er seine Architekturideen ins Globale übersetzen, er dachte nicht mehr über Gebäude nach, sondern über Straßenzüge, über Flughäfen als Eintrittstore auf einen Kontinent, über eine Weltuniversität, er zeichnete Entwürfe für Baukörper, die wie aus dem Wasser tauchende U-Boote aussehen, kritzelte utopische Entwürfe auf die Hüllen der Schallplatten, die er abends hörte. Er hatte eine unerhörte Schaffenskraft, durfte aber nicht bauen, ehe ihm die amerikanische Staatsbürgerschaft verliehen worden war.
Seine Energie fand ein anderes Ziel. Die *US Air Force* hatte sich in der ersten Zeit nach Kriegseintritt auf die Bombardierung deutscher und japanischer militärischer und industrieller Ziele konzentriert. Das sollte sich ändern nach der Entwicklung

einer neuen 6-Pfund-Brandbombe (M69), die von der *Standard Oil Company* auf der Basis eines Öl-Gelees entwickelt worden war. Roosevelt faßte zusammen mit dem Präsidenten von *Standard Oil*, dem General des *Chemical Corps* und dem ranghöchsten General der *US Air Force* den Entschluß, daß diese Bombe unter möglichst wirklichkeitsnahen Bedingungen getestet werden solle. Es war Roosevelts Entscheidung, daß nur an originalgetreuen städtischen Gebäuden nach deutschem bzw. japanischem Vorbild die Wirkkraft getestet werden könne. Das war die Stunde des Stararchitekten aus Deutschland. Rasch wurde ein *German Village* auf dem Militärgelände *Dugway Proving Ground* in der Wüste Utah errichtet, absolute Ähnlichkeit, Materialtreue, hieß der Auftrag. Und Mendelsohn baute, wovor ihm eigentlich schaudern mußte, zwölf Gebäude als dreistöckige Arbeiterwohnungsblocks mit verputzten Ziegelwänden: die eine Sektion mit Schieferdächern wie im Rheinland, die andere mit Ziegeln, eher im Stil einer norddeutschen Großstadt. Berliner Arbeiterviertel zu bombardieren, schien sehr viel schwieriger, die Bauqualität war besser, die einzelnen Blocks durch die Brandmauern besser voneinander getrennt, so daß das Feuer weniger leicht überspringen konnte. Größten Wert wurde auf die Dachkonstruktionen gelegt, da die Bomben zunächst die Dachstühle in Brand setzen sollten. Die Baufirmen stellten sicher, daß das verwendete Holz in der Alterung und in der Dichte dem deutschen entsprach. Dachbalken wurden sogar aus Murmansk importiert. Allerdings wandten die Brandexperten ein, Dugways Klima sei viel zu trocken für eine Simulation. Deshalb mußten GIs die Häuser immer wieder unter Wasser setzen, um den Hamburger Nieselregen nachzuahmen. Der Bau der ganzen (streng geheimen) Anlage nahm nur 44 Tage in Anspruch. Strafgefangene des Gefängnisses *Sugar House* in der Nähe halfen. Die Häuser im *German Village* wurden mit deutschen Textilien – Bettdecken, Vorhängen – und schweren, klobigen Möbeln eingerichtet, wie sie Mendelsohn in keinem seiner Häuser geduldet hätte. Aber nur an „typischen Einrichtungen", wie sie die hinzugezogenen Filmausstatter beisteuerten, konnte das Brandverhalten im Detail studiert werden. Zwischen Mai und September 1943 flog die *US Air Force* mindestens drei große Angriffe auf das *German Village* und studierte die Folgen.

Diese stufenförmige Ablaufgeschwindigkeit von Biographien, ihr Ordnungsgefüge, ihre Strukturiertheit – Claire und Richard stellten sie sich vor, empfanden sie, aber es gab kein Halten, keinen Zweifel am Bekenntniswert des Biographischen, den puren Daten und Fakten. Anonymisierung, Geheimhaltung war das eine, Vergessen und Verdrängen und das Umwidmen der Motive war das andere, das eine Biographie ausmachte. Hatten sie selbst eine Biographie? Oder war schon das Wort in Zweifel zu ziehen? Hinter die Stirnen und hinter die Motive blickte niemand, die Geschichte, auch die der Personen, schwieg.

1947 nahm Mendelsohn einen Lehrauftrag an der Universität von Berkeley an, lehrte die Studenten seine kühnen Bauauffassungen. In der Folge baute er in den USA vorwiegend Synagogen. Solche, die man nicht nur am Sabbat besuchen konnte und sollte, sondern solche, die Gemeindezentren wurden mit den verschiedensten sozialen Einrichtungen, *Campussynagogen* wurde ein gängiger Begriff. Synagogen als Schiffsmetaphern, Archen für die Gläubigen, expressionistische Gebärden in Stahlbeton, kühne Schwünge in der Funktionalität. Viele geplante Großprojekte Mendelsohns kamen trotzdem nicht zustande. Nicht einmal ein Denkmal für die jüdischen Opfer des Nationalsozialismus in New York mit hochaufgerichteten Gesetzestafeln am Riverside Drive wurde gebaut, obwohl es bewilligt

worden war und die Regierung Jugoslawiens den Granit dazu spenden wollte. (Vielleicht darum nicht?) Es kam auch deshalb nicht zustande, nicht weil ein anderer Architekt ihm den Auftrag wegschnappte, sondern weil niemand ein solches prominentes Monument des Gedenkens wirklich wollte. (Später vielleicht einmal.) Es schien, daß Mendelsohn, je länger er von dem liberalen, assimilierten Judentum Berlins entfernt leben mußte, immer jüdischer geworden war, während Kornitzer sein Judentum verlor, es war eine lose Hülle, in der er steckte; schon der Zwischenraum schmerzte. Oder ergab sich aus den Aufträgen eine gewisse Ideologisierung des Bauens? Würdeformen? Sinnstiftungen? Es mußte Mendelsohn enttäuschen, daß er, ein Kraftprotz unter den Architekten, große Pläne in Amerika nicht verwirklichen konnte. Und so, das mußte man sich als ein Verehrer und eine Verehrerin des großen Architekten in einer kleinen deutschen, baulich vermasselten Großstadt zusammenreimen, wird seine Bilanz am Lebensende nicht ganz glücklich gewesen sein. Und das war verständlich. Und wie würde die eigene sein?
Dann fanden sie die Todesnachricht, Mendelsohn war am 15. September 1953 an einem Krebsleiden in San Francisco gestorben, seine Asche war zerstreut worden, mehr lasen sie nicht, aber es beschäftigte sie. Sie stellten ihn sich jung vor, dynamisch, berlinerisch, aber nun war er gerade einmal 66 Jahre alt geworden, und sie wußten nicht, wie er von da, wo sie sich ihn vorstellen konnten, nach dort in dieses vorgerückte Lebensalter gekommen war. Ob er noch weiße Anzüge in Kalifornien getragen hatte?, fragte sich Claire insgeheim. Oder nur noch weiße Anzüge? Aber sie konnte sich weder Kalifornien vorstellen noch Kuba, weder ihren Mann auf einer mit Palmen gesäumten Straße, Schatten suchend, noch den verehrten Mendelsohn im trockenen Klima am Pazifik, sie konnte sich ihr

eigenes junges Leben in Berlin kaum mehr vorstellen, seine Dynamik, die Freude, den grenzenlosen, nun schon kalifornisch weit wirkenden Wilmersdorfer, Halenseer Optimismus, von dem nichts übriggeblieben war. Als wäre es immer Sommer auf den Tennisplätzen hinter dem Haus gewesen, als wären sie täglich im Wannsee-Schwimmbad gewesen.

Sie gingen spazieren auf der Gemarkung Großer Sand und immer noch vorwiegend am Rheinufer, die Schiffe kamen von links, rheinabwärts, und von rechts rheinaufwärts, ein großes Wassertheater mit Auftritten und Abtritten nach Norden, nach Süden, Schiffe tuckerten, schnitten mit ihrem Kiel durch die Wellen. Das Gleichmaß tat gut, wie eine Mäßigung der überschäumenden Empfindungen. Dort am Rheinufer wurde noch nicht gebaut, das Schloß war noch ein Behelf, die Landesregierung notdürftig im Flügel des Schlosses an der Diether-von-Isenburg-Straße untergebracht, für die Ministerien wurde gebaut, und im Vorläufigen war auch ein Versprechen, wenn man es hören, erahnen wollte.

Richard und Claire waren allem Neuen aufgeschlossen, der Wiederaufbau!, der Stolz der Städte!, sie erwarteten etwas Neues. Aber alles war so bretzelig, so unmutig, kleinteilig, ins Ungefähre gesetzt, als könnte man morgen wieder alles abreißen, was in den Sand gesetzt war, als wären die alten Ziegel, die verwendet worden waren zum Wiederaufbau, doch allzu brüchig. Ja, manchmal dachten sie, man baut hier, als ob bald wieder eine Zerstörung stattfinden könnte, der kalte Krieg und seine punktuelle Erhitzung, der mögliche Atomkrieg, man müßte sich in einen Iglu flüchten, einen Bau, von einer abhebbaren Moosschicht verdeckt, wünschenswert wäre es, den Bau nie wieder zu verlassen, einen Ort jenseits der Verfolgung, jenseits der Belagerung, fern von Nagern und Neidern. Dunkelheit, Moder, Tapetengeknister. Wohnen war eine innere

Schanzarbeit gegen schmerzhafte Empfindungen: Und dann wäre es kein so großer Verlust, wenn die flüchtig wiederhergerichteten Gebäude erschüttert wären, man baute wieder auf. Und dann fanden sie sich selbst nach solchen Spaziergängen und Überlegungen auch ungerecht und hochmütig. Was wußten sie, wie man Berlin wieder aufbaute? Ob man die Stadt überhaupt wieder in den Griff bekam oder man sie als eine Budenstadt beließ, einstöckig, kriecherisch bucklig, ameisenhaft unter der Obhut der Alliierten? Das änderte nichts daran, nichts überzeugte sie wirklich. Himmler hatte großsprecherisch 1943 vor deutschen Bürgermeistern gesagt, die Bombenangriffe hätten auch *ihr Gutes*, aus ihnen ergäben sich auch *Vorteile für ein nationalsozialistisches Stadtoberhaupt*. Die Städte und Gemeinden könnten danach *ohne die Bausünden des 19. und 20. Jahrhunderts, wo regellos und ohne Sinn liberalistisch gebaut wurde*, im Sinne echter NS-Architektur neu errichtet werden und die Oberbürgermeister *ihren Namen in die Geschichte ihrer Stadt einmalig einschreiben*. Dazu war es nicht gekommen, und die nachfolgenden Oberbürgermeister, zuerst von den Alliierten eingesetzt, verwalteten den Mangel, sie hatten keine Vorstellung von einer zukünftigen Architektur, die Geschichte war ein Krater.

Und die Kornitzers waren von sich selbst und ihren Meinungen auch nicht überzeugt. Wir wursteln uns durch, dachte Kornitzer dann und schob den Gedanken rasch wieder beiseite, denn er taugte zu keiner weiteren Überlegung, nur zur skizzenhaften Beschreibung eines Zustandes. (Manchmal dachte Kornitzer an Breslau, an die schönen Maße der Stadt, an ihr langsames Gewachsensein, erinnerte sich sehnsüchtig, aber das hatte keine Auswirkung auf sein Befinden in Mainz, der Vorkriegszustand der Stadt war gar nicht mehr zu erahnen. Eigentlich hätte ihn das traurig machen müssen, aber er war auf vielfältige andere Weise traurig und auch sehr beschäftigt. Es war, als zöge diese

Alltagstristesse nur wie ein grauer Schleier an seinen Augenwinkeln vorbei, während er sich auf Wesentlicheres zu konzentrieren suchte. Und Claire hatte nie eine mittelalterliche Stadt gekannt, sie war Berlinerin mit Haut und Haaren (Leib & Seele?) und nicht an Nischen, Winkeln, Gewölben, Gassen und Madonnen-Erkern interessiert.

Was sie nicht wußten, war, daß die französische Besatzungsmacht schon 1947 eine Architektengruppe um Marcel Lods beauftragt hatte, einen Gesamtplan für den Wiederaufbau von Mainz zu erstellen. Lods tat das in großer Verwandtschaft zu den Nachkriegsplänen von Le Corbusier. Der Schutt sollte wie ein Wall dem Hochwasserschutz am Rhein dienen. Aber Mainz sollte zur *modernsten Stadt der Welt* werden und die Altstadt gleichzeitig als *Traditionsinsel* erhalten bleiben. Die Neustadt – oder was von ihr übrig war – sollte abgerissen und durch zehnstöckige Scheibenhäuser ersetzt werden, Standorte für die Verwaltung und Gewerbeflächen konsequent getrennt: die Industrie nach Gustavsburg, die Verwaltung entlang der Achsen Kaiserstraße – Große Bleiche, die weitgehend zerstört waren, angesiedelt werden, dazwischen ein aufwendiges System neuer Straßen, Schneisen, die die einzelnen Segmente miteinander verbanden und formal trennten. Die weniger wichtigen Teile von Mainz sollten eine Art von Gartenstadt werden. Weiträumigkeit, Funktionalität, menschenwürdige Behausungen, in kürzester Zeit aus dem Boden gestampft, waren die Schlagworte, und all das im *lichten Geist französischer Rationalität*, für die sich die wieder fromm gewordenen Katholiken nach ihrer Enttäuschung über den Führer, der sie im Schlamassel hatte sitzen lassen, herzlich wenig interessierten.

Die Maaraue sollte zu einem weitläufigen Sportzentrum entwickelt werden. Aber wohin, wenn die Sportler danach in eine Kneipe wollten, wohin, wenn die traditionellen Weinstuben-

Verhocker spätabends in eines der weit entfernten Scheibenhäuser wollten, wo ihre Frauen gänzlich altmodisch auf dem Sofa warteten? Solche individualistischen Abenteuer interessierten die Architekten nicht. An Spaziergänger, an Querläufer zwischen den Quartieren, an Leute, die mit ihrem Hund herumgingen, an Mütter mit Kinderwägen war nicht wirklich gedacht. Jeder hatte eine Funktion, ein Terrain, der Architekt hatte angeblich an alles gedacht, nur nicht an die Freiheit des Stromerns, die Neugier jenseits der Funktionen.
Der neu gewählte Stadtrat von Mainz lehnte den Plan einstimmig ab, kein Geld, keine Phantasie, kein Mut. Lods entfernte sich, resignierte, und kein französischer Architekt, kein Modernist wurde in den nächsten Jahren in der Stadt gesehen. Ein zweiter Architekt, diesmal ein deutscher, wurde mit der Stadtplanung beauftragt, auch sein Plan wurde nicht umgesetzt, Zufälligkeiten und Kompromisse regierten den Wiederaufbau. DER GROSSE WURF war unheimlich, eine neue Totalität, vor der man sich wegduckte, und am Ende wurde die Stadt so, wie niemand sie sich vorgestellt hatte, aber sie wurde.
Insofern waren Richard und Claire zufrieden mit dem Schindelhaus, das sie bewohnten, das vor der verblaßten Erinnerung an das Neue Bauen, vor all den Überlegungen zum Praktischen ohne viel Theorie in Zusammenarbeit mit den französischen Besatzern gebaut worden war. Ein gemütliches Haus, aber Claire und Richard waren nie fürs Gemütliche gewesen, eher fürs Ausgefeilte, Strenge, Strukturierte. Ihr Haus war eine Art von verkleinertem städtischem Schwarzwald-Haus, ohne architektonischen Anspruch. Den hatten sie in Berlin zurücklassen müssen, aber doch nicht vergessen. Aber wenn das Ehepaar in die Domnähe kam, zum Fischtorplatz, zum Flachsmarkt, in die Mailandsgasse, wenn sie die Buden entlang der Ludwigstraße und der Großen Bleiche sahen, Buden wie Unterstellhäuschen

an Straßenbahnhaltestellen, zuckten sie zusammen, und es schmerzte wirklich. Kornitzer hatte noch die Kraterlandschaft seiner ersten Spaziergänge in Mainz in Erinnerung, und jetzt wurde gebastelt und gebaut, gegraben und unterhöhlt und überwölbt. Und doch ging alles schleppend, als wären nicht nur Gebäude zerstört, es war, als hätten die Bombenangriffe das Herz der Stadt getroffen. Und mühsam, mühsam müßte es erst wieder aktiviert werden. Claire sprach wieder vom Ku'damm als einer Sehnsuchtsstraße, sie sehnte sich nach Eleganz, nach Schnelligkeit, zurück zu ihrem stromlinienförmigen Büro in der Nähe des Universum, sie sehnte sich auch nach dem Werbefilm. Das konnte Kornitzer gut verstehen, aber doch der unzerstörte Ku'damm!, wandte er ein. Aber da sie ihn beide nicht mehr gesehen hatten seit so langer Zeit, war die Klage auch in den Wind gesprochen.

Und dann fällt es Claire plötzlich wie Schuppen von den Augen. Wie eine Fata Morgana sieht sie es in weiter Ferne, nicht eine neu errichtete Bude im funzeligen Licht. Sie sieht etwas vor sich, und das strafft sie, erregt sie auch. Sie schläft schlecht, aber es ist keine zehrende Schlaflosigkeit, sondern eine energische, kraftspendende, trotz ihrer Nierenkrankheit (oder vielleicht wegen ihrer Nierenkrankheit, die sie matt und bekümmert macht). Es ist wie ein nächtliches Aufrechtsitzen, eine Erhebung. Sie fährt mit der Straßenbahn in der Stadt herum, betrachtet Grundstücke und Baulücken und schreitet sie ab. Sie betritt auch eine Bank, fragt nach dem Filialleiter, er ist nicht da, und dann vereinbart sie einen Termin mit einem der Bankangestellten. Nein, nicht mit ihm, sondern vermittelt durch ihn mit dem Filialleiter. Aber der läßt zurückfragen: In welcher Sache? Sie nennt die Sache und bekommt zu hören: Wollen Sie nicht mit Ihrem Gatten gemeinsam zu einem Gespräch kommen, Frau Landgerichtsdirektor? Es handelt sich doch um eine größere Investition. Sie schluckt, das hat sie noch nie gehört. Sie ist davon überzeugt, daß ihr Mann endlich, endlich Wiedergutmachungsgelder für die erlittenen Jahre bekommt, und auch ihr würde etwas zustehen für die erzwungene Trennung, für den Verlust ihrer Firma, das Aus-der-Bahn-geworfen-Sein. Man hatte ihre Firma vor ihren Augen zugrunde gerichtet. Sie ist Geschäftsführerin einer GmbH in Berlin gewesen. Aber insgeheim sagt sie sich: Vielleicht – nicht vielleicht, sicher! – war ich energischer damals, es machte mehr Freude, mit mir allein zu verhandeln. Sie schluckt noch einmal, sie strafft sich, sie unterdrückt den Ärger über die plötzliche Unterlegenheitsposition, in die sie sich ungerechtfertigterweise gebracht fühlt.

Und an einem Sonntagabend nach einem besonders gelungenen Abendessen, glaubt sie, gibt sie sich einen Ruck. Sie hat Forelle blau auf den Tisch gebracht, das Forellenquintett von Franz Schubert strudelt dazu aus dem Plattenspieler, und zum Nachtisch hat sie langsam, langsam rührend im Wasserbad eine Rieslingcrème bereitet, die nicht ganz steif geworden ist, warum auch immer, aber sie schmeckt wunderbar. Das hat sie als einigermaßen spät berufene Köchin in Erfahrung gebracht: Wird die Crème steif, schmeckt sie leicht wie Pudding. Gelatine oder Mondamin zu verwenden, wie sie es in Rezepten gelesen hat, lehnt Claire ab. Rührt und rührt man, bleibt die Crème leicht und schaumig, kann aber wie ein Soufflé abstürzen und zusammenfallen, die Gründe weiß man nicht, und die Enttäuschung ist groß. Nach dem Essen nimmt sie Richards Hände in ihre, schaut ihn nach der sorgsamen Vorbereitung an mit ihren grünen Augen, die funkeln, saugt sich fest mit ihrem Blick. So intensiv hat sie lange nicht geschaut. Richard, sagt sie: Hätte ich ein Kino! Und sie berichtet, was sie ausgekundschaftet hat: Wie groß ihr der Bedarf in der Stadt erscheint, schlechte Wohnverhältnisse, Enge, Wünsche, die ins Allgemeine driften, Wünsche, die das Stadttheater, nun ja, nicht erfüllen kann und nicht erfüllen möchte. Also ein Kino, die Kinowerbung, die sie beherrscht, scheint ihr minderwertig, jedenfalls in Mainz. Soll sie zu Hinz und Kunz laufen, um eine Anzeige zu ergattern? Kinowerbung kann man nur in einer Großstadt auf die Beine stellen, das hat sie sich klar gemacht. Man muß größer beginnen, das Medium Film als Ganzes begreifen, eher zu einem Film die entsprechende Werbung organisieren, einen Abend aus einem Guß. (Und so hat sie ja schon dieses Abendessen mit ihrem Mann organisiert, mit ihm, dem ersten Vertrauten und vielleicht auch Geldgeber.) Während sie diese Gedankengänge vor ihm entfaltet, leuchten nicht nur ihre Augen, auch die Backen werden rot, und sie versäumt es nicht, ihrem Mann und auch sich selbst von dem beim Kochen übriggebliebenen Riesling einzuschenken, es ist ja nur noch etwas mehr als eine Pfütze.

Richard schweigt, schweigt vielleicht schon ein bißchen zu lange, sie sieht ihn erwartungsvoll an, dann nimmt er seine Brille ab. Klärchen, sagt er, das hat er lange nicht gesagt, also das ist es. Du kamst mir so verändert vor in der letzten Zeit, beschwingter, auch jünger. Daß er geglaubt hat, sie sei beim Friseur gewesen, und er habe es nicht sofort gemerkt, verschweigt er lieber. Und dann kann er nicht mehr schweigen und sagt: Das geht nicht. Es geht einfach nicht. Die Frau eines höheren Beamten, die Frau eines Landgerichtsdirektors – er dehnt die Vokale seines Titels ins Unermeßliche – kann nicht einfach eine Unternehmerin werden, und dazu noch auf einem so fragilen, nicht einzuschätzenden künstlerischen oder auch abschüssigen Feld. Als er „das geht nicht" sagte, fiel ihm auch wieder ein, wie Charidad ihm verzweiflungsvoll gesagt hatte, was sie als Lehrerin kann und was nicht sein darf – und wie fassungslos er ihr,

der Kenntnisreichen, zuhören mußte. Kornitzer übersprang, daß er wegen seiner beruflichen Belastung keine Ahnung von der aktuellen Kinoproduktion hatte und das auch als keinen Makel ansah, und er wußte, daß auch Claire nicht übermäßig viele Filme gesehen hatte, die man jetzt in die Kinos hätte bringen sollen. Daß sie keinen Überblick über die Mainzer Situation hatte und vielleicht auch zu arrogant war, sie wirklich zu ergründen, ersparte er ihr als ein Argument. Es geht nicht, es geht nicht. Die Frau eines Landgerichtsdirektors kann nicht. Das kam bei ihr an. Und sie räumte den Eßtisch ab, schweigend, verstimmt, spülte die Desserttellerchen und polierte die Weingläser, telephonierte noch am späten Abend mit Selma und George, Richard hörte nicht, was sie sagte, wollte es auch nicht wirklich. Es war ein Sehnsuchtsanruf, ein Anruf wie ein Appell. Denkt auch an mich, eure Mutter. Und er empfand sich selbst als hart, aber gerecht und vernünftig. Er konnte sich auch die süffisanten Bemerkungen im Landgericht vorstellen: Ihre Frau hat ein Kino aufgemacht?! Als hätte Claire einen Flohzirkus begründet, würde kleine Hundchen nach Bällen schnappen und sie auf der Nase balancieren lassen, als stellte sie lustige Liliputanerleutchen in Goldtressenuniformen aus. Das Kino, so schien es ihm in der Stadt Mainz, war selbst eine Art von vergrößertem Flohzirkus, der seine Position schmälerte oder ins Schräge, Unseriöse zog. Nein, es ging wirklich nicht, es war nicht „standesgemäß", ein anderes Wort fiel ihm zu seinem Befremden nicht ein, vom unternehmerischen Risiko, das Claire vorausgesetzt hatte, einmal abgesehen. Er war einsam genug mit seinen Meinungen im Landgericht.
Claire zieht sich in ein Schweigen zurück, sie ist ihrem Mann nicht wirklich böse, ihr Mann ist nur der Vertreter, der Vermittler einer Realität, die sie nicht anerkennen will. Der Mensch in der Bank ist ein anderer Vertreter, die Kindergeldstelle des Lan-

des auch eine andere, es ist eine Realität, die ihr feindlich ist, der sie den Rücken kehren möchte. Aber wohin?. Es schmerzt sie, als wäre sie an einem anderen Zeitufer stehengeblieben, und das Schiff wäre ohne sie abgefahren, ja, hätte ihr den Zutritt verweigert, nur weil sie eine Frau war. (Und was hieß „nur"?) Die Frau eines Landgerichtsdirektors. Jetzt klang es in ihren Ohren wie Hohn.
Claire hatte alte Kino-Adreßbücher aufbewahrt. Im Vorwort des Bandes von 1939 hatte der Leiter der Abteilung Film im Propagandaministerium, Dr. Fritz Hippler, geschrieben: *Es versteht sich von selbst, daß die Aufgaben des Krieges besondere Anforderungen in jeder Hinsicht mit sich brachten. Trotzdem kann festgestellt werden, daß der Krieg für das gesamte deutsche Filmwesen nicht nur keine rückläufigen Tendenzen, sondern im Gegenteil eine unerwartet hohe Aktivierung herbeigeführt hat.* Da hatte man ihr die Firma Prowerb längst abgeluchst und kaputtgemacht. Aus den vielen Initiativen, Filmfirmen und den Verzeichnissen der Schauspieler, freien Kameraleute, Regisseure, einem glanzvollen *Who is Who* des Kinos, war ein tristes Verzeichnis der Mitglieder der Reichsfilmkammer und der für den Film wichtigen Behörden- und Parteistellen geworden. Ein Dokument der Gleichschaltung. Nichts vom Glanz war geblieben, das Kino war in die Kriegswirtschaft getaucht, und Claire war nicht mehr ins Kino gegangen, sie wollte nicht mit Leuten, mit denen sie nichts zu schaffen hatte, im Dunklen sitzen. Sie ertrug das dröhnende, röhrende Heldentum nicht. Ehefrauen und Bräute schleppten ihre Soldatenmänner, wenn sie Heimaturlaub hatten, ab ins Kino. Dort mußte man nicht sprechen, dort war die Entfremdung der Lebensbereiche in zuckersüße Watte gepackt. So waren die Kinos immer voll. Im Vorwort des Kino-Jahrbuches wurden die Etappensiege gemeldet: *Seit Kriegsbeginn weisen die Lichtspieltheater eine Besuchersteigerung von 14 Prozent und eine Umsatzstei-*

*gerung von 12 Prozent auf. Für das Jahr 1940 dürfen wir unter Zugrundelegung der Zahlen des letzten Halbjahres mit einer Besucherzahl von 700.000.000 und einem Umsatz von 500.000.000 RM rechnen. Damit erreichen wir für sämtliche Filmhersteller, die vor wenigen Jahren zum Teil noch beträchtliche Verluste aufwiesen, eine Liquidität, die sich wiederum auf die weiteren Filmvorhaben befruchtend auswirken wird.* Claires Vorhaben waren nicht befruchtet worden, sie waren in den Sand gesetzt, sie war eine Außenseiterin geworden, ökonomisch schwer geschädigt.

An einem der nächsten Abende schellte es spät. Kornitzers waren Gäste nicht gewohnt. Claire öffnete, und vor ihr stand die sehr aufgeregte Frau Dreis in einer Strickjacke. Sie bat darum, den Landgerichtsdirektor sprechen zu können. Jetzt?, rutschte es Claire ziemlich ungastlich heraus, aber Frau Dreis sagte nur flehentlich: Bitte. Claire führte sie ins Wohnzimmer, rief Richard und verschwand dann im oberen Stock. Warum kam sie?, fragte Claire ihren Mann, als die Haustür wieder zugefallen war. Und was wollte sie? Ihr Sohn Benno, den du nicht kennengelernt hast, hat ein Problem. Sie hat das umständlich und verbrämt ausgedrückt, jemand sei ihm in die Quere gekommen, jemand hätte doch besser auf sein Geld aufpassen sollen, jemand habe ihn so gereizt, daß er nicht anders konnte als ihm einen Schaden zuzufügen. Leider ist er aufgeflogen und sitzt jetzt in Untersuchungshaft. Er hat wohl eine Unterschlagung begangen, so muß man es nennen. Und was hast du damit zu tun?, fragte Claire. Nichts, natürlich, ich mußte Frau Dreis erklären, daß ich nicht für das Strafrecht zuständig bin und daß es insgesamt eine ungute Sache ist, zu versuchen, einen Richter zu beeinflussen, Mitleid zu erwecken. Das verstand sie, sah mich aber mit einem solchen Grabesblick an, da konnte ich sie nicht gleich hinauskomplimentieren. Immerhin habe ich eine ganze Weile unter ihrem Dach gewohnt, und sie hat mich auf sehr nette Weise versorgt, du weißt es. Und für dich und Selma hat sie gebacken. Ich weiß, und Selma hat sich wie ein verhungertes Tierchen auf den Käsekuchen gestützt. Und als ich dann später Selma daran erinnerte, hatte sie den Käsekuchen vergessen, antwortete Claire, und es klang gedehnt und auch nicht inspiriert. Was Kornitzer Claire nicht sagte, was ihm selbst sonderbar vorkam, war: Er hatte eben Frau Dreis gefragt, ob ihr Sohn denn schon einen Rechtsanwalt habe, der Benno vertreten wolle. Nein, hatte sie geantwortet, danach wollte ich Sie auch fragen, aber ich hätte es beinahe vergessen. Kornitzer hatte kurz nachgedacht: Wer könnte sich für Benno Dreis interessieren, wer für ihn stark machen? Namen und Gesichter schwebten durch sein Hirn, aber er fühlte sich auch blockiert. Und dann sah er in sein Notizbuch und schrieb Frau Dreis einen Namen und eine Telephonummer auf. Er gab ihr die Hand, nickte und sagte: Viel Glück. Und Grüße an Ihren Mann. Die Schwiegertochter grüßte er nicht. Und als er die Tür hinter ihr geschlossen hatte, fragte er sich: Warum habe ich ihr den Namen und die Nummer von Rechtsanwalt Damm, dem Ranschmeißer, dem Alles-und-Jeden-Verteidiger, aufgeschrieben, der an alte Zeiten erinnerte, von denen ich nichts weiß? Warum? Er wußte es selbst nicht, und das war ihm unheimlich. Er tat etwas, was er eigentlich nicht gewollt hatte. Und wollte es jetzt, da es geschehen war, schnell wieder vergessen. Er kannte sich selbst nicht gut.

Am 18. September 1953 war das Bundesergänzungsgesetz in Kraft getreten, das allen durch den Faschismus Geschädigten das Empfinden gab, nun endlich – acht Jahre nach der Niederschlagung des Nationalsozialismus – würde ihnen Genugtuung geschehen. Es war aber eine überstürzte Maßnahme, um ein besseres Entschädigungsgesetz, das als Initiativentwurf schon beim Bundesrat lag, zu verhindern. Diejenigen, die Papiere,

Akten, Rechnungen aufbewahrt hatten, fühlten sich bestätigt. Kornitzer las das neue Gesetz, das das Finanzministerium durchgepeitscht hatte, mit seinem kritischen Berufsverstand und war sehr enttäuscht: Es war eine Inflation der Worte; Streit, Mißhelligkeiten, eine Auslegung zuungunsten der Opfer war vorauszusehen. Der sozialdemokratische Bundestagsabgeordnete Adolf Arndt bezeichnete das Gesetz als nicht nur rechtstechnisch, sondern auch moralisch als so schlecht, daß man sich wieder schämen müsse, ein Deutscher zu sein. Das, was versprochen, erwünscht war, war mit diesem Gesetz nicht im mindesten erreicht. Mit anderen Worten: Nicht nur Kornitzer, der Landgerichtsdirektor, sondern alle, die nicht nur Opfer waren, sondern auch kenntnisreiche Beobachter der Behandlung der Opfer (und auch des Durchwinkens der Täter) waren sehr, sehr enttäuscht und hofften darauf, eine Revision des Gesetzes würde mehr Gerechtigkeit schaffen. (Die Wiedergutmachungsgegner, vorwiegend aus dem Lager der CDU und FDP, hüllten sich in dieser Zeit in Schweigen.) Nicht die geringste Chance hatte auch der Versuch des Abgeordneten Adolf Arndt, dem Gesetz eine Art von Präambel zu geben: *Dieses Gesetz ist großherzig so auszulegen und anzuwenden, daß sein Vollzug im Höchstmaß die Wiedergutmachung als sittliche Aufgabe und rechtliche Schuld erfüllt.*
In der Folge siegte die Paragraphenreiterei, die kleinliche und schleppende Bearbeitung der Anträge. Man wollte Bittsteller in den Ämtern und in den Wiedergutmachungskammern der Gerichte, keine Anspruchsberechtigten. Völlig neue Krankheitsbilder, die keinem gängigen Schema zuzuordnen waren, mußten diagnostiziert und den Ämtern vermittelt werden: *Entschädigungsneurosen, Entwurzelungsdepression, erlebnisbedingter Persönlichkeitswandel.*
Der SPD-Abgeordnete Hermann Runge berichtete nach einem Zeitungsartikel im „Aufbau" vom 17. September 1954, daß

allein in New York 15.000 anspruchsberechtigte Emigranten im Alter von über 75 Jahren lebten. Auf die Beschwerde eines 78jährigen hin schrieb die entsprechende Behörde, daß sie zur Zeit nur die Anträge der über 80jährigen bearbeiten könne und sein Antrag deshalb vorerst ruhen müsse. Der Baden-Württembergische Justizminister verstieg sich zu der Aussage, die Antragsteller seien *Rentenjäger*. Im Frühjahr 1956 unternahm Kurt R. Grossmann im Auftrag der *Jewish Agency for Palestine* eine Informationsreise, um sich über den Stand der Wiedergutmachung bei Ämtern und über die öffentliche Meinung zu Fragen der Wiedergutmachung zu informieren. Seine Bilanz war erschreckend: Die Bearbeitung der Anträge erfolge im Schneckentempo. Bei den Behörden sei die Meinung verbreitet, etwa ein Drittel der Antragsteller seien Betrüger. Er rief dazu auf, über ausländische Medien Druck auf Deutschland auszuüben, Deutschland reagiere nur auf Druck aus dem Ausland.
Die Arbeit in den Wiedergutmachungsstellen war unbeliebt, qualifizierte Verwaltungsangestellte wechselten in die Privatindustrie, die Fluktuation war groß. Heimatvertriebene, die mit ihren eigenen Problemen beschäftigt waren, füllten die Lücken und hatten nicht das geringste Verständnis für die Nöte und Traumata der Emigranten. Auch Kornitzer wurde die Übernahme einer Wiedergutmachungskammer angeboten, was er sich 1949 sehnlichst gewünscht hatte. Damals war er angeblich „befangen". Jetzt lehnte er ab – aus Gewissensgründen; der Entscheidungsspielraum war viel zu gering. Zum Ausgleich für den Verlust seiner Stellung und seiner Dienstbezüge hatte er eine Entschädigung von 20.000 DM erhalten. Auf diese Entschädigung waren die bereits geleisteten Abschlagszahlungen in der Höhe von 11.500 DM angerechnet, die er bekommen hatte, als er in Lindau mittellos war. Es wurde *ferner festgestellt, daß die Zeit zwischen dem 1. November 1933 und dem 31. Mai 1949 ruhege-*

*haltfähig ist.* Der Bescheid wurde ihm gegen eine Empfangsbestätigung ausgehändigt.
Kornitzer war erst in den Fünfzigern. Er hatte eine sichere Beamtenstelle. Aber die Kinder in England und ihre Reisen nach Deutschland kosteten auch viel Geld. Trotzdem sagte er sich: Das Beste ist es, die Ansprüche aus dem Bundesentschädigungsgesetz zurückzustellen, um Vertagung zu bitten, denn es war ihm unvorstellbar, daß dieses Kompromißgesetz so stehenblieb, es mußte verbessert werden. (Er mußte dann lange warten, ehe 1965 das Bundesentschädigungs-Schlußgesetz in Kraft trat. Wer hätte ahnen können, daß auch nach dem Schlußgesetz kein Ende abzusehen war?) Und da niemand wußte, wie weitgehend die Änderungen des Gesetzes sein würden, mußte man mit dem Spatz in der Hand vorliebnehmen und von der Taube auf dem Dach träumen. Und so war es dann auch: Das neue Gesetz lieferte Ämtern und Gerichten Vorwände über Vorwände, Anträge abzulehnen. Das Beste an dem neuen Gesetz war noch, daß es endlich in allen Ländern der Bundesrepublik eine einheitliche Regelung gab.
Es war nicht möglich, die Ansprüche aus dem Bundesentschädigungsgesetz selbst durchzufechten. (Kornitzer hatte das versucht, noch vom Bodensee aus, war aber nicht weit damit gediehen. Jetzt waren Akten von Lindau nach Berlin zu transferieren, Zuständigkeiten, Ämter und Gerichte wechselten.) Ein bei einem deutschen Gericht zugelassener Rechtsanwalt mußte beschäftigt werden, das galt auch für die Kuba-Emigranten, die in die USA weitergewandert waren, es galt auch für Boris Goldenberg, der in Kuba hatte bleiben wollen, und für deutschstämmige Juden in Israel. Daß polnischstämmige und litauische Juden Anträge stellten, war nicht vorgesehen; der *Eiserne Vorhang* war ein gern zitierter Vorwand. Es war möglich, mit Kommunisten über die Rückkehr der letzten Kriegsheim-

kehrer zu verhandeln, es war aber nicht gewollt, Opfer in den kommunistischen Ländern zu entschädigen. Auch die Zwangsarbeiter wurden grundsätzlich vergessen. Und Richard Kornitzer hatte bereits in einer Fachzeitschrift gelesen, daß Künstler, deren Werke als *entartet* gewertet worden waren, grundsätzlich von einer Entschädigung ausgeschlossen waren, es habe sich um keine Verfolgung, sondern um *kulturpolitische Maßnahmen* gehandelt, hieß es. Auch ehemalige Kommunisten wurden häufig von der Entschädigung ausgeschlossen. Ihre Haftstrafen in Zuchthäusern und Konzentrationslagern wurden umgedeutet in legale Strafen für kriminelle Handlungen. Haftentschädigung, Rückerstattung des geraubten Eigentums, soziale Sicherung nach den verlorenen Jahren waren ein bunter Flickenteppich.

Man muß in die Gesetzgebung hineinkriechen, um sich mit ihr und vor allem ihren Lücken gründlich vertraut zu machen, um die haarspalterischen Urteile zu analysieren. Der kenntnisreiche Landgerichtsdirektor Dr. Kornitzer muß zum ersten Mal in seinem Leben einen Rechtsanwalt beschäftigen, das heißt auch: seine Honorare bezahlen. Und das muß auch jemand, der krank und elend aus dem Konzentrationslager gekrochen ist und nicht mehr auf die Beine gekommen ist. Es war eine Taktik der Zermürbung. Kornitzer entschied sich für einen alteingesessenen Rechtsanwalt in Mainz, Wilhelm Westenberger, der, soweit er gehört hatte, einen untadeligen Ruf hatte. Für jeden Anspruch mußte ein gesonderter Akt angelegt werden: für die beruflichen Schäden, für die gesundheitlichen Schäden, für die materiellen Verluste. Nur der Verlust an Angehörigen, an Lebensfreude, Lebensgewißheit war nicht aufzulisten, zu beziffern. Mit Grundbüchern und Handelsregistern war leichter umzugehen als mit ideellen Werten wie der seelischen und körperlichen Gesundheit und ihrer Dokumentation. Leichter als mit Leben und Tod. Gewaltig lange Fragebögen waren zu beantworten. *Sie werden gebeten, jeden Anspruch in einem besonderen Schriftstück zu behandeln, da getrennte Akten geführt werden.* Für die Wiedergutmachung waren die Gerichte am letzten Wohnort vor der Emigration zuständig. Das Entschädigungsamt Berlin in der Potsdamer Str. 186 korrespondierte mit der Geschäftsstelle des Landgerichts Berlin, 146. Wiedergutmachungskammer; die Wiedergutmachungskammer korrespondierte mit dem Senator für Finanzen in Berlin, Sondervermögens- und Bauverwaltung, Fasanenstr. 87; und am Ende stand ein Urteil, meistens eines, das sich gegen den Antragsteller richtete, seine Ansprüche abwehrte.

*Rückerstattungssache Kornitzer ./. Deutsches Reich* hießen solche Akten, sie ließen den Kläger schlaflos und bereiteten Kopfschmerzen untertags.

Beanspruchtes Vermögen:
*A) Hausrat in der früheren Wohnung Cicerostr. 63*
Claire hatte die Wohnung aufgeben müssen nach Richards Emigration. Als ihre eigene Emigration scheiterte, zog sie in eine kleinere Wohnung in die Nürnberger Straße.

*B) Wertpapierdepot*

*C) Lebensversicherungen*

*D) Judenvermögensabgabe*

*E) Grundstück*

zu A) mußte geantwortet werden: „Es sind noch Ermittlungen im Gange. Es wird um Fristverlängerung gebeten."

zu B): „Die umfangreiche Korrespondenz mit der Deutschen Bank in Berlin hat noch nicht zu einer Klärung geführt, da die Unterlagen der Deutschen Bank teils vernichtet, teils im russischen Sektor von Berlin sind. Es wird gebeten, diese Sache bis auf Anruf ruhen zu lassen." Dann finden sich die Originalquittungen tatsächlich – Claire ist eine sorgsame Person und hat, was sie selbst in Berlin bei ihrer Evakuierung nicht aufheben konnte, ihrer Schwester Vera gegeben, die die Papiere ausgrub, nach und nach fand sich vieles –, und Kornitzer schreibt an die Deutsche Bank, Depositenkasse Y, Berlin W. 15: „Da die Originalquittungen erhalten sind und vorliegen, meine Frau und ich aber jahrelang schwer verfolgt wurden und ich fliehen mußte, müssen wir von diesen Quittungen ausgehen und Sie erneut bitten, uns die Aufträge – sei es auch des damaligen Oberfinanzpräsidenten, des Finanzamtes oder der Gestapo – sowie den Verbleib des Gegenwertes der Wertpapiere nachzuweisen. Dies gilt natürlich auch für den nach den Umständen kaum erkennbaren Fall einer Gutschrift zur Verfügung meiner Frau." Allein herauszufinden, daß die Depositenkasse Y für ihn zuständig ist, hat Kornitzer eine unendliche Kleinarbeit gekostet. „Warum bringt die Bank nicht die vollen Unterlagen? Daß diesseits der Nachweis erbracht werden soll, was sich zwischen der Bank und der Gestapo und dem NS-Fiskus abgespielt hat, ist doch wohl zu viel verlangt."
zu C): „Richard und Claire Kornitzer bei Phönix-Isar und Victoria. Diese Sachen werden fürsorglich in der Wiedergutmachungssache geltend gemacht. (Lindau, Bodensee und Berlin) Die Lebensversicherungen konnten auf Grund der Verfolgung nicht weiter bedient werden. Es handelt sich um drei Policen: 3.000 RM + 3.000 RM + 6.000 RM für Dr. Richard Kornitzer; zwei Policen für Claire Kornitzer geb. Pahl über je 6.000 RM. Die Versicherungen bestehen noch und werden von der Victo-

ria-Versicherung anerkannt. Die Versicherungen wurden 1941 gepfändet und für die Judenvermögensabgabe – einmal mit 1.554 RM und ein anderes Mal mit 1.792 RM belastet. Infolge der unterschiedlichen Regelungen und des Fehlens von Bundesbestimmungen usw. kann noch nicht eigentlich geklärt werden, ob es sich um Restitution oder Wiedergutmachung – teils auch Entschädigung genannt – handeln wird. Auch hier wird gebeten, dort die Sache bis auf Anruf ruhen zu lassen."
zu D): „Auch hier ist die Sach- und Rechtslage bisher nicht einheitlich geklärt. Unter Vorbehalt aller Ansprüche wird jedoch insoweit das Einverständnis mit vorläufiger Abgabe an das dortige Entschädigungsamt für den unterzeichnenden Ehemann und soweit die Einziehung gegen die Ehefrau erfolgt ist, an das Wiedergutmachungsamt Lindau (Bodensee) erklärt."
zu E): „Beanspruchtes Vermögen: Grundstück Berlin-Schmargendorf, Kudowastr. 9a"
In den sechziger Jahren wurde dieses Grundstück mit einem banalen Mietshaus für sechs Parteien überbaut. In der Nähe, zwei, drei Gemarkungen weiter, beginnt ein verwildertes Schrebergartengebiet. Vielleicht war das Grundstück viele Jahre ungenutzt oder auch als Schrebergarten schlecht und recht zu verwerten. Radieschen, Rhabarber, Himbeerhecken und Astern im Herbst: Westberlin hatte zu viel Raum, Raum für Dutzende von Gebrauchtwagenhalden, mindere Kirmesplätze und eben auch für Schrebergartensiedlungen in besten oder mittelprächtigen Lagen. Ein Stadtgebilde wie ein löchriges Gebiß.
Kornitzer erreicht ein Brief aus Berlin mit dem Briefkopf *Der Senator für Finanzen: Die entzogenen Sachen, Wertpapiere und Forderungen sind genau zu bezeichnen. Falls Ihnen das nicht möglich ist, wird Rücknahme der Ansprüche innerhalb der Frist anheimgestellt. Andernfalls werden Sie gebeten, innerhalb der Frist mitzuteilen, wann und auf welche Weise Ihnen die Vermögensgegenstände entzogen worden sind, wann*

*Sie aus Deutschland ausgewandert sind und ob und wann Sie eine ausländische Staatsbürgerschaft erworben haben.*
Postwendend schreibt er zurück, das will er keinesfalls Rechtsanwalt Westenberger überlassen: „Da ich zur Verhinderung meiner Ermordung nach Kuba flüchten mußte, kann ich nähere Angaben nicht machen, und sind mir solche auch nicht zuzumuten. Die Vernehmung meiner Frau wird jedoch hinreichend Klarheit erbringen."
Nein, Kornitzer ist von dem neuen Gesetz in keiner Weise überzeugt, ruhen lassen, warten auf eine Novellierung zum Besseren, Fristverlängerungen beantragen sind die Prinzipien, nach denen er und Westenberger die Wiedergutmachung betreiben. Er findet dann ein Urteil des 13. Senats des Berliner Kammergerichts, das ihn empört, es rüttelt an seinem Rechtsempfinden wie eine eisige Sturmbö. Eine „arische" Frau, die ihrem Mann in die Widerstandsarbeit gefolgt und der in einem KZ gestorben war, hatte in der höheren Instanz geklagt und war in ihren Ansprüchen auf Wiedergutmachung abgewiesen worden. Im Urteil hieß es: *Die Klägerin gibt zu, daß sie persönlich nationalsozialistischen Gewaltmaßnahmen nicht ausgesetzt gewesen sei, daß sie sich auch von ihrem Mann ohne weiteres habe trennen können. Sie sei ihm aber trotzdem in die Illegalität gefolgt. Somit beruhte ihr Leben in der Illegalität auf ihrem freien Entschluß und war nicht durch eine gegen sie gerichtete nationalsozialistische Gewaltmaßnahme bedingt.*
Er zeigt den Text Claire, und Claire beginnt einfach zu weinen. Das Weinen tut ihr gut, es lockert etwas, das zu versteinern drohte. Es ist ein helles, tonloses Schluchzen, fast ein Fiepen, sie schnappt nach Luft, wischt sich mit dem Ärmel das Gesicht, leckt sich die Lippen. Als würde sie verdorren. Nierensteine, Grieß in der Blase, Eiweißschaum im Urin sind die äußeren Zeichen, die Tränenflüssigkeit schwemmt etwas fort, das wie ein Kloß in ihr sitzt. Richard legt ihr die Hände auf die Schul-

tern, beruhigt sie, umarmt sie, aber doch nicht wie ein Mann seine Frau umarmt, eher stehen sie da wie Kameraden im Unglück in der Küche des falschen Schwarzwaldhauses. Als hätte die Trauer sie zusammengeschweißt, die Trauer über die Jahre, in denen sie sich verloren gegeben hatten.
An einem blassen Frühlingstag bei einer unscheinbaren Sonne über den Rheinwiesen läßt Kornitzer im Landgericht mitteilen, er habe infolge des Vortrages des Professors Heinrich Kranz – einer freiwilligen Fortbildung der Richter am Landgericht, an der er teilgenommen hatte – einen Herzanfall erlitten. Professor Kranz war der neue Chef der Universitäts-Psychiatrie in Mainz. Er war nur ein wenig älter als Kornitzer, er hatte in Bonn eine dünne Doktorarbeit über Vererbung geschrieben, hatte fünf Generationen einer Familie mit krausem Haar analysiert, *eine ganz ungewöhnliche Kraushaarigkeit, die geradezu an das Negerhaar erinnerte.* Am Kaiser-Wilhelm-Institut für Anthropologie, menschliche Erblehre und Eugenik hatte er seine Karriere begonnen mit einer Arbeit *Die Haare von Ostgrönländern und westgrönländischen Eskimo-Mischlingen.* Auch über spiralig gedrehtes Haar und die Vererbung von Rothaarigkeit beugte er sich. Offenbar hatte er einen Haartick. Auf der einzigen Photographie, die sich im Archiv der Mainzer Universität von ihm erhalten hat, steht er im Kreise anderer Universitätsmitarbeiter vor einer Maschine, auf der Toilettenpapier produziert wird. Die Toilettenpapier-Firma war seit der Gründung der Universität eine Förderin der Universität. Der Psychiatrie-Professor schaut gebannt, lächelnd führt ein Arbeiter die Maschine vor, die mehrere Rollen gleichzeitig aufspult. Auf Professor Kranz' Kopf ist in der Mitte eine dünne dreieckige Haarsträhne zu sehen. Als habe die Natur ihn für seine einseitige Forschung mit schütterem, im Wuchs an Schamhaar erinnerndes Haupthaar bestraft.

Mit seinen wissenschaftlich verbrämten Neigungen blieb er nicht allein, die rassenhygienische Haarspalterei trieb Blüten: Farbunterschiede zwischen Kopf- und Schamhaar, selbst zwischen Achsel- und Schamhaar wurden erforscht. Der Rassenhygieniker Duis trug die Erkenntnis bei, daß zwei (!) angeblich verwahrloste Fürsorgezöglinge rötliches Kopfhaar, aber braune Schamhaare haben, an Psychopathinnen will er häufig büschelförmige Schamhaare entdeckt haben. Heinrich Kranz' Weg war eine typische Karriere, die mit Erblehre begann und mit Zwillingsforschung aufstieg. Beugefurchen der inneren Handfläche von ein- und zweieiigen Zwillingen wurden geprüft und Fingerabdrücke. Zwillingsforschung: das Lieblingskind von Doktor Mengele, von der wieder sein Lehrer Otto von Verschuer profitierte, der auch Kranz als Mitarbeiter des Kaiser-Wilhelm-Instituts für Anthropologie förderte. Verschuer, ein ehemaliger Frontsoldat, galt als politisch zuverlässig und war bestens in die rassehygienische Bewegung eingeführt. Das Institut erarbeitete eine Zwillingskartei mit vielen Hunderten von Zwillingspaaren. Von Anfang an rückte diese „Wissenschaft" in den Brennpunkt politischer Interessen, bis sie mit Hilfe der SS, des Ahnenerbes, zu einer Art von *nationalsozialistischer Hofwissenschaft* umfunktioniert wurde. 1933 war Kranz von einem übereifrigen Mitarbeiter des Instituts als dem Zentrum nahestehend denunziert worden. Er mußte das Kaiser-Wilhelm-Institut verlassen, obwohl er Mitglied der SA war. Eher ist als Grund zu vermuten, daß er mit seinen kriminalbiologischen Neigungen allein dastand. Er wechselte an die Universität Breslau und habilitierte sich dort mit *Lebensschicksalen krimineller Zwillinge*. Bei seiner statistischen Auswertung stellte er fest, daß bei 63 Prozent seiner eineiigen Probanden und bei 37 Prozent seiner zweieiigen Probanden beide Geschwister straffällig wurden. Und obwohl es ihm nur gelungen war, 128 Probanden für seine Untersuchung zu ermitteln, glaubte er festhalten zu können, daß *sich der stärkste Erbeinfluß geltend macht auf die Häufigkeit krimineller Entgleisungen*. Bereitete man sich so auf die ärztliche Betreuung von psychisch Schwerstkranken, von Schizophrenen, Paranoiden und Depressiven vor? Kranz war Dozent in Breslau geworden, Oberarzt an der Universitätsklinik in Heidelberg und außerplanmäßiger Professor, später Direktor der Heil- und Pflegeanstalt in Wiesloch. Er war der neue Direktor der Universitäts-Nervenklinik in Mainz. 1947 hatte er ein Büchlein mit dem unverfänglichen Titel *Über den Schmerz* veröffentlicht, ja, der Schmerz war eine anthropologische Konstante, und er konnte 1947 Hunger heißen, Vertreibung, Desillusionierung, Verlust von Privilegien. Der Schmerz war kein Gleichmacher, aber das Reden über den abstrakten Begriff täuschte über die verschiedenen Ursachen des konkreten Schmerzes hinweg. Der Schmerz individualisiert, isoliert. Auch die behauptete Abwesenheit von Schmerz ist ein Schmerz, ein Schmerz der Leere, der Öde. In der Zeitschrift „Der Nervenarzt" hatte Kranz 1949 über die *Zeitbedingte abnorme Erlebnisreaktion* geschrieben. Ja, dem Psychiater erschloß sich ein großes Feld, zeitbedingt. Anfang der fünfziger Jahre war Kranz beim Thema „Irrenrecht, Irrengesetzgebung", er schrieb einen allgemeinverständlichen Artikel für ein Lexikon der Pädagogik über diese Begriffe. *Einen umständlichen juristischen Apparat* wollte er vermeiden, er würde *das Vertrauensverhältnis zwischen Arzt und Kranken zerstören*. Wer 1953 professionell über „Irre" nachdenkt, muß ein paar Jahre früher über Euthanasie nachgedacht haben, das liegt in der historischen Entwicklung. Und wo war das Vertrauensverhältnis zwischen Arzt und Kranken, wenn der junge Arzt zur Beförderung seiner Karriere vor allem an der Begutachtung weiblicher Schamhaare glaubte interessiert sein zu können und nicht an psychischen Befindlichkeiten?

Kornitzer bleibt fünf Tage zuhause, es ist eine leere Zeit, er hat Angst, er werde sterben, er hat Angst, vor lauter Angst zu sterben. Das hat er schon einmal erlebt, als er sich so unendlich aufregte über den Fall Auerbach. Oder über das, was Philipp Auerbach zu einem „Fall" werden ließ. Er hat den Schmerz im Gedächtnis behalten, die blanke Panik, er glaubte damals an einen Infarkt. Doch jetzt ist er älter und erfahrener, auch dünnhäutiger: also ein Anfall. Die Panik bleibt aus, aber er will sich schonen und auch Claire nicht ängstigen. Worüber hatte der Professor Kranz gesprochen? Der Vortrag hieß „Art. 104 des Grundgesetzes in psychiatrischer Betrachtung." Der erste Absatz des Artikels 104 hörte sich sehr vernünftig an: *Die Freiheit der Person kann nur auf Grund eines förmlichen Gesetzes und unter Beachtung der darin vorgeschriebenen Formen beschränkt werden. Festgehaltene Personen dürfen weder seelisch noch körperlich mißhandelt werden.* Und so ging es milde und verständnisvoll weiter. Die Regelung, wann jemand in Haft genommen werden durfte, war eindeutig. Nein, die Väter und Mütter des Grundgesetzes, von denen einige die Erfahrung der ungerechtfertigten Inhaftierung erlitten hatten, sorgten vor. Sie hatten eng zusammen im Chorherrenstift auf Herrenchiemsee als Verfassungskonvent getagt. Die Wahl war nicht wegen der Schönheit der Insel auf Herrenchiemsee gefallen, sondern weil es nur zwei Telephonanschlüsse gab, der Ausschuß sollte *unbeeinflußt vom amtlichen Getriebe gründliche Arbeit* leisten. Und es war auch nicht das Interesse der jungen Bundesrepublik gewesen, nachdem so viele aus Willkür Inhaftierte entlassen worden, auf die Todesmärsche geschickt worden waren, so viele zu versorgen, wiedereinzugliedern waren, die Gefängnisse von neuem randvoll zu füllen. Aber die Männer in der Untersuchungshaft, die Frauen und Kinder auf der Straße, das Schreien, das Klagen, der ganze Jammer, der Kornitzer häufig in den Ohren gellte, die instinktive theatralische Ausstellung der Unschuldsvermutung – hatte Professor Kranz möglicherweise solche Sorgen der Freiheitsberaubung pathologisiert? Wie der Gerichtspsychiater mit der NS-Vergangenheit Auerbachs Charakter kategorisiert und pathologisiert hatte? Gab es überhaupt einen einzigen Gerichtspsychiater ohne eine solche Vergangenheit?, mußte sich Kornitzer fragen, und er war froh, daß das Zivilgericht kaum einen Bedarf an Gerichtspsychiatern hatte. Hatte der Vortragende den „Berufsverbrecher", den die Nazis als eine Kategorie Mensch erfunden und erdacht hatten, wieder aufleben lassen? Die Gestalt, die prinzipiell andere und sich hochgradig gefährdet und die deshalb eingesperrt werden muß zum Nutzen der Gemeinschaft? Die Nazis hatten auch Juden als prinzipielle Devisen-Schieber, als chronische Steuerflüchtlinge gebrandmarkt, also in die Nähe der Berufsverbrecher aus Charakterneigung gerückt und sie noch nach ihrer Ausreise jahrelang beobachten und bespitzeln lassen. (Auch in Havanna hatte es eine NSDAP-Auslandsorganisation gegeben, nach außen hin hatten ihre Mitglieder Eintöpfe propagiert, deutsches Bier und deutsches Liedgut, in Wirklichkeit hatten sie die jüdischen Emigranten bespitzelt und denunziert, Zuträger, Lakaien, Speichellecker aus kaltem Interesse.) *Das Vermögen dem deutschen Reich verfallen.* Das war die Formel auf den Ausbürgerungspapieren, der Emigrant verfiel, verfiel, erbleichte vor Sorge um sein Leben, und sein Vermögen verfiel, verfiel, bis der Rest dem deutschen Reiche *verfallen* war. Hatte Professor Kranz im großen Verhandlungssaal des Landgerichts Vorstellungen über die Untragbarkeit bestimmter Bürger auf freiem Fuß geäußert, gleich welcher Meinung und Parteiung? Auf eine rasche Wegsperrung von Kommunisten, Homosexuellen, Fürsorgezöglingen gedrungen, vielleicht auch die von pathologisch renitenten Mädchen, wobei sich Kornitzer ja zweifellos an das Unglück mit Selmas Aufenthalt in

Deutschland erinnern mußte? Es ist nicht auszudenken, es wurde nicht überliefert, was Professor Kranz wirklich gesagt hat, Peinigendes, in eine Vergangenheit Weisendes gewiß, an der er seinen ganz persönlichen Anteil hatte. Und nur Kornitzers drastische physische Reaktion ist überliefert wie ihr Schatten. Es kommt jemand heran!, sagte sich Kornitzer, die Einschläge kommen näher, sagte er sich, und ich bin ihnen ausgesetzt. Sein Arzt bescheinigt ihm Herzleistungsschwäche, Durchblutungsstörungen, Unsicherheit beim Gehen, Schwanken. Ja, die Welt schwankt unter seinen Füßen, oder schwanken seine Füße auf dem Grund, er hat kein wirkliches Empfinden dafür. Die Krankschreibung wird zu seiner Personalakte genommen.

Kornitzer vermeidet daraufhin das Gehen, kauft sich ein Auto, mit dem er zum Landgericht fährt, das macht das Gehen nicht sicherer, aber die Unsicherheit ist nicht mehr so offensichtlich. Im Auto fühlt er sich gepanzert. Er klagt auch über die verpestete Luft in Mainz-Mombach, die *seiner Gesundheit abträglich* sei. Die Waggonfabrik arbeitet, die Produktion der Glasfabrik läuft auf Hochtouren, so viel ist in Scherben gegangen, will verglast, eingekittet werden. Der Schuhwichsefabrik entweichen scharfe Dämpfe, die Essigfabrik produziert sauren Gestank, im Hafen werden polternd Güter verladen, die Schleppschiffe dünsten Dieselöl aus, Kohlen werden aufgeschippt in einer schwarzen Staubwolke. Das Wort „Emission" ist noch nicht erfunden; eigentlich, das sagt Kornitzer nicht, ist er in einem Dreckloch gelandet, aber gebunden an das Haus, das Opfer-des-Faschismus-Haus. Würde er nicht darin wohnen, er würde versuchen, mit leichtem Gepäck umzuziehen, aber vielleicht dringt die Verpestung der Luft überallhin in der Stadt.

Stinkt es in Ihrem Stadtteil auch so?, fragt er einen seiner Beisitzer, den Assessor Nell. Der sieht ihn verständnislos an. Er

kommt mit dem Bummelzug täglich aus dem Weinort Nackenheim, er ist bei einer Tante untergekrochen, weil er keine Wohnung gefunden hat. Da stinkt es nicht, nur wenn die Winzer Kupfervitriol verspritzen. Der ganze Ort liegt dann in einer giftigen Wolke, sagt der Beisitzer. Und natürlich im Herbst, wenn der Wein gekeltert wird. Aber das ist eben so.
Kornitzer ist dann lieber still, er weiß, daß er privilegiert ist mit dem Schindelhaus. Wohnungszwangswirtschaft ist das Machtwort, an dem die Wünsche zerschellen. Ja, Kornitzer hat es eigentlich gut getroffen, das Haus ist ein Panzer, ein Wiedergutmachungspanzer, er hält ihn fern von den Problemen anderer Bürger, er isoliert ihn, schützt ihn und erregt auch Neid. Ach, könnte man das Schindelhaus doch am Schornstein und an den oberen Fensterläden packen und irgendwo auf die Rheinhöhen stellen, heraus aus dem Industriemief, dem Essig- und Schuhwichsegestank, dem arbeitsamen Ameisengewimmel, in eine Einsamkeit, denkt er, schon denkunfähig vor Müdigkeit in einer unbestimmten Sehnsucht. Es ist eher ein nutzloses, aber nicht gegenstandsloses Seufzen, ein ungefährer Gedanke, der nicht vom Fleck kommt und sich wie ein Rohrkrepierer in den Boden bohrt. Eigentlich unwürdig für einen Landgerichtsdirektor, sagt er sich selbst. Aber seine Empfindlichkeit war mit den Jahren größer geworden, er war unleidlicher und unduldsamer. Er erforscht, was aus seinen früheren Kollegen im Landgericht Berlin geworden ist, er schreibt Briefe, telephoniert, aber er vermeidet, Rechtsanwalt Damm nach einem einzigen früheren Kollegen zu fragen. Damm hatte ihm formell für die Vermittlung eines Mandanten gedankt. Kornitzer hatte daraufhin nur knapp genickt. Er sehnt sich nach Ludwig Foerder, dem Rechtsanwalt aus Breslau, der ihm von den ersten Übergriffen auf jüdische Richter berichtet hatte. Er hätte hellhörig werden müssen, er hätte Entscheidungen treffen müssen. Nun weiß er

nicht einmal, ob Foerder, den er als einen seiner Förderer erlebt hat, noch lebt oder wo er lebt. Das macht ihn traurig und mutlos. Er schreibt Briefe nach Kuba, er schreibt in die USA, er nimmt Kontakt mit Fritz Lamm auf, der in Stuttgart gelandet ist, er verausgabt sich im Schreiben.
An einem ruhigen Abend schreibt er einen Brief an das Justizministerium Mainz und gleichzeitig einen ähnlichen an das Entschädigungsamt Berlin Wilmersdorf, das nach seinem letzten Wohnort vor der Emigration für ihn zuständig ist: „Ich stelle nunmehr den Antrag, mir die Rechtsstellung eines Beamten der Besoldungsgruppe B 8 zu gewähren", und er führt aus: „Hinsichtlich meiner besonderen Fähigkeiten auf dem Gebiete des kubanischen Rechts in Verbindung mit der spanischen Sprache ist meine Qualifikation nach meinen Feststellungen einzigartig." Und er begründet seinen Antrag damit, daß eine Wiedergutmachungsentscheidung über seine Rechtsstellung noch nicht ergangen sei. Eine solche Entscheidung sei dringlich, da inzwischen bei fast allen Behörden des Bundes und der Länder – entgegen dem Paragraphen 7 zum Grundgesetzartikel 131 – aktiv tätig gewesene Nationalsozialisten in die früheren Stellungen eingesetzt oder sogar weiterbefördert worden seien. Die wenigen Fachleute, die der Berliner Patentkammer angehört hätten, seien inzwischen – soweit sie nicht ausgewandert oder verstorben sind – in hohe und höchste Stellungen berufen worden wie beispielsweise der derzeitige Senatspräsident beim Deutschen Patentamt. Seine, Kornitzers, Berufung zum Landgerichtsdirektor im Jahre 1949 sei nicht im Wege der Wiedergutmachung vorgenommen worden. Im Geschäftsbereich des Bundesjustizministeriums hätten inzwischen zahlreiche Richter schon vor Vollendung des fünfzigsten Lebensjahres Stellungen erlangt, die über der Besoldungsgruppe A 2b liegen. Unter diesen Umständen könne er als politisch Verfolgter auf Grund seiner in den dienst-

lichen Beurteilungen anerkannten Fähigkeiten, Kenntnissen und Leistungen, besonders auf dem Spezialgebiet des gewerblichen Rechtsschutzes, eine weitere Beförderung schon deshalb beanspruchen, weil er, wie bereits festgesetzt worden sei, ohne politische Verfolgung bereits zum 1. August 1936 die Stellung eines Landgerichtsdirektors erlangt haben würde.
Das lesen die Empfänger des Schreibens im Justizministerium nicht gern. Er hat das nicht mit Westenberger abgesprochen. Es geht ja nicht um eine Beförderung, es geht um eine ethische Forderung. Er kann nicht einschätzen, welche Wirkung ein solcher Brief haben wird, er will sein Recht. Sein Antrag wird als unzulässig abgewiesen. Seine Wiedergutmachung sei durch die ihm zustehende Rechtsstellung und Besoldung bereits geleistet. *Der Antragsteller selbst hatte vor Erlaß dieses Wiedergutmachungsbescheids niemals erkennen lassen, daß er im Wege der Wiedergutmachung eine über der Besoldungsgruppe A 2b liegende Amtsstelle beanspruche.* Er habe vielmehr sein Einverständnis mit der vorgesehenen Regelung erklärt. Der neue Antrag könne nicht als Wiederholung oder Konkretisierung des früheren *Wiedergutmachungsbegehrens* angesehen werden. Und auf dieses könne sich der Antragsteller nicht berufen. Ja, es ist ein Begehren – mit allen erotischen und personalen Konnotationen, es wird ins Subjekt zurückverwiesen, und der Begehrende soll mit sich selbst ausmachen, was daraus wird. Getilgt wird die sittliche Aufgabe, die die Nachkriegsgesellschaft den Opfern des Faschismus gegenüber hat. Der Antragsteller soll gefälligst nicht die öffentliche Hand damit behelligen, so sagen die Richter, die schon im Nationalsozialismus Recht gesprochen haben, und wähnen sich vollkommen im Recht gegenüber dem Antragsteller. *Auch mit dem Sinn der für den öffentlichen Dienst geltenden Wiedergutmachungsforderungen wäre es nicht vereinbar, wenn ein Beamter, dessen Wiedergutmachungsansprüche im Rahmen der gesetzlichen Bestimmungen bereits erfüllt*

*sind, nach Ablauf gewisser Zeiträume – unter Hinweis auf den beruflichen Aufstieg anderer Beamter – immer wieder Beförderungsansprüche mit der Begründung geltend machen könnte, daß er ohne die nationalsozialistischen Schädigungsmaßnahmen inzwischen eine höhere Amtsstelle erreicht haben würde.*

Und dann in einer ruhigen Arbeitspause sieht Kornitzer sich selbst über die Schulter, während er nach dem Telephonbuch greift, ja, er findet den Namen von Professor Heinrich Kranz darin, notiert sich die Adresse, und auf seinem nächsten Weg zum Landgericht fährt er zur Südstadt, läßt das Auto in einer Seitenstraße stehen, steigt aus, betrachtet das stehengebliebene würdige Haus in der Nähe des Rheinufers, in der Nähe der neu gebauten Universitätskliniken. Und er fragt sich gleichzeitig: Was mache ich hier? Studiere ich ein Haus oder eine Wohnsituation, wie sie einem Psychiatrie-Professor, der seine Karriere von 1938 an gradlinig weiterbefördert hat, offensichtlich zusteht? Oder studiere ich meine eigene Unruhe und Unzufriedenheit? Und etwas in ihm will nicht entdeckt werden bei diesem Anstaunen eines Hauses mit roten Sandsteinlaibungen, den zugezogenen Gardinen, dem milden Lampenlicht, und ein anderer Teil von ihm sagt sich: Ich führe eine Ermittlung in eigener Sache. Er spürt sich selbst nicht wirklich, und indem dieser Fall eintritt, an den er nicht gedacht hat, spürt er den Wind, der vom Fluß her weht: Ja, er sieht auch Claires Traurigkeit, an der er einen Anteil hat, aber er kann den Anteil nicht verringern, das beschämt ihn wiederum, und er sieht das Dilemma, „spürt" es auch, aber wie, wie es mildern? Es ist einfach da, eine Last, ein Betonklotz vor ihren Füßen, zwischen ihnen, durch die Wiederaufbaumaßnahmen noch verfestigt. Es ist unüberwindlich, und es überhaupt nur im Blickwinkel zu behalten, macht es von Tag zu Tag größer, und es macht schuldbewußt. Die Schuld, von der nicht ganz klar ist, worauf

sie beruht (später hätte man sie Überlebensschuld genannt), breitet sich aus wie ein Fettfleck.
Manchmal trat er spätabends in die Tür von Georges oder Selmas Zimmer, stellte sich den Sohn, die Tochter an einem Tischlein am Fenster vor, für ihr Studium arbeitend, ihm den Rücken zukehrend, mit rauchendem Kopf, nur beiläufig über die Schulter sehend. Ah, du bist es, Vater, und dann wieder auf die Arbeit konzentriert, die Kornitzer nicht wirklich begreift (aber das tut nichts zur Sache), und er träte dann leise, leise zurück, befriedigt. Sein Sohn, seine Tochter unter seinem Dach: eine Art von Entwicklungsroman, etwas Außerordentliches, das keinen Namen hatte, aber doch eine Richtung. Er sah vergangene Handgriffe, hörte ferne Schritte. Und dann fand er wieder in die Wirklichkeit zurück, das Tagträumen war ein Zeitaufschub, er stieg die Treppe hinunter und setzte sich Claire gegenüber in den Sessel, als wäre nichts geschehen.
Ja, Kornitzer geht zu wenig, bewegt die Akten, aber nicht seinen Körper, er wird stark. Claire serviert häufig Forelle Müllerin, Kornitzer träufelt sich viel flüssige Butter über den mageren Fisch, sonst schmeckt er ihm nicht. In Havanna hatte es überhaupt keine Butter und kaum andere Milchprodukte gegeben. Und Claire möchte sich mit ihm nicht über den Butter- und Sahnekonsum auseinandersetzen. In seiner Personalakte finden sich in dieser Zeit die Einträge: *Dr. Kornitzer fühlt sich in seiner Eigenschaft als rassisch Verfolgter zurückgesetzt; zwischen ihm und seinen Kollegen haben zeitweise Spannungen bestanden, bei denen vielleicht persönliche Empfindlichkeit eine Rolle spielt.* Und: *Der Gesundheitszustand des Richters, der etwas massig wirkt, war in letzter Zeit mehrfach gestört.* Hatte das Justizministerium seinem Vorgesetzten, dem Landgerichtspräsidenten, seinen Antrag weitergereicht und um Stellungnahme gebeten? Vermutlich.
Gegen diese Formulierung protestiert Kornitzer, er verlangt

Tilgung, die nicht gewährt wird. So bleibt die Formulierung für spätere Leser seiner Personalakte sichtbar, überaus gut sichtbar, sie übt eine Signalwirkung aus. Warum steht etwas über seinen Leibesumfang in seiner Akte? Wen geht das etwas an? Sind solche Eintragungen in einer Personalakte überhaupt erlaubt? Vermutlich nicht. Nein, gewiß nicht. Er erreicht nicht nur keine Tilgung, ihn erreicht ein Schreiben des Justizministeriums. Ministerialrat Dr. Schönrich erklärt Kornitzer, warum seiner Eingabe nicht stattgegeben wird, und es klingt wie blanker Hohn: *Die dienstliche Beurteilung beschränkt sich auf die Feststellung, daß zeitweise Spannungen bestanden haben, und läßt die Frage offen, wer diese Spannungen verursacht und auf welcher Seite „vielleicht" eine „persönliche Empfindlichkeit" mitgespielt hat. Aus dieser Feststellung können deshalb keine Ihnen nachteiligen Schlußfolgerungen gezogen werden. Das gleiche gilt für den Hinweis auf Ihren Gesundheitszustand. Ebenso wenig läßt sich bestreiten, daß Sie in Ihrer äußeren Erscheinung „etwas massig" wirken. Diese sachlich richtigen Feststellungen können Ihnen nicht zum Nachteil gereichen, da sie Tatsachen entsprechen, die von Ihnen nicht zu vertreten sind. Hiervon abgesehen sind Bemerkungen über den Gesundheitszustand und über die äußere Erscheinung eines Beamten als „dienstliche Urteile über seine Person" anzusehen, so daß schon aus diesem Grunde eine vorherige Anhörung des Beamten nicht erforderlich ist. (§ 42 Abs. 1. BG).*
Er verlangt jetzt häufiger Einsicht in seine Personalakte, er ist mißtrauisch, die doppelte Benutzung des Begriffs „nachteilig" und „Nachteil" ist verräterisch, er fühlt sich gedemütigt. Im Herbst macht er eine Fastenkur in der Buchinger Klinik am Bodensee, kaut langsam an trockenen Brötchen, die in feine Scheiben geschnitten worden und aufs Liebevollste mit Radieschenscheiben und Schnittlauch garniert sind. Er schlürft heiße Gemüsebrühen. Er sieht seine Mitfastenden, seine Mitgefangenen an, wie er sich heimlich sagt, man flaniert am Ufer des

Bodensees, in Überlingen, und er denkt an Lindau, als wäre die erste Station nach seiner Emigration unendlich weit in einen Untergrund, in eine schöne, irritierende Fremdheit, die er kaum verstanden hat, gesunken. Er wird gemessen und gewogen, seine Herzprobleme werden ernst genommen und gleichzeitig in der milden Luft des Bodensees zerstäubt. Es sind dann nicht mehr seine Herzprobleme, sondern es sind Probleme, die er sich *gemacht hat*. Ja, vielleicht hat er sich selbst ganz und gar gemacht, seine Zerknirschung, seine Traurigkeit, seinen Zorn, man trinkt ein Kännchen blonden Tee aus gemischten Kräutern, man denkt nach, versenkt sich, und überall, wo man sich versenkt, lenkt, findet sich ein Kern des Wahren, Schönen, Guten, und wenn man in sich selbst hineingehorcht hat wie in eine Höhle, in der vielleicht ein Schatz verborgen ist, schmeckt auch das trockene Brötchen viel besser. Es ist eine Gabe. Es ist ein Mittel zur Erkenntnis, ein Mittel zur Strukturierung der Genußfähigkeit, und wo wären wir, wenn eine Erkenntnis, und sei sie teuer erkauft an einem schönen Ort, an dem gefastet wird und das Darben mit Blumen bekränzt wird, sich nicht durchsetzte. Ja, Kornitzer, fastend, schweigend, Wasser und hellgelben Tee trinkend, soll zu sich kommen und sein Leben in die Hand nehmen. Das tun auch die Unternehmer, die Studiendirektoren, auch der Frankfurter Verleger, die mit ihm am Frühstückstisch an ihren trockenen Brötchen kauen. Aber was ihm aus der Hand geschlagen worden ist, soll keine Rolle spielen. Er sei es, der seinen Körper regiere, und sein wachsendes Gesundheitsbewußtsein regiere ihn, sagt man Kornitzer, jedenfalls sagt das eine sympathische junge Frau, die Diätassistentin, die für ihn verantwortlich ist, und sie strafft die Zügel. Die Pferde, die Pferde, sie dampfen. Daß er sie verloren hat, daß sie Schindmähren geworden sind, nun ja, nun ja, das soll er bitte nicht so tragisch nehmen. Leberwickel werden ihm empfohlen, junge Damen, die Krankenschwestern genannt werden, aber doch eher eine Art von milden Hostessen sind, legen sie an. Ob die Maßnahmen wohltuend sind, kann Kornitzer nicht wirklich sagen. Wohltuend ist, auf das Haar der Helferinnen zu schauen und die Hände zu disziplinieren, damit sie nicht in das immer frisch gewaschene, in feinen Wellen auf die Schulter fallende Haar greifen, Haar wie Seide.

Die Kur ist eine Kur der Selbstfindung, bei der er unterhalb der schmelzenden Fettschicht ein paar Empfindungen wiederentdeckt, die er verloren geglaubt hatte: Neugier, Schaulust. Er schwimmt auch einige Male im See, doch dann ist es plötzlich zu kalt für diese Ausflüge, also wieder Leberwickel, blonde Tees, die nach Wald- und Wiesenkräutern duften, was wirklich darin ist, erfährt er nicht, es ist eine Hausmischung.

Während er am See spazierengeht und sich manchmal eine Buttercremetorte in der Theke eines Cafés vorstellt, an der er mannhaft vorübergeht, versenkt sich Claire in das Lesen. Sie verbringt eine Zeitlang mit Julien Sorel, diesem kleinen, schwächlichen jugendlichen Helden, dem sein Autor *eine leidenschaftliche Vorstellungskraft* andichtet. *In der Kunst, die Axt zu handhaben (der Vater Sorel hat ein Sägewerk), ist er seinen Brüdern und seinem Vater unterlegen.* Claire kennt eine solche Unterlegenheit nicht, aber sie rührt sie, rührt sie, weil sie aus einer vergangenen Zeit stammt und gleichzeitig so gegenwärtig ist. Julien bereitet sich auf den Priesterstand vor, aber in Wirklichkeit ist er ein Aufrührer, er rührt sich selbst auf, und sein Autor begleitet ihn in einer nüchternen, schlanken Sprache. Und dann erobert dieser Junge die Welt, zuerst eine Provinzdame, dann die Tochter eines Ministers, er ist willensstark, ein Napoleon aus dem Sägewerk, der sich durchbeißt. Aber die Welt, die er erobert hat, entgleitet ihm wieder, seine schöne Provinzliebe attestiert ihm, nur auf Geld und Macht aus zu sein und Frauen nur zu seinen Zwecken auszubeuten. Claire versteht, wie Julien darüber in Zorn gerät (der Autor läßt sie es verstehen). Sie sieht seine Attraktivität förmlich, riecht sie zwischen den Seiten des Buches, und sie erfaßt den kalten Ehrgeiz, mit dem Julien bekundet: *Die Hochmütige liegt mir zu Füßen!*; der Emporkömmling schießt auf seine ehemalige Geliebte, verletzt sie nur leicht, aber er büßt dafür: *Meine Herren, ich habe nicht die Ehre, Ihrer Gesellschaftsklasse anzugehören. Sie sehen in mir einen Bauern, der sich gegen sein niedriges Geschick aufgelehnt hat.* Claire lebt mit dem Glücksräuber, Glücksritter, mit dem Wie-gewonnen-so-zerronnen, sie hat eine so starke Empfindung im Kino noch nicht erlebt, den schrecklichen Glanz der Sprache, und es ist gut, daß sie allein ist in dem Schindelhaus, allein mit dieser Wucht.

Und dann liest sie den Roman eines Italieners, dessen Namen sie noch nie gehört hat, liest, daß ein Mann eine Frau heiratet, die er nicht wollte, und nicht die, die er begehrte, und dann stellt er fest, daß er diese nun doch liebt, etwas war schiefgegangen. Und dann schreibt er diese sonderbare Geschichte auf, navigiert darin mit einer ironischen Distanz. Sein Psychoanalytiker will sie lesen, selbst hat er nichts davon verstanden, aber aufgeschrieben ergibt sie etwas, das jenseits dieser Geschichte ist: Abgeklärtheit. Einerseits möchte er nur eine letzte Zigarette rauchen, es glücken ihm auch noch Geschäfte, und sein Analytiker sagt, er sei geheilt, eine schöne Seifenblase, der man nachsieht, und so könnte man auch dem eigenen Leben verfallen, denkt Claire und wird ganz sanft, und spätabends schlägt sie noch einmal die Stelle auf, an der Zeno, der Held, sagt: *Es war eine mondlose und sternhelle Nacht, eine jener Nächte, die besänftigen und beruhigen, weil man mit Leichtigkeit in unendliche Fernen sehen kann.* Genau das hatte sie versäumt, sie hatte die unendlichen Fernen aus dem Gesichtskreis verloren, hatte auf Grundstücke gestarrt, auf denen man ein Kino errichten konnte, hatte von

roten Vorhängen geträumt, von Schlangen an der Kinokasse, und plötzlich dachte sie, wie es wäre, wenn jene französische Dame aus dem einen Roman den Helden aus dem italienischen Roman, den Schwächling und Träumer, aufwecken würde, wenn ihr Ehrgeiz in ihm pulste. Ob er wirklich krank war, ist nicht zu erfahren, er ist in einer Welt angesiedelt, in der er nicht einmal scheitert, das ist schon etwas.
Gleichzeitigkeiten, Gleichwertigkeiten. Sie sieht sich selbst auf dem Sofa liegen mit ihren geschwollenen Beinen, matt durch ihre schlechte Nierenfunktion, der Rock ist hochgerutscht, ihre Hausschuhe hat sie abgestreift. Sie sieht sich einen Augenblick lang wie eine Romanfigur, aber es fehlt eine Sprache, es fehlt eine Hand, die sie vom Sofa pflückt und in eine Welt hinausschickt, die staunenswert ist und nicht abweisend. Und ein wenig später fühlt sie sich ermutigt, eine Neuerscheinung zu kaufen, nachdem sie eine Rezension dazu gelesen hat. Das Buch war schon einmal 1928 unter dem Titel „Eine Frau von fünfzig Jahren" erschienen, aber offenbar wollte niemand das Buch einer Engländerin mit einem solchen Titel lesen. (Auch Claire hätte als Mitzwanzigerin nicht im Traume daran gedacht.) Nun war sie mehr als doppelt so alt, nun war der Roman wieder erschienen mit dem Namen der Heldin, Mrs. Dalloway, als Titel. Auf allem lag der wunderbare Glanz des Unerwarteten, flüchtig war alles, was an dem einzigen Tag geschieht, den der Roman ausleuchtet: der Kauf der Blumen für die abendliche Party, der Schlag des Big Ben, der Ärger über das Mittagessen, das ihr Mann absagt, das unerwartete Treffen mit einem Jugendfreund, Hutläden, Kleiderläden, Läden mit Taschen in den Schaufenstern, auch die Nachricht vom Selbstmord eines jungen Mannes, *es war etwas Gelassenes in ihrem Benehmen*, befindet der Freund über die Frau im Mittelpunkt. Alles ist gleichwertig, strömt und verströmt, die Perspektiven lösen sich

auf. Es schwindelt Claire ein wenig bei der Lektüre, sie ist bei sich und gleichzeitig weit weg in London, wie sie kürzlich noch in Triest war und davor in der französischen Provinz, und sie ist in Mainz-Mombach, in ihrem Wohnzimmer. Und sie stellt sich ihren Mann vor am Bodensee, man müßte ihn beschreiben, wie er von weither kommt, zu ihr gekommen ist, aber dann weiß sie nicht weiter und klappt das Buch zu. Morgen wird sie wieder lesen.

Kornitzer kommt zurück, er ist schlanker geworden, aber es geht ihm nicht eigentlich gut. Der Abstand zwischen dem Landgericht und dem Bodensee hat ihm gut getan. Er sucht seinen Hausarzt auf, der untersucht ihn und schreibt ein Attest: *Herr Landgerichtsdirektor Dr. Kornitzer hat im Sanatorium Buchinger in Überlingen eine anstrengende vierwöchige Fastenkur zur Entschlackung mitgemacht. Um einen vollen Enderfolg zu erzielen, ist noch ein vierwöchiger Urlaub aus ärztlichen Gründen dringend erforderlich. Herr Dr. Kornitzer ist alsdann wieder voll dienstfähig.* Gab es Unmut, ein Augenbrauenhochziehen, als er das Attest vorlegte? Welcher Prozeß mußte ausgesetzt werden wegen seiner Abwesenheit? Einen Tag später schreibt der Hausarzt eine zweite Mitteilung: *Im Anschluß an mein Attest bescheinige ich, daß Herr LG. Dir. Dr. Kornitzer infolge der anstrengenden Kur und Aufregungen für weitere vier Wochen dienstunfähig ist.* Eine verschärfte Gangart, eine heftige Reaktion. Nein, es geht Kornitzer nicht gut.

# Die Tat

Ja, Kornitzer hatte es sich genau überlegt. Er war kein Spieler, auch kein Utopist. Die Würde des Richteramtes und der Eid, den er bei seiner Ernennung geschworen hatte, *Gehorsam der Verfassung, den Gesetzen und meinen Vorgesetzten und die Treue meinem Volk, Achtung gegenüber dem Willen der Volksvertretung*, all das band ihn. Aber auch das Hervortreten des Eigentümlichen sah er, sah es klar vor sich, ohne es benennen zu können, und er sah auch, was zu tun sei. Es war keine Tat im Sinne einer Heldentat, es war ziemlich leicht, dachte er. (Als ließe er einen Luftballon im Sitzungssaal schweben, dem alle Anwesenden träumerisch nachblickten, einen Luftballon mit schönen Wertvorstellungen, die an Paragraphen wie Fundkärtchen geknüpft waren und schon irgendwo landen sollten. Oder einschlagen wie Meteoriten.) Aber er wollte vorausschauend handeln, und das beschwingte ihn auch. Es war der erste Tag der neuen Sitzungsperiode nach den Gerichtsferien, ein blauer Morgen im September 1956, sehr früh noch, schon kühl, erste Herbstblätter nach dem heißen Sommer im Rinnstein, sich bläulich färbende Holunderbeeren in den Büschen am Straßengraben. Kornitzer hatte schon von zu Hause aus ins Gericht telephoniert und einige Anordnungen getroffen, er winkte seiner Frau an einem Fenster im ersten Stock zu, Claire winkte mit einem übermäßig fuchtelnden Arm zurück, viel Aufwand für einen ganz normalen Aufbruch, als er das Haus verließ. Ja, er fuhr mit dem noch ziemlich neuen Auto hinunter in die Innenstadt, parkte den Wagen in der Nähe des Flusses, und als er im Landgericht ankam, nahm er die Stufen der Treppe, ohne zu zögern, auch ohne Anstrengung, die Füße paßten sich an, die Knie, der ganze Bewegungsapparat, er beherrschte den Weg, und er

beherrschte sich. Ins Landgericht zu gehen, war ein Automatismus geworden. Er begab sich in das Beratungszimmer, einen schmucklosen Raum, dessen Fenster hinüber zum Untersuchungsgefängnis wiesen. Dort an den Zellenfenstern tauchten häufig die Köpfe der Gefangenen auf, diese Demonstration wurde nicht gerne gesehen, weder im Gericht noch im Gefängnis; andererseits konnte man einem in Untersuchungshaft geratenen Menschen den sehnsüchtigen Blick hinaus aus dem Fenster nicht verbieten. Draußen und drinnen vermischten sich in diesem Blick. Es war ein symbolisches Aufreißen der Fenster, das mit einem einzigen Blick eingefangen, umfangen wurde. Im Beratungszimmer saßen einige Referendare und Assessoren, lasen Zeitung, schwatzten über ihre Ferien, jemand hatte die Ellenbogen auf den Tisch gelegt, breitete sich aus wie eine Lache. Gardasee, hörte Kornitzer zweimal, Gardasee, und in den Augen des Referendars war ein Glitzern.
Als Kornitzer die Tür des Sitzungssaals öffnete und den Raum betrat, war er ganz ruhig. Was sollte er erwarten, was sollte er fürchten, er hatte schon viel fürchten gelernt, aber er hatte sich nicht einschüchtern lassen. Er sagte sich auch: Ich bin ganz ruhig. (War das eine Beschwichtigung?) Neben ihm die beiden Beisitzer im Verfahren: auf der einen Seite der frisch gebackene Gerichtsassessor Nell, mit Eifer ging er voraus in den Sitzungssaal, ein schlaksiger Mensch, der mit seinen langen Armen innig einen Aktenordner umschlang, die Robe etwas speckig, wie vererbt, mürbe; auf der anderen Seite Landgerichtsrat Hartmann, der etwas zerzaust wirkte, auch zerstreut, als wäre er noch nicht wirklich angekommen nach den Gerichtsferien, dabei war er in den Verfahren klug und konzentriert bei der Sache. Der Vorsitzende in diesem Verfahren, Dr. Richard Kornitzer, spürt die Nähe links und rechts, aber er will sie nicht spüren, er will für sich sein, die Beisitzer stören ihn

nicht, er kann sie sofort wieder vergessen, doch was er tut, heißt: Öffentlichkeit herstellen. Im Saal, den er schnell überblickte, saß auf seinen Wunsch hin Landgerichtsdirektor Zeh ohne Robe wie ein Privatmann. (Vertraute er ihm?) Kornitzer hatte ihn am frühen Morgen angerufen und gebeten, für kurze Zeit in den Sitzungssaal zu kommen, er würde schon verstehen, warum, und Zeh war dieser Bitte, ohne Fragen zu stellen, gefolgt, ebenso wie einige Rechtsanwälte, die er von verschiedenen Verfahren her kannte. Kornitzer sah auch einen Journalisten einer Nachrichtenagentur, er kannte ihn und nickte ihm zu.
Es geht nicht darum, Dienstwege, Wanderwege von Akten zu beurteilen, Anträge, Abweisungen von Anträgen, Vertagungen, Roben, Sicherheiten, die durch Unsicherheiten gekreuzt worden sind, freizulegen, Kammern zu öffnen, Strafkammern und Zivilkammern, die Herzenskammern. Es geht um sehr viel, Kornitzer weiß es, deshalb handelt er. Und es gibt keine Wahrnehmung über die Laune, die Empfindlichkeit, den Gemütszustand, die Robe des Landgerichtsdirektors, nichts über seine Mimik oder seine Sprechlage, etwas gepreßt, aber fest, und es gibt die Logik des Verfahrens. Es gibt auch eine Logik, seinen Worten aufmerksam zuzuhören (ja, sie zu interpretieren!) und sie später zu protokollieren, als wären sie frisch, eben erst gefallen (wundersamerweise Schnee im frühen Herbst), und als warteten sie darauf, dokumentiert, bekräftigt oder ins Unrecht gesetzt zu werden oder in ihr glanzvolles Recht. Das ist ein schwieriger Akt.
Kornitzer hatte sich gut vorbereitet, und er hatte für Aufmerksamkeit gesorgt. Er wolle vor der Sitzung eine persönliche Erklärung abgeben, und diese brauche eine gewisse Öffentlichkeit, hatte er seinem Kollegen, Landgerichtsdirektor Zeh, gesagt, und der war darauf eingegangen. Kornitzer verlas dann

den Artikel 3 des Grundgesetzes. Den zweiten Absatz, den von der Gleichberechtigung von Männern und Frauen, der für ihn heute nicht zur Debatte stand, ließ er aus. Und er zitierte: *Niemand darf wegen seines Geschlechtes, seiner Abstammung, seiner Rasse, seiner Sprache, seiner Heimat und Herkunft, seines Glaubens, seiner religiösen und politischen Anschauungen benachteiligt oder bevorzugt werden.* Kornitzer machte eine kleine Pause, blätterte im Grundgesetz und schob dann den Artikel 97 des Grundgesetzes nach: *Die Richter sind unabhängig und nur dem Gesetze unterworfen.*
In alten Büchern liest man an bestimmten Stellen Sätze wie: Man hätte eine Stecknadel fallen hören können. Aber im Sitzungssaal 507 war keine Stecknadel vorhanden, deren Fallgeräusch man hätte vernehmen können, der Journalist mit dem sprechenden Namen Kummer schrieb eifrig kratzend in seinen Block und sah nicht auf, draußen ratterte eine Straßenbahn, eine Betonmischmaschine röhrte auf einer nahen Baustelle. Kornitzer klappte die Broschüre des Grundgesetzes zu und sagte, er werde auf einer Pressekonferenz nähere Erklärungen abgeben. Dann begann er die Verhandlung, es war ein komplizierter, langwieriger Prozeß zwischen der Stadt und einem Industriewerk, über den der anwesende Journalist schon mehrfach berichtet hatte, aber jetzt verließ er den Raum. (Schrieb er über den Vorfall, die Tat, daß ein Richter öffentlich das Grundgesetz in Erinnerung brachte, nachdem es sieben Jahre in Kraft war? Man würde es am nächsten Tag wissen.)
Landgerichtsdirektor Zeh erhob sich auch, nickte dem Vorsitzenden Richter und den beiden Beisitzern zu, sah mahnend auf die Uhr, schon viel zu viel seiner kostbaren Zeit am ersten Tage der neuen Sitzungsperiode war beansprucht worden, und er verließ den Sitzungssaal. Sein Gehen sah aus wie ein verlegenes, verfrühtes „Prost Mahlzeit". Er hatte selbst einen Prozeßtermin. Für kurze Zeit hielt er sich noch im Beratungszimmer auf.

Sprach er mit den dort Anwesenden über den Vorfall? Das ist nicht bekannt. Telephonierte er mit dem Landgerichtspräsidenten? Setzte der sich sogleich mit dem Oberlandesgericht Koblenz in Verbindung? Auch das ist nicht bekannt, aber stark zu vermuten, denn die Ereignisse überschlugen sich.
Zwischen 11 und 12 Uhr wurde der Landgerichtsdirektor Brink vom Oberlandesgerichtsrat Walther beauftragt, die Herren Hartmann und Nell zu dienstlichen Äußerungen über die Vorfälle in der Sitzung der 1. Zivilkammer zu veranlassen, die bis spätestens um 16 Uhr im Präsidentenzimmer des Landgerichtes vorliegen sollten. Und er wurde weiterhin beauftragt, Kornitzer auszurichten, daß dieser sich um 17 Uhr im Präsidentenzimmer des Landgerichts einfinden solle, also die Zeugen zuerst und dann derjenige, dessen Tat sie bezeugen sollten. Brink verfaßte darüber eine dienstliche Äußerung, in der er schrieb, er habe Kornitzer gegen 12 Uhr in seinem Dienstzimmer angetroffen. Dieser sei jedoch offensichtlich in einer Beratung mit seinen Kammermitgliedern gewesen und habe davon abgesehen, sie zu bitten, für die Dauer der Unterredung mit ihm das Zimmer zu verlassen. Deshalb habe die Unterredung vor der geschlossenen Tür des Dienstzimmers stattgefunden. Landgerichtsdirektor Brink richtete Landgerichtsdirektor Kornitzer aus, daß Herr Oberlandesgerichtsrat Walther vom Oberlandesgericht Koblenz angerufen habe und ihn im Auftrag des Herrn Oberlandesgerichtspräsidenten bitte, sich um 17 Uhr im Präsidentenzimmer einzufinden. Brink schrieb weiter, er habe angenommen, daß der Anruf im Auftrag des Oberlandesgerichtspräsidenten erfolgt sei. Zu welchem Zweck Kornitzer sich einfinden solle, sei nicht erörtert worden, vielleicht weil sie beide im Flur vor der Tür des Dienstzimmers standen. Kornitzer habe drei Gründe vorgetragen, warum er der Bitte (Anordnung?) nicht Folge leisten könne. Erstens fühle er sich gesund-

heitlich nicht dazu in der Lage, zweitens wolle er zunächst seinen Rechtsanwalt sprechen, drittens könnten bei der telephonischen Übermittlung Mißverständnisse möglich sein, so daß er auf eine schriftliche Mitteilung des Auftrags Wert legen müsse. Im Anschluß danach bemerkte Kornitzer, schrieb Brink, daß es sich wohl um die Vorgänge in der Sitzung am Morgen handeln müsse, die den Auftrag ausgelöst hätten. Brink bestätigte das und wies darauf hin, daß auch die Herren Landgerichtsrat Hartmann und Gerichtsassessor Nell zu einer dienstlichen Äußerung veranlaßt werden sollten. *Nunmehr,* schrieb Brink weiter, *erhob Dr. Kornitzer plötzliche Einwände dagegen, daß ihm der Auftrag des Oberlandesgerichtspräsidenten durch mich übermittelt würde. Er meinte, daß ein dienstjüngerer Landgerichtsdirektor ihm einen derartigen Auftrag nicht übermitteln könne, sondern in einem solchen Falle, wenn dienstältere Kollegen nicht zur Verfügung stünden, der Oberlandesgerichtspräsident ihn unmittelbar beauftragen müsse. Er lehnte nun kategorisch die Entgegennahme jeder Erklärung meinerseits ab und wollte damit auch den bereits übermittelten Auftrag als ungehört* (unerhört?) *hinstellen. Noch während ich feststellte, daß ich meinem Aufträge bereits nachgekommen sei, ging er in sein Dienstzimmer zurück und ließ die Türe, ohne daß ich jedoch sagen könnte, daß dies absichtlich geschehen sei, sehr vernehmlich ins Schloß fallen. Die Unterredung war in wenigen Minuten beendet und verlief ruhig – bis auf den Vorfall am Schluß.*

Eine Tür, die vernehmlich ins Schloß fällt, zwei Paragraphen des Grundgesetzes, vorgetragen aus richterlichem Mund, die ins Ungewisse fallen, ein Journalist mit unklarem Auftrag im Raum, all das legt Teile des Landesgerichts lahm. Und Kornitzer ist starr oder unerschütterlich. Unbeirrbar oder hochfahrend oder niedergeschlagen oder alles zusammen. Etwas ist geschehen, und mehr wird geschehen. Kornitzer bleibt auf einem Fleck stehen, und gleichzeitig rast er. Er ist Richter und richtet sich auf in seinem Gerechtigkeitsempfinden. Sein unerschütterliches Rechtsempfinden sucht die Beratung durch den Rechtsanwalt. Er will sich nichts sagen lassen von dem ihm im Dienstalter unterlegenen Brink, er will das Sagen haben vor der Öffentlichkeit. Er ist aufrichtig, und er lehnt sich auf. Er ist ein menschliches Oxymoron. Er geht mit dem Kopf durch die Wand, und das tut weh. Er holt sich Beulen und tritt auf, als wäre er unverletzt. Er ist schrecklich gerecht, auch gegen sich selbst, auch für sich selbst, selbstgerecht.

Zwischen seinen Terminen verfaßte auch Landgerichtsdirektor Zeh, äußerst effektiv, damit nichts aus dem Gedächtnis verlorenging, eine dienstliche Erklärung, die auch als ein Zeugenbericht gelten könnte, wenn er zufällig bei einem Verkehrsunfall zugegen gewesen wäre.

*Am Morgen des 20. September teilte mir – in meiner Eigenschaft als Präsidialrat – Justizobersekretär Fell von der Präsidialkanzlei mit, Landgerichtsdirektor Dr. Kornitzer wünsche mich dringend zu sprechen. Etwa um 9 1/4 Uhr rief ich diesen telephonisch an. Im Laufe des Gespräches äußerte Landgerichtsdirektor Dr. Kornitzer, er wolle vor der um 9.30 Uhr beginnenden Kammersitzung eine öffentliche Erklärung abgeben, wozu er die Presse eingeladen habe.* (Auf dem erhaltenen Blatt seiner Erklärung befindet sich an dieser Stelle eine Bleistiftbemerkung eines, nein: d e s Leiters der nachfolgenden Untersuchung: *Also Presse nicht wegen der Sache 1059/53?* Das war in der Tat die Frage. War eine außerordentliche Aufmerksamkeit vom Verhandlungsführenden Richter initiiert worden? Oder war die Öffentlichkeit schon auf verschiedene Weise instruiert, und Landgerichtsdirektor Zeh mußte den Fall aus nächster Nähe dokumentieren? Aber zunächst schrieb er in seiner Erklärung: *Er* (Kornitzer) *bat mich, in den Sitzungssaal 507 zu kommen und mir die Erklärung anzuhören. Über den Inhalt der beabsichtigten Erklärung machte er keinerlei Angaben. Wenn ich auch an dem Ernst der Mitteilung zweifelte, begab ich mich gleichwohl in den betreffenden Sitzungssaal.*

*Dort befand sich außer einigen Rechtsanwälten tatsächlich ein Vertreter der Deutschen Presse Agentur namens Kummer, den ich kenne. Daraufhin verließ ich wieder den Sitzungssaal und suchte nach Landgerichtsdirektor Dr. Kornitzer, um ihn von seinem Vorhaben abzubringen. Ich traf ihn im Beratungszimmer und in Anwesenheit seiner Beisitzer, des Landgerichtsrates Hartmann und des Gerichtsassessors Nell, und mehrerer Referendare. Als ich auf ihn zuging und ihn begrüßte, machte er eine abweisende Geste und gab das Zeichen zum Betreten des Sitzungssaals. Sein Verhalten ließ erkennen, daß er auf der Ausführung seines Vorhabens bestand. Ich ging dann in den Sitzungssaal. Dort erklärte Landgerichtsdirektor Dr. Kornitzer, umgeben von seinen zwei Beisitzern, er habe eine Erklärung vor Beginn der Sitzung abzugeben.* Auch an dieser Stelle des Berichts befindet sich eine Anmerkung am Rande des Blattes: *Eigenen Namens?* Der Bericht fährt fort: *Alsdann verlas er Artikel 3 des Grundgesetzes, wobei er meiner Erinnerung nach den Absatz 2 fortließ. Er fügte hinzu, auf einer noch folgenden Pressekonferenz werde er nähere Erklärungen abgeben.*

Zeh unterschrieb, sorgfältig mit einem großen schnörkligen Zett, das E wurde entschieden kleiner und der letzte Buchstabe, das H noch einmal kleiner, wie geduckt vor dem Landgerichtspräsidenten, damit er bloß nichts falsch machte und sich selbst nicht gefährdete als Parteigänger des Grundgesetz-Verlesers. Und hinter seinen Namen setzte er einen Punkt, wie zur Erleichterung. Ein Aufatmen. Aber damit war es nicht getan. Am Nachmittag wurde er zu Landgerichtsdirektor Haldt gerufen, Justizobersekretär Fell saß da, sah ihn aufmerksam an wie eine Schildkröte mit wackelndem, vorgerecktem Kopf und wartete auf seine Antworten, um sie zu protokollieren. Landgerichtsdirektor Haldt fragte, er tat das so eindringlich wie ein Untersuchungsrichter, wenn Gefahr in Verzug ist: Was für eine Geste war das, die Dr. Kornitzer machte? Warum war der Journalist im Raum? Es war doch eine öffentliche Verhandlung, aber darauf kam es Haldt nicht an. Am Ende der Untersuchung stand das Ergebnis:

*Es erscheint Landgerichtsdirektor Zeh und erklärt: Zur Ergänzung meiner heutigen dienstlichen Erklärung erkläre ich wie folgt: Wenn ich von einer „abweisenden Bewegung" Dr. Kornitzers sprach, so erkläre ich dazu ergänzend, daß mir Dr. Kornitzer zurief: „Wir fangen gleich an." Es ist möglich, daß Dr. Kornitzer, bevor er dann im Sitzungssaal die Grundgesetzartikel verlas, sich dahingehend geäußert hat, er wolle eigenen Namens, nicht im Namen der Kammer eine Erklärung abgeben. Genaue Erinnerungen habe ich nicht mehr. Ich weiß auch nicht mehr, ob Dr. Kornitzer außer Artikel 3 auch Artikel 97 des Grundgesetzes verlesen hat. Kurze Zeit nach Verlassen des Sitzungssaales traf ich den Berichterstatter Kummer auf der Treppe des Gerichtsgebäudes. Wir kamen ins Gespräch, in dessen Verlauf er erklärte, er sei beauftragt worden, die Sitzung der 1. Zivilkammer zu besuchen und dort eine Erklärung von Landgerichtsdirektor Kornitzer anzuhören. Der Berichterstatter hat nicht erwähnt, daß er wegen eines Prozesses der Stadt Mainz gegen Leichtstoffwerke erscheine.*

Zeh unterschrieb auch dieses Protokoll, daneben unterzeichnete der Landgerichtspräsident. Daß er jemals über eine bedenkliche Nähe zu Kornitzer befragt werden könnte, hatte noch am Vortag für Zeh in den Sternen gestanden, und denen war unmittelbar zu vertrauen von allen Parteien, aber dem eigenen Gedächtnis nicht. Also mußte Zeh danach befragt werden, und er mußte sich äußern wie ein Zeuge.

Auch der Gerichtsassessor Nell schrieb einen Bericht, zaghaft, sorgsam, knapp, denn er wußte nicht, mit wem er sich solidarisieren (auf welche Seite er sich schlagen) sollte. Das war ein Eiertanz, dem der junge Mann (Gardasee, Gardasee oder ein Schweigen, in die Akten vertieft) nicht gewachsen war.

*Herrn Landgerichtspräsidenten*
*auf Erfordern erkläre ich dienstlich:*

*An der 1. Sitzung der 1. Zivilkammer des Landgerichts Mainz nach den Gerichtsferien am 20. September 1956 nahm ich als Beisitzender Richter teil. Nachdem die Kammer am Richtertisch Platz genommen hatte, sagte der Vorsitzende, Herr Landgerichtsdirektor Dr. Kornitzer, er wolle eigenen Namens, nicht namens der Kammer, eine Erklärung abgeben. Er verlas den Artikel 3 Abs. 3 und 97 Abs. 1 des Grundgesetzes und gab anschließend seiner Absicht Ausdruck, eine Besprechung mit der Presse abzuhalten, dann eröffnete er die Sitzung mit dem Aufruf der ersten Sache.* Mit anderen Worten: Der Gerichtsassessor Nell hat ein ungleich klareres Gedächtnis als Landgerichtsdirektor Zeh, vielleicht deshalb, weil er weiß, es kommt noch nicht so sehr auf ihn an, er ist nur eine kleine Nummer, keine Stütze im Gebälk eines vielleicht ins Wanken geratenen Justizapparates, und er scheut sich auch nicht, Zweifel und Irritationen auszusprechen, es wird ihn, so jung und so unerfahren wie er ist, nichts kosten. Er ist in etwas hineingeraten. Und so schreibt er: *Über den Anlaß und den Zweck der abgegebenen Erklärung bin ich mir nicht klar geworden, weil der Landgerichtsdirektor Dr. Kornitzer sich hierüber nicht äußerte.*

*Ein im Sitzungssaal anwesender Presseberichterstatter verließ bei Aufruf der ersten Sache den Sitzungssaal. Ich war hierüber verwundert, weil mir vor der Sitzung zugetragen worden war* – hier gab es eine handschriftliche Bemerkung am Rande seines Berichts, ein Frauenname war zu entziffern, Liesel, der Vorname, wer hieß Liesel im Jahr 1956?, der Nachname unleserlich, vielleicht Hellig oder Heilig oder Hellweg, vielleicht der Name einer Sekretärin, jedenfalls ein Name ohne eine Funktion, Assessor, Landgerichtsrat, Landgerichtsdirektor, und es gab einen Verweis auf eine spätere Seite der Eingabe an das Justizministerium. Offenbar waren nur niedere Personen Zuträger, Wasserträger in einem Verfahren, die höheren Personen verfertigten dienstliche Erklärungen, Vernehmungsprotokolle, Papier, Papier, das nur

den richtigen Weg, den Dienstweg einschlagen mußte, um gelesen zu werden. (Und so war es auch.) Ja, weil es dem Assessor *zugetragen worden war,* mußte man noch einmal lesen, *daß die Presse die Verhandlung in dieser ersten Sache mithören wollte.* Es folgte eine unspezifische Unterschrift, *Nell,* und das war's, ein Krakel, als wäre der Schreiber erleichtert, an ein Ende, wie immer es aussah, gekommen zu sein. Punkt.
Landgerichtsrat Hartmann schrieb gleichzeitig auf dem Dienstweg an den Landgerichtspräsidenten über die *persönliche Erklärung des Landgerichtsdirektors Dr. Kornitzer* und auch weiter: *Ich habe offen gestanden den Sinn dieser Erklärung nicht begriffen und war deswegen überrascht. Zwar hatte ich vor der Sitzung eine vage Andeutung von einer bevorstehenden Erklärung erhalten. Ich wußte auch, weswegen ein Vertreter der Presse und Herr Landgerichtsdirektor Zeh anwesend sein würden. Ich konnte mir aber unter allem nichts vorstellen und war auch nicht gewillt, Näheres in Erfahrung zu bringen.* (Mit anderen Worten: Landgerichtsrat Hartmann will nichts wissen, will seine Sache gut machen, nicht nach links und rechts schauen, sein Haar ist ohnehin schon verweht genug.) *Nach dem Mienenspiel der im Gerichtssaal Anwesenden zu urteilen, ist zumindest der Mehrzahl der Erschienenen der Sinn der ganzen Angelegenheit nicht klar geworden.*
*Zufällig* (wer soll das glauben?) *habe ich vor ca. ½ Stunde einen entsprechenden Artikel in der „Freiheit" gelesen. Ich betone aber, daß die in diesem Artikel aufgestellten Vermutungen durch den gestrigen nackten Tatbestand nicht gestützt werden. Es ist auch keine Andeutung gefallen, daß die Annahme zutrifft. Da mir der Sinn der ganzen Angelegenheit auch nachträglich nicht klargeworden war, hatte ich heute morgen die „Allgemeine Zeitung" in Mainz daraufhin einer Nachprüfung unterzogen und war nicht erstaunt, keine entsprechende Veröffentlichung zu finden.* Daß die „Freiheit" eine sozialdemokratische Zeitung war, gefiel nicht jedem, daß Kornitzer sie als Sprachrohr benutzte (oder

von ihr benutzt wurde), schien verwerflich. Die Ernennung des neuen Landgerichtspräsidenten war ein Tabu. Hartmann unterzeichnet groß und deutlich, viel sicherer, als all sein Nichtwissen und Nichtwissenwollen vermuten ließ.
Auch Hartmann wird am Nachmittag von Landgerichtsdirektor Haldt noch zu einer Vernehmung bestellt, und er gibt vor dem Justizobersekretär Fell, für den dies ein harter, arbeitsreicher Tag gewesen ist, zu Protokoll: *Ob die von Dr. Kornitzer erwähnte Pressebesprechung nur beabsichtigt oder schon fest beschlossen sei, war aus seiner Erklärung nicht zu entnehmen. Ob Dr. Kornitzer auch etwas geäußert hat, wo er die Pressekonferenz abhalten wolle, weiß ich nicht.*
*Heute nachmittag hat mir Dr. Kornitzer den Artikel aus der heutigen Nummer der „Freiheit" vom 21. 9. 1956 mit der Überschrift „Niemand darf benachteiligt werden ..." gegeben — er hatte ihn aus der Zeitung herausgerissen. Weder er noch ich haben bei der Übergabe dieses Zeitungsausschnittes etwas geäußert, außer daß Dr. Kornitzer sagte, es habe ihm ferngelegen, auf den Fall Benz anzuspielen. Dr. Kornitzer wußte um diese Zeit schon, daß ich heute Nachmittag meine Äußerung abgeben solle oder vernommen werde.* Das Protokoll wurde von Haldt, Hartmann und dem Justizobersekretär Fell gemeinsam unterzeichnet.
In dem Zeitungsartikel heißt es: *Wer die Meldung über die Ernennung des neuen Landgerichtspräsidenten Dr. Benz in Mainz aufmerksam gelesen hat, der mußte zu interessanten Überlegungen kommen. Es heißt nämlich dort, daß der neue Präsident evangelisch sei und damit der turnusmäßige Wechsel bei der Besetzung der Posten der Landgerichtspräsidenten in Rheinhessen gewährleistet sei.*
*Nun mag man aber darüber streiten, ob ein katholischer oder ein evangelischer Landgerichtspräsident mehr oder weniger „rechtes Recht" spreche. Aber um alles in der Welt, was hat die Konfession mit der Rechtsprechung zu tun? Oder soll der neue Landgerichtspräsident deshalb besonders vorzuziehen sein, weil etwa seine Frau katholisch ist und er evangelisch, und*

*damit die Parität geradezu in höchster Vollendung erreicht wird? Sicher wollte Landgerichtsdirektor Dr. Kornitzer auf diese Gedankengänge hinweisen, als er zu Beginn seiner gestrigen Verhandlungsführung den Artikel 3 des Grundgesetzes und den Artikel 97 zitierte, der die Unabhängigkeit der Richter garantiert. In einer Besprechung mit der Presse will Landgerichtsdirektor Dr. Kornitzer demnächst seine Gedankengänge dazu näher erläutern. Sie werden sicher von Interesse sein.*
Obwohl alle angeforderten Protokolle über den Vorfall auf den 20. September datiert waren, gab es in fast allen handschriftliche Änderungen, die auf den 21. September lauteten. Und das Datum des Zeitungsartikels war ebenfalls verräterisch. Hätte ein solches Dilemma, ein Aufruhr in einem Landgericht – ein Landgerichtsdirektor verliest ein, zwei Paragraphen des Grundgesetzes und lädt zu dieser Aktion einen Pressevertreter ein – innerhalb von 24 Stunden zeitlich eingegrenzt und wie ein Virus in einer konzertierten Aktion bekämpft werden müssen? Eine Aktion, die man vermutlich ein gutes Jahrzehnt später im Rheinland ein Happening genannt hätte, wenn ein Professor einer Kunstakademie etwas Ähnliches getan hätte. Alles war eben erst geschehen, und es war, als wäre es nicht geschehen, als hätte es nie, nie geschehen dürfen, aber wie sollte es weitergehen, wenn der aufrührerische Akt doch geschehen war? Alles kam darauf an, eine Kontinuität zu erzeugen, die Zeugen zu befragen, den Schaden zu begrenzen. Und es kam darauf an, aus einem Akt eine Akte zu fabrizieren, die an das Ministerium der Justiz gesandt werden könnte, sogleich am 21. September, und die Akte wurde durch den im Briefkopf firmierenden Oberlandesgerichtspräsidenten Walther übersandt, von Mainz nach Koblenz und zurück nach Mainz. Das ist der Dienstweg, er ist mit Ängsten gepflastert, nur nichts falsch machen, handeln und das Verhandelte dokumentieren. Nur nicht stolpern, nicht ausrutschen auf dem glatten Dienstweg. Man muß sich

verdient machen als Beamter. Aus einem Akt wird eine Akte, aus einem Handelnden ein Täter. (Opfer?) Es ist eine systematische Arbeit der Zermalmung der Erinnerungsfähigkeit, ein Anschwellen des Papierberges, mit dem die verschiedensten Personen befaßt waren. Das Gericht ist kein Ort der Offenbarung, nicht einmal der Offenlegung, ja, eigentlich ist es ein heißer Ofen, in dem Delikte, Strukturen, Zuständigkeiten gebacken werden. Alles pressierte, der Vorfall, die Tat mußte sorgsam präpariert werden, alle Fingerzeige, alle Fingerabdrücke, alle Denkbewegungen und Bewegungen des Zweifels waren von Bedeutung, und nun war alles Papier, alles im dienstlichen Auftrag des Herrn Oberlandesgerichtspräsidenten vom 21. 9. 56. Wer schießt so schnell? Wer will so schnell eine Sache vom Tisch haben? Oder brennt es vielleicht schon, wenn man zwei Artikel des Grundgesetzes auf ihm ausbreitet?

Während Landgerichtsdirektor Haldt noch den Landgerichtsdirektor Hartmann vernahm, kam ein Anruf eines Anwaltes, mit dem Kornitzer gerne zusammenarbeitete. Er hatte ihm geholfen, seine „Sache", so sagten Juristen ja, seine Sache mit dem Land Rheinland-Pfalz zu klären, sein Dienstalter, seine Ansprüche, die ihm erwachsen waren seit der Entlassung aus dem Beamtenverhältnis, seine verlorengegangene Zeit und die verspäteten Ernennungen, das war alles gelungen, darüber gab es keinen Zweifel, und so war Westenberger ein naher Mensch geblieben, obwohl sich Richter und Rechtsanwälte nur selten befreunden. (Distanz tat gut.) Aber Westenberger hatte Kornitzers Sache beherzt weitergetrieben, bis zu ihrem guten Abschluß. Es war ja empfindlich genug gewesen, neu beamtet als Landgerichtsrat gegen seinen Arbeitgeber klagen zu müssen, nicht weil der Arbeitgeber ihm ein einziges Haar gekrümmt hatte (oder doch – oder Schlimmeres?), sondern weil der Arbeitgeber die Rechtsnachfolge seines vormaligen

Peinigers, des Deutschen Reiches in seiner Gestalt als Drittes Reich, angetreten hatte. Westenberger berichtete Landgerichtsdirektor Haldt, daß Kornitzer augenblicklich und auch vermutlich am morgigen Tag in einer solchen Verfassung sei, daß der Arzt ihm jede Aufregung verbiete. (Also hatte Kornitzer nach der Kammersitzung seinen Arzt aufgesucht?) Er sei jedenfalls nicht in der Lage, sich zu der neuen Angelegenheit vernehmen zu lassen, schrieb Westenberger. (Hatte Kornitzer sich schon zu früheren vernehmen lassen müssen? In welchen Angelegenheiten? Und wenn es solche gab, warum waren sie nicht dokumentiert?) Im übrigen bat Westenberger doch darum, Kornitzer schriftlich zu hören, um ihm die Aufregung (auch die Demütigung!) einer persönlichen Vernehmung zu ersparen. Landgerichtsdirektor Haldt legte in seiner Aktennotiz noch einmal dar, er habe den Anwalt befragt, ob sich Dr. Kornitzer damit krank melden wolle oder ob und wann er glaube, sich vernehmungsfähig zu fühlen. Haldt vermerkte: *Rechtsanwalt Westenberger versprach nach nochmaliger Rücksprache mit Dr. Kornitzer, mich noch einmal anzurufen. Kurz darauf erfolgte auch dieser Anruf, und Rechtsanwalt Westenberger teilte mir mit, über den Zeitpunkt, wann Dr. Kornitzer wieder einer Vernehmung sich gewachsen fühle, könne er nichts sagen. Jedenfalls sei er weder heute noch morgen hierzu imstande.*

Und dann nimmt die Aktennotiz, die Haldt an das Justizministerium schickte, eine überraschende Wendung, wird privat oder halb privat. Mütter melden in Schulen ihre Kinder krank, aber daß die Frau eines Landgerichtsdirektors den Vorgesetzten ihres Mannes anruft, um sehr empfindliche Nachrichten über ihren Mann zu Protokoll zu geben, als ein Sprachrohr ihres Mannes fungiert (aber in welche Richtung?), ist höchst ungewöhnlich. Wie wirkte das auf Landgerichtsdirektor Haldt? Sein eigener Eindruck ist nicht im Protokoll herauszuspüren, herauszulesen, und auch deshalb muß man sich insgeheim seine

Frau, Frau Haldt, wie ein Spiegelbild vorstellen, auf dem Wochenmarkt, auf den Elternabenden in der Schule ihrer Kinder (wozu ihr Mann niemals Zeit hatte), beim Zahnarzt mit den Kindern, all diese Sorgen hatte Claire Kornitzer nicht, nicht mehr. Und warum sie sie nicht mehr hatte, darüber war mit niemandem zu sprechen. Der Schmerz war zu groß, war übergroß, eine riesige, unheilbare Wundfläche, ein unstillbares Schweigen. Davon konnte Landgerichtsdirektor Haldt nichts wissen, aber er dachte beim Schreiben an seine Frau, während er über Claire Kornitzer nachdachte, die er nur flüchtig kannte und die er heute glaubte, kennengelernt zu haben von einer überraschenden, ja befremdlichen Seite. Sie hatte ihn angerufen.
Und so schrieb er in aller Nüchternheit in der Aktennotiz weiter: *Kurze Zeit nachher rief mich Frau Dr. Kornitzer an und erklärte mir, ihr Mann habe sich so außerordentlich aufgeregt, und es habe ihm einen Schock versetzt, daß ihm von Landgerichtsdirektor Brink ausgerichtet worden sei, er solle sich heute Nachmittag zur Vernehmung beim Oberlandesgerichtspräsidenten einfinden.* Landgerichtsdirektor Haldt fuhr dann in seiner Aktennotiz fort: *Ich erklärte Frau Kornitzer, daß es sich hierbei um ein Mißverständnis handele, das durch die telephonische Übermittlung von Koblenz nach Mainz entstanden sein müsse. Es sei nie die Rede davon gewesen, Dr. Kornitzer heute nach Koblenz zu dem Herrn Oberlandesgerichtspräsidenten zu bestellen, er solle lediglich durch mich hier in Mainz zu den Vorfällen in der gestrigen Sitzung der 1. Zivilkammer gehört werden. Frau Kornitzer,* so schrieb er, *bedauerte dieses Mißverständnis* (tat sie das wirklich?), *fügte aber hinzu, ihr Mann sei jetzt in einem solchen seelischen Zustande, daß er sich weder heute noch morgen einer persönlichen Vernehmung unterziehen könne. Er habe auch, wie gewöhnlich samstags, nicht die Absicht, im Gerichtsgebäude zu erscheinen.* (Heiligte er doch den Sabbat, oder war ihm der Samstag als ein verhandlungsfreier Tag auch für Studien im Gericht nicht dienlich?) *Auf meine Frage, ob das eine förmliche Krankmeldung sein*

*solle und ob und wann ihr Gatte bereit sei, sich vernehmen zu lassen, antwortete sie, das könne sie nicht sagen, sie wiederhole aber im Interesse und im Auftrag ihres Mannes die Bitte, ihn schriftlich zu der Angelegenheit zu hören. Sie bat mich ferner, wenn ich von meinen heutigen Ermittlungen berichte, schon jetzt darauf hinzuweisen, daß der Artikel in der heutigen Nummer der „Freiheit": „Niemand darf benachteiligt werden …" von ihrem Manne weder beeinflußt noch bestellt sei und daß er mit der Verlesung des Grundgesetzartikels durch ihren Mann in der Sitzung nichts zu tun habe.* (Das ist eine Zeugenaussage, die eher schon einer anwaltlichen Einlassung entspricht. Hat Rechtsanwalt Westenberger mitgewirkt? Oder hat Claire Kornitzer, als ihr Mann nach Hause kam und endlich, endlich stockend erzählt hatte, was vorgefallen war, für welchen Aufruhr er gesorgt hat, den Rechtsanwalt um Vermittlung gebeten? Laß mich mal machen.) Für Landgerichtsdirektor Haldt sieht es so aus, als verstecke sich Kornitzer hinter dem Rücken seiner Frau, hinter ihrer Verhandlungsbereitschaft. Mit anderen Worten: Es sah lächerlich und peinlich aus. Und so muß er sich zurücknehmen, zu seiner amtlichen, juristisch begründeten Fassung als Vorgesetzter zurückfinden, und er schreibt in der Aktennotiz weiter: *Auf meine Frage, ob ein Zusammenhang zwischen der Verlesung des Grundgesetzes und der Anwesenheit des Presseberichterstatters bestehe, antwortete mir Frau Kornitzer, daß der Berichterstatter lediglich in die Sitzung gekommen sei, weil er sich für einen schon längere Zeit schwebenden Prozeß der Stadt Mainz gegen Leichtstoffwerke interessiert habe.*
Und er unterzeichnete schwungvoll, aber auch seine Unterschrift wird wie die von Landgerichtsdirektor Zeh von Buchstabe zu Buchstabe kleiner und ängstlicher, als blähte sich der Titel und unter dem Titel das Ego und unter dem Ego die Brust lebhaft auf, und es gibt keinen Halt mehr, ja, mit diesem Bewußtsein des Uferlosen, Seichten, Schlüpfrigen schrieb er seine Namen. Halt ein! Und er schrieb *Haldt*, schrieb den ersten

Buchstaben H viermal so groß wie den letzten, das wacklige, windige T duckte sich schon, und er war doch zufrieden mit seiner Aktennotiz, es kam ihm vor, als hätte er nicht ein Protokoll eines Gespräches mit der Frau seines Kollegen aufgezeichnet, sondern eine Löwin gebändigt, die ihr verletztes Junges vor ihm verbirgt, also für den Akt einer Zähmung (Dressur?) vollkommen ungeeignet war, fixiert auf das Unglück, das sie nun einmal getroffen hatte. Und dabei handelte es sich doch nicht um ein Junges, nun ja, ein Kind, in der menschlichen Sichtweise, sondern um ihren Mann, Landgerichtsdirektor Dr. Kornitzer. Haldt wollte am Abend vielleicht noch mit seiner Frau darüber sprechen, wollte ihre Meinung hören, was sie von einer Ehefrau hielt, die sich für ihren Mann zu einer großen Verteidigungsrede aufschwang, aber er tat es dann doch nicht, seine Frau spülte, nähte noch einen Knopf an einer Manschette an, der lose baumelte, sie schalteten das Radio ein und wieder aus, Wunschkonzert, und dann war der Abend zu Ende, ehe er noch angefangen hatte. Aber er wußte instinktiv, was seine Frau sagen würde, fragte er sie um ihre Meinung. Genau dasselbe wie er, wenn er sich äußerte, aber das tat er ja nicht. (Eheliche Harmonie.) So eine Glucke!, würde sie sagen. Und seine Frau, das wußte er, bekäme auf der Stelle ein knieweiches Zittern, sollte jemals sein Vorgesetzter in Koblenz, der Oberlandesgerichtspräsident, ihn anrufen wollen und nur seine Frau antreffen, ein knieweiches Zittern, das sofort auf die Stimme schlüge, ihn im ganzen, großen, neu erbauten Haus rufen. Nein, sie würde ihn nicht rufen, sie raunte, so daß er am Ton bemerken würde, etwas Außerordentliches mußte geschehen sein. Denn es wäre doch peinlich, wenn der Oberlandesgerichtspräsident merken würde: er mäht den Rasen, er hört nichts, er sitzt in der Badewanne und kann den Hörer nicht in die Hand nehmen, all das würde bewirken, daß seine Frau auf das Höflichste und

gleichzeitig auf das Zittrigste ihn verleugnen würde und um Auskunft bäte, wenn es denn paßte, daß ihr Mann, Landgerichtsdirektor Haldt, den Herrn Oberlandesgerichtspräsidenten in Koblenz zurückrufen könnte. Und all das würde sie artigst auf einem Blöckchen neben dem Telephon notieren. So hatten sie es vereinbart, so tat sie es, und so gefiel es ihm. Er mußte auf dem gleichen Blöckchen kaum jemals etwas für sie notieren, mal hatte die Schwester angerufen oder eine Freundin, und genau deshalb war er eigentlich mit seinem Leben, seiner Position, zu der ja auch die passende Ehe gehörte, zufrieden. Die Ehe, das waren Blicke, die nicht aufeinander gerichtet waren, sondern nach vorn. Wie das bei Kornitzer war, wagte er sich nicht auszumalen.
Der Landgerichtspräsident schickt auf den mündlichen Auftrag des Herrn OLG. Präs. an das Justizministerium ein Konvolut, bestehend aus:

3 Dienstlichen Äußerungen,
3 Vernehmungsniederschriften,
2 Zeitungsexemplaren,
1 Aktennotiz.

Es hat den Betreff: *Verstoß gegen Dienstpflichten.* Die Aktennotiz ist karg und knapp. Sie ist vier Tage nach der Tat geschrieben, die später als ein Vorfall zu registrieren oder zu eliminieren war. Landgerichtsdirektor Haldt schrieb: *Heute,* und das Datum ist der 24. September 1956, also: *Heute, um 10.45 Uhr rief ich Landgerichtsdirektor Dr. Kornitzer auf seinem Dienstzimmer an und fragte ihn, ob er heute sich wohl genug fühle zu einer persönlichen Vernehmung durch mich. Er erklärte zunächst, er habe aus der Unterredung mit Landgerichtsdirektor Brink am vergangenen Freitag entnommen, daß er durch den Herrn Oberlandesgerichtspräsidenten vernommen werden solle.*

*Er habe sich hierüber so aufgeregt, daß er sich nicht in der Lage gefühlt habe, am Freitagnachmittag oder am Samstag sich persönlich vernehmen zu lassen (auch nach Aufklärung des Mißverständnisses nicht durch mich), und bat wiederholt, ihn schriftlich anzuhören, da ihm ärztlicherseits jede Erregung streng untersagt sei und er befürchten müsse, daß seine Nerven einer persönlichen Vernehmung nicht gewachsen seien. Er bat wiederholt, sich mit einer schriftlichen Erklärung zufrieden zu geben, ihm aber genauer anzugeben, worüber er sich äußern solle. Ich erwiderte ihm, daß ich zwar den Auftrag habe, ihn persönlich zu hören, aber trotzdem mit Rücksicht auf sein Vorbringen wegen seiner Gesundheit mich zunächst mit einer schriftlichen Erklärung zufrieden geben wolle. Er versprach, mir diese bis morgen (Dienstag, den 25. 9. 56 10 Uhr) zukommen zu lassen.*

Aber worin besteht der Verstoß gegen die Dienstpflichten, dessen sich Kornitzer nach Auffassung seines Vorgesetzten schuldig gemacht hat? Er hat gegen das Mäßigungsgebot verstoßen und seine private Erbitterung, Enttäuschung über die Zurücksetzung, als dienstältester Richter nicht weiter aufzusteigen und zum Präsidenten ernannt zu werden, in den Gerichtssaal getragen, da gehört sie nicht hin. Den Aufstieg auf der Karriereleiter bestimmt nicht die Gerechtigkeit, das Dienstalter, sondern die Opportunität, andere sprechen von Eignung. Sich dagegen aufzulehnen ist ein Verstoß. Ein gekränkter Direktor ist als Präsident nicht geeignet. Es ist ein Verstoß gegen die Dienstpflichten, dies zu ignorieren. Es ist ein Verstoß gegen die Dienstpflichten, sich ahnungsloser zu stellen als man ist. Auch die flackernde Emotion, sich aufzuregen, mit den Nerven fertig zu sein, nicht in der Lage zu sein, einer mündlichen Anhörung Folge zu leisten, paßt nicht zum Bild eines Landgerichtsdirektors, wie er im Buche steht. Keinen kühlen Kopf zu behalten, verstößt gegen die Usancen der Justiz. (Ein kaltes Herz und ein sich überlegen gebender Verstand sind vorausgesetzt.) Es wird als ein Affront wahrgenommen, wenn ein Richter Persönliches vor den Prozeßgegnern ausbreitet, eine Einladung ausspricht. Seine Befindlichkeit spielt keine Rolle. Was geht es die Prozeßgegner an, ob der Richter Kopfschmerzen hat, ob ihn ein Paragraph des Grundgesetzes schmerzt, der ihm aus persönlichen Gründen im Kopf herumspukt? Er hat sich im Gerichtssaal auf die Zivilprozeßordnung, auf die Tatbestände dieses eben anhängigen Verfahrens zu konzentrieren. Die Abschweifung, der größere Überblick, der Blick in die Abgründe sind Zeichen des Verstoßes.

Als Kornitzer am Freitag nach Hause gekommen war, hatte Claire am Bügelbrett gestanden und seine Hemden geplättet. Der ruhigen, großen Bewegung zuzusehen, tat ihm gut, auch die Wärmeabstrahlung des Bügeleisens gefiel ihm. Und auch Claire zu sehen, wie sie dastand mit den schwer gewordenen Beinen, fest auf der Erde, „geerdet", obwohl sie sich in Mainz, der Stadt, die ihn gewählt hatte, die sie nicht gewählt hatte, nicht leicht tat. Claire zu sehen, wie er sie immer gesehen hatte, war ein inneres Bild, er sah ja nicht ihre Makel, er sah ihre Kraft, ihr Lächeln mit dem ausgeflickten goldenen Eckchen eines Zahnes, er sah sie, wie er sie in Berlin auf dem Westbalkon der Cicerostraße gesehen hatte, als sie ein Teil des Universum gewesen war, mit anderen Worten: er sah sie ganz, auch wie er sie sich in Kuba vorgestellt hatte in der Ausgesetztheit, er sah sie in Liebe und nicht in attraktiven oder weniger attraktiven Partikeln, und nicht eigentlich ihre geschwollenen Handgelenke und die Beine unter dem Bügelbrett. Er sah ihre sichere, sicher umfaßte Gestalt, und das tat ihm gut. (Andere, die hier nicht zu Wort kommen, hätten ihre wäßrig gewordenen Beine „Stempel" genannt oder „Elefantenbeine", aber Kornitzer hätte das überhört, wie er vieles überhören mußte und wollte. Das Tuscheln, das Quatschen, das Beiseitesprechen mit ver-

drehten Augen.) Und Claire, seine nierenkranke Frau, die ja wußte, warum ihre Beine so anschwollen, trug bei solcherlei Geschwätz (von Landgerichtsdirektors- oder Landgerichtsratsgattinnen? – Ist sie Jüdin oder nicht? Warum bekennt sie sich nicht? Sie könnte es sein, muß es aber nicht, vielleicht alles sehr zweifelhaft?) ohnehin die Nase hoch. Was wußten die denn? Was hatten die erlebt beim Taschentücherumhäkeln und auf Abiturbällen, beim Zurechtrücken ihrer Büstenhalter, Verstecken ihrer Taschentücher nach beiläufigen Entjungferungen auf Parkbänken in der Rheinaue, bei NS-Frauenschaftstreffen und bei der Taufe ihrer Kinder (von der Traufe in die Taufe), und vielleicht noch beim Aufsetzen von Pappnasen mit ihren ehemaligen Verlobten und den ihnen später angetrauten lieben Männern beim Karneval? Oh ja, zwei propere Kinder hatten sie auch geboren in die reiche Bundesrepublik hinein, die Photos und die Objekte der Photos zeigten sie gerne herum, während Claire ihre Kinder verloren glauben mußte. Darüber war nicht zu sprechen, es war ein Abgrund von Schmerz. Sich mit diesen Damen zu soziieren, darüber war sie erhaben.
Kornitzer hatte nicht gleich erzählt, was geschehen war, am Freitagabend erst, nach einer Beruhigung. Als er in die Wohnung kam, lief der Plattenspieler, und während Claire bügelte, hörte sie die Bach-Kantate 147, hörte sie mit allen Sinnen, und er spürte, auch das Bügeleisen rutschte leichter über den Baumwollstoff, als der Sopran sich erhob.

Jedoch dein Mund und dein verstockt Gemüte
Verschweigt, verleugnet solche Güte;
Doch wisse, daß dich nach der Schrift
Ein allzu scharfes Urteil trifft!

Beim zweiten Rezitativ bat er seine Frau, den Plattenspieler

abzustellen, warum, hätte er selbst nicht sagen können. Claire tat es, sie hörte gleichzeitig abrupt mit dem Bügeln auf, als sei die eine Tätigkeit mit der anderen unmittelbar verknüpft. Und er zog sich in sein Arbeitszimmer zurück, setzte sich an den Tisch, tat gar nichts, sah sich beim Nichtstun zu, wie er seiner Frau beim Bügeln zugesehen hatte, nur das Ergebnis war ein vollkommen anderes. Seine Frau hatte er gesehen, gespürt, sich selbst sah, spürte er nicht. Er war abgeschnitten von sich.
Und dann, nach vier Tagen, an die sich Kornitzer nicht wirklich erinnerte, Nebeltagen, Telephontagen, Schreibtagen, entschloß er sich unter dem Druck des Telephongespräches, ja auch unter dem Zeitdruck bis zum nächsten Morgen um 10 Uhr, an seinen unmittelbaren Vorgesetzten, den Landgerichtsdirektor Haldt, zu schreiben, und er schrieb sorgsam, da sein Schreiben unmittelbar an den Justizminister weitergeleitet werden mußte. Die Dienstwege, die Wasserwege, die Schiffahrtswege, den Rhein hinauf und den Rhein hinab. Wenn er sich vorstellte, auf welchen Wegen er (endlich!) Landgerichtsrat und dann Landgerichtsdirektor geworden war, schwindelte ihn. Er war wiedergekommen, ja, nicht nur, weil Claire ihn „angefordert" hatte bei der Hilfsorganisation, wie der Terminus technicus hieß; er selbst hatte es so gewollt. Ein neues demokratisches Deutschland, ein Glück, vorbereitet und geschenkt von den Befreiern, so sah er das, ein Glück, zu dem er seinen Beitrag leisten wollte. Und nun fühlte er sich allein mit diesem Blick, furchtbar alleingelassen. Aber ein solcher Angstanfall, eine solche Beklemmung war seiner Sache nicht dienlich, er mußte weiter, weitergehen.
„An Herrn Landgerichtsdirektor Haldt. Mainz, Landgericht" adressierte er seinen Brief und fuhr fort:
„Ihrem Wunsch entsprechend gebe ich folgende Erklärung ab: Ich habe zu Beginn der Sitzung vom 20. September d. J. gesagt,

daß ich mich persönlich bei der Wiederaufnahme der Gerichtstätigkeit nach den Ferien für verpflichtet halte, die Artikel 3, Abs. III und Artikel 97, Abs. I des Grundgesetzes wie folgt vorzulesen:
Art. 3, Abs. III. Niemand darf wegen seines Geschlechtes, seiner Abstammung, seiner Rasse, seiner Sprache, seiner Heimat und Herkunft, seines Glaubens, seiner religiösen und politischen Anschauungen benachteiligt oder bevorzugt werden.
Art. 97, Abs. I. Die Richter sind unabhängig und nur dem Gesetze unterworfen.
Die Verlesung erfolgte ohne jede Bezugnahme auf Vorkommnisse, ohne sonstige Worte, ohne Kommentar, Kritik oder dergl., und nur in meinem eigenen Namen. Danach sagte ich noch kurz, daß ich privat eine Konferenz mit Herren der Presse abhalten und dazu – auch Anwälte – einladen würde. Ich nannte weder Zeit noch Themen. Ich bin", schrieb Kornitzer weiter, „der Überzeugung, daß dem vorstehend geschilderten kurzen Vorgang – zumal beim Arbeitsbeginn nach den Ferien und da ich dem Dienstalter nach der älteste Landgerichtsdirektor des Landgerichts Mainz bin – nichts Ungewöhnliches anhaftet. Es erfolgte keinerlei Bezugnahme oder Hinweis auf Pressenotizen. Der Zweck deckte sich mit dem Inhalt der Artikel des Grundgesetzes selbst. Kritik an irgendwelchen Maßnahmen einer Behörde wurde in keiner Weise zum Ausdrucke gebracht oder auch nur angedeutet. Wenn ich nach meinen Gedanken und inneren Vorstellungen dabei gefragt werde, so bin ich überfordert." Eben das verwundert bei einem Menschen, der Außerordentliches leistet, der sich aufrichtet in der geschlossenen Zivilkammer des Gerichts.
„Vornehmlich hatte mein Gewissen ganz allgemein die Pflicht des Richters zur Wahrung und Pflege demokratischer Justiz

und die Treue zur freiheitlichen Grundordnung im Sinne des Grundgesetzes vor Augen.
Über den Zeitpunkt und den Inhalt meiner Besprechung mit den Herren der Presse und Anwaltschaft habe ich noch keine Entschlüsse gefaßt. Die Besprechung wird privatim und voraussichtlich in meiner Wohnung stattfinden." (Eine Pressekonferenz in einem Privathaus? In Mombach? Für wen? Eine sonderbare Konstruktion.) Und er fügte hinzu: „Selbstverständlich werde ich meine Pflichten als Staatsbürger und als Richter dabei nicht verletzen.
Weitere Erklärungen habe ich nicht abzugeben.
Mit vorzüglicher kollegialer Hochachtung!
Dr. Richard Kornitzer LG. Direktor"

Äußere Verwirrung und innere Ordnung, die eine äußere Ordnung werden muß. Nach Kornitzers Auffassung regiert die Kälte. Er ist Teil der Kälte, aber er friert nicht, geht mechanisch in sein Dienstzimmer, er grüßt mechanisch die Landgerichtsdirektoren, die Gerichtsräte, die Assessoren, die Referendare, er sieht geradeaus, sein Gesicht bleibt unbewegt, er rückt die Brille zurecht, aber sie sitzt schon genau am richtigen Platz, keinen Millimeter zu tief oder zu hoch auf der Nasenwurzel. Es ist nicht die Brille, die er zurechtrückt, es ist die Ordnung der Welt, die er nicht zurechtrücken kann. Es ist das Gesetz, auf dem er bestehen muß. Er ist ein Teil des Gesetzes, das andere bedenkenlos beiseite schieben, und so fühlt er sich auch beiseite geschoben, übergangen, gefangen in seiner Vorstellung vom Gesetz, von Grund auf verletzt. Nein, am Anfang war die Tat nicht.

# Rechnungen, Brechungen

Etwas bewegte sich, kam ins Rutschen, es war, wie wenn ein großer Papierstapel, dessen Seiten noch unpaginiert sind, vom Sofa heruntergleitet und sich auf dem Weg zum Fußboden auffächert, mühsam muß man die Blätter wieder zusammenfügen, den passenden Übergang finden, und gleichzeitig ist man ungehalten über den Vorfall und möchte alles auf einen Haufen werfen oder vernichten. Aber in diesem Fall handelte es sich ja nur um Papier, in Kornitzers Fall ging es um die Wirklichkeit, seine Karriere, sein Leben, seine Existenz. Kornitzer spürte das Gleiten, wenn er das Landgericht betrat, und gleichzeitig wehte ihm etwas wie Gegenwind entgegen. Er hielt Dr. Funk, dem Grundbuchrichter, der inzwischen nicht mehr im hölzernen Selbstfahrer saß, sondern in einem blitzblanken Rollstuhl, die Tür auf. Und Dr. Funk tat so, als sei es das Selbstverständlichste der Welt. Der Rollstuhlbesitzer rollt heran, er ist eine anerkannte Institution, man sieht ihm den Schaden von weitem an. Er rollt, er räuspert sich, er hat eine tragende Rolle, die der Remigrant nicht hat. (Seine Rolle ist undefiniert, er fällt nicht auf, und er hat gelernt, daß es besser ist, nicht aufzufallen.) Es gibt viele, viele Beinamputierte, Kriegsverletzte, und es gibt ein großes Reservoir von Hirnverletzten, und was in ihren Köpfen vorgeht, ist manchmal vollkommen unklar: Man nimmt Rücksicht, schweigt. Man kann (vielleicht glücklicherweise) nicht in ihre Köpfe hineinschauen, aber man glaubt, sie versorgungstechnisch bevorzugen zu müssen, und tut es auch. Behindertengerecht muß Dr. Funk hinaufkomplimentiert werden in eines der oberen Stockwerke. Das Land baut einen Fahrstuhl, und der Steuerzahler bezahlt den Fahrstuhl. Wie Dr. Funk eine Toilette aufsuchen kann, ob überhaupt, unter welchen Umstän-

den, vielleicht unter beschämenden Umständen, und mit welchen Rücksichten, Vorsichtsmaßnahmen oder vielleicht den Steuerzahler exorbitant belastenden Kosten, darüber möchte sich Kornitzer eigentlich keine Gedanken machen.
Kornitzer dachte jetzt auch wieder an die vielen Beinamputierten in Havanna, die offenkundig keine Kriegsopfer oder keine Opfer von Verkehrsunfällen waren: es wurde einfach zu fett und zu schwer und zu süß im Land gegessen, und dies hatte dramatische Folgen, die der einzelne Esser, die genußfreudige Tortenvertilgerin, nicht wirklich bedachte. Oder: niemand hatte sie im Zweifelsfall vor den Folgen der dauernden Süßspeisen-Attentate gewarnt. Und plötzlich mußte ein Bein amputiert werden. Und die schönen Torten sackten zusammen und bildeten eine weiche Barriere zwischen den Gefährdeten und den noch Gesunden. Und es war gut, daß die Emigranten, was immer sie entbehrt hatten in der Zwischenzeit, nicht so versessen auf Süßes waren. Sie hatten eine multiple Vernünftigkeit, eine ermüdete Anpassungsbereitschaft mitgebracht, die nicht in jeden Zuckertopf fiel, und das bewahrte sie vor vielem, an das sie gar nicht denken konnten, als sie Deutschland verlassen hatten. Die Gefährdung durch Süße war nicht in den Faltblättern, den Ausreise-Erläuterungen der Jüdischen Gemeinden erwähnt worden. Und die Faltblätter, die Richtlinien waren enorm wichtig gewesen. Kornitzer dachte in solchen Augenblicken auch an Amanda: daß man sie mit zu viel Zucker fütterte, war die banalste Sorge um sie, aber auch keine geringe. Es war manchmal wie ein Horchen, ob er das kleine Mädchen über die Meere hinweg hören könnte, ob es nach ihm riefe, ob es etwas brauchte, ob es *ihn* brauchte, und wenn er nichts hörte oder nur die kalte, sprudelnde Spur, die die Rheindampfer zogen, rheinaufwärts nach Basel, rheinabwärts nach den Niederlanden, die Dampfer waren blütenweiß lackiert, die Rheinschiffahrt funk-

tionierte, länderübergreifend, die Devisen abgreifend, so gut funktionierte kaum etwas zwischendurch, war er bekümmert. Und er, der in die Niederlande, in einem bequemen Schnellzug mit roten Samtpolstern den Rhein entlang, reiste, mußte in der Stille manchmal annehmen, es sei sein Fehler. Er war, auf ihn selbst verwundernde Art, Vizepräsident der Akademie für Völkerrecht in Den Haag geworden. Darauf war er einerseits stolz, andererseits verstand er sehr gut, daß die Niederländer in einem kleinen Land Juristen aus großen europäischen Ländern in die Akademie einbinden wollten und mußten. Und da es entschiedene Zweifel gab, ob überhaupt ein deutscher Völkerrechtler zu finden war, den man in Anbetracht seiner Vergangenheit in diese feine Akademie einladen konnte, so fielen seine Herkunft, seine Emigration, seine Vielsprachigkeit in die Waagschale, und sie waren gewichtige Argumente. Ja, sein Lebenslauf und seine Karriere waren untadelig, wie sehr er auch selbst daran herumkrittelte und herumfeilte. Nein, er war kein Fachmann für internationales Recht, für Völkerrecht schon überhaupt nicht, aber wenn das nicht störend war, dann war sein Beitrag, seine nicht gesuchte, aber doch gelebte Internationalität willkommen. Wer sich in das kubanische Rechtssystem einarbeiten konnte, der konnte auch andere Rechtssysteme analysieren und Wissen vermitteln, sagten die Juristen, die ihn berufen hatten. Er meldete die Nebentätigkeit ordnungsgemäß dem Präsidenten des Landgerichts in Mainz und fügte abwiegelnd hinzu: „Irgendwie erheblicher Arbeitsanfall ist damit nicht verbunden."
Er saß also ab und zu Gremien vor, in denen haarscharf Argumente durch die Luft geschossen wurden, vor denen er sich als Deutscher ducken mußte, auch manchmal peinvoll schweigen, und er dachte mit den Niederländern in einer kleinen Runde über Maßnahmen der Verfolgung von Straftaten nach, die überall justiziabel waren (theoretisch) oder sein sollten (prak-

tisch in eine Zukunft gedacht). Die Niederländer fragten ihn nach den Vorbereitungen zum Auschwitz-Prozeß, und er gab Auskunft, so gut er konnte. Sie fragten ihn Löcher in den Bauch, wollten mehr wissen als das, was die deutschen Zeitungen hergaben. Es sah noch aus, als werde es mehrere Prozesse geben und nicht einen (den!) großen, spektakulären. Fritz Bauer, den Namen des Frankfurter Generalstaatsanwaltes, buchstabierte Kornitzer in Den Haag, ein Mann, von dem noch viel zu erwarten war, betonte er. Der Mann, der nach Dänemark und dann nach Schweden emigriert war und zurückgekommen war. Der 1952 als Generalstaatsanwalt in Braunschweig vom NS-Staat als einem „Unrechtsstaat" sprach und die Rehabilitierung der Attentäter des 20. Juli vorbereitete. Der nach dem Aufenthaltsort Adolf Eichmanns forschte. Und es freute Kornitzer, wie seine Zuhörer an seinen Lippen hingen. Fritz Bauer, der den Auschwitz-Prozeß vorbereitete. (Daß Bauer geäußert hatte: „Wenn ich mein Dienstzimmer verlasse, betrete ich feindliches Ausland", zitierte er nicht vor den Niederländern.)

Er dachte, er schrieb Konzepte, er hörte das stets röchelnde, heisere Niederländisch, das so klang, als kämen die Laute eher aus einem Kamin als aus der Kehle. Man war sehr freundlich zu ihm, und er wußte, warum: Er war ein Deutscher, aber einer, dessen Lebensweg die Niederländer verstanden und achteten. Im Landgericht Mainz reagierte man schmallippig auf seine Nebentätigkeit, vermutlich einfach aus Neid, der mit Geringschätzung verbrämt war. Er fuhr wieder und wieder nach Den Haag und freute sich an der Ordnung der roten Backsteine, den klitzekleinen Altstadtgassen, der bedachtsamen Gemütlichkeit, am Blitzblanken der Fensterrahmen, an den einladenden Wohnzimmern, die von keiner Gardinenpracht verhängt waren, am pfeifenden Wind. Es war unhöflich, er wußte es, aber er konnte nicht anders als vor erleuchteten Fenstern stehen zu bleiben, da saß eine Familie um einen Eßtisch, und alles war auf so ungeheuerliche Weise normal, daß es zugleich schmerzte und beglückte, ihr heimlich bei der Mahlzeit zuzusehen. Er selbst aß Schüsseln mit Miesmuscheln, auf denen sich Zwiebelringe türmten, schlürfte die Brühe auf, er freute sich an der ganzen kleingemusterten, feinfühligen Stadt, ihrer Zierleistenseligkeit, besonders im Hotel Des Indes mit seiner heiteren und gleichzeitig würdigen Geblümtheit, für die er sich zu ungeschlacht, zu groß, zu deutsch empfand. Und über der Stadt leuchtete ein Königshaus, Wachen zogen auf und ab, und man roch das Meer, man sah das graue Meer, und der Wind wehte aus England. Ja, das hatte er verstanden: Man hatte ihn in ein Leitungsgremium gebeten, um die Berufung anderer Deutscher zu verhindern, aber das tat auch nicht wohl, die anderen, die Nicht-Berufenen, waren Schatten, die ihn verdunkelten, seine Unbefangenheit verstörten. Den freundlichen und engagierten Niederländern, die ihn berufen hatten, war das nicht vorzuwerfen. Eher warf er sich selbst seinen Mangel an Bewegung, an Zugriff vor. Ja, in stillen Augenblicken warf er sich vor, daß er die Wahl angenommen hatte, während das Amt gar nicht viel Anspruch an ihn stellte. Er operierte auf einem anderen Gleis und fühlte sich ertappt dabei: Nur ein wenig Völkerrecht, aber er konnte doch nicht mehr umsatteln, er hatte das Patentrecht im Blick, das Handelsrecht, der Blick auf eine juristische Totale war totalitär, gigantomanisch, und er hatte Pflichten in einem Landgericht. Darüber mußte gründlich nachgedacht werden zur richtigen Zeit oder nie. Also entschied sich Kornitzer für die richtige Zeit, und er schwieg über seine Kümmernisse. Ja, er schwieg, und Claire war die Erste, die über sein Schweigen hinwegschwieg, beharrlich schwieg. Aber was gab es zu verbergen?

Von Den Haag aus fuhr er nach England, besuchte George und Selma. Er mußte dem Sohn und der Tochter sagen, daß er von nun an kein Kindergeld mehr für sie in Deutschland erhielt. Das lag nicht daran, wie Selma vorschnell vermutete, daß sie in England lebte und George englischer Staatsbürger war. Der Vater mußte es ihnen so nüchtern wie möglich erklären. Er war vom Justizministerium gebeten worden, nachzuweisen, wie lange noch George seinen Dienst im *National Service*, bei der Armee, ableistete. Als daraus deutlich wurde, daß George nach seinem Einsatz in einem Technik-Bataillon in eine Ingenieursfirma einträte, erlosch sein Anspruch. Die Zahlung für Selma hatte das Ministerium vorläufig eingestellt, weil sie sich hatte exmatrikulieren lassen. (Daß Kornitzer diesen Akt als unklug und überstürzt ansah, stand auf einem anderen Blatt.) *Ein Studierender, der sich nach Ablauf des Semesters exmatrikulieren läßt, scheidet mit Ende des zuletzt belegten Semesters aus. Der Tag, an dem die Exmatrikulationsformalitäten durchgeführt werden, ist hierbei nicht von Bedeutung, da diese auch zu einem viel späteren Zeitpunkt noch nachgeholt werden können,* hatte in dem Bescheid gestanden. So blieb für Selma noch ein Schlupfloch, ihr Vater erklärte es ihr so ruhig wie möglich: Sollte sie sich entschließen, im neuen Semester an einer anderen Universität, vielleicht in Deutschland, schlug er zaghaft vor, ihr Studium fortzusetzen, würde der Kinderzuschlag weiter gezahlt. Vorerst brauchte er eine Bescheinigung der Universität über ihr Ausscheiden aus dem Studiengang. Aber Selma sah düster durch ihn hindurch, als hörte sie ihn gar nicht. Die beiden erwachsenen Kinder empfanden es so, daß der deutsche Vater Staat, der sie als kleine Kinder ihrer Nationalität beraubt hatte, keine Fürsorgenotwendigkeit für sie empfand, und ausgerechnet ihr Vater war der Überbringer der schlechten Nachricht. Der schlechten Nachricht, deren objektive Bedingungen Kornitzer einräumen mußte. Er sagte George und Selma auch, wenn sie Geld brauchten, Unterstützung, er gäbe es ihnen selbstverständlich auch ohne den Kinderzuschlag.

Kornitzer empfand George als sich versteifend, als hätte er sich mit dem englischen Namen je länger um so mehr auch eine Würdeform zugelegt, eine Verpanzerung, die der Vater kaum durchdringen konnte. (Aber er, Richard Kornitzer, hatte sich ja auch umständehalber verpanzert. Das Auto. Das Essen. Die Leibesfülle, gegen die gearbeitet werden mußte wie gegen einen inneren Feind, der nach außen drang.) Das Beste war: Er lud George zum Essen ein, und sie überlegten gemeinsam, wo und wie dieses Essen stattfinden sollte. In seinem Zimmer (seiner Bude?) wollte George offenbar den Vater nicht empfangen, und die Auskünfte über seinen Alltag waren karg. Und das bekümmerte wiederum Richard Kornitzer: Er wurde die Erinnerung nicht los, wie er das Bübchen in Berlin auf dem Wickeltisch liegen gesehen und auch die nötigsten Maßnahmen gegen eine sich ausbreitende Feuchtigkeit ergriffen hatte, mit ihm gespielt, ihm die Welt erklärt hatte, und der große Sohn tat so, als hätte er, der Vater, einen vollkommen fremden, ausländischen Säugling in einer anderen Zeitstufe eines fremden Jahrhunderts gewickelt: also alles zurück auf Null. Er hatte die Liebe vergessen, verdrängt. Ja, seine Kinder wären andere Menschen geworden, wären sie bei ihrer Mutter und ihrem Vater aufgewachsen. Selma war entschieden gesprächiger, auch streitlustiger. Sie erzählte ihrem Vater, daß sie heiraten wolle, aber daß ihr Freund ihrem Plan noch nicht wirklich zugestimmt habe. Der Vater mahnte zur Vorsicht, so viel Eifer könne leicht ins Leere laufen. Und als er sich nach dem Freund, dem erwählten Ehemann, erkundigte, sagte Selma, er sei ein richtiger Jude. Und genau das schien sie anzuziehen. Kornitzer erlaubte sich zu sagen, daß es ihm übertrieben demonstrativ erscheine, im

Jahr 1957 einen Juden heiraten zu wollen. (Andere Eigenschaften des Freundes erwähnte sie nicht.) Selma sah ihn argwöhnisch an und fragte: Was ist übertrieben?, ich verstehe das Wort nicht. Und als ihr Vater ihr englische Entsprechungen nannte, verstummte sie, verstimmt.

Er hörte Amanda nicht, er hätte sich (symbolisch gesprochen) ans Meer stellen müssen, an die holländische Küste, um das Kind und auch seine Mutter, oh ja, diese vor allem, zu rufen. Es war, der deutsche Ausdruck war blödsinnig, es war verlorene Liebesmüh. Oder er hätte ein Rechtshilfegutachten beantragen müssen: eine Amtshilfe, um seine kubanische Tochter sehen zu können. Andere Väter entführten ihre Kinder, tanzten den Müttern der Kinder, ihren früheren Geliebten, auf der Nase herum, nahmen ihnen ein Kind weg aus welchen Gründen immer. Doch die Gründe waren klar: aus Egoismus, aus Rachsucht, aus Hochmut. Das kam nicht in Frage. Das Recht war auf Seiten der Mutter, und Kornitzer war auf der Seite des Rechts. Er schrieb Goldenberg, Goldenberg antwortete, vermittelte, aber was war da zu vermitteln? Allein die Post dauerte elend lang, und die Hälfte der Briefe ging verloren. Kornitzer war in Kontakt mit Emigranten aus Shanghai, und diese berichteten von der preußischen Genauigkeit, der Schriftkundigkeit in alle Richtungen, die die ehrgeizigen Briefträger in Shanghai an den Tag gelegt hatten. In Havanna war das anders, wer bekam schon Briefe und warum; vielleicht wurden ganze Briefsäcke ins Meer geschüttet oder den Fischen zum Fraß vorgeworfen, damit sie ordentlich fett wären, wenn sie sich der Küste näherten.

Kornitzer sah sich seine Kollegen im Landgericht an: Landgerichtsrat Beck, zehn Jahre jünger als er, war auch längst Landgerichtsdirektor geworden. Er hatte sich ein starhaftes Hochrecken des Kinns angewöhnt, als dirigiere er ein ganzes

Orchester und nicht eine Kammer für Strafrecht. Dabei rieselten Schuppen auf seine Robe. Sein Bartschatten war silbrig geworden. Der vierschrötige Dr. Buch, der einen Augenblick lang in seiner Karriere – im Jahre 1946 – Angst gehabt hatte, seine Vergangenheit lösche seine Zukunft aus, hatte diese Angst gründlich aus dem Gedächtnis getilgt. Mit beamtenhafter Sturheit starrte er auf den Termin seiner Pensionierung, „noch ein paar Jährchen", saß sein Richteramt, wie man so sagt, auf einer Arschbacke ab. Zeh, den Kornitzer als einen Zeugen zu seiner „Tat", der Verlesung von zwei Grundgesetzartikeln, dazugebeten hatte, war auf höfliche Weise distanziert, nur nicht daran rühren, drückte seine Miene aus. Hatte Kornitzer ihn falsch eingeschätzt, oder fühlte er sich überrumpelt? Landgerichtsdirektor Brink jedenfalls, der Übermittler der Botschaft an das Oberlandesgericht, war von eisiger Undurchdringlichkeit, wie erfroren. Justizobersekretär Fell hingegen, der Protokollant, begann manchmal, wenn er Kornitzer auf den Fluren traf, ein ungehemmtes Schwatzen über alles Mögliche, als hätte das zu Protokollierende eine Schleuse geöffnet, und Ungefiltertes, Zufälliges dringe in den Raum wie Keime. Hartmann und Nell, Kornitzers Beisitzer, waren von verhaltener Distanz, etwas schien in ihren Köpfen zu rattern, vielleicht die Erinnerung an die Lesung des Grundgesetzes, das der Vorsitzende der Kammer wie ein Schild vor sich her getragen hatte. (Die Formulierung „Jemand läuft mit dem Grundgesetz unter dem Arm herum" war noch nicht in Mode.) Hartmann und Nell arbeiteten zu Kornitzers Zufriedenheit, politische Erörterungen waren nicht angebracht im Besprechungszimmer der Zivilkammer, auch eigentlich nichts Persönliches. Kornitzer mochte Nell, den dünnen Schlaks, und hatte ihn nach Kräften gefördert. Hartmann dagegen schien jetzt manchmal eine funktionelle Begriffsstutzigkeit an den Tag zu legen, ein Zögern, ein

Sich-Verschließen vor einem Argument, als könnte darin eine Falle, eine Falltür ins Ungewisse verborgen sein. Dabei fuhr er sich sinnend durchs Haar, als wäre tief zwischen seinen Haarwurzeln eine Klarheit, eine Logik der Argumentation verborgen. Kornitzer müßte diese Veränderung – natürlich auf ganz abstrakte Weise – bei der nächsten dienstlichen Beurteilung auch zur Sprache bringen, er hoffte, die nächste Beurteilung stünde nicht so bald an. Aber er empfand es auch so, als sei immer eine gläserne Wand zwischen ihm und den Beisitzern, wenn sie miteinander im Besprechungszimmer saßen und berieten. Jedenfalls konnte er sich auf sie verlassen. (Oder er wollte es glauben.) Das Verlassen, das Sich-auf-jemanden-Verlassen und das Sich-verlassen-Fühlen rückten nahe zueinander und überlagerten sich schließlich, und es war nicht mehr ganz klar, an welcher Stelle man sich selbst einordnen wollte oder konnte. Kornitzer arbeitete an sich selbst, er arbeitete an einem Entwurf von Welt, und gleichzeitig entglitt ihm Welt, rutschte weg ins Unfaßliche, Unstoffliche. Er kann sein eigener Zeuge nicht sein.

Er wird ein Antragsteller und nennt sich selbst „den Antragsteller". Dem Antragsteller wird geantwortet in einem *Wiedergutmachungsbescheid*, sein Antrag sei unbegründet: *Der Antragsteller ist im Jahre 1949 aus Gründen der Wiedergutmachung im Justizdienst des Landes Rheinland-Pfalz als Beamter auf Lebenszeit bevorzugt „wiederangestellt" worden, obwohl er vor diesem Zeitpunkt niemals als Angehöriger des öffentlichen Dienstes im Gebiet dieses Landes tätig gewesen ist.* Es scheint ihm so, als schmiere man ihm das aufs Butterbrot. Ja, er ist nicht einheimisch, er ist in Breslau geboren und hat in Berlin studiert und seine Karriere begonnen. Ist das ein Fehler? Oder ist es eher eine Weltläufigkeit, über die die *im Gebiet dieses Landes* Geborenen, das vor den eingetretenen Umständen gar kein Land gewesen ist, sondern etwas Übriggebliebenes, etwas

Niedergetretenes, an die Franzosen Abgetretenes, gar nicht verfügen? *Kurz nach seiner Ernennung zum Landgerichtsrat ist –wiederum aus Wiedergutmachungsgründen – seine Beförderung zum Landgerichtsdirektor beantragt und durch den Erlaß des Ministerpräsidenten mit Wirkung vom 1. September 1949 verfügt worden.* Nun, acht Jahre später, klingt es, als sei es eine Gnade gewesen, daß man den Mann, der keinen rheinischen und keinen pfälzischen Stallgeruch hatte, den niemand kannte als Referendar oder Gerichtsassessor, eingestellt hat. Und: Es ist deutlich, man hätte dies nicht tun müssen, es war eine Freundlichkeit, eine Herablassung, es zu tun, eine Wiedergutmachungsgeste, vielleicht ein Wink der französischen Besatzer, das läßt sich nicht mehr klären. Jedenfalls keine Überzeugung, kein Rechtstitel. Von einem Anspruch des Antragstellers ist nicht mehr die Rede. Das soll doch bitte der hochfahrende Landgerichtsdirektor, der sich zu Höherem berufen fühlt, begreifen. Schneidend kalt wird einem bei diesem Bescheid. Weil die Macht, die Entscheidungsbefugnis, anderswo ist, jedenfalls nicht dort, wo Kornitzer ist, läßt sich mit langem Atem argumentieren, seitenlang ausschweifen, und Grundsätzliches kann sorgsam zwischen den Zeilen verborgen werden, während Kornitzer sein Herz im Halse klopfen spürt. Er liest den Schriftsatz, er versteht ihn, es zerreißt ihn, und er muß streng mit sich sein, um später einen anderen (gegnerischen) Schriftsatz konzipieren zu können.

Rückwirkend seien ihm vom 1. Juni 1949 an die Dienstbezüge eines Landgerichtsdirektors (Besoldungsgruppe A 2b) zuerkannt worden, führt das Justizministerium aus. *Damit hat der Antragsteller die Rechtsstellung und die Besoldung erlangt, die er im Verlauf seiner Dienstlaufbahn voraussichtlich erreicht haben würde, wenn er im Jahre 1933 nicht vorzeitig in den Ruhestand versetzt worden wäre. Eine weitere, über die Stelle eines Landgerichtsdirektors hinausgehende Beförderung wäre dem Antragsteller bei ungestörtem Verlauf seiner beruf-*

lichen Entwicklung bis Ende 1949 voraussichtlich nicht zuteil geworden. Im Bereich der ordentlichen Justiz können erfahrungsgemäß auch diejenigen Richter, deren Prüfungsergebnisse und dienstliche Leistungen weit über dem Durchschnitt liegen, eine über der Besoldungsgruppe A 2b liegende Beförderungsstelle in der Regel nicht vor der Vollendung ihres 50. Lebensjahres erreichen. Die Beförderungsverhältnisse liegen insoweit in den einzelnen Oberlandesgerichtsbezirken ziemlich gleich. Im vorliegenden Fall sind für den Umfang der Wiedergutmachungsansprüche die Verhältnisse im Kammergerichtsbezirk maßgebend, da der Antragsteller in diesem Bezirk tätig gewesen ist und voraussichtlich geblieben wäre, wenn ihn nicht der Preußische Justizminister im Jahre 1933 vorzeitig in den Ruhestand versetzt hätte. Das durchschnittliche Lebensalter, in dem die im Jahre 1941 beim Kammergericht in Berlin tätig gewesenen Senatspräsidenten erstmals in eine Stelle der Besoldungsgruppe A 1a eingewiesen sind, liegt bei 51 Jahren (vgl. Kalender für Reichsjustizbeamte 1941. S. 561). An diesen Beförderungsverhältnissen hat sich offenbar auch in den folgenden Jahren im Wesentlichen nichts geändert; denn im Jahre 1953 befand sich unter den insgesamt 11 Senatspräsidenten des Kammergerichts Berlin nur ein einziger, der das 50. Lebensjahr noch nicht vollendet hatte (vgl. Handbuch der Justiz 1953. S. 60). Unter diesen Umständen ist nicht anzunehmen, daß der Antragsteller im Jahre 1949, also im Alter von 46 Jahren, schon über die Stellung eines Landgerichtsdirektors hinausgelangt wäre, wenn er seine richterliche Tätigkeit im Kammergerichtsbezirk Berlin hätte fortsetzen können. Auch wenn der Antragsteller, der während seiner Tätigkeit als Gerichtsassessor hauptsächlich mit Fragen des gewerblichen Rechtsschutzes und des Urheberrechts befaßt war, in den Dienst des Reichspatentamtes übergetreten wäre, würde sich seine Laufbahn bis Ende 1949 nicht günstiger gestaltet haben, als bisher angenommen wurde.

Akribisch listet das Justizministerium ihm auf, wie die beruflichen Stationen des von ihm als Vergleichsperson benannten Senatspräsidenten waren: er ist drei Jahre älter als Kornitzer, er hat die große Staatsprüfung bereits 1926 abgelegt. Seit 1936 war er im Reichspatentamt tätig. Ab Mai 1943 war er für das Oberkommando der Kriegsmarine tätig. (Nutzt der Einsatz in der Kriegsmarine dem Fortkommen im Patentamt? Vermutlich. Vermutlich sogar sehr.) Er ist mit Wirkung vom 1. August 1953, also kurz vor Vollendung seines 53. Lebensjahres, zum Senatspräsidenten beim Deutschen Patentamt ernannt worden. Kornitzer starrt auf die Stellung dieses fernen Mannes, aber er sieht seine ihm gleich alten Kollegen im Landgericht nicht, er sieht nicht den eilfertig um jedes Mandat buhlenden Rechtsanwalt Damm, er sieht sich selbst nicht, er hat Wünsche und Hoffnungen, er verkennt die Wirklichkeit. Patente waren ihm früher nicht wichtig, warum jetzt? Oder ist ihm das Patentamt so wichtig geworden, weil er sich gegenüber seinem Präsidenten zurückgestellt fühlt? Da müssen sich viele Juristen zurückgestellt fühlen. Jede Pyramide hat einen breiten Fuß und eine nadelfeine Spitze. Nicht jeder, der irgendwo unten aufbricht, steigt auf. *Wenn sich nach dem Jahre 1949 seine Hoffnungen auf weitere Beförderungen nicht erfüllt haben, so kann das etwaige Ausbleiben dieser Beförderungen nicht mehr auf nationalsozialistische Verfolgungs- und Unterdrückungsmaßnahmen zurückgeführt werden. Eine Wiedergutmachung nach dem BWGÖD* – dem Bundeswiedergutmachungsgesetz öffentlicher Dienst – *scheidet deshalb insoweit aus.* Der Antragsteller kann gegen den Wiedergutmachungsbescheid auf dem Verwaltungsrechtsweg beim Oberverwaltungsgericht Koblenz klagen, er hat eine Frist von drei Monaten nach der Zustellung des Briefes, so wird ihm beschieden.

Kornitzer klagt über den Zeitpunkt, an dem ihm dieser „formal-ablehnende" Wiedergutmachungsbescheid zugestellt worden ist, nachdem er lange liegen geblieben ist. Wie hat er sich kundig gemacht, daß er liegen geblieben ist? Gerade hatten sich die Durchblutungsstörungen an Händen und Füßen, die Kreislaufschwäche ein wenig gebessert, nun scheint ihm der Erfolg der Behandlung grundsätzlich vereitelt. Der Blutdruck ist zu hoch, er hat Schwindelanfälle. Ein Attest hat ihm *die Vermeidung psychischer und geistiger Überbelastungen dringend empfohlen*. Auch auf das Treppensteigen soll er verzichten. Er schreibt dies an den Präsidenten des Landgerichts, gegebenenfalls zur gefälligen Weitergabe. Er lebt in dünner Luft. Er lebt wie mit angezogener Handbremse. Gibt es Einwände, die er vergessen hat? Manchmal geht er zum Rhein, sieht die Pontons der Schifffahrtslinien in ihrer silbrigen Mattheit, die Schwäne, die am Ufer tuckern, und er glaubt, das Wasser trüge ihn. Doch er will nicht getragen werden. Die letzte Enttäuschung, die ihn quält: Wenn die Illusion, illusionsfrei zu sein, sich als solche herausstellt. Und: Er ist der Auffassung, der höchste Grad der Gegenwart ist die Abwesenheit.

Aus der Verfolgung seiner Person ist eine Verfolgung seiner Ansprüche geworden. Er beantragt am Mittwoch, dem 22. Mai 1957, Dienstbefreiung unter Fortzahlung seiner vollen richterlichen Gehaltsbezüge ab Montag, dem 27. Mai, auf zwei Monate. Es eilt ihm, er will die Stadt verlassen, aber kennt doch auch die langen Dienstwege, die zu einer Dienstbefreiung führen. Drei bis vier Wochen seien notwendig, um ihm die Bearbeitung der Wiedergutmachungsangelegenheiten und die damit zusammenhängenden Sachen zu ermöglichen, schreibt er in seinem Antrag. Es handele sich „um die vordringlich gewordenen und gründlicher Durcharbeitung bedürfenden eigenen Wiedergutmachungssachen, auch im Zusammenhang mit der zur Zeit nicht mehr bestehenden richterlichen Unabhängigkeit und Gleichstellung meiner Person, ferner um Angelegenheiten meiner Frau und meiner Kinder. Dazu sind mehrere Reisen, Konferenzen und Ermittlungen nötig. Neben den Dienstgeschäften kann ich diese Sachen nicht besorgen." Zusätzlich bittet er um Dienstbefreiung, um eine vierwöchige Kur anzutreten, die die

Berliner Wiedergutmachungsbehörde bewilligt und angeordnet hat. Sie ließe sich nur noch einige Zeit aufschieben. Er horcht in den Raum, er sitzt auf glühenden Kohlen im schönsten Frühjahr, er geht erwartungsvoll herum und lauert auf den Bescheid, der nicht kommt. Am 24. 5. 1957 schreibt der Landgerichtspräsident in Mainz an den Oberlandesgerichtspräsidenten in Koblenz: *Ich habe den Eindruck, daß Landgerichtsdirektor Dr. Kornitzer den mit der Verfolgung seiner Ansprüche verbundenen Arbeitsaufwand sowie Aufregungen nicht so gewachsen ist, als daß er daneben noch die ihm obliegenden Dienstgeschäfte in vollem Umfange zu führen vermöchte.* Das war vornehm distanziert, aber in der Sache hart formuliert. Die Beurteilung strahlte die Gewißheit aus: Hier an dem Ort, an dem ich sitze, an der Stelle des Landgerichtspräsidenten, überblicke ich vollkommen die Lage. Dieser Richter, über den ich eine Beurteilung geschrieben (ein Urteil gefällt) habe, ist vollkommen ungeeignet, eine solche Position wie die meine auszufüllen. Ob er weiß, daß Kornitzer, seit er die Bemerkung über seinen massigen Körper in seiner Personalakte gelesen hat, häufiger Einsicht in seine Personalakte verlangt? Läse er, was der Präsident des Landgerichts über ihn geschrieben hat, er würde vier Wochen lang krank sein, krank vor Zorn, vor Erbitterung, krank vor Scham, bis ins Mark erschüttert. Und er ist ja schon krank, krank vor Aufregungen, krank von der Kränkung. Sein Herz rast, er schläft schlecht, wacht auf, schweißgebadet, und muß die Wäsche wechseln.

Er kämpft, er leidet, er kann nicht anders. Und er weiß auch nicht, nie wird er es erfahren, daß der Präsident des Landgerichts ein unmißverständliches Signal an den Oberlandesgerichtspräsidenten in Koblenz sendet: *Seit einiger Zeit ist seine Leistungsfähigkeit und auch die Qualität seiner Leistungen durch gesundheitliche Schwankungen beeinträchtigt. Die damit in Verbindung stehende seelische Depression hat ihn mitunter bei der Leitung der Sitzung beeinträch-*

*tigt, vereinzelt sogar zu dem Eindruck geführt, als beherrsche er den Akteninhalt nicht genügend.* Wie und bei wem ist dieser Eindruck entstanden? Bei den Parteien? Bei seinen Beisitzern? Haben sie den Vorsitzenden der Kammer angeschwärzt? Oder hat der Landgerichtspräsident die Herren Hartmann und Nell um eine Stellungnahme gebeten, wie nach der Sitzung, in der Kornitzer einen Artikel des Grundgesetzes verlesen hat? Ist das zulässig? Hintertreiben sie seinen ehrgeizigen Aufstiegswunsch? Sie sind darauf vorbereitet, gefragt zu werden.
Am 15. Juni 1957 erreicht den Landgerichtspräsidenten in Mainz ein Schreiben des Oberlandesgerichtspräsidenten in Koblenz. Er hat in der Zwischenzeit das Ministerium der Justiz um Weisung in Kornitzers Angelegenheit gebeten – er will sich absichern – und teilt mit, wie das Ministerium in einem Erlaß vom 11. Juni Stellung genommen hat. *Es sind keine Gründe ersichtlich, die über den Erholungsurlaub hinaus die Erteilung einer Dienstbefreiung unter Weiterzahlung der Dienstbezüge rechtfertigen könnten. Ich bitte daher, Landgerichtsdirektor Dr. Kornitzer in diesem Sinne zu bescheiden.* Und so geschieht es auch.
Das Einzige, was ich jetzt tun kann, sagte sich Kornitzer, ist bis zum Ende den ruhig einteilenden Verstand zu behalten. Es war der Satz eines Mannes, dem der Prozeß gemacht wird, ein Prozeß, den er nicht wirklich begreift und dessen Ausgang in den Sternen stand. Aber er stand im Mittelpunkt, und der Mittelpunkt schwankte. Groll war nicht das richtige Wort. Groll war zu groß, zu rund, das Wort rollte, es war das Ende des Donnergrollens. Es war eine Bedrückung, die keinen Ort hatte, sie drückte nach allen Seiten, nicht wie ein Körper auf einem Kissen einen Abdruck hinterläßt, wie eine dunkle Erinnerung traurig macht. Das Empfinden zog sich auf einen einzigen Punkt zurück.
Kornitzer erkrankt wieder einmal, bittet um Krankenurlaub

außerhalb von Mainz, er muß das Klima wechseln. Und das Klima heißt nicht nur: Regen und Feuchtigkeit, Industrieabgase, es ist das Klima der dauernden Anspannung, der Beschämung. Er will auch sein Gesicht nicht zeigen, es ist ein Gesicht, gezeichnet vom Verfolgungssyndrom. Er verschwindet, er möchte unsichtbar sein, er verreist. Vorher muß er das Oberlandesgericht informieren, er muß die Atteste vorlegen, abwarten, daß sein Arbeitgeber sich mit dem Zeitpunkt des Antritts der Kur einverstanden erklärt. All das regt ihn auf, und die Aufregung tut seinem Herzen nicht gut. Er gewöhnt sich an, theatralisch an seine Brust zu klopfen und dann die Hand resigniert fallen zu lassen. Claire macht ihn auf die Geste aufmerksam, und als sie ihm die Geste vorspielt, schüttelt er den Kopf: Nein, eine solche Geste macht er nicht. Er muß seine Kammer geordnet schließen, Fälle abwickeln oder ordnungsgemäß vertagen. Er fühlt sich allein, allein gelassen, einbetoniert mit den Fragen, die die längere Abwesenheit im Gericht aufwirft. Verabschiedet er sich? Oder reist er einfach ab, verschließt die Zivilkammer wie die Herzenskammern? Das Entschädigungsamt in Berlin hatte ihm auf einen Antrag hin im Januar 1957 *wegen Ihrer anerkannten Gesundheitsschädigung: Herzmuskelschaden und Ausgleichsstörungen, allgemeine Aderverhärtung eine Badekur in Bad Tölz für die Dauer von 28 Tagen gewährt.*
Alle Anordnungen des Badearztes, Anweisungen und Regeln des Entschädigungsamtes und der Kurverwaltung machen Kornitzer nervös, obwohl er ihren Sinn und Zweck vollkommen einsieht. Die Kur rauscht wie ein Wasserfall an ihm vorbei. Man kümmert sich um seinen Herzmuskel, die Durchlässigkeit der Adern, Blutverdünnung. Das Herz ist ein Organ, der Sitz einer undemokratischen Nebenregierung, es ist ein Unruheherd. Man behandelt nicht die Angst, nicht die Verletzung, die Empfindlichkeit gegen neue Verletzungen, man sieht nur das

Organ. Daß der Knick in der Lebenslinie irreparable Schäden für die Verfolgten nach sich zieht, war den meisten Ärzten in den fünfziger Jahren nicht klar. Erst 1964 konstatierte der Heidelberger Nervenarzt Walter von Baeyer zur Psychologie von Verfolgungsschäden: *Es war hier etwas <u>Neues</u> in Erscheinung getreten, chronische, äußerst hartnäckige, therapeutisch wenig beeinflußbare Beschwerden, Leistungsmängel, Veränderungen der sozialen Persönlichkeit, die sich (…) aus den furchtbaren, leib-seelisch-sozialen Schicksalen der Verfolgung entwickelt haben.* Der betreuende Arzt in Bad Tölz schreibt eine Bescheinigung zur Vorlage bei der Dienststelle: *Es war zunächst nur eine Kurdauer von 4 Wochen vorgesehen. Wegen der Schwere des Krankheitsbefundes halte ich eine Kurverlängerung von 14 Tagen für erforderlich. Der Patient ist während dieser insgesamt 6wöchigen Kur völlig arbeitsunfähig.*

Der Arzt, gutwillig, engagiert, bemüht, versteht nicht, daß das Herz das Zentralorgan des Emigranten ist. Des Mannes, der Angst hat, viele Jahre lang. Angst um die Seinen, Angst um sich, Angst vor sich. Sein Patient hat keine andere Wahl, die Herzkrankheit ist ein Mechanismus des Sich-Wehrens und gleichzeitig eine Not. Man müßte seine Geschichte zurückdrehen bis in das Jahr 1933 und neu erfinden – und die Geschichte insgesamt. Tagträumereien, nutzlose Spekulationen, dagegen helfen Kaltwasseranwendungen.

Während Richard krank ist, übernimmt Claire das Ruder. So sehr wünscht sie sich eine Tätigkeit, eine Tätigkeit, die sie ausfüllt. Sie liest, sie denkt sich in die Personen der Bücher, die sie liest, hinein, das freut sie. Sie wünscht sich, ein Buch zu lesen über einen deutschen Beamten, aber sie findet keines. Mit einem Reclamheft und dem Dorfrichter Adam möchte sie sich nicht zufrieden geben. Jetzt denkt sie sich in ihren kranken Mann hinein, übernimmt eine Aufgabe für ihren Mann, während ihr eigene Aufgaben versagt sind. (Sie muß sich schonen.) Richard kurt, trinkt Wässer, läßt sich durchwalken, bespricht mit dem Arzt seine Panikattacken, und sie spannt ein Blatt in die Schreibmaschine ein, und dann noch ein anderes, es ist ein ausführliches Schreiben, und alles wird perfekt. Sie formuliert, als könnte sie so ein Imperium regieren. „Ich komme höflichst zurück auf das Urlaubsgesuch meines Mannes sowie auf das von unserem Hausarzt diesem Gesuch beigefügte Attest. Daraufhin ist ihm ein Urlaub gewährt worden." Sie vertieft sich in Richards Akten und setzt ein feines Schreiben an das Ministerium der Justiz in Mainz auf, ein Doppel sendet sie an den Landgerichtspräsidenten. Sie fürchtet sich vor nichts. „Auf Anraten unseres Hausarztes soll mein Mann während der Zeit seiner Kur sich mit seinen beamtenrechtlichen Angelegenheiten in keiner Weise befassen, das gilt insbesondere für die ganze Wiedergutmachungsangelegenheit im öffentlichen Dienst. Der Hausarzt und ich wollen im Einverständnis miteinander erreichen, daß mein Mann endlich einen gewissen Abstand zu der jahrelangen, bei allseitigem guten Willen unnötigen Quälerei und seelischen Belastung – die Ihnen ja hinlänglich in allen Einzelheiten bekannt ist – gewinnen kann. Ich habe mir von meinem Mann vor seiner Abreise die Vollmacht geben lassen. Ich bin aber erst jetzt an das Aktenstudium herangegangen, weil auch ich selbst einen Abstand schaffen wollte." Bei der Durcharbeitung der Akten bemerkt sie, daß der Bericht ihres Mannes vom 28. September des Vorjahres noch nicht beantwortet worden ist. Sie moniert das und bittet außerdem, Stenogrammberichte des Landtages und die Bundesdrucksache Nr. 1937 an sie zu schicken, „da ich diese Unterlagen zur weiteren Information unserer Rechtsanwälte benötige". Ja, sie ist sehr selbstbewußt, obwohl sie geschwächt ist und die Schwächung ihres Mannes sie schmerzt.

Währenddessen verfertigen der Oberlandesgerichtspräsident,

der Landgerichtspräsident, ja, genau der neue, vor dessen Ernennung Kornitzer aus dem Grundgesetz zitiert hat, und der Vizepräsident das Richterverzeichnis 1957 mit *Äußerungen über Befähigung, dienstliche Leistungen, Gesundheitszustand, Führung und Charakter der Richter.* Dr. *Kornitzer,* heißt es darin, *ist ein überdurchschnittlich befähigter Richter mit guten, umfassenden Rechtskenntnissen, vor allem auf zivil- und handelsrechtlichem Gebiet. Er verfügt über ein sicheres Urteilsvermögen. In früheren Beurteilungen sind sein praktischer Blick und sein großes Verständnis für die wirtschaftlichen Zusammenhänge hervorgehoben, außerdem ist vermerkt worden, daß unter seiner Leitung die Zivilkammer manche grundsätzliche Entscheidungen gefällt habe, die auch der Nachprüfung in den oberen Instanzen standhielten.*
*Im Ganzen kann die frühere günstige Beurteilung seiner Leistungen nicht aufrecht erhalten werden. Ob es sich um einen vorübergehenden Rückgang seiner Leistungsfähigkeit handelt, hervorgerufen durch die Aufregungen, die Landgerichtsdirektor Kornitzer in Verfolgung seiner Entschädigungsansprüche empfunden hat und noch empfindet, und eine Steigerung der Leistungen nach Abklingen der Aufregungen erwartet werden kann, läßt sich zur Zeit nicht eindeutig beantworten. Die dienstliche und außerdienstliche Führung des Richters war einwandfrei; sein Gesundheitszustand war, wie schon bemerkt, im Berichtszeitraum beeinträchtigt.*
Während Claire mit Eifer für ihren Mann tätig ist, ist er, entgegen dem ärztlichen Rat, für sich tätig. An den Abenden im Krankenzimmer sitzt er am kleinen Besuchstisch mit der Resopalplatte und schreibt. Gestochen scharf ist seine Handschrift, er schreibt Eingabe um Eingabe. Er kommt zurück nach Mainz, er weiß nicht, was in seiner Beurteilung steht, er weiß nicht, daß er mit dem Rücken zur Wand steht. Er kommt zurück, er riecht die Essigfabrik, er riecht die Schuhwichsefabrik, er riecht das Landgericht, er riecht das Justizministerium, und kaum ist er da, beginnt sein Herz zu rasen. Und er fühlt sich selbst im Schlepptau dieses Herzrasens. Er riecht sich

selbst, im Nu ist er schweißnaß. Er sucht den Hausarzt auf, der schreibt sofort ein neues Attest: *Herr Landgerichtsdirektor Dr. Kornitzer bedarf nach der sehr anstrengenden Badekur in Tölz einer 4–6wöchigen Nachkur. Herr Dr. Kornitzer ist während dieser Zeit dienstunfähig.* Kornitzer legt dem Attest ein Schreiben an den Landgerichtspräsidenten bei: „Sehr geehrter Herr Präsident, in der Anlage überreiche ich höflichst ein Attest meines Hausarztes Dr. A. mit der Bitte, mir den Nachkur-Urlaub dementsprechend bewilligen zu wollen.
Mit verbindlichstem Dank
Ihr sehr ergebener Dr. Kornitzer LG. Direktor"

Auf dem Blatt findet sich ein maschinengeschriebener Vermerk: *Landgerichtsdirektor Dr. Kornitzer ist heute fernmündlich davon verständigt worden, daß es einer Urlaubserteilung nicht bedarf, sondern daß er auf Grund des eingereichten Attests von Dr. A. als dienstunfähig für die Dauer von 6 Wochen angesehen wird.
Der LG. Präsident*
Es herrscht Dürre in diesem Sommer, ein Fordern, ein Abfordern, ein Warten auf die Gegenseite. Ein unschönes Gleichgewicht, das nicht hält. Also muß Ordnung geschaffen werden, und der, der die Ordnung braucht, schafft sich aus dem Weg, schafft sich selbst aus dem Problemfeld, und das ist ein Ende, definitiv. Nun wird Rechtsanwalt Westenberger für ihn tätig, verhandelt im Justizministerium, er tut dies ruhig und mit viel Geschick. Und er benachrichtigt Kornitzer. Der Richter muß einen Antrag auf Versetzung in den Ruhestand stellen. Diesem Antrag wird stattgegeben. Gleichzeitig wird Kornitzer zum Senatspräsidenten am Oberlandesgericht Koblenz ernannt. Das ist eine Position, die er nie angestrebt hat. Er zieht sich zurück, die höhere Verantwortung (und die Ehre) entgeht ihm, allerdings erhält er eine höhere Pension. Das ist der Preis, den

das Land zu zahlen bereit ist, um den unbequemen Mann loszuwerden. Zug um Gegenzug. Und Kornitzer nimmt wieder seinen Füllfederhalter und schreibt an den Landgerichtspräsidenten, und er bemüht sich, ganz ohne Emotionen zu schreiben: „Sehr verehrter Herr Präsident, in meiner Wiedergutmachungssache hat mir Rechtsanwalt Westenberger mitgeteilt, daß das Justizministerium vergleichsweise meine Pensionierung als Senatspräsident – ohne Auflagen oder ähnl. – vorschlägt. Ich habe diesen Vorschlag alsbald angenommen. Inzwischen dürfte auch die Einstufung für die Bezüge klargestellt sein. Da ich annehme, daß auch hinsichtlich des Datums (1. Okt. d. J.) der Pensionierung Einverständnis besteht, der Vergleich mithin praktisch perfekt ist, bitte ich höflichst, über meine Tätigkeit bis zum 1. 10. d. J. Verfügung zu treffen. Nach erfolgter Nachuntersuchung wird die abschließende Konsultation mit dem hiesigen Arzte am Dienstag (13. 8.) stattfinden. Ich werde danach nach Mainz zurückkehren, bitte jedoch noch um kurze Zeit Anschlußurlaubs in Anrechnung auf den Jahresurlaub. Mit verbindlichen Grüßen
Ihr sehr ergebener Dr. Kornitzer LG. Direktor"

Keine Emotionen sind überliefert, nur Förmlichkeiten, Verbindlichkeiten, ein großes Pflaster auf einer großen Wunde, und dann den Blick abgewandt, den Sargdeckel geschlossen. Kornitzer, der so gerne Richter war, betritt das Landgericht nicht mehr. Das ist auch nicht nötig, niemand erwartet ihn. (Niemand will ihn sehen.) Ein Bote bringt ihm seine persönlichen Dinge aus dem Gericht nach Hause, er will auch den Boten nicht sehen, Claire öffnet und bedankt sich. Ein Justizinspektor und ein Regierungsoberinspektor werfen die Rechenmaschinen an. Und gegen die Berechnungen ist nichts einzuwenden. Das Besoldungsdienstalter, das Grundgehalt einschließlich der ruhegehaltsfähigen Stellenzulage, die Besoldungsdienstberechnung, alles muß überprüft und sorgsam in Formulare übertragen werden. Darunter steht: 1 *Brief m. Zust. Urk. heute dem Wachtm. zur Post übergeben. Mainz, den 27. 8. 1957 Veit. Justizobersekretär.* Mit einer anderen Schreibmaschinentype ist hinzugefügt: *Nach dem Beschluß der Wiedergutmachungskommission in Koblenz vom 26. 9. 1949 ist Dr. Kornitzer besoldungsrechtlich so zu stellen, wie wenn er nicht zum 1. 11. 1933 in den Ruhestand versetzt worden wäre.* In den Ruhestand versetzt, das hört sich gemütlich an, ohrensesselhaft, schläfrig. *In den Ruhestand versetzt ist* eine plüschige Draperie über dem Rausschmiß aus dem Landgericht. Jetzt geht alles sehr schnell. Am 30. September 1957 schickt das Ministerium der Justiz ein Schreiben an den Herrn Landgerichtspräsidenten in Mainz mit der *Bitte, die Ernennungsurkunde von 25. September 1957 und die Urkunde über die Versetzung des Richters in den Ruhestand vom 28. September 1957* <u>*noch*</u> <u>*heute*</u> *zuzustellen und den Zustellungsnachweis vorzulegen.* In einer schnörkeligen Handschrift mit dokumentenechtem Kopierstift hat jemand auf dem Papier bemerkt: <u>*Eilt sehr.*</u> Ja, einen Tag vor dem endgültigen Ausscheiden aus dem Landgericht sollte der gleichzeitig Erhöhte und aus dem aktiven Justizdienst Eliminierte Klarheit über seinen Rechtsstatus haben, der Schnitt ist getan, die Wunde blutet noch ein wenig nach. Und da ist die vornehme Ernennungsurkunde:

Im Namen des
Landes Rheinland-Pfalz
ernenne ich
den Landgerichtsdirektor
Dr. Richard Kornitzer
zum Senatspräsidenten
Der Ministerpräsident von Rheinland-Pfalz
gez. Altmeier

(Links neben dem Namen prangt das Dienstsiegel.) Nein, keine Feier, kein Händedruck, kein Gläschen Riesling wie am Tag der Ernennung zum Landgerichtsrat in Mainz, auch nicht mit Claire im Schindelhaus, es ist ein ganz normaler Tag (oder er soll als ein solcher in Erinnerung bleiben, oder er soll überhaupt nicht in Erinnerung bleiben oder als ein Tag, an dem der Gerichtsbote geklingelt hat, der Tag, an dem eine Unterschrift bei der Aushändigung einer Urkunde verlangt wurde), der Tag, an dem etwas zu Ende ging. Kornitzer fühlt den Impuls, die Klappläden zu schließen, aber er tut es dann doch nicht. Aus Rücksicht auf Claire, aus Rücksicht auf die Nachbarschaft. Es ist ein ganz normaler Tag, jedenfalls will er das glauben, will es sich selbst glauben machen. Die Essigfabrik riecht, die Schuhwichsefabrik riecht, die Straßenbahn klingelt. Gegen siebzehn Uhr beginnt es leicht zu regnen, am Abend spiegelt sich das Muster der Straßenlaternen auf dem Pflaster, Claire hat Spinat mit Rührei zubereitet. Vielleicht war sie, als der Bote kam, viel aufgeregter als Richard. Dann ist es ruhig, und dann ist es doch Zeit, die Fensterläden zu schließen, Geborgenheit im Haus zu simulieren.

Jetzt sind die Tage lang, und die Nächte sind schlaflos. Mit Feuereifer stürzt sich Kornitzer in die Arbeit für seine Wiedergutmachung. Was er als Landgerichtsdirektor nur nebenbei erledigen konnte, wird jetzt groß geschrieben. Er kämpft um die Judenvermögensabgabe und geistert nachts durchs Haus, öffnet leise seine Schreibtischschubladen, und er öffnet sein Gedächtnis. Und was er verloren hat, steht so lebhaft vor ihm, als habe er es gestern verloren, es ist ein taktiles Empfinden für die Beraubung. Ein Viertel des Vermögens mußte bei der Auswanderung als Reichsfluchtsteuer abgeführt werden, der Rest konnte nur unter großen Verlusten umgetauscht werden. (Nach Kriegsbeginn ist der Anteil des Vermögens, das die Finanzbehörden einbehielten, auf 96 Prozent geklettert. Die Finanzbehörden sind der lange Arm des Faschismus. Die trappelnden Stiefel, das Gegröle, das pathetische Geschrei, die Verhaftungen, die Schmutzarbeit auf der einen Seite: dagegen die Formulare, die Drucksachen, die Bescheide, die rastergenaue Erfassung aller Juden. Den Finanzbehörden oblag es, die bürgerliche Existenz der Verfolgten auszulöschen. Mit den Mitteln der Ausplünderung wurde die Sondersteuer eingetrieben. Es kommt Kornitzer so vor, als habe er persönlich mit dem Erbe seiner Mutter die Aufrüstung und die Kriegsführung finanzieren müssen. Jetzt in den schlaflosen Nächten legt er Listen an. Er erinnert sich an folgende Bücher: 1 großes Corpus iuris in lateinischer Sprache, einen Band des hebräischen Textes des Alten Testaments mit Vokalzeichen, Hauffs Märchen in 2 Bänden, etwa 30 Bände Reichsgerichtsentscheidungen und etwa sechzig weitere Bände, die er nicht genau benennen kann, Fachbücher vor allem. Nein, ein großer Leser war Kornitzer nicht gewesen. Aber daß Claire in den letzten Jahren so viel liest und Bücher anschafft, von Menschen in den Büchern so plastisch erzählt, als hätte sie sie auf dem Wochenmarkt getroffen, gefällt ihm. Sie sieht zufrieden aus, wenn sie liest, auch schmerzfrei.

Er listet ein Ölgemälde aus dem Besitz seiner Mutter auf: Stettiner Bahnhof (den Maler kennt er nicht), ein Bild von Murillo: Antonius von Padua mit dem Jesuskinde, eine erstklassige Kopie, wie er meint, 4 große echte Teppiche, auch aus dem Besitz seiner Mutter (ein Täbris, ein Isfahan, ein Uschak, anspruchsvolle, hochnäsige Burschen aus dem Orient, und ein französischer Wollteppich), die in der modernen Wohnung in der Cicerostraße Fremdkörper waren und von denen die verderbende Wirkung der Möbelstücke, auch der Kinder, ferngehalten werden mußte. Und er führt das Porzellan auf (efeugrü-

ne Randbetonung mit goldener Borte), einige Stücke sind restituiert worden, es fehlen noch etwa 80 Stücke, außerdem Figuren und Leuchter aus Porzellan. Aber seltsam, er kommt nicht auf den Gedanken, die feinen Stahlrohrmöbel, die Peddigrohrsesselchen aufzulisten, das Bauhaus-Teeservice mit der stromlinienförmigen Kanne, die strengen Kugellampen von Marianne Brandt, all die hellen, leichten Dinge, die Claire und er angeschafft haben, die verloren gegangen sind. Es ist, als hätten diese in der Zwischenzeit – durch die Vertreibung der Bauhauskünstler – auch ihren Wert verloren. Er kämpft um das Erbe seiner Mutter, aber auch um Claires Schreibmaschine, die sie glücklicherweise durch eine ähnliche hatte ersetzen können.
Und vor allem schmerzt ihn der Verlust des Armbandes mit den Saphiren, das er kurz vor seiner Emigration für Claire hat umarbeiten lassen. Unbedingt möchte er Claire das Armband zum zweiten Mal schenken. (Oder einen adäquaten Ersatz dafür.) Claire dagegen winkt ab: Es ist verloren, Richard, man hat es mir weggenommen. Das will Kornitzer nicht gelten lassen. „In der Restitutionssache Kornitzer gegen Dt. Reich und Stadt Berlin", schreibt er, „sind die Sachen, soweit möglich, einzeln aufgeführt worden. Es ist eine Sache der Gegenpartei, die Einzelheiten der Ausplünderung durch die Nazis zu ermitteln, da ich 1939 nach Kuba flüchten mußte, um nicht von den Nazis ermordet zu werden."
Aus dem Hause des Senators für Finanzen in Berlin erhält er die Antwort: – *muß ich die Antragsteller bitten, das Bestehen ihrer Ansprüche nachzuweisen und unter Aufzählung der einzelnen entzogenen Vermögensgegenstände darzulegen, wann, wo, auf welche Weise durch welche Dienststelle des vormaligen Deutschen Reiches eine ungerechtfertigte Entziehung zu Gunsten des Vermögens einer der von mir zu vertretenden Rechtsträger erfolgt ist. In jeder Sache sind die entzogenen Vermögenswerte einzeln genau zu bezeichnen. Dies ist notwendig, da sonst nicht von*

‚feststellbaren' Gegenständen gesprochen werden kann, hinsichtlich derer allein eine Rückerstattung in Betracht kommt. Die Art und Weise der ungerechtfertigten Entziehung muß genau schlüssig dargelegt werden. (Zeitpunkt, Behörde, Aktenzeichen, Anschrift des privaten Entziehers usw.) Bezüglich des Vermögens der Ehefrau ist es notwendig, die Entziehung in jedem einzelnen Falle darzulegen. Zunächst sehe ich mich genötigt, gegen den geltend gemachten Anspruch Widerspruch zu erheben.*

Kornitzer notiert: „Die Gestapo hat Frau Kornitzer weder bei den Auspeitschungen noch sonstwie schriftliche Quittungen erteilt!" Aber das ist noch kein Schriftsatz, der Satz muß erkalten, aber wie, wenn der Antragsteller sich aufregt, empört, sein Herz rast. Ja, es ist tatsächlich die Gegenseite, die das Haupt erhebt – und die Schreibhand, abwehrend, parierend, schneidend kühl und beamtenhaft regelmäßig: – *sind bisher weder die Entziehung, noch Anzahl, Art und Güte der etwa entzogenen Gegenstände nachgewiesen. Ich muß daher zu meinem Bedauern beantragen, den Anspruch zurückzuweisen.*

Einige Zeit später, nach vielem Hin und Her, heißt es aus dem Hause des Berliner Finanzsenates: *In der Rückerstattungssache Kornitzer ./. Deutsches Reich beantrage ich, den Antragstellern eine letzte Frist zur Beschaffung der in Ihrem Schreiben vom 16. Oktober 1958 gemeinten Beweisunterlagen zu gewähren und nach deren fruchtlosem Ablauf den Anspruch zurückzuweisen.* Als Kornitzer dieses Schreiben in der Hand hält, beginnt er zu toben. Er will nach Berlin reisen, er will auf den Tisch hauen (welchen Tisch?), er will sein Recht, jetzt sogleich, und zwar zur Gänze. Claire ruft den Rechtsanwalt Westenberger an, der setzt wieder ein Schreiben auf. Kornitzer wartet und wartet, das Eintreffen des Briefträgers ist das Tagesereignis. Er könnte spazierengehen, am Rhein entlang oder auf den Höhen, auf denen jetzt Siedlungen gebaut werden, das täte seiner Gesundheit gut, er könnte mit Claire verreisen, eine Rheinschiffahrt, eine Reise auf eine

Kanalinsel, sie könnten sich mit den Kindern in London treffen, all das sind gute Vorschläge, keinesfalls aus der Luft gegriffen. (Jeder würde ihm einen solchen Rat geben, aber er fragt niemanden.) Kornitzer sagt: Erst wenn die Wiedergutmachungssache abgeschlossen ist. Vorher habe ich den Kopf nicht frei. Claire nickt, sie versteht ihn, aber es fällt ihr schwer. Sein Kopf ist frei genug, um immer wieder bei der Akademie für Völkerrecht zu präsidieren, die strengen Formalien tun ihm gut, dort in Den Haag gibt es keine gegnerische Partei. Alle Teilnehmer der Seminare denken über die gleiche Sache nach, ziehen an einem Strang, sie arbeiten ergebnisorientiert, wie man ein halbes Menschenalter später sagen würde. Und: niemand raunt über ihn. Es wird viel diskutiert, aber auch viel gelacht und abends viel getrunken. Und dann fährt er nach Mainz. Der ganze Sommer ist zerpflückt, zerrupft, von Schreiben zu Schreiben Aufregung, von Termin zu Termin Hetze, von einer Gewitterschwüle bis zur Hitzewelle bis zum Frühnebel, der erste Sommer eines Senatspräsidenten im Ruhestand.
Kornitzer reist nach Berlin, stellt selbst Nachforschungen nach den Wertpapieren an. Vielleicht sollte er das nicht tun, er merkt es selbst, er stößt auf verschlossene Türen, er muß sie öffnen. Er stößt auf verschlossene Münder, das kennt er schon, aber die kann er nicht öffnen. Ein Senatspräsident im Ruhestand ist kein Rechercheur, er hat nicht die innere Freiheit, einen Fuß in die Tür zu stellen, er hat nicht die Freiheit, jemandem aus Prinzip lästig zu fallen. Er arbeitet in eigener Sache, das gibt der anderen Seite einen Schein von Objektivität, denn niemand hat ja persönlich die Wertpapiere aus dem Erbe seiner Mutter veruntreut. Das muß er doch einsehen.
Kornitzer kommt von der Berliner Reise nach Hause, ernüchtert, erkältet, schließt die Tür des Hauses auf und findet Claire auf dem Fußboden liegen. Sie hebt den Kopf, sie will etwas

sagen. Es gelingt ihr nicht, sie lallt. Richard will ihr aufhelfen, aber sie bleibt liegen, lallt wieder und stöhnt. Hast du etwas getrunken, Claire?, fragt Richard. Es war nahezu unmöglich, sich in Mainz nicht an die allgemeinen Trinkgewohnheiten anzupassen, das war die leichteste Übung. Richard betritt die Küche, kein ungespültes Glas, keine geöffnete Flasche, er hat Claire Unrecht getan, sie kann nicht aufstehen. Hat sie einen Schlaganfall erlitten? Er holt eine Decke, legt sie auf die Seite (stabile Seitenlage), flößt ihr ein wenig Tee ein, bestellt einen Krankenwagen. Jetzt spricht sie deutlicher. Es ist ihr auf der Treppe plötzlich schwarz vor Augen geworden, sie wollte sich festhalten am Geländer, aber das gelang nicht. So rutschte sie die Treppe hinunter. Sie weiß nicht, wie lange sie da in der Diele gelegen hat. Ja, sie hat versucht, ans Telephon zu robben, Hilfe zu holen, aber sie war zu schwach. Sie weint vor Schwäche, sie weint vor Demütigung durch die Schwäche, sie weint, weil sie allein war, als sie fiel. Wenn du da gewesen wärst, stöhnt es aus ihr heraus. Und dann verliert sie wieder das Bewußtsein.
Wenn du da gewesen wärst. Diesen Satz sagt er sich dann häufig vor, wenn er täglich zu Claire ins Krankenhaus fährt. Ihr Oberschenkelhals ist gebrochen, ihre Nierenwerte sind bedenklich, sie erholt sich nicht. Um an Krücken zu gehen, ist sie zu geschwächt. Wenn du da gewesen wärst. Wenn du nicht emigriert wärst. Wenn wir beide nicht in eine so verstörende Situation gekommen wären. Wenn du von Bettnang nicht nach Mainz gegangen wärst. Wenn du nicht nach Den Haag gereist wärst. Wenn du nicht in Berlin auf der Suche nach den Wertpapieren gewesen wärst. Eine ganze Latte von unausgesprochenen Vorwürfen. Dabei hatte sich Kornitzer in Berlin nicht einmal Zeit genommen, nachzusehen, was aus dem Universum geworden war und aus dem schönen Haus in der Cicerostraße. Gab es die Tennisplätze noch? Er war so unruhig, so mißmutig

in Berlin gewesen, daß er sofort nach seiner gescheiterten Mission abgereist war. Andere hätten sich noch ein paar Stunden auf Cocktailsesselchen in einer stromlinienförmigen Bar am Ku'damm gegönnt. Doch dazu war Kornitzer in seiner verdüsterten Stimmung nicht in der Lage.

Er wendet sich noch einmal an die Wiedergutmachungsämter von Berlin. Er möchte jetzt unbedingt etwas für Claire erreichen. Wenn er schon bei den Wertpapieren aus dem Erbe seiner Mutter nicht fündig wurde. Das Armband, die Schreibmaschine, er ist beharrlich. Die Sondervermögens- und Bauverwaltung beim Senator für Finanzen in Berlin schreibt ihm zurück: *Nach Überprüfung der weiteren Unterlagen kann nur davon ausgegangen werden, daß es sich bei der "Fortnahme der Schmucksachen und der Schreibmaschine durch die Gestapo" um eine sogenannte "wilde Aktion" gehandelt hat, so daß für den Verlust der beanspruchten Gegenstände das ehemalige Deutsche Reich nicht haftbar gemacht werden kann.*

Kornitzer kann es nicht fassen, er schreibt noch am gleichen Tag zurück nach Berlin: „Wenn das eine ‚wilde Aktion' war, dann ist eben die ganze NS-Gewaltherrschaft bloß eine wilde Aktion gewesen. Sind 6 Millionen Juden in einer ‚wilden Aktion' ermordet worden? Ich finde das Vorbringen der Finanzverwaltung nicht nur unrichtig, sondern geradezu empörend, und schon gar in diesem Falle. Leider bin ich gesundheitlich zur Zeit außer Stande, die gebührende Antwort auf dieses Vorbringen zu erteilen, und bitte daher um eine weitere Frist."

Claire soll aus dem Krankenhaus entlassen werden, aber sie kann nicht gehen, sie kann nicht stehen, sie kann die Treppe nicht erreichen. Kornitzer kann sie nicht tragen, die Aufregungen, sein Herz, seine Ungeschicklichkeit. Sie muß gepflegt werden. Er denkt an Selma, vielleicht hätten Mutter und Tochter noch einmal eine Chance, Nähe zueinander herzustellen unter ganz unterwarteten Bedingungen – nach so viel gegenseitigem Verfehlen. Aber Selma hat ihren jüdischen Freund geheiratet, sie ist im sechsten Monat schwanger, sie gehört zu ihrem Mann, sie gehört zu ihrem Kind, sie baut ein Nest, während das Nest ihres Vaters und ihrer Mutter zerfällt.

Es nützt nichts; Claire ist knapp über sechzig, sie muß in eine Pflegeeinrichtung, und Pflegeeinrichtungen sind Altersheimen angegliedert. Er sieht sich dieses und jenes Heim an, die Sanftheit der Nonnen, die Geschäftsmäßigkeit der Verwaltung, ein perfektes Rollenspiel. Die peinliche Ordnung der Zimmer, die Nüchternheit, die Sterilität, die Stumpfheit in den alten Gesichtern, das Warten auf Essen, das Warten auf eine Unterhaltung, das Warten auf das Unvermeidliche, den Tod. Er beißt die Zähne aufeinander und weiß, Claire wird es auch tun. Sie ist viel zu jung für ein solches Heim, sie ist viel zu arrogant, um sich von Pflegeschülerinnen waschen und lagern zu lassen. Sie ist viel zu eigenwillig, um das zerkochte Essen aus einer Großküche zu löffeln. Wärst du da gewesen. Jetzt ist er immer da. Er besucht sie, nimmt sich unendlich viel Zeit für sie, er fährt ihren Rollstuhl auf die sonnige Veranda.

Und nach den Besuchen führt er seine weitreichende Korrespondenz. Er schreibt Boris Goldenberg. Und wenn Goldenberg Kornitzer schrieb, war das eine feste verläßliche Verbindung nach Kuba. Kornitzer schrieb von den gradlinigen Karrieren, die zum Beispiel aus einem engen Mitarbeiter Albert Speers einen Staatssekretär im Bundesfinanzministerium machen, der ausgerechnet für die Wiedergutmachung an den Nazi-Opfern zuständig ist. Der Herr hieß Karl M. Hettlage und lehnte zwar taktisch die Wiedergutmachung nicht gänzlich ab, aber er beteiligte sich eifrig an dem *zähen Abwehrkampf*, um den Staatshaushalt gegen die *Entschädigungsoffensiven der Nazi-Opfer zu verteidigen*; so sah er es. Sein Steigbügelhalter in der neuen

Karriere war Heinrich Lübke. Kornitzer hätte eine lange Reihe solcher Karrieren auflisten könne, aber er wollte Goldenberg nicht durch Klagen ermüden. Und Goldenberg berichtete nach Deutschland von den mit den Händen zu greifenden politischen Veränderungen in Kuba. Und Kornitzer schrieb zurück: „Daß diejenigen, die gelitten haben wegen ihrer Überzeugungen, in der neuen Gesellschaft von neuem an den Rand gedrängt worden sind, ihre Überzeugungen verbergen oder beschweigen müssen, gehört zu den unbefriedigenden Ergebnissen der Bundesrepublik." George oder Selma hätte er einen solchen Satz in einem Brief nicht geschrieben. Goldenberg antwortete: „Ihre Beobachtung trifft nicht nur für die Bundesrepublik zu. Leider." Daraus konnte Kornitzer Schlüsse ziehen über etwas, das Goldenberg vielleicht nicht der Post anvertrauen wollte. Boris Goldenberg war Professor in Kuba geworden und hatte sich in seiner Existenz eingerichtet.

Der Senator der Finanzen in Berlin hat den Wiedergutmachungsämtern das Ergebnis einer Ermittlung zukommen lassen, *Abschrift an Dr. Kornitzer mit der Bitte um Erklärung, Frist 2 Monate.* In dem Schreiben steht: Zwei Bewohnerinnen des Hauses in der Nürnberger Str., in das Claire nach der Aufgabe der Familienwohnung in der Cicerostraße gezogen war, seien gefunden worden und hätten Zeugenaussagen gemacht. Frau Wieczorek, Gartenhaus, zwei Treppen rechts, sei Luftschutzwart gewesen. In dieser Eigenschaft habe sie auch Gelegenheit gehabt, die Wohnung der Antragstellerin im Vorderhaus zu besuchen. Die Wohnung von Claire Kornitzer sei gut bürgerlich gewesen. An einzelne Gegenstände könne sich die Zeugin nicht mehr erinnern. Sie wisse, daß die Wohnung, nachdem Frau Kornitzer an den Bodensee umsiedelte (dienstverpflichtet wurde?), von einem Fräulein Cäcilia Klinge betreut wurde. (Ja, Cilly war eine treue, anhängliche Seele, auch als sie

nicht mehr für Claire und Richard als Kindermädchen arbeiten durfte.) Wo die Möbel der Wohnung geblieben seien, war Frau Wieczorek nicht bekannt. Die zweite Zeugin war Frau Reyer, die im Vorderhaus vier Treppen hoch gewohnt hatte. Sie bestätigte, daß in der Wohnung viele Bücher, Porzellane und Grammophonplatten gewesen seien. In der Zeit, als Fräulein Klinge die Wohnung betreute, soll diese, da sie keine Unterstützung von Frau Kornitzer erhielt, Untermieter in die Wohnung genommen haben. In dieser Zeit sei von den Untermietern ein Buffet aufgebrochen und z. B. wertvolles Porzellan entwendet worden. Eine Beschlagnahme habe nie stattgefunden. Weiter hieß es in dem Schreiben: *Da Frau Kornitzer Arierin war, wurde der Haushalt als arischer Haushalt angesehen und blieb unbehelligt. Da die beanspruchten Gegenstände nach Vorstehendem nicht zu Gunsten des Deutschen Reiches eingezogen und verwertet worden sind, halte ich meinen Widerspruch weiterhin aufrecht.*
Kornitzer brachte den Bescheid ins Pflegeheim. Claire las ihn mit unbewegtem Gesicht. Am nächsten Tag diktierte sie ihrem Mann eine Stellungnahme. „Im Hause Nürnberger Str. 19 waren gerade diese beiden Frauen als klatschsüchtige Nazi-Anhängerinnen bekannt. Anonyme Denunziationen in der Umgebung wurden damals als von diesen beiden Frauen kommend bewertet. Als ich dies noch nicht wußte und neu zugezogen im Haus war, lud ich Frau Reyer einmal zum Kaffee ein. Die Einladung wurde nicht angenommen, weil diese Frau nicht aus Tassen trinken wollte, aus denen ‚ein Jude getrunken hatte'. Frau Wieczorek als Luftschutzwart preßte mich dazu, in einer Beschußpause während eines sehr schweren Luftangriffes über den Boden des Hauses zu laufen und nach Stabbrandbomben Ausschau zu halten. Ich durfte dies nicht verweigern, um nicht Gefahr zu laufen, am nächsten Tag eingesperrt zu werden. Ich erklärte mich daher bereit, dieser Aufforderung nachzukom-

men, wenn sie mit mir zusammen gehen werde. Sie hätte für diese Zeit ihr Amt an den stellvertretenden Luftschutzwart abgeben können. Da sie selbst zu diesem gefährlichen Gang wohl keine Neigung hatte, unterblieb dann die gemeinsame Unternehmung. Wenn in unserer Abwesenheit Zwangsuntermieter in die Wohnung eingewiesen wurden, so hat dies absolut nichts mit unseren Plänen zu tun und schon gar nichts damit, ob und wie an Fräulein Klinge (heute verh. Damwerth) gezahlt wurde oder nicht. Im übrigen war ich ja durch die Nazis völlig ruiniert und auch ständig zur Gestapo bestellt und mißhandelt worden. Ferner kann Frau Reyer aus eigenem Wissen doch niemals bekunden, ob und welche Sachen beschlagnahmt worden sind oder nicht. Auch ein Buffet war in unserer Wohnung nicht vorhanden; es hätte nicht zum Stil gepaßt." (Dieser Satz war „typisch Claire".) „Gerade Frau Reyer weiß genau, daß mein Haushalt nicht unbehelligt blieb. Sie hat sich u. a. dafür eingesetzt, daß der Hausbesitzer mir den Empfang von Gästen, d. h. das Betreten meiner Wohnung durch jüdische Besucher (Sternträger), verbot, da sich die Mieter dadurch belästigt fühlten. Ferner sorgte sie dafür, daß ich meine Lebensmittelkarten selbst in der für Juden eingerichteten Stelle abholen mußte, weil sie selbst es nicht dulden wollte, daß der Blockwart Lebensmittelkarten in eine jüdische Wohnung brachte. Ein weiteres Zeichen für die ‚Nichtbehelligung' war, daß Frau Wieczorek ein Bett, das ich in den Luftschutzkeller brachte, wieder herauswarf, da angeblich jüdische Möbel nichts im allgemeinen Luftschutzraum zu suchen hätten."

Kornitzer schrieb Claires Stellungnahme sorgsam ab, brachte sie ins Heim, und Claire unterzeichnete sie. Aber er antwortete nicht gleich auf das Schreiben der Berliner Wiedergutmachungsbehörde seine Frau betreffend, er antwortete sehr lange nicht, und dann, als er antwortete, versuchte er, die Fassung zu

wahren. „Auch nach meiner Auswanderung ist meine Frau auf das Grausamste verfolgt worden. Sie wurde von der Gestapo oft mißhandelt, es wurden Sexualverbrechen der Gestapo an ihr begangen, man hat ihr Geschäft völlig vernichtet, ihr die Berufsarbeit verboten, sie in der Evang. Bekenntniskirche verfolgt usw. usw. Das ist der ‚arische Haushalt', der in dieser Weise unbehelligt blieb." Er muß sich hinlegen nach diesem Briefentwurf, er löscht das Licht nicht, er ist zu aufgeregt. Das Licht wirkt auf ihn wie eine Verhörlampe. Claire hat einer solchen Lampe häufig gegenübergesessen, geblendet, aber nicht eingeschüchtert. Am nächsten Tag hämmert er wieder in die Schreibmaschine: „Betr. 1939 – Ich hatte damals gar kein Bareinkommen mehr. Die Firma meiner Frau war durch die Nazis zerstört, und ich stand vor der Auswanderung. Außer Hausrat und sonstigen Werten hatte ich die von meiner Mutter geerbten Wertpapiere, womit ich die Schulden beim Zusammenbruch der Firma meiner Frau decken und meine Auswanderung finanzieren mußte. Für alle in dieser Weise aufgewendeten Sachwerte fordere ich Restitution und Erstattung der verlorenen Erträgnisse und Zinsen." Man schreibt ihm zurück: *In der Rückerstattungssache Kornitzer ./. Deutsches Reich bitten wir um abschließende Stellungnahme und Stellung eines bestimmten Antrages. Bei welchen Banken unterhielten Sie Konten? Können noch Konto- und Depotauszüge vorgelegt werden?*
*Gez. Dr. Bernstein LG. Direktor*

Es gibt wieder eine Pause im Schriftwechsel, die zuerst wie ein Atemholen wirkt, aber das ist es nicht. Es ist eine Leere, ein Krater. „Überdies bin ich selbst mehrfach gesundheitlich behindert, und meine Frau ist nach Aufenthalten in mehreren Kliniken und einer Dauerpflegeabteilung im hiesigen Altenheim verstorben. Aus ihren Berichten ihren Widerstand und

Leidensgang zu schildern, müßte mir Gelegenheit gegeben werden. Es war fürwahr ‚keine wilde Aktion'. Es fand bei ihr eine Hausdurchsuchung statt, bei der durch die Gestapo die Schreibmaschine und der Schmuck, unter ihm ein kostbares Saphirarmband aus dem Erbe meiner Mutter, weggenommen wurden. Mit der Schreibmaschine z. B. waren die berühmten Erklärungen des Grafen von Galen durch meine Frau abgeschrieben und vervielfältigt worden." Claire hatte auch (oder gerade) nach Richards Emigration den Kontakt zum Büro Grüber aufrechterhalten, das protestantisch getauften Juden bei der Ausreise-Vorbereitung half. Es hatte ihr nichts genutzt, aber sie hatte die Empathie für andere, denen es noch nutzte, gebraucht, es war ein Teil von ihr selbst, der sie mit Richard verbunden hielt, und sie war weiter, auch als sie schon die elegante Wohnung in der Cicerostraße hatte aufgeben müssen, in die Hochmeisterkirche in Halensee zum Gottesdient gegangen. Sie hatte am Gemeindeleben teilgenommen, und dieses Gemeindeleben stand mit dem Rücken zur herrschenden Meinung, zur herrschenden Gewalt. Pfarrer Grüber hatte für sein Engagement im Konzentrationslager gebüßt. Mehr war dazu nicht zu sagen, und sie selbst war schweigsam gewesen über die Jahre ohne ihren Mann, und ihr Mann war ohnehin kein großer Erzähler, er wollte handeln, urteilen, er wollte Recht sprechen. Und jetzt feilschte er.
Claires Nieren hatten versagt, sie war ihrem Leiden erlegen. Eine künstliche Niere war wegen ihres Krankheitsbildes nicht in Betracht gezogen worden. Das Gelagertwerden, das Gewendetwerden gegen das Wundsein, der Mangel an Tätigkeit war ihr nicht bekommen. Sie hatte ein Testament zu seinen Gunsten gemacht. Das hatte ihn gerührt, er hatte sie verstanden, während Selma und George ein Testament zu ihren Gunsten in seiner ganzen symbolischen Bedeutung vermutlich nicht ver-

standen hätten. Sie hätten den Mangel bemerkt, sie wären vielleicht enttäuscht gewesen. Oder ihre schlechte Meinung von der deutschen Mutter hätte sich verfestigt. Richard erbte ja nichts wirklich Bedeutendes, aber er erbte Claires Anspruch auf Wiedergutmachung, aus dem bisher nichts Substantielles erfolgt war, doch gleichwohl war er da: ein Menetekel. Zwei Jahre nach ihrem Tod werden ihm aus den beiden Lebensversicherungen zu ihren Gunsten 700,10 DM überwiesen. Aus seiner eigenen Lebensversicherung waren einmal 71,36 DM überwiesen worden, ein anderes Mal 98,11 DM.
Jetzt konnte ihm sein Rechtsanwalt Wilhelm Westenberger nicht mehr helfen. Er war im Mai 1959 zum Justizminister in Rheinland-Pfalz berufen worden. Es wäre ungut, wenn ein Minister Klientel-Politik für einen ehemaligen Mandanten betreiben würde. Kornitzer hatte Westenberger in aller Form zu seiner Ernennung gratuliert, und der Minister hatte gedankt. Und er war allein, allein, zwischen den dröhnenden Wänden des kleinen Schindelhauses. „Ich selbst bin krank, war in diesem Jahr zweimal je einen Monat in der Klinik und wurde vor zirka zwei Wochen ungeheilt entlassen. (Schweres Nervenleiden.)" Verbunkert schien ihm die Wiedergutmachung, das Erbe seiner Mutter, die efeugrün umrandeten Teller, die Wertpapiere, das Saphirarmband, alles weg. Ja, der Anspruch besteht, aber der Anspruch ist nicht einzulösen wie ein Rabattbuch. Er selbst als Kläger, der er geworden ist, nachdem der Antragsteller erfolglos war, ist eine fiktive Gestalt, er spürt es, und das macht ihn verzweifelt.
Jetzt sah er sich im scharfen Gegenlicht, seine grämliche Gestalt, die Mundwinkel, die sich nach unten bogen, er sah seine schwere, dunkle Hornbrille, hinter denen er seine Augen im Spiegel nicht wirklich sah. (Oder wollte er sich selbst nicht in die Augen schauen?) Er sah seine untätigen Hände, auf

ihnen die blauen Flüsse der Adern und erste Altersflecken auf den Handrücken, die Monde der Fingernägel, er sah sich und erschrak. Er sah seinen Hader, sah ihn wie eine zweite Gestalt hinter sich, eine dunkle Erscheinung, böse, streitbar, unzufrieden. Ganz leise schlich er von sich selbst fort. Kornitzer spricht in seinem Kopf mit seiner Frau, er findet sie nicht auf dem Friedhof, er glaubt sie im Bad zu sehen, da fühlt er ihre Scham über ihren aufgedunsenen Körper, und er schließt schnell die Tür. Er findet sie in der Küche, am Bügelbrett, am Herd. Er sieht ihr gleichmütig gewordenes Gesicht vor sich, er hört ihre Stimme, aber sein Herz klopft so laut, daß er nicht versteht, was sie sagt. Vielleicht rät sie ihm zu einer Reise: Ja, warum nicht in ein kleines Seebad nach Suffolk, der *Lake District* soll auch sehr schön sein, oder – das wäre doch das Einfachste – noch einmal an den Bodensee? Aber der See kommt ihm jetzt tief, abgründig und gefährlich vor. Oder er sollte das Enkelkind betrachten, Selma beglückwünschen zu ihrem neuen Leben. Aber das kann er nicht, während seines zerbrochen ist. Und er kann die Scherben nicht zusammensetzen.

Es fehlte ihm jemand, der sagte: Laß gut sein, Richard. Auch anderen Menschen ist Unrecht widerfahren. Du hast es im Gericht bemerkt und einen Beruf daraus gemacht, aber in deinem eigenen Leben willst du es nicht merken. Jemand, das hätte Fritz Lamm sein können oder Lisa oder Hans Fittko. Aber Hans war 1960 gestorben, so jung noch, was Richard verstört hatte. Hans war energisch, kraftvoll gewesen und so klug trotz einer bescheidenen Schulbildung, die ihm wegen seiner politischen Arbeit nur möglich war. Kornitzer konnte es kaum fassen, daß er tot war. Boris Goldenberg hätte es nicht sein können, er hatte sich weit entfernt von der deutschen Vergangenheit und betrachtete mit Argusaugen und mit klarem Verstand die kubanische Gegenwart. Er schrieb über Charidad, die er wohl kennengelernt hatte aus den Augenwinkeln, und er schrieb dringlicher über Amanda. Sie mußte jetzt, Kornitzer rechnete, gerade erwachsen geworden sein. Kornitzer brauchte jemanden, der ihm eine Hand auf den Arm gelegt hätte. Claire hatte dies am Anfang in Bettnang versucht, sehr leis, sehr eindringlich, aber er hatte nicht auf sie gehört, und dann hatte sie ihn in ehelicher Solidarität bei seinen Bemühungen unterstützt und auch für sich Genugtuung erhofft. So war es nie genug gewesen, so ließ er es nicht gut sein, und so war es auch nicht gut und wurde nicht mehr gut.

Das, was ihn in dieser Zeit elektrisierte und von sich fortriß, waren die Nachrichten aus Kuba. Er las Zeitungen und korrespondierte mit Boris Goldenberg. Das müde, übermüdete Regime, die handstreichartige Machtübernahme nach Castros Scharmützeln in der Provinz, all das konnte er sich gut vorstellen. Auch das Abwarten der Intellektuellen, das Taktieren und auch die archaisch rührende Lächerlichkeit, mit der die *polacos* – wie viele einfache Leute – den Sieg Castros am 1. Januar 1959 begrüßt hatten. Leider fand er weder eine spanische noch eine jiddische Quelle, und so las er staunend in Mainz, auf einem weichen Sessel sitzend: *They saw Castro as a Messiah who came to save Cuba from corruption and violence.* Das war ein großes Thema, zu dem er am liebsten Boris Goldenberg befragt und der mit seinem schönen russischen Bass in Máximos Hof „Nun ja, nun ja." gesagt hätte. Aber Kornitzer las auch eine Rede von Castro vom Dezember 1960, die auf die institutionelle Gewalt und die Rechtsprechung zielte. Die Rede war ein Peitschenhieb. Man mußte sich nach der Lektüre fragen: Was sollte überhaupt noch eine Rechtsprechung in Kuba? Kornitzer versuchte, Kontakt mit Rodolfo Santiesteban Cino aufzunehmen, aber als das nicht gelang, grübelte er darüber nach, ob sein Arbeitgeber nicht längst das Land verlassen hatte. Wie sehr sich Kornitzer auch bemühte, der Kontakt zu seinem früheren Arbeitgeber war abgebrochen.

*Alle Welt fragt,* so begann diese Rede Castros sehr rhetorisch: *wann wird man endlich die richterliche Gewalt säubern? Womit befaßte sich denn überhaupt die zivile Justiz? Im allgemeinen mit Problemen, die das Volk nichts angingen: mit Hypotheken, Kündigungen, Erbstreitigkeiten, mit Rechtsstreitigkeiten zwischen Unternehmern, Grundbesitzern, Finanziers. Und heute? Wird etwa eine Kooperative die andere anklagen? Wird man Mieter dazu verurteilen, auszuziehen – wo es doch überhaupt keine Mieter mehr, sondern nur noch Eigentümer gibt? All diese Gerichte und die vielen Richter entbehren heute der Existenzberechtigung.* Das war eine trübe Verführung zur Einfachheit, zumal wenn die vielen neuen Wohnungseigentümer nicht einmal einen Dichtungsring für eine tropfende Wasserleitung kaufen konnten und kein Dachdecker mehr zu bestellen war, wenn nach einem Hurrikan die Dachbalken offen lagen. Alle diese bürgerlichen Zwischenexistenzen, Handwerker, Richter, Lehrer, Gewerbetreibende waren uninteressant, unproduktiv. Sie trugen nichts zum revolutionären Prozeß bei. (Fidel Castro war selbst Anwalt gewesen; er mußte es wissen.) Auf Grund der Castro-Rede vom 19. 12. 1960, so las Kornitzer, traten allein acht Richter des Obersten Gerichts zurück. Am 22. 12. wurde ein neues Gesetz beschlossen, das den Präsidenten ermächtigte, neue Richter zu ernennen und das Gericht zu reorganisieren. Zwei Monate später war auch dieser Prozeß abgeschlossen.

Boris Goldenberg ließ seinem Zorn über die Entwicklung in vielen Aufsätzen freien Lauf. Er hatte als Halbwüchsiger die russische Revolution erlebt, er kannte die Vorboten, die Höhepunkte, die Enttäuschungen, wußte, wie es gekommen war, und warum es den Bach hinunterging, was er ersehnt, wofür er gekämpft hatte. Er war bewundernswürdig, und Kornitzer bewunderte ihn aufrichtig. Ehe er es sich versah, war die Universität von Havanna gleichgeschaltet worden. Die Revolutionäre hatten jede Menge Vorwürfe gegen diese Institution, die von jeher ein Hort aller revolutionären Bewegungen gewesen war. Am 9. Mai 1960 erklärte der neu gegründete Studentenverband unter Major Cubela, *die Autonomie der Universität müsse beseitigt werden, falls sie der Revolution im Wege stehe.* Das war ein deutliches Signal. Die private katholische Universität Villanueva wurde im Frühjahr 1961 verstaatlicht, die große Mehrheit ihrer Professoren war ins Ausland geflohen, auch der Rektor und der stellvertretende Rektor der Universidad Santa Clara. Der Vorsitzende des Studentenrats Porfirio Ramirez war als Aufständischer in den Bergen Zentralkubas gefangen genommen und hingerichtet worden.

Auch in den Gewerkschaften wurde geholzt und aufgeräumt, das Arbeitsministerium bekam das Recht, bei ihnen zu *intervenieren*, das bedeutete: unliebsame Funktionäre abzusetzen. Bei fast allen, die ihres Postens enthoben wurden, handelte es sich um Castro-treue Gewerkschafter, die erst nach den Säuberungen in den ersten Monaten des Jahres 1959 in ihre Funktion gelangt waren. Eine lautstarke offiziöse Propaganda warb für *freiwillige Arbeit* und mehr oder minder *freiwillige Abgaben* zur Anschaffung von Waffen, von Petroleumtankern, von Kühen für die Kooperativen, mit anderen Worten: für Sondersteuern. Und es fiel nicht leicht, sich dieser Pflicht zu entziehen. Was man früher Ausbeutung genannt hatte, war nun Dienst am Volke, und nicht jeder Arbeiter dachte so klassenbewußt, um den entscheidenden Unterschied zu erkennen, schrieb Goldenberg ironisch. Die Minister – mit Castro an der Spitze – betätigten sich vor der Presse und vor Photographen eifrig als sonntägliche Zuckerrohrschneider oder Bauarbeiter. Das kam gut an. Zur systematischen Bekämpfung der Konterrevolution wurden *Komitees zum Schutze der Revolution* ins Leben gerufen, die sich krakenhaft in allen Häuserblocks, Dörfern und Kooperativen ausbreiteten und sich das Recht auf Einmischung in alles Mögliche nahmen. Goldenberg kritisierte, es gebe keine Tradition lokaler oder regionaler Selbstverwaltung, der Aufbau eines politischen Zwangsapparats war ihm zuwider. Er kritisierte, daß Kuba – mit vollem Einverständnis Castros – ein Satellitenstaat Moskaus wurde, wie es vorher ein Hinterhof, eine abschüssige Hintertreppe in die USA gewesen war.

Dann erreichte Kornitzer ein Telegramm von Goldenberg: AMANDA KOMMT VIA FRANKFURT MAIN. Und es folgte ein Datum. Eine gänzlich unerwartete Nachricht, nicht einmal eine Nachricht aus einem Traum. So stand er an einem frühen Dezembermorgen am Frankfurter Flughafen in einem Sonderbereich Amanda gegenüber. Gänzlich unvorbereitet und sprachlos – sein Spanisch war in eine tiefe Herzensfalte gerutscht und wollte nicht gleich über die Lippen. Aufmerksam stand sie da, nicht sonderlich übernächtigt nach dem langen Flug, sehr hellhäutig, und sie war groß, fast so groß wie er. Sie stand ihm in Augenhöhe gegenüber (wie Claire es getan hatte, nur Charidad, zierlich, beweglich, hatte eine fremde Körperlichkeit), es schien, als sei sie gar nicht aufgeregt, im Gegensatz zu ihm. Und sie hatte, anders als Georg und Selma, als er sie als Halbwüchsige wiedertraf, ein strahlendes Lächeln im Gesicht. Ein Lächeln, als gebührte das dem fremden Vater in Deutschland. Und Kornitzer lächelte zurück; etwas schmolz. Und aus der Erinnerung an die erste Wiederbegegnung mit Selma schoß es ihm durch den Kopf: Ich darf sie nicht berühren! Ich darf sie nicht umarmen! Vielleicht, sagte sich Kornitzer später, hätte Amanda eine Berührung durch den fremden Vater genossen. Und so stand er steif neben ihr, in seinem schweren, dunklen Wintermantel, sie dagegen trug ein windiges, schäbiges Mäntel-

chen, Schuhe mit zu dünnen Sohlen, aber anstatt die kalten Hände in den Taschen zu vergraben, fuchtelte sie damit herum, wies auf ihre Gepäckstücke. Sie sprach mit einer für eine junge Frau ungewöhnlich tiefen Stimme, selbstbewußt wie ihre Mutter und eigenwillig, wie sie ihr Gepäck aufnahm und es den Vater keinesfalls tragen lassen wollte. Es kam ihm vor, als schone die kraftvolle Tochter ihn.
Er erledigte die schwierigen Formalitäten der Einreise mit ihr. Ja, sie war eine Asylantin, ein politischer Flüchtling. Nach einer Wartezeit auf einer harten Bank blieb es ihr erspart, in eine Notunterkunft, in ein Heim eingewiesen zu werden. Kornitzer bürgte für sie, er verpflichtete sich, im Notfall (was hieß hier Notfall?) für sie zu sorgen. Daß ein Senatspräsident a. D. eine junge Kubanerin in Empfang nahm, das machte Eindruck bei den Beamten am Flughafen, alles war leichter, als er es erwartet hatte. Der Grund seines Engagements für die junge Kubanerin blieb den Beamten verborgen. Unlauter schien es nicht. Man notierte seine Adresse, Amanda würde Befragungen über sich ergehen lassen. (Kam sie in einer Mission, war sie zur Spionage angeheuert, aufgestachelt worden? Was konnte sie über ihr Land berichten, welche brisanten Interna wußte sie? Ein Herr vom Bundesnachrichtendienst würde sie befragen, einmal, zweimal, mehrmals vielleicht.) Es war auf dem Höhepunkt des Kalten Krieges. Nicht jeden Tag kam eine Asylantin aus einem mittelamerikanischen Land am Frankfurter Flughafen an.
Im Schindelhaus zeigte Kornitzer der Tochter die Zimmer und ließ sie wählen, ob sie Georges oder Selmas Zimmer benutzen wollte. Nach einem kurzen, kritischen Blick auf die Druckgraphik mit den blauen Pferden entschied sie sich für Georges Zimmer. Den Globus drehte sie so, daß Amerika im Blickfeld lag. Sie sprach mit Wärme von ihrer Mutter, aber auch mit Respekt. Sie sagte, wie schwer sie es habe in der Schule, die sie

doch liebe. Alles sei jetzt ideologisiert in Kuba, der Mathematikunterricht bestehe darin, auszurechnen: Wenn im Jahr 1956 soundsoviel Prozent der kubanischen Bevölkerung Analphabeten gewesen seien, wieviel es heute nur noch seien. Das Bildungsmonopol der Besitzenden solle gebrochen werden. Aber weder Charidad noch die Kusine und ihr Mann seien Besitzende. Noch im nachhinein empörte sich Amanda darüber, daß im April 1961 alle höheren Schulen geschlossen worden waren, die Schüler wurden nach rasch organisierten Schnellkursen als *Alphabetisatoren* aufs Land geschickt. Was, um Himmels willen, konnte ich denn jemandem beibringen? Alten Leuten? Männern, die Zuckerohr ernten und nie einen Bleistift in der Hand gehalten hatten?, fragte Amanda. Fast alle Kasernen seien in Schulen verwandelt worden, aber was für Schulen!, höhnte sie. Pseudo-Enthusiasmus wurde belohnt, sorgsames Abwägen wurde gebrandmarkt. Nur ein großes JA wurde akzeptiert, aber auch das sei vielleicht in einem halben Jahr nicht vollmundig genug gewesen. Die neuen Lehrer seien *in den Bergen* ausgebildet worden, das hieß, sie wurden politisch geschult und körperlich ertüchtigt. Nur für ihren Verstand fiel nicht allzu viel Schulung ab; und Didaktik war ein Fremdwort. Charidad, die eifrige Lehrerin an einem Jungengymnasium (das jetzt als eine ehemalige elitäre Bonzenschmiede galt und gründlich „gesäubert" worden war), mußte sich pausenlos die Haare gerauft haben, das begriff Kornitzer ohne viele Erklärungen von Amanda.
Auch über die Ziehmutter und den Ziehvater und die Geschwister in dem großen Haushalt in der kleinen Stadt sprach sie mit Wärme. Das war gleich deutlich: Amanda hatte ein großes Herz, in dem viele verschiedene Menschen Platz hatten. Der Ziehvater, erzählte sie, war inzwischen nach Florida emigriert und hatte Arbeit gefunden. Er versuchte, nach und nach die Familie zu sich zu holen (das kam Kornitzer bekannt vor), aber

sie, Amanda, hätte, als sie den Plan verstanden hatte, gleich gesagt: Sie möchte nicht nach Florida, sie möchte, nein, sie müsse nach Paris. Warum Paris?, fragte Kornitzer einigermaßen erstaunt. Ich singe, sagte sie mit der größten Selbstverständlichkeit. Das heißt, du möchtest eine Gesangsausbildung in Paris machen? Sie antwortete nicht direkt. Doch dann platzte es aus ihr heraus: Paris ist die Hauptstadt des Chansons, oder? Das mußte Kornitzer zugeben. Da muß ich hin, sagte sie. (Wieder mit der größten Selbstverständlichkeit.) Sie hatte schon Französisch gelernt – bei einer Nonne mit einer soo großen Flügelhaube, sie breitete die Arme aus, und Richard war überzeugt, daß sie heftig übertrieb. *Ángel de la guarda*, Schutzengel nannte sie die geflügelte französische Nonne zu seiner Überraschung. Manchmal sang die Tochter in ihrem Zimmer, auch auf der Treppe oder in der Küche, die sie gleich in Beschlag genommen hatte. Richard wußte nicht, ob es ihm gefiel oder nicht. Es war machtvoll, ihr Singen füllte das Haus, und das Gefühl, das ihn überwältigte, hatte keinen anderen Begriff als AMANDA SINGT. Ja, es fehlte ihm ein Begriff, eine Beurteilung, aber das machte nichts.

Kornitzer mußte sie ziehen lassen, wie er Charidad hatte gehen lassen müssen, wie er Selma und George ihren Willen lassen mußte, er hatte schon Erfahrung, und mit dieser Erfahrung fühlte er sich alt. Und während er schlaflos dalag, im Nachbarzimmer die neu gewonnene Tochter, die ihn glücklich machte auf unbestimmte Weise, sagte er sich: Ich bin nach Kuba gegangen und zurückgekommen. Claire ist geblieben, wo sie war, und Charidad ist geblieben, und der Globus hat sich gedreht, und die Zeiten haben sich geändert, und Amanda ist von Kuba nach Europa gekommen, und die Doppelseite aus dem Atlas, die sie mitgebracht hatte in der Handtasche, war gut präpariert. Frankfurt war unterstrichen, und ein wenig westlicher von Frankfurt war in die grüne Grundfarbe des Atlas „Mainz" geschrieben worden (von Charidad, der gründlichen Geographie-Lehrerin?), und auf der linken Seite des Atlas war noch ein Stück von Frankreich zu sehen, bis Metz etwa, und Paris war abgeschnitten, Amandas Sehnsuchtsstadt, wie auf dem Photo, das Charidad ihm mitgegeben hatte, die Hand, die das kleine Mädchen hielt, abgeschnitten war. Und nun mußte er seine Hand, die er Amanda gereicht hatte, abschneiden, damit sie gehen konnte. Er richtete ein Konto für sie ein, kaufte Schuhe mit ihr, einen seriösen Wintermantel, eine Notentasche und einen lustigen Regenschirm, obwohl sie der Meinung war, in Paris regne es nie. (Sie hatte französische Filme gesehen!) Ein Regenschirm hilft auch gegen zudringliche Männer, erklärte er. Darüber lachte sie unbändig und akzeptierte das sperrige Geschenk. *Ángel de la guarda*, antwortete er auf ihren Heiterkeitsausbruch.

Auch Goldenberg kehrte Kuba den Rücken, nach 19 Jahren im Lande sah er keinen Sinn mehr in seinen politischen Anstrengungen. Er reiste nach England, schrieb ein brillantes Buch über die kubanische Revolution, in dem er seine Enttäuschung, so gut es ging, mit wissenschaftlicher Abstraktion zügelte. Nach vier Jahren zog er nach Köln weiter, wo er die Lateinamerika-Redaktion der Deutschen Welle übernahm. Es zählte nicht mehr, ob dies eine weitere Station seiner Emigration war oder eine Heimkehr.

Amanda war eine bessere Briefschreiberin als Charidad. Und wie beschäftigt sie war, Auftrittsmöglichkeiten ausfindig zu machen, Kontakte zu knüpfen und Lieder zu schreiben. Sie schickte ihrem Vater Texte und Noten, die er nicht lesen konnte; dann schließlich eine Schallplatte und ein paar gute Kritiken dazu. Er las von der Sängerin mit den kubanisch-deutschen Wurzeln, und es war ihm, als läse er über eine gänzlich fremde

Künstlerin, und dann war er stolz auf sie und schrieb zurück: Wohnst du auch gut? Und: Ist dein Zimmer warm? Du darfst dich nicht erkälten. Und hältst du deine Stimmbänder warm? Mütterliche Fragen, mütterliche Ermahnungen. Und er fügte einen Scheck hinzu. Sie dankte ihm postwendend. Nein, Geld brauche sie nicht. Sie singe, sie habe eine *Gage*. (Das Wort schrieb sie groß, als wäre es ein Zauberwort. Und malte ein kindliches Herz unter ihren in Eile geschriebenen Brief.)

1970 bot die Oberfinanzdirektion Berlin Kornitzer *in gütlicher Einigung*, wie sie selbst befand, *ohne Anerkennung der Rechtspflicht einen Schadensersatz von 3.000 DM an. Ich weise darauf hin*, schrieb der Bearbeiter seines Falles, *daß auch nach den eigenen Angaben der inzwischen verstorbenen Antragstellerin nicht festzustellen ist, ob es sich um eine amtliche Beschlagnahme oder um eine reine Plünderung gehandelt hat und daß zum Umfang des Verlustes nur summarische Wertangaben ohne eingehende Beschreibung der verloren gegangenen Gegenstände vorliegen.*

Verloren gegangen? Wird vage vorausgesetzt, daß Claire unachtsam war? Daß sie kopflos das Armband hat offen liegen lassen, als die Gestapo in ihre Wohnung eindrang, vielleicht weil sie Kompromittierendes hatte verschwinden lassen? Auch der Krieg war ja angeblich verloren gegangen, aber niemand hatte ihn gefunden. Kornitzer schreibt unverzüglich an die Oberfinanzdirektion zurück, und das soll wirklich der letzte Brief sein, er will nicht mehr, er kann nicht mehr: „Trotz einiger Bedenken bes. bezüglich der Höhe der Erstattung nehme ich zur endlichen Bereinigung dieser Sache den Vorschlag hiermit an. Danach werden mir wegen des Verlustes von Schmucksachen und einer Schreibmaschine der Geschädigten, meiner seligen Ehefrau Claire Kornitzer, geb. Pahl, zum Ausgleich aller Ansprüche 3.000 DM Schadensersatz geleistet. Ich erkläre, daß damit alle irrtümlich im Entschädigungsverfahren angemeldeten Rückerstattungsansprüche nach der Geschädigten erledigt sind. Doppel anbei und gleichzeitig direkt an die Wiedergutmachungsämter."

Das Urteil ist gesprochen worden. Er hat das Urteil angenommen. Er muß den Brief ein zweites Mal schreiben, Nässe ist auf das Papier getropft, hat seine Unterschrift verwischt, offenbar Nässe jenseits der Brillenränder. Sie hat sich am Kinn gesammelt; es wäre ein Leichtes gewesen, sie wegzuwischen, aber er hat sie nicht bemerkt. Es wäre ein Leichtes nach so viel Schwerem, den Brief noch einmal abzuschreiben. Aber er tut es nicht, er ist erschöpft. Morgen ist auch noch ein Tag.

# Rätsel

Im Sommer 1974 erreichte George Kornitzer ein Brief, der ihn vollkommen überraschte. Der Briefkopf war: Biographisches Handbuch der deutschsprachigen Emigration nach 1933. (Wie hatte der Brief ihn gefunden? Auf welchen Umwegen? Wer hatte recherchiert?) Eine Mitarbeiterin schrieb ihm, daß die Redaktion beabsichtige, seinen Vater, Dr. Richard Kornitzer, in dieses enzyklopädische Handbuch aufzunehmen. Und sie bat den Sohn höflich, die Lebensdaten, die die Redaktion gesammelt hatte, zu bestätigen und – wo nötig – zu korrigieren und zu ergänzen. Dürre Daten, in denen aber etwas aufblitzte von dem, was Kornitzer ausgemacht hatte. Es könnte George stolz machen, daß sein Vater nicht vergessen ist. Und Richard Kornitzer, der 1970 gestorben war, wäre in Zukunft auffindbar unter Wissenschaftlern, Künstlern, Gelehrten und Politikern in der langen ehrenvollen Reihe der aus dem Land Gejagten.
George Kornitzer ließ den Brief einige Zeit liegen, etwas bedrückte ihn, aber er wollte sich keine Rechenschaft darüber ablegen, was es war. Antworte, antworte doch, flehte seine Frau ihn an. Das ist doch großartig. Und sie las die Stationen Kornitzers, die aufgeführt waren in dem biographischen Artikel, mit ihrem rollenden englischen Akzent herunter, ein Stationendrama im Stakkato, Jahreszahlen und Stufen, Jahreszahlen und Ehrungen, 1. Juristisches Staatsexamen, 2. Juristisches Staatsexamen, Promotion, Gerichtsassessor in Berlin, Zwangspensionierung, Auswanderung nach Kuba, dort Rechtskonsulent, Rechtsbeistand für andere Emigranten, Rückkehr nach Deutschland, Vorsitzender des Lindauer Kreis-Untersuchungsausschusses für die politische Säuberung, Einstellung als Landgerichtsrat in Mainz, Ernennung zum Landgerichtsdirektor in

Mainz, Wahl zum Vizepräsidenten der Akademie für Völkerrecht in Den Haag, Ernennung zum Senatspräsidenten am Oberlandesgericht, Versetzung in den Ruhestand (auf eigenen Antrag), all das ergab eine schlüssige Linie ohne Ausrutscher und Schlenker, die lückenlose Lebenslinie ihres Schwiegervaters, den sie nicht besonders gut kannte, der ihr aber bedeutend vorkam, ja, ihr selbst und ihrem Mann fraglos haushoch überlegen. Sie hatte keine Fragen gestellt, und er hatte von sich aus wenig über sich gesprochen. Senatspräsident am Oberlandesgericht, das las sich einschüchternd. (Sie war ein schlichtes Gemüt.) Er war jemand, zu dem man aufblicken konnte, aufblicken mußte, die Lücken, die Fallstricke kannte sie nicht. Vielleicht hatte er durch die Schwiegertochter hindurch geschaut mit seinen wäßrigen Augen.

George war im mittleren Alter einem Angebot gefolgt, zu einer Ingenieursfirma an den Rhein zu wechseln. Es war ein gutes Angebot, sein Arbeitgeber schätzte seine englischen Verbindungen und schrieb es nicht nur sich persönlich, sondern der deutschen Wirtschaft gut, daß der „halbe Engländer", wie er ihn nannte, in seine Firma eingetreten war. (In Wirklichkeit war er ja mindestens ein Siebenachtel-Engländer, in Berlin geboren, aber nie mehr in Berlin gewesen, ein englisches Landei, das sich in einer Kleinstadt in Suffolk wohlfühlte und geheiratet und Kinder bekommen hatte. Alles hatte sich gerundet, nun ja, bis er es sich anders überlegte. Als unstet empfand er sich nicht, eher als wurzellos.) Daß sein Arbeitgeber an der Ausschreibung für ein internationales Projekt interessiert war und ihm der zweisprachige Ingenieur überaus nützlich war, begriff Kornitzer erst, als er die neue Stelle angetreten hatte.

Das Ingenieurswesen in England, da hätte der deutsche Unternehmer Kornitzer am liebsten auf die Schulter gehauen, sei ja doch nur halber Kram, ja, beim Eisenguß, bei Queen Victoria, da sei England führend gewesen. Die Tüftler säßen in Deutschland, so sei es immer gewesen. Er sprach so überzeugend, als dulde er keinen Widerspruch. (Dachte er an die V2? An die bedrohlichen Feuerschweife hinter den Raketen, die über Kent hinweggezischt waren? Vermutlich nicht, aber George dachte daran.) George Kornitzer hatte die Bombardierungen der deutschen Luftwaffe in England gesehen, er hatte mit seiner Pflegefamilie im Keller gesessen und gezittert. Er hatte, wenn der Angriff vorbei war, die Löscharbeiten der Feuerwehrmänner und die stoische Hilfe der Nachbarn der Geschädigten gesehen. In seiner Phantasie läßt er alle zerstörten Brücken in altem Glanz wiederauferstehen, das soll die Chance seines Lebens sein, und er sonnt sich in diesem Glanz. Am großen Tisch mit den Hales-Kindern und den Pflegeeltern schwärmt er von Brückengerüsten und Filigranpfeilern und staunt über alle, die beim Anblick der vielen zerstörten Brücken klagen.

Dann hatte er den Vertrag unterschrieben, für seine Frau war es ein Abenteuer, *abroad* zu leben, das hatte kaum jemand aus Ipswich gewagt. Sie hatten das Reihenhaus in Ipswich gegen ein Reihenhaus in einer deutschen Kleinstadt vertauscht, einen roten Ziegelbau mit Veranda gegen einen hellen Rauhputzbau mit Erker, einen saftigen Rasen gegen einen matten Rasen mit Löwenzahn, ein Mäuerchen gegen einen Jägerzaun. George Kornitzer tat dies mit Gleichmut. Ja, die Bezahlung war gut, die Arbeit keine Tüftelei, sondern Reißbrettarbeit.

Er war angekommen. Angekommen, aber wo? Das Ankommen war eine Erschütterung wie das Weggehen, so hatte er es von seinem Vater erfahren. Aber er wollte sich solche Gedanken nicht machen. Er wohnte jetzt an einem Hang über dem Rhein, etwa fünfzehn Kilometer von Mainz entfernt, er blickte auf Weinberge, kahle Hänge im Winter, aus denen die Stöcke ragten, grünes Laub im Sommer, er sah die Lastkähne, die die

Loreley grüßten, er hörte die Hunde bellen und hin- und herrennen auf dem Deck der Schiffe, er hörte die Güterzüge auf der anderen Rheinseite poltern und die Laster, die den Wein von Großkellereien abholten und die Mineralwasserkästen von der Sprudelquelle, ein dauerndes Rappeln und Scheppern, Brausen und Beben im engen Tal, Bremsen und Anfahren an der Verkehrsampel. Er hörte auch auf die Glocken der katholischen Pfarrkirche und das Röhren der Rasenmäher am Samstagnachmittag, Leben hieß Krach machen und Krach ertragen. George war seit seiner Krankheit im *Hostel for Displaced Children* lärmempfindlich geblieben. (Oder sein Kummer, seine Verletzung hatte sich in dieser Empfindlichkeit verfestigt.) Alleinsein tat ihm gut. Er saß immer noch gern in einer kleinen Kammer oder ersatzweise in der Garage und schraubte und lötete, setzte Schaltpläne um, die nur er verstand. Hier war er Herr über Ruhe und Ordnung, hier war er Herr seiner selbst auf einem winzigen, ungefährdeten Terrain. Aber in Ipswich war es auch nicht leise gewesen, sagte er sich. Auf der *Orwell Bridge*, an deren Konstruktion er beteiligt war, hatte sich der Verkehr gestaut. In Deutschland mußte Kornitzer für *bridge* gleich Brücke zusätzlich das Wort Überwerfungsbauwerk lernen, das war der fachgerechte Terminus für eine alte Sache. Hängebrücken, Bogenbrücken, Balkenbrücken und Umwölbungen der Öffnungen, damit beschäftigte er sich im Team. Und mit den Sachzwängen der Restaurierung älterer Brücken, der Unterspülung von Pfeilerfundamenten, den Hoch- und Tiefkailinien, der Höhenlage der Hoch- und Tiefkais, der Brückenachsen, der Stellung der Pfeiler zur Stromrichtung und der lichten Höhe der Brückengewölbe in den beiden Schiffahrtsöffnungen stromaufwärts und stromabwärts. Nein, mythisch empfand er den Strom nicht, an dem er nun lebte, an dem er Brücken plante und restaurierte. Er wußte nicht genau, was mythisch war, mögli-

cherweise in England etwas ganz anderes als in Deutschland, also ließ er die Finger von solchen Dingen (Dingen, die keine Dringlichkeit hatten, Dingen, die in Begriffe überlappten.)
Und wenn man so dreißig oder mehr Jahre in England lebt, hatte er seiner Frau gesagt, als er sich entschloß, nach Deutschland zurückzukehren, und wenn man immer noch als *Foreigner* gilt, ist das deprimierend. Man bildet sich in seinem Leben ein, viele Sachen zu sein, Kind und Vater, Engländer oder kein Engländer. Und Jude war er auch nicht wirklich. Deutscher bin ich schon lange nicht mehr, er klagte ja nicht darüber, er empfand sich als eine krude Mischung, und manchmal hatte er den Verdacht, gerade dies gefiele seiner Frau, die Unzugehörigkeit, die ihn um so stärker an die Ehe band, er hatte ja sonst wenig Bindungen. Er hatte festgestellt, daß er ein Flüchtlingskind war und blieb, das war seine Identität, er hatte sie mitgenommen an den Rhein mit seinem englischen Paß und all seinen Unsicherheiten, und er würde sie mitnehmen, wohin er ging. Also war es leicht gewesen, nach Deutschland aufzubrechen, man mußte den Schmerz nicht spüren.
Schreib an das Handbuch, mahnte ihn seine Frau. Es machte sie stolz, daß ihr Schwiegervater zu der Ehre kam, daß ihm ein Lexikonartikel gewidmet wurde, und sie strahlte es aus, nicht nur insgeheim. Im Nu konnte sie sich als Hinterbliebene eines bedeutenden Mannes imaginieren, sie fühlte sich ihm jetzt näher als zu Lebzeiten. (Sein Unglück hatte sie mit jungen Augen übersehen.) Ihr Vater war Uhrmacher gewesen, bis sich das ganze Ticken, das sie nervös machte, nicht mehr lohnte und die übriggebliebenen Uhrarmbänder unter Wert verscherbelt wurden, weil sie schon etwas verblichen waren und neue im Kaufhaus massenweise auf einem Drehkarussell angeboten wurden, während ihr Vater noch Schublädchen für Schublädchen aufzog und seine vermeintlichen Schätze, Kalbsleder,

Schlangenleder, Straußenleder darbot. Und die Sächelchen alterten ja nicht, felsenfest war er dieser irrigen Meinung. Aber er alterte, die Ladenmiete stieg, und so mußte alles eines Tages verramscht werden, und Ipswich hatte keinen Uhrenladen mehr, aber Schmuckgeschäfte in den Geschäftsstraßen, in denen angestellte Uhrmacher Verkäufer geworden waren und sich gelangweilt an die blitzblanke Theke lehnten, sie verkauften nur dem Augenschein nach Uhren, in Wirklichkeit machten sie Umsatz. Und George Kornitzers Frau war damit auch eine Stabilität entzogen worden, so mußte man es sehen.
Die Tochter eines Uhrmachers, die Frau eines Ingenieurs begriff: Alle Vornehmheit war früher, hatte mit dem Juristen aus Breslau, Berlin und Mainz zu tun, und George und sie waren nur Randfiguren und würden solche bleiben. Das war einerseits erleichternd, aber es bot auch viel Raum für alle möglichen Projektionen. Zum Beispiel: War George Kornitzer, ihr Mann, weniger klug als ihr Schwiegervater, Richard Kornitzer? Und war Selma, ihre englische Schwägerin, auch ihrer Schwiegermutter Claire, der Kinowerberin, der Berlinerin, die Besetzungszettel herauf- und herunterbeten konnte, nicht gewachsen? War die Familie, in die sie hineingeheiratet hatte, durch den Faschismus, durch die Verfolgung, den Kindertransport einfach abgesunken? Eine absteigende Linie, die sich von dem Schock der Erniedrigung einfach nicht mehr aufrappelte? Oder war sie, die Eingeheiratete, aufgestiegen in eine vage, schmerzgestillte Vernünftigkeit, eine multiple Anpassungsfähigkeit, in der sie auch stillhielt, den Atem anhielt, stillstehen mußte? Sie hatte gute, das heißt mehrheitsfähige angelsächsische Ansichten: Deutsches war mißliebig, Jüdisches war exotisch, beides war *complicated*, entsprach also nicht der gelassenen englischen Art. Und in der Doppelung war es rätselhaft. Es war eine soziale Leerstelle, in einer Großstadt vielleicht ließe sie sich füllen,

aber hier in der Siedlung über dem Rhein nicht. Vermutlich wäre der bastelnde, tüftelnde, schraubende George gerne eine Art von akademisch ausgebildetem Uhrmacher geworden, einer, der übermäßig kleine Welten schuf und überschaute.
Und George Kornitzer setzte sich hin, dankte für den Brief der Handbuch-Redaktion und schrieb, er sehe sich leider nicht in der Lage, die biographischen Angaben zu bestätigen. Viele seien falsch, und es brauche viel Zeit, sie zu berichtigen. Er sähe sich dazu besser in der Lage, wenn die Redaktion des „Biographischen Handbuches" ihm ihrerseits in einer für ihn höchst wichtigen Sache beistehen und ihn unterstützen würde. Sein Vater, der 1970 gestorben war – diese Angabe bestätigte er beiläufig –, sei in seinen letzten Lebensjahren durch viele Enttäuschungen schwer verängstigt gewesen. Er habe einen Testamentsvollstrecker eingesetzt, und dieser habe nun mehr als vier Jahre verstreichen lassen, um den Nachlaß zu regeln, obwohl er, seine Schwester in England sowie die ebenfalls erbberechtigte Frau Amanda Pimienta (eine Verwandtschaftsbezeichnung zu nennen, vermied er) sich in allen Fragen des Testaments und der Aufteilung des Erbes einig seien. Er bat die Redaktion des Handbuches, diesen Skandal aufzugreifen und der schreienden Ungerechtigkeit, die letzte, die sein Vater erdulden müsse, ein Ende zu bereiten. Und er verblieb mit verbindlichen Grüßen – George Kornitzer.

Als seine Frau den Durchschlag dieses Briefes auf dem Tisch liegen sah, erstarrte sie, und ihr nettes, in der deutschen Kleinstadt-Volkshochschule gelerntes Deutsch blieb stecken. *Why?*, fragte sie, kugelrunde Augen, die sich leicht verschleierten, und ein Mund, der offen stand. George hatte seinem Vater die letzte Ehre verweigert, aus Unkenntnis, aus nachgetragenem Zorn, aus falscher Einschätzung eines Nachschlagewerkes. Sie begriff ihren Mann nicht. Manchmal hatte sie Angst um ihn (Angst vor ihm?), als könne er sich weder in der einen noch in der anderen Sprache verständlich machen. Als fehle ihm eine Herzenssprache. Er war es so gewohnt, gebraucht zu werden von Selma und später von ihr und den Kindern, der Ingenieursfirma, daß er nicht begriff, daß nun, vier Jahre nach seinem Tod, sein Vater ihn einmal brauchte. Oder nicht sein Vater, die Erinnerung, die Geschichte. Er verstand nicht, daß er Zeuge war, Zeuge für das Leiden und den Hochmut seines Vaters.

Die Mitarbeiterin des Handbuches las George Kornitzers Schreiben, seufzend, kopfschüttelnd, und sprach darüber in der Konferenz. Was hatte die Nachlaßregelung des Juristen mit seinem Nachleben im Lexikon zu tun? Warum hatte er, wenn er gesetzliche Erben hatte, einen Testamentsvollstrecker eingesetzt? Und warum einen vermutlich sehr untüchtigen, nachlässigen oder einen, der seinen Erben nicht wohlgesonnen war? Oder gab es doch Streitigkeiten, die der Sohn verschwieg? Und wer war Frau Amanda Pimienta? Und was ging sie das alles an? War die Weigerung zur Mitarbeit eine unbewußte Rache des Sohnes an seinem Vater? Darüber zu spekulieren stand ihr nicht zu.

Sie hatte zwei Dutzend Entwürfe für biographische Eintragungen auf dem Tisch, alles mußte abgesichert werden, für jede Biographie hatte sie eine begrenzte Zeit reserviert, ja, man mußte taktvoll sein, aber auch effizient. Es gab unendlich viel nachzuprüfen und zu tun, eine entsagungsvolle Arbeit. Und es galt die Regel, daß Daten und Fakten, die von Angehörigen nicht bestätigt worden waren, auch nicht in die Endredaktion gelangten. Und es gab einen Redaktionsschluß, es gab Briefwechsel mit Angehörigen, besonders mit Witwen, die sich bis zum Sankt-Nimmerleins-Tag hätten hinziehen können. Wiederholtes Seufzen. Sie legte den Schriftwechsel zu den Akten, dort war er auffindbar für jemanden, der ihn später auffinden wollte. Im Biographischen Handbuch der deutschsprachigen Emigration kommt Richard Kornitzer nicht vor.

# Nachweise

Mit Dank an María Cecilia Barbetta, Sabine Bender (Landesarchiv Rheinland-Pfalz), Maritza Corrales Capestany, Dr. Gerhard Keiper (Politisches Archiv des Auswärtigen Amtes), Katrin Kokot (Exilabteilung der Deutschen Nationalbibliothek), Dr. Martin Luchterhandt (Landesarchiv Berlin), Loren Marsh, Petra Plättner (Akademie der Wissenschaften und Literatur Mainz), Manfred Simonis (Stadtarchiv Mainz), Heiner Stauder (Stadtarchiv Lindau), Brigitte Tilmann (Oberlandesgerichtspräsidentin a. D.), Ingo Wilhelm.
Selmas Erzählung über den Kindertransport folgt weitgehend Ruth Barnett: Person of No Nationality. A Story of Childhood Separation, Loss and Recovery. London 2010, sowie: Ich kam allein. Die Rettung von zehntausend jüdischen Kindern nach England 1938/39. Hrsg. von Rebekka Göpfert (nach Bertha Leverton und Shmuel Lowensohn: The Story of the Kindertransports.), München 1994.

# Inhalt

| | |
|---|---|
| Über dem See | 7 |
| Auf dünnem Eis | 34 |
| Bunker | 57 |
| Mombach | 84 |
| Sehnsucht | 129 |
| Aus dem Inneren | 166 |
| Das Universum | 199 |
| Der Aufprall | 242 |
| Die kubanische Haut | 274 |
| Krater und Schneisen | 363 |
| Die Tat | 411 |
| Rechnungen, Brechungen | 436 |
| Rätsel | 484 |